狭衣物語／批評

Suzuki Yasue
鈴木泰恵

翰林書房

狭衣物語／批評◎目次

序

命名『狭衣物語／批評』への思い

『狭衣物語』の近代的評価を決定づけたのは、やはり藤岡作太郎『国文学全史』であろう。以来、『狭衣物語』は『源氏物語』の模倣・亜流の譏りを蒙ってきた。むろん、『国文学全史』自体がすでにかつ十分に批判されているし、研究の深化と多様化により、そんな評価も修正されてきてはいる。しかし、たとえば文学史関連の書物を開けば一目瞭然であるように、一般的理解としては今でも模倣・亜流の評価にとどまる。一般的理解なり評価なりに異議申立てをするのに、本書一冊がどれほどの力になるのかは、まことに心もとない限りだ。絶望的な試みであるとさえ思われる。けれども、ささやかながら意義を申立ててみたい。それが本書のほとんど唯一の意志である。

『狭衣物語』評価に刺さったとげのひとつは、近代リアリズム文学に対する反近代リアリズム文学陣営からの発言で、たとえば三島由紀夫『文化防衛論』は、古典におけるオリジナルとコピーの区別はないといっている。反近代リアリズム的ものいいをするなら、古典文学なのだから、『狭衣物語』がいかように『源氏物語』の面影を湛えていようと、模倣だの亜流だのと譏られるいわれはなく、模倣・亜流の譏り自体が無効になる。研究領域においても、リアリズム一辺倒が克服されつつあったのと軌を一にして、『源氏物語』研究の側からそうした提言がいくたびかなされた。いわく『源氏物語』の面影を湛え、残り香を聞かせるのが『狭衣物語』の方法なのだと。ひとつの見識ではある。

右のごとき見識に基づいたものか、『源氏物語』の模倣・亜流であるのかないのかの評価をいったん留保して、『源氏物語』をたぐり寄せる部分を、『源氏物語』引用という視点から方法的に読み解く立場が、『狭衣物語』研究のひとつの実りをもたらしたのも事実だ。恩恵にも浴している。けれども、何かが置き忘れられていないかという感を否めない。『狭衣物語』が、あるいは平安後期物語が、『源氏物語』に向かい合い差異を生み出し、異議を申立て、独自の物語になっている様子はどこまで汲みとられているのだろうか。十分に汲みとられているとはどうしても思えないのである。そして、いまだに模倣・亜流の評価を返上しきれていない。

オリジナリティにこだわるのは、たしかに近代以降の顕著な特質であるだろう。オリジナルもコピーもない古典文学のアイデンティティを無視していいはずはない。一方、現在をも覆うオリジナル偏重の文学観にまったく見合わないのなら、古典文学は今を生きている文学だとはいえない。『狭衣物語』に反近代リアリズム的傾向を、しかもある種の浪漫主義的傾向を見ている立場からすると、古典のオリジナルとコピーをめぐる反近代リアリズム的ものいいは都合がいいようで都合が悪く、古典の現在的価値を見失わせかねないのである。『狭衣物語』なり平安後期物語なりにオリジナリティがないのなら、反近代リアリズム的ものいいに立て籠るより仕方ないが、そうではないだろう。

『狭衣物語』や平安後期物語は、とりわけ『源氏物語』を対象化して、差異を生み出しつつ独自の物語を獲得しているのではないかと考えている。なおまた、近代リアリズムに貫かれた文学史では看過されてしまった、『源氏物語』とは異質の浪漫主義的文学性があるのではないかとも考えている。『源氏物語』であれ何であれ、先行の文学を対象化して、差異を生成し独自に至る物語のあり方を端的に表すことばとは何か、かつまた文学史の遺漏を照らし返す物語のあり方を表すことばとは何かと考えてみて、本書ではそれを「批評」の一語に託した。

批評は作家の意思や意識に基づくのではない。ある物語が存在すれば、その物語は不可避的に先行の物語への批評となる。同じ物語などひとつもない。差異なき反復の物語はないと考えている。物語は、物語であることにおいて、すでに他の物語への批評である。したがって物語は、模倣・亜流に特質を見出し、独自の文学性を評価しない文学史への批評でもある。その批評を掬いとるのが本書の立場だ。

ところで、これまで「先行の」といってきたが、物語の存在自体に批評を見出す限り、同時代の物語への批評であったり、後の時代の物語や小説等への批評でもあったり、あるいはまた『無名草子』や歌論のような評論への批評であったりもするはずだという視点は確保している。

本書では、とりわけ『狭衣物語』が、そして平安後期物語が『源氏物語』をどのように批評しているのか、また文学史にいかような異議申立てをして批評的存在感を示しているのかに多くを費やさざるをえなかった。翻って、『狭衣物語』が同時代や後代の物語から、さらには近代の小説からどのように批評されているのかを、わずかにとらえてみた。加えて、平安後期物語以上に日の当たらない、いわゆる中世王朝物語のしたたかな批評性と文学性の一隅を照らすにとどまった。近現代の小説や中世の評論にも届くはずの批評性については論及しえなかった。

なお、「物語」は「文学」と置き換えてもいいのだが、他の文学領域を詳らかにしないので控えた。

物語とはすなわち批評であるという思いを込めて、本書の題名を『狭衣物語／批評』と命名した。

本文について

『狭衣物語』の本文は実に多様かつ複雑である。三谷榮一の大著『狭衣物語の研究［伝本系統論編］』、『狭衣物語の研究［異本文学論編］』（二〇〇〇年、二〇〇二年　笠間書院刊）を参照するだけでも明らかな事実だ。右『伝本系統論編』によれば、大別して巻一で四系統に、それ以外では三系統に分かれる。各系統さらには各本文で、大きくまたは微妙に物語の論理を異にしている。第一系統の西本願寺旧蔵本（通称深川本）を古体と見て最善本とする見方がある一方、最も多くの人に読まれてきたであろう第三系統流布本系本文（巻一第四系統、巻四第一系統）で読めばよいという見方もあった。現在では系統分類の限界もいわれつつ、各系統各本文の個別の論理を尊重する方向にあると思われる。本書も各本文それぞれに論理があり、価値は同等だと考えている。

一言を付すなら、『狭衣物語』の錯雑した本文状況をいったん系統化し、一応の価値づけをしなければ、各本文の個別的価値も認められず、『狭衣物語』自体が読まれざる物語になっていたのではないかと当時の状況をとらえ返している。上述の三谷榮一の研究、片寄正義の伝本研究、中田剛直の校本ならびに伝本研究などの本文研究には、深く敬意を表したいと思う。

さて、本書ではいわゆる第一系統の内閣文庫本を底本として選んだ。

手に入らなくなったものもあるが、活字化され注釈も整った『狭衣物語』の本文といえば、まずもって第三系統流布本系のいわゆる元和九年古活字本（「元和九年五月中旬　心也開板」の刊記有）を底本にした朝日日本古典全書が挙げられるだろう。次には第一系統内閣文庫本を底本にした岩波日本古典文学大系（旧）、そして流布本系旧東京教育大学国語国文学研究室蔵春夏秋冬四冊本を底本にした新潮日本古典集成、第一系統西本願寺旧蔵本を底本にしてようやく注釈・現代語訳の整った小学館新編日本古典文学全集が挙がってくる。系統については三谷榮一の伝本系統論に従っている。

今日、写本や版本で物語を読む者は、研究者ですらそう多くない。右活字本で読める本文をと考えた。それにしても、いわゆる第一系統と第三系統流布本系とでは、本文の様態が大きく異なる。こうなると好悪が基準になり、本書としては、いわゆる第一系統で、岩波日本古典文学大系において活字化され校訂および注釈を施された内閣文庫本を選んだ。内閣文庫本は流布本系古活字本のように、本文が刈り込まれ合理化されていない分だけ、雑然としているようにも見えるが、豊饒な本文だと感じられるからだ。各章で必要に応じて具体的に様態を注した。最善本ともいわれる西本願寺旧蔵本（深川本）を選ばなかったのは、巻四を欠いて完本ではないからである。

とはいえ、注釈書を手にする場合、底本にこだわらず手に入るものを選ぶのがほとんどかと思う。そこで、本書は基本的に西本願寺旧蔵本や流布本系でも、濃淡はあれ、通用する論を展開すべく心がけた。

以下、内閣文庫本から本文を引用するにあたって施した措置について注記する。

・引用本文は内閣文庫本（手元の写真版）により、適宜、漢字を当て、仮名を歴史的仮名遣いに改め、送り仮名および句読点を付した。また会話と判断されるところはカギカッコで包んだ。

・「給て」は平仮名でも「たまひ（い）て」「たまふ（う）て」があり、「給ひて」なのか「給うて」なのか判別できなかったので、そのままにした。「中」も同様に「なか」なのか「うち」なのか判別できず、そのままにした。

・引用本文内の丸括弧でくるんだ部分は論者（鈴木）の注である。

・適宜、本文の脇に傍注やルビをつけた。
・参考として引用箇所に該当する日本古典文学大系『狭衣物語』(大系と略称した)の頁数を示した。大系本は内閣文庫本を底本としつつ、最善本といわれる西本願寺旧蔵本をかなり尊重し、他本とも校合して本文を校訂している。本書はできる限り忠実に内閣文庫本によった。やむをえず改めた所は注を送った。
・西本願寺旧蔵本(通称深川本。『古典聚英　狭衣物語深川本(上下)』によった)との重要な違いが見えるところは注を送り、見解を示した。さらに、流布本系元和九年古活字本(朝日日本古典全書『狭衣物語』上下巻により、全書と略称した)についても必要と思われる箇所は同様の措置を施した。
・必要に応じて、同系統の平出本(手元の写真版)を参照し、『校本　狭衣物語　巻一～巻三』(一九七六年～一九八〇年桜楓社刊)を参照した。やむをえず、それらにより改めたところは注を送った。
・西本願寺旧蔵本については「西本」と略称した。

『狭衣物語』以外の引用本文については以下のとおりである。『源氏物語』は新日本古典文学大系(新大系と略称した)により、その巻数と頁数を示した。『竹取物語』および『伊勢物語』も新日本古典文学大系(新大系と略称した)により、その頁数を示した。歌は『新編国歌大観』から引用したが、適宜表記を改めた。その他の物語、歌等については、引用する際にそのつど注を送るなり注記を入れるなりして明記した。

I 『源氏物語』への批評

第1章　天稚御子のいたずら──「紫のゆかり」の謎へ

一　〈物語／批評〉の論理

『狭衣物語』は不思議な物語だ。

二世の源氏として物語に登場した主人公が、最終巻に至って即位を果たし栄華を極める。一面まことにめでたき物語なのである。ここにおいて物語は、「めでたしめでたし」の型を踏んで、まさに「物語」になりおおせたともいわれている。(1)だが一方、そうした筋立てはそれとして、語りの視点はかなりのところ主人公狭衣に密着しており、(2)悲恋を重ね苦悩を深める狭衣を語りとりながら、不如意で苦渋に満ちた暗鬱な物語の相貌を浮かび上がらせるのである。物語のこうした二面性は、天稚御子事件を淵源にして導き出されたのではないかということを考察していきたい。

物語が始まって間もなく、童姿の天稚御子──楽神とおぼしきものの正体不明──が、狭衣の笛の音に興じて、天上から舞い降り、舞い戻る。天界の童の、このちょっとした、いたずらな来訪。しかし、それは地上の側からすれば大したできごとであり、天稚御子事件と称してしかるべき事件なのであった。

さて、この天稚御子事件は、それまで登場人物たちが共有していた時間に亀裂を入れてしまったようだ。事件以前の登場人物たちは、語り手の提示する時間とは別に、もうひとつの時間を共有していたように思われる。ところが、この事件を機に、人々は語り手の提示する時間に移行するのだけれども、狭衣だけがどうもそこから微妙に隔てられ、孤立的で錯綜した時間を抱え持たされてしまったようなのである。そして、そのことが悲恋をたぐり寄せ、めでたき物語の趨勢に反して、狭衣の苦悩を深めさせて、物語の二面性を導き出したのだという点を論じたいと思う。

なお、上記の考察は同時に、『狭衣物語』が物語批評の物語であることをも跡づけていく。天稚御子の来訪・いたずらは地上に波紋を広げ、帝（嵯峨帝）はそれを収拾すべく、愛娘の女二宮を狭衣に降嫁させるといいだす。この収拾策こそが狭衣の時間を他者の時間から色分けし錯綜させるきわめて直接的な契機である。それを論じていくわけだが、帝が女二宮を降嫁させるといいだす場面は、『源氏物語』を強くひきつけている。しかも、以後に展開していく物語は『源氏物語』特産「紫のゆかり」の物語と向かい合う形で、「紫のゆかり」に秘められた謎／システムを透視させ、かつ「紫のゆかり」の物語を不在化させてしまう。そうして『源氏物語』との差異を生成しながら『狭衣物語』はそれ独自の物語になっていく。このような物語のあり方は、批評ということばに集約できるだろう。

天稚御子事件が招来した事態を探りながら、『狭衣物語』は物語を、とりわけ『源氏物語』を批評する物語として、独自の物語になっていることを究明していきたいと思う。

二　天稚御子事件と成人儀礼

天稚御子事件は狭衣を時間的に孤立させ、物語に二面性を帯びさせる淵源であったことを考えるにあたり、事件以前の時間の様相をとらえてみる。

Ⅰこのころ、[a]御年はたちにいまだ二つ三つたり給はで、二位の中将とぞ聞こえさすめる。なべての人は、かばかりにては中納言にもなり給ふめるは。されど、この御有様のよろづこの世の人とも見え給はず、いとゆゆしきに思しおぢて、[b]御位をだにあまりまだしきにと、ちごのやうなるものに思ひ聞こえさせ給ひたるを、おしなべての殿上人のやうに交らひ給はん心苦しさに、上のなさせ給へるべし。（参考　三二～三三）[3]

傍線部aを見ると、狭衣は十七、八歳の青年で、すでに官位を得た成人である。ただ、「二位」にして「中将」と、官位のバランスが悪い[4]。その説明のなかで、両親が狭衣を「ちご」のように見なし、高位高官を望まなかったからだと明かされる（傍線部b）。この世の者ならぬ美質への不安を理由に、両親は狭衣をいまだ子供の時間に囲い込んでいたのである。また、バランスの悪い官位を授けた帝にしても、寵臣狭衣への配慮と、狭衣の両親への配慮が拮抗しているのであり、その処遇も半ばは両親に同調したものである様子が窺える。

では、他の人々はどうか。狭衣の内面を介した状況把握で、バイアスがかかっていようけれど、他の人々も狭衣の両親に、少なくとも同調的にはふるまっていたようだ。

Ⅱ　ただ双葉より露の隔てなくて生ひ立ち給へるに、[a]親たちを始め奉りて、よそ人も帝・[c]東宮なども、一つ妹背と思し掟て給へるに、[b]われは我とかかる心のつき初めて、思ひわびほのめかしてもかひなきものゆゑ、…〈中

今日始めた[d]兄人ならざらん男は、むつましくもてなさせ給ふまじかりけれ。早うは仲澄の侍従・宰相中将などのためしどもなくやは。（参考　三〇～三一）

略〉…あやにくぞ心の内は砕けまさりつつ、つひに身をいかになし果てん、と心細う思さるべし。今日始めたることはあらねど、なほ、さらでもありぬべきことはよろづに優れ給ひつらん女の御あたりには、まことの御兄人ならざらん男は、むつましくもてなさせ給ふまじかりけれ。早うは仲澄の侍従・宰相中将などのためしどももなくやは。（参考　三〇～三一）

これは冒頭付近からの引用で、狭衣が源氏宮に恋心を明かせないでいる事情を示したものだが、語りと狭衣の心内語が融合している。したがって、客観的な状況というよりは、狭衣視点からとらえられた状況である点を勘案しないわけにはいかない。それにしても、傍線部aによると、狭衣には周囲の人々が皆、狭衣と源氏宮を「一つ妹背」と見なしているように思えるのであった。血縁上は従兄妹であるが、早くに父帝と母御息所に先立たれた源氏宮を、狭衣の両親がひきとり二人を実の兄妹のように育てている。[5]狭衣視点の状況把握は、周囲もその扱いを尊重してふるまっていた側面を反映してはいるはずだ。傍線部dの長い語り[6]が批判するごとく、実の兄仲澄が妹あて宮に恋した例や、兄妹同然に育った冷泉院の女一宮に恋心を抱いた薫の例などあれこれあるのに、狭衣の恋心を想定できない親のなんとも迂闊な計らい[7]により、他の人々も一定程度、兄妹ならぬ二人を、兄妹に見なしてふるまっていた様子が窺えるのである。

やはり、親のこういう迂闊さは、何より親が成長を勘定に入れず、狭衣を子供の時間に囲い込んでいることの表れである。そもそも実の兄妹でもない二人が、破綻なく兄妹関係にとどまりうるのは、成長して恋心なるものを抱く以前の、子供の頃でしかないはずだ。成人した二人を相変わらず実の兄妹のように扱う親はつまり、狭衣を未成長の頃の子供の時間に押し込めているといえる。また、その親に同調的な他の人々も、親の設定する倒錯した時間を、ある程度は共有してみせていたとおぼしい。

さて、こうした状況下での狭衣の恋心は、傍線部b「われは我」がたぐり寄せる和泉式部の歌(8)のようにその恋心を歌い上げるわけにもいかず、文字通り「われは我」と隔てられた孤立的なものでしかない。そして、それは傍線部c「かひなきもの」と屈折し、感じとられる周囲の視線に、まずは折り合ってしまう。源氏宮に予定される東宮入内の件もあるだろうが、何にも増して、感じとられる周囲の視線に敏感に反応した結果の屈折である。すなわち狭衣自身も、子供の時間から逸脱しつつ、なお子供の頃のままに二人の関係をとどめ置き、子供の時間にやすらっているといえよう。ちなみに源氏宮はどうか。冒頭、狭衣から藤と山吹を差し出されると、ただ春の花をめでるかのように「花こそ春の(9)」と口ずさみ、どういうわけか山吹(10)の花を選びとる。狭衣はその山吹の色＝梔子色から「口なし（いえない）」の恋を連想し、心の内をことばにできない苦しさを漠然とつぶやくのだが、源氏宮（およびその女房）はそんな狭衣の思いをまったく汲みとっていない。宮も、いまだ兄妹の関係に揺らぎを感じていないようだ。それは、宮もまた狭衣を子供の頃のままに眺め、宮自身も狭衣との関係においては、子供の時間にまどろんでいるからだといえるだろう。

以上、狭衣の親が設定する倒錯的な時間に、他の人々も同調し、源氏宮は疑いもなく、狭衣は致し方もなく従っている。登場人物たちのこの、いわば共犯関係によって、「二位の中将」と語られ明示された狭衣の成人の時間は置き去りにされているのである(11)。

天稚御子事件はそういうさなかに起こる。

まず、この事件は息子の美質を「ゆゆし」と不吉に眺める親の不安を公然と現実のものにするのであるが、何よりも「ゆゆし」に凝固する狭衣の天上的聖性を明確な映像のなかに写しとっている。父子伝来の音色とは違う笛の音で、天界から天稚御子を招き寄せ、天地の通い路を開いてしまった狭衣には、必ずしも両親に帰属しない変化の者としての聖性が噴き出しているのである。しかもその聖性は狭衣の場合、幼き者・小さき者に象られた聖性だといえる。何しろこの事件は、成人の狭衣が擬装された子供の時間に置かれているという異常な状況で生起したのである。そんな狭衣が天界の童である天稚御子と相和し親近感を示し合う。その姿は成人した身体であることの限定を超えて、天稚御子に近接する幼き者・小さき者の聖性を発露させているのだといえよう。[12]

ここで、天稚御子に誘われるまま昇天すれば、地上的にはいわゆる夭折となるものの、変化の者たる狭衣にとっては天上への帰還がかなうことになる。しかし、そうはならなかった。[13]天稚御子は帝の制止を受け入れ、独り天界に戻っていく。天稚御子の来訪は、禍々しくも聖なる童の映像に狭衣を重ね合わせるのではあるが、狭衣を置き去りにした帰還は、さながら着せかけた天の羽衣を剝ぎとり、狭衣にさらなる流離を促すがごときだ。なんといたずらな来訪。だがそのことがまさに狭衣を、貴種流離の物語主人公として確立するのである。後の栄華を視野に入れていえば、この事件は、身体の小ささを存在の幼さへとずらされた狭衣の、幼さのなかに痕跡をとどめる変化の者の聖性を明らかにして、観念化された「小さ子」物語を振り出す契機であったといえるのではないか。

そして、このような物語が展開するにあたって、天稚御子事件はいまひとつの契機にもなっている。すなわち、狭衣をめぐる時間の様相を組み替え、急速に狭衣の成長を促す契機にもなっているのである。

III　身の代も我脱ぎ着せんかへしつと思ひなわびそ天の羽衣[14]　（参考　五〇）

事件直後、昇天を阻んだ帝が盃とともに狭衣に与えられた歌だ。帝は「天の羽衣」の代わりに、自身の着ている衣を与えるという。具体的には天稚御子との昇天を制止した代わりに、我が身にも等しい愛娘女二宮との結婚を許すといっているのである。帝としてのけじめ、収拾策といったところだ。思いつきの恩賞ともいえない帝の意図はともかく、この歌にはかなりのインパクトがあった。ここで、添臥の風習に着目したい。東宮や皇子などが元服した夜、添い寝の女性に公卿などの娘をつけたという風習である。必ず行われるわけではないが、そうした風習は、成人の儀礼的象徴が元服であれば、その内実は結婚（男女の関係）によって象徴されることを示しているようだ。[15]つまり、女二宮との結婚を許す帝の歌は、狭衣を天上の童から地上の成人へと導き、狭衣に覆い被さっていた禍々しくも聖なる時間の組み替えを促したといえるだろう。

この一連のできごとの後、親たちもいよいよ狭衣を成人扱いしていく。父も母も、狭衣の顔色を窺いつつ、女二宮との結婚を勧めるのである。それが皇女降嫁の意向を受けたものであるにせよ、「ちごのやうなるもの」（引用Ⅰ傍線部b）と思っていた狭衣に結婚を促しているところを見ると、どうやら親たちも狭衣を成人として扱おうとしているらしいことがわかる。帝や両親、とりわけ他の人々をも巻き込んでいたあの両親が成人と見なせば、狭衣には身体の小ささや年齢による保証がないのだから、もはや誰も狭衣を子供に見なす必要はない。天稚御子事件からしばらくして、東宮が狭衣の源氏宮恋慕を疑い、源氏宮を狭衣の「隔てある妹背」（参考六五）といい、「仲澄の侍従の真似するなめり」（参考六四）とあてこすりのことばを向けるのは、周囲の視線の変化を如実に示したものだろう。源氏宮も不本意ながら、狭衣が成人男性であることを受けとめざるをえなくなったようだ。四節でとりあげるが、天稚御子事件から女二宮降嫁が持ち出されると、狭衣はとうとう源氏宮に恋心を打ち明けてしまう。宮はまだ狭衣を兄だと思っていたので、ひどく衝撃を受け、以後、狭衣を忌避していくのだが、それは狭衣が成人男性である側面を、否定的にしろ、受けとめたうえでの態度だといえよう。

天稚御子事件は女二宮降嫁の件をひき出し、結婚を軸にして、登場人物たちが共有していた時間を、語り手の提示した時間に、すなわち狭衣を成人として語る時間に、移行させる契機になったといえるだろう。換言すれば、この事件は天上の童を、地上の人として成人させる成人儀礼の側面を持ったものだったといえるのではあるまいか。[16]

三　二度の成人と「紫のゆかり」

見てきたように、天稚御子事件は帝や両親を動かして、物語の時間を語り手の提示する時間に統合したといえる。しかし狭衣はどうかというと、どうも完全には成人の時間に移行しえていないようなのである。その点を確かめ、そのゆえんを尋ねるにあたり、ひとたび『源氏物語』に迂回したい。物語の主人公が元服を終えてなお成人できず、さらなる成人化を促される例は、やはり『源氏物語』に求められるようだ。『狭衣物語』にも色濃い影を落とす『源氏物語』を経由して、再び狭衣の問題に戻っていきたいと思う。

光源氏が十二歳で元服し、添臥の葵上と結婚することは、桐壺巻に示されていた。それから若紫巻に至ると、光源氏は十八歳になるが、「わらは病」を患い北山の聖を訪れている。

ところで、玉上琢弥は「わらは病にわづらひ給て」(一―一五二)[17]に始まる若紫巻冒頭の場面が、『伊勢物語』初段と正反対の設定だと指摘した。[18]『伊勢』初段は「むかし、おとこ、うゐかうぶりして、平城の京、春日の里にしるよしして、狩に往にけり。その里に、いとなまめいたる女はらから住みけり」(七九)[19]と始まる。つまり、「平城の京、春日の里」と「北山」(南と北)、「狩」と「わらは病」(健康と病気)、「女はらから」と「行ひ人」(美しい姉妹と老僧)というように、正反対の設定だというのである。そして、「若紫」の巻名を勘案し、[20]玉上はこれを『伊勢』初段の逆説的な引用であると押さえた。注目されるのは、三谷邦明がこれをふまえて、「初冠して」と「わらは病」の対比を提示したことだ。[21]三谷は『伊勢物語』の「男」が成年式後の大人であるのに対し、若紫巻冒頭での光源氏は、「わらは（童）」ということば自体の指示性から、子供であることを示唆する。

そもそも若紫巻は光源氏と藤壺の関係を初めて真っ向から扱った巻である。その巻頭を飾るのが「わらは病」だ。この病の快癒が加持祈禱もさりながら、藤壺ゆかりの藤壺似の少女紫上の発見と頃を同じくしているのを思えば、病因はいわれるように「藤壺への思い、煩悩」[22]だと考えられてくる。しかも、藤壺への思いが亡き母桐壺更衣への思いと重なりつつ生じたものである次第は、桐壺巻に示されていた。とすれば、藤壺恋慕には幼き日に亡くした母を追い求める母恋のレベルが混在するのであり、「わらは病」は『伊勢物語』初段の逆説的引用に増幅されながら、とりわけ藤壺との関係における光源氏の「童（子供）」性を照らすのではあるまいか。光源氏もまた、元服を終えてなお、成人以前の子供の時間を抱え持つた人物だといえよう。

ところが巻末では、幼い紫上との奇妙な関係から、光源氏は「後の親」（一―一九八）といいなされている。[23]「童」から「親」へ。巻頭巻末に見えるこの対比的なことばの対照は、光源氏という存在の質的変化ないしは脱皮を表象しているだろう。その転回を促す一因はまず、紫上発見に見出されるはずだ。先にも述べたが、「わらは病」の快癒は紫上発見と頃を同じくしているのだし、「後の親」ということばは紫上との関係からいわれているのである。したがって、光源氏は北山で紫上を発見し、そうして「童」の時間を脱していったのだと考えられる。とりわけ藤壺との関係に由来するだろう光源氏の「童」の時間は、藤壺のゆかり「紫のゆかり」の女性（少女）との新たな関係によって解消されていった。まずはそういえよう。

だが、光源氏は紫上との関係においてのみ親になるのではない。この巻で初めて明確に語られた藤壺との密通で、末生ながら冷泉帝の親にもなっている。巻末の「親」ということばの裏には、そうした実質的な親の存在感が潜んでいるのではあるまいか。

密通を犯し冷泉帝の親になることは、光源氏と藤壺の男女関係を、何よりそこに染みつく母子的関係を大きく揺るがす。この密通が冷泉帝抜きに直接的な関係の変容をはらんでいる点については後の第四節で述べるとして、冷泉帝の存在は二人の関係を明らかに新たな段階へと導いている。両者はともかく冷泉帝の父であり母であらねばならない。しかも、冷泉帝の存在は皇統譜を乱す罪の結晶そのものでもあった。その罪と罪の露顕におののきながら、罪の子冷泉帝の母たる藤壺は光源氏に対して、まずもって冷泉帝の父として藤壺への思いを自制するよう要求しつづける。罪を繰り返すわけにはいかないうえに、親は子を守るべく、親に由来する罪を隠蔽しなければならない。親の罪すなわち親の関係は不在化されなければならないのだった。藤壺のそうした意識が先鋭的に示されるのは、賢木巻での藤壺の出家においてである。けれども、男女関係とその裏に潜む母子的関係は若紫巻「はかなき一くだりの御返のたまさかなりしも絶えはてにたり」(一—一七八)に見える藤壺の拒絶的な対応によって、すでに断ち切られていたといえよう。藤壺との関係に残存し、冒頭に象徴された光源氏の「童」性は、密通から冷泉帝の誕生にいたる道筋で、藤壺との関係そのものにおいても解消された、あるいはさせられたようだ。

端的にいえば、「紫」と「紫のゆかり」である藤壺・紫上それぞれとの関係において、光源氏の「童」性は解消され、成人が遂げられたといえよう。ではなぜ両者との関係なのか。父という存在のみには納まれないにしても、藤壺に父であることを促され、ともあれ子供の時間から追い立てられるだけではすまず、それに先立ち紫上との関係が要請されるのはなぜか。その「紫のゆかり」の謎については、『狭衣物語』を検証した後に考察していきたいと思う。

では、きびすを返して『狭衣物語』を見てみる。先の帝の歌(引用Ⅲ)は女二宮の降嫁を許し、狭衣を成人の時間に移行させるものであった。それに狭衣が返歌を番えて贈答歌が成立する場面は、さまざまな文学的背景を透視させつつ、若紫巻をたぐり寄せる。

Ⅳ　身の代も我脱ぎ着せんかへしつと思ひなわびそ天の羽衣
　仰せらるる御気色、心ときめきせられておぼゆることあれど、いでや、武蔵野のわたりの夜の衣ならば、げにかへまさりもやおぼえましと、思ひ隈なき心地すれども、いたくかしこまりて、
　　紫の身の代衣それならばをとめの袖にまさりこそせめ
と申されぬるも、何とか聞き分かせ給はん。いづれも昔の御ゆかり離れぬ御仲にもなれば、いとよかりけり。
（参考　五〇～五二）

狭衣詠の「紫の身の代衣」は、明らかに帝詠の「身の代も」を受けており、女二宮を指す。歌意は、女二宮なら天稚御子よりもすばらしいというもので、女二宮の降嫁を快諾したものとなる。返歌としては、そのような意味でしかない。けれども、引用部分「いでや、武蔵野のわたりの夜の衣ならば」云々に表れている狭衣の内面に目を向けるなら、様相はまったく違ってくる。狭衣には「心ときめきせられ」る喜ばしい降嫁にも増して望まれる女性がいるのだった。それが源氏宮を措いて他にないことは簡単に了解される。狭衣の内面に即して読めば、「紫の身の代衣」は源氏宮を指し、この返歌は女二宮でなく源氏宮を望む狭衣の思いがこぼれ出たものなのでもある。場の論理と内面の論理で、意味を異にする両義的な歌だ。

　ところで、系譜はいまだ明かされていないにもかかわらず、傍線部a「武蔵野」、傍線部b「紫」の語は、源氏宮と女二宮の「ゆかり」（血縁）関係を伝えている。(24) 女二宮よりも源氏宮をと思い及ぶとき、源氏宮が「武蔵野のわたりの夜の衣」「紫の身の代衣」の語で掬いとられるのは、紛れもなく二人の女性の「ゆかり」関係を背景にして

いるはずだ。傍線部c「何とか聞き分かせ給はん」以下の語りが狭衣と二人の女性の「ゆかり」に言及するのも、「紫」のたった一語でさえそれが、帝に女性間の「ゆかり」関係を想起させ、狭衣の源氏宮恋慕を悟らせかねないあやうさを受けて、ことさら説明を加えたのだといえる。「武蔵野」「紫」が上記のような指示性を発揮するのには、それなりの必然というか文学的裏打ちがあった。(25)

紫のひともとゆゑに武蔵野の草はみながらあはれとぞみる　（『古今集』雑上、読人不知）

右『古今集』歌は、「紫（草）」一本への思いゆえに、それの生えている「武蔵野」のすべての「草」に心惹かれると詠み、「紫」と「武蔵野の草」に「ゆかり」を見出している。「紫」「武蔵野」を「ゆかり」に結びつける有名な歌だ。類同の例はまだ他にもある。

紫の色には咲くな武蔵野の草のゆかりと人もこそ見れ　（『拾遺集』物名、如覚法師）
武蔵野に生ふとし聞けば紫のその色ならぬ草もむつまし　（『小町集』）
武蔵野の草のゆかりに藤袴若紫に染めてにほへる　（『元真集』）
武蔵野の草のゆかりをたづね見ばつかひをしもはなどか待つべき　（『長能集』）
これを見よ紫野辺に生ひたれど何とも知らぬ草のゆかりを　（『大斎院前御集』、進）
武蔵野の草のゆかりと聞くからに同じ野辺ともむつましきかな　（『古今和歌六帖』野、読人不知）

ざっと『新編国歌大観』を見渡しても（表記は改めた）、これだけの歌が挙がるのであり、「武蔵野」「紫」が「ゆかり」を指示することは歌の伝統に裏打ちされていたのである。それを背景に、若紫巻も「武蔵野」「紫」を含む二首を収めて、いわゆる「紫のゆかり」の物語を立ち上がらせている。

手に摘みていつしかも見む紫の根に通ひける野辺の若草　（一―一八二）

ねは見ねどあはれとぞ思ふ武蔵野の露分けわぶる草のゆかりを　（一―一九六）

これらは藤壺ゆかりの少女紫上に向ける光源氏の思いを詠んだものである。ただ、「武蔵野」「紫」の語を携えた「ゆかり」の物語の先蹤は『伊勢物語』四一段に見られるので、それを顧みておくべきだろう。

紫の色こき時はめもはるに野なる草木ぞわかれざりける
武蔵野の心なるべし。　（一二〇）

この歌は、妻の妹が夫の袍を破ってしまい困っていると聞き、「あてなる男」が妻の妹を思いやって緑衫の袍を届けたときに添えたものである。「武蔵野の心なるべし」は語り手の評言で、前掲『古今集』歌「紫のひともとゆえに……」の気持ちなのだろうと推量している。ひとことに「ゆかり」への情といっても、その質は多様であったのだろう。「ゆかり」の女性に通う情を、同質の男女の情であると限定するのには、むしろ若紫巻の存在が大きいようだ。

さて、『狭衣物語』の「武蔵野」「紫」は、右に示した歌の伝統や『伊勢物語』四一段および若紫巻を重層的にたぐり寄せてくる。けれども、帝と狭衣が贈答歌を交わす場面は、これらの語から源氏宮と女二宮の「ゆかり」関係を示すばかりでなく、女二宮の降嫁を軸に狭衣を子供の時間から成人の時間に移行させせんとする局面でもあった。そして、若紫巻もまた光源氏を「童」から「親」へと脱皮させる巻だ。ともに主人公の実質的成人をめぐる問題をはらみながら、「ゆかり」に結びついた「武蔵野」「紫」の語を共通させている。『狭衣物語』のこの場面は若紫巻を強くひきつけているのである。しかし、「ゆかり」の女二宮には同質の男女の情が通わず、若紫巻ひいては『源氏物語』との差異を見せてもいる。『狭衣物語』は『源氏物語』との重なりと差異において、何がしかを表明していると考えられるのではないか。

四　成人の挫折と「紫のゆかり」の謎

天稚御子事件を機に、周囲が語り手の提示する時間に、すなわち狭衣を成人として語る時間に移行した次第はすでに見てきた。けれども、狭衣だけは成人の時間に移行しきれないでいる様子を、またそれがなぜなのかを、若紫巻に照らしながら明らかにしたい。

狭衣は源氏宮と女二宮の「ゆかり」関係を、明らかに意識している。にもかかわらず女二宮の降嫁となると、それもまんざらではないが、やはり「いでや」と強い違和感を覚え、どうしても「紫」である源氏宮ばかりが恋しくてならないのである（引用Ⅳ）。とすると、女二宮との結婚を機に成人の時間に移行していく道筋は、そうすんなり開かれそうにない。女二宮はたしかに源氏宮の「ゆかり」として意識されている。けれども、若紫巻をひきつければ、源氏宮恋慕に代替されうる「紫のゆかり」としては発見されていない。すなわち、女二宮との関係において、狭衣が「童」から脱皮する状況は望めないのだった。

なるほど、狭衣の返歌（引用Ⅳ）は降嫁を快諾していたし、巻二に入ると、狭衣は女二宮に源氏宮を重ね合わせるようにして男女の関係を結びさえするのだし、その女二宮をきちんと処遇しなかったという後悔とともに、追々に源氏宮を凌ぐほどに女二宮を思い増してもいく。だから、狭衣と女二宮の物語は「紫のゆかり」の物語の痕跡をとどめている。(26)しかし、女二宮はついに「紫のゆかり」として意識されることがなく、源氏宮恋慕をひき受けたうえで新たな関係を開かせる存在ではありえなかった。つまり、女二宮との物語は「紫のゆかり」の物語を透視させつつ、「紫のゆかり」の論理を不在化させる奇妙な物語なのである。

では、源氏宮との関係はどうか。天稚御子事件もひと段落したある日の昼ごろ、狭衣は源氏宮を訪れ、こらえかね、とうとう恋心を打ち明ける。

V　[a]源氏の女一宮も、いとかくばかりはえこそおはせざりければにや、薫大将のさしも心とどめざりけん、とぞ思さるる。「いと暑きに、いかなる御文御覧ずるぞ」と聞こえ給へば、「斎院より絵ども賜はせたる」とて、…〈中略〉…絵どもをとり寄せて見給へば、[b]在五中将の恋の日記をいとめでたう書きたるなりけり、と見るにあぢきなく、[c]ひとつ心なる人に向かひたる心地して目とどまる所に、忍びもあへで、「かれはいかが御覧ずる」とて、さし寄せ給ふままに

　よしさらば昔の跡を尋ね見よ[d]我のみ迷ふ恋の道かは

といひやらず、涙のほろほろとこぼるるをだに、あやしと思すに、御手をとらへて、…〈中略〉…

　[e]いかばかり思ひ焦がれて年経やと室の八島の煙にも問へ

（参考　五五～五六）

白昼のことでもあり強引に関係が結ばれるわけではないが、ともかくこうして積年の思い（傍線部e）がことばにされたのである。狭衣の恋心を大きく揺すぶったのは、「在五中将の恋の日記」の絵（傍線部b）すなわち『伊勢物語』の絵だ。どの章段かは明示されていない。けれども、妹同然の源氏宮に恋心を抱く狭衣が「ひとつ心なる人」（傍線部c）と認め、「我のみ迷ふ恋の道かは」（傍線部d）と共感しうる『伊勢物語』の「男」といえば、指摘されるように[27]実の「妹（異母姉妹か）」に恋の歌を贈った四九段の「男」が推測される。さらに、この場面は『源氏物語』総角巻の一場面とも通じていた[28]。その総角巻の場面では、禁忌の侵犯に踏み入る危機感は排除されているものの、『狭衣物語』同様やはり『伊勢物語』の絵に触発されて、匂宮が実のしかも同母の姉女一宮に、半ば真情を織り交ぜ、戯れに歌を贈る。

在五が物語をかきて、いもうとに琴教へたる所の、「人の結ばん」と言ひたるを見て、いかがおぼすらん、すこし近くまいり寄り給て、…〈中略〉…

若草のねみむものとは思はねどむすぼほれたる心ちこそすれ　（四―四四二）

諸注すでに指摘するように、「人の結ばん」は明らかに四九段の「男」の歌「うら若み寝よげに見ゆる若草をひとの結ばむことをしぞ思」（一二六）からの引用であり、また匂宮の歌「若草の……」にも、この歌がふまえられているのである。これらのことから、総角巻に見える『伊勢物語』の絵は四九段の絵だと判明する。『狭衣物語』の引用Vの場面はこの総角巻の姉と弟の場面に重なりつつ、傍線部b「在五中将の恋の日記」も四九段を指示していくはずだ。

しかし、少し戻って引用Vの傍線部aを見ると、狭衣の恋心は「薫大将」が「源氏の女一宮」を思う心にひきくらべられている。いわゆる第一系統本固有の本文で、他系統本文にはない。さて、薫は冷泉院の女一宮にも、先の総角巻に見えた匂宮の姉で今上帝の女一宮にも思いを寄せていたが、きょうだいのような関係といえば冷泉院の女一宮である。薫は冷泉院で育てられていたのだった。したがってこの女一宮は冷泉院の女一宮ととるのが妥当だ。それにしても、あくまで擬似的きょうだい関係であり、そのレベルでの対比なのである。狭衣と源氏宮の血縁上の関係からすれば、薫の女一宮思慕がひき合いに出されてふさわしい。いわゆる第一系統本系物語のそんな認識を垣間見せてもいるだろう。ところが、「在五中将の恋の日記」の絵の介在は、狭衣の心情を四九段の「男」の思いに重ね、またこの場面に総角巻の場面をも重ねながら、狭衣と源氏宮の関係に実の兄妹関係を塗り重ねてしまう。そして、近親相姦の禁忌のコードを幻想的に表出するのである。こうして実の兄妹ではない二人の、強力な兄妹関係が打ち出されるのだといえよう。

それでも二人は実の兄妹ではない。だから、近親相姦の禁忌は擬似的な禁忌でしかなく、侵犯可能なものだ。しかもそうなれば二人の兄妹関係は、自立した男女の関係に組み替えられ解消される。なお、藤壺が女御であったのとは異なり、源氏宮は東宮妃候補ではあるが、まだ入内したわけではない。また朧月夜との関係のように、険しい政治情勢にとり巻かれているわけでもない。それに倉田実が指摘するごとく(29)、狭衣の父堀川大殿も宮の入内を視野に入れつつ、それを延引しており、入内が政治的な必至事項ではない側面を見せている。つまり入内問題が決定的な躓きの石となって、二人が男女関係に移行することを阻んでいるとはいいがたいのである。むしろ、従兄妹で兄妹同然の二人が男女関係に入れば、いうところの「ゆかりむつび」になり、好もしい関係ではない。そのような素地は勘案されるべきであろうが、それとて許されざる関係というわけでもない。兄妹同然の関係にせよ、源氏宮の東宮入内問題にせよ、いずれ物語主人公に課せられるそこそこの試練といったところだろう。したがって二人の関係はそれなりに自立した男女の関係として構築されうる。

にもかかわらず、この告白の場面（引用Ⅴ）はある局面を形成しているのであった。当該場面は引用によって、近親相姦の禁忌のコードをひきつけ、二人の兄妹関係を前面に打ち出す。と同時に、今しもその幻想の禁忌が侵犯され、兄妹関係が男女関係に組み替えられ解消されるかの局面を形成している。それはこういい換えることができよう。すなわち、兄妹関係に表象される子供の時間が、男女関係に表象される成人の時間に組み替えられ解消される局面なのだと。この告白の場面はすぐれて狭衣の成人を前景化した場面なのである。

しかし狭衣はひきさがる。男女関係が結べなかったことを指していうのではない。それ以前に、狭衣が急速に恋心を萎縮させてしまったことをいっているのである。先に、白昼のことでもあり強引に関係が結ばれるわけではないと指摘しておいたが、まことに時宜を得ず、人も近づいてきて、狭衣はその場から去らざるをえなかった。けれどもその前に、狭衣の恋心はすでに後退している。唐突な告白を受けた源氏宮が思いもかけない事態に対応できず、ことばを失い、いたたまれないといった風情であるのを目の当たりにして、恋心を伝える狭衣のことばは尻すぼまりになっていく。「いかばかり思ひ焦がれて……」（引用V傍線部e）と積年の思いを歌にしてみたものの、源氏宮の狼狽ぶりを見るや一転、恨み言を口にしつつ「身はいたづらになり果つとも、あるまじき心ばへはよに御覧ぜられじ」（参考五六）といい、恋心など抱いてはならない兄妹関係を前提に、禁忌の男女関係に踏み入るつもりはないと誓うのだった。白昼であったのはさして重要な事柄ではない。関係を組み替えんとするときに生じた摩擦に、狭衣自身がたじろぎ、禁忌の侵犯を幻想し、兄妹関係に立て籠ってしまったのが重要な事柄なのである。兄妹関係に充足している源氏宮に恋を仕掛ければ、いつだって摩擦は生ずるし、幻想の禁忌のコードもひきつけられてくる。それを回避する狭衣には、兄妹関係を男女関係に組み替えていくことなどできはしない。つまり狭衣は源氏宮との関係を組み替えて、子供の時間から抜け出すこともできないでいるのである。そして、以後もずっと幻想の禁忌は侵犯されない。若紫巻をふまえていえば、「紫」である源氏宮との関係においても、兄妹関係を男女関係に組み替えて、子供から成人へと脱皮を遂げることはできなかったということだ。

結局、狭衣は「紫のゆかり」であるはずの女二宮とも「紫」である源氏宮とも、新たな関係を開きえなかった。若紫巻に透視される成人の契機は、ともにとり落とされたのである。狭衣の成人が挫折しているのは明らかであろう。(30)ではなぜそういう事態になったのかを、若紫巻の逆説的な引用という観点から考えていきたい。

若紫巻を見ると、またそれをふまえて『狭衣物語』を見ると、「紫のゆかり」の発見と「紫」との新たな関係は不可分のものではないかと思われる。つまり、「紫のゆかり」を発見し「童」の時間が解消されるからこそ、「紫」との「童」性に根ざした関係も組み替えられ成人が遂げられる。そのような論理が「紫のゆかり」の物語には内在しているのではないか。

若紫巻でいうと、光源氏は北山で紫上を発見し、ともあれ「童」を脱したようだ。頃を同じくした「わらは病」の快癒はそのメタファーであろう。すると今度は、密通と冷泉帝の存在を通じて、藤壺との関係においても「童」ではありえなくなった。光源氏の「童」はとりわけ藤壺との関係に由来しているのであるから、ここにおいてこそ「童」の時間の本質的な解消がなされたといえる。しかしそれには、やはりまず紫上の発見がなければならなかったのだろう。つまり、「紫のゆかり」を発見し「童」を脱したからこそ、「紫」との母子的関係を紛れもない男女関係に、その結果、ともに「親」であるという関係に組み替えた。そのような論理があるのではないか。一方『狭衣物語』では、女二宮を「紫のゆかり」として発見できず、それとの関係においては狭衣の子供の時間が解消されない。その状態で源氏宮に恋心を告白してみても、狭衣自身が兄妹関係にからめとられてしまう。すなわち「紫」の源氏宮との関係においても、子供の時間に根ざした兄妹関係は成人の男女関係になりえなかった。「紫のゆかり」の物語に透視される論理を逆説的に支えているだろう。

このように「紫のゆかり」の発見が、「童」性に根ざした「紫」との関係を組み替える契機になるのは、「紫のゆかり」にちょっとした謎／システムが込められているからではなかろうか。それは何か。「紫」との関係には母子や兄妹の関係が重なり合っていた。この厄介な関係に代替されうるのが「紫のゆかり」だとまずは押さえられる。けれどもそれは一方で、母子や兄妹の関係ではない新たな関係を開かせるファクターだ。若紫巻では男女関係に照準を合わせたとりあえずの父子関係を、『狭衣物語』では男女関係を導き入れる存在でもあった。こうして一度、母子や兄妹の関係がずらされ変更されるシミュレーションを経ることで、「紫」との関係も可変的になるのではなかろうか。「紫のゆかり」は「紫」に代替されるばかりでなく、むしろ「紫」との関係を更新させる要因であったといえよう。それが「紫のゆかり」の謎／システムだったのではないか。「紫のゆかり」への思いが通わず「紫」との関係も変えられない『狭衣物語』のありようは、『源氏物語』特産の「紫のゆかり」に秘められたこの謎／システムを照らし出しているだろう。

さて、『狭衣物語』では「紫のゆかり」の謎／システムが機能しない。これは逆説的な『源氏物語』引用であり、さらには「紫のゆかり」の物語を顚倒させたものだといえる。このような機能失調あるいは顚倒が狭衣の成人を挫折させたと考えられるのではないか。そして、それを生じさせる契機は天稚御子事件にあるのだということを含め、事件のもたらしたものを次節で見ていこうと思う。

五　天稚御子事件と時間

では、天稚御子のいたずらな来訪に端を発した事態を整理し、この事件をもう一度問い直したい。天稚御子の来訪は狭衣の聖性を顕現させた。それは天上的な聖性であるとともに幼き者・小さき者の聖性でもあった。さらに、天稚御子はそんな狭衣を昇天させ夭折させかけさえした。この天稚御子事件は、地上の者に大きな衝撃を与え、狭衣を地上の成人として根づかせていく方向性を生み出す。具体的には、帝から女二宮降嫁の件が持ち出されたことだ。恩賞、代償、善後策、愛娘の幸福……。さまざまな思惑が込められていたろう。がともかく結婚は、禍々しくも聖なる童を成人に導き、地上の成員に組み込んでいく要因であるはずだ。かつまた、皇女降嫁の話は登場人物たちをも動かし、語り手の提示する時間すなわち狭衣を成人として語る時間がなしくずされていたのを、急速に立て直すことになった。その点では、天稚御子事件は成人儀礼の側面を持ち合わせていたのだといえる。

けれども、いやだからこそ、この事件がひき出した女二宮降嫁の話は、一方で「紫のゆかり」の謎／システムを機能失調に陥らせ、狭衣が子供の時間から脱皮するのを阻んでしまう。繰り返すが、この結婚話は狭衣を地上の成人として根づかせ、そのよすがになるべく妻を添わせる方向性を持ってしまっている。そういう結婚相手が「紫のゆかり」の女性だったのである。『源氏物語』になずらえるなら、このときの女二宮は「紫のゆかり」の紫上より、葵上の役どころにあるといえようか。葵上との結婚話も光源氏の成人儀礼に伴って持ち出されたのであるし、臣籍降下した光源氏がこの世（地上）を生きていくための実利的よすがを得るといった側面を有していたはずだ。しかも『狭衣物語』では、光源氏の北山行のときとは異なり、狭衣による「紫のゆかり」の発見、文字通りの発見つまりは垣間見という大切なプロセスがとり落とされてしまったのである。紫上と女三宮をくらべれば明らかなように、「紫のゆかり」の謎／システムは血筋によって機能するのではなく、「紫」に相通ずる存在の視覚的確認もしくはその現前性によって機能するのではなかったか。文字通りの発見が大切なプロセスであるゆえんだ。女二宮の担わされた役割や、ひき出され方こそが、「紫のゆかり」の謎／システムを機能失調させ、狭衣が子供の時間から脱皮していくのを阻んでしまったのだといえよう。そして、「紫のゆかり」の女二宮をこんな形で狭衣の前に突き出させるそもそもの原因は、狭衣の昇天すなわち夭折を危惧させる天稚御子事件にこそあったのである。

天稚御子事件に端を発した事態はきわめて両義的だ。一方でそれは、狭衣を子供の時間から追い立て、成人の時間への移行を促す。身体の小ささという保証を持たず二十歳に近い狭衣は、周囲の状況が成人を促せば、もはや子供のままではありえない。源氏宮への恋の告白を急かされたのも、まったくもってそのためだろう。だがもう一方でそれは、狭衣が子供の時間から脱皮していくことを阻み、成人の時間への移行を果たさせない。こうしてこの事件を機に、狭衣は子供でも成人でもありえない曖昧な時間に、裏返せば中途半端に成人であり子供である錯綜した時間に繋留されてしまったのだといえよう。なお、その状況は物語を通じて継続されるようだ。天稚御子事件の後、狭衣は出家志向を強める。事件のさなか一度は開かれつつ閉ざされた天界を、仏教的に転回し、兜率天に転写して希求するわけだが(31)、このような天界願望は昇天あるいは夭折が可能であった聖なる童の時間に復帰しようとする願望でもある。しかし狭衣は最後まで出家もできなければ、むろん兜率天往生もできない。そこには、すでに子供の時間から弾き出され、余儀なく成人の時間を生きざるをえない狭衣が浮かび上がってくる。けれども出家志向の傍らで、斎院になった源氏宮と尼になった女二宮に、止むことのない恋情を抱きつづけてもいる。二人への未練は、たしかに継起的な時間の流れのなかでは、過去へのこだわりや後悔でしかない。ただ、妹でしかありえなかった「紫」の源氏宮や、その発見こそが成人の鍵であるのに発見できなかった「紫のゆかり」の女二宮に抱く不断の恋心は、狭衣がいつも「今ここ」で不本意に子供の時間に佇みつづけている様子の表れでもある。二人への未練は、とり落とした成人の契機を無益に模索するばかりで成人できず、子供の時間にとり籠められている狭衣のありようを照らす。天稚御子事件以降、狭衣は子供でも成人でもありえず、それでいて中途半端に双方である錯綜した時間に繋がれたままなのだといえる。

以上、狭衣の笛の音に興じた天稚御子の来訪は地上に波紋を広げ、結果として狭衣を孤立的で錯綜した時間に繋いでしまった。いたずらな天界の童である。しかし事はそれだけに収まらず、物語の相貌を二面化させさえする。

子供でもあり成人でもあり、またそのどちらでもない。そんな錯綜した時間のなかであがく狭衣の恋は、どれも成人の男女関係として充実することがなかった。当の源氏宮については見てきたとおりだが、巻二の女二宮の場合も含めて狭衣が恋をしくじるとき、原因はいつも源氏宮へのこだわりだ。源氏宮一筋でなければならないとの強迫観念めいたこだわりゆえに、他の恋を台無しにしてしまうのである。これにも時間の錯綜が滑り込んでいるだろう。

狭衣は源氏宮に恋心を抱いて止まないのだけれども、兄妹関係にからめとられて男女関係に移行できなかった。その関係においては、どうしても子供の時間に佇まざるをえない。一方、他の女性たちへの恋心は当然ながら男女関係に基づくものだ。そこでの狭衣は成人の時間にせり出している。だから、源氏宮恋慕と他の恋慕で折り合いがつかないのは、子供の時間と成人の時間がぶつかり合って折り合いがつかないということだろう。そして、源氏宮恋慕が原因で、他の女性たちとの恋が破局を迎えたり生彩を欠いたりするのは、狭衣が人知れずどうしようもなく子供の時間にとり籠められているからだといえる。ただ、そうした子供の時間にしても不本意ながらそこに佇んでいるに過ぎない。すでに見てきたところだ。加えて狭衣は破局を迎えた恋にもこだわりつづける。それは、充実させえなかった成人の時間へのこだわりでもあるだろう。結局、子供の時間に安住することも成人の時間を充実させることもできず、悲恋を積み重ねていくのである。つまり、天稚御子事件は狭衣を孤立的で錯綜した時間に繋ぎ、それによって狭衣の悲恋をも招来してしまったのだといえよう。

積み重なる悲恋は狭衣の苦悩を深め、その狭衣に密着する語りは物語を不如意で苦渋に満ちた暗鬱な相貌に染め上げていく。天稚御子の来訪はたしかに、狭衣の天上的聖性を派手に顕現させ、二世源氏の狭衣が即位する破格の栄華を底から支えて、めでたき物語の端緒になっていた。けれども、そのめでたき物語に向かい合って、物語が暗鬱な相貌を呈していく端緒にもなっていたのである。狭衣にとっては一面まことにいたずらな来訪だったといえよう。そう、いたずらなのである。天稚御子は狭衣の笛に興じて天界から舞い降り、狭衣に昇天を促しながら帝にひきとめられると、辞世の歌まで詠んだ狭衣を置き去りにして天上に舞い戻ってしまった。いかにも天界の童の悪戯だが、狭衣には無益のいたずらでもあったろう。しかしやはり、このいたずらは地上にとっては一大事で天稚御子事件なのであって、それが地上に波紋を広げ、物語の二面性を導き出す淵源になったのだといえるのではあるまいか。

六　物語批評の物語

以上、天稚御子のいたずらが『狭衣物語』のありようを決する事件であったことを見てきた。そして、物語に暗鬱な相貌を浮かべさせる要因には、天稚御子事件に端を発した皇女降嫁の話があるのだが、その話をめぐって『狭衣物語』は『源氏物語』特産「紫のゆかり」の物語をひきつけ、「紫のゆかり」の謎／システムを照らし出しつつ、「紫のゆかり」の物語を不在化させている点を考察してきた。このような『狭衣物語』のあり方は『源氏物語』的方法を対象化し顚倒させさえして、『源氏物語』とのあからさまな差異を生み出していったのだといえよう。その差異の生成(対象化と顚倒)のなかにこそ、『源氏物語』に対するすぐれて批評的なスタンスがあるのではないか。[32]

だが一方、天稚御子事件が顕現させた狭衣の天上的聖性に即位の栄華が対応し、めでたき物語の軌跡が復権することにおいても、『狭衣物語』は『源氏物語』へのアンチテーゼを提出しているのであったろう。あまりに破格なその栄華は、『源氏物語』では、あるいは『源氏物語』スタンダードで「物語」を見る現代の読者では、考えられない栄華であるかもしれない。それでも『狭衣物語』はそのような栄華の物語で、『源氏物語』に向かい合っているのだと、まずは受けとめるべきであろう。

そのうえで狭衣即位の栄華について考えてみたい。天上的聖性を示した狭衣に与えられるのだから、狭衣の帯する帝位は帝というものの聖性を前提としているはずだ。それでこそめでたき栄華の物語になりおおせる。けれども狭衣帝の聖性はさほど自明ではない。狭衣の価値観に基づく帝位の価値、および狭衣帝の存在ぶりにおいて、自明とはいいがたいのである。前者についていえば、狭衣の内面を覆う苦悩がそれを相対化してしまう[33]。なにしろ狭衣は即位しても、一向に内面の苦悩を払拭することがない。むしろ恋のしくじりを嚙みしめる苦味にくらべれば、即位のありがたみなど吹けば飛ぶようなものといった風情だ。狭衣の内面においては、恋と帝位の重さにはるかな開きがある。狭衣の価値観に基づくとき帝位の聖性はさしたる重みを持たない。また後者についてだが、狭衣帝には成人聖帝としての聖性も幼帝に幻想される聖性も存在していないといえる。確かに周囲の者は狭衣帝に成人の聖帝を見ている。しかし、聖なる童でも立派な成人でもありえない狭衣のありようは、幼帝にしろ成人聖帝にしろ、いずれの聖性も秘めていないのではないか。狭衣帝の存在ぶりには帝の聖性を見出しがたい。すると、即位の栄華は狭衣の示した天上的聖性に呼応する栄華のように見えるが、狭衣帝において帝の聖性が脱色されて天上的聖性に見合わず、狭衣即位の筋立ては栄華の物語の体裁ばかりで、内実を空洞化されていることになるだろう。

ただここで注目すべきは他者の不在ではなかろうか。形ばかりの栄華であれ、それを脅かす者は誰もいない。かなりいかがわしい経緯をたどっているのにである。ひたすら狭衣の内面と存在ぶりだけが、狭衣帝の聖性を内側から腐食させ、その栄華を相対化するばかりだ。つまり『狭衣物語』は『源氏物語』とはまた違った方法でめでたき物語を批評しているのであった。『源氏物語』の場合、光源氏の聖性や栄華は朱雀帝（院）・今上帝により相対化されていたのではなかったか[34]。ここでも『狭衣物語』は『源氏物語』を対象化し、他者の在・不在、相対化作用の内在性・外在性を顚倒させて、『源氏物語』との差異を生み出し、『源氏物語』に対する批評的スタンスを確保しているといえよう。

『狭衣物語』はめでたき物語の軌跡を復権し『源氏物語』へのアンチの姿勢を見せるが、めでたき物語になりおおせたわけではない。むしろ、天稚御子事件に端を発したできごとのなかでとらえたように、『源氏物語』を対象化し顚倒させ差異を生成しつつ、『源氏物語』でもなくめでたき物語でもなく、独自の物語になっている。このような差異の生成は、『狭衣物語』がそれ自身独自であるべく、物語とりわけ『源氏物語』に対して、きわめて批評的なスタンスを確保する物語批評の物語であることを如実に示しているのではあるまいか。

むろん、先行の物語に批評的でない物語があろうとは思わない。けれどもこと『狭衣物語』に関しては、『源氏物語』やめでたき物語の類型にいかばかり批評的なスタンスで臨んでいたかを強調して、強調しすぎる状況にはいまだ至っていないのではないか。

注

（1） 三谷榮一「狭衣物語の構想と構成」（『国学院雑誌』一九六八年七月↓『狭衣物語の研究［伝本系統論編］』二〇〇〇年　笠間書院刊）。

（2） 深沢徹「往還の構図もしくは『狭衣物語』の論理構造―陰画としての『無名草子』論（上下）―」（『文芸と批評』一九七九年十二月、一九八〇年五月↓『狭衣物語の視界』一九九四年　新典社刊）。井上眞弓「『狭衣物語』における語りの方法―第一系統冒頭部より―」（『日本文学』一九九一年十二月↓『狭衣物語の語りと引用』所収「語りの方法―少年の春―」二〇〇五年　笠間書院刊。なお同書は随所で語りが狭衣に密着していることを指摘し、それを読者の読書行為とも関連させ、女房文学として一書の論理を体系化している。初出時と論理枠を変えているので、必要に応じて変更点を示す）。萩野敦子「『狭衣物語』女二宮物語論―「あはれ」「つらし」を軸として―」（北大『国語国文研究』一九九六年三月）、「『狭衣物語』における主人公と語り手の距離―独詠歌を取り巻く語り、そして作者を取り巻く環境―」（『論叢狭衣物語2』二〇〇一年　新典社刊）。

（3） 引用本文は内閣文庫本（写真版）に拠り、適宜、表記を改めた。引用本文内の丸括弧でくるんだ部分は論者（鈴木）の注である。なお参考として引用箇所に該当する日本古典文学大系『狭衣物語』の頁数を示した。この引用箇所では「おしなべての……」以下、西本（西本願寺旧蔵本の略称とする。通称深川本）ナシ。帝の意思を潜在化させた本文になっている。本文の趣は違うが古活字本も帝の意図を打ち出す。

（4）中野幸一「物語文学における主人公の造形―その官位の変遷について―」（岡一男博士頌寿記念論集『平安朝文学研究　作家と作品』一九七一年　有精堂刊）。

（5）倉田実「源氏の宮の養女性をめぐって」（『古代文学研究　第二次』二〇〇二年十一月↓『王朝摂関期の養女たち』二〇〇四年　翰林書房刊）は源氏宮が堀川上個人の養女であったこと、それに堀川大殿が協力したことを指摘しており、新しい。狭衣の受けとり方や周囲のふるまいを根拠づける。

（6）「むつましくもてなさせ給ふまじかりけれ……」の部分、西本では「むつましう思し出でて」となり、その後すぐに「二条堀川のわたりを」（人物紹介の部分　参考大系三三頁）につながっており脱落が認められる。古活字本では「仲澄の侍従」や「宰相中将」の例が省かれている。この「宰相中将」について後藤康文「もうひとりの薫―『狭衣物語』試論―」（九大『語文研究』一九八九年十二月↓『狭衣物語の視界』一九九四年　新典社刊）は不自然な呼称であるとし、他本との校合から「在（五）中将」（業平を指す語）の転化本文だとする。合理的な解釈であるが、源氏宮と狭衣の擬似兄妹関係を考えると、なお留保を置きたい。

（7）三谷邦明「『狭衣物語』の方法―〈引用〉と〈アイロニー〉あるいは冒頭場面の分析―」（『物語と小説　平安朝から近代まで』一九八四年　明治書院刊↓『物語文学の方法Ⅱ』一九八九年　有精堂刊）は狭衣の悲恋の責任が親の養育にあるという。

（8）『和泉式部日記』「君は君われは我ともへだてねば心々にあらむものかは」（七四頁　新編日本古典文学全集に拠り若干表記を改めた）。なお自分は自分と孤立的なありようで使われている例は『源氏物語』「澪標」（二―一〇五）「松風」（二―二〇八）「真木柱」（三―一三七）「手習」（五―三四三）各巻に見える。「君は君われは我にてすぐすべきいまはこのよとちぎりしものを」（『弁乳母集』）は反語で打ち消しているが「君」と「我」を隔てた歌の例として挙げられる。

（9）森下純昭「『狭衣物語』冒頭部「花こそ春の」の引歌考」（岐阜大学『国語国文学』一九九九年三月）は長く出所未詳とされてきたこの句が「あしひきの山の端よりは出でねども花こそ春の光なりけれ」（某年三月十余日六条斎院禖子内親王家歌合　中務）の引用であると指摘した。蓋然性の高い指摘だと考えている。

（10）注（2）井上眞弓論文は「山吹」が狭衣の恋心を昂進しかつ抑制する両義的作用を及ぼす表象である次第を鮮やかに示している。なお同論の注（2）には「山吹」を含む冒頭部の表現史に関する研究史が遺漏なく整理されている。

（11）冒頭「少年の春……」の「少年」にそもそも「子供」の意をかぶせて読む説もある。魅力的だが、子供から大人への微妙な移ろいの時期を指す漢籍の語義をそのまま生かして読みたいと思う。そういう時期のなかでのつまずきが語られていくのだと理解しているので、その説は採らない。

（12）柳田国男『桃太郎の誕生』（『柳田国男全集』6所収　二〇〇六年　筑摩書房刊）。なお、童子・小児あるいは老人に聖性を見ることが可能だという点については、たとえば島内景二「年齢とその話型」の項（別冊国文学『王朝物語必携』一九八七　学燈社）が簡便にまとめている。

（13）注（2）深沢徹論文では、この物語は『竹取物語』の終末から始まると指摘する。

（14）「みのしろも」の部分、西本「みのころも」（傍点論者）とあるが、「のこ」の脇に「しろ」と傍書。その下に小さく「もか」と書かれているように見える。西本書写者は他本との校合により「みのしろも」の誤写を考えた様子が窺われる。他本の状況から見て、また狭衣の返歌から見て、西本は誤写の可能性が高い。「みのころも（身の衣）」にしても、歌意は変わらない。

（15）中村義雄『王朝の風俗と文学』（一九六二年　塙書房刊）。

（16）『夜の寝覚』で主人公中の君の夢に天人が現れるところにも同様の側面を見ている。永井和子「夜の寝覚―無力な人間―」（『国文学　解釈と鑑賞』一九八七年十一月　至文堂→『続寝覚物語の研究』一九九〇年　笠間書院刊）

は少女時代の終わりをそこに見とる。また、足立繭子「『夜の寝覚』発端部と継子物語―《母》物語としての位相―」(『中古文学論攷』一九九一年十二月) も天人の夢と中の君の《思い》の成長という観点で示唆的な発言をしている。

(17)『源氏物語』の引用本文は新日本古典文学大系に拠り巻名、冊番号、頁数を示した。

(18)『源氏物語評釈』(一九六四年　角川書店刊)。

(19)『伊勢物語』の引用本文は新日本古典文学大系に拠りその頁数を示した。

(20) 巻内にはない語である「若紫」という巻名が『伊勢物語』初段の歌「春日野の若紫のすり衣しのぶのみだれ限り知られず」を想起させる点を考察している (注 (17) 前掲書)。

(21)「藤壺物語の表現構造―若紫巻の方法あるいは〈前本文(プレテクスト)〉としての伊勢物語―」(『物語・日記文学とその周辺　今井卓爾博士古稀記念』一九八〇年　桜楓社刊↓注 (7) 前掲書)、『源氏物語躾糸』(一九九一年有精堂刊)。

(22) 森一郎「藤壺物語の主題と構成―源氏物語第一部前半の世界構成・恋と栄華―」(甲南女子大『研究紀要』一九六七年三月↓『源氏物語の主題と方法』一九七九年　桜楓社刊)。

(23)「いまはまろぞ思ふべき人」(一―一八五)「まろも (父宮に) 同じ人ぞ」(一―一九三) といい光源氏は紫上に自身を保護者・父親としてアピールしている。

(24) 巻二には女二宮の母大宮について「この御息所の御腹におはすれ、源氏宮のあたりをのみ聞こえ交はし給へるを」(参考一二三頁) とあり、大宮と源氏宮は同腹の姉妹で、源氏宮と女二宮は叔母・姪関係にあることがわかる。「この御息所」は西本・古活字本では「こ (故) 御息所」とあり、より明確。「御腹におはすれ」は西本では「御続きおはすれど」でほかにも兄弟姉妹はいるけれど、といった内容になり不審。校本に拠ればいわゆる第一系統本では「御腹」が多い。九条本も「御腹」。古活字本は「御はらから (同胞)」で大宮と源氏宮が伯母 (叔母)・姪関係になり、源氏宮と女二宮は従姉妹関係になる。どちらも不自然さを抱えるものの、「御腹」の方が合理的である点については朝日古典全書『狭衣物語』下巻「狭衣物語登場人物関係表付注」（四〇〇頁　一九六七年　朝日新聞社刊）に詳しい。ただ、古活字本のような本文は「紫のゆかり」が従姉妹でもいいという新しい解釈を提出している可能性も認められる。ともあれ、「ゆかり」関係はまだこの時点では引用と語りによって読みとられる質のものである。だからこそかえって、「ゆかり」への愛情が通わず、先行文学との差異を生み出している状況が問われてくるのだと見る。

(25)　傍線部c「昔の御ゆかり」は西本および古活字本では「向ひの岡は」。「武蔵野の向ひの岡の草なればねを尋ねても逢はんとぞ思ふ」（『小町集』、『新勅撰集』雑四、小町）を引く。いずれにせよ狭衣もまた源氏宮・女二宮双方と血縁であるから、「紫の……」の歌は問題がないという説明であるのに変わりはない。「向ひの岡」がたぐり寄せる小町歌は「武蔵野」を含んで、むしろ女性間の「ゆかり」関係を読みとらせるものだともいえる。

(26)　本書Ⅲ第2章で詳細を述べている。

(27)　朝日古典文学全書『狭衣物語』上巻（一九六五年　朝日新聞社刊）の当該部分への補註（三九六頁）。

(28)　久下晴康（裕利）「『狭衣物語』の形成―「源氏取り」の方法から―」（『国文学研究』一九八〇年十月↓『平安後期物語の研究　狭衣 浜松』一九八四年　新典社刊）。井上眞弓「『狭衣物語』の書物と語り―「行為」と「記憶」のメディアー」（新物語研究⑤『書物と語り』一九九八年　若草書房刊↓注（2）前掲書「書物―「行為」と「記憶」のメディアー」）。

(29)　注（5）倉田実論文。

(30)　神田龍身「浜松中納言物語　狭衣物語と夜の寝覚―方法としての内面―」（別冊日本の文学『日本文学研究の現状Ⅰ古典』（一九九二年　有精堂刊）、「『堤中納言物語』断章―ミニチュアの楽園」（『物語・日記文学とその周辺今井卓爾博士古稀記念』一九八〇年　桜楓社刊）。いずれも後に『物語文学、その解体―『源氏物語』「宇治十帖」以降』（一九九二年　有精堂刊所収「方法としての内面―後冷泉朝期長篇物語覚書」「ミニチュアと短篇物語」）。それら神田論は天稚御子との昇天が「少年性を永遠化」することであり、「源氏宮との大人の関係」が少年性から脱皮することだと指摘する。さらに狭衣はその双方に失敗し、「少年性に拘泥しつつも、日常的時間の中で無残に生きながらえ老いていかざるを得ない」と指摘する。首肯される指摘であり本論も同様の理解を持つが、その双方の「失敗」の契機として天稚御子事件をとらえ、その失敗にこそ物語とりわけ『源氏物語』への批評があるという点を考えている。

（31）本書Ⅱ第３章で詳細を述べている。

（32）『狭衣物語』にタームとしての「批評」を導入したのは井上眞弓「『狭衣物語』の引用・断面―夢のわたりの浮橋を軸として―」（『日本文学』一九八八年四月→注（２）前掲書「『夢のわたりの浮橋』論」）。物語が物語を批評するという視点はきわめて新鮮で大きな影響を受け、本書（鈴木）も同語を使用している。注（２）井上前掲書は『狭衣物語』（および文化的概念としての女房を読者／作者とする古典文学）が引用によりさまざまな物語（あるいは文学）をたぐり寄せつつづれていく運動をとらえる。そして読者（仮想の読者・女房）に豊饒な読みの可能性を拓く語りの方法としての引用を「批評」という語に集約しているようだ。本書では差異の生成が先行の物語を対象化し顚倒させさえして、独自の物語を切り開く物語のあり方を表すことばとして、「批評」という語を用いているのは序に述べたところだ。「批評」を読者論（仮想の読者を想定する女房文学論）に敷衍しない点で、井上論と立場を異にする。

（33）三谷邦明「後期物語の方法―〈理念〉と〈語り〉あるいは源氏物語の呪詛―」（『日本文学講座４』一九八七年大修館書店刊→『物語文学の言説』一九九二年　有精堂刊）はここに「心深し」を見とり、むしろここにおいて『源氏物語』への批判性を見ている。論旨に異論はないが、アンチの意を含む「批判」はめでたき物語の方に見ているので、差異を生み出し個別化していく意で「批評」を用いた。そして同時にそれは、『源氏物語』のアンチテーゼとして現象しためでたき物語への自己言及的批評でもあるととらえている。

（34）河添房江「女三の宮」（『国文学』一九九一年四月　学燈社→『源氏物語の喩と王権』「女三の宮粗描」一九九二年　有精堂刊→『源氏物語表現史　喩と王権の位相』一九九八年　翰林書房刊）。

第2章〈知〉のたわむれ——「紫」が「紫のゆかり」であるならば……

一　空洞化される「紫のゆかり」の物語

『狭衣物語』は『源氏物語』若紫巻が立ち上げた「紫のゆかり」の物語に、ある種の姿勢で向かい合っている。それにこだわり、それを透視させながら、しかし不在化させて、いわば空洞化させてしまうといった姿勢だ。この空洞化の仕組みを考えることから、『狭衣物語』の〈知〉的『源氏物語』批評(1)を読み解いていきたい。以上が本章の眼目である。

前章とも重なるが、しばらく「紫のゆかり」の物語がいかに空洞化されているかを具体的に見ていく。天稚御子のいたずらな来訪いわゆる天稚御子事件を受けて、帝は狭衣に女二宮を降嫁させようという。天稚御子を招き寄せた笛の禄として、また天稚御子との昇天を断念させた代償としてである。

身の代も我脱ぎ着せんかへしつと思ひなわびそ天の羽衣(2)　（参考　五〇）

帝が女二宮降嫁の意向を示した歌である。それに対して狭衣はこう思う。

いでや、武蔵野のわたりの夜の衣ならば、げにかへまさりもやおぼえまし。　（参考　五〇）

女二宮ではなく、かねて思いを寄せる源氏宮ならばと思うのである。そうしてこんな歌を返す。

紫の身の代衣それならばをとめの袖にまさりこそせめ　（参考　五〇）

この歌は、たしかに返歌としては降嫁を承諾した格好のものだが、同じ「身の代」なら「紫」の「身の代」すなわち源氏宮ならば天稚御子にもまさってすばらしいのに、女二宮ではいかがなものかという狭衣の真意を塗り込めてもいる。この際の「武蔵野のわたりの夜の衣」「紫の身の代衣」は、明らかに源氏宮と女二宮の「ゆかり」関係を指示するものであり、そこにおいて源氏宮を「紫」とし女二宮をその「ゆかり」とするなら、女二宮は源氏宮の「紫のゆかり」であるはずだ(3)。事実、二人は叔母と姪の関係に相違ない(4)。しかし「紫」への恋心が、すんなりとは「紫のゆかり」に向かわないようなのである。

しかも、源氏宮にうりふたつで、その「紫」と同系の「藤（壺）」として結ばれるのは、式部卿宮の姫君（以下宮の姫君あるいは姫君と略称する。宰相中将の妹君とも呼称される人物）であった(5)。また、宮の姫君との物語が相当に若紫巻を透視させるものであることも、すでに指摘されている(6)。けれども、この姫君は源氏宮との「ゆかり」（血縁）関係をもたず、結局、源氏宮恋慕をひき受けきれない「形代」に終わってしまう。それにはむしろ、『狭衣物語』の「紫のゆかり」の血筋に対するこだわりの強さが、いい換えれば「紫のゆかり」の物語に対するこだわりの強さが窺えるだろう(7)。

では、「紫のゆかり」だと打ち出され、血筋にも裏打ちされる女二宮はどうかというと、物語全体のなかでは次第に恋慕の比重を増されて、あたかも「紫のゆかり」の物語を担うかのごとくである。にもかかわらず、最後まで源氏宮恋慕をひき受けるべき「紫のゆかり」の女性として、狭衣に発見・認識されることがない。たしかに女二宮との物語は「紫のゆかり」の物語を透視させるのではあるが、当の狭衣において、女二宮への思いが源氏宮恋慕とは切り離され、「紫のゆかり」が「紫」恋慕をひき継いでいないという点で、どうしても「紫のゆかり」の物語たりえない。

このように『狭衣物語』は、宮の姫君を通じて「紫のゆかり」の物語に強いこだわりを表し、女二宮においてそれを透視させる物語を組み上げながら、「紫」恋慕を継承する「紫のゆかり」の論理は不在化させて、いわば「紫のゆかり」の物語を空洞化させているのだといえよう。

ところで、「紫のゆかり」の物語は、『源氏物語』自体においてすでに相対化されていた。第二部を始動させる女三宮降嫁とその後の物語において、それはなされている。光源氏が女三宮降嫁を望んだ要因のひとつには、藤壺と紫上の関係を想起させる、藤壺と女三宮の「紫のゆかり」関係（血筋）があったといえる。しかし、女三宮がいかに無残にその「紫のゆかり」幻想を打ち砕いたかはいうまでもない。つまり、第二部は光源氏の心を動かす絶対符号として「紫のゆかり」関係（血筋）を導入し、同時にその相対化を図ったといえるだろう。それは一面、第一部の「紫のゆかり」の物語を、反復不能のものとして屹立させたのだともいえる。

こうした『源氏物語』第二部の状況を受けて、『狭衣物語』は「紫のゆかり」の物語に向かい合っているのである。第二部のように、血筋による「紫のゆかり」幻想を真っ向から打ち砕いて相対化するのではなく、それを微妙に温存しながら、それでいて「紫のゆかり」の物語を空洞化するといった向かい合い方だ。このような空洞化を果たさせる仕組みを、『狭衣物語』における「紫」の特異性に着目しつつ明らかにして、この物語の〈知〉的『源氏物語』批評を読み解いていこうと思う。

それにはまず、狭衣の源氏宮恋慕の質、および狭衣における源氏宮の位相を確かめておきたい。「紫」恋慕の質と、「紫」の位相をとりおさえてみると、『狭衣物語』の「紫」はいかに特異であるかが浮かび上がってくる。

ところが、狭衣における源氏宮恋慕の質も宮の位相も、二人の関係そのものからは、さほど明確にならない。宮に対する狭衣の恋心は無前提に物語冒頭を飾るが、二人は兄妹同然の関係にあるということで、狭衣の恋心は自制される。後に恋心を告白してみても、ことは同じであった。そしてただ、宮の美しさを見ては心を惑わし、また自制する。こうしたパターンを幾度となく繰り返すばかりで、宮に対する恋慕の質も、宮の位相も、二人の関係からはどうにもはっきりしない。

そこで、「紫のゆかり」の役どころを担うかに見えながら担いきれず、「形代」に終わってしまった宮の姫君に注目してみようと思う。そもそも「形代」であれ、本体に期待されるべきものを期待された存在には違いない。しかも『狭衣物語』では「紫のゆかり」にではなく、むしろ「形代」の方に源氏宮恋慕が重ね合わされたのであるから、宮の姫君の存在は狭衣の源氏宮恋慕の質、および狭衣における源氏宮の位相を、いくばくか照らし出すべきものとして注目されてよいのではあるまいか。

「紫」の「形代」である宮の姫君との物語から、「紫」恋慕の質、および「紫」の位相をとりおさえ、『狭衣物語』における「紫」の特異性を浮かび上がらせてみる。そのうえで「紫のゆかり」の物語を空洞化する仕組みを明らかにして、この物語の〈知〉的な批評性を読み解いていきたい。

二　両義的「形代」

では、「紫」の特異性をさぐるべく、「形代」の物語を検証していく。

狭衣と宮の姫君の物語で、まずいささか注目されるのは、式部卿宮邸での奇妙な垣間見である。奇妙だというのは、二人の物語が本格的に動き出すときの垣間見なのに、狭衣が当の姫君の姿を見ていないからだ。この垣間見で狭衣の視線にとらえられるのは姫君の母（以下母君と呼称する）と幼い弟の姿である。狭衣は母君の若く美しい姿に、とりわけ強くひきつけられる。このときの、狭衣自身もいぶかる心模様は注目されてよいだろう。

A　この見る人（母君）をも見さして出づべき心地のし給はぬも、「ありありていとかたくなはしきわざかな。我が歳の程よりも大人しき宰相中将（姫君兄）の有様を」など、思ひ合はせ給ふにぞ、「いとにげなう、あるまじきことかな」と、独り笑みせられ給ひける。

折り見ばや朽ち木の桜ゆきずりに飽かぬにほひは盛りなりやと

独りごちて出で給ふも、我ながらものくるほしくぞ思し知らるる。（参考　三六二）

かなり年配の女性である母君に抱いてしまった思いは、「かたくなはしきわざ」（傍線部a）「にげなう、あるまじきこと」（傍線部b）「ものくるほし」（傍線部d）と、自嘲気味に対象化されている。けれども傍線部c「折り見ばや……」の歌に見られるように、狭衣は「朽ち木の桜」すなわち母君の異様ともいえる若さ美しさに恋心を抱いてしまったのである。

そして、その恋心は傍線部abdの認識つまり常軌を逸しているとの認識をもってしても、なかなか拭いがたいようだ。

B　夜もすがら、思はずにありがたかりつる面影を忘れ給はず思し明かしても、かう世づかぬ心の中をも、げに知らせぬがいと口惜しければ、慰めがてら例の姫君の御方に聞こえ給ふやうなれど、ことざまの心も添ひたるべし。

散りまがふ花に心を添へしより一方ならずもの思ふかな　（参考　三六四）

狭衣はひと晩中、はしなくも垣間見た母君を思い夜を明かし（傍線部a）、姫君への手紙にかこつけて、母君恋慕を匂わせている。傍線部c「一方ならず」は、姫君側では「並々ならず」の意で解されるのであろうが、語り手の評言「ことざまの心も添ひたるべし」（傍線部b「別の人への思いも加わっているのだろう」）に支えられ、「一方向でなく」の意をたぐり寄せてしまう。狭衣の恋心は姫君に向けられるだけでなく、母君にも向けられていることを表してくるのである。

さらに物語も程経て、病の篤い母君が出家した後にも、狭衣は見舞いに出向き、母君への恋心を交錯させて歌を詠む。

C　我もまた益田の池のうきぬなはひとすぢにやは苦しかりける

といひ消ち給ふけはひは、なほ聞き知らん人に聞かせまほしきを、様異なる御心のうちをばいかでかは知り給はん。　（参考　三八四）

ここでも、「ひとすぢにやは苦しかりける」が姫君への通り一遍ではない苦しい恋心を表しつつ、同時に姫君一途ではいられず母君に抱いてしまった苦しい恋心を表しているのは、引用B傍線部c「一方ならず」と同様である。「様異なる御心のうち」への語り手の言及がさらにそれを裏づける。垣間見以来、狭衣の母君への思いは持続されており、かなり根深いといえよう。

式部卿宮邸での垣間見が注目されるのは、宮の姫君との物語が本格的に動き出す発端にある垣間見だというのに、狭衣が見て惹きつけられたのは母君で、母君への根深い恋心を抱いてしまったことである。

次に、ならば垣間見していない宮の姫君への恋心は、どのように形づくられているのかを見てみたい。式部卿宮邸での垣間見の後、狭衣は母君恋慕もさることながら、見てもいない姫君への思いを確実に深めていくのだった。狭衣の姫君恋慕の特質はそこに認められる。

D　これ（母君）に似給て、いま少しきびはに若からん姫君の御有様は、我が思ふことのかなふべきにやとうれしきこと……　（参考　三六三）

E　ところどころほのかなる墨つき定かならねど、母君のおぼえたれど、思ひなしにやいま少し若やげにらうたげなる筋さへ添ひて、見まさりけることさへ、口惜しう、うち置きがたうおぼさるること限りなし。　（参考　三七二）

引用Dは垣間見のときに抱いた狭衣の思いであり、引用Eは姫君から東宮に宛てられた手紙（筆跡）を目にする狭衣の思いである。引用Dでは、姫君が母君似（傍線部a）で、しかももう少し若々しいであろうことを想像して、願いがかなうのだろうか（傍線部b）と感動を覚えている。傍線部bはいささか問題を残すが、もう少し考察を進めた後に、改めてとりあげる。ともあれ姫君への思いは、母娘の「ゆかり」（血縁）ゆえに、姫君が母君似であると前提する狭衣の思惑に基づき、形づくられているのである。また、引用Eでも、姫君の筆跡が母君の筆跡に似ていることに、しかもそれを若々しく、かわいらしくしたものであることに、いたく心を惹かれている。母子の「ゆかり」に由来する筆跡の類似は、そのまま容姿の類似を幻想させるのであろう。やはり姫君を母君に重ね合わせたうえで、狭衣の姫君への思いは形づくられているのだといえる。こうしてみると、その容姿を見られる前の姫君には、母子の「ゆかり」にちなんで、むしろ母君への思いを重ね合わされた母君の「形代」（身代わり）という側面が浮かび上がってくる。[8] 狭衣の姫君恋慕の特質は、源氏宮恋慕を重ね合わされるばかりでなく、母君恋慕をも重ね合わされているところにある。その点を押さえておきたいと思う。

さて、母君の死が間近に迫ったある夜、狭衣はようやく宮の姫君を間近にとらえ本人を見る。そして、「斎院にぞいみじう似奉り給へりける」（参考三八七）と、姫君は源氏宮に重ね合わされるのだった。さらに、「ただあながちなる心の中を、あはれと見給て、かかる形代を神の作り出で給へるにや」（三八七）と思われ、姫君を源氏宮の「形代」だと認識するのである。だが、これで姫君と母君との重ね合わせが解消するわけではない。次にその点を確認し、さらに考察を進めたい。

F　男君、枕上の几帳押しのけて見出だし給へれば、いづれを梅と分くべくもあらず降りかかりたる枝ざしども、[a]かのありしゆきずりの梢にいとよう似たるも、[b]思ひの外に目とまりし火影、思し出でられていみじうあはれなれば、女君に琴の音聞きし様など語り聞こえ給て、…〈中略〉…

[c]ゆきずりの花の折かと見るからに過ぎにし春ぞいとど恋しき　（参考　四〇二）

姫君を源氏宮の「形代」として認識した後、母君が急逝してしまい、狭衣は姫君の見舞いに訪れて一夜を共にする。これはそのときの場面からの引用である。傍線部a「かのありしゆきずりの梢」は、さかのぼって狭衣がふと心を惹かれ、式部卿宮邸を垣間見するきっかけとなった宮邸の風情「築地ところどころ崩れて花の梢どもおもしろく見入らるるところあり」(参考三六二)に表れていた「花の梢」を指している。なおそれは引用Aで「朽ち木の桜」と歌に詠み込まれて、母君自体を指していたものだ。姫君との一夜に見る雪の降りかかった梅の枝ざしと、垣間見の夜に狭衣の心をとらえ母君に重ね合わされた桜の梢が、「いとよう似たる」(傍線部a)と眺められるのは、暗に狭衣が姫君と母君を重ね合わせていることを示すだろう。さらに傍線部b、cを見れば、狭衣は姫君との一夜を過ごしながら、今度は明確に「思ひの外に目とまりし火影」(垣間見の夜の母君)に思い及び、またこの一夜を再び「ゆきずりの花の折」(垣間見の夜)に重ねて、それを「恋し」く思う気持ちを歌にしている。つまり狭衣は、源氏宮の「形代」だと認識した姫君と一夜を共にしつつ、なお姫君と母君を重ね合わせ、姫君からむしろ母君へと思いを致しているのである。姫君はいまだ母君を本体とする、母君の「形代」としての側面を持ち合わせているのだといえよう。

このあたりで狭衣における宮の姫君の位相をまとめてみる。姫君はまず、見られてもいないうちから母娘の「ゆかり」により、源氏宮よりむしろ母君の「形代」として、狭衣の姫君恋慕を形づくっていた。その後、狭衣と接して見られたことにより、明確に源氏宮の「形代」だと認識され強い恋慕の対象になっていく。だが、それでもすぐに母君の影が消えるわけではなく、母君恋慕と源氏宮恋慕の双方が重ね合わされた存在なのだということは見てきたとおりだ。いわば姫君は母君・源氏宮二人の影を負った両義的「形代」の位相にあるといえるのではないか(9)。なお、姫君を覆っていた母君の影が希薄になり、次第に立ち消えていくと、姫君は源氏宮の影を負いきれなくなり、狭衣の心を繋ぎとめえなくなっていく。つまり姫君が両義的「形代」の位相ではとらえられなくなると、姫君の存在感も薄れてしまうのだった。姫君に重ね合わされた源氏宮恋慕は、母子に通う情と関係づけられているようだ。

さらにここで、引用Dの考察で保留した点に立ち返りたい。母君をもう少し若くした姫君の姿を思い描き「我が思ふことのかなふべきにや」（引用D傍線部b）と思っている点だ。「我が思ふこと」とは、「かからん人をこそ我がものにせめ」（参考三二）[10]すなわち源氏宮のような女性を得たいと、狭衣が物語当初から募らせていた積年の願いであると見ていい[11]。狭衣はまだ見てもいないのに、母君に似た姫君なら、源氏宮に似ているはずだと想定する。その想定のもと、母君に恋心を抱きつつ姫君を思い浮かべる傍らで、源氏宮恋慕も報われるのかと思いを巡らしているのである。これは、そもそも垣間見の時点から、姫君が母君・源氏宮双方の影を負う両義的「形代」の位相にあったことを明らかにする。またそれによって、母君・姫君の母娘に通う情は、いっそう明確に源氏宮恋慕と関係づけられているといえよう。

これらの点をもふまえていえば、宮の姫君との物語は、狭衣の源氏宮恋慕が母子双方に通う情の問題を絡みつけている様子を窺わせるのではないか[12]。端的にいうと、狭衣における源氏宮とその「母」の問題をひきつけているのではあるまいか。源氏宮・母君双方の影を帯びて映える姫君の両義的「形代」の位相は、源氏宮とその「母」を問題化させずにはおかないのだと思われる。

「形代」の物語は「紫」とその「母」の問題を突きつけている。とりあえず本節ではその点を確認したい。

三　「紫」恋慕と母恋

前節では「紫」とその「母」という問題をあぶり出したけれども、源氏宮は三歳で両親と死別しており実母がいない[13]。三歳では母の面影すらおぼつかないだろう。光源氏も三歳で母を亡くし、面影を知らなかった。その宮にとって母に等しい存在といえば、宮をひきとり養育している狭衣の母堀川上だといえる。「この斎宮（堀川上）のやがて迎へとり聞こえさせ給て、中将（狭衣）の御同じ心に思ひかしづき給ふ」（参考三六）とあるように、堀川上は源氏宮を狭衣と分け隔てなく養育している。そのせいか両者の母娘関係はきわめて緊密である。たとえば源氏宮が斎院に選ばれた折にも、宮は「いづくなりとも、一日も隔てていかでかは」（参考一九六）と、堀川上の膝下を離れることに不安を表す。すると堀川上は「尼にならざらん限りはいかでかおぼつかなき程には侍らん。行末のことを思ふぞ口惜しうは」（参考一九六）と応える。頼り頼られる良好な親子関係であった。実際、「斎院に参り給へれば上もこの御方にて、琴《きん》の御琴弾かせ奉り給て聞かせ給ふなりけり」（参考三三一）と、堀川上は斎院につき添っているのであり、両者の緊密な母娘関係が窺い知れる。したがって源氏宮とその母という場合、母は狭衣の実母である堀川上が浮かび上がってくるのである。

　このあたりで見通しをつけておくと、源氏宮恋慕の深層には、源氏宮の養母であり狭衣の実母である堀川上への思いが潜んでいるように思う。以下、その点を考えていきたい。まず、宮の姫君は源氏宮・自身の母君双方に向けられた狭衣の恋慕を担う両義的「形代」の位相にあって、姫君・母君・源氏宮の類似を指示していた。そこで、源氏宮と姫君の関係を蝶番《ちょうつがい》にしつつ、姫君・母君に、源氏宮・堀川上をひきつけてみる。すると、狭衣の視線を介して、母君と堀川上もまた奇妙に重ね合わされていることがわかる。

G　これや、さは姫君ならん　（参考　三六三）

H　中将の母にやと見ゆるに、あまり若うをかしげなるを、なほいとどあやしと見給ふ。我が御母上を（底本「と」[14]）こそ類なくめでたき御有様と見奉り給へるに、さらばかかる人もある世にこそと思すにも、

（参考　三六三）

I　いと弱げなるしも、見し面影に変はらず若うをかしかりけるを（参考　三八二）

J　「思はずにをかしかりし御影は、それ（姫君あなた）にやと思ひよそふるまで、ありがたう若うものし給ひしかな。……」（参考　四〇二）

これらは狭衣の視線がとらえた母君（宮の姫君母）の様子である。一見してわかるように、母君の特質は年齢を感じさせないほどの若々しい美しさだ。

さて、堀川上もまた狭衣の目には、あまりに若く美しい女性の容貌でとらえられている。

K　あくまでらうたげに、親と見えさせ給はず、若う見えさせ給へる御かたち、殿のさばかり至らぬ隈なく見あつめ給ひけんに親と申し[15]ながらすぐれ給へる御思ひもことわりぞかしと見奉り給ふ。（参考　六一）

L　源氏宮の御はら（から）とぞ申しつべき程もうちすがひてめでたくおはするを、（参考　七七）

M　うち涙ぐみ給へるまみなどの、親ともおぼえさせ給はず、若くうつくしうて、（参考　三三一）

狭衣の見つめる堀川上の容貌である。狭衣の視線を介して、母君と堀川上は、とうてい人の親とも思えない若々しい美しさで、重なりを示している。つまり狭衣にとって、母君と堀川上は美質を一致させた似寄りの存在なのである。さらに、少し戻って引用H傍線部bに注目したい。垣間見の場面からの引用だが、狭衣は母君を堀川上にひきくらべ、匹敵する女性としてとらえている。底本および平出本の本文なら、母君を堀川上と見まごうているのだから、さらに直截な重ね合わせが図られたといえるかもしれない[16]。重ね合わせの程度の差こそあれ、いずれにしても二人を類比するまなざしを交えながら、母君への恋心は傾けられていったのである。以上のように、狭衣の視線がとらえる母君と堀川上の類似（若々しい美しさ）や、母君恋慕の始まりにおける堀川上とのひきくらべといった点を押さえてみると、母君への恋心には、実母堀川上を一面、一人の女性として見る狭衣の思いすなわち母恋の相が反映されている。そういって差し支えないのではないか。

すると、源氏宮恋慕と母堀川上への思いは、決して別々のものではなく、繋がりを見せてくる。というのも、宮の姫君は両義的「形代」の位相にあって、母君・姫君自身・源氏宮の類似を指示していたのだから、その一角を担う母君が堀川上との類似を見せた以上、狭衣にとって四人の女性は、数珠つなぎに繋がっているといえる。ならば、源氏宮恋慕と堀川上への思いも、奇妙に繋がっているといえるのではないか。

なお、第二・三・四系統にはないが、引用Lで、狭衣は堀川上の若く美しい姿を「源氏宮の御はらから」とさえ見なしている。主たる第一系統本（および為秀本）は、源氏宮と堀川上をより明確に重ね合わているのでもあった。(17)

　これまで述べてきたことを図示すると左図のようになる。

　源氏宮恋慕には、実母への思いが混在している。引用Kに立ち返ってみると、後半部は父大殿が堀川上を他のどの妻よりも重んじていることに、狭衣が共感しているのだが、これは父大殿の立場で、つまり一人の男性の立場で、

母堀川上を見つめる視点の存在を表しているだろう[18]。そして、こうした母恋の混在は、源氏宮が狭衣にとってまさに「紫」の位相にあるに違いないことを、恋慕の質の面から明らかにするのではないか。『源氏物語』においても、光源氏の藤壺恋慕には、亡き母桐壺更衣への思いが滑り込んでいたはずだ。「紫」恋慕には母恋の相が混在する。だとすれば、『狭衣物語』にも「紫のゆかり」の物語を支えていく基盤の「紫」は確実に存在している。しかしなぜ、にもかかわらず『狭衣物語』では「紫のゆかり」の物語が形象されないのかという点については次節で考察したい。

ところで、「紫」をたどるべく「形代」の物語を見てきたが、「形代」である宮の姫君との物語について、もう少し考えておきたい。源氏宮にうりふたつの姫君は、あたかも物語をめでたき終焉に導く切札のように見える[19]けれども、それにしてはあまりに尻すぼまりだ。姫君との物語を振り返ってみると、物語も終盤に至って、源氏宮の「紫」としての位相を明確にしている。さらに「紫のゆかり」の血筋にはない姫君が、「紫」になり代わろうとすると、母の影を払拭され、母恋の相を担えなくなり、その物語も失速を余儀なくされる。このような物語の相貌そのものにおいて、姫君との物語はむしろ、『狭衣物語』の「紫」へのこだわりと、「紫」に由来する「紫のゆかり」の物語に対するこだわりを改めて明らかにしているのではないか。そうして、ではなぜ「紫のゆかり」の物語は空洞化されるのかという問いを呼びおこす仕掛けになっているのだと解釈しておく。

四 「紫」が「紫のゆかり」であるとき

見てきたように、狭衣の源氏宮恋慕の質は、『源氏物語』に範をとったときの「紫のゆかり」の物語における「紫」恋慕の質そのものであり、源氏宮は明らかに「紫」の位相にあるに違いない。しかも狭衣は「紫」恋慕にゆきなずんでいて、それをひき受けるべき「紫のゆかり」の血筋には女二宮がいる。にもかかわらず「紫のゆかり」の物語は形象されない。『源氏物語』において、桐壺→藤壺→紫上として成立した図式が、どうして『狭衣物語』においては、堀川上→源氏宮→女二宮という図式にはなりえないのか、そこにわだかまるものはなんなのかと問いを発してみると、『狭衣物語』が『源氏物語』との差異を生成しながら、「紫のゆかり」の物語を空洞化させている様子がとらえられてくる。

そこでまず、堀川上・源氏宮・女二宮の三者のなかで、堀川上と源氏宮の関係に注目したい。源氏宮は堀川上の兄にあたる故先帝の姫宮だ。つまり、源氏宮と堀川上もまた「紫のゆかり」（叔母・姪）の間柄で結ばれていたのである。もういちど堀川上・源氏宮・女二宮の関係で見ると、源氏宮は「紫のゆかり」にしてかつ「紫」なのだった。注目すべき点ではないか。なぜなら、桐壺・藤壺間にはない「紫のゆかり」関係が、堀川上・源氏宮間には存在しているからであり、そこにおいて、「紫」であるはずの源氏宮が「紫のゆかり」にもなっているという奇怪な位相は、『源氏物語』との差異を生み出しているからである。この差異こそが、堀川上→源氏宮→女二宮と流れるはずの「紫のゆかり」の物語を形象させず、不在化させるものなのではあるまいか。この点を考えていきたい。

だがその前に、『狭衣物語』における「紫のゆかり」の物語を考える場合、そもそも「紫のゆかり」に相当する女二宮のひき出され方が問題だ[20]。天稚御子のいたずらな来訪いわゆる天稚御子事件を受けて、帝が狭衣に女二宮を降嫁させるといい出すのだが、女二宮の姿は現れない。これでは見ることによって「紫のゆかり」を発見し、「紫」に重ね合わせていく「紫のゆかり」の物語の重要なプロセスがとり落とされてしまうのである。若紫巻に照らせばわかるように、また逆説的には若菜上巻を参照すればわかるように、「紫のゆかり」の物語においては、「紫」に似ていると視覚的に確認させる「紫のゆかり」の現前性がきわめて重要であったはずだ。女二宮のひき出され方がすでに「紫のゆかり」の物語を躓かせていたのだといえる。しかし仕切り直しとでもいおうか、巻二に入ると、垣間見を経て狭衣は女二宮と逢う。この時にも狭衣の視線は源氏宮に女二宮をきちんと重ね合わせることができないわけだが、腕の感触から二人を重ね合わせている[21]。それでも女二宮は源氏宮恋慕に代替される「紫のゆかり」だとは認識されない。女二宮のひき出され方にまず大きな問題があるにしても、再び「紫のゆかり」の物語が立ち上がるような動きを見せながら、またもや女二宮は「紫のゆかり」の位相から排除され、「紫のゆかり」の物語も形象されないのである。それはまさに「紫」にして「紫のゆかり」でもある源氏宮の奇怪な位相によっているのではあるまいか。

ところで、「紫」恋慕が「紫のゆかり」を呼び込む根源的な力は、「紫」にまつわる禁忌性にあるように思う。実母とのインセストタブーさえ幻想させる「紫」恋慕であればこそ要請される、別のなんらかの禁忌だといい換えてもよい。光源氏の藤壺恋慕にしろ、狭衣の源氏宮恋慕にしろ、母恋の相を混在させていたではないか。実母に重なる女性への恋慕が幻想させるインセストタブーは、藤壺恋慕の場合、皇妃侵犯の禁忌に置き換えられ、源氏宮恋慕についていえば、兄妹同然に育った生い立ちから帰納され、狭衣の内面において幻想される別のインセストタブー（兄妹婚の禁忌）に横滑りしているのではないか。母恋に絡みつくインセストタブーの幻想は形を変えて「紫」恋慕を苛んでいる。ゆえに、「紫」は類同性を持ちつつ、インセストタブーの幻想から自由な「紫のゆかり」を呼び込まざるをえないのではないか。紫上はその幼さによって母のイメージを担わないし、皇妃でもない。女二宮は源氏宮（堀川上）との相似が認識されないことによって母のイメージを担わないし、兄妹的関係にもない。「紫のゆかり」はインセストタブーの幻想から解き放たれている。「紫」の帯びる禁忌性が「紫のゆかり」を呼び込むとするゆえんだ。

さて、源氏宮恋慕が幻想させるのは、兄妹婚の禁忌である。源氏宮は藤壺にくらべて、より強く母に結びついている。そんな源氏宮にまつわる禁忌幻想は、より強く恋の禁忌化を強いているといえよう。だが、にもかかわらず狭衣にとっての源氏宮は、一面、「紫」にまつわる禁忌幻想から自由な「紫のゆかり」として開かれているようだ。この両義性のからくりは、どうやら擬似兄妹関係一点にあるように思う。たしかに母との紐帯の強さや兄妹同然の生い立ちは、狭衣に禁忌を突きつける。けれども二人の系図上の関係は、やはり決してその恋を禁忌としない従兄妹なのである。

N　かの室の八島の煙焚き初めし折の御かいな思ひ出でられて、こはいかにしつるぞ。もし気色見る人もありて召し寄せられなば、年ごろの思ひはかたがたにいたづらにて止みぬべきか。あるまじきこととは深く思ひながらも、我も世の常に思ひ定めて、よそのものに見なし奉りて止みなまし。東宮などに参り給はんまでは、ありか定めでこそ、山のあなたへも入らめ……　（参考　一三〇）

源氏宮の腕の感触を重ね合わせて、女二宮との逢瀬がもたれようとする。そのさなかにおける狭衣の思案からの引用である。傍線部aでは、女二宮が「紫のゆかり」であるか否かとはまったく別の次元で、皇女ほどの身分の女性と結婚するようなことになれば、源氏宮との恋（端的にいえば結婚）はおぼつかなくなるのではないかと思案する。

だが逆にいえば、これは源氏宮恋慕が、皇女降嫁という事態を招かないかぎり、完全に閉ざされたものではないと明かしてもいるだろう。さらに傍線部bでも、(ここで女二宮と関係を結べば)あってはならない事態だと重々承知しながら、自分もあたりまえに幸福な皇女降嫁を受け、源氏宮は他人(東宮)の妻になるような事態を招くだろうと思い巡らしている。女二宮に惹かれる気持ちを自制すれば、源氏宮との恋(結婚)もあながち閉ざされていない状況を示していよう。そして、源氏宮が東宮に入内するならそれまでは(「参り給はん」の「ん」は仮定であろう)、自分も結婚しないでいて、(入内したら)出家しようと思っている。東宮入内が沙汰止みになる余地があるかのようだ。実際、東宮も苛立つごとく、堀川大殿は太政大臣の娘の東宮入内を優先するといって、源氏宮の入内をひき延ばしている。後の今姫君入内の件でも、東宮(そのとき後一条帝)は積極的でない大殿を憚り、母の勧めにも首を縦に振らない。源氏宮入内でも大殿の意向を窺っている。東宮は大殿の意に逆らわず、大殿はのんびり構える。何がなんでも源氏宮を東宮妃にといった空気はないのである。むしろ兄妹婚の禁忌幻想の方が根深い。源氏宮に恋心を告白したときも、そこで立ちすくんでしまったのだから。(23) しかしながら、ここに見られる狭衣の思案には、禁忌幻想とは裏腹に、源氏宮との恋(結婚)を算段している様子が窺える。源氏宮恋慕が決して禁忌ではない事実を背景にしたものであるだろう。すなわち、狭衣と源氏宮はあくまで従兄妹でしかなく、母とのインセストタブー幻想が横滑りしたはずの兄妹婚の禁忌幻想は、ついに幻想でしかなく、ときに雲散霧消してしまうのであった。藤壺が皇妃であって、光源氏の藤壺恋慕がまさしく皇妃侵犯の禁忌に当たるのとは訳が違う。

このように、従兄妹という厳然とした系図上の関係は、母とのインセストタブー幻想にも繋がる兄妹婚の禁忌幻想をほころばせてしまうのである。やはり源氏宮は、一面、こうした禁忌とは無縁の「紫のゆかり」として開かれている。ならば、いかに腕の感触が重なり合おうが、女二宮はもはや「紫のゆかり」として呼び込まれるべき必然性を失うのではないか。そして、「紫のゆかり」の物語は不在化されてしまうのではあるまいか。

以上、源氏宮恋慕にまつわる禁忌は、皇妃である藤壺への恋慕がまさしく禁忌であるのとは異なり、内的には強力な作用を引き起こすものの、あくまで幻想の禁忌でしかないことによって、源氏宮は「紫」にして「紫のゆかり」でもある両義的な位相で存在し続ける。そして、その源氏宮の「紫のゆかり」としての位相が、堀川上↓源氏宮↓女二宮と流れるはずの「紫のゆかり」の物語を不在化させているのではないかということを考えてきた。『狭衣物語』が「紫のゆかり」の物語を透視させつつ不在化して、いわば空洞化させてしまう仕組みは、源氏宮において、「紫」と「紫のゆかり」がメビウスの帯のように結びつけられている点に見ておきたいと思う。

五　〈知〉のカタストロフ

しかし『狭衣物語』は、さらに「紫のゆかり」の物語を攪乱し、二重にそれを不在化させ、空洞化させている。前章で扱ったので詳細は省くが、上述のごとく、源氏宮の「紫のゆかり」に当たる女二宮が呼び込まれないとなると、狭衣と源氏宮の擬似兄妹関係は、男女の関係へと組み替えられる契機を失ってしまう。「紫」にまつわる禁忌とは切り離されていて、しかも「紫」に重ね合わされる「紫のゆかり」との関係は、禁忌に苛まれる「紫」との関係を組み替えていくシミュレーションでもあり、そのシミュレーションを経て、「紫」との関係も可変的になるのだと思われる。(24) したがって、「紫」である源氏宮が同時に、堀川上を「紫」として、その「紫のゆかり」でもあるという位相は、さらなる「紫のゆかり」の女二宮を「紫のゆかり」の位相から排除しかねない。事実、狭衣は女二宮を「紫のゆかり」だとは認識していないのである。となると、源氏宮の「紫」としての位相は、「紫のゆかり」

の女二宮との関係を通じては可変化されず、温存されざるをえない。そうして、むしろ狭衣と源氏宮の兄妹関係（母とのインセストタブーを横滑りさせた関係）は組み替えられる契機を失ってしまうのである。つまり、源氏宮の「紫のゆかり」としての位相は、逆にその「紫」としての位相をせり出させてしまうことになる。こうして、源氏宮は一面「紫のゆかり」として開かれているのに、皮肉にもそれゆえ狭衣の源氏宮恋慕は、「紫」が幻想させる禁忌に苛まれ、実現を阻まれるのでもある。「紫」の物語もまたゆきなずみ、膠着状態に陥らざるをえない。

「紫」の物語の膠着はしかし、もうひとつの「紫のゆかり」の物語の膠着でもあった。すなわち、堀川上への母恋を、その姪源氏宮への恋慕に繋ぐもうひとつの「紫のゆかり」の物語もまた、止まったまま動かないということだ。「紫」と「紫のゆかり」が結びつくメビウスの帯は、「紫のゆかり」の物語を攪乱し、二重化して、ついに二つながら不在化させ、空洞化させているのであった。

『狭衣物語』は『源氏物語』が立ち上げた「紫のゆかり」の物語にこだわり、それを透視させつつ、しかしどうしようもなく不在化させている。いわば空洞化させてしまうのである。空洞化の仕組みは、「紫」と「紫のゆかり」をメビウスの帯状に結び合わせ、『源氏物語』との差異を生み出したところにもとめられるだろう。

さて、このように「紫」と「紫のゆかり」をメビウスの帯のように結び合わせ、「紫のゆかり」の物語を攪乱し、二重化して、ついにどちらも空洞化させてしまう『狭衣物語』には、思う存分『源氏物語』とたわむれている様子が窺える。そのたわむれは、『源氏物語』第二部が「紫のゆかり」幻想を真っ向から相対化して、かえって第一部の「紫のゆかり」の物語を屹立させ、逆説的に特権化するのとは違って、「紫のゆかり」幻想を温存しつつ、「紫のゆかり」の物語を骨抜きにしてしまうアイロニーだ。それをひとことでいうなら、『源氏物語』を対象化し、生殺しにする〈知〉のたわむれであるだろう。ここに『狭衣物語』の過剰なまでの『源氏物語』批評を見出したいと思うのである。

ただ、このようにたわむれながら批評する〈知〉のもたらしたものを見ると、それゆえに恋の物語はいずれも悲恋の終局にしか導かれず、結果、栄華の物語もナンセンスにパロディー化されてしまう。狭衣の内面の哀調のみが突出して、物語はカタストロフをきたす。それは〈知〉が必然的に招き寄せるカタストロフによく似ている。

注

（1）「批評」という語については本書I第1章の論述およびその注（31）で述べた。

（2）引用本文は内閣文庫本（手元の写真版）に拠り、私に表記を改めた。引用本文内の丸括弧でくるんだ部分は論者（鈴木）の注。なお、参考として引用箇所に該当する大系本の頁数を示した。なお「みのしろも」の部分、西本「みのころも」（傍点論者）とあるが、「のこ」の脇に「しろ」と傍書。その下に小さく「もか」と書かれているように見える。書写者は校合により「みのしろも」の誤写を考えたと窺われる。他本の状況から見て、西本は誤写の可能性がある。「みのころも（身の衣）」にしても、歌意は変わらない。

（3）「紫」「武蔵野」が強力に「ゆかり」関係を指示すること、および『狭衣物語』の「紫のゆかり」が『源氏物語』スタンダードの「紫のゆかり」の物語を形成しない奇妙な「紫のゆかり」である点については、本書I第1章で詳細を述べた。

（4）古活字本では源氏宮と女二宮がいとこ関係になり、『源氏物語』モデルの「紫のゆかり」関係にはならない。その点の詳細については本書I第1章注（24）参照。

（5）森下純昭「『狭衣物語』と山吹」（『岐阜大学教養部研究報告』一九七七年二月）。および本書II第4章。

（6）土岐武治「『源氏物語』若紫巻と『狭衣物語』との交渉」『立命館文学』一九六三年十月→『狭衣物語の研究』

（一九八二年　風間書房刊）が詳細。

（7）注（4）で注した古活字本本文であれ、少なくとも「ゆかり」（血縁）関係および「ゆかり」の物語へのこだわりは窺えるだろう。

（8）小田切文洋「『狭衣物語』覚書」（日大『研究年報』一九八六年二月）が早くに注目している。小田切論は母君恋慕に重ね合わされたことで、姫君は源氏宮の「形代」にしかなれなかったと指摘する。本論では姫君恋慕を鏡に、なぜ源氏宮が代替不能の女君であるのか、なぜ「紫のゆかり」の物語が形象されないのかを問うていくので、論点を異にしている。

（9）姫君は源氏宮のみならず、それまでに登場したさまざまな女君たちのイメージを重層的に重ね合わされてもいる。両義的というよりは多義的「形代」の位相にあるといえる。それについては本書II第4章で述べている。また、この点を含め各女君間の類同・連関について、より包括的に論じたものが久下裕利「『狭衣物語』の方法―作中人物継承法―」（『源氏物語と平安文学　第1集』一九八八年　早稲田大学出版部刊↓『狭衣物語の人物と方法』一九九三年　新典社刊）。

（10）古活字本などには見られない本文。多少の異同はあるが、いわゆる第一系統に多い。なお、古活字本でも、注（11）の参考二六五頁、二六四頁の部分はあり、源氏宮に匹敵する女性を求め続けてきた狭衣を遡って跡づける形になっている。論理に変更を要する本文ではないと判断している。

（11）類した思いはほかにもいくつか見うけられる。たとえば、「少しも劣りたらむ人を見てはなにしに世にはあるべきぞ」（参考七六）「少しも通はざらん人をば夢にも見まじければ」（参考二六五）など。また巻三で一品宮との結婚を余儀なくされたときにも、どうして源氏宮のようではない人と結婚しなければならないのかと嘆いている（参考二六四）。

（12）女君たち母娘を一対として見る狭衣の視線を包括的にとらえたものに、井上眞弓「『狭衣物語』の秩序形成―女君を繋ぐもの―」（『ものがたりけんきゅう』一九九三年十月↓『狭衣物語の語りと引用』「女君の母子関係」二〇

〇五年　笠間書院刊）があり、多くの教示を得た。井上論は各一対の女君たちがいかに狭衣のいわゆる王権を支えていくかに論を集約していく点で、本論とは論述の方向を異にする。

（13）「三つにならせ給ひし年、院も母御息所もうち続きかくれ給ひにしかば」（参考三六）とある。

（14）平出本も「と」だが、巻四では同系統となる古活字本は「を」。「を」とあるべきところを誤写したものと見るのが諸注釈の見解で、大系、新全集ともに他本との校合で「を」に改めている。研究史の見解に従うのが順当だと判断し「を」で解釈した。

（15）底本の内閣文庫本では「はら」。脱落と見て西本により補う。校本によれば、このほか平出本・為秀本も「はらから」として二人を重ね合わせる。これは、三谷榮一「狭衣物語の伝来―巻一を中心として―」（『田山方南華甲記念論文集』一九六三年十月↓『平安朝物語Ⅳ　日本文学研究資料叢書』一九八九年　有精堂刊↓『狭衣物語の研究［伝本系統論編］』二〇〇〇年　笠間書院刊）の伝本系統論に従えば、ほぼ第一系統の代表的と目される本文に独特のものといえる。ただし、その分類に従えば、為秀本は混体本ということになる。なお底本本文を尊重するなら、源氏宮の娘といってもいいような様子で並んでいる、といったほどの意味になり、堀川上の若さを最大限に誇張した表現だといえようか。ちなみに古活字本は「人の親げなく若うをかしき御様なり」（上巻二三七）とあり、源氏宮とはひきくらべていないが、やはり若々しい美しさを見ている。

（16）底本（内閣文庫本）・平出本の「と」で解釈する余地がまったくないわけではない。それなら「我が御母上とこそ（見ゆれ、見れ）」でいったん文が切れ、「母堀川上かと見えた」の意になるだろう。そのうえで類なくすばらしい様子だと感動したことになる。内閣文庫本・平出本など「と」の本文は、きわめて直截に堀川上と母君とを重ね合わせたことになる。他本の状況をふまえ「を」で解釈したが、内閣文庫本・平出本の論理として認めるべきではないかとも思っている。

（17）注（15）参照。

（18）注（12）井上眞弓論文は父母の関係に自身と源氏宮を重ね合わせる狭衣の視線を読みとる。たしかにそうなのだが、父の立場で母を一個の女性として見る（母のような女性を得たいと願う）視点をとらえてもいいのではないかと思う。それが転位して源氏宮恋慕を支えている側面を読みとりうると解釈している。

(19)　注（9）二論文が論及している。

(20)　本書Ⅰ第1章でもう少し詳細に述べた。

(21)　本書Ⅰ第3章で詳述している。なおこのあたり諸本間の異同が大きいけれど、校本に拠れば、多くの本で狭衣は女二宮の腕から源氏宮を想起している。

(22)　このあたり諸本間の異同が激しい。いわゆる第一系統内でも、西本「やまし（止まじ）」、平出本「やみなまし」。校本に拠れば、四季本・宝玲本・文禄本が「やみなまし」。古活字本はこの部分を欠いている。西本の本文なら、狭衣と源氏宮の二人がそれぞれの結婚をして終わらせるようなことはしない、の意になる。そうなると「あるまじきこと」の指示内容が二様に解釈されうる。西本なら、源氏宮との恋（結婚）、底本・平出本なら、下の「我も世の常に…」以下の事態と、双方に解釈しうる。いずれにせよ、女二宮に惹かれる気持ちと源氏宮恋慕がせめぎ合っている状態ではあるだろう。

(23)　本書Ⅰ第1章で詳述した。

(24)　本書Ⅰ第1章で扱った。

第3章 〈形代〉の変容——認識の限界を超えて

一 〈形代〉への視点

「形代」の物語は『源氏物語』において見出され、『源氏物語』を特徴づけるものだといわれている。[1] そして、『源氏物語』原産の「形代」の物語は、後の物語に影響を及ぼさずにはいなかった。とはいえ、『源氏物語』から「形代」の物語を受けとり、それを仕立て直していった後の物語が、必ずしも『源氏物語』モデルの「形代」によって物語を展開しているわけではない。『狭衣物語』もそういう物語のひとつである。しかも、同じ後期物語群にも例を見ない特異な「形代」の姿が窺える。本章では、この「形代」に注目することから、『狭衣物語』が『源氏物語』にどのように向かい合い、またそこからどのような一歩を踏み出したのかを考えてみたいと思う。なお、『狭衣物語』の「形代」は『源氏物語』との差異を生み出していった「形代」を含むので、〈形代〉と表記する。ただ、「形代」ということばは安易に使われるべきではないともいわれている。[2] たしかに、「形代」ということばによって、たとえば藤壺、紫上、浮舟を一括してしまうなど、とうていできようはずもない。けれども、藤壺も紫上も、それから浮舟も（また中君も）皆、亡き人への、あるいは手に届かぬ人への思いを転位され、〈身代わり〉として物語を歩み始めたという点で、決して「形代」の存在感と無縁ではなかったと理解しておくことはできるであろう。(3)

さて、『狭衣物語』の〈形代〉といえば、式部卿宮の姫君（以下、宮の姫君あるいは姫君と略称する。宰相中将の妹君ともいわれる人物）が、明示的に〈形代〉といいなされている。しかし、もう一人いささか毛色の変わった〈形代〉として、女二宮が挙がってくるのではないかと思う。女二宮は、すでに第1章・第2章で見てきたように、源氏宮の「紫のゆかり」だと打ち出され、「紫のゆかり」の物語を透視させる存在である。にもかかわらず、狭衣から源氏宮の面影を宿していると見られたためしは、ついに一度たりともなく、「紫のゆかり」の物語を形象しえなかった。それでも、不思議な重みを持って、物語に大きな位置を占めている。女二宮の不思議な存在感は、「紫のゆかり」でありながら、それとしては機能せず、むしろ『源氏物語』との差異を生み出すきわどい〈形代〉の相において発揮されているのではないかと考えている。たしかに女二宮は、狭衣に源氏宮の〈身代わり〉だと、明確には認識されていない。しかし、〈身代わり〉の存在感は重く担わされているようなのである。この女二宮に注目しつつ、『狭衣物語』は『源氏物語』の「形代」を受けとめたうえで、それとは違った〈形代〉によって、新たな〈形代〉の物語の可能性を拓いているのではないかという点について、以下、考察していきたいと思う。

二　視覚による〈形代〉と触覚による〈形代〉

では早速、『狭衣物語』の〈形代〉二人を見くらべ、女二宮が特異な〈形代〉である様子をとらえていきたい。まずは宮の姫君であるが、この女君は明確に〈形代〉として認識されている。その認識の契機は、当然といえば当然だが、似ていると見る視覚によっているのだった。

A　汗もこちたう流れ給へる気配・肌つきなどのうつくしさは、世に類なきものに思ひしめ聞こえ給へる御有様に（源氏宮の）劣り給ふまじかりけりと、思ひ合はせられ給ふに、いとど残りゆかしうわりなし。…〈中略〉…とかくひきあらはしつつ見奉り給ふに、斎院にぞいみじう似奉り給へりける。…〈中略〉…ただあながちなる心のうちをあはれと見給ひて、かかる形代を神の作り出で給へるにやと思し寄るにも、涙ぞこぼるる。

（内閣文庫本　参考…大系三八六〜三八七頁。以下引用の『狭衣』本文も同本に拠り、参考として大系当該頁数を示す）

「気配・肌つき」からすでに源氏宮を思い浮かべているわけだが、やはり「とかくひきあらはしつつ見奉り給ふに、斎院にぞいみじう似奉り給へりける」とあるように、顔を露わにさせて、源氏宮に似ていると見る視覚こそが契機となって、宮の姫君は明確に、それも神の作り出した「形代」だと認識されるのだった。だが、視覚で確認され、明確に認識された〈形代〉には、似ていると見られるがゆえのネガティブな側面も担わされてしまっている。

B　なほ、浅ましきまで思ふ人にも似奉り給へるかなと見給ふ。いとど浅からぬ心ざしもまさるものから、かばかりを慰めにてやみねと、神仏もおきて給へりけるにこそはと、片つ方の胸はなほうち騒げば、女君、持給へる筆をとりて

尋ね見るしるしの杉もまがひつつなほ神山に身やまどひなん　（参考　四一五〜四一六）

驚くほど源氏宮に似ていると見れば、宮の姫君への思いも深まるのだが、所詮「慰め」でしかなく、かえって「片つ方」（瓜二つのもう一方）源氏宮への思いが掻き立てられるのだった。さらに、そっくりなので見間違えてしまったけれど、これからも源氏宮を求めさまようのだろうかと、歌にさえしている。似ていると見る目は、似ている二人を識別する目にすり替えられ、もともと求めていた方への思いをたぐり寄せる次第を表していよう。つまり、視覚で確認され、明確に認識された〈形代〉には、本体になり代わり、本体を凌ぐ可能性だけが付与されているのではなく、本体との違いを意識させ、本体を思い起こさせる装置になってしまうネガティブな可能性も付与されているのである。宮の姫君は後者の可能性を具現したネガティブな〈形代〉だ。そして、姫君は源氏宮になり代わり、源氏宮を越えていくような存在では、ついにありえなかった。後に『源氏物語』の「形代」を考察したうえで確認するが、先どりしていっておくと、この〈形代〉は浮舟的な、というより浮舟を縮小再生産したような〈形代〉だといえる。

さて、上述のような宮の姫君に対して、『狭衣物語』はもう一人、タイプの違った〈形代〉を導き入れている。女二宮である。ただ女二宮は、似ていると見る視覚にとらえられることも、また〈形代〉であると明確に認識されることもなかった。ならば、それはもはや〈形代〉の範疇にはないといわれるかもしれない。けれどもやはり、源氏宮の〈身代わり〉の役を当てられ、〈形代〉の質を担わされて、宮の姫君とは対照的に、物語内に大きな存在感を示している。以下、女二宮がいかに〈形代〉の質を担わされているかを明らかにしていきたい。

女二宮は源氏宮の〈形代〉になる以前に、そもそも〈身代わり〉のレッテルを貼られて、物語にひき出されている。

C　身の代も我脱ぎ着せんかへしつと思ひなわびそ天の羽衣(4)　（参考　五〇）

天稚御子が束の間この世に舞い降りたいわゆる天稚御子事件の後、帝から狭衣に贈られた歌で、女二宮を狭衣に降嫁させる意向を表している。女二宮はこのとき天稚御子の「身の代」だといわれている。狭衣の返歌にも「身の代」は詠み込まれている。

D　紫の身の代衣それならばをとめの袖にまさりこそせめ　（参考　五一）

「紫の身の代衣」は、人知れぬ狭衣の心の中では源氏宮を指しているのだが、返歌のレベルでは女二宮を指す。女二宮は姿を見せる以前に、すでに〈身代わり〉のレッテルを貼られているのだった。しかも「身の代」の一言は後々まで女二宮を縛ってしまう。

E　かの夜半の身の代衣、さりとも思しかへさんやはと頼まれ侍れども、心のみ乱れまさりてなん……　（参考　一二九）

巻二で狭衣が女二宮と関係を結ぶとき、狭衣のことばのなかで、「身の代」は蘇る。

「かの夜半の身の代衣」は明らかに前掲の帝と狭衣の贈答歌をふまえている。二人の関係が結ばれる場面で、改めて女二宮の「身の代」すなわち〈身代わり〉としての質がとらえ返されているのである。しかし、まだこの時点では、源氏宮にも向けてきた長広舌の域を出ていない。ことばが行動に変わるとき、「身の代」の指示内容は天稚御子の「身の代」から源氏宮の「身の代」へと変換される。

F　単衣の御ぞもいたくほころびてあらはに、[a]をかしげなる(5)御手あたりの御身なり・肌つきことわり過ぎて、並べつべしと上のご覧ぜられけん我が身も、いと心をごりせらるるにも、[b]かの室の八島の煙焚き初めし折の御かひな思ひ出でられて、こはいかにしつるぞ。もし気色見る人もありて召し寄せられなば、年ごろの思ひはかたがたにいたづらにて止みぬべきか。あるまじきことをば深く思ひながらも、我も世の常に思ひ定めて、よそのものに見なし奉りて止みなまし。東宮などに参り給はんまではありか定めでこそ、山のあなたへも入らめ。かばかり心苦しき御有様を見奉り初めては、我が心ながらも、見えぬ山路へも入りなばおぼえなからんとすらん。この御心にも人知れず思し嘆かれん様、など思すにあぢきなく涙落ちぬべくて、心強く思しのかるれど、後瀬の山も知りがたう、うつくしき御有様の近まさりにいかがおぼえなり給ひけん。　（参考　一三〇～一三一）

傍線部a「をかしげなる御手あたりの御身なり・肌つき」というように、狭衣は視覚だけでなく、触覚によっても女二宮の美しさを確かめている[6]。そしてその触覚は、傍線部b「かの室の八島の煙焚き初めし折の御かひな[7]」に、つまりかつて積年の思いを打ち明けたとき、とらえた源氏宮の腕の感触に重ね合わせているのである。

G　よしさらば昔の跡を尋ね見よ我のみ迷ふ恋の道かは

といひやらず、涙のほろほろとこぼるるをだに、怪しと思すに、御手をとらへて袖のしがらみ堰きやらぬ気色なるを、…〈中略〉…

いかばかり思ひ焦がれて年経やと室の八島の煙にも問へ　（参考　五五～五六）

引用F女二宮との場面に見えた傍線部b「かの室の八島の煙焚き初めし折」というのはこの部分で、たしかに源氏宮の「御手」をとらえ、「室の八島」を詠み込んだ歌で長年の思いを告げている。結局、源氏宮への思いは遂げられなかったし、以後も遂げられないのだが、狭衣はこのときとらえた源氏宮の手（腕）の感触と、いま向かい合う女二宮の肌の感触を重ね合わせたのである。

引用F傍線部c「こはいかにしつるぞ」という狭衣の当惑から、直後の「もし気色見る人もありて」以下の自制を経て、それでも傍線部e「うつくしき御有様の近まさり」に抗しきれず関係を結んでしまうまでの様子は、密着した肌の感触が源氏宮の腕の感触を限りなく呼び起こし、源氏宮恋慕に立ち返ろうとする理性と、感触の類似が掻き立てる情動の狭間で、当惑し混乱し、情動がまさった、その間の事情を伝えて余りあるだろう。引用F傍線部dについては四節で触れるので今は措く。

つまり狭衣は、かつて腕を握ったのが精一杯で、思いを遂げられないでいる源氏宮の感触の記憶を呼び起こし、女二宮の身体の感触にそれを重ね合わせながら、女二宮と関係を結んだのである。(8) 肌の手触りという触覚を通じて、身体という場で、女二宮は〈形代〉として生成されたのだといえよう。女二宮に貼りつくレッテルであり、関係を結ぶ少し前に狭衣が口にもした「身の代」の一言（引用E）は、女二宮が源氏宮の〈形代〉であることを裏づける一言だったのではないか。ただ、狭衣は肌の感触という触覚において、女二宮と源氏宮を重ね合わせているのに、認識においては、女二宮を源氏宮の〈形代〉だと措定していない。いまだ問題を残すところだが、この点についてはもう少し後で論じる。ここでは、触覚における女二宮と源氏宮の重ね合わせのさなかで、二人の関係が結ばれ、触覚を契機に女二宮が、いわば源氏宮の感触の〈形代〉となってしまっている側面を確かめておきたいと思う。

三　〈形代〉に求められるもの

狭衣は女二宮を源氏宮の〈形代〉だとは認識していないので、女二宮が身体という場で〈形代〉として生成されたとするゆえんを、別の角度から裏づけたいと思う。狭衣が馴染みの女房である中納言典侍を訪ねて、女二宮の住む弘徽殿に立ち寄ると、典侍は不在だった。そこで思いがけず女二宮を垣間見て、関係を結ぶわけだが、垣間見の際、狭衣が耳にする女房たちのよもやま話に、「蓬が門」の女君の話題が差し挟まれているのは注目される。「蓬が門」の女君の挿話は、狭衣が源氏宮の〈形代〉に何を期待しているのかをとらえ返させ、狭衣の認識がどうあれ、女二宮が源氏宮の〈形代〉に相違ないことを明らかにするからである。

H　なほ見立ち給へれば、宮の物語しつる人の、蓬が門とありし歌、物語し出でて、姫君の御乳母子の宰相といひしが、しかじか聞こえたりしかなど語るを、さればよと聞き給ふもをかしう……　（参考　一二八）

狭衣は垣間見をしながら、女房たちのするさまざまな話を聞いている。なかに、狭衣の興味を惹く話題があった。右の引用部分である。巻一初頭部、なぜか催されなかった端午の節会の前日、誰とも知れない女君が路傍で狭衣に歌を詠みかけた。その女君の話なので興味を抱き、素性は中務宮の姫君の乳母子で、宰相という人物だとわかる。さて、「蓬が門とありし歌」というのは、狭衣が路傍で詠みかけられた歌だ。

I　しらぬまのあやめはそれと見えずとも蓬が門は過ぎずもあらなん　（参考　三九）

このとき狭衣は、とりあえず歌を返しているが、「かやうのうちつけ懸想などは御心にもとまらず、ただあるまじきことのみぞ、いかなるにか御身苦しう思し焦がるめる」（参考三九）と、だしぬけの色恋沙汰には、たいして興味をそそられるわけでもなく、ひたすら「あるまじきこと」すなわち源氏宮に思い焦がれているのだった。そして、しばらくすると狭衣は源氏宮に恋心を打ち明けるのだが、従兄妹ながら同じ邸内で兄妹のように育ってきた関係を変える難しさに直面し、なおのこと兄妹関係に閉じ込められる始末だった。すると狭衣は、かつて歌をよこした「蓬が門」の女君を捜し求める。しかし、すでに行方知れずになっていた。それから程経ずして飛鳥井女君に出会い、今度は行きずりのまさに「うちつけ懸想」に身を焦がすのであった。狭衣が「蓬が門」の女君を捜したり、飛鳥井女君との恋に落ちたりする事情は、二つのできごとの間に見える以下のような狭衣の心情が説明している。

J　中将の君、ありし室の八島の後は、宮のこよなく伏し目になり給へるを、つらう心憂く、いかにせましと嘆きの数添ひ給へり。我が心も慰めわび給て、なほおのづからの慰めもや、と忍び歩きに心入れ給へれど、ほのかなりし御かひなの手当たりしに似るものなきにや、姨捨山ぞわりなかりける。（参考　六二）

「室の八島」は引用Gの狭衣詠（二首目）に見え、ここでは狭衣が源氏宮に積年の恋心を打ち明けたときを指す。「慰め」とは、源氏宮に代わって狭衣の恋心をひき受けてくれる女君で、要するに〈身代わり〉の〈形代〉だといい換えうる。「ほのかなりし御かひなの手当たりし」(9)というのは、やはり引用Gの「御手をとらへて」で、狭衣がとらえた源氏宮の腕に相違ないが、この「わずかに触れた源氏宮の腕で、狭衣の手が触れた腕」と、接触を強調したような本文は、他本の「手当たり」同様、やはり源氏宮の腕というよりその感触を指していると判断される。これらをふまえて引用部分を見ると、以下の様子が浮かび上がる。恋心を打ち明けてから、かえって源氏宮がよそよそしくなったので、狭衣は宮の腕の感触に似た肌合いを持つ〈形代〉の女君を求め、忍び歩きに余念がなかった。こんな狭衣の様子がとらえられるのである。つまり、狭衣が〈形代〉に求めるのは、源氏宮の腕の感触に重なるような身体の感触だ。そして、狭衣は肌の感触で重なり合い、やり場のない恋心をひき受けてくれる〈形代〉を求めて止まないのだった。急に「蓬が門」の女君を捜し求めたのも、飛鳥井女君との「うちつけ懸想」に身を焦がしたのも、実際に感触が重なるか否かはともかく、そんな狭衣の事情・渇望を背景にしていると見られる。源氏宮に思いを打ち明けた前後で、対応を変えられる「蓬が門」の女君に関する挿話は、宮との恋を遂げられない狭衣には、宮の腕の感触に重なる女君を求める心性が、換言すれば、触覚という身体感覚で重なる〈形代〉を求める心性が、確実に存在していることを改めてとらえ返させるのだといえよう。

女二宮を垣間見る場面に、この「蓬が門」の女君の挿話が介在したうえで、女二宮の肌の感触が源氏宮の腕の感触に重ね合わされ、狭衣と女二宮の関係が結ばれているのである。垣間見の場面に差し挟まれた「蓬が門」の女君の挿話は、狭衣が女二宮と関係を結んでしまった背景には、源氏宮の感触の〈形代〉を求める狭衣の欲望があるのだと明かしているのではないか。女二宮は、肌の感触という触覚を契機に、源氏宮の〈形代〉として生成されたのだといえよう。

四　認識と非認識のあわいの〈形代〉

狭衣の触覚を契機に、女二宮が源氏宮の感触の〈形代〉としての質を担ってしまった様子をとらえてきた。しかし、触覚という身体感覚は、どうやら視覚という身体感覚とは異なり、認識を宙吊りにしてしまっているようだ。というのは、触覚は狭衣に、女二宮の肌の感触を、源氏宮の腕の感触と同類のものだと、たしかに知覚させていた。これもひとつの認識ではあるだろう。そして事実、狭衣は感触の類似に気づき、女二宮を源氏宮に重ね合わせて情動を掻き立てられたとしか思えない関係を結んだのである。けれども、触覚による認識はそのままストレートに、女二宮を源氏宮の〈形代〉であると認識させてはいない。先に掲げた引用Fの場面に見えた自制心が示すように、狭衣はあくまでも源氏宮恋慕を優先させ、かなわない場合の代替行為は「山のあなたへも入らめ」（F傍線部d）で、端的にいえば出家なのであって、源氏宮への思いを女二宮に転位させていく選択肢はない。つまり、触覚において、感触の類同性を認識し、女二宮を源氏宮の感触の〈形代〉にしてしまっているのに、だからといって、女二宮を源氏宮の〈形代〉になる存在だとは認識しないのである。

『狭衣物語』は、触覚という身体感覚を契機にすることで、認識と非認識のあわいに置かれた〈形代〉というものを生成しているのだといえよう。

視覚を契機に〈形代〉だと認識された宮の姫君が、それなりの幸いを得ているのにくらべ、触覚を契機に認識と非認識のあわいで〈形代〉になった女二宮は、それゆえ出家にまで追い込まれたといえる。しかしながら、物語における存在感からすれば、はるかな差があり、むしろ女二宮の方がより本質的に源氏宮恋慕の情を奪い去っていると思われる。源氏宮恋慕に開かれた物語が、女二宮恋慕に閉じられるのは、ひとつの象徴的な証左であろう。

そして、この存在感の大きさは、まさに女二宮が認識と非認識のあわいで生成された〈形代〉である点に由来しているのだと思われる。〈形代〉だと明確には認識されないままに、〈形代〉にされてしまったがゆえに、女二宮は狭衣と関係を結んだ後も、〈形代〉の痕跡をとどめ続けながら、〈形代〉から自立しているようなのである。では、女二宮がいかに〈形代〉の痕跡をとどめ、かつ〈形代〉から自立しているかを見ていきたい。

K　かやうになのめならず見るかひある人を、あしたゆふべ、見慰み給ふには、過ぎにし方のもの嘆かしさも皆かき尽くし忘れ給ひぬべけれど、若宮のなほ夜の御懐争ひの若々しさを慰め聞こえ給ふたびごとにも、まづかき曇りものあはれなる心のうちは、つゆばかりありしに変はることなかりけり。（参考　四一七）

物語も終盤の一場面からの引用だ。ここに登場する若宮は、狭衣と女二宮が密通して生れた子であるが、女二宮の母大宮が画策して我が子と偽り、嵯峨院（当時嵯峨帝）皇子の立場にある。ただその後、嵯峨院の意向を受けて、狭衣が若宮を預かり後見している。(10) 若宮の「夜の御懐争ひ」とは、若宮が狭衣と寝たがって、宮の姫君に対抗する様で、それを慰めるたびごとに「まづかき曇り……」と、すぐさま女二宮が思い出されるというのである。宮の姫君が狭衣の心をついに占有しえず、また改めて狭衣が尼姿の女二宮への恋慕に苦悩を深めていく状況は、このあたりからせりあがってくるのだが、それは若宮の「夜の御懐争ひ」を契機にしているのであった。ところで、この

「懐争ひ」であるが、狭衣が若宮を懐に抱くとき、思い出しているのは、女二宮の肌の感触そのものだといえる。

L　御心のうちも(女二宮を)ゆかしう恋しき慰めには、(若宮を)懐にひき奉り給へるに、いとつめたき御身なりのうつくしさなどの、ただかやうにこそは、など思ひ出でられて、いみじうかなしきにも、げにおろかなるべき形見にはあらざりける。　（参考　二二五）

狭衣が女君を思い起こすとき、子供は女君の「形見」であり〈ゆかり〉であり、女君回想の媒介になっていると、すでに指摘されている[11]。けれども若宮の場合、単に女二宮を思い出させるというより、女二宮の感触を思い起こさせているというべきだろう。女二宮を恋しく思い、その「慰め」[12]を求めるとき、狭衣は「懐にひき奉り給へる」とあるように、若宮を懐に抱き肌を密着させて、「いとつめたき御身なり」すなわちひんやりした肌の感触を真っ先に確かめて、「ただかやうにこそは」と女二宮の肌の感触を思い起こしているのである。狭衣にとって忘れがたいのは、端的にいって、関係を結んだとき触れた女二宮の肌の感触そのものだといえよう。そして、この女二宮の肌の感触は、源氏宮の腕の感触に重ね合わされた感触だったはずだ。若宮を懐に抱き、狭衣が女二宮の肌の感触を思い出すたびに、そこには、積年の恋心を打ち明けたときに触れた源氏宮の腕の感触が、しっかりと重なり合っているはずなのである。このように女二宮が、若宮を媒介として、源氏宮に繋がる肌の感触によって思いおこされ、忘れがたく思われるところに、女二宮にとどめられている〈形代〉の痕跡が窺えよう。

しかしながら狭衣は、若宮から女二宮の肌の感触を思い起こしこそすれ、そこからさらに源氏宮を思い起こすことは決してない。肌の感触において、女二宮は源氏宮に重なり合っているはずなのに、もはや触覚においてすら、女二宮と源氏宮を繋ぐ狭衣の認識の回路は完全に切断されている。狭衣の女二宮への思いはこうして、源氏宮恋慕とは切り離されたところで継続されているのである。ここには〈形代〉から自立している女二宮を見出せるのではないか。

女二宮は、認識と非認識のあわいで〈形代〉として生成され、〈形代〉の痕跡をとどめ続けているにもかかわらず、狭衣に源氏宮の〈形代〉だと認識されないことによって、源氏宮に対する他者性を確保し、源氏宮から乖離して自立している。それはつまりこういうことではなかろうか。狭衣は、明確な認識を得ない触覚を通じて、知らず知らず女二宮の感触に源氏宮の感触を重ね合わせ、女二宮を源氏宮と等価な恋慕の対象にしているのだが、明確に〈形代〉だと認識できないからこそ、所詮は似非《えせ》の〈形代〉だと認識してしまうネガティブな認識からも免れ、源氏宮本体によって女二宮を相対化しないで済んでいる。こうして、狭衣の女二宮恋慕は、源氏宮恋慕を凌駕しかねない重みを担っていったということではないか。

『狭衣物語』は、触覚という身体感覚を契機に、認識と非認識のあわいで〈形代〉を生成し、それによって、似非だと認識されかねない単なる〈身代わり〉の域を越えた新たな〈形代〉の物語を切り拓いたのではあるまいか。

五　『源氏物語』正編と「形代」

『狭衣物語』は触覚を契機に、認識と非認識のあわいで〈形代〉を生成し、〈形代〉であるという明確な認識が、翻って〈身代わり〉の似非に過ぎないという認識につながる回路を断ち切り、〈形代〉の自立を図る。自立した〈形代〉は、肌の感触で本体に重なり合い、本体恋慕と同質・等価な恋慕の対象となり、〈形代〉の質を示すのだが、決して〈形代〉だとは認識されない。このような〈形代〉は、『源氏物語』の「形代」を批評する形で現象しているのだと思われる。そこで、『源氏物語』の「形代」を見渡し、そこに内在する問題をあぶり出したい。

『源氏物語』において、ある女性が誰かの「形代」だと認識されるとき、認識の契機は似ていると見る視覚にある。『源氏物語』が視覚を契機とする「形代」をめぐって、どのようなところに行き着いたのかを、まずは見届けたい。そのうえで、『狭衣物語』を『源氏物語』に向かい合わせてみる。

まず第一部は、のっけの桐壺巻から「形代」が呼び込まれている。

A　「うせ給ひにし御息所の御かたちに似たまへる人を、三代の宮仕へに伝はりぬるに、え見たてまつりつけぬを、后の宮の姫君こそいとようおぼえてをい出でさせ給へりけれ。ありがたき御かたち人になん」と奏しけるに、まことにやと御心とまりて、ねむごろに聞こえさせ給ひけり。

（桐壺　新大系一―二一〜二二　以下引用の『源氏』本文も新大系に拠る）

亡き桐壺更衣を忘れがたく思う桐壺帝は、藤壺に興味を覚え、入内を勧める。それには、傍線部にあるように、藤壺を桐壺更衣によく似ていると見た帝付きの女房典侍の視覚が介在しているのであった。

B　げに御かたちありさま、あやしきまでぞおぼえたまへる。

（桐壺　一―二二）

藤壺入内後、桐壺帝の視覚も、なるほど典侍のことばどおり、二人は驚くほど似ていると確認し、亡き更衣への思いは藤壺へと転位されていったのである。

次に、光源氏は藤壺への禁じられた恋慕の情を転位させる対象として、いまだ幼い紫上を見出す。北山の垣間見の場面から引用する。

C　さても、いとうつくしかりつる児かな、何人ならむ、かの人の御代はりに、明け暮れの慰めにも見ばや、と思ふ心深うつきぬ。

（若紫　一―一六〇）

藤壺の姪すなわち「紫のゆかり」であると知る前に、光源氏は紫上をまず、藤壺の「代はり」の「慰め」つまりは〈身代わり〉の「形代」だと認識し求めている。「形代」と「紫のゆかり」は分節しえない。それはともあれ、光源氏が紫上を藤壺に代わる「形代」として認識する契機もまた、二人を似ていると見る光源氏の視覚なのであった。同じく垣間見の場面からだが、右引用Cの少し前の部分から引用する。

D　つらつきいとらうたげにて、眉のわたりうちけぶり、いはけなくかいやりたるひたいつき、髪ざしいみじううつくし。ねびゆかむさまゆかしき人かな、と目とまり給。さるは、限りなう心をつくしきこゆる人にいとよう似たてまつれるがまもらる〔ゝ〕なりけり、と思ふにも涙ぞ落つる。（若紫　一―一五八）

紫上の面差しをつぶさに見つめる光源氏は、紫上が藤壺にそっくりだからこんなに見つめるのだと思い、涙を流す。紫上と藤壺を似ていると見る視覚が契機になって、光源氏は紫上を藤壺に代わる「形代」だと認識し、そういう紫上を求めていったのである。血筋の確認はこの垣間見よりも後であるし、先の桐壺更衣と藤壺には血縁すらないのを併せ考えればなおさらだが、「形代」であると認識するには、「紫のゆかり」の血筋よりも、このように似ていると見る視覚が優先して重要だということだ。

そして、この視覚による「形代」の認識には、これまでのところ失敗がない。藤壺も紫上も期待に背かず、かつそれに優るとも劣らないような存在になっていく。「形代」として他者の存在を一義的に規定してしまう視覚による認識はかなり強引なものであり、妥当性も問われていくのだが、とりあえず『源氏物語』は、これら期待に背かない「形代」をめぐって、視覚による認識の正当性を主張しているようだ。

さて、第二部若菜上巻に入ると、女三宮が光源氏の妻となり六条院にやってくる。朱雀院が女三宮の婿選びで、光源氏に白羽の矢を立てたとき、光源氏はむしろ夕霧との結婚もしくは冷泉帝後宮への入内を勧めるのだが、ふと女三宮に興味を抱いてしまうのだった。その事情は以下の引用部分が明かしていよう。

E　「……a この御子（女三宮）の御母女御こそは、かの宮（桐壺院中宮藤壺）の御はらからにものしたまひけめ。かたちも、さしつぎにはいとよしと言はれ給し人なりしかば、いづ方につけても、この姫宮、おしなべての際にはよもおはせじを」など b いぶかしくは思きこえ給べし。

（若菜上　三―二二四）

右の引用は、朱雀院の意向を伝える左中弁に向けた光源氏のことばの一部だが、語り手の推量「いぶかしくは思きこえ給べし」（傍線部b）を見ると、光源氏は会話をしながら思い巡らすあれこれを口にしている節がある。注目すべきは傍線部aで、女三宮の血筋に言及している。母の血筋をたどるのは、話題になっている当人の血筋をたどるのと同義だ。すなわち、光源氏は母女御が藤壺中宮の姉妹（異母だが問題にされない）だと思い当たり、女三宮は藤壺中宮の姪であり、「紫のゆかり」の血筋にあると思い当たった。そういうことだろう。だから、血筋に思い及び口にした後、母の血筋に父の血筋も加えて、見てもいない女三宮を、すぐれた姫宮であろうと想像し語りうるのではないか。語り手が「いぶかしくは思きこえ給べし」と推量して「は」で強調するごとく、光源氏はまさしく女三宮に興味を抱いてしまったと読める。物語は、血筋に思い及んだ光源氏の心の折れ曲がりを語りとり、女三宮に興味を抱いてしまった事情を説明しているのである。その後、光源氏は朱雀院に対面し、とうとう後見（結婚）をひき受ける。

F　御心の中にも、さすがにゆかしき御ありさまなれば、おぼし過ぐしがたくて、…〈中略〉…うけひき申給つ。

（若菜上　三―二二八～二三〇）

女三宮を「ゆかしき」と思うのは、光源氏が女三宮への興味を持続させている様子を照らし出す。興味の源泉が藤壺中宮と女三宮を結ぶ「紫のゆかり」の血筋にあったのは見てきたとおりだ。そして、光源氏は女三宮を迎えるのであった。「紫のゆかり」の血筋が、光源氏に女三宮をひき受けさせた理由のひとつであったろうとは、すでに指摘されている。(13) 異論はない。むしろ光源氏を突き動かす要因であったとさえ、いえるのではないか。

しかし考えてみれば、これは第一部の論理を見事に逆倒させている。見てもいないのに、「紫のゆかり」だから興味を抱くというのは、視覚よりも血筋が優先する論理であって、若紫巻では血筋よりも視覚が優先していたのを逆倒させているのである。この逆倒した論理は、やはりというべきか、あっけなく覆されてしまう。

G　姫宮は、げにまだいとちいさくかたなりにおはするうちにも、いといはけなきけしきして、ひたみちに若び給へり。かの紫のゆかり尋ねとり給へりしおりおぼし出づるに、かれはされて言ふかひありしを、これはいといはけなくのみ見え給へば、よかめり、にくげにをし立ちたることなどはあるまじかめり、とおぼす物から、いとあまり物のはへなき御さまかなと見たてまつり給。（若菜上　三―二四〇）

光源氏は「紫のゆかり」の紫上を迎えたときの記憶をたぐりつつ、女三宮を見ている。紫上は利発で迎え甲斐もあったのに、眼前の女三宮はあまりに幼稚に見え、ひどく迎え映えのしない様子に見えると二人を比較する。この比較は、光源氏がもう一人の「紫のゆかり」に、何を求めたのかを明らかにしていよう。紫上の前例があったからだろうか、光源氏は「紫のゆかり」の血筋こそを信頼し、女三宮に藤壺および藤壺に似た幼き日の紫上の面影を求め、いま一人の「形代」を求めてしまったのだと。

けれども、光源氏の視覚は女三宮を紫上とはまったく異質の存在だと認識するのであった。紫上が藤壺に優るとも劣らないような存在であるにせよ、当初、紫上も藤壺の「形代」として求められ、十分すぎるほど「形代」たりえていたのだから、光源氏が幼き日の紫上と、いまだ幼い眼前の女三宮を、異質の存在だと認識するなら、女三宮は藤壺のもう一人の「形代」ではありえない。光源氏の視覚はまざまざと、その事実を確認しているのである。血筋による認識を優先させ、視覚による認識を不在化させた手痛い結果がここにある。さらに、光源氏の視覚がとらえた女三宮の幼稚さは、そのまま柏木との密通までひき起こす心幼き軽率さを表象してしまってもいた。優れた外見が優れた内面を表象していた第一部とは逆さまだが、第二部でも視覚によってとらえられた外見は、見えない内面とパラレルな関係にある。逆説的ではあるが、第二部でもやはり、視覚による認識が正当化され特権化されているのだといえよう(14)。

『源氏物語』正編ではともあれ、「形代」をめぐって、視覚および視覚による認識が特権化されているようである。

六　『源氏物語』第三部と「形代」

『源氏物語』も第三部になると、視覚を契機とする認識の限界を露呈させ、正編において特権化されていた視覚認識を相対化していく。

大君を失った薫は、姉妹のゆかりゆえに、中君に執念深い恋心を向けていく。中君としては、後見役でもある薫につれない態度はとれない。とはいえ、ちゃんと匂宮夫人に収まっているのだから、なんとも困った状況だ。そんな二人が交わす会話から引用する。

H　かの山里のわたりに、わざと寺などはなくとも、むかしおぼゆる人形をもつくり、絵にもかきとりて、をこなひ侍らんとなん思ふたまへなりにたる。（宿木　五―八二）

薫は亡き大君を偲ぶよすがに「人形」や「絵」を挙げながら、実のところ中君を念頭に置いて「形代」を求めるのだった。中君は薫の気を逸らすかのように、異母妹浮舟の存在を口にする。

I　あやしきまでむかし人の御けはひに通ひたりしかば、あはれにおぼえなりにしか。

（宿木　五―八三）

半ばは苦しまぎれであり、真偽のほども量りかねるが、ともあれ薫は中君の視覚を介した情報により、浮舟に興味を抱いてしまう。さらに、薫自身の視覚が大君との類似を確認して、浮舟を「形代」として求めていく。

薫は宇治で偶然、浮舟を垣間見る。

J　つつましげに下るゝを見れば、まづ頭つき様体細やかにあてなる程は、いとよくもの思出でられぬべし。

（宿木　五―一一二）

薫は浮舟の髪かたちや、ほっそりとした体つきに、まなざしを向けている。髪や体つきは、薫の見る大君を特徴づけてもいたはずだ。薫の視点に重なる語り手の確定的な推量は、浮舟の姿から大君を思い出さずにはいられない薫を、早くも語りとっている。少しして、薫は浮舟の面ざしを垣間見る。

K　まことにいとよしあるまみのほど、髪ざしのわたり、かれをもくはしくつくぐ〵としも見給はざりし御顔なれど、これを見るにつけて、ただそれと思ひ出でらるゝに、例の涙落ちぬ。

（宿木　五―一一四）

薫の視覚は、浮舟の面ざしから大君を思い出し、二人を重ね合わせるのであった。傍点部のはらむ問題については後に述べる。とにもかくにも、視覚によって大君と浮舟の類似を確認した薫は、次第に「形代」という概念に浮舟をあてはめていく。

L　見し人の形代ならば身にそへて恋しき瀬ゝのなで物にせむ

（東屋　五―一五〇）

浮舟が大君の「形代」であるならば、大君への思いを移す「なで物」にしよう。薫は冗談めかして、こんな歌を中君に詠みかける。水に流される「なで物」が浮舟の運命を暗示するとか、浮舟に「なで物」の運命を担わせる、薫の恋なり人物像なりを問わせる等々の点はさておき、この際は「形代」のいい換えだと見ておく。ただ、容易に〈身代わり〉と翻訳される「形代」よりも、穢れや災いを移す「物」の物質性をとどめたことばだととらえたうえで、「形代」の考察を続けていきたいと思う。引用Hで中君にいい寄りながら、「人形」であれ「絵」であれ、大君を忍ばせる「物」を求めた薫にとって、「形代」とはすなわち「なで物」という「物」なのでもあったろう。引用Lの歌を見ると、薫はどうやら浮舟を生身の「なで物」として、「形代」の概念に当てはめていこうとしているようだ。また実際に、薫は浮舟を「形代」にしてしまうのであった。しかし、「人形」や「絵」などの「物」とも通底する「形代」には、こんな事態も招かれる。

M　かたみぞと見るにつけては朝露の所せきまでぬるゝ袖哉　（東屋　五―一八〇）

浮舟を宇治に連れていく車中、薫がふともらした独詠歌的な歌だ。「かたみ」だと見るのは、薫が浮舟を大君に似ていると見て、二人を重ね合わせている様子を表す。しかし、「かたみ」だと見るにつけ、かえって大君への思いが深まるという。似ているからこそ「形代」への思いを深めるのが第一部だったが、ここは、似ているからこそ「形代」ではなく、本体への思いを深めてしまう側面に言及しているのである。つまり、似ていると見る視覚認識の両義性をあぶり出し、「形代」のネガティブなあり方を浮かび上がらせているのだといえよう。視覚によって似ていると認識されれば、「形代」が本体に優るとも劣らないような存在感を担っていた第一部を相対化したのだと思われる。

こうしてみると、『狭衣物語』の一方の〈形代〉である宮の姫君は、浮舟に担わされたネガティブな側面をそのまま受け継いだのだといえよう。しかも、そうした存在自体が問われるわけではなく、それなりの幸いを与えられてしまったところに、いかんともしがたい矮小化がある。けれども、とにかく宮の姫君が浮舟の系列に連なる〈形代〉なのだということは押さえておきたい。

『源氏物語』に戻ると、第三部ではこんな相対化も図られている。

N　故宮の御事ものたまひ出でて、むかし物語りおかしうこまやかに言ひ戯れ給へど、たゞいとつつましげにて、ひたみちにはぢたるを、さう〴〵しうおぼす。　（東屋　五―一八二）

O　ここにありける琴《きむ》、箏の琴召し出でて、かかること、はたましてえせじかしとくちおしければ、独り調べて、……　（東屋　五―一八三）

薫は浮舟を伴い宇治に行く。やや落ちついてから、薫が八宮の思い出話を切り出してみても、浮舟はろくな口もきけない。おそらく琴も弾けなかろうと推して知られるところであった。そんな浮舟を「さうざうし」と思い、「口惜し」と思って、薫は浮舟が、外見はともかく、内面あるいは内容において、大君とは甚だしく違った存在であると噛みしめているようだ。それでも、教えていこう、良さを見出そうとするが、内面・内容の違いは覆うべくもない。そんな浮舟を眼前にして、薫は弁の尼から贈られた歌に、ことさら返歌のようではなく、次の歌をつぶやく。

P　里の名もむかしながらに見し人のおもがはりせるねやの月影　（東屋　五―一八四）

宇治に来てみれば、何も変わっていないのに大君はいないのだと、むなしさを独詠気味に歌にしている。「ねやの月影」は浮舟を指す。「おもがはりせる」は大君と浮舟との違いや、大君の不在を嘆くことばであろうが、まさに「面変はり」で、もはや二人が似て見えない薫の視覚をもとらえているのではないか。この点は少し後に述べる。ここでは以下について確認しておきたい。すなわち、視覚によってとらえられた姿は、もはやその内面・内容とパラレルではないということだ。「形代」をめぐって、見えない内面・内容をとらえられない視覚による認識の限界が示され、正編では特権化されていた視覚認識が相対化されているのだといえよう。

加えていうと、引用Ｋ宿木巻の垣間見場面の考察では措いた部分だが、あの場面には、わざわざ傍点部「かれをもくはしくつく〲としも見給はざりし御顔なれど」が語り添えられていた。つくづくと見たわけでもない大君に、浮舟がそっくりだと見る薫の視覚自体が、そもそも危なっかしいのだと語り手はいわんばかりだ。それに、右引用Ｐの薫詠は「おもがはり」を詠み込み、内面・内容の違いから、似ていると見えた大君と浮舟が、似て見えなくなっている薫の視覚のありようを暗に示している。視覚による認識は、というより認識自体が、見る／認識する主体の恣意性にいかんともしがたく委ねられている。第三部では視覚認識および認識自体が相対化されているのである。似ていると見えれば、他者を「形代」として一義的に規定してしまう視覚による認識は、とりわけ強引なものであるがゆえに、どうしてもその妥当性が問われざるをえなかったといえようか。第三部では、内面・内容という見えづらい領域から、視覚による認識が相対化され、また薫という人物を通して、見る／認識する主体の恣意性が鋭く問われ、「形代」をめぐって、視覚による認識ばかりか、認識それ自体が相対化されたといえるのではないだろうか。

七　認識からの脱出

『源氏物語』の「形代」と、そこに内在する問題について、ひととおり見渡してきた。とりわけ第三部は「形代」をめぐって、見えづらい内面・内容をとらえられない視覚認識の限界と、恣意的主体の視覚を介した認識のあやうさをあぶり出したといえよう。『狭衣物語』の〈形代〉は、『源氏物語』が「形代」を通じて視覚による認識を、あるいは認識それ自体を相対化してしまったのを受けとめたうえで、ひき続き認識の問題を絡めつつ、新たな〈形代〉の物語を切り拓いているのだと考えられるのではないか。

さて本来、視覚も触覚も他の身体感覚も含めて、それらすべてが、各々に特性はあるにせよ、認識の契機となるべき同一の布置にあるのかもしれない。(15)けれどもこれまで考察してきたように、『源氏物語』が視覚を契機に、「形代」を見出し認識していったのに対し、『狭衣物語』は触覚を契機に、認識と非認識のあわいで、女二宮を〈形代〉として生成していた。まさにそれによって、『狭衣物語』は〈形代〉を、本体の劣位に置かれる単なる〈身代わり〉から自立させたのであった。ここで最も注目しておきたいのは、この〈形代〉が、〈身代わり〉のいわゆる「形代」だと明確には認識されない点だ。換言すれば、どうしても『源氏物語』の「形代」のようにはなりえず、あくまで『源氏物語』に範をとるなら、かなりきわどい〈形代〉である点だ。しかし、このきわどい〈形代〉の物語は、『源氏物語』が「形代」をめぐって、とうとう認識を相対化し、認識を通して成り立っていた「形代」の物語をもネガティブに矮小化してしまったのを受けとめたうえでのあり方だったのではないだろうか。限界を露呈し、主体の恣意性に曝され、いかにも危なっかしい認識というものを、『狭衣物語』は宙吊りにしてしまうことによって、認識をつきつめた『源氏物語』との差異を生み出し、認識を前提とした『源氏物語』における「形代」の物語を批評しているのではないか。つまり、『源氏物語』においては、視覚を契機に「形代」として他者の存在を一義的に規定する強引な、あるいは傲慢な認識が問われ、その限界や恣意性が示された。同時に、「形代」の物語もまた、ネガティブな側面を曝け出していったのだった。そういう『源氏物語』の状況があるからこそ、『狭衣物語』は、視覚ではなく触覚という別の身体感覚に目を向け、それを契機に、認識というものを宙吊りにし、『源氏物語』において露わにされた認識の限界から逃れ出た。同時に、新たな〈形代〉の物語の可能性を示していった。そのように評価しうるのではないだろうか。「形代」の物語を創造し、かつ蕩尽した観がある『源氏物語』への、異議申立てを含む批評であったと理会する。

このことは、『狭衣物語』が番えたタイプの違う〈形代〉二人の存在感からもいえるだろう。二人の〈形代〉とは宮の姫君と女二宮である。二人はそれぞれ、『源氏物語』の範囲内にある〈形代〉と、そうではない〈形代〉だといい換えうる。そして、浮舟型〈形代〉宮の姫君が、浮舟に象られた〈形代〉のネガティブな側面をなぞり、存在感を縮小されていくのに対し、一方、きわどい〈形代〉女二宮は、〈形代〉だと明確に認識されないがゆえに、狭衣に翻弄され悲しい人生を歩むのだが、物語の最後を飾るほどに存在感を増されていったのは、すでに見てきたところだ。この二人の〈形代〉に見える存在感の落差は、『狭衣物語』が『源氏物語』に向かい合い、『源氏物語』を批評しつつ、新たな〈形代〉の物語を切り拓こうとした様子を、如実に示しているのではあるまいか。

明確な認識に到達しない触覚に突き動かされ結ばれた女二宮との関係は、近代の研究において、淫猥等のことばによって評され、この物語への批判を呼び込む契機でもあった[16]。しかしながら、その批判は、視覚認識の優位性を確保しつつ、認識の妥当性を論議する西欧的認識論に、どっぷり身を浸した日本近代主義文学観のなせる業だったのではなかろうか。『狭衣物語』は、見てきたように『源氏物語』批評を通じて、むしろポスト・モダンに認識を宙吊りにしてしまい、新たな〈形代〉の物語の可能性を切り拓いているのだと、いえるのではないか。

それにしても女二宮の人生は傷ましい。浮舟もまた傷ましい。ただ少し違う。

小野の浮舟は薫を拒み、薫からも「すさまじく中〳〵なり」「人の隠し据へたるにやあらむ」（夢浮橋五―四〇八）と思われる。すなわち、興ざめで、使いなど遣らなければよかったと後悔され、誰か別の男性に隠し据えられているのだろうかと疑われるのである。このときの浮舟は、老尼たちの雑音をよそに、一人ぽつねんと山里にいながら、

「形代」の物語から逃れ、薫との物語から逃れ、もはや薫の認識の埒外にいる。浮舟は物語の外に突き抜けていったのだといえよう。紫上にしても、掛け替えのない存在であるはずが、一瞬であれ錯覚であれ、掛け替えの利く存在だと思われ、「形代」の悲しみを強いられた。そして死んで、光源氏の認識はもとより、物語の外に逃れ出ていったのだろう。

しかし、嵯峨の女二宮は最後の最後まで、狭衣の執着の対象であり続け、出家して山里に隠棲しているというのに、狭衣の物語に巻き込まれて、物語の縁にいる。〈身代わり〉の「形代」だと、相対化できない狭衣の認識の宙吊りが、女二宮をそんな位置にとどめる。男性主体の物語で生成される〈形代〉の自立とは、かくも傷ましい形でしかありえない。新たな〈形代〉の物語は、〈形代〉のまた新たな苦悩の物語だ。『狭衣物語』はそんな事態をも表している。

だが性急に、〈形代〉を本質的に相対化した物語だ、などとはいうまい。完全に他者の認識の外に飛び出してしまっては、人は生きられない。認識の埒外に立ち去り、物語の外に出るといえば聞こえはいいが、物語にいられない、生きられない事態に立ち至ったのだといえよう。だから認識の埒外に去ることが、浮舟や紫上の物語／人生の切断に繋がるのだろう。かといって、他者の認識に丸々収まってしまっても、生きているとはいいがたい。浮舟にさえなれない宮の姫君の生気のない人形《にんぎよう》ぶりを見れば明らかだ。人は、理不尽であれ、他者の認識と、非認識のあわいで、ようよう生き続けるしかない傷ましい存在なのだとする物語の認識を、それこそ残酷な認識を読んでおくにとどめたい。紫上を死なせ、浮舟を山里に置き去りにして、彼女たちの物語／人生を切断してしまった『源氏物語』への批評として。

注

（1）三田村雅子「『源氏物語』における形代の問題―召人を起点として―」（『平安朝文学研究』一九七〇年十二月→『源氏物語　感覚の論理』一九九六年　有精堂刊）。

（2）『源氏物語』論では、たとえば宮崎荘平「『源氏物語』の『人形』『形代』そして浮舟」（『むらさき』一九八六年七月）。『狭衣物語』論では、久下裕利「女二宮の位相―『狭衣物語』の人物と方法―」（『論集源氏物語とその前後3』一九九二年　新典社刊→『狭衣物語の人物と方法』一九九三年　新典社刊）。たしかに「ゆかり」と「形代」は重なり合うものではないが、「ゆかり」が「形代」性を担って、部分的に重なり合うことも十分ありうると考えている。

（3）注（1）三田村雅子論文。

（4）「みのしろも」の部分、西本「みのころも」（傍点論者）とあるが、本書I第1章注（14）で示したごとく、西本書写者は校合により「みのしろも」の誤写を考えたと窺われる。他本の状況から見て、また以下に論述していくように、狭衣の返歌が「紫の身の代衣」であり、後々も狭衣に「かの夜半の身の代衣」と思い返されている点などから見て、西本は誤写の可能性が高い。西本の「みのころも（身の衣）」でとったとしても、西本も狭衣の返歌、後の思い返しに異同はないし、女二宮を天稚御子の代わりに差し出している歌意はかわらないので、女二宮の「身の代」性は動かない。

（5）内閣文庫本の文字「こ」か「と」か判別しがたい。他の文字の様態から見て、どちらかといえば「こ」ではないかと判断した。校本は「こ」でとり、他のいわゆる第一系統本本文と同じであると見ているが、大系本および『校注狭衣物語』（久下晴康（裕利）・堀口悟編　新典社校注叢書4　一九八六年刊　底本は内閣文庫本）は「と」と見ている。「心おごり」と「心劣り」では、狭衣の自身に対するプライドが高まるのか低まるのかで、正反対の方向を示すが、いずれにしろ女二宮の美しさに驚いていることに変わりはない。古活字本、この部分ナシ。

（6）古活字本には「御手あたり」ナシ。視覚のみによっている様子。なお西本「御手あたり身なり肌つき」で並列になっており、注（7）「御手つき」の本文と併せると、やはり視覚によっているとも見える。けれども、古活字本も西本も源氏宮を思い起こしていくところは同じ（→注7）。

（7）諸本間の異同が激しい。西本「御手つき」、鈴鹿本など「御かいなのうつくしさ」とあり、視覚的なものともとれるが、源氏宮の記憶は手の感触にある点、次節で述べる。他本も源氏宮を思い出しており、内閣文庫本と論理を異にするとは見ない。

（8）野村倫子「『狭衣物語』の形見・ゆかり考―女性追慕の手法として―」（『平安文学研究』一九八五年六月）は、源氏宮の手の感触を「形見」という観点からとらえ、女二宮と関係を結ぶ折にそれが回想されるところから、女二宮には源氏宮の「形見」となる可能性があったのに、なりえなかったとする。解釈を異にしているが、手の感触に言及されている点、多くの示唆を得た。

（9）西本・平出本「し」ナシ。流布本もナシ。「手当たり」の本文が多い。「手当たりし」は内閣文庫本の特異本文。ただし、西本の「てあたりし」の部分、吉田幸一『深川本狭衣物語とその研究』（一九八二年　古典文庫刊）および全集は、「て」を「く」と見て、西本の「御かひな、てあたりに」を「御かひなく、あたりに」と解釈している。校本、大系（校異）は「て」と見ている。西本の他の「て」「く」の様子からすると、「く」の可能性を否定できないが、いわゆる第一系統の本文様態、文意に鑑みて、「天」のくずし、あるいは誤写と見た。さて内閣文庫本当該箇所は、わずかに触れた源氏宮の腕であり狭衣の手が触れた腕、といった意味になろうか。内閣文庫本にしても、改めて狭衣の手が触れた腕だとしている点で、手の感触にこだわっている様子に変りはないと判断する。

（10）倉田実「狭衣と若宮をめぐって―「預かり」と若宮即位への道筋―」（『大妻国文』二〇〇二年三月↓『王朝摂関期の養女たち』「預かりの若宮の即位」二〇〇四年　翰林書房刊）は、若宮が狭衣の養子になったと指摘する。大筋異論はないが、本文の違いによる微妙な論理の違い、また皇統をめぐる解釈の差異があり、いくばくか留保を置きたいところもある。その点については本書Ⅰ第4章の注（8）を参照されたい。

（11）注（8）野村倫子論文。

(12)「つめたき」のところ、西本「うつくしき」(校本によれば武田本も「うつくしき」)。「つめたき」の方が、肌の密着感が強く表れる。西本にしても、懐には入れているのだから、ささやかでかわいらしい体つきを触知してはいるだろう。
(13) たとえば鷲山茂雄「『源氏物語』の一問題―紫のゆかり・形代のこと―」(『日本文学』一九七九年八月)。
(14) 視覚よりも血筋を優先させて「形代」を求め、手痛い結果を得たもう一人が柏木である。上坂信男「光源氏の造型　e生活体験(二)―形代をめぐって」(『源氏物語の思惟・序説』一九八二年　笠間書院刊)は柏木と女二宮をめぐって、「形代」による物語の方法に、物語自体が懐疑の一石を投じたとする。視覚に対する信頼はいまだ保たれているものの、第二部にある種の方法的屈折があるのは確かだと思われる。
(15) メルロ・ポンティ『知覚の現象学1、2』(一九六七年十一月、一九七四年十一月　みすず書房刊)。
(16) 藤岡作太郎『国文学全史2平安朝篇』(平凡社東洋文庫　一九七四年刊。本書では東洋文庫版を見たが、それは『国文学全史(平安朝篇)』一九〇五年東京開成館刊および一九二三年岩波書店刊を校訂したものと凡例にある)以来、類したことば(頽廃的、末梢的等)によって度々批判の対象となってきた。

第4章〈声〉と王権――狭衣帝の条理

一　〈声〉の〈力〉

物語にはさまざまな音が響いている。なかに、ざわざわと、またひそやかに響く〈声〉という音がある。そのような〈声〉は物語において、きわめて強い〈力〉を発揮しているようだ。

たとえば『源氏物語』桐壺巻は、物語早々、〈声〉の持つ〈力〉を見せつけた格好になっている。

人の譏《そし》りをもえ憚らせ給はず、世のためしにも成ぬべき御もてなしなり。

（桐壺　新大系一―四　以下引用の『源氏』本文も新大系に拠る）

皇妃たちがそれを譏るさまざまな〈声〉を無視して、ひたすらひとりの更衣に寵愛を傾けていく桐壺帝がいる。しかし結局、桐壺帝は手痛い報いを受けることとなった。皇妃たちばかりか、多く彼女たちの後ろ盾になっているだろう上流貴族にも飛び火し、果ては宮廷社会全体に、非難を含んだ〈声〉が渦巻く。そんな〈声〉に半ばは圧し潰された結果の、桐壺更衣の死という手痛い報いを受けたのである。

このように、侮ればゆゆしき結果をもたらす〈声〉の〈力〉は、光源氏の人生もまた左右する。

明くる年の春、坊定まり給にも、いと引越さまほしうおぼせど、御後見すべき人もなく、又世のうけひくまじきこと成ければ、なかなかあやうくおぼし憚りて、色にも出ださせ給はず成ぬるを、「さばかり思したれど、限りこそありけれ」と世人も聞こえ、女御も御心をちゐ給ぬ。（桐壺　一―一八）

光源氏を東宮位に据えたのでは、世人が納得せず、またぞろ世人の〈声〉を噴出させかねない。事実、第一皇子が東宮に定まれば、あれほど可愛がっていても、やはり宮廷内の制約というものがあったのだと、世人たちは〈声〉にしている。世人たちの〈声〉は光源氏をもとり囲んでいるのであった。父桐壺帝は、人ひとりを死に追い込んだ〈声〉の〈力〉をまざまざと見せつけられ、光源氏にまつわりつく潜在的な〈声〉に耳を尖らせ、光源氏を東宮にしたいとの願望を、自身で封じざるをえなかったのである。しかも、ことはそれだけに収まらなかった。

親王と成たまひなば世の疑ひをひ給ぬべく物し給へば…〈中略〉…源氏になしたてまつるべくおぼしをきてたり。（桐壺　一―二二）

東宮どころか、親王宣下を下すだけでも、なお皇位継承の野心を隠した処遇ではないかと疑う〈声〉が人々の心に生じ、そういう人々の内なる〈声〉と〈声〉とが共鳴して、今度はどんな〈声〉が表立って形成され発せられ、光源氏に襲いかかるか知れない。桐壺帝は、人々の心に湧き出す疑念の〈声〉が、少しずつ外に漏れ出し、宮廷内に渦巻き、たとえば光源氏を政争に巻き込んで虐げ、死に至らしめたり、謀叛人に仕立て上げたりする〈声〉にもなりかねないと予測でもするかのように、〈声〉の力を恐れている。ここでは、桐壺帝を媒介に、無視しがたい〈声〉の〈力〉というものが、光源氏の人生の最初の条件づけに、換言すれば、皇位継承の可能性を早速に閉ざされ、王権の物語へと船出する人生の最初の条件づけに、少なからずあずかっていた様子が読みとられるのである。つまり『源氏物語』は、現行の巻序で読めば、〈声〉の〈力〉をいきなり指し示した物語だといえる。そしてこの物語は、後にまたとりあげるが、〈声〉の〈力〉とさまざまな関係を持ち続ける。

このような『源氏物語』を受けて、『狭衣物語』においても同様に、〈声〉は無視しがたい〈力〉として位置づけられているようだ。

たとえば、狭衣と一品宮との結婚が、両者の意志にかかわりなく、抜き差しならないものとなっていくとき、その状況を強力につくりあげていったのは、まさに〈声〉の〈力〉なのであった。かねてより一品宮に、かなわぬ思いを寄せていた権大納言なる人物は、一品宮邸でふと狭衣を見かけて以来、ふたりの恋の噂話をまきちらす。噂はあっという間に広がり、世を席巻するまでになっていった。

大納言は、いとけざやかに出でおはせしを見てしかば、ことにわりなくいふを、聞き継ぐ人のあまたになりつつ、内裏わたり院の辺などにても、やうやういひ出でければ、近く侍人々は「あさましきことかな。かかるものまねびせそ」(1)とのみ、かたみにいひささめけど、片端だに出で来そめぬれば、「その夜の暁に出で給ひし。御車、そこそこに立てりしこと」「夜深くそのこと。御格子の妻戸の開きたりしは、さにこそありけれ」と、折々の立ち聞き、かいばみの程をも、ほの見ける人々、その折は何とも目とどむるもなかりけれど、かかること出で来て後は、忍びつつ各々いひ合はせなどしけり。まいて、なべての世には、年経にける様をさへつききしくいひなすも、院聞かせ給て、内侍の乳母に「かく世の人のものいふなる、いかなることぞ。むげになきことは人のいふにもあらぬを。さりとも知らぬやうあらじ」とのたまはするに、いとあさましうなりて、この権大納言(2)ののたまひけることをぞ語り聞こゆる。「いで、さればこそ。少将の命婦のしわざにこそ」と思すに、

いと心憂くて胸ふたがりて思し嘆くに、

（内閣文庫本　参考…大系二五九～二六〇頁。以下引用の『狭衣』本文も同本に拠り、参考として大系当該頁数を示す）

ここは、〈声〉がひそひそと、しかし確実に、声音も高くなりつつ広がり、〈力〉になっていく様子を活写している。一品宮側近の女房たちが、宮と狭衣の恋の噂を沈静化しようと努めても焼け石に水。一般の女房たちは噂が立つと、むしろそのときには気にも留めなかった狭衣の姿をさえ、忍び恋をする男の姿だととらえ返し、ひそひそとした恋の噂話に供していく始末だ。まして世人は口さがなく、あたかも年来の恋であったかのようにいいなし、噂はどんどん真実味を帯び広がっていく。外から内から聞こえてくる噂話を耳にして、とうとう一品宮の母女院も事情を問い質さないわけにはいかなくなり、一品宮の乳母から権大納言のいい条を聞くと、では狭衣と親交のある女房少将命婦の仕業だろうと思い合わせ、噂は事実になり代わる。〈声〉の〈力〉が縦横無尽に発揮され、ついに狭衣と一品宮の関係は、恋仲に仕立て上げられていったのである。

こうした事態を受けて、狭衣の父堀川大殿は一品宮の降嫁を願い出ると決め、不承知の狭衣にもその旨をいい渡す。ちなみに狭衣は、一品宮の養女になった我が子をひと目見るために、一品宮邸に忍び入ったのであり、当然、結婚を承服できる状態にはありえなかった。(3) ところが、父大殿はこういうのである。

なき事にてもある事にても、かばかりの人に名を立て奉りて、音もせで止みなんは(4)いかが。不便のことなり。

（参考　二六三）

もはや狭衣の意志も、事実か否かも関係ない。一品宮ほどの高貴な人に、狭衣との浮名が立った以上、降嫁を願い出ないわけにはいかないというのだった。つまり、当事者双方の意思に反する結婚を、不可避の事態へと追い立てていったのは、恋仲を噂してざわめき立つ〈声〉の〈力〉以外の何ものでもなかったといえるのである。

こうしたところから、『狭衣物語』もまた〈声〉は〈力〉だという論理に貫かれているらしい様子を、ともあれ見とっておいてよいだろう。

さて、以上のように『源氏物語』と『狭衣物語』の双方から、〈声〉は強い〈力〉であるとの論理を汲みとってみた。しかしながら、これらふたつの物語は、そうした〈力〉としての〈声〉に、異なったとり組みをしているように思う。しかも、とりわけ王権にかかわる〈声〉に対するとき、双方のとり組みの違いは顕著であるようだ。本章ではその違いをたどりながら、王権に向ける『狭衣物語』の視線をとらえてみようと思う。さらには、『源氏物語』を批評する『狭衣物語』のあり方を、王権という観点から改めて見据えてみたい。

二　『狭衣物語』の王権

まずは、王権にかかわる〈声〉に、『狭衣物語』がどのようにとり組んでいるのかを見ていきたいわけだが、その前に、『狭衣物語』の王権というものに、いささかの注意を払っておかなければならないと思う。というのは、この物語の王権を、たとえば『源氏物語』の王権とひとしなみに考えるならば、そもそもこの物語には王権なるものが存在しているのかどうかさえ、あやぶまれてくるからである。

『源氏物語』では、恋の情動が社会の規矩を踏みにじり、光源氏は帝の妻を掠めとる。皇妃侵犯の禁忌を破る激しい恋の情動が発露するとき、光源氏の心情の如何を問わず、光源氏という存在は帝の権威を超えて輝き、聖別され、光源氏の王権なるものが揺らめき立ってくる。さらに皇妃侵犯の結果、秘かに我が血筋を皇統譜に導き入れ、自身も破格の准太上天皇位に即き、そこに光源氏の王権は最終的な形式化を見たのだといえよう。このように、禁忌の恋と光源氏の聖性が不可分に絡み合い、王権の物語のダイナミズムは生成されていたはずだ。けれども、『狭衣物語』にはもはやそのダイナミズムはない。狭衣と春宮妃宣耀殿の密通がいい例だ。春宮妃侵犯の禁忌を破っても、それが王権の物語を立ち上げていく梃子《てこ》になったわけではない。そもそも宣耀殿に対する激しい恋の情動があって密通に至ったわけでもない。宣耀殿に限らず、いったい狭衣には禁忌の恋に身を投げ出して発露する激しい恋の情動など見受けられない(5)し、むろん宣耀殿以外に皇妃を過つ物語も不在だ。激しい恋の情動が発露して帝の妻を過ち、禁忌侵犯により聖性を帯びて、王権の物語のダイナミズムを生成するような物語にはなっていないのである。『狭衣物語』の王権という場合、『源氏物語』の王権とはひとしなみには考えられないとするゆえんだ。それに、狭衣は即位してしまうのだから、『源氏物語』の王権とは根本的に異質で、『源氏物語』の論理でいえば、王権としての質をとどめていないともいえるのだが、その点については後述する。

そこで、二世源氏として生まれ、皇位継承権からは絶望的に切り離されているにもかかわらず、折々に超常的な現象をひきおこし、衆目と賞賛を一身に集める狭衣に、帝の権威を超える聖性を見出し、超常的に付与された帝位に、ともあれ王権の形式化を認めておくこととする。

さて、その王権の特質といえば、何といっても狭衣を帝位に導くところに求められよう。ともすると帝の権威とせめぎ合う王権を、帝に重ね合わせて形式化するあり方は、『源氏物語』の論理の埒外にある。あるいは『源氏物語』の論理をなし崩しにするようなやり口でもあるわけだが、それこそが『狭衣物語』の王権を特徴づけ、『源氏物語』を批評したあり方だと考える。では、そのような王権の形式化とは、どういうことなのかを、もう少し明確につかみとっておきたいと思う。

ここで、皇権というタームを導き入れたい。王権という概念は、かなりの広がりを持ち、ひとことでは規定されがたい側面がある。それゆえ、『狭衣物語』の王権と『源氏物語』のそれとが、不分明になりはしないかと危惧を抱いている。当然、王権というタームで統一するのか、それに皇権というタームをつがえるのかには、さまざまな論議もあろうけれど[6]、『源氏物語』とは違う『狭衣物語』の王権の特質を、かなり端的に示しうるので、皇権というタームを用いることにする。

では皇権とは何か。その定義をきわめて明確に示したのは、河添房江であったろう[7]。いわく「大嘗会という皇権祭祀の根幹をなす即位儀礼により天皇霊を身につけ、三種の神器という祭器に護持されれば、例外なく皇権の体現者に転じうるのであった」と。つまり、皇権とは歴史的、制度的な概念だというのである。王権の対概念として、皇権がこのように限定的かつ明確に定義されてみると、『狭衣物語』の王権の特質もまた、かなりくっきりとしてくる。

すなわち、狭衣を即位に導くということは、王権が皇権に重なり合ってしまうという事態だ。翻って『源氏物語』を見てみると、光源氏が「准太上天皇」の位を得て、「院」と呼称されながら、一方で「たゞ人におはすれば」（若菜上　三―二三九）とも語られ、境界的な位置を占めたとき、王権は皇権に限りなく接近しているのだが、それこそがぎりぎりのところで、王権は皇権に決して重なり合わないことを、むしろ明確に打ち出しているのだといえよう。『源氏物語』とは違う『狭衣物語』の王権の特質を、王権と皇権が重なり合っている点に認めて、論の始発に置いておきたいと思う。

三　人ならぬものの〈声〉と王権

『源氏物語』とは異質の『狭衣物語』の王権をめぐって、いささか迂回をしたが、以下、王権にかかわる〈声〉の〈力〉に、『狭衣物語』がどのようにとり組んでいるのかを見ていく。そこから、この物語は王権にいかなる視線を向けているのかをとり押さえたいと思う。

さて、折々に超常現象をひき起こし、帝をも凌ぐ聖性を発揮しているにしても、二世源氏で皇権から遠くはじき出された狭衣を、皇権の体現者に仕立て上げ、かつそういう形で王権を形式化していくのは、かなり厄介なことであったようだ。そこで、この物語にとってはお手のものながら、やはり「あまりうたてあれば」（参考四二六）と語られるような、一種の離れ業が介在してくる。天照神の〈声〉が解き放たれたのである。まずこの〈声〉を俎上に載せる。

大将は顔かたち身の才よりはじめ、この世には過ぎて、[a]ただ人にてある、かたじけなき宿世・有様なめるを、おほやけの知り給はであれば世は悪しきなり。[b]若宮はその御次々にて、行末をこそ。[c]親をただ人にて帝にゐ給はんことはあるまじきことなり。さてはおほやけの御ためにいと悪しかりなん。やがて一度に位を譲り給ひては、御命も長くなり給ひなん。この由を夢の中にも度々知らせ奉れど、御心得給はぬにや。（参考　四二五）

これが天照神の〈声〉である。この〈声〉は遠く伊勢の地に響いたのであるが、斎宮によって都の帝や堀川大殿に伝えられてきた。ちょうどこのとき、都では疫病がはやり、当帝の後一条帝まで病気がちで、帝の権威もあやぶまれかねない状況を呈していた。とうとう後一条帝は、現嵯峨院の子として認知されている若宮への譲位を考えるに至っていたのである。こうした事態と現治世に対して、天照神の〈声〉は否を唱えている。だが、その唱え方は、かなり奇妙で強引だ。この〈声〉はたしかに、狭衣の超越的存在感に言及し、それを臣下の列に置くべきではないといっている（傍線部a）。が、それだけでは、まだ狭衣を他でもない帝そのものへと押し上げることはできないのであろう。そこでさらに、即位をとり沙汰されている若宮が実は狭衣の子である事実まで暴露して、実父を臣下として差し置き、子が即位すべきではないから、この際は親の狭衣が即位すべきだというのである（傍線部c）。

この若宮について、いささか説明を加えておく。かつて狭衣と嵯峨帝の愛娘女二宮には、縁談が持ち上がっていた。けれども、気乗りのしない狭衣が言を左右にするので、縁談も先送りにされていたのだった。ところが、ある夜の宮中で、狭衣は女二宮を垣間見し、関係を結んでしまう。それでも、相変わらず狭衣の態度は煮え切らない。しかし、女二宮は狭衣の子を身籠っていた。その事実は、女二宮と母大宮および乳母たちによって秘匿され、誰にも知らされなかった。加えて、女二宮は母大宮にさえ、子の父親が誰かを明かさなかったので、困り果てた母大宮と乳母たちが図って、生れてくる子を大宮腹の嵯峨帝皇子だと偽装してしまう。これが若宮である。後に狭衣も若宮を我が子と悟るが、事実を問うのも憚られ、まして明かすわけにもいかず、人知れず秘密を共有するしかない。だから、嵯峨帝を始め世人たちは、偽装されたままに、若宮を嵯峨帝皇子として認知していたのだった。若宮出生直後、心労から母大宮が亡くなり、しばらくして嵯峨帝も譲位し、女二宮まで出家してしまったので、若宮の身上は心細い限りだ。そこで、狭衣を婿に望んでいた嵯峨帝は、他の女宮ともども若宮を狭衣に託す。皮肉にも、若宮は実父狭衣に後見され、預かりの身になっていく(8)。

さて、嵯峨帝の後を襲って即位したのが後一条帝だったけれども、先述したごとく、物語終盤、疫病が流行り、世情穏やかならず、帝自身も病に罹って譲位を決意する。それにつけても、後一条帝は皇子がいなかったので、若宮に譲位するというのであった。情勢はそちらに傾くのだが、これに天照神は異を唱え、若宮に優先して実父狭衣が即位すべきだとする先の神託に至ったのである。

さすがの天照神も、現東宮の存在を考慮してか、若宮は「御次々」(傍線部b)とし、その後、若宮の即位に焦点をしぼって、実父を臣下にしたまま即位する不都合をいい、実父狭衣の優先を唱えている。いちおうの合理化を果たしているのであろうが、きわめて奇怪な論法だ。

実子の皇子がいないからといって、いきなり若宮に譲位しようとした後一条帝も乱暴だが、天照の神託も何ゆえ狭衣が現東宮に優先するのかには触れていない。また、天照神の〈声〉として、皇祖神の権威をまといながら、皇統譜が侵犯されている事実をまったく問題視していないのである。親を臣下にしたまま子が即位する不都合よりも、天照神も承知のごとく、そもそも二世源氏(臣下)狭衣の実子で、偽りの皇子でしかなく真正の皇子ではない若宮は、すでに皇統譜を侵犯している存在であるのに、あろうことか皇位まで継承して、皇統譜を二重に侵犯しかけた事態の方が、皇祖神としては、はるかに不都合なのではないか。さらに、いかに超越的な存在ぶりであれ、そのような皇統譜への侵犯を招来するもととなった狭衣について、なんら問われるところがない。かてて加えて、「御次々」に、若宮の皇位継承権を残してさえいる。つまり、天照神の〈声〉は、皇祖神の権威を背景に、むしろ狭衣とその血筋までもを、帝位に導くべく、強引な論法をまかり通して響いているのである。

このような〈声〉の〈力〉を、物語に解き放ってしまうのは、『狭衣物語』が王権に対して、王権は是が非でも皇権に重なり合うべきだという視線を向けているからに他ならないだろう。天照神の理不尽ともいえる〈声〉の〈力〉は、それを透視させるのではあるまいか。

ここで、『源氏物語』の明石巻に立ち現れた故桐壺院を想起しておく。故院もまた人ならぬものであり、やはり朱雀帝の治世に否を突きつけ、光源氏の王権を擁護する。けれども、その〈声〉は、天照神のそれとは違い、強く抑制されているようだ。まず、光源氏の夢のなかで、故院は須磨の浦を早く離れるようにといい、この流離にも触れて「いさゝかなる物の報ひなり」(二―五六)という。この〈声〉は、何がしかの罪を匂わせつつ、その罪のなんたるかをしかとはいわない。

そして何よりも、朱雀帝の夢枕に立った故院の〈声〉は、もはや物語内に響いていない。「聞こえさせ給ことも多かり。源氏の御事なりけんかし」(二―七三)と語られ、故院としては、光源氏を政権から疎外し流離させて改めない朱雀帝を諫めたのであろうが、具体的な言辞は省略され、朱雀帝が夢のなかで聞いたはずの故院の〈声〉は封じられている。まして「物の報ひ」といって微妙に光源氏の罪に触れた〈声〉は、前後の文脈から明らかなように、完全に封殺されている。物語は故院の〈声〉を抑圧し、「御気色いとあしうて睨みきこえさせたまふ」(二―七三)と、朱雀帝を睨みつける故院の形相を焦点化するだけなのであった。これ以前から異常気象等により世情不安であったが、朱雀帝は故院と視線を合わせたせいか目を病んで、ひどく苦しむ。そのうえ、外祖父太政大臣が亡くなり、母弘徽殿大后まで病に罹る始末だ。とうとう朱雀帝は「なを此源氏の君、まことにお《(を)》かしなきにてかく沈むならば、かならずこの報ひありなんとなんおぼえ侍。いまは猶もとの位をもたまひてむ」(二―七三)といい出すのであった。

いみじくも弘徽殿大后が光源氏を「罪におぢて都を去りし人」(二―七四)といい放ったように、朧月夜との道義上の罪であれ何であれ、罪と表裏する光源氏の流離が不当だと、故院は朱雀帝にどう語りえたというのか。物語は故院の〈声〉を封殺し、憤怒の形相をこそ焦点化し、光源氏の罪を棚上げにしてしまって、朱雀帝の眼疾とその他凶事から、かえって朱雀帝に光源氏を流離させた罪とその「報ひ」を感じさせていく。ここに、光源氏を無罪化する朱雀帝の解釈が成り立つのであり、朧月夜と密通した道義的な罪や、でっち上げられた朝顔斎院との密通の罪など、表層に現れた罪さえも、罪は奥底に潜められ、そうして光源氏は都に返り咲き、王権の物語の完成に向かっていくのである。

故院の〈声〉を抑え、封ずることは、光源氏の罪を限りなく覆い隠していく。むろん、未顕の罪である藤壺との密通や東宮との親子関係は、なおさら深く水底に沈められるのであった。それは、後に（薄雲巻で）事実を知った冷泉帝が、光源氏への譲位に思い及びながら成しえないのを見てもわかるように、罪をその深みから掬い上げ、親子の論理で相殺してまで、王権と皇権を重ね合わせるようなことはしないというのが、王権に対する『源氏物語』のスタンスなのだろう。だが考えてみれば、罪を浮上させ、親子の論理を媒介にする以外に、王権と皇権が重なり合う術はないのではないか。したがって、〈声〉の〈力〉を抑え、封じて、罪を沈潜させる『源氏物語』は、王権と皇権は決して重なり合うべきではないという視線を、王権に投げかけているのだろう。

このように、人ならぬものの〈声〉の〈力〉を解き放つのか、抑制し封ずるのか、そのとり組みの違いは、『狭衣物語』が『源氏物語』の排除した王権の論理を、あえてとり込み、王権に向ける視線を『源氏物語』とは正反対にしている状況を映し出すのである。

四　人々の〈声〉と王権

前節では、人ならぬものの〈声〉が持つ〈力〉に、どうとり組んだのかという観点から、王権に向ける『狭衣物語』の視線が、『源氏物語』と逆さまである様子をとらえてみた。本節においては、では〈力〉としての人の〈声〉に、『狭衣物語』はどうとり組んでいるのかという観点から、ひきつづき王権についての考察を試みていきたい。

見てきたように、『狭衣物語』は天照神の〈声〉の〈力〉を解き放つことで、狭衣の王権をかなり強引に皇権と重ね合わせていった。しかも天照神の〈声〉は、若宮の存在が皇統譜を侵犯していることや、そんな事態を招く原因になった狭衣の問題を不問に付していた。しかしながら、この神の〈声〉はそれにしても、これまで秘されていた狭衣と若宮の親子関係を明るみに出してしまったことに変わりはない。つまり、経緯はどうであれ、我が子を皇子として皇統に送り込むという形で、王権を担う狭衣が皇権の秩序を侵犯していた事実を明るみに出し、いわば王権の反秩序性といった側面を、くっきりと照らし出してしまったのでもある。

ところで、こうした王権の反秩序性は、皇権を掻き乱し、いかがわしいものにしてしまうのだが、そこに重なり合って形式化されるがゆえに、王権もまた自家中毒的にいかがわしいものにならざるをえない。天照神の〈声〉は、王権と皇権を重ね合わせながら、重なり合った王権／皇権のいかがわしさを、物語表層に浮かび上がらせる〈声〉なのでもあった。このいかがわしい王権／皇権に、人々の〈声〉はどのように向かい合わされているのかを見て、『狭衣物語』の王権観あるいは王権に向ける視線を、さらに確認していきたいと思う。

ただ、狭衣即位の事情や経緯は、ことがことであるだけに、当然、それを知る者と知らない者とが生じる。知る者にとっては、述べてきたような狭衣王権／皇権のいかがわしさが突きつけられたわけだが、知らぬ者にとっても、事情はさしてかわらない。なにしろ、現東宮を差し置き、さらには皇子として認知され、後一条帝の強引な措置ではあるが、皇位を継承すると思われていた若宮をも通り越して、いきなり二世源氏の狭衣が帝の養子になって即位するという異例の事態なのである。知らぬ者たちの間にも、何やらいかがわしい皇位継承だとの思いが、渦巻いてしかるべきであろう。

皇権と重なり合う形で王権が形式化されるときに、このような反秩序の色彩を滲ませてしまった狭衣の王権に対して、人々の〈声〉はどう向かい合わされているのかを、確認したいと思う。

まず、事を知る者たちの〈声〉はというと、皆無に等しい。

かかるよしを、忍びて大殿にも内裏にも奏せさせ給へるに、聞き驚かせ給ふこと限りなし。若宮の御事をぞ、誰も心得ずあやしう思しける。（参考　四二六）

「かかるよし」は天照の神託を指す。それが密かに堀川大殿や後一条帝などに告げられたのである。天照神の一件を知った都中枢の人々は皆、狭衣と若宮の親子関係が明かされた点について、不可解だと思っている。けれども、事実関係を詮索する〈声〉は見当たらない。一様に事態のいかがわしさを括弧にくくり、わからないこととして棚上げにし、〈声〉を潜めているのである。

では、そうした事態のいかがわしさをとり沙汰する〈声〉が湧き出す要素は、まったくなかったかといえば、そうでもない。

かかることもほのぼの聞こえ出でて、うちささめき怪しがる人、多くなりにたるに（女二宮は）いとどさまざまにもの思し嘆くこといみじきに、（参考　四四九～四五〇）

この「かかること」というのも、狭衣と若宮の親子関係を明かした天照の神託を指している。嵯峨に隠棲する女二宮は、おそらく女房たちのささめく〈声〉を聞いてであろうが、多くの人々が神託の件を聞き及び、訝り、ひそひそと〈声〉を交わしている状況に、嘆きを深めている。天照神の〈声〉が明らかにした内容は、軽々に口にされるべきことではなく、おそらく限られた人々の間での内緒事であったろう。にもかかわらず、嵯峨院皇子が狭衣の子供だったというのだから、やはり宮廷のスキャンダルでもあるわけで、神託の話は、勢い誰からともなく漏れ出し徐々に広がり、あちらこちらで、ささめき交わされていったようだ。都から遠い嵯峨の女二宮にまで届く〈声〉の広がりは、そんな事情を掬いとっている。このように、ささめく〈声〉が広がるにしたがって、なにせ詳細は不明なだけに、憶測も混じれば、話に尾鰭もつくだろうし、もしかすると事実をいい当てられもして、ついには、なんともいかがわしい事態に、あれこれと批判を加える人々の〈声〉が立ち上がらないとも限らない。となればそこに、狭衣の王権／皇権も著しく相対化されかねない契機が生じてくるのではないか。

ささめく〈声〉を聞く女二宮の嘆きも、その〈声〉の不測の〈力〉が、何をあるいは誰を、どのように傷つけるかわからないことを知るがゆえのものであったろう。むろん、そんな〈声〉が具体的なことばとなって、物語内に生に響くような事態にはならないのだが、こうした隠微で侮りがたい〈声〉の〈力〉が生じてきている次第もまた、物語には語りとられているのである。

『狭衣物語』は一方で、狭衣の王権／皇権に瑕をつけかねない〈声〉の〈力〉が存在する様子を語りとりながら、しかし決してそういう〈声〉を物語内に響かせない。こうしたあり方は、皇権と重なり合う王権を、相対化する〈声〉の〈力〉はないわけではないが、それをあえて封ずるという物語の姿勢を読みとらせるのではあるまいか。

上述のような物語の姿勢は、天照神の〈声〉が響いて間もない頃の、いまだその事実を知りえないとおぼしい人々の〈声〉をめぐって、より顕著だ。

「近き世にかかるためしもことになきことなり」と、おほやけを譏《そし》り奉るべきやうもなければ、「なほいかなることにかあらん」と、いひ悩む人多かるに、　　（参考　四二六）

狭衣の即位が決定した直後、人々が示した反応は右のようなものだった。天照の神託を知っている者たちは驚きこそすれ、神託が下ったのだから、狭衣即位のイレギュラーには疑義を挟まず、狭衣と若宮の親子関係に不審を抱いていた。ところが、右引用の人々は、不可解な親子関係を疑問視していない。神託を知らない人々だと見てしかるべきだろう。知らない事実には、疑問を投げかけようもない。それよりむしろ、眼前の事実として、二世源氏の狭衣が、いきなり後一条帝の養子となって即位するイレギュラーこそが、不可解で異様な事態であるはずだ。神託など知らない人々を通じて、狭衣即位のいかがわしさが掬い上げられているのだといえよう。

さて、神託を知らない多くの人々は、狭衣即位と聞いて、「近時、こんな例は特にないことだ」という〈声〉を発したいところだったが、「例がない」といえば、先例を重んじる朝廷を譏る〈声〉になるからだろうか、ともあれ朝廷への譏りを憚り、そうはいわなかったとある。そこで、「どういうことなのだろうか」と事態を案ずる〈声〉によって、狭衣の即位は筋の見えない話であると、婉曲的にいいつつ心配げに首をかしげる人が多かったと語られている。つまり、経緯を知らない多くの人々の間に、狭衣の即位を非難する土壌はあったが、明確な非難の〈声〉はあがらなかったのだと、語られているのである。

とはいえ、非難の〈声〉はまったく発せられなかったわけでもないようだ。

この世にいひ扱ふらんやうに、げに、（即位は）えあるまじきことなれば、いとかうもおぼゆるにやあらん。（参考　四二七）

これは事情を知らない人々の反応が見えた先の引用に続いて、自身の即位について思う狭衣の内面を語りとった部分からの引用である。狭衣は自身の即位を「えあるまじきこと」すなわち「まったくありえないこと」とする世人の〈声〉を耳にしていて、心のなかでそれをとらえ返している。物語は狭衣の内面を介して、狭衣の即位に批判的な〈声〉の存在をあぶり出す。そして、「げに」とあるように、それは当の狭衣にも自身の即位を「えあるまじきこと」だと認識させてしまうのであった。このような〈力〉をもつ〈声〉の存在は、狭衣の心のなかにとり籠められたままで、物語表層に立ち上って響き渡ったりはしない。が、そのような〈声〉の〈力〉が存在している形跡を、まったく消し去るわけでもないのである。

これもまた、狭衣の王権／皇権を相対化する〈声〉の〈力〉は、ないわけではないが、あえて封じて響かせないのだとする物語の姿勢を読みとらせるものではないだろうか。

以上、王権が皇権に重なり合って形式化されるにあたり、狭衣の王権／皇権はいかがわしさを滲ませてしまった。そして、それを批判し相対化する〈声〉の〈力〉の存在が微妙に示されながら、しかし、そのような〈声〉の〈力〉は封じられ、物語内に解き放たれることがなかったのである、そこには、皇権に重なり合う王権を相対化する〈声〉の〈力〉は、あえて封ずるのだという姿勢が示されているのではあるまいか。

それは、いかにいかがわしげであれ、王権は是が非でも皇権に重なり合って形式化されるべきだという『狭衣物語』の王権観を、もしくは王権への視線を読みとらせるのではないか。

五　『源氏物語』における〈声〉と王権

『狭衣物語』がかなり強引に、王権と皇権を重ね合わせて、王権を形式化した様子は見てきたとおりだ。この王権観なり王権に向ける視線なりは、どのように位置づけられるのだろう。やはり、『源氏物語』を批評するスタンスとして、位置づけられるのではなかろうか。それを考えるにあたり、『源氏物語』における人の〈声〉と王権の関わりを、少し眺めておきたい。

光源氏の王権が最終的に准太上天皇という形で形式化されていくのには、世人の〈声〉の〈力〉を巧みに操作し、ライバルを突き放す光源氏の力量があずかっていた。その点についてはすでに三田村雅子が論じている。[9]だが、三田村論はさらに、『源氏物語』は第二部に入ると、「後言」という掬いとりにくい〈声〉の〈力〉が執拗に光源氏を追いつめていくことをも指摘し、二部の世界もまた〈声〉の〈力〉と光源氏との、新たな格闘の場であるという視点を提示するのであった。

本稿の射程はわずかに若菜巻にあるにすぎないが、そこでの人の〈声〉の〈力〉と王権の関係をとらえておきたいと思う。がその前に、すでに第一部でも、なおざりにできない〈声〉の〈力〉が迫り上がってきてはいた。小山清文が指摘していることであるが、[10]たとえば藤袴巻で夕霧を通じて光源氏に突きつけられた世人の〈声〉は、光源氏が玉鬘に向けている暗い情念を噂するものであり、それは、宮中と対峙して、六条院に形式化された光源氏の王権に潜む反秩序的な本質を、あやうく暴いてしまうところだった。〈声〉の〈力〉は第二部に入る以前に、すでに光源氏の王権ににじり寄っていたのだが、若菜巻の〈声〉の〈力〉は、より鋭くその王権をえぐってしまっているようだ。

女三宮が六条院にやってきたのを機に、新たな〈声〉が光源氏に絡みつき、その〈力〉が光源氏をからめとっていく。

御乳母たち見たてまつりとがめて、院の渡らせ給こともいとたまさかなるを、つぶやきうらみたてまつる。（若菜下　三—三七七）

柏木との密通に人知れず心を傷めていた女三宮に懐妊の兆しが見えると、それにつけても乳母や女房たちは、柏木の子だとも知らず、光源氏の訪れが滅多にないと、小さな〈声〉でぶつぶつと日ごろの不満を口にする。

いとなやましげにて、つゆばかりの物も聞こしめさねば、「かくなやましくせさせ給を、見をきたてまつり給て、いまはをこたりはて給にたる(紫上の)御あつかひに、心を入れ給へること」と、つらく思ひ言ふ。

(若菜下　三―三八三)

病に臥す紫上につききりの光源氏だったが、紫上小康の折、久々に女三宮を見舞い、数日滞在して、再び紫上のいる二条院に戻っていく。滞在中、光源氏は柏木が女三宮に当てた文を見てふたりの密事を悟り、女三宮も光源氏に悟られたと知り、苦悶し、何も喉を通らないほどであった。しかし、その苦悶や食欲のなさは、事態をまったく把握していない乳母や女房たちから見れば、身重で苦しんでいる姿にしか見えない。だから、また不満が漏れる。身重で苦しんでいる女三宮はさておき、快復した紫上の看病に余念のないことだと。いかにも光源氏が薄情であるように思い、不満の〈声〉を漏らすのだった。女三宮が六条院に来たそもそもの始めから、光源氏が、今日は訪れられないと消息を送れば、返信をとりつぐわけでもなく、「『さ聞こえさせ侍ぬ』とばかり、言葉に聞こえたり」(若菜上三―二四五)と、無愛想に「そうお伝えしました」といってよこす権高な乳母たちだったのである。まして女三宮懐妊となれば、そんな乳母たちや、同様に気位の高い女房たちは、もはや恨み言を〈声〉にするのに憚りがない。

むろんこうした〈声〉は確実に光源氏の耳に届いているはずだ。それとなく柏木との一件をふまえ、光源氏は女三宮に長々とことばをかけている。なかに、以下のひとくだりがある。

いたり少なく、たゞ、人の聞こえなす方にのみ寄るべかめる御心には、たゞをろかに浅きとのみおぼし、

（若菜下　三―三九六）

あなたは思慮が浅く、周りの人間がいうことを真に受ける性格だから、ひたすらわたしをいい加減で薄情だと思うのだといっている。つまり、周りの者が女三宮に、光源氏の悪口を吹き込んでいるといっているわけだが、これは、光源氏への不満をもらす女房たちの〈声〉をふまえた言であったろう。しかもそうした〈声〉は朱雀院やその子今上帝の耳にも及ぶものであった(11)。

出でたまふ方ざま（女三宮の許）はものうけれど、内にも院にも聞こしめさむ所あり…〈中略〉…と、思したちて渡りたまひぬ。

（若菜下　三―三七八〜九）

光源氏は紫上の容態が悪くないときを見計らい、嫌々ながらも、帝や院の聞こえを憚り、女三宮を見舞ったとある。帝や院が女三宮周辺から耳にする光源氏の悪口を憚っての見舞だった。女三宮周辺に渦巻く不満の〈声〉は、朱雀院やその子今上帝へと届いている様子が浮かび上がってくる。そして、光源氏は帝や院に届く女三宮周辺の〈声〉に、配慮を欠くわけにはいかなかったのである。

さて、光源氏に配慮を強いる女三宮周辺の〈声〉の〈力〉は、明らかに朱雀皇統の皇権が持つ〈力〉を背景にしたものだ。この皇権の〈力〉を背景にした〈声〉の〈力〉と、それを無視しえない光源氏の関係から透視されるのは、かつての皇権と王権の力学が反転した姿ではないだろうか。かつての力学といっても、それは一様ではなく、光源氏の王権と桐壺・朱雀・冷泉各皇権との関係は時々に、王権が皇権を圧倒したり、いささか皇権に虐げられたり、また双方相携えていたりした。けれども、光源氏の王権がこうまで皇権に跪いている場面はなかったし、概ね皇権を凌いでいたのではないか。止むに止まれぬ情動で桐壺帝を憚りつつ藤壺と密通し、あるいは五壇の御修法が行われている宮中で朱雀帝寵愛の朧月夜と密会した光源氏に鑑みれば、帝や院を憚り、紫上の傍にいたい思いを抑えて、女三宮を見舞う姿に、光源氏昔日の面影は窺えない。皇権を背景とした〈声〉の〈力〉が、王権を帯する光源氏に配慮を強いる様子は、『源氏物語』がついに皇権によって王権を相対化した事実を表しているのではないか。

六　物語への問いかけ

王権は皇権に重なり合うべきだ。それが『狭衣物語』の王権観であり、王権に向ける視線であった。こうした王権観や王権への視線は、人ならぬものの〈声〉の〈力〉や人々の〈声〉の〈力〉へのとり組み方から見て明らかであったように、すぐれて『源氏物語』を意識し、ほとんど正反対のスタンスをとるあり方だといえる。最後に、『狭衣物語』が『源氏物語』をずっしりと受けとめたうえで投げかけた問いや批評の〈声〉を聞きとって章を閉じたいと思う。

『源氏物語』においては、王権が皇権に重なり合うことはなかった。たしかに、准太上天皇という形で、最終的な形式化がなされたとき、光源氏の王権は皇権の秩序の縁を舐めて、きわどく皇権に接近してしまった。准太上天皇位は太上天皇の「准《なずら》ひ」なのだから、純正太上天皇の下位に位置したともいえるわけで、事実、光源氏が朱雀院や今上帝を無視しえない様子を示していたのも前節で見たとおりだ。しかし、あくまで「准」の一字が、皇権に基づく既成の身分秩序に収まりえない位置を表象しているのもまた事実だ。きわどいのはきわどいが、王権と皇権が重なり合ったり、皇権が王権を飲み込んだりしたのでは、断じてない。むしろ、重なり合わないからこそ、王権と皇権はそれぞれに〈力〉の磁場をもって、関係の力学を生じさせるのであったろう。光源氏と朱雀皇統の力関係は、重なり合わない王権と皇権の力学のなかで起きた現象の一齣だと、とらえられるのではないか。いささか乱暴に概括するが、『源氏物語』は、王権が皇権に優越するという力学を随所に働かせながら、結果として、その力学を反転させてしまったといえるだろう。

だがそれにしても、第一部では、皇権から疎外され、しかもなおそれを凌ぎ、眩しいまでの輝きを発揮する者がヒーローであり、そのヒーローに戴かれるのが王権であったはずだ。さらには、そういうヒーローだけに歩まれるのが王権の物語であり、かつ物語そのものでもあった。翻って、第二部における光源氏の王権と朱雀皇統の皇権が、第一部の王権と皇権の力学を反転させている状況は、王権の輝きを、また輝く王権の物語を、傷ましいまでに相対化したのだといえよう。

『狭衣物語』はそういう『源氏物語』に向かい合って、問いかける〈声〉を発してはいないだろうか。王権と皇権の力学のなかで、王権の物語が相対化されるならば、ではいったい物語とはなんなのかと。

内面の深化、人間としての老い、苦悩、孤独……。こうした主題性を否定しようなどという気は毛頭ない。しかし『源氏物語』にあって、それらの主題性は、まさに輝く王権の物語を生きぬいた光源氏に託されたからこそ、その深度も濃度も、ああまで深まり高まったのではなかったか。第二部においてさえ、光源氏の王権が形式化された六条院や准太上天皇位は形式を保っている。けれども内実においては、王権が皇権に膝を折り形骸化してしまった。輝く王権の物語をひた走りに走った光源氏が、形骸化した王権を身にまとい皇権に跪いたとき、超越的ヒーローは輝く何ものかの姿を食い破り、一人の人間としての姿を露わにしていったのであり、そのメタモルフォーゼの過程において、きわめて人間的な主題性が立ち上がり、王権の形式と内実の狭間で、また新たな物語が生成されたのではないか。第二部の光源氏が呼び込むさまざまな人間的主題性は、よろぼう王権の物語と表裏してこそ、深度を深め濃度を高めていったのではないだろうか。光源氏の物語は王権と不可分であり、かつ輝く王権を形骸化させ、蕩尽してしまった。そういう意味では、光源氏の物語とは、一回的なものだったといえよう。

さて、『源氏物語』第三部は中心が解体された物語だとよくいわれる。そして、そこではもはや王権と皇権の力学は働いていない。さまざまな人間関係の網目に、いくつもの物語が生成されている。ただ、浮舟というネガティブな中心が回復される予感とともに、彼岸に向け舵を切る気配だけを漂わせて物語は立ち消えていったようだ。(12) 一回的な光源氏物語というものを、ずっしりと受けとめたとき、物語とは何か、中心とは何かが、まずは問われるべきことだったのではないか。第三部は、それを問う物語であったろう。

そして、『狭衣物語』が光源氏物語および『源氏物語』総体を受けとめたとき、回復の予感のなかに漂っている中心と、皇権に跪いたまま置き去りにされている王権が、改めて問われてきたのではなかったろうか。中心についていえば、限りなく中心性を解体されていたとしても、中心のない物語はないのではないか。さらに、中心とはやはり超越的ヒーローであって、堂々と超越的王権を戴く者でなければならないのではないか。『狭衣物語』の問いかけは、まずはそこにあったように思う。

しかし、いかに超越的ヒーローの戴く王権であり、この世の身分秩序を越えて輝く王権であっても、この世において形式化されるならば、この世の最高権威である皇権との相対的関係においてなされざるをえない。ただし、王権と皇権が互いに〈力〉の磁場を持って向かい合うならば、王権が皇権によって相対化される契機も生じてくる。『源氏物語』がその間の事情をもっとも詳らかにしていたのであった。だからこそ、こんな問が発せられたのではないだろうか。すなわち、王権は皇権に向かい合うものではなく、重なり合うものなのではないか、そして地上において超越的ヒーローが落ちつく先は、まさに超越的王権と地上の最高権威である皇権が重なり合うところでしかないのではないか、と。『狭衣物語』の王権観や王権に向ける視線は、そのような問いかけだったのではないだろうか。

かくして狭衣の王権は、皇権との力学で相対化される可能性もなく、磐石ともいえる形で、この世における形式化を果たしたのである。[13] 天照神の〈声〉を解き放ち、人々の〈声〉を封じて、強引に形式化された王権／皇権のいかがわしさはさておき、ともあれこの王権のあり方から、『源氏物語』第二部における王権と皇権の力学の反転や、第三部における王権の忘却と中心の漂いに向けた問いかけあるいは批評の〈声〉を聞きとっておきたいと思う。

狭衣の王権／皇権が『源氏物語』に対する問いかけであり批評であったといってすませ、物語がこの王権／皇権のいかがわしさに自覚的であった点に触れておかないならば、『狭衣物語』がまぎれもなく平安後期の物語として示した特性を掬いそこない、古代や古代を再構成した中世に回収されてしまうだろう。

王権／皇権を『源氏物語』のように相対化し忘却するわけでもなく、その再構成にいそしむわけでもない微妙なスタンスをとるのが、平安後期の物語趨勢ではないだろうか。『夜の寝覚』や『浜松中納言物語』では、いずれも主人公自身は王権／皇権の物語を生きない。けれども、『寝覚』は、主人公中の君が楽器を奏でて天女を招き寄せ超越性を示す。その資質を受け継ぐ石山の姫君が入内立后して、超越的主人公の血筋が皇統に送り込まれ、王権／皇権の物語に接触する。『浜松』は、主人公中納言が夢告を与えられ続け、境界的超越性を見せる。中納言は夢告をストレートに受けとっていないが、ともあれ夢告はこの世の外と繋がる中納言の境界的超越性を保証しているだろう。その中納言の亡父が、これまた数奇な運命をたどり超越的存在感を示す唐の后の息子に転生し、唐の第三皇子になっていて、唐で東宮になる。亡父に会うべく渡唐した中納言と唐の后が恋仲になってしまったために、不可思議にもこの東宮は、中納言の亡父にして中納言の息子格だともいえる。主人公とその思い人（唐の后）双方の超越性と、片や現世で血縁を持ち、片や現世で血縁を持ち、かつ両者の息子としても幻想される人物が東宮位に即き、

『浜松』も王権／皇権の物語に接触していく。

これらは、王権／皇権を周縁化させて中心化しない微妙なスタンスだ。『狭衣物語』は王権／皇権を中心化させたように見えるけれども、かつまた絶対化したように見えるけれども、腐臭を立たせ、主人公狭衣自身を通じて価値を抜き取り、やはり微妙なスタンスをとっている。『寝覚』や『浜松』とは違ったスタンスだが、平安後期の物語特性を発揮しているといえよう。『寝覚』や『浜松』といったが、むろん、ふたつの物語をそのように一括できるはずはなく、それぞれ固有のあり方で平安後期の物語になっているわけだが、その点については別の章を立てて論じる。

では、『狭衣物語』が王権／皇権に対してとる平安後期的で微妙なスタンスをとらえておきたいと思う。『狭衣物語』はかなり強引に王権を皇権に重ね合わせて形式化し、王権／皇権の強化を図ったといえる。そして、王権と皇権を重ね合わせるべく直接的に作用したのは、天照神の〈声〉の〈力〉であった。前にも言及したが、天照神の〈声〉が果たした役割は、しかしそれだけではない。狭衣の王権を皇権に重ね合わせるのに、狭衣と若宮の親子関係を明かしてしまった。それは、二世源氏の臣下である狭衣が密かに我が血筋を皇統に送り込み、皇権の秩序を犯していた事実を表面化させたのでもある。狭衣の王権は、みずからが重なり合う皇権の秩序を掻き乱し、皇権をいかがわしいものにしてしまっていたのであり、そこに重なり合う王権も、いわば自家中毒的にいかがわしいものにならざるをえない。天照神の〈声〉の〈力〉は、王権に皇権を重ね合わせて形式化し、王権／皇権の強化を図るそのさなかに、王権／皇権のいかがわしさを表面化させてしまい、きわめてパラドキシカルに作用していたのである。『狭衣物語』が解き放った天照神の〈声〉の〈力〉は、一面で、狭衣の王権／皇権に腐臭を漂わせている点を押えねばならないだろう。また、物語は狭衣の王権／皇権を批判する〈声〉を封じつつ、封じきれずに漏れ出す隠微だがしぶとい〈声〉の〈力〉を揶いとってもいる。

王権／皇権を強化しつつ腐臭を立たせるパラドキシカルな天照神の〈声〉の〈力〉と、封じられつつ漏れ出す人々の隠微でしぶとい〈声〉の〈力〉を見ると、『狭衣物語』は王権／皇権の強化を図るばかりでなく、そのいかがわしさに自覚的だった様子が窺えるのではあるまいか。

加えて、狭衣が即位すると、聖帝狭衣を仰ぐ人々の視線が張り巡らされる。しかし、一方では、みずからの戴く王権／皇権に、何の価値も見出していない狭衣が執拗に語りとられてもいる。

・それと見る身は船岡にこがれつつ思ふ心の越えもゆかぬか　（参考　四四六）

・たちかへり折らで過ぎ憂き女郎花なほやすらはん霧の籬に　（参考　四六二）

この二首はごく一端でしかないが、とりわけ即位後の狭衣は、失われた女君たちを求めて、心のなかで歌を詠む。一首目は、平野行幸の折、斎院源氏宮を思いつつ、即位して会うのもままならなくなった悲哀を歌にしたものだ。二首目は、嵯峨院に行幸し、尼姿の女二宮と対面して帰る帰り際、なお止みがたい女二宮への思いが歌にされている。誰にも聞こえない心のなかに響くこの〈声〉に耳を傾けると、失われた恋に腐心するばかりで、聖帝のありようからは程遠い。みずからが戴く王権／皇権には価値を見いだせず、失われた恋を求めて止まないこの内なる〈声〉を、つぶさに揶い上げていく『狭衣物語』は、人々の目を通して聖帝像を映し出すかたわら、狭衣の存在ぶりを通して帝の聖性も価値も抜きとってしまっているといえよう。

『狭衣物語』が王権／皇権に対するあり方は、きわめて両義的で微妙だ。王権に皇権を重ね合わせて強力に形式化し、聖帝像を投影するのだが、形式化の過程で王権／皇権の腐臭をも立たせ、聖帝像を投影された狭衣の内面を通して、狭衣の王権／皇権の聖性も価値も抜きとってしまう。『源氏物語』第二部のように皇権によって王権を相対化するのでもなく、第三部のように皇権に跪いたままの王権を置き去りにして脱王権化するのでもない。『源氏物語』とはまったく違ったスタンスで、王権の物語に対しているのである。王権／皇権の構築が、すなわち王権／皇権の脱構築であるといったスタンスだ。輝く王権の物語を皇権によって相対化したまま、王権の物語を忘却したかのような『源氏物語』に向けて、『狭衣物語』が放った問いと批評の結果は、かくもパラドキシカルで平安後期的なあり方だった。皇権との相対的関係においてしか形式化しえない王権なるものを、礼讃することも貶めることもしない平安後期物語のデリカシーを汲みとりたいと思う。

注

(1) 「せそ」は西本他、多くが「なせそ」。「な」の脱落と考えられる。
(2) 内閣文庫本「権中納言」とある「中」の右に「大」と傍書。
(5) 「ある事にても」の部分、古活字本ナシ。父大殿のいわんとするところはそれがなくても変わらない。
(4) 「いかが」は西本「いとど」。ここも父大殿の論法に変化をきたす異同ではない。
(5) 本書Ⅳ第1章でこの点については詳述している。
(6) たとえば、『日本文学』(一九八九・三)誌上での阿部好臣「源氏物語の朱雀院を考える―序章・王権を越えるもの―」とそれを受けた討論での三谷邦明の発言など。
(7) 「源氏物語の一対の光」(『文学』一九八七年五月↓『源氏物語の喩と王権』一九九二年　有精堂刊↓『源氏物語表現史　喩と王権の位相』一九九八年　翰林書房刊)。
(8) 倉田実「狭衣と若宮をめぐって―「預かり」と若宮即位への道筋―」(『大妻国文』二〇〇二年三月↓『王朝摂関期の養女たち』二〇〇四年　翰林書房刊)は、若宮が狭衣の養子になり、即位の道筋を辿っていると指摘する。事実関係に大きな異論はないが、若宮が一貫して狭衣の「預かり」であったとするのは、古活字本諸本と、校本に拠れば吉田本、鎌倉本であり、いわゆる第一系統本やその他諸本では、巻三終盤に後一条帝が若宮を養子にしたいといった折、嵯峨院は「大将（狭衣）」ではなく、「大殿（堀川大殿）」に若宮を託すといっている。いわゆる第一系統本他諸本では、必ずしも狭衣の「預かり」として一貫しているわけではないことを指摘しておく。

加えて、倉田論文にも引用されているが、巻四後半、後一条帝が譲位を決意する際に、堀川大殿に「大将の預かりの若宮は、ただ人になさんの本意深きと聞きしかど」（参考四二二　古活字本もほぼ同文で「若宮は」の「は」ナシ、「本意深き」は「本意深し」）といっている。「ただ人になさん」の「ん」は未来推量の意志（〜しよう、したい）であろうから、まだ臣籍降下していないとも読めるので、巻三の時点で臣籍降下していて狭衣の戸に入っていたかどうかは、にわかには断じがたい。しかしまた、上記後一条帝の発言の直後、世人は若宮を「父帝だにただ人になし聞こえ給ひてし宮」（参考四二五）ともいっており、臣籍降下は既成の事実とされてもいる。物語言説は、天照の神託で狭衣と若宮の実の親子関係を明かすところに焦点を絞り、それまでの若宮の立場は曖昧にはぐらかしているように見える。また、若宮即位についても、天照の神託で保証を得ているが、宮の姫君（藤壺）腹の皇子の優先がとり沙汰されてもいるし、堀川大殿夫妻が新生皇子をかわいがる様子も尋常ではなく、すんなり即位しえないかもしれない不安の種を撒くことも忘れていない。

関連して同倉田「狭衣物語の皇位継承」（『源氏物語の帝』二〇〇四年　森話社刊→「狭衣物語の皇位継承と狭衣の出養養子」前掲書所収）は狭衣帝を一条院系ととらえ、これまでの嵯峨院系と一条院系をめぐる諸論に訂正を加えている点、首肯される。ただ、狭衣帝の系譜（一条院系でもあり堀川院系でもある）問題に加え、若宮（嵯峨院系にして堀川院系）の即位を前提として、皇統の混乱とそれによる物語の行き詰まりを読むのだが、その点、留保を置きたい。皇統の問題に絞っていえば、「御次々」の若宮よりも、『狭衣物語』の眼目はやはり、皇位継承から絶望的に切り離された二世源氏の狭衣を帝位に押し上げるところにあり、狭衣帝の実現で、物語は完結しているのではなかろうか。加えて、それによって生じる皇統の錯綜・不透明化は、行き詰まりなのではなく、後一条帝が若宮に譲位するといいだし微妙に表面化してしまうが、基本的には極力表面化させず潜められた両統（嵯峨院系と一条院系）の葛藤・対立の図式を、むしろ根本的になし崩す（あるいは一条・嵯峨・堀川各統を統合する）方法なのではあるまいか。皇統・家督相続・身分・恋愛などをめぐるさまざまな葛藤・対立を回避し（神田龍身の諸論『物語文学、その解体―『源氏物語』「宇治十帖」以降』一九九二年　有精堂刊所収の諸論）、ときに思いがけない人物が皇統に入り込んでくる「鎌倉時代（さらに中世王朝）物語」のあり方を先どりした側面を有して、『源氏物語』と「鎌倉時代（中世王朝）物語」の蝶番《ちょうつがい》になっているのではないかと考えている。

（9）「源氏物語の世語り―『他者』の言葉・『他者』の空間―」（『源氏物語講座―語り・表現・ことば』第六巻　一九九二年　勉誠社刊→『源氏物語　感覚の論理』一九九六年　有精堂刊）。

（10）「六条院物語における笑いと世評」（『源氏物語と平安文学』第1集　一九八八　早稲田大学出版部刊）

（11）河添房江「女三の宮」（『国文学』一九九一年四月→注（7）前掲書）。

（12）神田龍身「物語文学と分身《ドッペルゲンガー》―『源氏物語』「宇治十帖」をめぐって―」（『源氏物語と平安文学　第1集』一九八八年　早稲田大学出版部刊→『物語文学、その解体―『源氏物語』「宇治十帖」以降』一九九二年　有精堂刊）。浮舟を光源氏に対応するネガティブな中心と見る視座は、『物語文学、その解体―『源氏物語』「宇治十帖」以降』の方で、明確に提示されている。浮舟に担わされた物語については、本書Ⅰ第6章、第7章で扱う。

（13）井上眞弓「『狭衣物語』の引用・断面―「夢のわたりの浮橋」を軸として―」（『日本文学』一九八七年四月→『狭衣物語の語りと引用』二〇〇五年　笠間書院刊）は、この狭衣の王権には古代王権が象られているとし、古代性を表出させている点に『源氏物語』批評を見ている。また、「『狭衣物語』の「天照神」表現を読む」（『物語研究―特集・語りそして引用』一九八六年　新時代社刊→前掲書）は王位継承を乱すかに見えながら狭衣帝による新たな秩序が正統化されているとする。本論では古代性という観点からではなく、狭衣の王権に『源氏物語』批評を見る点で、また、むしろ正統化されえずいかがわしさが滲み出ていると見る点で、論理の方向を異にしている。なお、前掲書所収の天照、伊勢、賀茂、親子をめぐる諸論でも、上記観点からの王権論が展開されている。立場は異にするが、視野の広い豊饒な諸論から多くの示唆を得た。

第5章　天人五衰の〈かぐや姫〉——貴種流離譚の隘路と新生

一　〈かぐや姫〉と物語

物語にはさまざまな「かぐや姫」の後裔たちが生きている。(1) むろん、『竹取物語』の「かぐや姫」とは、相貌も、あるいは性別も、そして歩む人生も、それぞれに異なるので、以下、「かぐや姫」の後裔たちを〈かぐや姫〉と表記して、元祖「かぐや姫」と弁別する。さて、さまざまな物語に〈かぐや姫〉が現れるのは、いわゆる貴種流離譚が多様に変奏され、広く物語を覆っているからであろう。(2) 貴種〈かぐや姫〉たちが流離する様子をとらえ、〈かぐや姫〉たちの物語に迫るのは、きわめて理にかなった有効な方法(3)ではなかろうか。

『狭衣物語』もまた、〈かぐや姫〉をめぐって、論議の余地を残しているように思う。これまでのところで注目されるのは深沢徹の指摘だ。(4) 深沢は最も早い段階で、『竹取物語』を強く意識させる天稚御子来訪の場面に注目し、『狭衣物語』を「翼をもがれたかぐや姫の物語」であると規定した。深沢の指摘は、改めて『狭衣物語』と〈かぐや姫〉のかかわりの深さを認識させるものであり、総体として首肯されるものである。たしかに、天稚御子に置き去りにされ、この世を流離し続ける狭衣の物語は、「翼をもがれたかぐや姫の物語」に相違あるまい。けれども、にもかかわらず〈かぐや姫〉の昇天を語りとる言説が(5)、『狭衣物語』には形成されているのであり、そこに『源氏物語』批評が介在しているのでもある。まずはこの点に着目することから、狭衣が〈かぐや姫〉として歩んだ物語をとらえ直し、『狭衣物語』が『源氏物語』にいかなる批評を加えているのかを掘り下げてみたいと思う。なお、『竹取物語』の「かぐや姫」が昇天した先は、いうまでもなく「月の都」だ。狭衣が「かぐや姫」の変奏であるなら、狭衣の昇天する先も「月の都」の変奏である。しかし、変奏された「月の都」は「月」そのものではない。そこで、この変奏された「月の都」も〈月の都〉と表し、『竹取』の「月の都」と弁別しておく。

二　〈かぐや姫〉の昇天

始めに、『狭衣物語』初頭部の天稚御子来訪の場面が、いかに「かぐや姫」をたぐり寄せているかを確認したうえで、考察の焦点をしぼりたい。

宮中では、端午の節会が行われない代わりに、帝（嵯峨帝）の命で、若上達部たちが楽の音を競い合い、宴を催す次第になった。狭衣も呼ばれて笛を吹くよう強いられ、渋々ながら応じたところ、なんと狭衣の笛の音に興じて、天界から天稚御子が舞い降りてきてしまった。以下、そのときの場面から抜粋引用する。

[a]宵過ぐるままに（狭衣の）笛の音いとど澄み昇りて、…〈中略〉…[b]星の光ども月に異ならず輝きわたりつつ、…〈中略〉…

いなづまの光に行かむ天の原はるかにわたせ雲のかけ橋

と音の限り吹き給ふは、げに月の都の人もいかでか聞き驚かざらん。楽の声いと近うなりて紫の雲たなびくと見ゆるに、天稚御子角髪結ひて、いひ知らずをかしげに芳しき童姿にてふと降りゐ給ふに、いとゆふのやうなるものを中将の君にかけ給ふと見るに、我はこの世のことども見えずいみじく嘆かしければ、この笛を吹く吹くさし寄りて、帝の御前に参らせ給ひて、

九重の雲の上まで昇りなば天つ空をや形見とは見ん

といふままに、いみじくあはれと思ひたる気色にて、この天稚御子にひき立てられて立ちなんとするを、

（内閣文庫本　参考…大系四五～四六頁。以下引用の『狭衣』本文も同本に拠り、参考として大系当該頁数を示す）

この天稚御子来訪の場面は、『竹取物語』の「かぐや姫」昇天の場面をたぐり寄せる要素が多く認められる。以下、『竹取』当該場面から抜粋引用し、その点を確認したい。

かかる程に、宵うち過ぎて、子の時ばかりに、家のあたり、昼の明かさにも過ぎて、光りたり。…〈中略〉…大空より、人、雲に乗りて降り来て、地《つち》より五尺ばかり上がりたる程に、立ち連ねたり。…〈中略〉…天人の中に、持たせたる箱あり。天の羽衣入れり。…〈中略〉…御衣をとり出て着せむとす。

（新大系　六九～七三　以下引用の『竹取』本文も新体系に拠る）

宵過ぎという時間帯（傍線部a）、光の輝き（傍線部b）、天人の乗り物としての雲（傍線部d）。『狭衣』の傍線部d「紫の雲」は、天稚御子が天界に帰る際に「雲の輿にて昇らせ給ひぬる」（参考四七）とあり、多分に仏教色を帯びているとはいえ、天地を行き来するための乗り物だと解釈しうる。さらに、天界の衣を着せる[6]（傍線部e）など、状況の対応とことばの類似が著しい。また、天稚御子が来訪する直前に、傍線部cで語り手が「げに月の都の人も

いかでか聞き驚かざらん」と評言を挟み込んでいる。天稚御子については、『宇津保物語』や『梁塵秘抄』などと併せ鑑みるに楽神とおぼしいものの、神話由来の「天稚彦」には還元できず、『宇津保物語』では微妙に仏教的色彩も帯び、正体は不明だ。が、『狭衣物語』は語り手の評言により、その天稚御子を限りなく「月の都の人」に近づけているといえよう。先に挙げた状況の対応やことばの類似、そしてこの語り手の評言によって、天稚御子来訪の場面は、「かぐや姫」昇天の場面を、明らかにたぐり寄せているといえる。

けれども、『狭衣物語』では、天稚御子が同席の帝の願いを容れ、『竹取物語』とは違って、狭衣を地上に残したまま去ってしまう。つまり狭衣は、物語が始まって間もないこの場面で、まさしく〈かぐや姫〉として生成されながら、早速に〈月の都〉からは切り離されてしまったということになる。こうして『狭衣物語』は、昇天できなかった〈かぐや姫〉の物語として、新たな貴種流離譚の幕を切ったのである。

さて、注目されるのは、置き去りにされた〈かぐや姫〉狭衣が今後、帰っていくべき〈月の都〉だ。天稚御子が狭衣を伴おうとした〈月の都〉は、天界としかいいようのない漠然としたものだが、ともあれいちど開かれた〈月の都〉への回路は閉ざされてしまった。しかし、〈月の都〉天界への回路が閉ざされるや、なんと幾つもの、天界ではない別の〈月の都〉が生成されてくる。それら〈月の都〉を跡づけながら、〈かぐや姫〉の物語をめぐる『狭衣物語』の言説と、言説から浮かび上がってくる論理を掬いとっていきたいと思う。

天稚御子の一件があった翌朝、狭衣は「ありし楽の声も天稚御子の御有様など思ひ出でられて、恋しうもの心細し。兜率の内院にと思はましかば、とまらざらましと思し出づ」[7]（参考五二～五三）と、天稚御子を恋しく思い出しつつ、昇天によりこの世を去りかけたせいか、心細くも思っている。そして、天稚御子との昇天ではなく兜率天への往生ならば、この世にとどまらなかったろうと思い返すのだった。昇天にも優る兜率天往生への憧憬が表されているのである。兜率天は、回路の閉ざされた天界に代わり、狭衣自身が目指す新たな〈月の都〉として生成されたといえるのではないか。この兜率天への憧憬は、以後、狭衣の仏道・出家願望に根深く息づいている[8]。

ところが、天稚御子関連の場面に連接して、兜率天憧憬に基づく仏道への傾斜と逆行するかのように、狭衣は源氏宮に恋心を打ち明けてもいるのだった。これについては、昇天を阻んだ帝から狭衣に贈られた歌が注目される。

身の代[9]も我脱ぎ着せんかへしつと思ひなわびそ天の羽衣　（参考　五〇）

帝の歌では、狭衣を昇天に導かんとした天稚御子は「天の羽衣」といい換えられ、女二宮がその代わりの「身の代」に擬せられている。狭衣は心中、「いでや、武蔵野《（源氏宮）》のわたりの夜の衣ならば、げにかへまさりもやおぼえまし」（参考五〇）と、「天の羽衣」天稚御子の代わりが源氏宮なら、なるほどとりかえた方がよかったかもしれないと思うのだった。まず、帝の歌を契機に、「天稚御子」→「天の羽衣」→「身の代」女二宮→「武蔵野のわたりの夜の衣」源氏宮というスライドが生じている。しかも「かへまさりもや」に表れているごとく、狭衣はやはり源氏宮恋慕の成就が、天稚御子との昇天に匹敵もしくは優先すると思い至っているのである。源氏宮恋慕は、帝の歌を機に、天界に代わり兜率天とも違う〈月の都〉へと生成されていったのではないか。それに、「天の羽衣」は天人の着る衣でもあるから、兜率天上に眷属としてある天女の姿に、源氏宮の姿が重なり合いもしよう。すると、源氏宮恋慕は、必ずしも兜率天憧憬と矛盾しないばかりか、恋慕の成就が地上の楽土さえ幻想させて、狭衣にとっては、目指すべきもうひとつの〈月の都〉になりえたのではないだろうか。

回路の閉ざされた〈月の都〉天界を、狭衣は兜率天や源氏宮に転写し、新たな〈月の都〉を生成したのだと思われる。だが、いずれの〈月の都〉にも狭衣がたどり着きえなかったのは、物語を見れば明らかである。相変わらず狭衣は「翼をもがれたかぐや姫」といわれて、しかるべきなのであった。

しかしながら、『狭衣物語』にはもうひとつの〈月の都〉が生成されているようだ。先に引用した天稚御子来訪の場面で、狭衣が詠じた辞世の歌ともいえるものに注目したい。

九重の雲の上まで昇りなば天つ空をや形見とは見ん[10]　（参考　四六）

ここで狭衣は、天稚御子と行く天界を「九重の雲の上」と表現している。けれども「九重の雲の上」といえば、むろん狭衣の意図するところからは外れるものの、きわめて一般的に「宮中」を表すことばだ。この物語に関していうと、「九重」は「宮中」を表すとして、「雲の上」（参考一七二）、「雲のよそ」（参考一八八）、「雲居のよそ」（参考三二一、西本「雲のよそ」）の各例は「皇統」を表している。これらは狭衣の会話（対女二宮）や心内語に現れることばで、皇子に偽装された若宮（女二宮所生で実は狭衣の子）の存在や、臣下と皇子に分断された狭衣と若宮の懸隔を表象している。「雲居」（参考一五九）一例はほぼ「帝位」そのものを表し、このことばは、若宮を我が子と偽り皇子にせざるをえなかった大宮（女二宮母）が、若宮の将来を予祝して詠んだ歌に現れており、若宮の即位を表象している。すなわち、この「九重の雲の上」は、狭衣詠においては、昇天すべき〈月の都〉天界を表象しているのに相違ないが、一般的表象機能に裏打ちされた『狭衣物語』の類例に照らせば、宮中・皇統・帝位をも表象してしまうのであり、〈月の都〉天界は宮中・皇統・帝位と微妙に関連づけられているといえよう。

さらに、注意されるのは、皇統あるいは帝位を表象する「雲の上」「雲のよそ」「雲居のよそ」「雲居」の例が、若宮に関連してしか現れない点だ。となると、狭衣詠の「九重の雲の上」は宮中・皇統・帝位と切り離されているようにも見えるが、そうではなかろう。若宮特有の用例だからこそ、狭衣詠の一例はむしろ帝位に関連づけられていると考えられるのである。[11]

狭衣即位の経緯に注目したい。そもそも後一条帝の跡を襲って即位するはずだったのは若宮だ。ところが、若宮に敷かれていた帝位へのレールに、実父であるという理由で、狭衣が乗せられてしまって、狭衣の即位に至ったのである。若宮の運命と交錯する狭衣の歌に現れた「九重の雲の上」は、若宮特有の用例と交錯し、若宮に代わって狭衣が行き着く先の帝位と緊密に結びつき、〈月の都〉天界が帝位に転化しうることを指示することばなのだと、とらえ返されてくるのではないか。〈月の都〉天界を「九重の雲の上」とする言説は、後の狭衣即位と呼応して、帝位を〈月の都〉として生成し、〈かぐや姫〉狭衣の昇天を語りとってしまう言説だといえよう。

多少の異同はあるものの、系統を超えて多くの諸本に見られるもう一例を挙げねばなるまい。これも先に引用したが、女二宮の降嫁を許す帝の歌も同種のものだ。

身の代も我脱ぎ着せん返しつと思ひなわびそ天の羽衣　（参考　五〇）

ここで帝は、狭衣を〈月の都〉に導かんとした天稚御子を「天の羽衣」といい換え、それを天界に返してしまった代わりに、「身の代」を「脱ぎ着せ」ようという。「天の羽衣」に注目したい。まず、「天の羽衣」といえば、昇天のための衣だという伝説があり、かなり古くから伝わって一般に知られていた可能性もある。(12)一方、『竹取物語』では少し事情が違い、天人は「雲」に乗って舞い降り、「かぐや姫」は天人の携えてきた「飛ぶ車」に乗って昇天していく。「天の羽衣」は人としての思いを失わせる衣だとされている。(13)『狭衣物語』が『竹取物語』をたぐり寄せる言説を配置しているのは、天稚御子来訪の場面で指摘したとおりだ。ただ、帝詠の「天の羽衣」は狭衣を昇天に導かんとした天稚御子のいい換えであるから、あるいは伝説をもふまえたことばであるかもしれない。その点に関してはは何とも詳らかにならないのだが、いずれにせよ「天の羽衣」は、天界から舞い降りてきて、狭衣を昇天に導こうとした天稚御子を表すことばとしてふさわしいのに相違ない。

しかし、「天の羽衣」はまた別様の衣でもあった。すなわち、天皇が大嘗祭の折、あるいは他の大祭にあたって、沐浴するときにまとう衣を表すことばなのである。[14]「天の羽衣」が帝のまとう衣であるとなれば、天稚御子を「天の羽衣」といい換えたこの歌も、後の狭衣即位に関連づけられてくる。帝詠は、天界に返してしまった「天の羽衣」の代わりの衣を「我脱ぎ着せん」(傍点論者)といい、帝自身がまとう衣を脱ぎ着せようといっている。その帝の衣に愛娘の女二宮を寓意して、「身の代」ということばが繰り出されてくるのだが、「身の代」を女二宮だとする詠出時の文脈を超えて、帝詠は狭衣即位にまで届いてしてしまっている。というのも、狭衣は皇位を継承することで、帝が天界に返してしまった「天の羽衣」の代わりに、まさに帝の衣「天の羽衣」を受けとり、たしかに「身の代」を「脱ぎ着せ」られたといえるからだ。しかも狭衣は、帝の意にかなっていないが、秘かに「身の代」の女二宮を受けとり密通し、若宮を儲けて即位したのだった。狭衣の即位とは、帝の差し出した「身の代」の衣を秘かにまとい、それを梃子《てこ》に帝の衣「天の羽衣」まで堂々とまとって、天界に返された「天の羽衣」の「身の代」を、帝詠に基づきつつ、二重に受けとったところに見出されるのである。帝詠が後の狭衣即位と密接に関連づけられているとするゆえんだ。帝詠の「天の羽衣」は、後の狭衣即位と呼応して、天稚御子と行くはずだった〈月の都〉天界が、帝位に転化されてとり返されている事態を指示することばなのだと、とらえ返されてくるのではなかろうか。

狭衣を〈月の都〉天界に導くはずだった天稚御子を「天の羽衣」と表す言説は、後に狭衣が即位して帝の衣「天の羽衣」をまとうのを、〈かぐや姫〉狭衣の昇天であると語りとり、やはり帝位を〈月の都〉として生成する言説なのではないか。

『狭衣物語』には、このように狭衣の即位を〈かぐや姫〉の昇天とし、帝位を〈月の都〉とする言説が形成されている。とはいえ、自身の心の中で生成されたふたつの〈月の都〉からは遠く隔てられ、〈かぐや姫〉狭衣がたどり着きえたのは、思いも寄らない帝位という〈月の都〉でしかなかった。そこには、〈かぐや姫〉の帰るべき〈月の都〉は、帝位でしかありえないとする『狭衣物語』の論理[15]が浮かび上がっているのではあるまいか。ただ、『竹取物語』の言説では、天と地、「月の都」と帝位の区分は厳格であり、『源氏物語』の言説も決して帝位を〈月の都〉にしたりはしなかった。『狭衣物語』の言説はその区分もしくは対立軸を解体し、これら物語のコードといったものに抵触する論理を浮かび上がらせている。本節では右のごとき『狭衣物語』の論理を掬いとっておく。

三　貴種流離譚の切断

では、即位を〈かぐや姫〉の昇天とし、帝位を〈月の都〉とする言説は、ゆるぎなく存在しているかといえば、そうではない。物語はさまざまな言説を相乗させるのが常で、『狭衣物語』も同様だ。前節において、右『狭衣物語』の言説は『竹取』『源氏』の言説が生成した区分や対立軸を解体するものだと位置づけた。ところが一方、『狭衣物語』にはむしろ『竹取物語』の言説および対立軸をたぐり寄せ、右のように即位を〈かぐや姫の〉の昇天に、帝位を〈月の都〉とする言説を相対化する言説が生成されているのでもある。とりわけ狭衣即位の後に著しい傾向だ。反発しあう言説の相乗作用を包括的にとらえたとき、〈かぐや姫〉の〈月の都〉は帝位でしかありえないとする論理を打ち出す『狭衣物語』のあり方もしくは意思が見えてくるのではないかと思う。

早速、『竹取物語』の言説なり対立軸なりをたぐり寄せる言説をとらえていきたいのだが、ついては、これまで言及していなかった点をひとつ確認するところから始めたい。

今まで、狭衣に焦点を絞って〈かぐや姫〉像をとらえてきた。けれども、『狭衣物語』の〈かぐや姫〉は他にも存在している。狭衣のかかわった女性たちを見ると、源氏宮は斎院に、飛鳥井女君は冥界に、女二宮は仏門にと、それぞれ何らかの形でこの世の外に移っており、この世から「月の都」へと去っていった「かぐや姫」の姿を彷彿とさせもしよう。しかもこの三人の女性たちは、式部卿宮の姫君（宮の姫君あるいは姫君と略称する）を媒介に、〈かぐや姫〉像をいっそう明確にされているようなのである。宮の姫君は、結局のところ源氏宮の「形代」に位置づけられていくのだが、その過程で他のふたりとも関係づけられている。たとえば、宮の姫君も飛鳥井女君も、はかない身の上を「蔭の小草」にたとえられているし（宮の姫君…参考三一六、飛鳥井女君…参考二八五）、狭衣は宮の姫君の琴の音を聞いて、女二宮の琴の音を思い出し比較してしまうのであった（参考三六二）。宮の姫君は、期待に応えているかどうかは別にして、源氏宮ばかりでなく飛鳥井女君や女二宮の影まで負わされ、最後の切札のように登場してきたといえる。[16]

さて、その宮の姫君には明確に「かぐや姫」像がたぐり寄せられていた。宰相中将が妹である宮の姫君を、さりげなく狭衣に紹介すべく話題に上らせ、姫君の存在が始めて物語に浮かび上がってきたときだ。

・（宰相）隔てなくだに承りなばしも、竹の中にと尋ね侍りなまし。[17]　（参考　三一四）
・（狭衣）その竹の中も、御心には任せ給ひつらんものを、[18]　（参考　三一四）
・（狭衣）その竹の中にも尋ねて、世にしばしかけとどめ給へ。　（参考　三一五）
・（宰相）いでその翁もこの有様にてはむやくにこそ侍らめ。[19]　（参考　三一五）
・（狭衣）うちつけなるやうにおぼえ侍れど、かの聞こえし竹取り給ひてんや。　（参考　三一六）
・（宰相）竹取にほのめかし侍りしかど、いとありがたく、　（参考　三一六）

狭衣は、まだ見ぬ宮の姫君にいきなり興味を示し、宰相中将と長いやりとりを交わしている。さらに、二、三日してから手紙を送り、仲介の催促さえするのだった。ふたりの長いやりとり（四例目まで）と、数日後の手紙の応酬

(五、六例目)から抜粋して、六例を掲げた。宮の姫君の母を「竹取の翁」とした六例目(多くの他本では五例目も)を除くと、兄宰相中将が「竹取の翁」に、姫君は「かぐや姫」に擬せられている。姿を現す前の宮の姫君は、たしかに『狭衣物語』の〈かぐや姫〉なのであった。そうして、〈かぐや姫〉である宮の姫君に、次々と飛鳥井女君や女二宮、そして源氏宮が繋がれていき、この世の外に移った三人の女性たちは、〈かぐや姫〉に生成されていったのだといえよう。最後の切札のように登場しながら、実のところ誰の代わりにもなりきれない宮の姫君の役どころは、むしろそこにあったといってもいいのではないか。

ならば、三人の〈かぐや姫〉たちと狭衣の関係を語る言説はいかなるものであるのかに、目を転じたい。それらはいずれも、『竹取物語』の言説および対立軸をたぐり寄せて、〈かぐや姫〉狭衣の即位を昇天とし、帝位を〈月の都〉とする『狭衣物語』の言説を相対化しているようなのである。源氏宮との関係から見ていく。

(源氏宮)あはれ添ふ秋の月影袖馴れ[20]でおほかたとのみながめやはする

…〈中略〉…

(狭衣は源氏宮に)さし向ひ聞えさせたる心地のみせさせ給て、いとど御殿籠るべくもなければ、「燕子楼の中」とひとりごたせ給ひつつ、丑一[21]つと申すまでもなりにけり。心安かりし御有様にてだに、身を心ともせぬ世の嘆かしさを思し扱ひしに、今はいとどさまざまにつけて、立ち舞ふべき心地ぞせさせ給はざりける。(参考　四三三〜四三四)

源氏宮詠「あはれ添ふ…」は、即位後の狭衣から贈られた歌への返歌である。狭衣の贈歌はこうだ。

恋ひて泣く涙に曇る月影は宿る袖もや濡るる顔なる　(参考　四三三)

互いに相手を「月影」といいなし、いかにも〈かぐや姫〉どうしの贈答歌なのだが、源氏宮の返歌を受けとった狭衣を語りとる言説は、両者〈かぐや姫〉の関係に、亀裂を入れている。狭衣の口ずさんだ「燕子楼の中」に注目したい。この句は『和漢朗詠集』上、秋夜からの引用だ。(22)

燕子楼の中の霜月の夜　秋来ってただ一人のために長し　(二〇六)

(燕子楼中霜月夜　秋来只為一人長)　(二〇七)

『朗詠集』は、張氏の愛妓眄眄《めんめん》が張氏亡き後十年もの間、ひとり邸内の燕子楼という小楼に住んでいるのを詩にした白詩「燕子楼三首并序」から、張氏を慕う眄眄が秋の夜長を、眠れぬままに過ごしている部分を摘句したのである。狭衣の口ずさんだ引用句は、源氏宮を思い慕って眠れぬ夜を過ごす狭衣を眄眄に、斎院源氏宮を張氏に重ね合わせる。すなわち、宮中にいる狭衣と斎院にいる源氏宮との隔たりは、張氏と眄眄を絶対的にひき裂く幽明の隔たりに象られたのである。すると、狭衣と源氏宮は人と人ならぬものに色分けされる。〈かぐや姫〉どうしの関係に亀裂が生じているとするゆえんだ。

また、「あはれ」一語を含んだ源氏宮の返歌は、明らかに『竹取物語』をたぐり寄せてくる。たしかに、『朗詠集』の引用をふまえれば、斎院にいる源氏宮からの返歌は、越えられない境の彼方から来た応答であり、源氏宮が〈かぐや姫〉であるのを勘案すれば、〈月の都〉からの返歌となり、『竹取物語』とは差異が生じているように見える。けれども、ことあるごとに恋心を示す狭衣に、源氏宮は困却し常々距離を保つべく心がけていたはずなのに、この返歌はいかにも親しげではないか。むろん、狭衣帝への礼儀でもあったろう。ただ、礼儀である以上に、狭衣の即位により、帝と神妻とに厳然と隔てられて、狭衣の恋心に煩わされなくなった源氏宮の状況に基づく返歌なのではなかろうか。源氏宮の親しげな返歌は、狭衣の即位を機に、〈かぐや姫〉源氏宮がようやく、狭衣の恋心に象徴されるこの世のしがらみから解き放たれ、斎院を真に〈月の都〉としえた次第を示しているのであり、『竹取物語』との差異はかえって源氏宮を「月の都」の「かぐや姫」に繋ぎ、源氏宮を〈かぐや姫〉として打ち出しているといえる。

さて、「秋の月影」といいなされる狭衣帝には、〈かぐや姫〉像が揺曳しているものの、〈かぐや姫〉源氏宮が狭衣帝に返した歌は、『竹取物語』の「かぐや姫」が地上の帝に残した歌をたぐり寄せてくる。

今はとて天の羽衣きるおり《を》ぞ君をあはれと思ひいでける　（七四）

『竹取』の「かぐや姫」が帝に残した歌だ。「かぐや姫」は、「かぐや姫」を恋慕し続ける帝に、もはや結ばれようもない昇天直前の状況において、「あはれ」の情を表す歌を贈った。一方、『狭衣』の〈かぐや姫〉源氏宮は、神妻と帝とに隔てられ、狭衣の恋心に煩わされない状況で、狭衣帝に「あはれ」の情を表す歌を返したのである。源氏宮詠はシチュエーションおよび「あはれ」の一語において、「かぐや姫」詠にしっかり繋がっている。このように、「あはれ」一語を含む源氏宮の返歌は、『竹取』の「かぐや姫」が残した歌をたぐり寄せ、源氏宮と狭衣を、天上の〈かぐや姫〉と地上の帝に分節するのでもあった。さらに、源氏宮の返歌を受けとり「燕子楼の中」と口ずさみ、もの思いに沈んで「立ち舞ふ」こともできない狭衣の憔悴は、「かぐや姫」の文を見て思い沈み、「物もきこしめさ」ない『竹取』の帝（七五）と重なり合おうし、あるいは病み臥せってしまった翁・女（嫗）の姿（七五）とさえ重なるように見える。

源氏宮と狭衣の関係を語る言説は、『和漢朗詠集』を引用して、斎院源氏宮と狭衣帝の間に幽明の絶対的隔たりをひき込み、また『竹取物語』の言説および区分をたぐり寄せて、源氏宮と狭衣を、天界の〈かぐや姫〉と地上の帝（翁・嫗）に分節している。つまり、狭衣帝を人間に括り込み、天人〈かぐや姫〉から突き放しているのである。

それは、即位を昇天とし、帝位を〈月の都〉とする自身の言説を相対化する言説だといえよう。

次に、狭衣と亡き飛鳥井女君の関係を語る言説にも、同様の状況が窺える。

「これや昔の跡ならん。見れば悲しとや、光源氏ののたまはせたるものを」とはのたまはすれど、ご覧ずるに、みづから描き集め給へりける絵どもなりけり。…〈中略〉…我が時々もご覧じそめし程よりのことどもは、いま少しの目とまらせ給ひて、あはれに悲しう思しめさるること限りなし。（参考　四五九）

物語も終盤、狭衣帝は亡き飛鳥井女君の絵日記を目にする。その場面からの引用だ。傍線部a「見れば悲しとや…」は、諸注の指摘するように、『源氏物語』幻巻で光源氏が亡き紫上の文殻を焼く際に、紫上の文に書き添えた歌を指していよう。[23]

かきつめて見るもかひなし藻塩草おなじ雲居の煙とをなれ

（新大系四—二〇五、以下引用の『源氏』本文も新大系に拠る）

ことばの違いについては注（23）に譲るとして、状況も類似している。日記を見て悲しみを蘇らせた狭衣帝は、女君の絵日記を「皆、こまごまとなして経紙に加へて漉かせさせ給ひて、金泥の涅槃経、御手づから書かせ給ひけり」（参考四六二）と、経紙に漉き込ませて、絵日記の跡形を失くさせており、光源氏が紫上の文を焼かせる幻巻と著しく重なり合うのである。傍線部a「見れば悲しとや…」は、光源氏の歌「かきつめて見るもかひなし…」を指すに相違なく、また飛鳥井女君の絵日記をめぐる場面に幻巻の場面を明確にたぐり寄せているといえよう。

ところで、光源氏が紫上の文を焼かせる幻巻の終局は、『竹取物語』の終局すなわち帝が「かぐや姫」の文を焼かせる終局と重なり合う。これについては、すでに詳細な指摘がなされている。[24]となると、残された絵日記をめぐり、飛鳥井女君への哀悼を語る場面は、幻巻を経由して『竹取物語』へと到達するものなのであった。絵日記を経紙にする狭衣帝は、文を焼く光源氏に重なりつつ『竹取』の帝にも繋がれていき、一方、飛鳥井女君は紫上に重なり「かぐや姫」に重なり合って、〈かぐや姫〉の存在感を明らかにする。ここでも、天界の〈かぐや姫〉グループである「かぐや姫」・紫上・飛鳥井女君と、地上にとり残された男性グループの帝・光源氏・狭衣を区分する線が導き入れられ、狭衣帝は人間に括り込まれていくのである。

　加えて、狭衣帝が光源氏を経由して『竹取』の帝に繋がれていくなら、狭衣が亡き女君の絵日記を見て抱く傍線部b「あはれに悲しう…」の「あはれ」も、単なる愛惜の「あはれ」ではなく、『竹取物語』終局の帝の「あはれ」に重なるのではないか。「かぐや姫」の残した手紙を見て、帝は「いといたくあはれがらせ給ひて、物もきこしめさず、御あそびなどもなかりけり」（七五）とある。先にも引用したが、「かぐや姫」の残した手紙には「今はとて天の羽衣きるおりぞ君をあはれと思ひいでける」（七四）と、「あはれ」の情が歌にされていた。そしてそれに呼応するかのように、帝も「あはれ」の思いに包まれるのであった。すでにこの世の外に去った「かぐや姫」の残した歌を見る帝の「あはれ」に、亡き女君の残した絵日記を見る狭衣の「あはれ」が、幻巻を媒介に結ばれていくのではあるまいか。

　「天の羽衣」を着た人は「心異になる」（七三）からといい、「かぐや姫」が帝に残した手紙には、「あはれ」の情を表す歌があった。しかし、昇天に伴い「心異に」なり、「かぐや姫」が失くした人間の感情「物思ひ」（七五）を端的に表現するなら、まさに「あはれ」の情ではなかったろうか。[25] 地上の帝は、「あはれ」のことばだけを残されたのだが、今はもうない「あはれ」の情に、後から「あはれ」の情で応えている。「かぐや姫」の「あはれ」の情は失われ、帝の「あはれ」の情は溢れかえって何も手につかないほどだ。「あはれ」の情をめぐって、天人になった「かぐや姫」と人間である帝のコントラストを刻み込んだのが、『竹取物語』の言説であろう。ここに結ばれるとき、狭衣帝に湧き上がる「あはれ」の情は、『竹取』の帝に溢れかえった「あはれ」の情に重なり合い、狭衣帝を人間の帝という範疇に括り込んで、天界の〈かぐや姫〉から遠く突き放してしまう。ならば、この世の帝位も、天人〈かぐや姫〉の在所である〈月の都〉とは別物でしかない。

絵日記をめぐり亡き飛鳥井女君と狭衣帝の関係を語りとる言説もまた、『源氏物語』幻巻の言説や『竹取物語』の言説および区分をたぐり寄せて、狭衣帝を人間に括り込み、天人〈かぐや姫〉と分節する。それは、即位を昇天とし、帝位を〈月の都〉とする自身の言説を相対化する言説なのだといえよう。

最後に、女二宮との関係を位置づける言説に目を向けたい。

年積もるしるし殊なる今日よりはあはれを添へて憂きは忘れね(26)　（参考　四四九）

狭衣が即位して間もなく、狭衣と女二宮の間に生まれた若宮も元服し、兵部卿宮になった。内実はどうあれ嵯峨院の皇子である以上、若宮は父院に挨拶すべく、父院と女二宮のいる嵯峨に赴くこととなった。右の歌は、狭衣がその若宮に託して女二宮に贈ったものである。いわく、いろいろ辛い思いをさせたけれど、長い年月を重ねて子供が元服したのを機に、辛さを忘れ「あはれ」の情をかけてほしいのだと。しかし、女二宮にしてみれば、そうはいかない。

まして今日しも、あはれを添へさせ給ふべきにもあらず。　（参考　四五〇）

若宮が元服した今日だからといって「あはれ」をかけるわけにはいかないと、女二宮には思われるのだった。狭衣の歌に対応して女二宮の心内語にも「あはれ」が現れているのは注目される。

「今日しも」とあるが、女二宮は出家後、狭衣から寄せられるあれこれの文に、いちどたりとも応答していない。むろん、往時を思い悲しみに暮れたり、苦悩を新たにしたりと、女二宮に感情がないわけではないが、未練な恋心を潜めて親交を求める狭衣の心情には顔を背け続けてきたのだし、今日とても同様なのである。それに、不思議なほど若宮にも無関心に振舞い続けている。女二宮は仏道に活路を求め、悲しみや苦悩、そして何よりも愛執を消し去ろうとしているようだ。仏門に入り「尼衣」をまとった女二宮は、仏教的に転化された「天衣／天の羽衣」をまとい、人間感情を捨てつつある〈かぐや姫〉なのではあるまいか。なお、女二宮は自身および自身のまとう衣を「尼の衣」（参考三二七　古活字本では「尼衣」）と表している。

狭衣の歌と女二宮の心内語に現れた「あはれ」が注目されるのは、「あはれ」をめぐって、「尼衣／天衣（天の羽衣）」をまとう〈かぐや姫〉女二宮の「あはれ」からの離脱と、帝になった狭衣の「あはれ」への執着を対照的に映し出し、『竹取物語』の言説および区分をたぐり寄せているからである。人間感情の「あはれ」の有無で人間と天人を区分していたのが、『竹取』の言説ではなかったか。女二宮との関係を語る言説も、「あはれ」をキーワードに『竹取物語』の言説および区分をたぐり寄せて、狭衣帝と女二宮を、人間の帝と天人〈かぐや姫〉に分節している。こうして三度、即位を昇天とし、帝位を〈月の都〉とする言説は相対化されているのだといえよう。

以上、『狭衣物語』の言説は、『竹取物語』の言説と区分をたぐり寄せて、即位を昇天とし、帝位を〈月の都〉とする自身の言説を相対化する言説をも生成している様子をとらえてみた。

このように相反する言説が相乗する状況を斟酌するにあたっては、狭衣の即位を昇天とし、帝位を〈月の都〉として語りとる言説が完成した後に、それを相対化する言説が生成されていくという前後関係を重視すべきだろう。

すると、〈かぐや姫〉狭衣はたしかに〈月の都〉に収まったのだが、だからといって「物思ひ」なき天人になれたわけではないのだと語られ、即位後すなわち昇天後にわかに、帝位はまがいものの〈月の都〉に、狭衣はまがいものの〈かぐや姫〉に変貌させられていった次第が窺われる。〈月の都〉や〈かぐや姫〉がまがいものにされていく状況とは、〈かぐや姫〉の物語が機能停止に陥った状況だ。念の入ったことに、人間の感情に翻弄される〈かぐや姫〉を、さらなる内面の流離に繫ぎ止めて、〈かぐや姫〉の物語を継続しようにも、まがいものであれ〈月の都〉に収まってしまったのだから、もはや帰るべきさらなる〈月の都〉は存在しない。

いでや、この世もあの世も思ひしことどもは違ひ果てぬる代はりには、かうながらもさやうに乱りがはしう心を分くるかたがただになうて、いま二、三年だに過ぐしては、いみじからん絆《ほだ》しどもをもふり捨てて世を背きなん。（参考　四三七）

娘を入内させたいとの申し出にも、興味の湧かない狭衣帝の心情を語りとった部分からの引用である。「この世もあの世も……」は、源氏宮との結婚も兜率天往生もかなわなかったと嚙みしめる狭衣帝の内面を映し出している。かつて心の中に生成されたふたつの〈月の都〉はすでに失われていると狭衣帝自身が認識しており、まがいものでない別の〈月の都〉は見失われてしまって存在していない。「世を背きなん」と、相変わらず出家に思いを巡らしているが、「あの世も思ひし事どもは違ひ果てぬる」出家には、輝かしい兜率天往生に象られたような〈月の都〉のビジョンなどもうないだろう。しかも、物語は〈月の都〉に像を結ばない出家でさえも語らないのである。狭衣は、帝位という〈月の都〉に閉じ込められてしまっているのであり、内面の流離も人間の惑いでしかなく、貴種〈かぐや姫〉としての流離は閉ざされている。むろん、まがいものの〈月の都〉に閉じ込められたままの狭衣に、天人〈かぐや姫〉の面影はないに等しかろう。〈月の都〉と〈かぐや姫〉を、まがいものに変貌させて、〈かぐや姫〉の物語は機能停止の状態に陥ったようだ。

こうして、相反する言説の相乗作用によってもたらされた事態をとらえてみると、〈かぐや姫〉の帰るべき〈月の都〉は帝位でしかないとする『狭衣物語』の論理を支えているのは、〈かぐや姫〉の物語あるいは貴種流離譚を、機能停止に陥れて切断せんとする意思なのではなかろうか。

四　天人五衰の〈かぐや姫〉と物語批評

〈かぐや姫〉の物語を切断せんとする意思は、『狭衣物語』の批評性を反映しているように思う。この点を考えるにあたっては、何よりもまず〈かぐや姫〉が帝位に収められてしまうことで導かれたもうひとつの事態に注目したい。〈かぐや姫〉と重ね合わされた帝のありようについてである。

狭衣帝の治世は、前の後一条帝の時から一変し、宮廷はもとより世の中全体を活気づかせている。「各々御むすめどもをいとどもてかしづきて、大弐の三位などして御気色たまはる人多かりけり」（参考四三六）と入内申し込みは殺到し、行幸といえば「ことに飽かず見奉らまほしきままに、例にも違ひて心あわたたしき道大路の様なり」（参考四四四）といった具合に、これまでになく華やいでいるのであった。当の狭衣帝も「なほ国王と聞こえさするにも余りて気高うなまめかしう見えさせ給へり」（参考四三九）と卓越した存在ぶりを示しているし、藤壺に入内した宮の姫君から生れた子は男子で、早々に皇子を儲けて足らぬところがない。天人の面影もないような〈かぐや姫〉であるにせよ、狭衣帝はやはり貴種ならではの聖帝として語られているといえようか。

だが、狭衣帝の内面は外見を裏切り、また狭衣帝の誕生を歓迎し活気づく周囲を尻目に、帝位というものに違和感や不安を覚えつつ、それを内側から衰弱させているようだ。狭衣帝の衰弱を語る言説をざっと拾い上げてみる。

過ぎにし年、立て給ひし御願かなひ給ひて、今日参らせ給ひたる様、今より後百二十年の世を保たせ給ふべき有様など、聞きよくいひ続くるは、げに天照神たちも耳立て給ふらんかしと聞こえて頼もしきにも、さしも長うとも思し召さぬ御心の中には、うれしかるべくぞ聞かせ給はざりける。（参考　四四五）

末長き治世を言祝ぐ神官の祝詞を聞いても、違和感を覚えるばかりでうれしいとは思わない。そういう狭衣帝の内面が、周囲の明るさとは対照的に語りとられている。

そもそも狭衣への譲位が決定したときから、経緯が経緯なだけに「え保つまじかりける」（参考四二七）と感じているのだった。位を維持しえないのではないかという思いは、帝位への不安の表れであるだろう。即位後、娘を入内させたいとの申し出が各方面から寄せられたときにも、「かくてしも、長うしもえあるまじき有様なれば」（参考四三七）といって断っている。相手には恨めしい断りのことばでしかないようだが、在位も長くはありえないだろうと口にするのは、譲位決定以来の不安がはしなくも漏らされたのだといえよう。

さらには、前節でも述べたように、「いま二、三年だに過ぐしては、いみじからん絆しどもをもふり捨てて世を背きなん」（参考四三七）と、数年後の出家を考えたりもするが、「いみじからん絆し」を捨てられない狭衣のありようは物語に深く刻みつけられてきており、今や実行の意志がどの程度のものであるのか、きわめて心もとない。しかも、普賢菩薩が現れ兜率天往生への道が示された粉河寺参詣の折、出家の機会を逃してしまい、一縷の望みは粉河で出会った飛鳥井女君の兄にして高徳の僧（「阿私仙」ともいいなされる）のいる竹生島で出家を果たすことだったが、それにも失敗している。もはや兜率天往生などに繋がる豊かな出家生活のビジョンが描かれているとは思われない。狭衣帝の出家願望は、ビジョンもなく実現の意志も危ぶまれ、ただ単に今いる帝位への違和感でしかないだろう。

その果てにというべきか、「明日もありとは思ふべうもあらぬ世」（参考四六二）を感じてさえいる。物語終盤、飛鳥井女君の残した絵日記を経紙に漉き込ませるとき、狭衣帝は自身の死を意識しているのだった。ここで思われる死は、かつてとは異なり、恋死にしそうな激しい恋心に裏打ちされているわけでもなく、天人の夭折が予感されているわけでもない。帝位に抱く違和感や不安が、とうとう死による退位を視野に収めさせたのではあるまいか。自身の帝位に違和感や不安を抱き、出家による遁世や死をさえ思う狭衣帝を語りとる言説は、狭衣帝の内面がいかに衰弱しているかを如実に語りとってしまっているであろう。

かくのごとき狭衣帝の治世に流れる時間も、帝内面の衰弱を反映させて語りとられているようだ。

・はかなう年も返りて、賀茂の祭の程にもなりぬれば、　（参考　四三七）

・月日もはかなう過ぎて、宮の御果てなどいふことどもも過ぎて、またの年の秋冬は、大原野・春日・賀茂・平野などの行幸あり。　（参考　四四四）

狭衣の即位から三年ほどで物語は閉じられ、最後の年の区分は不明確ながら、即位後の二年については、「年も返りて」「またの年」（点線部）と、明確に年の改まりが刻まれている。注目されるのは、推移した約二年の時間を語る際に、「はかなう」（傍線部）が付随している点だ。『狭衣物語』には、この他にも、「はかなう（く）」過ぎてしまった時間が語られていた。

はかなく月日も過ぎて四十九日も過ぎぬれば、　（参考　一六三）

これは、女二宮の母大宮が亡くなってからの時間の流れを、母に焦がれつつ、なすすべもなく四十九日を迎えた女二宮の心情「はかなく」に重ね合わせて語っている。

秋の日もはかなく暮れにければ、殿より「いかなれば今日の御使ひは今まで。いかに」と、かへすがへす聞こえさせ給ふもいと聞きにくければ渡り給ひぬ。（参考　二七七）

一品宮との結婚第一夜もそこそこに切り上げ、狭衣は嵯峨院女一宮と若宮が住む一条宮に籠って、もはやどうにもならないというのに女二宮に思い焦がれていた。そうこうするうちに、気に染まない一品宮への後朝の文も怠ったまま日が暮れてしまったのである。こちらも、一品宮邸を後にした夜明け前から日も暮れるまでの時間の流れを、狭衣の心情「はかなく」に即して語っている。これら二例を見ると、「はかなう（く）」過ぎていく時間は、その時間に身を置く者の無力感といった心状を反映しているようだ。

右二例をふまえると、狭衣帝の治世で流れていった二年もの時間に付随する「はかなう」は、治世の主宰者である狭衣帝の内面を反映した言説だといえよう。つまり、狭衣帝の治世になって活気づく周囲をよそに、自身の帝位に違和感や不安を覚えつつ、どうすることもできないでいる狭衣帝の二年にわたる無力感を浮かび上がらせ、狭衣帝およびその治世の内部がいかに衰弱していて虚無的であるかを語りとっているのではあるまいか。

以上、〈かぐや姫〉が帝位に収められた結果、外見は貴種ならではの聖帝像に結ばれているが、内部はきわめて衰弱している狭衣帝を語りとる言説が、さまざま拾い上げられるのである。前節で見たとおり、〈かぐや姫〉が帝位に収められるというのは、〈かぐや姫〉がまがいものの〈月の都〉に導かれ、人間の惑いに繋がれたまま、貴種としてのさらなる流離を閉ざされてしまう無残な末路でもあった。〈かぐや姫〉の無残な末路に重ね合わされた帝位もまた、〈かぐや姫〉の天人五衰さながらの衰弱を抱え込み、内側から蝕まれ衰弱せざるをえない。〈かぐや姫〉と帝の重なりは、〈かぐや姫〉が天人たりえなくなる事態だったのでもあり、〈かぐや姫〉狭衣の即位は、帝位を輝かしめるどころか、皮肉にも即位を機に、むしろ帝位に天人衰滅の衰弱を注ぎ込んでしまったのでもある。『狭衣物語』は〈かぐや姫〉と帝を重ね合わせて、古代神聖王権を幻想しているわけではない。〈かぐや姫〉が帝位に収められてしまう末路が導いたもうひとつの事態とは、〈かぐや姫〉もろとも帝位をも衰滅に追い込むことではなかったろうか。そして、〈かぐや姫〉の末路に重ね合わされ内部を蝕まれた帝位が、さらに〈かぐや姫〉を蝕んで、双方が相乗的に内部腐蝕をおこす。このような双方相対化に、『狭衣物語』のあり方を見据えておく。

さて、〈かぐや姫〉の末路に帝位を重ね合わせ、双方を内部から腐蝕させてしまう『狭衣物語』のあり方は、とりわけ『源氏物語』への批評としてあるのではないか。『源氏物語』においても、〈かぐや姫〉光源氏は無残な五衰の姿をさらけ出したようだ。けれども、〈かぐや姫〉を即位させて帝に重ね合わせてしまう『狭衣物語』とは事情を異にしている。罪や流離や老い等々の輻輳をも視野に入れなければならないのだろうが、光源氏の衰微は、〈かぐや姫〉が帝や太上天皇にすっぽりとは重なり合わないところに、一因があるのではないか。重なり合わないからこそ、時には浸潤作用を起こしつつも、解消されがたい力学が生じていたのであり、[27]若菜巻における朱雀院・今上帝の皇統と光源氏のありようは、まさに双方の関係から生じた力学の果てに、帝位／皇権の重みと、[28]〈かぐや姫〉／王権の衰弱を深く刻み込んではいないか。貴種〈かぐや姫〉／王権は、地上の帝／皇権を超えて輝いたばかりでなく、帝位／皇権を賦活してしまったのでもある。

『源氏物語』がたぐり寄せたアポリアであり、かつ『源氏物語』ではペンディングのまま放置されているアポリアだ。『狭衣物語』が〈かぐや姫〉の末路に帝位を重ね合わせ、双方を内部から腐蝕させてしまうのは、アポリアをたぐり寄せた『源氏物語』への批評だったのではないか。すなわち、〈かぐや姫〉と帝、王権と皇権が相互に相対化し合い、裏返せば賦活し合う関係の力学を解体したのであり、同時に〈かぐや姫〉も帝も無力な人間へと導き、貴種〈かぐや姫〉の物語を機能停止の状態に陥らせて、『源氏物語』が上述のような関係の力学によって、隘路に追い込んだ〈かぐや姫〉の物語あるいは貴種流離譚を切断し終止符を打たんとしたのではあるまいか。ここに、『狭衣物語』の物語批評を、とりわけ『源氏物語』への鋭い批評を見定めたいと思う。

五　貴種流離譚の隘路から新生へ

『狭衣物語』は、〈かぐや姫〉の無残な末路に帝位を重ね合わせ、〈かぐや姫〉も帝も内部から腐蝕させて、衰弱した無力な人間へと導いた。〈かぐや姫〉の物語は機能停止に陥り、切断を余儀なくされたのである。だがそれは、〈かぐや姫〉と帝、王権と皇権の力学のなかで、帝／皇権を賦活して、〈かぐや姫〉の物語を隘路に追い込んでしまった『源氏物語』への批評であった。

けれども、二世の源氏を帝位に導く異例の成り行きから、一見、『狭衣物語』は皇権に価値を見据えた通俗的上昇志向の、おめでたい物語のようにも見えるらしい。現にそのような批評がなされてもきた。しかし、『狭衣物語』の帝位（狭衣帝）は見てきたごとく、おめでたいどころか、きわめてネガティブな存在であり、であるがゆえにラディカルな批評を内在させた存在なのである。改めて確認しておきたい点だ。

『狭衣物語』はたしかに〈かぐや姫〉の物語あるいは貴種流離譚を機能停止に陥れ切断した。ただし、切断したのは『源氏物語』が王権と皇権の力学に〈かぐや姫〉を繋ぎ、〈かぐや姫〉を皇権に跪かせて、隘路へと追い込んでしまった〈かぐや姫〉の物語であり貴種流離譚だ。そして、隘路にさまよう貴種流離譚を切断した『狭衣物語』は、むしろ新たな貴種流離譚の先駆けになった節がある。男性主人公から女性主人公への交代はあるが、この世にまみれた〈かぐや姫〉が昇天する先は宮中でしかないと見定めたような『とりかへばや』[29]や『有明の別れ』といった物語、また同様のあり方を見せる鎌倉時代以降のいわゆる中世王朝物語の一脈がある。『狭衣物語』自体は『源氏物語』を批評し、〈かぐや姫〉と帝、王権と皇権の力学を解体すべく、〈かぐや姫〉の無残な末路を帝位に重ね合わせ、双方を内側から蝕んで衰弱させてしまっており、平安後期物語的ペシミズムに覆われている。以後の物語が男性の悲恋による遁世と抱き合わせに、女性〈かぐや姫〉の宮中入りによる栄華を語って語り収めるような、ある種の割り切りのよさは窺えない。とはいえ、この世にまみれた〈かぐや姫〉の昇天先を帝位＝宮中に見据えた『狭衣物語』は、後続の物語に対して先駆的なあり方を示したのではないか。

隘路にさまよう貴種流離譚を切断せんとする意思は、『源氏物語』への批評にあったのだろうが、〈かぐや姫〉を帝位に閉じ込めてなされた『狭衣物語』のラディカルな批評は、貴種流離譚の新生を促したのだといえよう。新たな物語の先駆けにもなりえている点で、『狭衣物語』は物語というものへの批評性を携えた物語だったと評しうるのではないか。隘路を閉ざし新たな道筋を示した『狭衣物語』に、物語批評の物語たる真骨頂を認めておきたいと思う。

注

（1）関根賢司「かぐや姫とその裔」（『日本文学』一九七四年六月↓『物語文学論―源氏物語前後』一九八〇年　桜楓社刊）。

（2）折口信夫「小説戯曲文学における物語要素」（『折口信夫集』近代日本思想大系22巻　一九七五年　筑摩書房刊）。

（3）注（1）関根賢司論文他、注目すべき多数の論がある。たとえば小嶋菜温子『源氏物語批評』（一九九六年　有精堂刊）は〈かぐや姫〉とその〈月の都〉をめぐって、『源氏物語』を深く掘り下げている。とりわけジェンダーを越えて〈かぐや姫〉をとらえた視点は重要だと思われる。

（4）深沢徹「往還の構図もしくは『狭衣物語』の論理構造―陰画としての『無名草子』論（上下）―」（『文芸と批評』一九七九年十二月、一九八〇年五月→『狭衣物語の視界』一九九四年　新典社刊）。

（5）ある限定された論理（本論の場合『狭衣物語』の論理あるいはあり方）によって秩序づけられた表現および表現の連鎖といったほどの意。したがって、本論（本書）の言説分析は『狭衣物語』の論理あるいはあり方を掬いとっていく方法である。なお、言説の定義はさまざまであるが、本論（本書）ではミシェル・フーコー『物と言葉―人文科学の考古学』（渡辺一民・佐々木明訳　一九七四年　新潮社刊）を参考にした。

（6）「いとゆふのやうなるもの」は春に立つ陽炎のように透けてきわめて薄い衣と理解できるが、古活字本では「いとゆふか何ぞと見ゆる薄き衣」とあり、より明確に天上からもたらされた「衣」だとわかる。

（7）この部分、古活字本ナシ。いわゆる第一系統本特有の本文。古活字本でも、翌朝の狭衣は「身色如金山　端厳甚微妙」（『法華経』序品の句）を朗詠している。諸仏の美を形容する上句を朗詠しているのは、第一系統本ほど明確ではないものの、天稚御子の姿を仏の姿に転写し、何がしか仏教的転回を見せているとはいえよう。第一系統本が兜率天憧憬を打ち出し、すぐ後に狭衣が「即往兜率天上」「弥勒菩薩」と『法華経』「普賢菩薩勧発品」の句を朗詠しているのは、巻二末に普賢菩薩が示現するのと呼応している。なお、古活字本でも普賢菩薩が示現する前には、兜率天憧憬を明確にしており、本論の論理と矛盾する本文ではない点、本書Ⅱ第5章注（13）で示した。第一系統本は天稚御子を介した昇天と、普賢菩薩を介した兜率天往生とを、より緊密に結んだ本文だといえる。

（8）本書Ⅱ第5章で論じた。なお、そこでは狭衣の心中にふたつの〈月の都〉が生成されたことと、それゆえに生ずる厄介な事態が物語を方向づけていく次第についても論じた。

（9）「身の代も（みのしろも）」の部分、西本「みのころも」とあるが、誤写の可能性がある点、本書Ⅰ第1章注（14）で示した。なお、「みのころも」にしても「身の衣」であり、むしろ「衣」繋がりで「天の羽衣」に代替した様子を鮮明にする本文としてとらえられる。

(10) 古活字本他ナシ。内閣文庫本、西本、平出本（いわゆる第一系統本）の他数本に見られる本文。第一系統本間でも、助詞などに多少の異同は見られる。この歌を欠く古活字本でも、この後に論述していくが、帝詠「身の代も……」の歌を収めているので、内閣文庫本および第一系統本と論理を異にするわけではない。

(11) 萩野敦子「狭衣物語の発端」（北大『国語国文研究』一九九三年七月）は狭衣詠が「九重の雲の上」ということばを含むことで、後の狭衣即位と響き合う点、つとに指摘している。本論では、もう一歩踏み込んで、帝位を〈月の都〉として生成する『狭衣物語』の言説をとらえていきたいと思う。

(12) 室町時代の史書『帝王編年記』養老七年の条に、古老の伝として、近江国伊香小江《いかごこうみ》の羽衣伝説があり、「天の羽衣」は昇天のための衣とされている。『風土記逸文』に採択されているが、『風土記』の記事であるかどうかには疑いが残されている。ただ、その他各地に同様の伝承が残されており、古くからの伝説である可能性を否定できないようにも思う。

(13) その点、三谷榮一『竹取物語評解　増訂版』（一九八八年　有精堂刊）に指摘がある。なお、「天の羽衣」を昇天の具とするのは後世のことだとも言及している。後世が、疑わしいものも含め『風土記』に証書を求め始めた平安期を含むかどうかは不明。

(14) 『西宮記』巻十一（大嘗会事）「天皇着天羽衣、浴之如常」（故実叢書　一九三二年　吉川弘文館刊）。三谷榮一「大嘗祭と文学誕生の場」（『國學院雜誌』一九九〇年七月）。

(15) 狭衣を即位させる物語の論理については、本書I第4章で「王権」をめぐって論じた。

(16) 詳しくは本書II第4章で述べている。なお、各女君間の類同・連関については井上眞弓「狭衣物語の中の篁物語的なもの」（『日本文学』一九八八年十二月↓『狭衣物語の語りと引用』「煙と川の表象」二〇〇五年　笠間書院刊）、久下裕利「『狭衣物語』の方法―作中人物継承法―」（『源氏物語と平安文学　第1集』一九八八年　早稲田大学出版部刊↓『狭衣物語の人物と方法』一九九三年　新典社刊）が詳細。

(17) この部分、古活字本ナシ。

(18) この部分、古活字本ナシ。六例中の二例が古活字本にはないが、他の四例は、多少の異同はあるものの、「竹の中」「翁」「竹取」の語を収めて見えている。やはり、宮の姫君に〈かぐや姫〉をたぐり寄せる本文にはなっている。

(19) 「竹取り給ひてんや」の部分、西本「竹取の翁、なほ語らひ給ひてんや」。古活字本も同様。校本に拠れば、多少の異同はあるものの、西本の様態の本文が極めて多い。内閣文庫本（四季本・宝玲本）は「の翁なほ語らひ」が脱落したものと考えられる。

(20) 「袖馴れで」は「袖馴れて」とも解しうる。狭衣に馴れ親しまないで（並一通りに思うだろうか、そんなわけがない）の意で理解し「で」としたが、「て」ととって、狭衣に馴れ親しんで（もう特別には思わないだろうか、そんなはずはない）の意で解するのも可能かと思う。ちなみに、大系は「で」、新全集は「て」としている。いずれにせよ、狭衣を並一通りでなく特別に思っているという意であることに変わりはない。

(21) 「丑一つ」の部分、内閣文庫本では「うしろ」と読め「うし一つ」と読めるかどうか心もとないが、「うしろ」では意味不通になるので、大系の解釈に従い「ろ」を「一」「つ」と二文字に読んだ。なお、西本、平出本、古活字本は「丑四つ」とある。

(22) 引用本文は日本古典文学大系に拠り、括弧内にその頁数を示した。ただし、旧字は新字に改めた。全般に『狭衣物語』の漢詩引用は『和漢朗詠集』を経由していると考えられるので、原詩からではなく、『朗詠集』からの引用を優先した。

(23) 日本古典全書『狭衣物語』上巻の解説（八三頁　一九六九年　朝日新聞社刊）が詳細。『無名草子』でもこの部分が「かきつめて見るも悲しき藻塩草」となっている点を指摘し、『狭衣物語』の見た『源氏物語』本文が通行のものと違って「見れば悲し」、あるいは『狭衣』他本の状況から「見ればはかなし」であった可能性に言及している。

(24) 河添房江「源氏物語の内なる竹取物語」（『国語と国文学』一九八四年四月↓『源氏物語の喩と王権』一九九二年

有精堂刊→『源氏物語表現史　喩と王権の位相』一九九八年　翰林書房刊）は、双方の緊密な連絡を詳細に分析し、そこから『源氏物語』が立ち上げたものを深く見据えている。研究史も丁寧にまとめられている。

（25）注（24）河添房江論文は「かぐや姫の〈あはれ〉を人間感情の痛切なもの」ととり押え、『源氏物語』論へと転回する。

（26）「添へて」の部分、内閣文庫本では「さへて」に見える。後に引用する女二宮の反応から見て、また平出本、古活字本も「そへて」とある点などから見て、「そへて」の誤写かと思われる。大系本の校訂に従い改めた。

（27）阿部好臣「源氏物語の朱雀院を考える―序章・王権を越えるもの」（『日本文学』一九八九年三月）。

（28）河添房江「女三の宮」（『国文学』一九九一年四月→注（24）前掲書）。『狭衣物語』と『源氏物語』の王権については本書Ⅰ第4章で論じた。「皇権」というタームを導入した点についても、そこで論じている。

（29）『とりかへばや』が『源氏』『狭衣』をひき受けつつ平安の物語を批評し、いわゆる中世王朝物語の嚆矢となっている点については本書Ⅳ第2章で論じている。

第6章 浮舟から狭衣へ——乗り物という視点から

一 ふたりの〈かぐや姫〉と乗り物

『狭衣物語』は随所に『源氏物語』の面影を浮かべている。けれども単なる模倣であるわけでもなく、残り香を楽しませる趣向であるわけでもない。そこには、むしろ『源氏物語』に対する批評が存在しているのであり、批評を通じて『狭衣物語』は独自の世界を切り拓いている。

本章では、『狭衣物語』が『源氏物語』と右のような関係を結びつつ、いったいどこへ向かっていったのかを、狭衣と浮舟の最後にたどりついた地点をとりおさえることから考えてみたいと思う。(1)とはいえ、唐突に狭衣と浮舟といっても、ふたりの紐帯は見えづらい。たとえば狭衣と薫、(2)飛鳥井女君と浮舟(3)といった具合には関係づけられてこなかったからだ。しかし、浮舟が『源氏物語』最後の〈かぐや姫〉として、(4)また狭衣が『狭衣物語』の〈かぐや姫〉として、(5)ともに物語における現世を生き、現世から離陸する難しさをつきつめたところに、紐帯を認めうるのではないか。ふたりの〈かぐや姫〉のたどりついた地点を、すなわちふたつの物語の行きついた地点を見定めることから、『狭衣物語』は『源氏物語』にいかなる解釈と批評を介在させ、どこへ向かっていったのかを考えてみたいのである。

さて、物語のなかでも、人物たちはどこかに移動するのに、多く乗り物を使っている。だが、乗り物はときに、人物たちを思いもよらない運命に、思いもかけない物語に踏み惑わせる。たとえば夕顔の物語がそうだ。光源氏が乳母の見舞いに赴いた際の車は、夕顔との物語を切り拓き、ふたりを乗せて某の院に向かった車は、夕顔を死地に導く。予期せぬ出会いに始まり、意想外の死別で閉じる夕顔との物語の軌跡は、車の轍とともにある。乗り物は人に操られ、人物たちを移動させるだけの具ではなく、物語そのものをどこか、ある地点へと向かわせていく物でもあった。

そうして見てみると、狭衣も浮舟もまことによく乗り物に乗った人物である。ふたりを乗せた乗り物、あるいは乗せなかった乗り物に注目しつつ、ふたりそれぞれの、ふたつの物語が行きついた地点をたどり、『源氏物語』から『狭衣物語』へというもうひとつの軌跡を追っていきたいと思う。

二　狭衣と乗り物

それでは早速、狭衣と乗り物の関係から見ていく。

物語冒頭部の人物紹介の部分に、車という乗り物をめぐって、以下のような語りが介在していて注目される。

さこそ思し離れたれど、なほこの悪世に生まれ給ひにければにや、ただひき寄せ給ふ道のたよりにも、ただ少し故づきたる柴の庵は、おのづから目とどめ給はぬにしもあるまじ。ましてすみれ摘みには野をなつかしみ、旅寝し給ふあたりもあるべし。梵綱経にかや、一見於女人とのたまへること思し出づれば、御車の簾うち下ろし給へど、側《そば》の広う開きたるをば、えたて給はざるべし。

（内閣文庫本　参考…大系三四〜三五頁。以下引用の『狭衣』本文も同本に拠り、参考として大系当該頁数を示す）

右引用部分の少し前には、経文の一句「世皆（底本「界」）不牢固」(6)（三四）を心に刻み、いかにも仏教的無常観に覆われている狭衣が語られていた。引用箇所は、末法の悪世に生まれたせいか、無常観を信条に悟り澄ましたような狭衣でさえ、微妙な綻びを見せている様子が語りとられている。つまり、恋には消極的な狭衣ではあるものの、やはり末法悪世ゆえ、ひとたび車に乗って外出すれば、恋の情趣に無関心でいられるはずがない。ましてすみれ摘みともなれば仮寝の恋のひとつもするに違いない。そして恋心を呼び起こす外の風景を遮ろうとしても簾までで、完全に物見を閉ざすことはどうしたってできないだろう。語り手はそう推測しているのである。車という乗り物は、否応なく人を末法悪世の外界に繋ぎ、いかに堅物の狭衣でも恋路に踏み惑わせずにはおかない。ここには語り手あるいは物語のそんな認識が示されているようだ。

現に飛鳥井女君との恋の端緒には、車が介在している。

たそかれ時の程に、二条大宮が程に遭ひたる女車、牛の引き替へなどして、遠き程よりかと見ゆるに、側《そば》の物見少し開きたるより円頭《まろがしら》のふと見ゆるは、この御車を見るなるべし。（参考　六五）

これは、狭衣と飛鳥井女君が出会う場面からの引用だ。僧侶に盗み出された女君を乗せる「女車」と、狭衣を乗せた車「この車」の行き合いが、ふたりの出会いになったのである。前後の状況を含め、もう少し詳しく説明する。仁和寺の威儀師なる人物は僧籍にありながら、飛鳥井女君によこしまな恋心を抱いていて、女君の太秦参籠を好機と、女君を盗み出した。偶然にも、女君を盗んだ威儀師の乗る女車と、狭衣を乗せた車が行き合う。威儀師は女君を乗せるのに、女車を用意したのだろうが、車の物見から外を見ていた狭衣は、女車に僧侶が乗っているらしいのを不審に思った。狭衣に見られたと気づき、発覚を恐れたのか、威儀師の女車が狭衣の車を追い越して行ったところ、狭衣の従者たちが礼を欠いた振舞だと散々に咎め立てたので、威儀師は逃げ去ってしまった。残された女君を置き去りにするわけにもいかず、狭衣が女君を家まで送り届けるのだが、狭衣は女君の魅力に心を奪われ、その日のうちに恋に落ちる。車と車の行き合いが、思いがけない女君救出劇へと発展し、ふたりの恋の発端になったのである。

あたかも冒頭に示された認識と呼応するかのように、初めて語られる狭衣の片恋ならぬ恋の物語は、実に車での移動が不意に導いたのだった。こうして見ると、日常、狭衣を乗せている車は、たしかに狭衣を思いもよらぬ恋路へと誘い、いわば恋の車ともいうべき側面をもっている。これはつまり、人並みに車を交通手段とする限り、すなわち通常の生活を営む限り、狭衣はすでに逃れがたく恋の車にとらえられているということだろう。冒頭の認識はあらかじめそれを示したものだといえよう。

ところが、狭衣にはもうひとつ別様の乗り物に乗る可能性も提示されている。

・（狭衣の笛の音に）楽の声いとど近うなりて、紫の雲たなびく、と見ゆるに、天稚御子角髪《びづら》結ひて、いひしらずをかしげにかうばしき童姿にて、ふと降りゐ給ふに、（参考　四六）

・天稚御子はうち泣き給ひて、雲の輿にて昇らせ給ひぬるなごり、すべてうつつの事とおぼえずぞ御覧じける。（参考　四七）

前者は、天稚御子が狭衣の笛の音を愛で、天界からこの世に舞い降りた部分だ。後者は、天稚御子が狭衣を置いてひとりで帰っていったところである。天稚御子は狭衣を天界に連れ去ろうとしたのだが、帝がひきとめたので、仕方なくひとりで帰っていったのだった。さて、ふたつの引用部分に見える「紫の雲」「雲の輿」は、この世と天界を往復する天稚御子の乗り物[7]であるが、同時に狭衣を天界へと導くはずの乗り物でもあった。これが狭衣に提示されたもうひとつの乗り物だ。しかし、狭衣はこの世に残され、「雲の輿」に乗りそこねてしまう。では天界への乗り物は雲散霧消してしまったかというと、決してそうではない。狭衣は一瞬現前して消えた「雲の輿」を、狭衣にとって好もしい天界へと導く別の喩的な乗り物に、心の内で変換し再構築している。天稚御子にとり残された翌朝、狭衣は「即往兜率天上」「弥勒菩薩[8]」（参考五三）と読み上げ、前夜閉ざされた天界に代えて、むしろより好もしいものとして、兜率天という仏教的天界を心のなかに定着させるのだった。狭衣らしい変換といえようか。それに伴い、天界への乗り物も喩的に変換されていった。

大白牛車をえ思し返すまじく思ひとり給ひてしかば、　（参考　三三七）

これは巻三末、竹生島参詣を固く決意している狭衣を語りとったものである。天稚御子事件、巻二末の粉河参詣、巻三末の竹生島参詣計画は連繫しており、兜率天への思いが持続していることを示す[9]。その竹生島参詣で、狭衣は出家を果たし、「大白牛車」を得るつもりらしい。「大白牛車」は『法華経』「譬喩品」に由来することばで、火宅（燃えさかる家）から出てきた子供たち皆に与えられた白牛の引く大きな車であるが、迷妄の世界から逃れ出たすべての人々を成仏に導くべく与えられる大乗の法を喩えている。端的な形は出家者の姿だろうが、迷妄の世界を捨てた者に与えられる「大白牛車」（大乗の法）は、まさに兜率天という天界に狭衣を導く喩的に変換された乗り物であるに違いない。ちなみに「大乗」「小乗」の「乗」は乗り物を表し、仏法はすでに乗り物に喩えられていたのである。すると、兜率天のビジョンを定着させ、粉河参詣、竹生島参詣計画と出家を試みる狭衣は、失われた「雲の輿」に代えて、「大白牛車」という喩的な車、法（仏法）の車ともいうべき乗り物を心の内に再構築し、追い求めていたのだったと理解される。

日常の乗り物ながら、恋路へと踏み惑わせもする車に日々乗りつつ、兜率天への導きとなる「大白牛車」を求める狭衣は、ふたつの車にとらわれている。ここではそれらを、恋の車、法の車と称することにする。では狭衣とこのふたつの車の関係がどうなっていくのかを見とっておく。まず法の車についていえば、竹生島参詣を果せず、この迷妄の世にとどまり続けたところから見て、狭衣が法の車を手に入れえなかったのは明らかだ。ならば残る恋の車と狭衣の関係はというと、こちらも微妙な様子である。たしかに、法の車を手に入れられず、迷妄の世にさまよう狭衣は、もはや恋の車ひとつにとらわれているのには違いないのだが、その恋の車に狭衣はある種の挫折感を覚えているらしい。

恋草積むべき料にや、と見ゆる力車どももあまたやりつつ行き違ふを、車などもいたくやつし給ひて人少なればにや、憚る気色もなう、…〈中略〉…心に《ママ》やりてないがしろに、思ふことなげなるにつけても、

七車積むとも尽きじ思ふにもいふにも余る我が恋草は

とぞ思しける。　（参考　四二九～四三〇）

狭衣は即位を前に、これが最後と思い、斎院源氏宮を訪れるのだった。そして、名残尽きせぬ斎院からの帰り道、やつし車のなかから、行き違う「力車」すなわち人力の荷車を眺めている。その「力車」の積荷は、草は草でも「恋草」ではないかと連想してみれば、「七車」の歌が思い浮かぶ。訪れてまた、かなわぬままに溢れかえって思い余り、いいようもない源氏宮への恋心「我が恋草」は、何台の車に積んでも積みきれないという。車には積みきれ

ない恋心。狭衣の苦しい恋心と、到底それを乗せきれない車という乗り物の間に、微妙な不協和音が響いている。そもそも、源氏宮との擬似的な兄妹関係を変えられない狭衣が、まして即位前のこの期に及んで、いくら恋心を乗せ、車を駆って訪れても、斎院源氏宮との恋を実現できるはずがない。斎院を往復する車は、むしろ狭衣のかなわぬ恋心を溢れかえらせ、恋の苦悩を深めさせるばかりなのである。狭衣をかなわぬ恋の迷宮に導くだけの車と、狭衣との間に響く微妙な不協和音は、そんな恋の車に対する狭衣の挫折感をにじませているのではないか。

考えてみれば、車はたしかに狭衣を、飛鳥井女君との出会いに導いたし、式部卿宮の姫君（宰相中将妹で後の藤壺）との恋路に誘い出しもした(10)。けれども、飛鳥井女君との恋には、常に源氏宮への思いが影を落とし、式部卿宮の姫君との関係には、源氏宮に加えて女二宮への思いもが影を落とし、車に導かれた恋は、狭衣を複数の恋心にひき裂き煩悶させていた。とりわけ飛鳥井女君との場合は、狭衣が源氏宮恋慕との兼ね合いをつけられず、手をこまねいているうちに、女君が盗まれてしまい、行方の知れたとき、もう女君は他界していたという悲しい結末を見せており、さらにやるせない思いを抱かせるのであった。あるいは、密かに関係を結びながら、源氏宮への思いにとらわれ結婚を躊躇している間に、とうとう出家にまで追い込んでしまった女二宮の場合にしても、出家して嵯峨に隠棲する女二宮のもとへ、とりかえしようもないのに、狭衣は幾度、恋心を乗せて、車を走らせたことか。むろん女二宮に、そんな狭衣の思いは受け入れられるべくもなく、ますますやるせない思いが募るばかりだ。いずれにせよ、車は狭衣を恋の苦悩の方へと、追い込んでいったのである。

物語終局にあるこの「七車」の歌は、たしかに斎院からの帰路に詠まれたものではある。が、飛鳥井女君や式部卿宮の姫君との車に導かれた恋も、源氏宮や女二宮へのやるせない思いを乗せて車で往復した恋も、狭衣の恋の苦悩を深めるばかりだったのを思えば、「七車」の歌は、車と狭衣の微妙な不協和音を響かせ、恋の車に対する狭衣の総合的な挫折感をにじませた歌だと、とらえられてくるのではないか。

以上、恋の車にとらわれつつ法の車を追い求め、狭衣はふたつの車とかかわるのだが、法の車には乗りそこない、恋の車に乗っては恋の苦悩を深めるばかりで、いずれの車にも、うまく乗れず乗りこなせず、挫折しているのであった。

しかし、こういう狭衣にまた別の乗り物がしつらえられてくる。その乗り物が狭衣を、そして物語を、結局どこに連れ出していくのかを追いたいのだが、その前にひとわたり、浮舟と乗り物の関係を見渡しておく。ふたりのたどり着いた地点の違いを、すなわち『源氏物語』と『狭衣物語』の至った地点の違いを見きわめたいからである。

三　浮舟と乗り物

浮舟も移動の多い人物で、乗り物との関係が深い。しかも乗り物は浮舟をさまざまな場所に導きつつ、その運命をも翻弄しているようだ。以下、具体的に見ていく。

浮舟が宇治の故八宮の三女として、大君の形代になる運命を担わされていくときに、車が関与している。


つゝましげに下るゝを見れば、まづ頭つき様体細やかにあてなる程は、いとよくもの思出でられぬべし。扇をつとさし隠したれば、顔は見えぬほど心もとなくて、胸うちつぶれつゝ見たまふ。車は高く、下るゝ所はくだりたるを、この人〳〵はやすらかに下りなしつれど、いと苦しげにやゝみて、ひさしく下りてゐざり入る。

（宿木　新大系五―一一一　以下引用の『源氏』本文も新大系に拠る）


初瀬参詣の帰り道、宇治に向かった浮舟の車は、単に浮舟を宇治に運んでいっただけではない。そこには薫も来合わせており、浮舟は下車する姿を見られてしまう。薫の視線に寄り添う語り手は、中君からふたりの類似を聞いていた薫が、すでにこの時点で、浮舟に大君をよそえているらしい様子であるのを明かす。浮舟を宇治へと導いた車は、大君の形代にされてしまう運命にも、浮舟を導いていたのだといえよう。

そして、三条の小家から大君ゆかりの宇治へと、浮舟を伴う薫の車は、浮舟にそうした運命を決定的に担わせる。

人召して、車、妻戸に寄せさせ給ふ。かき抱きて乗せたまひつ。（東屋　五―一七八）

宇治に向け、浮舟を乗せて、薫の車は走り出す。宇治を目前に山路を行く車のなかで、薫は何を思っているのか。

君も見る人はにくからねど、空のけしきにつけても、来しかたの恋しさまさりて、山深く入《いる》まゝにも、霧たちわたる心《ここ》ちし給ふ。

…〈中略〉…

かたみぞと見るにつけては朝露の所せきまでぬるゝ袖哉（東屋　五―一七九〜一八〇）

「来しかたの恋しさまさりて」とあるように、薫は大君への思いを募らせるばかりだ。そんな薫がひとりごとのように漏らした歌を見ると、浮舟は大君の「かたみ」だと見つめられ、もはや大君を偲ぶよすがでしかない。宇治に近づくにつれ、薫の大君追慕が充満する車のなかに、浮舟はかき抱かれて乗せられ、今やそこにとりこめられてしまっているのである。

初瀬から宇治に立ち寄った自身の車と、浮舟を乗せ大君追慕に浸って宇治に向かう薫の車と、双方の宇治行きの車が、大君の形代にされてしまう運命に、浮舟を導いていったのだといえよう(11)。

しかし、浮舟は大君の形代として薫にもてなされる運命に安住できるわけではない。また別の乗り物が浮舟を思いがけぬ境涯に導いていくのであった。

いとはかなげなるものと、明け暮れ見出だすちゐさき舟に乗り給て、さし渡り給ほど、遥かならむ岸にしも漕ぎ離れたらむやうに心ぼそくおぼえて、つとつきて抱かれたるもいとらうたしとおぼす。

（浮舟　五―二二二〜二二三）

二条院でとり逃した浮舟が、薫によって宇治に据えられていると知った匂宮は、たばかりを巡らし宇治を訪れ、強引に浮舟と関係を結んでしまう。浮舟は魅力的な女性だった。新たな恋にのめり込む匂宮は、雪を押して再び宇治に行き、浮舟をかき抱き小舟に乗せて宇治川の対岸に用意した隠れ家へと向かう。

・たち花の小島の色はかはらじをこのうき舟ぞゆくゑ知られぬ　（浮舟　五―二二三）

・降りみだれみぎはにこほる雪よりも中空にてぞわれは消《け》ぬべき　（浮舟　五―二二五）

前者は小舟の上で、後者は対岸の隠れ家で、ともに匂宮の歌に応じた浮舟の歌だ。「うき舟」「中空」ということばは、このときの状況を超えて、浮舟が薫と匂宮の間に漂い、我が身のあり方や行末を見失っていく成り行きをいい当てている。以後の浮舟巻でそれは確実に現実化していったのである。すでに、薫にはない魅力を、匂宮に対して感じている浮舟を乗せ、対岸の隠れ家へと向かう小舟とは、大君の形代にされてしまった浮舟の運命を変更し、薫と匂宮のどちらを選べばよいのかわからず、まさに「中空」に漂う「うき舟」そのものの境涯へと、浮舟を導いていく乗り物であったといえよう。(12)

この浮舟の境涯は苦しい。そうした苦悩の淵にある浮舟を招き寄せたのが、宇治川なのだが、浮舟は宇治川の淵に身を沈めきることができなかった。苦悩に満ちたこの世から逃れられず、またもや乗り物に身を委ねざるをえない破目に陥るのだった。

車二つして、老い人乗り給へるには、仕うまつる尼二人、次のには、この人を臥せて、かたはらに今一人乗り

添ひて、道すがら行もやらず、車とめて湯まいりなどし給。　（手習　五―三三二）

これは、宇治の院で横川の僧都に助けられた浮舟が、僧都の妹尼の車に乗せられ、介抱されつつ小野の里に行くところである。妹尼一行は初瀬参詣からの帰路、母尼の発病により宇治にとどまる。それを聞き下山した僧都が宇治の院に宿をとり、院の裏手で半死半生の浮舟を発見して救出したのである。浮舟を親身に介抱する妹尼の心情は、亡き娘を偲ぶ母心に根ざしていた。初瀬で得た霊夢に照らし合わせ、「いみじくかなしと思ふ人の代はりに、仏の導き給へる」（手習五―三三〇）と、浮舟を仏が授けてくれた亡き娘の代わりだととらえ、篤く介抱するのであった。

小野の里においても、妹尼の浮舟に対するあり方には、「世とともに恋ひわたる人の形見にも、思よそへつべからむ人をだに見出でてしかな」（手習五―三三九）というかねてからの願いが託されていた。妹尼は亡き娘を偲ぶよすがの「形見」を求めていたわけで、宇治で巡り合い自身の保護下にあって見目うるわしい浮舟に、うってつけの「形見」を見出したといった具合だ。小野の里へと向かった車は、こんどは、妹尼の亡き娘の形代にされていく境遇に、浮舟を導いていったのである。

ところで、妹尼は亡き娘の婿であった中将が、浮舟に心動かすのを喜び、ふたりの結婚を願う。娘に立派な婿を通わせて喜ぶ母の姿が、浮舟を通じてとり戻されようとしているのである。けれども、足立繭子が鋭く指摘するように、それは浮舟の母中将の君の姿と重なり、浮舟を追いつめていく母の姿でしかない(13)。こうして見てみると、宇治川の淵に沈みきれず、小野の里に移った浮舟は、そこで改めて浮舟物語の発端にあった母中将の君との関係に巡り戻されてしまったといえるだろう。宇治の院から小野の里へと向かった車は、浮舟を再び形代の境遇に導くとともに、実母であれ母代わりであれ、〈母〉の願望におしひしがれる迷妄の運命に送り返していく乗り物であった。

さらには、またしても〈母〉の願望に強いられて、男女関係の迷妄を生きる運命にまで、浮舟を連れ戻そうとする乗り物でもあったのである。

浮舟は乗り物に乗り／乗せられ移動するごとに、さまざまな運命に導かれていったのだが、乗り物とはつまるところ、浮舟を惑い多き運命に繋ぎとめんとするものであったといえるだろう。

結局、乗り物が導く惑い多き運命を、浮舟はどのように受けとめるのか。乗り物との関係から、浮舟が自身の運命をどうしようとしているのかを見届け、浮舟とともに物語が立ち至った地点をたどってみたいと思う。

例の遥かに見やらるゝ谷の軒端より、前駆《さき》心ことにをひて、いと多うともしたる火の、のどかならぬ光を見るとて、尼君たちも端に出でゐたり。…〈中略〉…時〳〵かゝる山路分けおはせし時、いとしるかりし随身の声も、うちつけにまじりて聞こゆ。月日の過ゆくまゝに、むかしのことのかく思ひ忘れぬも、いまは何にすべきことぞ、と心うければ、阿弥陀仏に思ひ紛はして、いとゞ物も言はでゐたり。

（夢浮橋　五―三九九）

横川の僧都を訪れた薫一行が、おそらく薫を車に乗せて下山していくのを、浮舟は遠くに眺め見ている。薫一行を目にすれば、かつて薫が随身を連れ、車で宇治に通って来ていたときの記憶がよみがえる。だが、今の浮舟は「阿弥陀仏」なるものに思いを紛らわし、よみがえる記憶をなんとか払いのけようとしているのであった。そもそも入水にせよ出家にせよ、自身の運命を見据えたうえでの自覚的行為であったのかどうか、はなはだあやしいものの、とにもかくにも出家を果した浮舟は、「阿弥陀仏」なるものに心を寄せ、薫の車が呼び起こす記憶に蓋をしようとしている。ここにいる浮舟は、自身を形代の境涯に導き、かつ男たちの欲望や〈母〉たちの願望に翻弄される惑い多き運命に導き入れていく発端ともなった薫の車から降りて、乗り物とともに巡ってきた迷妄の運命からもようよう逃れ出ているのだといえよう。下山していく薫の車と、車体ははっきり見えていないのかもしれないが、薫の車なり車の残像なりを遠くに眺め見る浮舟との間にある距離は、そうした浮舟の地点を示しているのではあるまいか。

むろん、乗り物から降り、迷妄の運命から抜け出して、「阿弥陀仏」なるものに心を寄せたとしても、それが一直線に、いわゆる救済に繋がるというものでもない。薫の遣いで訪れた弟小君を見て「まづ母のありさまいと問はまほしく」（夢浮橋五―四〇二）と、こみあげる母への思いは、なおこれも愛執の絆《ほだ》しであるに違いない。けれども、宇治での姉弟の愛を「夢のやうなり」（夢浮橋五―四〇二）と感じ、そして何よりも宇治での薫との関係を、薫からの手紙の文言「あさましかりし世の夢語り」（夢浮橋五―四〇五）に対応したことばではあるが、「夢」（夢浮橋 五―四〇六）と口にする浮舟には、なかば現世というものが、換言すればこの世を生きていく女の生の足場が失われている。母の期待とそれに呼応する薫の欲望を投影していたのが宇治である。その宇治にこそ、浮舟は惑い多くとも、女の生の足場を置いていたのだし、置かざるをえなかったのではないか。浮舟が薫と匂宮ふたりへの思いにひき裂かれている頃、薫は浮舟を都に迎えようとし、薫の意向を知った匂宮も浮舟を都に連れ出して隠そうとする。いずれに身を託しても都に移る状況で、浮舟が入水を決意したのは、彼女の生の足場が宇治にしかなかった事実を象徴的に表しているのではなかろうか。むろん浮舟はふたりへの思いにひき裂かれて入水したのであり、宇治にこだわっていたのではない。ただ、どちらも選べない浮舟は、どちらとも都には行けないわけで、選んで都に行くべく強いられたとき、浮舟は入水して宇治に果てるしかなかった。選べない女浮舟の生の足場は、宇治にしかありえなかったのではないか。今、宇治に集約されていた女の現世を「夢」になして失いかけながら、なお愛執を断ち切れず、記憶という形でその現世の波が押し寄せてくれば「阿弥陀仏」なるものに心を寄せる浮舟は、よくいわれるように漂っている。しかし発作的にせよ出家に投企したことで、漂いつつ、現世の外の絶望的に遠い「非在郷《ユートピー》」が仰ぎ見られているのもまた事実ではないか(14)。

浮舟が担った『源氏物語』の最後は、人をさまざまな場所さまざまな境涯に導き、迷妄の運命にひき入れる乗り物をようやく突き放したのであった。そして、遥か彼方におぼめくばかりで、もはやその存在の物語的再構成すらなされていないという意味で、まさに非在の名がふさわしいのであるが、ともあれ現世を超えるなにがしかの「非在郷《ユートピー》」を、浮舟においては「阿弥陀仏」なるものに託されて杳《よう》としたものであろう「非在郷《ユートピー》」を現出させたのではあるまいか。「非在郷《ユートピー》」を仰ぐ浮舟に『源氏物語』の至りついた地点を見定めるとして、やはり迷妄の生に翻弄された光源氏と浮舟を架橋しておくべきだろう。光源氏は出家を準備する姿のまま物語からフェードアウトし、第三部で光源氏の出家と死が語られるのだが、出家が救済に繋がったかどうかは語られていない。だからこそ、出家と救済については浮舟に委ねられていると考え、救済からは遠いものの「非在郷《ユートピー》」を仰ぎ見る浮舟の姿に、『源氏物語』がたどり着いた地点を見きわめたいと思う。

四　狭衣と輦輿

大まかではあるが、浮舟と乗り物の関係を追いつつ、『源氏物語』の最後をたどり見たので、再び狭衣と乗り物のかかわりに戻って、『狭衣物語』の行きついたところをつきとめてみたい。

またの年の秋冬は、大原野・春日・賀茂・平野などの行幸あり。…〈中略〉…例の心のうちをも知らず、川渡らせ給ふ程は駕輿丁の声々も聞きにくきを、　（参考　四四四）

思いがけず転がり込んできた帝位に即き、狭衣は各社の行幸を行う。帝の行幸であること、後半部の賀茂行幸時に「駕輿丁」が登場していることから、狭衣の乗り物は輦の輿（輦輿）であると判断できる。法の車にも恋の車にも挫折した狭衣に、こんどは輦輿という乗り物がしつらえられたのである。

ところでこの輦輿は、天稚御子来訪の折、狭衣が乗りそこねた「雲の輿」に代わる乗り物だといえる。天稚御子が舞い降りたとき、狭衣は御子と行く天界を、きわめて一般的には宮中を表し、『狭衣物語』では皇統・帝位をも射程に収める「九重の雲の上」（参考四六）といいなしていた。また当時の嵯峨帝が、狭衣をとどめ天稚御子をひとり天界に帰した後、天界への導き手であった御子を、「天の羽衣」（参考五〇）と換言して歌に詠み込んでいた。「天の羽衣」といえば、大嘗祭あるいは他の大祭にあたっての沐浴時に、帝がまとう衣を表すことばでもある。天界や天稚御子が、宮中や帝と交錯することばで表されていた事実を勘案すると、狭衣の即位は、天稚御子との昇天が変換された事態だと位置づけられてくる。(15) ならば、その即位に伴い狭衣が乗っている輦輿は、天人の乗る「雲の輿」が変換された乗り物だと位置づけられてくるのである。しかも、「雲の輿」から輦輿への変換過程には、狭衣の内面において「雲の輿」から喩的に変換された「大白牛車」すなわち法の車に乗りそこなうという挫折があった。ここに「雲の輿」→「大白牛車」→輦輿の構図が描かれているといえよう。輦輿は「雲の輿」がスライドした法の車「大白牛車」の代わりにしつらえられた乗り物でさえあったのである。

けれども輦輿にはさらに、恋の車からなだらかに乗り換えられ、末法悪世の現世を巡る乗り物としての側面も貼りついている。

それと見る身は船岡にこがれつつ思ふ心の越えもゆかぬか

などやうに、野・山・川の底をご覧ずるにつけても、思し沈みにし方ざまのことは、さらに忘れ給はず。

（参考　四四六）

各社巡幸の最後に狭衣は平野に行幸する。引用の独詠歌は、輦輿から船岡山を眺め見ながら詠んだ歌だ。斎院に向かい合う船岡を羨み、源氏宮を恋しく思わずにはいられないのに、船岡を越え斎院に行って源氏宮に恋心を伝えられないでいる虚しさや無力感をにじませている。引用後半部の語りが総括するように、輦輿から見るさまざまな風景は、報われないまま忘れえず、心に深く刻み込まれた恋心を、改めて呼び起こすのであった。

これは、かつて狭衣の恋心を乗せて斎院を、また女二宮のいる嵯峨院を往復した恋の車が、かなわぬ恋のやるせなさと、さらなる恋心を呼び起こしていた状況と何ら変わりがない。輦輿は、狭衣が挫折感を覚えた恋の車に代わって、迷妄の現世を経巡り、そこに狭衣を繫ぎとめる乗り物でもあったのである。

狭衣の乗っている輦輿は、「雲の輿」が変換された乗り物であり、かつ法の車に代わる乗り物でありながら、狭衣をいかなる天界へも導かず、末法悪世の現世を行き巡り、相も変わらず不毛な恋の苦悩へと狭衣を導くばかりだ。輦輿は、天界に向かうはずの「雲の輿」や法の車と、迷妄の現世を行き巡る恋の車とをないまぜにして、天界と現世の境界をはずし、迷妄の現世が天界を侵蝕してしまう乗り物だったといえよう。

狭衣を乗せてあちらこちらを行き巡る輦輿という乗り物は、では狭衣と物語をどういう地点に連れ出していったのだろうか。狭衣の最後の行幸地は嵯峨院で、嵯峨の風景にたたずむ狭衣の姿とともに、物語は閉じられている。嵯峨院行幸の輦輿が、狭衣をどんな地点にたたずませたのかを見届け、結論を導きたいと思う。

出でさせ給ふ御心地、なかなかおぼつかなくて過ぐさせ給ふ年月よりも飽かずあはれに思し召されて、御輿にも奉りやらず。

（参考　四六六）

輦輿が狭衣を乗せてたどり着いた最終風景の一齣だ。今回の行幸は嵯峨院の病気見舞いのためであったが、むしろんそれだけで済むはずもなく、中隔てのすぐあちら側にいる女二宮に声をかけずにはいられない。案の定、狭衣はまたもや心をかき乱し、後ろ髪を引かれる思いで、前栽に立ちつくすのであった。

不毛な恋に惑乱する狭衣の立ち至った地点は、以下の女二宮に語ったことばのなかからとらえられそうだ。

なほ、いかでかくあらぬ所もがなと願ひ侍るも、いさや。さても、かう憂きものに思し果てられながらは、いづくにもありがたうや。後世もいたづらとかや、なし侍らんこそいみじけれ。死にもせじとか。まことに身をこそ思ふ給へわびにたれ。

消えはてて屍は灰になりぬとも恋の煙はたちもはなれじ　（参考　四六五〜四六六）

やはり出家したいと思うのだけれども、できるかどうかわからないし、あなたに嫌われたままでは、この世のどこにも居所がないどころか、「後世もいたづら」になり、あの世にも安住の地は得られないといっている。もう狭衣には来世の安楽もないというのだ。そして、たとえ死んでも、あなたへの恋心は消せなかろうとまで詠みかける始末であった。「消えはてて」の歌は、死んでも断ち切れない恋心を訴えた歌であるのに相違ないが、迷妄の恋心によって、死後も救われない業の深さを改めて吐露したものでもあるだろう。女二宮への恋心にとらわれる自身の惑いを見つめたときの、現世・後世への絶望感が染み出しているのではないか。

あの世にもこの世にも安住の地はなく、たとえあの世に行っても、迷妄の恋心ゆえに、この世に惑いを残すだろうといわずにはいられない狭衣には、もはや現世と後世の境がなく、この世と地続きになったあの世にも、惑い多き無明の闇が眺め見られているようだ。嵯峨院行幸の輦輿は、この世の惑いに侵蝕されたあの世に、救いのない無明の闇を眺め見るような地点へと、狭衣を連れ出してしまったのだといえよう。

さて、現世との境界を失った後世に、無明の闇を眺め見る狭衣は、この世における将来まで、今回の行幸で奇妙に規定された感がある。最後に、その点をとらえておきたい。

狭衣即位の際、天照の神託で、嵯峨院皇子であるはずの若宮と狭衣の親子関係が明かされた。院も神託の件を耳にして、「天照神もほのめかし給けん事もあるやうあるにこそ、と思しよる」（参考四四九）とあり、どうやら事実を察知したらしい。女二宮と狭衣の関係をふまえての判断なのか、院はこの嵯峨院行幸の折に、若宮と女二宮の今後を狭衣に託した。さらに加えて、次のようなやりとりをしている。

「……位を去り給ても、ここを荒らさで必ず住み給へ」など申し置かせ給へば、何事も思しおきてんには、違へさせ給ふまじきよしを聞こえさせ給ふに、（参考　四六四）

院は狭衣の退位後に言及し、嵯峨院を住まいにするようにといい、狭衣も院の申し出を受けている。しかし、狭衣が退位するときには、出家姿に身を替えているはずだ。とすると、出家姿でこの仏教空間に、だがなんと、狭衣の心を惑わして止まない女二宮とともに住まう事態になる。院とのやりとりから見える退位後の狭衣の将来は、後世を祈る空間で、しかも出家姿で、限りなく女二宮に心を乱していく姿ではあるまいか。女二宮も狭衣の惑乱に心を煩わされ、仏道修行に専心できなくなるのは目に見えている。これまでだって散々、狭衣の愛執に煩わされているのだから。たとえ仏教空間での破戒にまでは至らなくとも、それぞれが心静かに蓮の台を祈る姿ではとうていありえそうにない。

場面は前後するが、先に見た物語最終場面において、恋心に惑乱しながら、後世に無明の闇を仰望していた狭衣のありようが何より、出家してなお、かくも迷妄にまみれて生きる将来を証し立てているだろう。ちなみに、狭衣が後世を祈るのであれば、天稚御子事件（天界）→粉河参詣（兜率天）→竹生島参詣（大白牛車）と変転しつつ一筋に繋がる天界ラインの末に位置して、仏教的天界である兜率天に狭衣を導いてくれるかもしれない可能性を秘めたままの場所、あの竹生島でしかありえないのではないか。いずれにせよ、先々の嵯峨院居住に言い及んだやりとりは、いかばかりの時間であるかしれないが、退位後もこの世を生きる狭衣が、後世を祈るべき空間に迷妄の現世をなだれ込ませ、出家姿になっても無明の闇を仰ぐべく、狭衣の将来を規定してしまったようだ。

　輦輿は、現在においてばかりか、この世での将来においても、またあの世においてさえも、迷妄の現世が後世＝天界というものを侵蝕する永遠の闇のなかに、狭衣と物語を連れ出していったのではあるまいか。

　地上と天界の境界がはずされ、この世とあの世の境界もはずされて、迷妄に満ちた現世が、地上に象られた天界たる帝位はもとより、仏教的天界に通じうる後世をも侵蝕するこのような地点を、「混在郷《エテロトピー》」と名づけておく[16]。狭衣は乗り物に乗り続け、もはや仰ぎ見るこの世の外への希望さえも失って、永遠の「混在郷《エテロトピー》」を踏み迷っているのである。そして、地上も天界も、あるいは現世も後世も、狭衣の迷妄に覆われ渾然一体となる「混在郷《エテロトピー》」こそが、『狭衣物語』の至りついた絶望的地点なのだと思われる。

五　『源氏物語』から『狭衣物語』へ

　狭衣と浮舟は、各々現世にからめとられていて、人間の迷妄とは無縁の天界すなわち〈月の都〉に至りえなかった〈かぐや姫〉たちであり、意外に近しい関係にある。それをたとえば「あの世もこの世もない」とか、「あの世とこの世にひき裂かれている」「あの世とこの世の間に宙吊りにされている」と概括してしまうなら、ふたりの差異はほとんどないだろう。しかし、たとえ実在の場をもたず、形もなく、至りえぬ「非在郷《ユートピー》」であれ、それを仰ぎ見る浮舟と、仰ぎ見る「非在郷《ユートピー》」すらなく、永遠の「混在郷《エテロトピー》」を踏み迷っている狭衣の差異は、実は大きいのではあるまいか。

『源氏物語』がきわめてネガティブな「非在郷《ユートピー》」を提示したのだとすれば、『狭衣物語』は仰ぎ見られるのがもはや無明の闇でしかなく、「阿弥陀仏」に託された「非在郷《ユートピー》」すら存在しない地点において、「混在郷《エテロトピー》」を提示している。だが、乗り物に導かれる境涯や運命に着目して、ふたりの〈かぐや姫〉狭衣と浮舟の行末を追い、浮舟から狭衣へ、『源氏物語』から『狭衣物語』へという軌跡をたどってみると、狭衣が惑いに翻弄され、「混在郷《エテロトピー》」を経巡るのは、浮舟が女の生の足場とひきかえに、「非在郷《ユートピー》」を仰ぎ見ている状況を批評したあり方だととらえられてくるのではなかろうか。『狭衣物語』は『源氏物語』におぼめく「非在郷《ユートピー》」をも否認し、「混在郷《エテロトピー》」というより深い不安と絶望にたたずむことを選んだのだと見るべきではあるまいか。

こうなると、薫に言及しておかなければならないだろう。薫も現世と後世をないまぜにして、道心を養うかたわら、恋の迷妄を生きている。けれども、狭衣のように天界あるいは「非在郷《ユートピー》」に至るべく出家を試みたりもしないかわりに、恋の迷妄に足を掬われかえって無明の闇をまじまじと見つめるわけでもない。よくいわれるように、道心と恋心が同居しているのだが、要は、さほどの不安や絶望に苛まれていないのである。むしろこういうべきかもしれない。『源氏物語』は薫において「混在郷《エテロトピー》」を現出させるよりも、浮舟において「非在郷《ユートピー》」を仰望させたのだと。だから、『狭衣物語』は「混在郷《エテロトピー》」を回避して「非在郷《ユートピー》」に向けて舵を切った『源氏物語』を批評する形で、「混在郷《エテロトピー》」を現出させているのだとはいえないだろうか。

そしてそれは、『狭衣物語』の物語観を表しているように思う。すなわち、迷妄の現世にあがきながら、天界や

「非在郷《ユートピー》」を求め、いっそう無明の闇を見つめて、「混在郷《エテロトピー》」を生きるのが人間なのであり、「混在郷《エテロトピー》」の不安と救いのなさに踏み迷うしかない人間を生かすのが物語なのだという物語観を、『狭衣物語』は差し出しているのではあるまいか。

注

（1）本書I第5章でも、〈かぐや姫〉という観点から、『狭衣物語』が光源氏の物語をどのように批評し、どのような物語になっていったのかを論じた。その際、第三部との関係については論じえなかったので、本章において改めて論ずることとする。

（2）薫と狭衣の類似・相違はよく指摘されるが、後藤康文「もうひとりの薫―『狭衣物語』試論―」（九大『語文研究』一九八九年十二月→『狭衣物語の視界』一九九四年　新典社刊）は、狭衣が『源氏物語』正編をひき継ぎ、薫と同じ時間を生きるもうひとりの別の薫として設定されているという新たな視点を示している。

（3）早くは五十嵐力『平安朝文学史下巻』（一九三九年　東京堂刊）に指摘がある。なお、飛鳥井女君については、夕顔や浮舟など、『源氏物語』に登場するはかない境遇の女君たちとの重なりが、注釈レベルにおいてさえ、しばしば指摘されている。飛鳥井女君の物語が、とりわけ浮舟の物語をふまえ、いかに独自の物語になりおおせているかについては、やはり乗り物という観点から次章で論ずる。

（4）浮舟とかぐや姫の問題については従来から指摘があり、さまざまに論じられているが、小嶋菜温子「源氏物語の構造」（『解釈と鑑賞』一九九一年十一月→『源氏物語批評』「浮舟と〈女の罪〉―ジェンダーの解体―」一九九五年　有精堂刊）は、かぐや姫としての浮舟を極限までつきつめている。小嶋論は、かぐや姫と表記し、括弧に括っていない。けれども本書では、『竹取物語』の「かぐや姫」をたぐり寄せつつ、差異を有する後続のかぐや姫たちを〈かぐや姫〉と表記し、『竹取』の「かぐや姫」と弁別した。〈かぐや姫〉の目指す月の都も、同様の事情で〈月の都〉と表記した。

（5）深沢徹「往還の構図もしくは『狭衣物語』の論理構造―陰画としての『無名草子』論（上下）―」（『文芸と批評』一九七九年十二月、一九八〇年五月→『狭衣物語の視界』一九九四年　新典社刊）が明確に狭衣を〈かぐや姫〉だと規定して論述している。論旨を異にするが、注（1）拙論も〈かぐや姫〉としての狭衣を確認した。

（6）『法華経』「随喜功徳品」の偈の句「世皆不牢固　如水沫泡焔（世は皆、牢固ならざること　水の沫・泡・焔の如し）（岩波文庫下巻　八四頁）からの引用。

（7）前者「紫の雲」には「楽の声」もとり合わされていて、天稚御子来訪の場面は、来迎の図とも重なり合う。一方、天稚御子が天界から舞い降り、天界に舞い戻るまでの全体は、『竹取物語』の「かぐや姫」が昇天する場面をたぐり寄せる言説になっている（注（1）拙論）。ふたつの要素が混ざり合うなかで、「紫の雲」は「雲の輿」と換言されたのだと考えている。なお『竹取物語』の「月の都」が神仙思想の影響を受けている以外に、浄土教（浄土三部経のひとつ『観無量寿経』）とも接点を持っている点については、仁平道明「月の都―『竹取物語』の異空間」（『解釈と鑑賞』二〇〇六年五月）が指摘している。『狭衣物語』はより浄土の色合いを強めたといえよう。こうなると、楽神とおぼしいものの神話に由来せず、『宇津保物語』俊蔭巻を見るに仏教色も帯びて来歴不明の天稚御子の素性に加え、天界が仏教的天界なのか、神仙思想に浄土教も食い込む「月の都」なのか、あるいはそれ以外の天界なのかも、ますます謎めく。けれども、いずれにせよ「雲」は、どこか天界に昇るための乗り物には違いない。

（8）『法華経』普賢菩薩勧発品の句（岩波文庫下巻　三三八頁）。校本によれば、いわゆる第一系統本（西本、平出本、内閣文庫本）独特の本文で、弥勒信仰の背景を濃厚に打ち出していると思われる。ただ、古活字本も『法華経』「序品」の句を朗詠しているので、仏教的天界に目を向けている様子は窺える（本書Ⅱ第5章の注（13）参照）。

（9）粉河参詣は普賢菩薩の示現（兜率天への導き）により天稚御子事件と連繋する（本書Ⅱ第5章で詳述している）が、また一方、そこで出会った飛鳥井女君の兄である僧が媒介になって粉河参詣と竹生島参詣計画を連繋させている。たとえば巻三で一品宮と結婚した後、「普賢の御光も忘れがたきを、いかでかの修行者（飛鳥井女君兄）をと、人知れず思し立ちけり」（参考二八一）とあり、粉河で出家を果せず兜率天への乗り物を手に入れえなかった狭衣は、それを飛鳥井女君の兄僧の許での出家によってとりかえそうとしている。兄僧のいる竹生島への参詣計画は、狭衣の内側では粉河参詣と連繋するものなのである。狭衣における天稚御子事件↓粉河参詣↓竹生島参詣計画の連繋と兜率天への思いが読みとられる。なお右引用の「普賢の御光も…」の部分、古活字本では「普賢の御光も忘れ難きを、いかでとくかの誦経を人知れず思しけり」とあり、他本と様相が違っているので、誤脱の可能性も考えられている（全書頭注）。それでも、粉河で飛鳥井女君の兄僧の読んだ『千手経』を思い、ことば足らずの感はあるが、粉河参詣と竹生島参詣計画を繋いではいるだろう。

(10) 忍び歩きの車で、偶然に式部卿宮邸の前を通り、見事な桜に目をひかれて、美しい母君を垣間見たことから、姫君への思いも募っていった。

(11) 三田村雅子「濡れる身体の宇治―水の感覚・水の風景―」（『源氏研究』一九九七年四月）は、本論引用場面（中略部分も含めて）に焦点を当て、浮舟への思いを大君恋慕に回収し幻想する薫を、霧に濡れ色移りする袖を通じて、鮮やかに読み解いている。

(12) とはいえ匂宮もまた浮舟その人をどこまで見つめているかはあやしい。中君に移り香を残していった薫への対抗意識が、浮舟その人を置き去りにして、浮舟を求めさせている側面があり、結局さして変わらぬふたりにひき裂かれているところに浮舟の悲劇がある。匂宮と薫は分身の関係にあって、だからこそ互いに差異化を図っていると論ずる神田龍身「物語文学と分身《ドッペルゲンガー》―『源氏物語』「宇治十帖」をめぐって―」（『源氏物語と平安文学　第1集』一九八八年　早稲田大学出版部刊↓『物語文学、その解体―『源氏物語』「宇治十帖」以降』一九九二年　有精堂刊）から、多くの教示を得た。

(13) 「小野の浮舟物語と継子物語―出家譚への変節をめぐって―」（『中古文学論攷』一九九四年三月）。足立論は、継子物語の良き母（実母）、悪しき母（継母）の対立構造を突き崩し、実母と娘の葛藤から立ち上がる浮舟物語を読み解く過程で、継子物語の要素をまつわらせながら浮かぶ「妹尼＝《母》＝中将の君」の構図を示す。

(14) 注（4）小嶋菜温子論文は浮舟に「昇天不能のかぐや姫」を読みとり、その「月の都」を「非在としての究極の地」と見とる。小嶋論が論証するように、もの思いや罪を増殖させる浮舟の出家は、昇天ではありえない。私見では、光源氏の出家の様子が語られないことで、温存された〈出家＝昇天〉の構図が、浮舟の出家によって打ち砕かれたとき、浮舟の繋がれた流離と一対をなして、もはや実在の場をもたず形をなさない「非在」といわれるような、ネガティブな〈月の都〉が物語に顔をのぞかせたととらえている。何であれ〈月の都〉の可能性は流離の内にこそ宿ると考えるからだ。それを本稿では「非在郷《ユートピー》」と名指した。

（15）萩野敦子「『狭衣物語』の発端」（北大『国語国文研究』一九九三年七月）は、「九重の雲の上」が宮中を表すことばで、後の即位と響き合っている旨、いち早く指摘している。「天の羽衣」については、『西宮記』巻十一（大嘗会事）に「天皇着天羽衣、浴之如常」（故実叢書　一九三一年　吉川弘文館刊）とあり、三谷榮一「大嘗祭と文学誕生の場」（『國學院雑誌』一九九〇年七月）も、他例をもって指摘している。これらをふまえ、『狭衣物語』が狭衣の即位を昇天に重ね合わせていること、およびその論理については、本書Ⅰ第5章で詳細を論じた。なお、狭衣辞世の歌ともいえる「九重の雲の上まで昇りなば天つ空をや形見とは見む」は、校本によると内閣文庫本、西本、平出本（いわゆる第一系統本）の他数本に見られる本文（助詞などに多少の異同は見られる）で、古活字本他この歌を持たない本文も多い。それにしても「天の羽衣」は古活字本等にも多く見られるので、概ね同様の論理は読みとりうる。ただ、内閣文庫本などいわゆる第一系統本は、天稚御子事件と即位をより明確に連繋させようとしているのだと見ておく。

（16）「非在郷《ユートピー》」と「混在郷《エテロトピー》」という概念は、ミシェル・フーコー『物と言葉―人文科学の考古学』（一九七四年　新潮社刊）を参照して導入した。フーコーに拠れば、「非在郷《ユートピー》」は実在の場はもたないものの安楽な場を表し、「混在郷《エテロトピー》」は異質なものが共存する不安な場を表している。むろん浮舟が「非在郷《ユートピー》」にたどりつけるなどという気はない。非在の場にたどりつけるわけもない。けれど、それを仰ぎ見ている、あるいは仰ぎ見ようとしている点に、両者の差異を見出したいのである。

第7章 飛鳥井女君と乗り物――浮舟との対照から

一 はかない身の上の女君と乗り物

物語には頻繁に乗り物が登場する。人物たちが何かにつけ車で移動する場面は、もはや枚挙にいとまがない。日々の移動や社寺参詣に行く場面、また男君がやつした車で忍び恋の女君の許に通う場面なども数多く見られる。むろん海や川では、船（舟）に揺られて旅をしたり、小さな移動をしたりする場面も出てくる。物語には、乗り物のかかわる場面が実に多い。

そこで、乗り物に注目してみると、乗り物に乗る人のありようがかなり鮮明に映し出されている。たとえば、『源氏物語』に輦車が出てくる。死に瀕した桐壺更衣が里下がりをする際、女御ならともかく、更衣の身分で「輦車の宣旨」を与えられ破格の待遇を受けるのだが（桐壺 新大系一―八 以下引用の『源氏』本文も新大系に拠る）、それは桐壺帝後宮における彼女の立場が更衣という身分を越えて、やはり破格であった事実を如実に示している。また、貴族たちが折につけ乗っている車がクローズアップされた場面で、最も有名なのは同じく『源氏物語』葵巻における御禊見物での車争いであろうか。六条御息所が「網代のすこしなれたるが、下簾のさまなどよしばめる」（葵一―二九三）車に乗って見物場所を確保していたところへ乱入してきたのが、「儀式もわざとならぬさま」で「よそほしう引きつゞきて」（葵一―二九三）やってきた葵上一行の車だった。双方は見物場所をめぐって争いになり、御息所の車は見物もできない場所に追いやられ、車を支える榻《しじ》まで折られるほどの屈辱を喫する。この車争いは、故前坊妃でありながら、今は光源氏の忍び恋の相手でしかなく、網代のやつし車でひっそりと見物に行くよりない御息所の立場を照らす一方、左大臣家の娘で光源氏の嫡妻として、車もしかるべく容儀を整え、御息所の車と知りつつ押し退けても、堂々と見物できる葵上の立場をも照らし出して、両者の対照的な立場を鮮明にしている。乗り物は、乗り物に乗る人たちや、あるいは乗らなかったり乗れなかったりする人たちも含めて、乗り物にかかわる人々のありようなり関係のあり方なりを表象する〈物〉であるようだ。

　さて、人々が乗り物に乗って移動する場面をさまざま収める物語のなかに、はかない身の上の女君が男君の乗り物に乗せられ、連れ去られるという場面がしばしば見出される。『源氏物語』に限ってざっと見渡してみても、夕顔、幼き日の紫上、浮舟といったはかない身の上の女君たちが、男君の乗り物に乗せられ連れ去られている。とりわけ浮舟は、乗り物に乗せられる女君の人生をつきつめる存在として注目される[1]のだが、これら夕顔や浮舟からの影響を指摘されているのが、『狭衣物語』の飛鳥井女君である。[2]たしかに飛鳥井女君は、夕顔や浮舟の面影を色濃く宿したはかない身の上の女君であり、かつ乗り物とのかかわりもきわめて深い。しかし、飛鳥井女君の物語は、乗り物が表象する女君のありようや、女君と狭衣のかかわり方という観点から見ると、特異にしてひときわ異彩を放っている。

本稿ではそうした点に着目しつつ、飛鳥井女君の物語が、乗り物に乗せられる女君の人生をつきつめた浮舟の物語と向かい合う形で、新たな物語の地平を切り拓いている様子をとらえてみたいと思う。それは同時に、乗り物が物語の見えづらいありようをも映し出すメディアであるという側面を浮かび上がらせていくはずである。

二　飛鳥井女君と乗り物

では早速、乗り物に注目しつつ飛鳥井女君の物語を考察していく。前章でも指摘したが、まず女君と狭衣の出会いからして、車が深くかかわっている。

たそかれ時の程に、二条大宮が程に遭ひたる女車、牛の引き替えへなどして、遠き程よりかと見ゆるに、側《そば》の物見少しあきたるより円頭《まろがしら》のふと見ゆるは、この御車を見るなるべし。はやうやり過ごしつれば「あやし、ひが目か」と思すに、

（内閣文庫本　参考…大系六五頁。以下引用の『狭衣』本文も同本に拠り、参考として大系当該頁数を示す）

飛鳥井女君をさらい女車に乗って先を急ぐ仁和寺の威儀師は、権門狭衣の車と出くわしたものの、姿を見られたと思って慌てたのか、車をひきとどめ狭衣の車を先行させるべき礼を欠いて、むしろ狭衣一行の注意をひいてしまう。この、車と車の出会いが女君と狭衣の出会いともなった。飛鳥井女君の物語は、始めから車と深くかかわっているのである。

また、今後の物語展開にも、乗り物は深くかかわっているようだ。結局、狭衣の随身に追いつかれ咎められた威儀師は遁走し、飛鳥井女君ひとりが車にとり残される。そこで狭衣はいささかの思案の後、家まで送り届けようと

女君のいる車に乗り移るのだった。狭衣が車を乗り換える場面から引用する。

> 送るべき方は知らで、殿にや今宵ばかり率て行きましと思すに、さすが袈裟かづきて走りつらん足もと思し出づるに…〈中略〉…道の程も手やつけつらんと思すも、心づきなくゆゆしうて、飛鳥井に宿りせんも、語らひにくく思せど、なほ、いかなる人にかとゆかしければ、御車ひき返してかの車に乗りて見給へば、
>
> （参考　六七）

狭衣は女君をとりあえず自邸堀川殿に連れていこうか、それとも「飛鳥井に宿りせん」と女君にもちかけようかなどと考えるが、威儀師と女君のいきさつを想像すると気が進まない。それでも女君に対する興味が優って、狭衣は女君のとり残された車に乗り移る。そして女君の家を問い尋ね、送り届けたまま恋に落ちたのである。

ここで注目されるのは、狭衣が女君のとり残された車に乗り込むときに、すでに飛鳥井女君の物語が微妙に方向づけられている点だ。まず、もちかけづらいと思い返してはいるが、狭衣は「飛鳥井に宿りせん(3)」の思いを浮かび上がらせている。これは「飛鳥井に　宿りはすべし　や　おけ　陰もよし　御水《みもひ》も寒し　御秣《みまくさ》もよし」（催馬楽「飛鳥井」日本古典文学全集一二九頁）からの引用であり、思いがけず出会った女君の車に乗り移る狭衣には、旅寝の恋・仮初の恋を期待する気分があった様子を浮かび上がらせている。一方、女君の乗っている車は威儀師が用意した車で、借り物の仮の空間でしかない。女君は余儀なく狭衣を自身の車ではない仮の空間に迎え入れたのであり、それがふたりの出会いになってしまったのである。事実この後、ふたりは名のり合いさえせず、「飛鳥井」や仮の空間での出会いに象徴されるような、はかない仮初ともいうべき恋(4)に身を投じ、ふたりの恋を消尽して終る。その間の事情はさまざまある(5)が、はかなく仮初に終るふたりの恋のあり方は、狭衣が女君の乗っている車に乗り込んだ時点で、すでに方向づけられてしまったかのようだ。

車に乗る狭衣と、車に乗られる女君をめぐって、飛鳥井女君の物語が胎動する様子をとらえた。が、もうひとつ注目しておきたいのは、よくあるように女君の方が狭衣の車に乗せ替えられ、たとえば堀川殿なり、狭衣ゆかりのどこかなりに連れて行かれるような成り行きが、ここでは微妙に回避されている点である。飛鳥井女君の物語では、当初から狭衣の乗り物や狭衣にかかわる空間と、女君とが切り離されているとおぼしい。実際、女君はこの後いちどたりとも、狭衣の乗り物に乗せられ、狭衣ゆかりの空間に連れて行かれることがない。出会いのときから、女君は狭衣の乗り物や空間とは、切り離された関係にあるのだった。しかも女君と狭衣の乗り物との懸隔こそが、出会いのときから仮初のはかない恋に潰えるべく微妙に方向づけられていた飛鳥井女君の物語を、具体的に牽引していったのではないかという観点から、もう少し考察を深めていきたい。

狭衣が追い払う形になった威儀師は、そもそも飛鳥井女君の乳母が語らい繫ぎとめていた唯一の生計の頼りでもあった。女君連れ去り未遂事件以来、威儀師との繫がりが断たれ頼りを失って、飛鳥井女君の家は生活に困窮する。そんな状況への配慮を欠き、女君との逢瀬を重ねるばかりの狭衣が、乳母は気にくわない。(6)そこで結局、乳母は女君を式部大夫道成なる人物に添わせ、女君の家の生活を安定させようと計る。道成は、親の大弐を送って筑紫に行った後、国司に任官する予定になっているので、この際、筑紫行きにあたり、女君を伴いたいと申し入れ、乳母も渡りに船とばかりに承諾して秘かに準備を整えていた。旅支度をさせるべく、何も知らない女君をいいくるめようとする乳母のことばがまた注目される。というのも、そこには乳母のいい分が集約されているのだが、いかにも車という乗り物にこだわった弁舌になっていて、乗り物が何を表象する〈物〉であるのかもあぶりだされてくるからだ。乗り物の表象をとらえたうえで、女君と狭衣の乗り物とが切り離されている状況こそが、飛鳥井女君の物語をはかなく終わらせる要因になっている様子を浮かび上がらせてみる。

明日のまだつとめて、この西に井掘るとて、家主《いへあるじ》も皆外《と》へ渡りにけり。いかがせさせ給ふべき。御車のこと、たれにかいはまし。あはれ、かやうの時こそ威儀師は思ひ出でらるれ。…〈中略〉…このおはする人に、かくと聞こえさせ給へかし。わざとならぬ宮仕へ人だにこそ、かやうの公達は、車は貸し給へ。さばかりのことは、などてか聞こえ給はぬことはあらん。まことまこと、この隣の駿河殿の妻《め》こそ、ものに情けありて頼もしき人なれ。つとめて、とく借りこころみん。（参考　九七）

乳母はまず、井戸掘りによる土忌で方違えをしなくてはならないと切り出す。なのに、車を借りる当てがない（傍線部a）といっている。これは、車もなければ、車を貸してくれる人もいないと途方に暮れたそぶりで、飛鳥井女君の家の困窮ぶりと、そこに援助を差し延べる人物の不在を女君に突きつけたものであろう。次に、傍線部bでは、かつて生計の頼りであった威儀師に言及してみせる。ここでは、車の貸し手の不在をめぐって、生活上の援助者の不在がさらに強調されているのだといえよう。翻って、乳母は相手が狭衣であるとは知らないわけだが、どうせいい加減な相手で、これまでの女君の様子から推しても車の貸与を頼めないだろうと見越したうえで、通ってくる男君（狭衣）から車を借りてほしいといい、傍線部c⑺では、女君と忍び恋をするくらいの身分と色好みぶりなら、車を貸すくらいは特別な関係もない宮仕え女房にすらしているのだと女君を追いつめる。ここには、威儀師を追い払ってしまったのだから、代わりに男君（狭衣）が援助してくれるべきだという一理ある乳母の主張と、なのに車を貸すくらいの些細な援助すら受けていないこれまでの乳母の不満が表れていよう。そして、唐突に傍線部dで、駿河殿の妻なる人物に車を貸してくれるよう頼んでみるといい出すのだった。むろんそんな気はなく、男君（狭衣）から車を調達できない女君を追いつめたうえで、乳母の方に主導権がある現状を示しているのであろうが、この乳いるだろう。

母のことばには、車を貸してもらう程度の援助すら、男君（狭衣）には期待できないという思いが如実に示されている。
　一時的な車の貸与くらいは些細なものであるにせよ、些細な車の貸与にこだわりつつ、まったくもって援助者たりえぬ男君（狭衣）を指弾していく乳母の弁舌に注目してみると、男君の乗り物は、男君からの生活上の援助を表象する〈物〉としてとらえられてくる。となると、出会いのときからして飛鳥井女君が狭衣の車に乗せられなかったのは、狭衣の援助を得られない女君のありようなり物語なりを象徴していたのだといえようか。
　さて、狭衣が車の貸与ほどのささやかな援助すら思い及ばず怠っているうちに、乳母の画策で飛鳥井女君は道成の車や船（道成の統括する空間ということで道成の船とする）に乗せられ連れ去られてしまう。道成の船のなかの様子を見てみると、乗り物の表象はより鮮明になる。

御乳母はつれづれなりしなごりなく、（参考　一〇四）

道成の船に乗った乳母は、長く続いていた困窮からようやく解放された面持ちだ。

皮籠といふ物あけて、人々の得させたる扇、薫物やうの物ども取り出でて、「はかばかしからねど、人々にものし給へ。……」などいひつつ、えもいはず清げなる女房の装束ども、扇などさまざま多かるなかに、（参考　一〇五）

道成の船のなかにはふんだんに物があり、道成はそれを飛鳥井女君の女房たちにも惜しげなく与えている。乳母の思惑どおり、女君が道成の乗り物（車から船）に乗せられ西海に伴われるやいなや、女君一統の生活全般が道成によって賄われていくのだった。
　女君が男君の乗り物に乗せられ連れ去られることは、女君の意に添うかどうかは別として、一面、女君が男君からの生活上の援助あるいは庇護をあたえられることなのでもあった。道成の船のなかの様子は、男君の乗り物が男君の庇護を表象する〈物〉だという側面をより明確にしている。

しかし、飛鳥井女君と右のごとき乗り物との関係はきわめて薄い。いや、ないといっていい。あの威儀師の車は調達してきた当の威儀師が置き去っているし、この道成の船は女君が降りてしまっている。道成に従う意思のない女君は、入水して道成の船から降りようとしていた。すると、幼い頃に別れた兄の乗る船が偶然にも来合わせていて、女君はあやういところで助けられ、兄の乗る船に乗り移り道成の船から降りたのだった。そして先にも指摘したように、狭衣の乗り物はというと、出会いの時からいちどとして女君を乗せていない。飛鳥井女君は、疎ましい相手であれ恋しい相手であれ、男君の援助・庇護としての乗り物とは、無縁の存在なのである。

ただ、道成に連れ去られ、生木を裂かれるように狭衣と別離した飛鳥井女君の物語の悲劇が、何もしてくれない狭衣を不満に思う乳母の画策から導かれた経緯を考えると、女君がとうとう狭衣の乗り物には乗せられず、狭衣の庇護というものを得られなかったところに、悲劇の要因を求めざるをえない(8)。となると、自身が担うべき役どころを道成に譲ってしまった観のある狭衣の責任も問われようけれど(9)、むしろ狭衣の乗り物と女君とが切り離されている状況に由来する悲劇にこそ、飛鳥井女君の物語が切り拓いた新たな地平を見出せるように思う。その新境地については もう少し後で論ずるとして、ともあれ飛鳥井女君の物語では、乗り物が深く物語にかかわりつつ、男君の乗り物と女君とが無縁の関係にあって、とりわけ狭衣の乗り物と女君とが一貫して切り離されている状況が、悲劇の要因になっていることを押さえておきたいと思う。

三　浮舟と乗り物

狭衣の乗り物に乗せられず、狭衣の庇護を得られなかったがゆえの悲劇において、飛鳥井女君の物語が切り拓いた新たな地平を探るうえで、本節では男君の乗り物に乗せられ、男君の庇護を得るがゆえの悲劇をつきつめた浮舟の物語に目を向けたいと思う。

さてそれでは、浮舟が男君の乗り物に乗せられる場面二例を引く。

A　をの〳〵入りて臥しなどするを聞き給て、人召して、車、妻戸に寄せさせ給ふ。かき抱きて乗せたまひつ。
（東屋　新大系五―七八　以下引用の『源氏』本文も新大系に拠る）

B　「いかでか」なども言ひあへさせたまはず、かき抱きて出で給ぬ。…〈中略〉…いとはかなげなるものと、明け暮れ見出だすちゐさき舟に乗り給て、さし渡り給ほど、
（浮舟　五―二二二）

引用Aは、薫が浮舟を、三条の小家から亡き大君ゆかりの宇治へと、車で連れ去るときの場面で、引用Bは、匂宮が宇治の浮舟を、小舟で対岸の隠れ家に連れ出す際の場面である。引用Bの「ちゐさき舟」は匂宮の所有とは思われないが、宮が用意させた宮の空間という意味で、匂宮の小舟ととらえておく。

浮舟は、薫の車に乗せられ宇治に連れ去られるまで、継父常陸介の許では結婚もままならなかったし、家を離れた後も先行き不安の状態にあったのだが、宇治で薫の庇護を得てようやく一応の安定を得たといえよう。さらに薫はいかにも薫らしく、正妻女二宮の了解をとりつけて、浮舟を都でそれなりに処遇する準備にとりかかってもいる（浮舟五―二三〇～二三一）。一方、匂宮の小舟に乗せられ対岸の隠れ家に連れ出された浮舟は、そこで宮とともに二

日間を過ごし、「かたみにあはれとのみ深くおぼしまさる」（浮舟五—二二六）と深く思い合うようになるのだった。薫の目を盗んでの密会であるから、匂宮は当面、何をするわけでもなかったが、薫がいよいよ浮舟を都にひきとると聞き及ぶや、受領の夫と遠国に下る乳母の留守宅に、とりあえず浮舟を迎える算段をつけている（浮舟一五四）。浮舟を乗り物に乗せた男君たちは、どちらも浮舟を自身の庇護下に置くべく動いているのである。

女君を乗り物に乗せることは、とにもかくにも女君を庇護する／庇護せんとする行為と連繫しているのであり、ここでも男君の乗り物は、男君の庇護を表象する〈物〉であるといえよう。

しかし女君を乗り物に乗せて連れ出す男君たちの庇護が、必ずしも女君を幸せにするとは限らない。薫の場合、庇護とひき換えに浮舟を大君の形代にしてしまうのだし、また途中から割り込んだ匂宮の場合、庇護せんとする意志は略奪せんとする意志に他ならず、薫と匂宮とにひき裂かれている浮舟を、未遂ながら入水へと追い込んでいくのだった。彼らの庇護は浮舟の個性を奪い、命さえ奪いかねない身勝手さに裏打ちされており、浮舟を決して幸せにしていない。男君の乗り物に乗せられ庇護を受ける浮舟の過酷な境涯なり運命なりが見とられるところだ。けれども浮舟の物語は、男君の乗り物に乗せられ、男君からの庇護を得る女君が抱え込まされる別様の悲劇をも浮かび上がらせている。飛鳥井女君の物語を考えるうえで、その点に注目しておきたい。

C　御手水《てうず》などまいりたるさまは、例のやうなれど、まかないめざましうおぼされて、「そこに洗はせ給はば」とのたまふ。（浮舟　五—二〇八）

D　侍従もあやしき褶《しびら》着たりしを、あざやぎたれば、その裳をとり給て、君に着せ給て、御手水まいらせ給。姫君（姉妹の女一宮）にこれをたてまつりたらば、いみじきものにし給てむかし、（浮舟　五—二二六）

引用Cは、匂宮が宇治にいる浮舟の所在をつきとめ、強引に浮舟との関係を結んだ翌朝の一場面で、引用Dは、再び宇治を訪れた匂宮が浮舟を小舟に乗せ、対岸の隠れ家に連れ出して、浮舟とともに迎えた二日目の朝の一場面である。

引用Cを見ると、匂宮は浮舟が宮の洗顔に奉仕するのを嫌っているのだが、浮舟にとっては「例のやう」すなわち通常の動作なのであった。ここには、薫の洗顔を介添えし、女房のような役割まで果たす浮舟の日常が反映されている。つまり引用Cの場面は、立場上の落差を厳然と横たえた薫と浮舟の関係を、裏側から透視させるのである。しかし引用Dでは、浮舟の女房めいた動作を嫌ってみせた匂宮が、こんどは浮舟に侍従の褶を着けさせ、まるで女房扱いで洗面の世話をさせている。しかも、姉妹である女一宮に出仕させ、召人にしようとまで思い及んでいるのだった。たとえば浮舟が匂宮の庇護の許に置かれたとして、薫と浮舟の間に存在した立場上の落差は、匂宮と浮舟の間でも不在化されはしない。引用Dの場面は、女房同然にしか扱われない浮舟の立場を如実に示すものだ。大君の形代にされてしまった境涯や入水未遂へと追い込まれてしまった運命の過酷さを措いても、薫にせよ匂宮にせよ、彼らの庇護を得るとき、浮舟は女房のように扱われ、彼らに従属する立場でしかない事実を、引用C・Dの場面は浮かび上がらせている。

はかない身の上の女君が男君の乗り物に乗せられ、男君の庇護を得るがゆえの悲劇は、する側としてもらう側の立場の差が、〈庇護―被庇護〉の関係を、容易に〈主―従〉〈支配―被支配〉の関係に組み替えてしまうところにあるだろう。まして浮舟のように、男君は権門の貴公子で、そもそもの身分や境遇に大きな落差があり、しかも男君にさまざまな妻妾がいるなかでは、いっそう厳しく序列化された関係に置かれてしまう。乗り物に乗せられる女君の悲しい立場とありようを、浮舟の物語は鮮明に浮かび上がらせているのではあるまいか。

浮舟の物語から、男君の乗り物に乗せられ、男君の庇護を得るがゆえの悲劇をあぶり出したところで、飛鳥井女君の物語に戻りたいと思う。

四　悲恋に咲く花と乗り物

飛鳥井女君の物語では、女君が一貫して狭衣の乗り物と切り離され、狭衣からの庇護を得られなかったために、女君と狭衣をひき裂く乳母の画策が介在し、悲劇がたぐり寄せられてしまった。しかしその悲劇は、浮舟の物語と向かい合う形で、新たな物語のあり方を示しているのではないかという点について考えていきたい。

ではまず、仮に飛鳥井女君が狭衣の乗り物に乗せられた場合の、狭衣からの庇護とはどんなものでありえたのかを、確認しておきたいと思う。

いでや、さらばとて、止むべくもおぼえねば、いかにせましとのみ。候ふ人々のつらにて、局などしてやあらせましと。人知れず思ふあたりの聞き給はんに、たはぶれにも心とどむる人ありとは、聞かれ奉らじと思ふ心深ければ、さもえあるまじ。さらでは、さすがにここかしこもて扱ひ給はんもいかにぞや思されつつ、今をのづから我と知りなば、え厭はじ。隠ろへぬべき所あらば、有様に従ひてと思すなるべし。（参考　九〇〜九一）

飛鳥井女君をいかに処遇するかについての、狭衣の思案が表れている部分だ。結局、結論は先のばしにされ、狭衣は当面のところ何もしないわけだが、とりあえず思いつくのは、傍線部a案で、女君を女房待遇で迎え、局を与えるという案だった。この場合、飛鳥井女君はおそらく狭衣の車に乗せられ堀川殿に連れていかれて、召人扱いで庇護される境遇になるだろう。しかし、源氏宮への聞こえを憚りそれもできない。結局は傍線部b案に落ち着いたようだ。つまり、いずれ女君をどこか人知れぬ場所に据えて、忍び妻にしようというのである。となれば、女君はやはり狭衣の車に乗せられ隠れ家に連れ出され、忍び妻として庇護されるのであろう。

これらは、宇治にせよ三条の宮付近の新邸にせよ、浮舟をひっそりと住まわせ、忍び妻同然に扱う薫や、浮舟を女一宮に出仕させて召人にしようと考えたり、乳母の留守宅に隠し据えるべく手はずを整えたりする匂宮と、ほとんど変わりがない。右引用のごとき狭衣のありようなり発想なりは、召人にはならなくとも忍び恋の相手として、ことによると飛鳥井女君も浮舟よろしく、洗面にも奉仕する女房さながらの立場に置かれるかもしれない状況を予見させるのである。

しかし、飛鳥井女君はついに狭衣の乗り物に乗せられなかった。すなわち狭衣からの庇護を得られなかったのである。これまで「乗せられなかった」「得られなかった」等、一貫して女君を受身で論じてきた。けれども、厳密には正確さを欠いている。女君は相手を狭衣だと感づいていたのだが、乳母にも明かさず、不安や不満を募らす乳母があれこれするのに任せて、狭衣に頼ろうとしない。乳母から東国下向の話が出されたとき、悩みはしたが、女君は狭衣には何も知らせず下向を覚悟していた。また、道成に連れ出される前日、乳母の画策を予感したときにも、むしろ乳母にも従わず狭衣にも頼らず、死んでしまいたいと願いさえするのだった。一面、女君は女君の意志で狭衣の乗り物に乗らず、狭衣の庇護を得なかったのでもある。そんな女君と女君の困窮のほどを察しえない狭衣とのただ逢うばかりの間柄は、乳母が苛立つごとく、たしかに生活を度外視した非現実的な関係だ。そして、ふたりの恋は生計という、生きるうえでのきわめて現実的な制約に押しつぶされてしまったのであり、飛鳥井女君の物語も悲劇に潰えたわけである。しかし、だからこそ逆に、借住まい(10)（仮住まい）であれ女君の家に男君が通ってくる形での関係が維持され、〈庇護―被庇護〉の関係を媒介に、そもそも身分・境遇の違うふたりの間に、〈主―従〉〈支配―被支配〉といった関係がたぐり寄せられてしまう事態も回避されたのではあるまいか。換言すれば、飛鳥井女君の物語では、浮舟の物語が回避されているということであり、女君の物語における悲劇は、いわば浮舟の物語に向かい合う形でのあり方であったといえよう。

ここで、飛鳥井女君の心情に少し立ち入ってみたい。浮舟の物語が回避されているかわりに、飛鳥井女君の物語は浮舟の物語とはまた別の悲劇をたどるのだが、別離後の女君の心情も浮舟とは違ったありようを見せていて注目される。

・頼めこしいづら常磐の森やこの人頼めなる名にこそありけれ　（参考　二九九）

・ことの葉をなほや頼まむはし鷹のとかへる山も紅葉しぬとも　（参考　二九九）

・なほ頼め常磐の森の真木柱忘れな果てそ朽ちはしぬとも　（参考　二九九）

入水未遂の後、短い余生を送った常磐殿（父の別邸）で、飛鳥井女君が柱に書きつけた歌だ。これら三首の歌は、別離前のある夜、狭衣が女君に語った次のようなことばをふまえている。

「とかへる山の椎柴の」とのみ契り給ふ。　（参考　八一）

この狭衣のことばは、『拾遺集』の歌「はし鷹のとかへる山の椎柴の葉がへはすとも君はかへせじ」（雑恋、読人不知）を引用し、「君はかへせじ」を響かせて、女君への変わらぬ思いを誓ったものだ。

女君の歌の二首目にある「はし鷹のとかへる山」は、直接に狭衣のことばと重なる。一首目と三首目の「常磐の森」は、女君の居住地にちなんだことばであるが、常緑・不変を表象する歌語であり、不変の思いを誓った狭衣のことばと通じ合う。しかも女君は、道成に連れ去られる前日、乳母から常磐殿に行くのだといわれ翌暁の出立を強いられた時点で、狭衣とひき裂かれる運命を予感して、こんな思いを抱いていた。

かはらじといひし椎柴待ち見ばや常磐の森にあきや見ゆると

とかへる山とありし月影は、この世のほかになりぬとも忘るべき心地もせぬを、いかにしつるぞと、あやしう心細くて、（参考　一〇〇～一〇一）

女君の歌には「椎柴」と「常磐の森」が詠み込まれ、「とかへる山の椎柴の」と誓った狭衣のことばひとつに今後の人生を賭けている観がある。また、「とかへる山」以下の心内語には、不変の恋心を誓った夜の狭衣の姿を、死んでも忘れえぬ人の姿として心に刻みつけている様子がありありと表れている。嘘くさい乳母のことばを聞きながら、狭衣との別離や自身の死を見据えているのだが、見え透いた嘘でも「常磐」と耳にして連想されるのは歌語「常磐の森」であり、同時に思い起こされるのは「とかへる山の椎柴の」と誓った夜の狭衣のことばと姿であった。「常磐の森」はすでに、狭衣のことば「とかへる山の椎柴の」と緊密に結びつけられていたのであり、入水未遂以後の余生を送る常磐殿の柱に書きつけた一首目と三首目の「常磐の森」も、明らかに狭衣のことばを思い返して詠み込まれた歌語であると判断しうる。飛鳥井女君が遺した歌と狭衣のことばとの関連をとらえてみると、これら三首の女君の歌には、狭衣の誓った変わらぬ思いが見当たらない（一首目）、にもかかわらずそれを信頼したものかどうか（二首目）、やはり信頼しよう（三首目）と揺れ動いた女君の心の軌跡が描かれている。とりわけ三首目には、揺らぎつつも狭衣のことばを信頼しつづけた心の事実を書きつけ、後に残そうとした女君の心情が表されている。(11)

現実を度外視して、名のり合いさえせず一対の男女としてのみ向かい合っていた狭衣との時間に、換言すれば生計やら身分・立場の差やらが制約になる現実を無視した(12)純粋な恋の時間に、飛鳥井女君は短かったものの、別離以後の余命を繋ぎとめて生きていたのだといえる。

飛鳥井女君は一貫して狭衣の乗り物に乗せられず／乗らず、何ら狭衣の庇護を得られなかった／得なかった。そのかわりに、〈庇護―被庇護〉の関係つまりはする側としてもらう側の立場の差が、そもそも身分・境遇の違うふたりの間に、たやすくたぐり寄せてしまう〈支配―被支配〉の関係ともついに無縁であった。だからこそ女君は別離以後、悲しみとともにではあるが自身の内側に、現実の波に洗われなかった恋の時間を純度の高い時間に結晶させ、狭衣への思いを持続させせえたのではあるまいか。さて、飛鳥井女君も狭衣の子を産んだ後に出家したようだが、なお狭衣を思い続ける女君の生きざまは、出家の身になり薫への思いを突き放していく浮舟のあり方に、対峙する姿としてとらえられるのではあるまいか。

本論を閉じるにあたって、飛鳥井女君が狭衣の乗り物に乗せられなかった／乗らなかったからこそ、この女君の物語は異彩を放っているのだという点について、いささか補足しておきたいと思う。

『狭衣物語』のなかで、狭衣の車に乗せられ連れ去られた女君に、式部卿宮の姫君（宰相中将妹君）がいる。宮の姫君は浮舟とは異なり、源氏宮の形代として厚く遇され、狭衣が即位すると中宮の位にまで登りつめるのだった。若紫巻からの引用も指摘される(13)ように、むしろ紫上の風貌に近く、紫上以上に幸いを得たといえる。けれども、狭衣は宮の姫君を堀川殿に迎えてしまうと間もなく、姫君を見るにつけ、かえって源氏宮への思いをよみがえらせ、加えて女二宮や飛鳥井女君との悲恋すら思い返され、鬱々とした面持ちだ。一方、姫君はもの憂わしげな狭衣の内面を思いやるに「うちとけにくく隔て多かりぬべき御心」（参考一四九）と、うちとけづらく隠し事が多そうだと感じている。両者の間には早い時点から、微妙な隙間風が吹いているのである。姫君は厚い待遇を受けているものの、狭衣の内面によそよそしさを感じて、狭衣への思いを深めるどころではない。これも乗り物に乗せられ連れ去られ、自身の運命を男君に握られて、形代にされてしまったはかない身の上の女君が抱え込んだまたひとつの悲哀であるだろう。浮舟より紫上の風貌に近いといったが、やはり浮舟が最も幸福に変奏された女君にしてなお抱え込まざるをえない悲哀であるといった方がよかろう。翻って飛鳥井女君が狭衣を思い続けた情の深さが際立つ。そして女君の深い情は、女君が狭衣の乗り物に乗せられず／乗らず、庇護を受けられず／受けないでいる状況に由来した悲劇のなかで醸成されたのである。その点は見逃しえないだろう。

次に、飛鳥井女君への影響がいわれている夕顔について触れておきたい。夕顔の場合も、光源氏とは名のり合いさえしない関係を続けた末に、某の院で急死してしまう。ふたりの恋を概括的にいえば、やはり現実を離れた恋だったといえよう。けれども、ただ一度だけ光源氏の車に乗せられ、某の院に連れ出された結果、夕顔は死出の旅に導かれてしまう。要するに、乗り物に乗せられ連れ出されることは、運命を、それも生死を分ける運命の鍵を、男君に握られてしまうことだったのである。そうして、現実を離れた光源氏との恋が、夕顔にとってかけがえのない恋であったかどうかも不透明になる。不意を衝かれて物の怪に襲われた夕顔のまだ息のある様子は「いみじくわなゝきまどひて、いかさまにせむと思へり。汗もしとゞになりて、われかのけしきなり」（夕顔一―一二二）と、光源氏の視点に重なりながら語られているだけだ。最期に夕顔の心をよぎったのが光源氏なのか、頭中将との間に生れた姫君（玉鬘）なのか、あるいは誰を思い浮かべる余裕もなく逝ったのか、まったくわからない。光源氏の車に乗せられ某の院に連れ出されて、落命してしまった成り行きが、夕顔の光源氏に対する最終的な思いの有無もありようも、判断不能にさせているのである。ひきくらべて、飛鳥井女君の物語の悲劇では、狭衣の優柔不断な無作為は責任を免れない。しかし、女君にしてみれば、決して狭衣の乗り物に乗せられず／乗らず、立場や生死などについてのいかなるイニシアティブも狭衣に握られない間柄を保ちえたわけだ。だからこそ、飛鳥井女君は狭衣との恋の時間を、人生におけるかけがえのない一齣として幾度となく思い返し、失われた時を求めて、別離後の余生を生きる支えにしていたのではないか。

飛鳥井女君の物語は、浮舟の物語に対峙するばかりでなく、浮舟が最も幸福に変奏された式部卿宮の姫君の物語や夕顔の物語をも対象化して、新たな地平を拓いて異彩を放っているのではないだろうか。

五　乗り物から見える物語

男君の乗り物は、男君からの庇護と支配の表象だったといえよう。はかない身の上の女君が男君の乗り物に乗せられ庇護を得る場合、しかも男君が権門の貴公子であるならなおさら、する側としてもらう側の立場や境遇の差は、〈庇護―被庇護〉の関係に〈支配―被支配〉の関係を容易に導き入れてしまう。庇護される立場が支配される立場へと境目なく移行する様子は、男君の乗り物に乗せられ庇護を受ける浮舟が、女房同然の立場で男君と対していた姿に、いやというほど語りとられているだろう。

飛鳥井女君の物語は、浮舟の物語と向かい合うかのように、一貫して女君が狭衣の乗り物と切り離されていた。それゆえ、生木を裂かれるように狭衣と別離する飛鳥井女君の悲劇が招来されたのにはちがいない。しかし別離後の女君は、いくばくもない余生を送りながら何度も何度も狭衣のことばを思い返し、失われた時を求めて、今を生きていたのではなかったか。そして、現実を顧みず一対の男女としてのみ向かい合った狭衣との恋の時間を、生涯を通じてのかけがえのない一齣に昇華していったのではなかったか。飛鳥井女君の物語はまさしく悲劇だ。ただ、ここでいう悲劇とは、最期に歩みを進める道程で見せた悲しくもひたむきな女君の内面が表している悲壮美を指してである。現実を超えて〈支配―被支配〉のない恋の時間を、最期まで生き抜いた飛鳥井女君の物語の悲劇は、はかない身の上にある女君のこれまでにない悲劇の物語を切り拓いているのではあるまいか。

〈物〉は、それ自体の存在意義をたどるのが難しい。〈物〉にかかわる〈人〉との関係においてしか存在意義をたどれないだろう。だから、翻って〈物〉は、〈物〉にかかわるさまざまな〈人〉と〈人〉との関係や、〈物〉にかかわりながら生きる〈人〉たちが織りなす物語のあり方を浮かび上がらせてくれるのだと思われる。

女君を乗せて連れ去る男君の乗り物という〈物〉は、女君に対する男君の庇護と支配の表象であり、女君が乗り物に乗せられる／乗るのか、乗せられない／乗らないのかをめぐって、男君と女君との関係や物語のあり方を読みとらせてくれる重要なメディアであった。そして、乗り物という〈物〉は、飛鳥井女君の物語が浮舟の物語と向かい合い、かつ夕顔の物語や浮舟を変奏した式部卿宮の姫君の物語をも対象化して、新たな物語の地平を拓いて異彩を放っている様子を如実に映し出しているのであった。なおまた、『狭衣物語』が『源氏物語』との差異を生み出しつつ新境地を拓き、『源氏物語』を批評する物語であることも、くっきりと浮かび上がらせているのである。

注

（1）本書I第6章において、本論とは別角度から、乗り物に乗せられる浮舟の悲劇について、また乗り物と浮舟との最終的な関係について考察し、『源氏物語』と『狭衣物語』の対照をとらえておいた。

（2）すでに多くの指摘や論考が積み重ねられ、もはや常識に属する事柄になっているので、本論を展開するにあたって教示を得た論文等をその都度紹介するにとどめる。とはいえ、飛鳥井女君の物語をめぐるさまざまな影響関係については、土岐武治『狭衣物語の研究』（一九八三年　風間書房刊）所収の諸論が基礎的な研究になっている点、また井上眞弓「『狭衣物語』における「飛鳥井」「常磐」について―飛鳥井女君造型とその手法―」（『物語研究』一九八〇年五月↓『狭衣物語の語りと引用』所収「飛鳥井と常磐」二〇〇五年　笠間書院刊）が飛鳥井女君の物語に踏襲された物語の「型」を検証する過程で、引用されている物語をおそらく最も多く提示している点は指摘しておく。

（3）古活字本等では「宿りとらせん」となっており、女君を堀川殿（もしくは狭衣ゆかりのどこか）に連れていくととれる。しかし、内閣文庫本、西本、平出本といったいわゆる第一系統本は「宿りせん」とあり、狭衣が女君の家に行くのか、女君を伴って堀川殿（もしくは狭衣ゆかりのどこか）に行くのか微妙になる。いずれにせよ旅路での宿泊なり休息なりを歌う催馬楽「飛鳥井」からの引用であることをふまえれば、思いがけず出会った女君との、いかにも仮初の恋を期待する狭衣の気分を滲ませるものであるのには違いなかろう。

（4）「飛鳥井」が表象するはかない恋については、井上眞弓注（2）論文が飛鳥井女君と狭衣の贈答歌に含まれた「飛鳥井」から論じている。

（5）別離にいたる事情・経緯は複雑だが、本章では乗り物とのかかわりから、直接的な原因をとらえて論を展開していく。直接的原因を原因として機能させていくさまざまな事情・経緯については、本書Ⅲ第1章に委ねる。↓注（8）と関連。

（6）三角洋一「飛鳥井女君の乳母について」（『国文白百合』一九八四年三月↓『王朝物語の展開』二〇〇〇年　若草書房刊）は、生計を預かる乳母の現実的な論理に光を当てている。

（7）古活字本ナシ。このあたり、古活字本ではかなり刈り込まれた本文になっているが、車をめぐって困窮をいい募り、暗に狭衣を非難している様子には変わりがない。

（8）狭衣からの庇護が得られず別離に至る経緯ついては、狭衣の怠りや乳母の画策にばかり原因があるわけではなく、女君の寡黙にも原因があるのだが、その寡黙の由来と意義については、本書Ⅲ第1章で論じている。

（9）井上眞弓「狭衣物語の旅」（『日本の文学』第3号　一九八八年五月　有精堂刊↓注（2）前掲書所収「メディアとしての旅―恋のゆくたてを見る―」）。

（10）本章第二節に引用したが、女君をいいくるめて旅立とうとする乳母の言に「家主も皆外へ渡りにけり」（参考九七）とあり、仮住まい（借住まい）であったことがわかる。

（11）倉田実「〈名を隠す恋〉の狭衣―飛鳥井の君物語の表現―」（伊井春樹編『古代中世文学研究論集』第2集　一九

九九年　和泉書院刊→『狭衣の恋』一九九九年　翰林書房刊）は、狭衣との別離以降の飛鳥井女君の思いを「『知らせたい』思い」としてとらえ、後の世での逢瀬をさえ願うその思いを詳細に分析している。なお、『狭衣の恋』所収の一連の論文は、狭衣の恋のありようを恋歌の歌題によって名づけ、『狭衣物語』と歌とのかかわりに新たな角度から切り込んでいる。

(12) 注（9）井上眞弓論文、同井上眞弓「『狭衣物語』飛鳥井女君の造型をめぐる言説—心中思惟と発話を読む—」（立教大学『日本文学』一九九五年七月→注（2）前掲書所収「飛鳥井物語における発話の言説」）は飛鳥井女君の物語が日常性を排している点をとらえていて、現実を度外視した女君の物語を論ずる本論と接触する。ただ、前者は空間的な非日常性をとらえている点で視点を異にしている。また後者は読者論を内在させた女房文学論を展開するなかで、飛鳥井女君が浮舟であるという状況をとらえ、それが近代の研究の読みを先取りした『狭衣物語』のあり方であり、『源氏物語』を相対化するあり方であるという方向を打ち出すのだが、浮舟との差異から批評を見出していく本論とはまったく方向を異にしている。飛鳥井女君に見られる「浮舟ではなくて浮舟であるというトートロジー」が、すでに『源氏』を相対化する姿勢だという視点は、近代の研究における模倣・亜流の譏りを逆手にとり覆し、『狭衣』を読み替える重要な視点だと思われる。しかし、トートロジーなり反復なりに方法的スタンスを見る場合、そこには必然的に生み出される差異が見出されるのであり、その差異のなかにこそ批評があるという視点を確保しておきたい。本論の考え方はフーコーやドゥルーズなどの影響下にあると自覚している。ポスト・モダンのブームが去り、改めて彼らの思想を的確に整理したものに、丹生谷貴志『三島由紀夫とフーコー〈不在〉の思考』（二〇〇四年　青土社刊）がある。

(13) 土岐武治「源氏物語若紫巻と狭衣物語との交渉」（『立命館文学』一九六三年十月→注（1）前掲書）に詳しい。

II 文学史への批評——狭衣の恋

第1章　恋のからくり――源氏宮思慕をめぐって

一　源氏宮思慕を探る視角

『狭衣物語』は主人公狭衣と女君たちとのかかわりのなかで物語が進行するという側面において、やはり「恋の物語」だと思う。しかし狭衣と各女君との関係は、どれも鮮明さを欠き、なかんずく源氏宮とのかかわりにはその傾向が強く、狭衣の源氏宮思慕についても不可解な点が多い。

いろいろに重ねては着じ人知れず思ひそめてし夜半の狭衣

（内閣文庫本　参考…大系五二頁　以下引用の『狭衣』本文も同本に拠り、参考として大系当該頁数を示す）

狭衣は源氏宮への一途な思いを独詠歌にして表しているが、その動機は視覚に基づくきわめて官能的なものとしてしか語られない。源氏宮思慕はほんとうにそれだけの次元にしかないのだろうか。また、その恋を「あるまじきこと」（参考三一他）と自己規制するのはなぜなのであろう。このような疑問を出発点として、本章では狭衣の対源氏宮意識を明らかにし、ひいては狭衣の恋のありようをも明らかにしていきたい。そうして、文学史のなかではうまく掬いとられなかった憾みのある、この物語の浪漫主義的傾向と方法をとらえたいと思う。たしかに文学史においても、平安時代後期あるいは末期を矛盾・混乱・虚無・頽廃等のことばで特徴づけ、そんな時代を背景にした浪漫主義つまりは批判されるべき浪漫主義なら多くの指摘があった。このようなリアリズムに偏した文学観から求められるネガティブな浪漫主義ではなく、ニュートラルな文学概念としての浪漫主義的傾向と方法を掬いとっていきたいのである。

二　謎多き源氏宮思慕

物語冒頭の場面（「このころ、堀川の大臣と聞こえさせて」参考三一頁に始まる人物紹介以前を指すこととする）において狭衣が源氏宮に心をときめかせている様子が次のように語られる。

宮、少し起きあがり給ひて見おこせ給へる御まみ、つらつきなどの美しさは、花のいろいろにもこよなう優り給へるを、例の胸さはぎて、花には目もとまらず、つくづくとまぼらせ給ふ。（参考　二九）

源氏宮の表面的な美しさによって、思慕の情が掻きたてられている。また、とうとう慕情を告白する直前にはこうある。

白き薄物の単衣《ひとへ》を着給て、いと赤き紙なる文を見給ふとてそばみ居給へるに、御額の髪ゆらゆらとこぼれかかり給へる、裾はやがて後ろと等しうひかれゆきて、裾の削ぎ目はなやかに見え給へるを、いづくを限りに生ひゆかんと所狭げなるものから、あてになまめかしう見え給ふに、隠れもなき御単衣に透き給へる美しさ……

まず狭衣は源氏宮の美しさを視覚的にとらえ、さらに源氏宮の見る「赤き紙なる文」が「在五中将の恋の日記」（参考　五四）すなわち『伊勢物語』のおそらくは四九段[1]の絵だとわかるや、自分の気持ちを重ね合わせ、掻きたて、「御手をとらへて」思いを打ち明けるのであった（参考五五〜五六）。ここに見る限り、すでに指摘[2]もあるように、狭衣の源氏宮思慕はもっぱら宮の美しい容姿によると考えられる。実際、源氏宮と瓜ふたつの式部卿宮の姫君（宰相中将妹。以下宮の姫君と呼称する）を、源氏宮の形代にして関係を結び妻にしていることからも、視覚的かつ官能的次元の動機がたしかに認められる。

　では、宮の姫君との結婚により、狭衣の源氏宮思慕が終息するなり終息の方向に向かうなり[3]して、究極的に源氏宮思慕が視覚的・官能的次元の動機にのみ由来するものだと、ほんとうに決定しうるかどうか確かめたいと思う。

・されど今宵は、苔のさむしろ思しやられず明けぬる心地して、鳥の音つらさも今朝ぞ思し知られける。（参考　四〇〇〜四〇一）

・あまりなる心いられもいかなるならんと……（参考　四〇一）

・御車ももたげたれば、いと軽らかにかき抱きて乗せ奉り給へるを……（参考　四〇二）

母君を失った宮の姫君を訪れ関係を結び、連れ出して自邸堀川殿に向かう場面からの抜粋引用である。翳りのない世の常の男女関係をようやく手に入れ、かつて考えられない行動力をもって宮の姫君を連れ出している。けれども、ほどたたぬうちに暗転していく。

　かばかりを慰めにて止みねと、神仏も掟て給へりけるにこそはと、片つ方の胸《（源氏宮への思い）》はなほうち騒げば…（参考　四一五）

宮の姫君は「慰め」でしかなく、源氏宮への思いがよみがえって、ふたりが分化し始める。狭衣が即位し宮の姫君が入内して藤壺に入った後も、一方で源氏宮に対し「例の心をのみぞ尽くさせ給ふ」（参考四三〇）狭衣である。恒常的な源氏宮思慕を確認しうると思う。

もし源氏宮思慕が物語表面に表された視覚的・官能的次元の動機にのみ由来するものであれば、瓜ふたつの宮の姫君を手に入れたことで源氏宮思慕は終息するはずである。なお「例の心をのみぞ尽くさせ給ふ」源氏宮思慕は、視覚的・官能的次元の動機以外の何ものかに由来すると考えられる。

さらに、源氏宮思慕にはひとつの特徴がある。

・かたがたにあるまじきことと[4]、深く思ひ知り給ひしにも、（参考　三一）

・あるまじきことによりて、身をばいかにしなしてんとすらんと、人やりならず枕も浮きぬべし。あるまじきことのみかへすがえす思ふにしも、明け暮れさし向かひ聞こえながら湧きかえる心のうちの……（参考　五二）
（狭衣言→源氏宮）

・身はいたづらになりはつとも、あるまじき心[5]ばへはよにご覧ぜられじ。（参考　五六）

源氏宮思慕が狭衣自身によって「あるまじきこと」と規制されていることである。その理由とおぼしきものは以下に集約され、物語冒頭に語られている。

ただ双葉より、露の隔てなくて生ひ立ち給へるに、親たちを始め奉りて、よそ人も帝・東宮なども、ひとつ妹背と思し掟て給へるに、われは我と、かかる心のつき初めて思ひわび、ほのめかしてもかひなきものゆゑ。あはれに思ひかはし給へるに、思はずなる心ありけると、思し疎まれこそせめ。世の人聞き思はんことも、むげに思ひやりなくうたてあるべし。大殿、母宮なども、並びなき御心ざしとはいひながら、この御ことはいかがはせん、さらばさてもあれかしとは、よに思さじ。いづかたにつけても、いかばかり思し嘆かん。かたがたに

あるまじきことと、深く思ひ知り給ひしにも……　（参考　三〇～三一）

兄妹のように育ってきたふたりに対する親、帝、東宮、世間など周囲の思惑を憚っての自制だと解釈できる。しかし、実際には兄妹でもなく、親の溺愛ぶりや帝のおぼえを考えるに、「あるまじきこと」と自制するには当たらない。(6) この点については従来さまざまな見解が出されている。半田尚子は「本能的羞恥心と対者を理想化しすぎた若年ゆえの躊躇」(7) とし、千原美沙子は「源氏宮が后がねとして育てられたから」(8) とし、久下晴康（裕利）は「（あるまじきことと）絶対化することによって、その不安定な心情の中で生きるよすがとなる柱を無意識に確立していた」(9) とする。物語表面に表された理由のみでは納得しえないのである。思慕の由来とともに「あるまじきこと」の自己規制のゆえんもまた、物語表面には表されていない。

三　あるまじき恋心の由来

源氏宮思慕の由来や自己規制される恋のゆえんについて考えるのには、上述のごとく狭衣の対源氏宮意識を直接的に語った部分が、あまりに少なくあまりに偏っている。よって、別の角度からの考察が必要かと思われる。以下、飛鳥井女君および女二宮と源氏宮との関係が、狭衣のなかではどうなっているのかを窺い、間接的に対源氏宮意識を考えることとする。

飛鳥井女君とのかかわりは当初、源氏宮との満たされぬ恋の「慰め」(10) という要素を持っていたが、現実のかかわりのなかで徐々に女君への恋心が深められていく。

さるは、御心にも、このことの人に優れめでたきなど、わざと思すべきにはあらねども、これやげに宿世とい

ふものならん、あはれになんおぼゆれば、待たるる夜な夜なもなく紛れ歩き給ふ。（参考　七四）

語り手も「宿世」と評しているように、狭衣は理屈抜きで女君を恋しく思い、忍び恋ながら夜毎に女君のもとを訪れている。きわめて現実的な恋をしているのだといえよう。しかし、こういう現実的な恋の合間に折々対源氏宮意識が顔を覗かせている。

・飛鳥井の宿りは、たはぶれにもあさましうぞ思し続けられ給ひける。（参考　七六）
・かかる人（源氏宮のような人）の類またあらんやは。…〈中略〉…少しも劣りたらむ人を見ては、何しに世にはあるべきぞ。(11)（参考　七六）

これらは、飛鳥井女君との恋をしているさなかのある日、源氏宮が碁を打つ姿を見たときの狭衣の心内語だ。徐々に深められた女君との恋も源氏宮思慕の前では否定されてしまうのである。こうして狭衣が女君と、ただ逢うだけの忍び恋を続けているうちに、女君が盗み出され、ふたりの恋ははかなく終わってしまう。

次に、降嫁の件では言を左右にしていた女二宮との突発的な逢瀬がある。関係を結んだ直後に、狭衣は以下のような思いを抱いている。

風待つ露の命もて、明日もありと頼むべうもあらず憂き身のほどに、またかかる思ひし重なりぬればあさましく胸苦しきに、さりとてたちまちに上の御心に従ふべき心地もせず。さてこのままにて止みなんともおぼえず、さまざまに乱れまさりぬる心のうち、我にもあらずもどかしきこと限りなし。（参考　一三二）

「上の御心」すなわち狭衣に女二宮を降嫁させたい帝の意思に従えない事情は、女二宮と関係を結ぶ直前の狭衣の心内語に明らかだ。

もし気色見る人もありて召し寄せられなば、年ごろの思ひはかたがたにいたづらにて止みぬべきか。

（参考　一三一）

女二宮と結婚したら、源氏宮との恋が遂げられなくなってしまうのではないかとの思いからであった。端的にいえば、源氏宮思慕ゆえに女二宮との結婚に踏み切れないのである。この後しばらく、あきらめきれない源氏宮への慕情と美しき女二宮への執着が拮抗して語られていく。

いかにせまし。ひとかたに思ひしみにしことは、月日に添へてありがたげになりゆくめれば、いかにせまし。さりとても、いかがはと思ひなほりゆくべき心地せず。（参考　一四一）

「いかにせまし」どうしようと悩んでいる。源氏宮の東宮入内も現実味を帯びてきているし、女二宮も恋しい。しかし、だからとて割り切って、女二宮と結婚する気にはなれず、女二宮への恋心は決して源氏宮思慕に優先されない。そんな狭衣の煮え切らなさのせいか、女二宮は狭衣の子を宿しても、狭衣にさえ伝えず、誰にも狭衣との関係を明かさない。母大宮の死も加わり、この後むなしく女二宮は出家してしまう。女二宮との恋も源氏宮思慕が障り潰えていったのである。

このように源氏宮思慕は他の女君との恋にタガをはめる。狭衣は他の女君とのかかわりのなかで、より優れたもの、何にも替えがたいものとして、源氏宮を位置づけているといえるのではないだろうか。

ところが、飛鳥井女君は行方不明になり後に死亡して、女二宮は出家して、狭衣にとって現実の恋の対象にできず手の届かない存在になると、趣を変えてくる。

人（源氏宮）の御有様などにつけても、すこ《ママ》(12)くたれる〈下れる〉際を見つくし給ふたびごとには、まづ思し出でぬ折なし。（参考　一四二）

「まづ思し出でぬ折なし」と、誰を見るにつけ思い出されるのは飛鳥井女君であった。さらに物語終末近くで、女君の絵日記を経紙に漉き込み、女君が最期を迎えた常磐殿を寺にして供養するまで、折々に女君を思い出している。

今はかひなく、いとかくしも思はじと心強く忍び給へど、恋しきにや忘れわびぬらん[13]。（参考 一八六）

飛鳥井女君を回想する場面の、とじ目の部分を引用してみた。思い出すまいとしても思い出される忘れがたい女君として、飛鳥井女君はしっかりと狭衣のなかに存在しているのである。そして、女君への思いはもう源氏宮思慕と比較対照されることのない絶対的なものであり、この思慕の傾向は程度の差はあるにせよ源氏宮思慕の性質に近いと思われる。

女二宮においてはその源氏宮化[14]が顕著である。一品宮との結婚第一夜を過ごした後、彼女に対して当然贈らなければならない後朝の文を贈らず、むしろ女二宮に贈っている。

硯ひき寄せて御文書き給ふを、今朝の宮へと見ゆれど、嵯峨の院へなるべし。（参考 二七五）

一品宮とのかかわりのなかでまず狭衣の頭をよぎるのは、女二宮への顧慮であったといえよう。別の女君のかかわりに翳を落とし、より優れたものとして意識されるという点で、一品宮に対する女二宮は喪失以前の飛鳥井女君や女二宮に対する源氏宮と同様の位置にある。

いとさばかりの宿世こそ難からめ、などこの嵯峨野の花はよそのものになして。げに何事かはなのめに、いでやとおぼゆることのありしと思ひ出で給ふも、（参考 二七九）

一品宮と日を暮らしながら、源氏宮との恋が満たされないのは宿世だったと思い、女二宮とのことを後悔する。女二宮への思いを妨げる源氏宮思慕の翳はもはやなく、双方が等質の存在になっている。

喪失後の対飛鳥井女君意識および対女二宮意識を見てきた。現実の恋の対象としての女君たちには、源氏宮がより優れたものとして翳を落としていた。しかし、喪失により手の届かない存在に、いわば非現実的な存在になったことによって、ふたりに向けられる思いの傾向が源氏宮思慕と近いものになり併存している状況が見える。

喪失以前の飛鳥井女君および女二宮との恋を「現実の恋」と呼ぶなら、それ以降の彼女たちへの思いは「非現実的な思慕」といえるであろう。失われた恋の重みに気づいても、飛鳥井女君は行方不明になり亡くなっているし、女二宮は出家しているうえに狭衣の思いをまったく受けつけないし、もはやとり返すすべもないというのに思いを募らせているのは、どうにも現実味を欠いた思慕のように思われる。思慕を恋慕といい換えても差し支えないのだが、ここでは現実味が希薄だとのニュアンスを込めて思慕と表しておく。そして「現実の恋」は源氏宮思慕に比較対照され、あるいは否定されるもの、あるいは劣位に置かれるものであったが、「非現実的な思慕」はそれぞれ独自に絶対的な位置を占め、その思慕の傾向は源氏宮思慕に近いものになったのである。

ここで「あるまじきこと」の自己規制に立ち返ってみたい。

見てきたように、喪失後の女君たちへの思慕は、むしろ源氏宮思慕の性質に近いのだった。そうなると、源氏宮思慕には当初より手に届かぬ非現実的なものへの思慕という性質があったのだといえる。つまり、実際には少し手を伸ばせば届く距離にあった源氏宮との恋をみずから「あるまじきこと」と規制することにより、源氏宮を非現実的な存在に祭り上げ絶対の思慕を捧げていたのである。理由にもならぬ理由をもってその恋を「あるまじきこと」と自己規制するのは、まさに源氏宮をありながらに非現実化するためだったと結論づけたい。

四　非現実への憧憬

目を転じて狭衣の非現実的なものへの思慕について考えたい。

・ありつる御子（女二宮）の御かたち、けはひ、恋しくくちをしうおぼえ給へば、　（参考　五一）

・人の有様を見奉りては、山のあなたをつゐの家居とは思ふと、（帝の）かたじけなき御心に行末までの御後見にと思すらん、心苦しう……　（参考　一二五）

前者は、狭衣の笛の妙音に興じて地上に舞い降りた天稚御子とともに昇天するのを、帝にとめられた後に見える狭衣の天稚御子もしくは天界への思慕の情である。後者は女二宮と関係を結んでしまった直後に、源氏宮と結婚できないとなれば出家するつもりなのだから、女二宮と結婚するのはいかがなものかと思い巡らしつつ、改めて示された出家による現世離脱への願望である。このように、物語当初から狭衣には非現実的なものへの思慕や現世離脱への願望のあったことが認められる。(15)

この後、源氏宮が斎院に選ばれたときと、いよいよ源氏宮が本院へと移り、同時に女二宮との埋めがたい溝も確認せざるをえない時期に、狭衣は出家を決意している。まず、源氏宮が斎院に定められたときの狭衣の様子から見ていく。

・我もやがて今宵のうちに、いづちもいづちも消えや失せなましと、(16)　（参考　二〇〇）

・その後は今日や明日やとのみ、山のあなたの家居を人知れず思したづねつつ、(17)　（参考　二〇二）

源氏宮が斎院に選ばれ初斎院へと移居する段になると、狭衣はどこへなりと消えうせたい、出家したいと思うのだった。さらに、源氏宮の本院入りと女二宮との深い溝の確認を経て、狭衣はまたもや出家への思いを掻き立てられる。

・いでや、かくぞかしと見奉りし折に、あらぬさまになりても消え失せなましには、かう《か（傍書）→かば》のみ心尽くしにわびしからで、今はこの世のことも忘れなましを。かくては、あり果つまじうぞ思し立たれぬる。（参考　三〇八）

・今はとり返すべきかたもなきかはりには、捨てがたき身を背き捨てしとだに、我が心ひとつに思ひ慰めん。（参考　三二六）

出家していればよかったと思い、今や出家のみが心の慰めになっている。

ところが、こうした出家決意もあっさり断念されてしまう。ここに見る狭衣の出家願望に「仏教」という思想は認められまい。安易な現実逃避ともいえようが、さりとて狭衣の逃避的性向を述べたてるだけでは不十分であろう。出家による現実逃避という形が選ばれる素地には、物語当初からの天稚御子もしくは天界への思慕や出家による現世離脱への願望を、すなわち非現実的なものへの思慕を認めないわけにはいかない(18)。つまり、もともとあった非現実的なものへの思慕と、思うに任せぬ状況なり行き詰まった状況なりが相俟って、結局は狭衣を出家空間という非現実的な場への逃避に駆り立てるのである。物語が始まって間もない頃に天稚御子が舞い降りたとき、帝にとめられて昇天できなかった狭衣は後々まで天稚御子を思い続けている。

ありし天稚御子に後れ給ひしくやしさも、この頃ぞなほ思ひ出で給ふ。ありしやうにてもやこころみましとおぼえ給へり。（参考　二八一）

天稚御子と昇天できなかったのを後悔しつつなお憧れているように、出家による現世離脱も憧れてはいるものの実現できないだけなのである。この二回の出家決意もまた、狭衣の非現実的なものへの並々ならぬ思慕を表すものだと認められる。

以上、天稚御子もしくは天界への思慕や出家による現世離脱への願望に見られるごとく、狭衣には非現実的なものを憧憬思慕する傾向のあることを確認しておきたい。

五　現実と非現実の相克

ここで、源氏宮思慕の考察に戻る。すでに述べたように、源氏宮思慕はたしかに視覚的・官能的次元の動機に由来するものであると認められるが、式部卿宮の姫君獲得によってもその思慕に終息の見られない点から、さらに別の何ものかに由来しているのではないかと考えた。そして、源氏宮思慕の特質である「あるまじきこと」の自己規制は、源氏宮をありながらに非現実化するためのものだと結論づけた。また一方、狭衣の天稚御子もしくは天界への思慕や出家による現世離脱への願望をとらえ、物語当初からの狭衣の非現実的なものへの憧憬思慕を確認した。

これらのことをふまえ源氏宮思慕をとらえなおすと、それもまた非現実的なものへの憧憬思慕のひとつの形を象徴していたといえるのではないだろうか。

喪失後の飛鳥井女君や女二宮に対する思慕が源氏宮思慕に近づいていった次第から見ると、これらもまた非現実的なものへの憧憬思慕の要素を持っていたと考えられる。

さて、源氏宮思慕の動機づけのように語られていたのは、源氏宮の視覚的美しさであった。飛鳥井女君や女二宮についても同様の要素がある。

・薄色の衣、なよらかなる生絹の単衣着て道すがら泣きけるに、かへりしぼみて、額髪などいたう濡れ、衣など鮮やかにもなきに、髪はつやつやとかかりて…〈中略〉…あやしう思ひのほかなるわざかな。これを見で止みなましかば、いかにくちをしからましと思ふものから、（参考　七〇）

・単衣の御ぞもいたくほころびてあらはに、をかしげなる御手あたりの御身なり・肌つきことわり過ぎて…〈中略〉…美しき御有様の近まさりにいかがおぼえなり給ひけん。（参考　一三〇）

前者は飛鳥井女君と、後者は女二宮と、それぞれ関係を結ぶときに狭衣が見ている女君たちの美しさだ。女君たちの視覚的な美しさが、狭衣を現実の恋へと突き動かしていたのだといえる。

すなわち、視覚的な美しさを認める源氏宮への思慕も、現実の恋へと発展する糸口にありながら、「あるまじきこと」の自己規制つまりは非現実化によって発展しえなかったのである。源氏宮思慕においてさえ、やはり現実の恋に発展する要素はまぎれもなく存在していたといえよう。むしろ現実の恋に発展しようとする要素と、「あるまじきこと」の自己規制によって非現実化しようとする要素がぶつかり合っているために、源氏宮思慕はどこか不鮮明になったのだと思う。

以上の考察から狭衣の恋に思いを致すと、それはどれも分裂した要素を持っていたことがわかる。ひとつは非現実的なものへの憧憬思慕を象徴する要素であって、天稚御子もしくは天界への思慕や出家による現世離脱への願望と同一座標上に見出しうるだろう。そして、もうひとつは現実的な恋の要素である。

では狭衣の恋が内包するふたつの要素が互いにどのようにかかわり合っているのか、以下明らかにしていきたい。

まず源氏宮においては、視覚に基づく官能的動機により、思慕が現実の恋に発展する要素を持っていたのに、「あるまじきこと」の自己規制によって、現実の恋への発展が阻止され、非現実化された思慕にとどめられている。

ここでは非現実的なものへの思慕が現実の恋に優先しているのを確認できる。

さらに飛鳥井女君や女二宮との恋は、すでに述べたごとく源氏宮思慕に阻害され潰えてしまった。飛鳥井女君との恋が中断するのは、直接には狭衣の乳母子道成に女君を連れ去られたからであるが、それも源氏宮を憚り素性を一切明かさず、ただ逢うだけの忍び恋を続けて、女君の乳母を苛立たせ道成との共謀に駆り立てたのに由来する。女二宮に対しては「さてこのままにて止みなんともおぼえず」（参考一三一）執心していたにもかかわらず、女二宮の降嫁は源氏宮思慕が現実の恋に発展するのを妨げると思い躊躇しているうちに、女二宮の身の上に懐妊・出産・母大宮の死といった事態が襲いかかり、宮が出家して終止符が打たれる。要するに、源氏宮への非現実化された思慕ゆえに、飛鳥井女君や女二宮との現実の恋が遮断されたのである。

以上、非現実的なものへの思慕が現実の恋を凌ぎ遮断する様子を指摘しうると思う。

一方、狭衣は二度出家を試みるが二度とも断念される。現実不如意による現実逃避ではあるが、物語当初からあった非現実的なものへの憧憬思慕の延長線上にあり、出家空間という非現実的な場に飛翔する試みである以上、断念される経緯について考察しなければならないと思う。

・その後は今日や明日やとのみ、山のあなたの家居を人知れず思したづねつつ、（参考 二〇二）

・弘法大師のすみかも見奉らん。この世にかく思ふことしげう心憂きかはりに、また弥勒の世にだに、やすらかなる身にならばやなんど思し立ちて、（参考 二〇五〜二〇六）

源氏宮が斎院に選ばれ初斎院に移ると、引用前者のような出家願望が示され、具体的に引用後者のごとく高野・粉河参詣が計画される。粉河寺では休むこともなく熱心に経を読むが、偶然にも飛鳥井女君の兄である山伏に会い、行方不明になっていた女君の生存と、その様子の片端を知る。

・なごりもいみじう心もとなきを、胸もいとどふたがりて、仏もこの行方たしかに聞かせ給へと思し入りて、数珠おしもみ給ふめれば、　（参考　二一四）
・うしろめたなうわりなしと思したりし御気色《（親の）》と、もの思ひ出でられて、…〈中略〉…またうち添へて、思はずに憂し《（源氏宮が）》と思したりし折々の御気色は、おしあけ方の月ならねども、よろづにすぐれて恋しう思ひ出でられ給ふに、　（参考　二一七）

飛鳥井女君の兄山伏に会った後、狭衣の出家願望は急速に冷えてくる。熱心に経を読んでいた姿が、女君の行方を教えてほしいと祈る姿に変わるのだった。また、親を思い源氏宮を思いさえする。もはや出家からはほど遠い姿だ。そして、狭衣は出家を断念し山を下るのである。

出家から非出家への転換点になるのは、飛鳥井女君の兄山伏との出会いである[19]。兄山伏より女君の生存を知らされた狭衣は、現実の恋に煩悶する次元へと一挙にひき戻されてしまった。右引用前者の狭衣の姿を見れば明らかだろう。しかし、それは出家空間という非現実的な場に飛翔するのとは対極に向かう動きである。つまり、女君との現実の恋が狭衣の非現実的な場への飛翔を阻止したのである。

源氏宮がいよいよ本院に移るとき、また嵯峨院での法華八講が終わった夜に女二宮とのいかんともしがたい溝を改めて確認するとき、狭衣の出家志向が頭をもたげ、再度出家を試みるべく竹生島参詣を計画する。けれども出家はおろか竹生島行きさえ断念される。経緯は以下のごとくである。

光失する心地こそせめ照る月の雲かくれゆくほどを知らずは
さるはめづらしき宿世め《ママ》ありて、思ふことなくもありなんものを。とくこそたづねめ。昨日の琴の音あはれなりしかば、かくも告げ知らするなり。　（参考　三四一）

賀茂神が父堀川大殿の夢枕に立って、狭衣の出家を告げ知らせたのである。むろん、父大殿は必死にことばを費やし狭衣の翻意を促す。

いみじきことどもを泣く泣くいひ続け給ふを、涙ながらにひきとめる父のことばを聞き、狭衣は竹生島行きを断念し、思うに任せぬ我が身を考えずにはいられなかった。（参考　三四三）

かうまで聞き給ひにければ、まづ今しばしは不用なめりと思ひ給ふに、なほ思ふことかなふまじき身にやと、なかなかたちまちに思し立たざりつる過ぎぬる方よりも、いみじうくちをしとも悲しとも世の常ならぬ心地すれども、（参考　三四四）

無念を嚙みしめつつ、狭衣は今回の出家を断念する。「なほ思ふことかなふまじき身にや」の不安どおり、以後、狭衣は出家のチャンスをつかめないまま生きていく。

さて、今回は賀茂の神託によって出家が阻止されるのだった。賀茂神のことばによれば、この託宣は「昨日の琴の音あはれなりしかば」とある。物語の始めの頃には、笛の妙音に興じて地上に舞い降りた天稚御子が狭衣を天界に連れて行こうとしたのだが、今回は皮肉にも琴の妙音に感じた賀茂神が、狭衣をこの世の現実に繫ぎとめたのである。狭衣の思慕し続けた非現実的なものに属する神の意思が、狭衣の非現実的な場への飛翔を妨げたのだといえる。何ゆえかといえば「めづらしき宿世」によるようだ。「めづらしき宿世」とは狭衣が後に帝位に即く成り行きを指している。

そこで帝位について考えてみるわけだが、遠く物語の始めの頃に天稚御子が舞い降りたときのことを思い出したい。狭衣が天稚御子とともに昇天しかけると、帝（嵯峨帝）が関与してくる。[20]

帝・東宮も、なにしにかかることをせさせつらんとくやしう、手をとらえさせ給へば、この御子もいみじく心苦しく思し煩ひたる気色にてうち泣きて、…〈中略〉…十全の君の泣く泣く惜しみ給へば、えひたすらにこよ夜《ママ》率て昇らずなりぬる由をおもしろくめでたう文に作り給ひて、（参考　四六）

「十全の君」つまりは帝が狭衣の昇天を妨げたのであり、帝なる存在は天稚御子もしくは天界と対立している。すなわち、帝位に即くという「めづらしき宿世」を持った狭衣は、非現実的なものとは対立すべき宿命を担ってしまっているのだといえよう。そして狭衣は帝としてこの世の現実に位置づけられたのである。

しかし、「めづらしき宿世」とはいえ、一世源氏の狭衣がどうして帝位に即きうるのか。物語の経緯をたどればこうだ。「世の中いと騒がし」（参考四二二）と世上穏やかならず、時の帝・後一条帝は嵯峨院の若宮に譲位する意思を示す。すると天照神の託宣が下り、狭衣を即位させよと異を唱えるのだった。

大将は顔かたち身の才よりはじめ、この世には過ぎて、…〈中略〉…若宮はその御次々にて行末をこそ。親をただうどにて帝に居給はんことはあるまじきことなり……（参考　四二五）

天照神の託宣から、狭衣即位の根拠が示されたとおぼしいところを引用した。狭衣の超越的存在感もさりながら、譲位を云々されている若宮との関係が考慮されている。若宮は系譜上嵯峨院と亡き皇太后宮（女二宮母）の子であるが、実のところ狭衣と女二宮の子であった。親を臣下に置いて子が即位するなどあってはならず、親の狭衣が帝位に即くべきだというのである。

要するに、女二宮との間に若宮を儲けたことで、狭衣は皮肉にも思慕し続けた非現実的なものに属する神の意思により、帝としてこの世の現実に繋ぎとめられ位置づけられてしまうのだった。非現実的なものへの思慕を投影した源氏宮思慕の前では、女二宮との現実の恋は発展を閉ざされたが、現実の恋の結果が狭衣の非現実的な場への飛翔を、そして非現実的なものへの憧憬思慕を、阻止し阻害したのである。

二回とも出家を断念している経緯をたどると、非現実的なものを希求し非現実的な場へと飛翔せんとするのを妨げた要因として、現実の恋の重みを見出しうる。ここに現実の恋が非現実的なものへの憧憬思慕を阻害する様子を認めうると思う。

以上、狭衣の恋は、非現実的なものへの憧憬思慕を象徴する要素と、現実的な恋の要素という分裂したふたつの要素を抱え、互いに他を阻害し阻止し合うなかで物語を進行させていたのである。一貫して、現実と非現実の相克を語り物語を展開させている『狭衣物語』には、文学史において掬いとられてこなかった憾みのあるニュートラルな浪漫主義的傾向と方法を見とることができるのではあるまいか。

注

（1）本書I第1章四節で確認している。

（2）千原美沙子「源氏宮論その1—源氏宮像の形成」（『古典と現代』一九六七年四月）。森下純昭「狭衣物語の人物関係—『らうたし・らうたげ』をめぐって」（岐阜大学『国語国文学』一九七八年三月）。

（3）久下晴康（裕利）「狭衣物語の構造—回帰する日常」（『中古文学論攷』一九八一年十一月↓『平安後期物語の研究 狭衣 浜松』一九八四年　新典社刊）は、狭衣の嘆息の元が源氏宮から女二宮に移行しているところから「源氏宮との関係は斎院として失ったことをはじめとして、この形代登場で激しい愛慕の情が段階的に終息している」とする。巻三以降の源氏宮と女二宮の位置の逆転を指摘している点は首肯されるが、源氏宮思慕の終息に関してはなお考える余地があるだろう。

（4）古活字本「さるまじきこと」だが、「あるまじきこと」と内容は変わらない。しかも、引用後半部分はほぼ同文で「あるまじきこととかへすがへす思ひ返せど…」（全書上巻二一〇頁）とあり、「あるまじきこと」の自己規制が窺える。なお、後者「あるまじき心ばへはよに」の部分、西本「あるまじき心ばへとはよも」とあり、狭衣が源氏宮視点で自身の恋心を「あるまじき心ばへ」としているが、狭衣の意識を反映したものいいであろう。

（5）この部分は内閣文庫本や西本では、恋心を訴えた「室の八島」の歌の後にある。古活字本ナシ。しかし、古活字本では「室の八島」の歌の前に、自身を「あるまじう見苦しきもの思ふ人」といっており、本文様態は異なるが、やはり源氏宮への恋心を「あるまじ」ととらえている点に違いはない。

（6）注（2）千原美沙子論文。

（7）「狭衣物語の構成」（『文芸研究』一九五五年二月→日本文学研究資料叢書『平安朝物語Ⅳ』一九八〇年　有精堂刊）。

（8）注（2）千原美沙子論文。

（9）注（3）久下晴康（裕利）論文。

（10）本書Ⅰ第3章三節で考察したが、源氏宮に恋心を打ち明けたばかりに、かえって宮から疎まれ、やるせない思いでいる狭衣は、「慰め」に宮の手の感触と似た感触を持つ女君を求め、忍び歩きに余念がなかった。そんな折に飛鳥井女君と遭遇し、いかにも仮初の恋を楽しもうといった風情の狭衣には、満たされぬ恋の「慰め」を求めて女君との恋に臨んでいった様子が見られる。

（11）古活字本ナシ。これの前の引用「飛鳥井の宿り…」の部分は「飛鳥井の宿りは、戯れにもあさましく覚え給ふに」（全書上巻二七八頁）となっており、底本・西本と同様の本文を持っているので、論理が変るわけではない。

（12）大系は西本・鈴鹿本との校合から「すこ」の後に「し」を補い、「少し」の意でとっている。「し」の脱落と見るのが妥当かと思う。

（13）古活字本ナシ。「疎ましかりける心の程とは覚えず、我が為のあはれはいとど深うのみ思されつつ」（全書上巻三五三頁）と、むしろ思い返すまいとする様子もなく飛鳥井女君を思っている。

(14) 片岡利博「『狭衣』の一品宮―構造論の試み」（『語文』一九七八年六月↓『物語文学の本文と構造』一九九七年和泉書院刊）は女二宮と源氏宮について「狭衣との関係において発展性を失った女性が、いつまでも狭衣の心に座を占めて、彼の行動を規定し、そのことが狭衣と他の女性との物語の〈筋〉の形成に深く関わっているという展開のあり方は『狭衣』の叙述の〈構造〉として注目されてよいと思う」といい、示唆されるところが多かった。

(15) 小野村洋子「狭衣物語の世界基底（一）」（『文芸研究』一九六三年三月）。

(16) この部分、古活字本ナシ。異同の多いところだが、次の引用文と同内容のものはあるので、古活字本も同様の論理内で読みうる。

(17) 巻二最終部を大系は西本に替えているので、本文様態が異なるが、「山のあなた」への思いがあることに変わりはない。なお古活字本「山のかなた」だが、内容は変わらない。

(18) 井上眞弓「『狭衣物語』の構造私論―狭衣の果たした役割より」（『日本文学』一九八三年一月↓『狭衣物語の語りと引用』所収「天界・地上・世人の構図の中で―狭衣の超俗的属性をめぐって―」二〇〇五年　笠間書院刊）のなかに、狭衣の厭世観の深化は恋の悩みに粉飾されているが、自らの「超俗的属性」に由来するもので、「死」に対する強迫神経症状のような特別な感情を生み出しているとの指摘がある。狭衣の厭世観はたしかに自身の超越的存在ぶりから喚起され、この世から逃れ出て死んでしまうことへの恐れと憧れを抱かせているように語られているが、それとても物語の浪漫主義的傾向としてとらえられるように思う。日常と非日常、世人と狭衣などの「成し崩された相反関係」（傍点鈴木）を構造論的に読み解き、『狭衣物語の語りと引用』への所収にあたっては「語り」論を絡めて論じていく井上論とは論点および論述の方向を異にしている。がしかし、恋の悩み以前からの厭世観を認めている点は深く首肯されるし、井上論から多くの示唆を得た。

(19) 注（2）森下純昭論文は、兄山伏に会い女君の生存を知ると、それまでの出家への願望とうって変わって現実に強い執着を見せる狭衣の様子を指摘し、狭衣は飛鳥井女君との交情に生の実感を得ていたとする。深沢徹「往還の構図もしくは『狭衣物語』の論理構造―陰画としての『無名草子』論（上下）―」（『文芸と批評』一九七九年十二月、一九八〇年五月→『狭衣物語の視界』一九九四年　新典社刊）は、「普賢の光」により出離を確約された狭衣が再び物語世界にひき戻される強力な牽引力となるのが兄山伏の出現であったとする。深沢論文からは多くの示唆を受けたが、本論としては兄山伏との出会いを女君との再会を予感させ、女君に再会したのに等しい出会いであると見ている。

(20)　古活字本では狭衣自身が思いとどまった形になっているが、その契機は帝のひきとどめにある。「涙もえとどめさせ給はず、いといみじき御気色にて引きとどめさせ給ふを、悲しく見奉り給ふにも、まいて大臣・母宮など聞き給はむ事を思し出づるに、厭はしく思さるるこの世なれど振り捨て難きにや」（全書上巻二〇四頁）と、必死にひきとどめる帝を見て、父母へも思いを巡らし断念している。内閣文庫本や西本などいわゆる第一系統本とは本文様態を異にしているが、狭衣が昇天しなかった経緯において、やはり帝を関与させた本文になっている。なお、すぐ後の引用部分の「手をとらえさせ給へば」のところ、西本「笛をばとらで手をとらえさせ給ひていみじう泣かせ給へば」とある。加えて底本とした内閣文庫本の「こよ夜」存疑。「夜」ははっきり漢字で書かれているので「この夜」の誤写と見られる。「今宵」ではないだろう。

第2章　思慕転換の構図——源氏宮から女二宮へ

一　女二宮を問うゆえん

『狭衣物語』は狭衣と女君たちとの恋を軸に展開していくのだが、狭衣の恋はどれもうまくいかない。前章で論じたごとく原因の過半は、源氏宮との恋をみずからに禁じつつ、なお源氏宮を思慕して止まない狭衣にある。にもかかわらず、狭衣はひとたび失われると、失われた恋に長くこだわり、とり返しがつかないだけに悲嘆に暮れるばかりだ。物語は女君たちにも増して、そんな狭衣の内面をつぶさに語っていくのだった。恋をしくじって憂愁を深める狭衣の内面が、物語に色濃く反映されている点で、狭衣の恋の物語という側面を重視したいのである。

さて、『狭衣物語』は狭衣の源氏宮思慕を語るところから始まる。その思慕は物語終盤まで持続されるが、巻三以降、影が薄くなる事実は否めない。すでに指摘のあるように(1)、巻二初頭、思いがけず関係を結んだ女二宮が次第に狭衣のなかで大きな位置を占め、源氏宮思慕を凌駕してくるのである。狭衣の恋の物語において、女二宮は重い存在感を示している。けれども、狭衣と女二宮との関係は十分明らかにされているとはいえない。そこで、源氏宮をも凌駕する女二宮の存在とは、狭衣にとってどのようなものであり、源氏宮思慕から女二宮思慕への動きは、いったいこの物語のいかなる側面を照らし出しているのか、その点を明らかにしていきたいと思う。それはつまり、文学史のなかで『源氏物語』の風下に立たされ、見逃されてきた『狭衣物語』のありようを照らし出す試みでもある。

二　身体性

女二宮は巻一初頭、狭衣が笛の妙音で天界から天稚御子を招き寄せたとき、帝から与えられることになった女君である。帝の意向に対して、狭衣は女二宮ではなく源氏宮ならばよいのにと思い、源氏宮への一途な思慕を強めていくのであった。

ところが巻二になると、狭衣は乳母の妹である中納言典侍を訪れ、偶然にも女二宮を垣間見て関係を結んでしまう。その経緯は以下のように語られている。

単衣の御ぞもいたくほころびてあらはに、をかしげなる御手あたりの御身なり・肌つきことわり過ぎて、並べつべしと上のご覧ぜられけん我が身も、いと心おごりせらるるにも、かの室の八島の煙焚き初めし折の御かひな思ひ出でられて、こはいかにしつるぞ。もし気色見る人もありて召し寄せられなば、年ごろの思ひはかたがたにいたづらにて止みぬべきか。…〈中略〉…など思すにあぢきなく涙落ちぬべくて、心強く思しのかるれど、後瀬の山も知りがたう、うつくしき御有様の近まさりにいかがおぼえなり給ひけん。(2)

（内閣文庫本　参考…大系一三〇〜一三一頁。以下引用の『狭衣』本文も同本に拠り、参考として大系当該頁数を示す）

「いかがおぼえなり給ひけん」とあるが、この逢瀬が何によるのかは「かの室の八島の煙焚き初めし折の御かひな思ひ出でられて」いる様子から窺えよう。「室の八島の煙」はかつて源氏宮に恋情を打ち明けたときの歌「いかばかり思ひ焦がれて年経やと室の八島の煙にも問へ」（参考五六）によるものであり、その折の源氏宮の「御かひな」が思い出されている。表面、気持ちを抑えるためととれるが、「をかしげなる御手あたりの御身なり・肌つき」と、女二宮の肌に触れながら源氏宮の「御かひな」が思い出されるのは、狭衣の手の感触を介して女二宮が一瞬源氏宮に錯誤され、源氏宮の身体への欲望と通じることで関係が結ばれたのだと理解される。だから、源氏宮に思いを馳せて自身の心を鎮めようとしてもむなしい。ここに狭衣にとっての女二宮と源氏宮とは、身体レベルで相等しい存在であるのを確認したい。

しかし、身を離した直後からふたりの女君は別々の存在になる。狭衣は女二宮に執着しつつ源氏宮には替えられず、どうしたものかといたずらに日を送るばかりだった。女二宮はその間にさまざまな事態に見舞われ出家してしまう。さて出家後すぐに、狭衣の女二宮に対する気持ちがとらえなおされ、以下のように語られる。

大将、かかることを聞き給ふに、くちをしう悲しとも世の常なり。ことのほかに心づきなく思えんにてだに、人の御程、ことの有様など思さん、いかでかおろかに思されん。まいて、おろかにいでやと思ひ聞こえさせ給ふこともなし。ただあながちにうつつなき心の癖にて、必ずあるべきことと思さるるを、せちに心のどかに思聞こえさせ侍る程に、あまたの人をいたづらになしきこえさせ給へるは、人にこそのたまはねども、ひとかたならず、いかでか世の常に思し嘆かざらん。（参考　一六七）

女二宮を厭う気持ちはない。むしろ女二宮との結婚を「必ずあるべきこと」だと思って、悠長にしていたのだととらえ返されている。けれども結婚の話が持ち上がった当時は、「紫ならましかば」（参考五二）すなわち源氏宮ならばと思われ、「聞くにさへぞ暑かはしき夜の衣なりける」（参考六〇）と厭われなどして、気が進まないどころか嫌悪する気持ちさえ表されていた。関係を結んでからも、狭衣はその事実をひた隠しに隠す。女二宮に執着しつつも源氏宮思慕を拭い去れない狭衣には、女二宮との結婚を回避していた節も窺えるのである。にもかかわらず女二宮との結婚を「必ずあるべきこと」だと思っていた狭衣が、ここにきてとらえ返される。この「必ずあるべきこと」ということばは、対極に源氏宮との恋を自己規制することば「あるまじきこと」を置いたとき、女二宮のある要素を照らし出すように思われる。前章でも述べたが、源氏宮思慕は手に触れえぬ非現実的なものへの憧憬思慕を反映した性質を持っており、そのような思慕は実のところ障害のない源氏宮との恋を、「あるまじきこと」と自己規制しつつなされていたのである。それに対して、結婚は「必ずあるべきこと」だと思われていたとされる女二宮には、ここにきて改めて源氏宮とは違う現実的な恋の対象であった側面が照らし出されているのではないか。だからこそ、非現実的なものへの憧憬思慕に覆われた狭衣は、女二宮との現実の恋に踏み切れず駄目にしてしまったのだと理解されるのでもある。ともあれ、狭衣にとっての女二宮は源氏宮のように非現実化される存在ではなく、まぎれもなく現実の恋の対象であった。「必ずあるべきこと」は、そんな女二宮の存在感を照らし出すことばなのだと思われる。(3)

以上の二点を考え合わせると、狭衣にとっての女二宮は、源氏宮と身体というきわめて現実的な側面において相等しく、しかも源氏宮のように非現実化されない現実的な女性の存在感を有していたのだと確認できる。

三　転換される思慕

次にいくつかの例を見ていくなかで、さらに出家以後の女二宮への思慕を追っていきたいと思う。

出家を知った狭衣はある夜、女二宮のもとに忍び込むが逃げられてしまう。涙に濡れた枕を探りあてて女二宮を思いやる歌「片敷にいく夜な夜なを明かすらん寝覚の床の枕浮くまで」（参考一七一）を詠み、嵯峨帝の子として育つ我が子若宮を思う歌「知らざりしあしのまよひの鶴の音を雲の上にや聞きわたるべき」（参考一七二）を詠んで宮邸を後にする。しばらく物語は源氏宮や飛鳥井女君を思う狭衣に視点を移すが、若宮の御五十日の夜に、以下のような狭衣が語られている。

事ども果てて人々まかで給へど、例の御癖なれば、ありつる御面影の恋しくて、立ち出でんとも思されず、袖に涙のかかりける身の思はしさを思し続けて、いかならん世に（か）《傍書》は解けていの寝られん。（参考一八四）

「例の」ということばに注目したい。「例の」を連体詞ととり「例の御癖なれば」すなわち「いつもの御癖なので」ともとれるし、副詞「いつものように」ととることもできよう。いずれにせよ以下の「恋しくて立ち出でんとも思されず」に続いていくのには違いあるまい。こうした恒常的あるいは日常的な恋しさや立ち去りがたさを示されるのは、女二宮についてはこの部分が初めてである。不思議なことに飛鳥井女君に「例の」を冠する恋しさが示された例はひとつもない。そこで思い出されるのが物語冒頭部分である。

宮、少し起きあがり給ひて見おこせ給へる御まみ、つらつきなどの美しさは、花の色いろにもこよなう優り給へるを、例の胸さわぎて、花には目もとまらず、つくづくとまぼらせ給ふ。（参考　二九）

また、源氏宮に恋情を訴える部分にも見える。

はなばなとにほひ満ち給へる（源氏宮の）御顔を（狭衣が）見合はせ奉りて、（源氏宮が）まばゆげに思してこの御文に紛らはし給へる御もてなし、まみ、額髪のかかり、つらつきなど、いひしらずめでたし。例の涙も落ちぬべきに、絵どもをとり寄せて見給へば、……（参考　五五）

これまでの狭衣において、「例の」を冠される恋しさの対象は源氏宮なのであった。ところが、それを出家後の女二宮が獲得している。ここに、源氏宮と出家後の女二宮は恒常的・日常的な思慕の対象であるという側面で、相等しい存在になっているのだと認めうる。

この後、まだ見ぬ式部卿宮の姫君（宰相中将妹）へ文を贈る狭衣の動作に「例の」（参考三六四、三七五）ということばが現れるが、恋しさに冠される「例の」の用例はない。それは先の飛鳥井女君についても同様で、忍び恋をする狭衣の様子に「例の」（参考九四、九五）が現れるのみである。むろん、しばしば文を贈っていたのは宮の姫君に深く興味を抱いていたからだし、狭衣にしては行動力を発揮して結婚にこぎつけてもいる。また、たびたび忍び恋に及ぶのも飛鳥井女君に執心していたからだ。「例の」恋しさがないからといって、ふたりを恋しく思っていなかったというのではない。むしろ熱中してさえいたと思う。とはいえ、ふたりへの恋心には「例の」を冠すべき日常性・恒常性が排除され色分けされているといいたいのである。「例の」を冠される日常的・恒常的な恋しさは源氏宮と出家後の女二宮に特有のものであり、以後もずっとふたりへの思いには、そんな特質が見られる。つまり、女二宮が出家してしまうと、ふたりへの思慕は相等しいありようを呈して、狭衣のなかに併存していくのである。

ただ、物語最終の場面に注目したい。即位した狭衣が嵯峨院に行幸し、病に臥せる院を見舞い、女二宮とも対面する場面だ。そこから引用する。

「かかる（狭衣→中納言典侍）ついでにだに、みづから聞こえさせでは、またいつかは」と、例の(4)心づくしなる御気色（狭衣の）もめづらしうて、参り聞こえさすれば、……　（参考　四六四）

狭衣が女二宮付女房の中納言典侍に、宮との対面を申し入れたところである。ここに「例の」が見える。典侍の視点から語られる狭衣の「例の心づくしなる御気色」は、もとより女二宮を思慕するがゆえであり、女二宮への日常的・恒常的な恋しさを裏側から照らし出している。冒頭「例の」源氏宮思慕に始まった物語が「例の」女二宮思慕で閉じられるのであった。この対照からは、狭衣のなかで女二宮の比重が増して、源氏宮思慕から女二宮思慕への転換がなされている様子を汲みとりうるのではあるまいか。

では、二度試みられる出家と女君思慕の関係をとらえてみたい。

一回目の試みは粉河寺参詣時である。高野・粉河詣でに思い至る直接の理由は、やはり源氏宮が斎院に選ばれ、恋の対象たりえなくなったからであろう。一条院死去による斎院交代で、源氏宮が斎院に選ばれ初斎院に移居するまでの模様を、物語は高野・粉河詣でに先んじて丹念に語っている。さていよいよ宮が初斎院に移居した後の狭衣の心情は以下のごとくである。

・我もやがて今宵のうちに、いづちもいづちも消えや失せなましと。(5)　（参考　二〇〇／五三五）

・その後は、今日や明日やとのみ、山のあなたの家居を人知れず思したづねつつ……　（参考　二〇二／五三五）

斎院源氏宮はもはやこの世の人ではないといわんばかりに、狭衣もこの世から消え失せ、出家空間に移動しようと考えている。そうして、高野・粉河詣でに出立するのであった。

弘法大師の御すみかも見奉らん。この世にかく思ふことしげう心憂きかはりに、また弥勒の世にだに、やすら

かなる身にならばや。（参考　二〇五～二〇六／五三六）

源氏宮が俗世を去り神の斎垣に入ると、狭衣も俗世を逃れる一方法としての出家を選ぼうとする。ひとり俗世に残され、もの思いに沈む狭衣の跡追い心中的な出家志向を見とりうるだろう。けれども狭衣の源氏宮思慕は、常に現実の恋に発展する可能性を潜在させつつ、「あるまじきこと」と自己規制して非現実化する難行苦行の相において、非現実的なものを憧憬思慕する苦悩を代替していたのでもあり、[7]その形が崩れたことで、狭衣は出家志向に舵を切ったのだともいえよう。ともあれ、ここでは源氏宮思慕が出家を促しているのを押えておく。

二回目は竹生島参詣を企てたときで、以下のように語られている。

かやうのことどもも過ぎて春の光待つほどは、ことなる紛れなかりければ、忍びて竹生島に参り給はんことを、思しまうけ給ふに……（参考　三二九）

「かやうのことども」とは、女二宮の曼陀羅供養および八講（九月）、斎院の相嘗（十一月）を指す。女二宮との間にできてしまった深い溝の確認、一品宮との不本意な結婚、源氏宮の本院移居などを経て、まさに年も押し詰まったこの時期に出家を決意したと思われる。さまざまな状況を受けての決意であるから、何が原因とひとつに定めるのは難しいが、八講が終わった後の狭衣の様子ＡＢＣと、相嘗のときの心情Ｄを以下に示す。

Ａ　後の世の逢瀬を待たん渡り川別るるほどは限りなりとも（参考　三二五）

Ｂ　今は、とり返すべき方もなきかはりには、捨てがたき身を背き捨てしとだに、我が心ひとつに思ひ慰めん。（参考　三二六）

Ｃ　大将殿はひとかたに思立ち給ぬれば、よろづいと仮初にのみ思されて……

Ｄ　おぼろけに消つとも消えむ思ひかは煙の下にくゆりわぶとも（参考　三二八）

など思ひ続けられ給ふにも、今日明日と思立ちたる心のうちは、いとどあるまじきことと思ひ離れ給へど、それにつけても、さしもなほやすからずおぼえ給ふ。
（参考　三二九）

八講の果ての夜、どうしても思いが伝わらないまま、女二宮のもとを去る狭衣の心情は、Aの歌に集約される。女二宮に最後の別れを告げ、三途の川で会おうといっており、今生での女二宮との関係に抱く狭衣の深い絶望感を窺わせる歌だ。Bには、狭衣なりの女二宮への償いとして、また償いを通じての自己慰撫として、出家を決意した次第が示されている。Cでは、出家を思い定めた狭衣が映し出される。さてDでは、出家を決意してなお源氏宮に焦がれる姿が語られ、むしろ「絆《ほだ》し」になっている源氏宮思慕が照らし出されている。

右のごとく、竹生島参詣計画の直接の原因は女二宮思慕に求められ、源氏宮思慕はむしろ「絆し」になっている。まずは、粉河寺参詣にかかわる源氏宮思慕と竹生島参詣計画にかかわる女二宮思慕は、狭衣の出家志向をひき出す点で同様の傾向を見せているのを確認しうる。さらにいえば、二回の出家志向の原因が源氏宮から女二宮に移行したわけで、女二宮思慕は源氏宮思慕と同質の傾向を見せつつ、源氏宮思慕にとってかわっているといえよう。

最後に、狭衣の女君思慕という観点からはやや離れるが、狭衣と女君との関係について考えてみたい。女二宮が出家した直後から、とり返しようもないのに、狭衣は折につけ宮に思慕の情を示しており、それは前述のごとき「例の」恒常的・日常的なものであった。では、対する女二宮はどうであろうか。

出家を聞くとすぐ、狭衣は女二宮への執着を募らせ、宮のもとに忍び入る。しかし、女二宮は狭衣の気配に気づくや、とるものもとりあえず几帳の外に抜け出してしまう。

（狭衣は）このとどめ給へる御衣ひきかづきて、我も流し添へ給ふ御涙ぞ《ぞ》吉野の瀧にもなりぬべかりける。

片敷きにいく夜な夜なを明かすらん寝覚の床の枕浮くまで

忍びもあえず、いみじき御気配の近きを、(女二宮は)かしこう帳のうちを出でつと思しけれど、さぐりやつけんとおそろしければ、我も息をだにせさせ給はねど、……　（参考一七二）

狭衣は女二宮と関係を結んだ後も源氏宮思慕を断ち切れず、関係をひた隠しにしていた。その間に女二宮は狭衣の子を宿し出産し、子供の処遇に心を砕いた母大宮をも失って、とうとう出家するに至った。こうした経緯からして当然といえば当然なのだが、女二宮は狭衣の思いなど眼中になく、逃げおおせたと安堵する一方、見つかってしまうのではないかとおそれるばかりで、ふたりの心情はすれ違って交わらない。ふたりのこんな関係は、狭衣に竹生島詣でを決意させた前述の八講明けの夜にも見られる。

極楽もかくこそはと推し量られて、宮(女二宮)、いとど幻の世を背き捨てさせ給へるうれしさを思し召されて、御心のうち涼しう心を添へて行はせ給ふに、大将殿、日々に参り給ひて、人よりはけに濡らし添へ給ひ、忍びあへぬ袖の気色にぞ、(女二宮は)澄みがたう苦しう思されける。　（参考　三一七）

女二宮が「幻の世」とするのは、単に「幻のようにはかない現世」を指すのではなく、むしろそう感じさせる原因になった狭衣との関係をも指しているのだと理解すべきだろう。女二宮は苦悩の種であった狭衣との関係を断ち切ったことに、うれしさを覚えているのである。だからこそ女二宮は、狭衣が八講の間毎日訪れて来ては、こらえきれない思慕の情をにじませるのを見て、「澄みがたう苦しう」思うのではないか。ここには、狭衣とのかかわりを断ち切る女二宮と、相変わらず執着を示す狭衣がいる。そして、ふたりは平行線を描く。女二宮が出家した後のふたりの関係は、このようにまったく交わるところがないのである。

なお、狭衣が初めて女二宮に近づいたとき、宮が狭衣に抱いた感情は「げに、さほど疎ましかるべきことにもあらねど」（参考一三〇）であった。女二宮は初めから狭衣を忌避していたわけではない。注意しておきたい点である。

ここで思い出されるのが狭衣と源氏宮とのかかわりだ。初めて恋情を打ち明けた狭衣を前に、「おそろしうわびし」（参考五六）としか思えなかった源氏宮は、少し落ち着いてからさらに思う。

ものおそろしき心おはしける人を、またなきものに思ひ聞こえて、明け暮れさし向ひたりけるこそ。さるべき人々に離れて生ひ出でにけるよ。（参考　五七）

狭衣の恋情を忌避するばかりなのである。さらに斎院に移居する折の宮の心情を見ておきたい。

いみじうしほたれ給へる気色《(狭衣の)》は、一乗の門をも見捨てではえ参るまじう見え給へるをご覧ずる《(源氏宮は)》ままに、御手洗川に禊せんと急がせ給へるぞ、あさましきや。（参考　二〇〇／五三五）

後ろ髪をひかれ源氏宮のもとを去りかねている狭衣を見ても、源氏宮は初斎院への移居ばかりを思う。初斎院に入り、狭衣と住まいを別にすれば、狭衣がしばしばにじませていた思慕の情を見ないですむ。源氏宮はそんな状況をひたすら願うのである。どうにも狭衣の思慕は忌避され一方通行だ。

このように接点のないふたりの関係であるが、源氏宮は本院に入るとようやく落ちつきをとり戻し、狭衣が竹生島参詣の前日、それとなく別れを告げに行ったときに一度、また狭衣が即位した後に三度、狭衣と贈答歌を交わしており、ふたりの関係に微妙な変化が生じている様子は注目される。(8)

右の点をまとめると、狭衣と出家後の女二宮との関係は、源氏宮との関係に、厳密には贈答歌成立以前の源氏宮との関係に、相等しくなっていることがわかる。さらにいえば、当初は狭衣の突然の接近にも「さほど疎ましかるべきことにもあら」ず思っていた女二宮が、出家後は狭衣の思慕を完全に拒否し接点を持たなくなるのに対し、ずっと狭衣を忌避していた源氏宮が、狭衣の竹生島参詣前日と即位後を画期に、やや狭衣と接点を持ってくるところからすると、女二宮との関係は源氏宮との関係に相等しくなり、しかも転換してさえいるといえよう。

以上、狭衣の女二宮思慕をたどってきた。まず「例の」ということばに注目すると、出家後の女二宮思慕は、恒常的・日常的な思慕のありようにおいて、源氏宮思慕と相等しくなり、最終的には転換を読みとれる。次に狭衣の出家にかかわる思慕を見てみれば、竹生島参詣を企てたときには女二宮への思慕が出家を決意させており、粉河寺参詣のときには源氏宮への思慕が出家を促していた。出家志向をひき出す点で、ふたりへの思慕は同様の傾向を示している。なお、双方の前後関係を勘案すると、女二宮思慕が源氏宮思慕にとってかわり大きな比重を占めてきたといえる。そして狭衣とふたりの女君との関係に目を向けると、出家した女二宮との関係も、贈答歌成立以前すなわち狭衣の竹生島参詣計画以前の源氏宮との関係に相等しくなり、しかも竹生島参詣前日と即位後を画期に転換したと考えられる。

四　狭衣の変質と思慕の転換

狭衣の恋および女君たちとの関係を追っていくと、出家後の女二宮への思慕は源氏宮への思慕と等質のありようや傾向を見せており、かつまた出家後の女二宮との関係も贈答歌成立以前の源氏宮との関係に相等しくなっていた。こうして女二宮思慕は源氏宮思慕を踏襲しつつ凌駕するまでになり、源氏宮から女二宮へと、狭衣の思慕が転換された様子をとらえてきた。ではなぜ源氏宮から女二宮へと思慕は転換されなければならないのだろうか。その点について考察し、狭衣の恋の物語という角度から『狭衣物語』をとらえ直したいと思う。

それにはまず、狭衣の女二宮思慕はいかなる側面で、源氏宮思慕にアドバンテージを有しているのかを押さえておきたい。

（女二宮）はかばしういらへ聞こえさせ給べきこともおぼえさせ給はねば、たち《ママ?》うち泣かせ給へるも、あやしうなべてならずものあはれげに心苦しき御気配、なほ人よりはことに思さるるを、かうしない奉りしことと思し続くるにぞ、忍びさせ給へるに御涙も漏り出でさせ給ぬる。（参考　四六五）

物語掉尾を飾る場面から引用した。ことばもなく涙する女二宮の様子に、狭衣は心をしめつけられ、やはり「人よりはこと」つまり格別な女君だと改めて思う。同時に「かうしない奉りしこと」と、狭衣自身が宮を出家させてしまったのだととらえ返され、後悔の念に耐えないで、こみ上げる涙を抑えられないのだった。

女二宮を格別だと思うにつけ、出家させてしまったことを後悔するのは、出家以前の男女として向かい合った恋の時間を求めて止まないからだろう。極言すれば、狭衣にとってかけがえがないのは、女二宮との恋の時間だったのではないか。次の歌がそれを裏づける。

たち返り折らで過ぎうきをみなへしなほやすらはん霧の籬に　（参考　四六六）

女二宮のもとを去りかねている狭衣が詠んだ歌で、この物語最後の歌である。古注以来、指摘されているように「をみなへし」は女二宮を寓している。「折らで過ぎうき」は全書補註が注するごとく不可能であるには違いないけれども、狭衣がなお女二宮に恋の情動をうごめかせている様子を露骨なほどに窺わせる。

源氏宮とでは「あるまじきこと」と自己規制されてしまったが、女二宮となら可能であった現実の恋の記憶が狭衣をとらえて離さず、今なお生々しく恋の情動を突き動かしている。狭衣にとって、源氏宮思慕とほとんど変わりのなくなってきた女二宮思慕が、唯一アドバンテージを有するとすれば、女二宮との恋の現実的な側面においてでしかないのではないか。

さて、女二宮との現実的な恋の記憶あるいは女二宮という存在の現実性といったものが、狭衣のなかで幅を利かせ、源氏宮から女二宮へと思慕を転換させるのは、狭衣自体の変質があるからではなかろうか。以下、その点について考えていきたい。

物語に登場してきたときの狭衣は次のように語られていた。

このころ、御年はたちにいまだ二つ三つたり給はで、二位の中将とぞ聞こえさすめる。なべての人は、かばかりにては中納言にもなり給ふめるは。されど、この御有様のよろづこの世の人とも見え給はず、いとゆゆしきに思《(親)》しおぢて、御位をだにあまりまだしきにと、ちごのやうなるものに思聞こえさせ給ひたるを、……（参考　三二～三三）

物語初頭の狭衣像は概ねこの部分に語られているごとく「この世の人とも見え」ない「ゆゆしき」人物としてとらえうる。とりわけ「ゆゆし」に注目したい。本来「触れると重大な結果をもたらすので、触れてはならない」（『日本国語大辞典』）の意であるが、転じてさまざまな用法を生じていったらしい。ここでも、忌み憚られるほどの狭衣の美質を表しているのだが、光源氏を先例とする類型化した語り口ではある。それにしてもやはり原義に近い「禁忌」の「神聖さ」「超越性」を響かせているだろう。換言すれば、懼れ憚られ不吉にさえ思われてしかるべき、この世の者ならぬ狭衣の存在感を表象しているのではなかろうか。後の天稚御子事件で明らかになるが、右引用部分において、狭衣の「ゆゆし」さに「思しおぢ」るあまり、その官職にまで目を光らせ、中納言くらいにはなるべきところを、近衛の中将で抑える親のあり方からも汲みとりうるはずだ。井上眞弓も「身について生れた『ゆゆし』さという超俗的属性」[10]と表現し、狭衣に原義を響かせた「ゆゆし」を見ている。こうした「ゆゆし」に着目しつつ、狭衣像の変遷を追い、最終的には変質を見定めたいと思う。

狭衣像にかかわる「ゆゆし」は、その判定や諸本間の異同により揺れも生じようが、底本の内閣文庫本に基づく私見では二十例を数える。まず、八例が人物紹介の部分から天稚御子事件前後までに集中している。天稚御子事件以前には五例を見るが、四例までが両親である堀川大殿と堀川上によって確認される「ゆゆし」であり、前述のような狭衣の有様（美しさや才能）から思われるものである。堀川家の女房たちもそれを受けて「げにこそ、あまりゆゆしきまで」[11]（参考四二）と納得している。そして、天稚御子事件の起きる宮中では「五月雨の空ものむつかしげなるに、見入れ聞こゆるものやあるらんとまで、ゆゆしくあはれにて、誰も誰もご覧ず」（参考四五）と、狭衣にまつわる「ゆゆし」が堀川家以外の人々にも認識され、天稚御子が舞い降りた後には「いといみじうゆゆしういまいましく、かなしう見やり給ける御気色を、ことわりなりければ、上を始め奉りて見給ふ限りの人々皆泣き給ぬ」（参考五〇）とあり、堀川大殿が狭衣をひどく「ゆゆしう」、かつ類義だが「いまいましく」思うことが皆に認められるところとなったわけである。残り一例は母堀川上が狭衣の読経の声を聞いて思う「ゆゆし」（参考五三）だ。

さらに、天稚御子事件も一段落してから粉河寺参詣を終えるまでの間に六例、狭衣にまつわる「ゆゆし」がさまざまに確認される。まず、狭衣が中納言に任官すると、父大殿はそれを「ゆゆしう」思う（二回、双方とも参考八四。古活字本は一回）。次に、近衛の大将を兼任して大納言に昇進すると、何もかもが破格の狭衣を「世の人も、あまりゆゆしうもと見奉る」（参考一二二）のであり、「世にあり果つまじき夢」を見たという狭衣を、中納言典侍は「げに、いかなればかくのみ思しのたまふらんとゆゆしうおぼえて」[12]（参考一三五）いる。また、密かに狭衣の子を宿した女二宮が、病を理由に母大宮とともに里下がりすると、狭衣が見舞いに訪れるのだが、帰り際の狭衣は以下のように語られる。

風に吹き赤められたるつらつきのにほひは、色々散りまがふもみぢの錦よりも、にほひことに見ゆるに、風に従ひて冠《かぶり》の纓の吹きかけられ給へる鬢茎、さし歩み給へる姿、指貫の裾まで、あまり人の心を乱るべきつまとなり給へるも、あまりゆゆしかりけり。（女房）「いで、ことわりなりや、天人だにもあまくだりしは」などぞ、ことごとなく聞こえける。(13)　（参考　一五七）

これは、大宮・女二宮付女房たちが狭衣の容姿をしげしげと眺めて、あまりの美しさに感じた「ゆゆし」である。さらに粉河参詣の折には、山中で疲れて木に寄りかかる狭衣が「山のなかにも目とどめ奉るものやあらんと、ゆゆしきまで見え給ふ」（参考二一七）と語られている。誰の視点かはわからないが、同行の供人（たち）と見るのが妥当であろうか。視点人物が浮かび上がってこないのは、もはや誰から見ても、狭衣は「ゆゆし」さを放っているからだといえようか。

天稚御子事件によって周知となった狭衣の「ゆゆし」さが、親の二例を除くと、世の人、中納言典侍、大宮・女二宮付女房、おそらく供人かと思われるが誰かはわからない者（たち）といった種々の人によって、さらに確認されていく。ほぼ完全に狭衣の「ゆゆし」さが認識されたといってよいだろう。狭衣といえば「ゆゆし」という存在になっているようだ。量的にも、ここまでに十四例の「ゆゆし」が数えられ、過半を占めている。

この後、狭衣が「ゆゆし」と見られ思われる用例は減少するが、ともあれ竹生島参詣計画失敗までに六例を挙げうる。一品宮との結婚第一夜を過ごした翌朝、女二宮に贈った文の筆跡を、天稚御子事件当時の帝で女二宮の父である嵯峨院が「あまりゆゆしうぞある」（参考二七六）と口にする。また、一品宮との結婚に満たされず世を厭うようなことをいう狭衣について、母堀川上は「ゆゆしううしろめたう思さる」（参考二八一）のであった。いよいよ竹生島参詣を決行せんとする前日、狭衣が斎院を訪れ母と源氏宮にそれとなく別れを告げて琴を弾くと、母は天稚御子事件を思い起こし、近接して二度も「ゆゆし」と思っている（双方とも参考三三四）。母の懸念は図に当たり、琴の音が澄み昇って、神鳴りが二回も轟くと、狭衣自身「つひにはいかなるべき人にかと、うれしうめでたくは思されで、ゆゆしういまいましう、(14)この世は仮初なるべきと度ごとに思され」（参考三三五）てしまう。最後に、竹生島に行くべく狩装束の狭衣を、父大殿は「ほのかなる空の光にゆゆしう見え給」（参考三四四）のである。

女二宮に宛てた文の筆跡を嵯峨院が「ゆゆしう」といい、不如意な結婚で厭世的なことばを口にする狭衣を母堀川上がやはり「ゆゆしう」と思う例の他は、狭衣の琴の音に感応して神鳴りが轟いたり賀茂神が夢告をしたりする超常現象の周辺に見えている。かつて、天稚御子事件では狭衣にまつわる「ゆゆし」が広く外に向かって知らされたが、今回の超常現象では両親と狭衣自身が「ゆゆし」と感じるにとどまる。古活字本では、存在不安は抱かれているものの、狭衣自身が覚える「ゆゆし」さえ見えない。嵯峨院の例を除けば、狭衣の「ゆゆし」さは、ほぼ堀川家だけで感知されるものになったといえるのではないか。

さてこの後すなわち竹生島参詣計画が失敗に終った後、狭衣を表象する「ゆゆし」の例はなくなる。そして、人物紹介のときから「ゆゆし」同様、しばしば狭衣にまつわりついていた「この世の人とも見え給はず」のようなことばも見出せない。

では、どのような狭衣像が「ゆゆし」あるいは「この世の人とも見え給はず」に表象された狭衣像にとってかわるのか、いくつか例を示す。かねて心を寄せていた式部卿宮の姫君と一夜をともにし、姫君を堀川邸に連れてきたとき、狭衣は女君の乳母（弁の乳母）視点で、以下のように語られる。

紅の御衣《ぞ》どもの綿少しふくらかなるに、薄色の固文なるなど重なりたる色あひ、なべてならず清らに見ゆるに、昨夜《よべ》の雪にところどころかへりしぼみたるさへ、ことさらにかうてこそ着めと、なまめかしうめでたし。烏帽子の額も少しあがり鬢茎もしどけなげにて、まだいと眠《ねぶ》たげなるまみ、色のあはひなど、雪にいとどもてはやされ給ひて、いとどあたりまでこぼるる心地する御にほひ愛嬌《あいぎやう》などを、……

（参考四〇三〜四〇四）

雪のせいでところどころ色褪せ萎えた衣を着ている狭衣の着こなしのすばらしさと、いかにも若々しい青年の美しさがとらえられている。さらに、あふれんばかりの美しさと魅力を感じてもいる。

次には、即位後の狭衣がいかように語られているのかを見てみる。大原野・春日・賀茂・平野の各社を行幸する狭衣帝の風情は以下のごとくだ。

初めてめづらしき行幸《みゆき》なるに添へても、帝の御顔・形・有様、この頃ぞ盛りにねび整ほり果てさせ給て、……

（参考　四四四）

ここも、とりたてて誰の視点というわけではないが、狭衣帝の今を盛りと充実した成長ぶりが語られている。おそらく衆目の一致するところなのだろう。物語終局、病の嵯峨院を見舞うべく行幸した狭衣帝を、かつてその筆跡を「ゆゆし」とした嵯峨院は次のように見ている。

見奉らせ給ひし頃よりも、いみじき御盛りにて、あるべき限りねび整はせ給つる御様、まことに見奉らば命も延びぬべきを、まづうち泣かせ給て、……

（参考　四六三）

嵯峨院から見ても、狭衣帝は足らぬところなく成長を遂げ、充実したすばらしい成人の姿で立ち現れたのであった。

狭衣にまつわりついていた「ゆゆし」が消失してから、人々は狭衣にどのようなまなざしを向けていたのか、三例をもって示した。即位以前は若々しい青年の姿を、即位以後は成人しきって申し分のない美々しい姿を、人々は賞賛しつつ眺めている。かつて人々はこの世の者とも思われない狭衣の超越性をまばゆく見ながら、懼れ憚り不吉にさえ思っていた。けれども、今や人々は狭衣の卓越した青年美・成人美を目にして、もろ手を上げて賞賛しているのである。

「ゆゆし」に注目して狭衣像を追ってきた。狭衣は「ゆゆし」き人物として物語に登場してきた。その「ゆゆし」さは天稚御子事件の起きた宮中において、堀川家以外の人々にも認識され、さらに粉河参詣を終える頃までには、世の人、中納言典侍、大宮・女二宮付女房、誰かはわからない者（たち）といった種々の人々からも確認されていった。狭衣の「ゆゆし」さは、あまねく知れ渡ったといってよいほどであった。しかしそれ以後、狭衣が「ゆゆし」と見られ思われる用例は減少し、竹生島参詣前日、狭衣が琴を弾いて超常現象を起こしたときには、狭衣の「ゆゆし」さも堀川家の人々によって感じられるにとどまった。そうして、狭衣を表象する「ゆゆし」の用例はなくなり、「ゆゆし」に表象された狭衣像にかわって、卓越した青年美・成人美が、いわば完成された人間の美が人々の目を通して映し出されるのであった。

ここに、「ゆゆし」に表象される存在の超越性と禁忌性が失われ、秀麗な人間の美がとってかわる動きを読みとりうるのではないだろうか。しかもそれは、狭衣の地上化の動きとも符合する。天稚御子事件や粉河寺での普賢菩薩示現により明らかになったごとく、狭衣には天稚御子の住む天界なり普賢菩薩の導く兜率天なりに飛翔しうる可能性があった。けれども、後の即位を視野に収めた賀茂神の夢告により、狭衣は粉河で出会い師と仰いだ僧（飛鳥井女君兄）のいる竹生島に行き、今度こそ仏教的天界を目指して修行しようとしたのを阻まれ、地上の最高権威たる帝に位置づけられてしまった。狭衣の地上化の動きといったのは、この謂である。

　では、上述の点と転換される思慕を関連づけてみたいと思う。源氏宮思慕から女二宮思慕へという動きはほぼ、「ゆゆし」に表象される超越性や禁忌性のまつわる狭衣から、秀麗に成人している人間狭衣への変容とともにあった。すなわち、狭衣が人間として位置づけられ地上化していくなかで、女二宮が選びとられたのだといえる。そして、たしかに男女としてかかわった女二宮との恋の現実性がアドバンテージを有して思慕の転換がなされるのは、狭衣自体が「ゆゆし」に表象される超越性・禁忌性を失い、最高権威者の帝であれ地上に生きる人間に位置づけられ、現実化を余儀なくされたからではないか。源氏宮から女二宮への思慕転換の構図は、禁忌を帯びて超越的な狭衣から現実を生きる人間狭衣への変容の構図と二重写しになっている。思慕転換の構図は狭衣変容の構図を読みとらせる方法だったのではあるまいか。

　なお、源氏宮への思慕を身体的に相等しい女二宮へと移し替え、かつ思慕のありようや傾向まで相等しい形で移し替えていくのには、さまざまな因子が複雑に絡み合っているのだと思う。[15]ただ、ひとつには「ゆゆし」に表象される狭衣から人間狭衣へという動きのなかにあるにもかかわらず、神鳴り事件後にみずからを「ゆゆし」と思い、[16]仮初の世つまりは短命を意識しているのを見ればわかるように、ネガティブに自身の超越性を認識して現実を疎むばかりで、人間としての完成に向かっていけない狭衣の内面に由来するのだと見ておく。

五　思慕転換の構図

　源氏宮思慕を凌駕していく女二宮思慕のありようは、さまざまな面で源氏宮思慕と相等しくなっていた。しかし、まぎれもなく現実の恋であった女二宮との恋の記憶が、いつまでも狭衣をとらえて放さず、女二宮への現実的恋の情動を突き動かして、思慕を転換させていったのだといえる。しかも、現実的恋の情動を掻き立てて止まない女二宮が選びとられていく動きは、狭衣自体が「ゆゆし」に表象される超越性・禁忌性を喪失し、内面はどうあれ人間としての完成美を見せ、地上の現実を生きざるをえなくなっていく動きと二重写しに語られていた。したがって思慕転換の構図とは、狭衣変容の構図を読みとらせる方法であったと結論づけた。いやおうなく現実を生かされる男の心をとらえるのは、もはや幻想に過ぎないのだが、現実味を帯びて見える女なのだといえようか。

文学史において、『狭衣物語』はいつも『源氏物語』の風下に立たされ、模倣・亜流の譏りを蒙ってきた。狭衣と各女君との恋はどれも『源氏』風味にして類型的だと一括され、女二宮との個別的関係からは、狭衣の肉体的欲望の淫猥・頽廃が指摘されてきた(17)。女二宮思慕の方法性などは省みられなかったのである。研究史のなかで、さまざまな修正がなされているとはいえ、狭衣にとって格別な女二宮の存在感や、女二宮思慕の方法的なあり方は、いまだ見出されていないように思う。狭衣の恋の物語という視点から見れば、女二宮との関係は狭衣の肉体的欲望の淫猥・頽廃を指摘して済むものではなく、むしろ女二宮を源氏宮と等質化しつつ差異化して格別な存在感に仕立て上げていく方法であった。また、女二宮思慕と源氏宮思慕は類型的なのではない。女二宮思慕は似て非なるありようで一貫して源氏宮思慕との対照を保ち、狭衣像の変容を浮かび上がらせるべく、きわめて方法的に織り上げられているのである。

狭衣を語る『狭衣物語』の様相を鮮明に映し出す女二宮の重要性は再認識されてしかるべきではなかろうか。

注

(1) 平野孝子「狭衣物語の構成」(『言語と文芸』一九六七年十一月→日本文学研究資料叢書『平安朝物語IV』一九八

〇年　有精堂刊）。久下晴康（裕利）「狭衣物語の構造―回帰する日常」（『中古文学論攷』一九八一年十一月↓『平安後期物語の研究狭衣浜松』一九八四年　新典社刊）等、それぞれの立場で論及している。

（2）底本の文字「こ」か「と」か判別しがたい。他の文字の様態から見て、どちらかといえば「こ」ではないかと判断した。詳細はⅠ第3章注（5）参照。

（3）引用箇所に該当する古活字本本文は、内閣文庫本等のいわゆる第一系統本にくらべるとだいぶ刈り込まれており「必ずあるべきこと」の部分もナシ。ただ、本論が引用した箇所の後続部分に相当するところに「『人知れず思ふ事叶ひなば』など世のけしき見果つる程は、『忍び忍びにも見奉らむ』など、あまり心のどかに思ひつる程に」（全書上巻三三三）とある。つまり、源氏宮への思いがかなうかどうかを見届けるまで、女二宮とは忍び恋をしていようと思っていたということであるが、女二宮が源氏宮とは違い現実の恋の対象であり、かつ源氏宮に優先しない存在だった経緯は十分に掬いとれる。「必ずあるべきこと」「あるまじきこと」ということばの対照は見られないが、本論の論旨に抵触する本文にはなっていない。

（4）「心つし」とも読め、「つ」と「し」の続きのなかに「く」を読みとれるかどうか、きわめて微妙であるが、平出本、古活字本を参照し「心づくし」とした。巻四では平出本、古活字本とも内閣文庫本と同系統の本文になるとする説（三谷榮一「狭衣物語巻四における諸伝本の基礎的研究―三系統存在の確認について―」『実践女子大学紀要』一九六二年三月↓『狭衣物語の研究［伝本系統論編］』二〇〇〇年　笠間書院刊）に従い処理した。

（5）この部分、古活字本ナシ。ただ、底本とした内閣文庫、西本などでは引用箇所の後に該当する部分だが、「この同じ様にてや世に過ぐし侍りける。…〈中略〉…またご覧ぜられぬやうも侍らむを……」（全書上巻三七一頁）とあり、源氏宮の初斎院入りで、これまでに出家していなかったことを後悔し、今後の出家を視野に入れている狭衣は確認できる。このあたりもやはり古活字本は内閣文庫本や西本にくらべると、かなり刈り込まれた本文になっている。

なお、巻二最終部分について、大系は内閣文庫本が系統の異なる本文を混入させていると見て、西本等で改めているが、本論ではそれも内閣文庫本のあり方だと考え、内閣文庫本の本文を引用した。引用部分、西本とくらべても論旨にかかわる異同はない。なお大系は校訂一覧の部分に、内閣文庫本の本文を掲げているので、その頁数を併せ掲げておく。当該部分には以下も同じ処理を施す。

(7) 源氏宮思慕と非現実的なものへの憧憬思慕の繋がりについては、本書II第1章で詳細を述べた。なお、詳細はやはりII第1章の注(18)に譲るが、井上眞弓「『狭衣物語』の構造私論—狭衣の果たした役割より」(『日本文学』一九八三年一月→『狭衣物語の語りと引用』所収「天界・地上・世人の構図の中で—狭衣の超俗的属性をめぐって—」二〇〇五年　笠間書院刊)が、狭衣の厭世観を恋の悩み以前に、自身の「超俗的属性」からくるものだと指摘している点は、首肯されるし重要な指摘であると思う。

(8) 三谷榮一「狭衣物語・その頽廃性」(『解釈と鑑賞』一九六六年六月→『狭衣物語の研究［異本文学論編］』所収「狭衣物語の模倣と創造—心深き物語」二〇〇二年　笠間書院刊)は、最後の贈答歌に関して「二人の恋の成就が最後の場面で暗示されていることは明らかである」とする。それに対して森下純昭「狭衣物語の贈答歌—その変則性について—」(岐阜大学『国語国文学』一九七六年二月)は「狭衣が形代を得、即位した時点(源氏宮との結婚は実際上不可能)でのこれらの贈答は歌題的な『会はぬ恋』の形—物語を終えるための形でもあり、また最善を求めえない時代に生きる作者の願望でもあろう—である」という。恋の成就が暗示されているとは思わないし、歌題的な「会はぬ恋」の形さえ成り立っているのかどうか心もとないが、少なくとも接点を持ったという点で、ふたりの関係に何らかの変化が生じているのは認めうると思う。

(9) 古活字本「ゆゆしく」ナシ。しかしこの少し後、狭衣が雨風に当たるのも、おそらく母親が「ゆゆし」と思っている部分は、内閣文庫本や西本ばかりでなく古活字本にもある(全書上巻一八九頁)。「ゆゆしき」狭衣像は古活字本でも掬いとれる。

(10) 注(7)「『狭衣物語』の構造私論—狭衣の果たした役割より」(『日本文学』一九八三年一月)。なお、『狭衣物語の語りと引用』所収論では、この部分が削除・変更されており、論全体も改訂を施され、いささか論法を異にしているが、「ゆゆし」に「超俗的属性」を見ている点に変更はないと思う。けれども、狭衣にまつわる「ゆゆし」を生まれもってのものと断じ、「超俗的属性」とダイレクトに結びつけている初出論文の方により共感を覚えるので、あえてそこから引用した。

（11）古活字本ではこの部分に「ゆゆし」ナシ。むしろ内閣文庫本・西本にはないが、本論の引用部分直前で、古活字本では母堀川上が「ゆゆしう」といっており、それを受けて女房たちが「ことわりなり」（全書上巻一九九頁）と納得している。ことばとしては現れないが「ゆゆしき」狭衣像が女房たちからも確認されているのには変わりがない。

（12）狭衣を「ゆゆしう」思う典侍の心内語は古活字本ナシ。ただし内閣文庫本・西本で、この後に典侍が狭衣を「変化のもの」（参考一三六）と見ているところは古活字本にもある（全書上巻二九七頁）。「ゆゆし」は見えないが、「変化のもの」はそれに相当することばであろう。古活字本は同趣のことばを節約した本文様態を示しているが、典侍を通して狭衣の超越性をとらえている点は変わらず、論旨に差し障る本文ではないと判断する。

（13）この部分も古活字本は本文様態がかなり異なり、例によって内閣文庫本・西本にくらべると刈り込まれている。「ゆゆしかりける」の部分は「忌々しうやと見え給ひけり」（全書上巻三三一〜三三二頁）になっているが、「忌々し」と「ゆゆし」は類語であり、ともに大宮・女二宮の若い女房が狭衣の超越的な美しさを不吉に思っている点は変わらない。

（14）古活字本「いまいましう」の部分までナシ。ちなみに「神鳴り」は三回轟いている。古活字本は弾琴・神鳴りを受けて「この世はかりそめに物心細うのみ思し離るるなめりかし」（全書下巻一四四頁）とあり、「ゆゆしういまいましう」の自覚は節約して語らない。けれども異能者たる自身に存在不安を感じている様子に語り及ぶことで、内閣文庫本・西本においては「ゆゆし」「いまいまし」がより明確に表象するのだが、ともあれ存在の超越性と禁忌性によって、むしろ存在の不安を呼び起こされる狭衣をなんとか掬いとってはいるだろう。

（15）その点については本書Ⅰ第3章およびⅡ第1章で本論とは別の角度から考察を試みた。

(16) 注(14)参照。

(17) 藤岡作太郎『国文学全史2平安朝篇』(平凡社東洋文庫 一九七四年刊。『国文学全史(平安朝篇)』一九〇五年東京開成館刊および一九二三年岩波書店刊の校訂版)、五十嵐力『平安朝文学史下巻』(一九三九年 東京堂刊)等々。むろん、これら文学史から学ぶところも多く一概に否定するつもりはないが、その分いまだに解けきれない観のある文学史の呪縛を解いてみれば、評価の変わる文学テクストはなお多くあると思う。『狭衣物語』もそんなテクストのひとつだと考えている。なお『源氏物語』の模倣でも亜流でもない点については、本書I第3章で詳述した。

第３章　恋のジレンマ——飛鳥井女君と源氏宮

一　拡散する恋

『狭衣物語』は冒頭から狭衣の源氏宮思慕を語っている。

例の胸さはぎて、花には目もとまらず、つくづくとまぼらせ給ふ。

（内閣文庫本　参考…大系二九頁　以下引用の『狭衣』本文も同本に拠り、参考として大系当該頁数を示す）

狭衣は晩春の庭を眺めながら、花には目もとまらぬほど源氏宮に思い焦がれて憂わしげだ。冒頭を飾る源氏宮思慕は、一応物語終盤まで持続している。けれども、源氏宮との恋は「あるまじきこと」と自己規制され、男女の現実的な恋には発展していかない。発展しそうな局面に差しかかっても、踏みとどまってしまう。そんな狭衣は源氏宮を一途に思いつつも、飛鳥井女君や女二宮そして式部卿宮の姫君（宰相中将妹）といった女君たちと関係を持ち、狭衣の恋は拡散していく。しかし、これら女君たちとの関係は源氏宮思慕と密接に連絡しているのである。本章では、完全に源氏宮思慕を中心に語られているとおぼしき部分[1]で、飛鳥井女君との恋を並行して語っている部分について考察し、源氏宮思慕中心の物語と飛鳥井女君との恋が、どのように連絡しているのかを明らかにしたい。源氏宮思慕と拡散する恋とが、どのようにかかわり合っているのかを探る手がかりにしたいと思う。

ところで文学史を繙くと、『狭衣物語』に登場する女君たちには個性がないといわれ[2]、狭衣と女君たちとの恋にしても、肉体的欲望に根ざして類型的である[3]、『源氏物語』の域を出ないと評される[4]のがしばしばだ。飛鳥井女君および女君と狭衣との恋に論及する場合でも、概ね右のごとき評価が下されている。『源氏物語』至上主義に基づくこうした見方はかなり修正されているが、飛鳥井女君については『源氏物語』等の先行文学や伝承に見える女性像の枠でとらえられ、個別的に論じられる傾向があると思われる。先行文学や伝承とりわけ『源氏物語』には還元しきれない特質については本書Ⅰ第7章で論じたが、ここでは狭衣と飛鳥井女君との恋が必ずしも個別的に完結するものではなく、源氏宮思慕とも緊密に連絡している様子をとらえ、そこに浮かび上がる『狭衣物語』のあり方を掬いとっていきたいと思う。

二　源氏宮思慕の特質

飛鳥井女君との恋が源氏宮思慕と緊密に連絡するのは、狭衣の源氏宮への思慕が抱える特質に由来している。したがって、まずは源氏宮思慕の特質を押さえるところから始めたい。

源氏宮思慕には見逃しえないふたつの特質がある。ひとつは、源氏宮との恋が「あるまじきこと」と自己規制されることであり、もうひとつは、にもかかわらず心中「いろいろに重ねては着じ」と源氏宮への一途な思いが誓われていることである。

ただ双葉より、露の隔てなくて生ひ立ち給へるに、親たちを始め奉りて、よそ人も帝・東宮なども、ひとつ妹背と思し掟て給へるに、われは我と、かかる心のつき初めて思ひわび、ほのめかしてもかひなきものゆゑ。あはれに思ひかはし給へるに、思はずなる心ありけると、思し疎まれこそせめ。世の人聞き思はんことも、むげに思ひやりなくうたてあるべし。大殿、母宮なども、並びなき御心ざしとはいひながら、この御ことはいかがはせん、さらばさてもあれかしとは、よに思さじ。いづかたにつけても、いかばかり思し嘆かん。かたがたにあるまじきことと、深く思ひ知り給ひしにも……　（参考　三〇〜三一）

狭衣が源氏宮との恋を「あるまじきこと」と思うのは、ふたりが兄妹として育ち、親も周囲もそして源氏宮自身も、ふたりの関係を兄妹だと見なしている状況に配慮せざるをえないからだと、狭衣の内面に立ち入りつつ語られている。しかしながら、ふたりの本来の関係は兄妹ではなく従兄妹であり、狭衣があえて望むなら、ふたりの結びつきには何ら客観的障壁はない。この際、源氏宮の心情は措く。「あるまじきこと」とする理由がさまざま問われてきたゆえんだ。(5)なかで、千原美沙子説「源氏宮が后がねとして育てられたから」が有力なようだ。巻二において、東宮から源氏宮に「頼めつついくよ経ぬらん竹の葉に降る白雪の消えかへりつつ」（参考一七五）という歌も贈られており、東宮への入内が予定されていたのは事実である。一般論としては「后がね」との恋は禁じられるべき恋で、狭衣にもかなりのプレッシャーになる。ただし、『狭衣物語』では少し事情が違う。第一に、たとえ堀川家にそのような目論見があったにせよ、狭衣が源氏宮との結婚を望むのであれば、両親である堀川大殿や堀川上が入内を優先させるとはまず考えられない。

親たちのこころざしには、いひしらずあるまじきことをしいで給ふとも、この御心には少し苦しく思されんことは、つゆばかりにても違へ聞こえ給ふべくもなけれど、……
（参考　三三）

狭衣が生を全うできるかどうかさえ不安に思っている両親は、狭衣の願いなら善悪も越えて何でも容れるといった風情だ。そして第二に、宮廷は堀川大殿の意のままである。一条院や今上帝（嵯峨帝）と同じ后腹の皇子であったが、臣籍降下した堀川大殿の立場は以下のように語られている。

故院の御遺言のままに、帝、ただこの御心に世を任せ聞こえさせ給て、おほやけ・わたくしの御有様めでたし。
（参考　三一～三二）

堀川大殿が宮廷を牛耳っているといっても過言ではない。だから、帝や東宮を憚り、何がなんでも源氏宮を入内させなければならないわけでもないのである。つまり、源氏宮が「后がね」であろうとも、狭衣が望めば事態の打開はそう難しくないのだった。

狭衣が源氏宮との恋を「あるまじきこと」と思う外在的な理由よりも、むしろ狭衣の内面が注目されるのではないか。仮に、ほんとうに禁じられるべき恋であっても、破ろうとするのが「恋する」ということであろうに、さして絶対的とも思われない理由で最初から、もっとも大切な恋をみずから「あるまじきこと」として閉ざしてしまって、なおかつ思慕し続ける心のありようが注目されるべきではあるまいか。すなわち、生い立ちと周囲への配慮を盾に、自身で「あるまじきこと」と規制して、源氏宮との恋をいわば恣意的に禁忌化しながら思慕しているところが、源氏宮思慕の特質としてひとつ注目されるのである。

さて、「例の胸さはぎて」に始まる狭衣の源氏宮への思いは「ひとつ妹背」であった時代から逸脱した新たな感情だ。源氏宮の美しい姿を見ては思う。

人目も知らず我が御身にひき添へまほしう思さるる。
（参考　三〇）

人目も憚らず源氏宮を我が身にひき寄せたいと思うのであった。恋情を告白して、かえって疎まれてからは、恋の情動に駆られている様子がより露骨に語られる。

　今はた同じ難波なるともかつは思さるる。（参考　七六）

「今はた同じ難波なる」は『後撰集』恋五、元良親王「わびぬれば今はた同じ難波なるみをつくしてもあはんとぞ思ふ」の引用で、身を滅ぼしてでも源氏宮と逢いたい、男女の関係を結びたいという思いを表している。兄妹関係を男女関係に発展させたいと願う狭衣の心情が、より鮮明に語られているのである。

しかしその一方で、「あるまじきこと」と自己規制して、男女の恋に発展させようとする感情を抑えてしまう。理由の如何よりも、源氏宮思慕には擬似兄妹関係を男女関係に発展させたいと願いつつ「あるまじきこと」と自己規制し、恋の情動を恣意的に禁忌化している特質があるのを確認しておきたい。

次に、ふたつ目の特質になるが、狭衣は源氏宮への一途な思いを自身の心に誓っている。巻一の天稚御子事件により女二宮との結婚話が持ち上がったとき、明確に一首の形をとって心に刻まれるのであった。

　いろいろに重ねては着じ人知れず思ひそめてし夜半の狭衣　（参考　五二）

かつて「一夫一婦制の標榜」[7]ともいわれたが、たしかに源氏宮以外の女君とは関係を持つまいと自身に誓っている。ところが、「この御（源氏宮の）やうならん人を見ばや」（参考三六）に窺える形代願望を源流として、他の女君とも関係を結んでいる。源氏宮と男女関係を結びたいと欲しているにもかかわらず、「あるまじきこと」と恣意的に禁忌化して、やり場を失った恋の情動のなせる業だといえよう。しかし、またそれを「いろいろに重ねては着じ」の誓いが阻む。

「あるまじきこと」と恣意的に恋を禁忌化しながら、「いろいろに重ねては着じ」と一途に恋心を捧げる源氏宮思慕の屈折したふたつの特質に注目したい。このふたつの特質こそ他の女君との恋を導き入れては閉ざしていると思われるからだ。

三　飛鳥井女君と源氏宮

源氏宮思慕の特質である「あるまじきこと」と「いろいろに重ねては着じ」が、飛鳥井女君との恋に及ぼす影響について考え、拡散していく恋と源氏宮思慕がどのように連絡しているのかをとらえていきたい。

狭衣は宮中からの帰り道、飛鳥井女君が僧に連れ去られかけているのを救う。そうして、出会ったばかりの女君に心を奪われるのだった。

薄色の衣、なよらかなる生絹の単衣着て道すがら泣きけるに、かへりしぼみて、額髪などいたう濡れ、衣など鮮やかにもなきに、髪はつやつやとかかりて、いとはづかしうわりなしと思ひたる様など、なべての様には(8)。ただいとらうたげにをかしき様にぞあるべき。あやしう思ひのほかなるわざかな。これを見で止みなましかば、いかにくちをしからましと思ふものから、……　（参考　七〇）

狭衣は女君の風情を見つめて、なんともかわいらしい様子に意外性を覚え、恋心を揺すぶられる。「いろいろに重ねては着じ」と一途な思いを源氏宮に捧げていた狭衣が、このように他の女君に恋心を抱く次第は、以下のごとき心情から汲みとれるだろう。

中将の君、ありし室の八島の後は、宮のこよなく伏し目になり給へるを、つらう心憂く、いかにせましと嘆きの数添ひ給へり。我が心も慰めわび給て、なほおのづからの慰めもや、と忍び歩きに心入れ給へれど、ほのかなりし御かひなの手当たりしに似る者なきにや、姨捨山ぞわりなかりける。その際にこそあらねども、宣耀殿のをかしき様に、人にはことにおはするさへ思ふ。東宮へ参り給へば、まとはし聞こえ給ふ。(9)

（参考　六三〜六四）

これより少し前、狭衣は「いかばかり思ひ焦がれて年経やと室の八島の煙にも問へ」と源氏宮に恋心を打ち明けながら、「あるまじき心ばへはよに御覧ぜられじ」といい自身でひきさがっていた（参考五六）。抑えきれない恋心を源氏宮に明かす一方、またぞろ禁ずべき恋心だと自制したのである。以来、源氏宮が狭衣によそよそしい態度をとるようになり、狭衣は嘆きを深める。「あるまじきこと」に呪縛されつつ恋心を募らせ、なおかつ源氏宮との関係まで気まずくしてしまい、やるせない思いが募るばかりなのであった。そこで、「慰め」を求めてさかんに忍び歩きをするのだが、源氏宮を彷彿とさせる女君もいないのか、心の慰めようもない。なお「姨捨山」は『古今集』雑上、読人不知「我が心慰めかねつ更級や姨捨山に照る月を見て」からの引用で、自身の心を慰められないでいる狭衣の様子を表す。それでも、源氏宮には及ばないが「をかしき様」の春宮妃宣耀殿を目当てに、東宮に行ってみるのだった。

宣耀殿には天稚御子事件が起きた端午の日に文も贈っており、どういう手づるがあったのか以前から関係を持っていたと語られている（参考四〇）。右引用部を見る限り、いくら忍び歩きをしても慰めようのない源氏宮への恋心を抱えて宣耀殿に逢うべく東宮に行っているのであり、どうやら宣耀殿との関係は源氏宮との進展しない恋の「慰め」だと理解しうる。ところが生憎その日は東宮につかまり、どうにもならない。そのうえ東宮から源氏宮に恋心を抱いているのだろうと疑われ揶揄され、恋心は紛らわされるどころか蒸し返されて、ますますやるせない気持ちで退出する。その帰り道、飛鳥井女君と出会ったのである。

　上述のような経緯をふまえれば、出会うなり抱く女君への恋心は、単に女君のかわいらしさに惹かれた衝動的なものではなく、やり場のない源氏宮への恋の情動を転位させたものだととらえられてくるのではあるまいか。どうしても「あるまじきこと」に呪縛され、恋の実現を閉ざしつつ恋心ばかりを募らせる源氏宮思慕の「慰め」として、飛鳥井女君への恋心を位置づけうるのではないだろうか。

　路傍で出くわした女君へのうちつけ懸想であるから、仮初に終わるのかと思いきや、狭衣は「これやげに宿世といふものならん」（参考七四）と感じ、「なしはらのとまでぞ思しける」[10]（参考七五）のだった。「なしはらの」は『夫木抄』雑部、読人不知「君ばかりおぼゆるものはなしはらのむまやいでこんたぐひなきかな」の引用で、飛鳥井女君ほど恋しい人はいないとまで思う狭衣の入れ込みぶりを表している。もはや「慰め」にとどまる恋心ではないようだ。こうして、ふたりの親密な関係はいつしか日を重ね、月を重ね、数ヶ月に及んでいた。

　ただ、狭衣は素性を隠し、ふたりは名のり合いさえせず、忍び恋を続けていたのである。「慰め」の恋から完全に自立しうるのかどうか、なお不透明なところだ。狭衣が飛鳥井女君を「なしはらの」とまで思った直後の場面には、相変わらず源氏宮を思い、源氏宮のもとを訪れる狭衣が語られている。ここには、飛鳥井女君との関係に翳を落とす源氏宮への恋心が鮮明に映し出される。

　　源氏宮は、古き跡尋ね給へりし後は、いみじう疎みたる御気色を、さればよと心憂きに、今はた同じ難波なるともかつは思さるるまで。人目こそ隠るることなかりけれ、宮は、またいかでさることも聞かじと思せば、人知れず御用意し給て、岩間の水のつぶつぶと聞こえ知らせ給ふべきほどだになくもてなさせ給へり。

…〈中略〉…

御顔の美しさ、千夜を一夜にまぼり給ふとも飽く世はいつかと見給ふも、飛鳥井の宿りは戯れにもあさましうぞ思し続けられ給ひける。額のかかりなど、いと近くては、なほなほ我が目からにや、かかる人の類またあらんやは。これを起き臥し我がものと見奉らで、世にはなほいかでかあらん。少しも劣りたらむ人を見ては、何しに世にはあるべきぞ。このこと違ひはてなば、いかにもあるべき身かはと思ひ咎めらるるに、例のもろき涙はいとはしたなく、……

（参考　七五～七六）

「今はた同じ難波なる」は前述（第二節）のごとく、『後撰集』元良親王歌を引用し「みをつくしてもあはんとぞ思ふ」をたぐり寄せて、いくら疎まれても源氏宮に逢いたい、身を滅ぼしてでも逢いたいと思う狭衣の心情を表す。このような源氏宮への恋心を抱いて、狭衣は宮を訪れるのであった。すると、そこには母堀川上もいて、ふたりは碁を打っていた。狭衣に気づき困ったようなそぶりを見せる源氏宮の顔の美しさに狭衣は目をとめ、「千夜を一夜にまぼり給ふとも飽く世はいつかと」と思う。『伊勢物語』二十二段の歌（男）「秋の夜の千夜を一夜になずらへて八千夜し寝ばやあく時のあらん[11]」（一〇三）からの引用であると見るのが一般であり、そのとおりであろう。「みをつくしてもあはんとぞ思ふ」恋心を内に秘めてやってきた狭衣であるのをふまえれば、「千夜を一夜……」は狭衣の視線を介して、いつまで見ていても見飽きない源氏宮の美しさを表象するばかりでなく、『伊勢』の歌を介して、「八千夜し寝ばや」と願う狭衣の恋の情動をこそ物語表層にあぶり出しているのではないか。

狭衣は源氏宮への恋心を持続させていた。しかも源氏宮の美しい顔を目にして恋の情動を掻き立てられれば、飛鳥井女君との恋など「戯れにもあさまし」と全面的に否定されてしまう。さらに、「これを起き臥し我がものと見奉らで、世にはなほいかでかあらん」には、源氏宮を「我がもの」にしたい結婚したい思いが鮮明に浮かび上がっているが、同時に「少しも劣りたらむ人を見ては、何しに世にはあるべきぞ」と、源氏宮より少しでも劣った人と、換言すれば飛鳥井女君と恋に落ちるなり結婚するなりしたら、どうして生きていられるのかとの思いも呼び起こされてくるのであった。源氏宮への恋の情動は源氏宮の独占願望＝結婚願望に繋がりながら、他の女君との恋や結婚を劣位に置いて排除していく。源氏宮への恋心は飛鳥井女君との恋に暗い翳を落としているのである。「いろいろに重ねては着じ」と心に刻んだ誓いがよみがえっているのだといえよう。

源氏宮との恋が「あるまじきこと」に呪縛され閉ざされ、恋心ばかりが募ってやり場を失っていたとき、飛鳥井女君は「慰め」として求められ、狭衣の恋の対象になった。しかし、「あるまじきこと」が自己規制であり、あくまで恣意的禁忌化である以上、裏側には常に男女の恋に発展する可能性があるのであって、かつ狭衣はそれを望んでもいる。そしてこのように、狭衣が源氏宮との関係を男女関係に組み替えて結婚したいと望むとき、「宿世」を感じ「なしはらの」とまで思われ、すでに「慰め」の次元を抜け出しているかに見えた飛鳥井女君との恋も、自立性を欠いた劣位の「慰め」として否定されてしまうのであった。「いろいろに重ねては着じ」と心に誓った源氏宮恋慕の唯一絶対性が、他の女君との恋を阻害し、かてて加えて源氏宮にはくらべるべくもない、所詮は「慰め」の飛鳥井女君との恋なら、なおさらひどく阻害するのである。

飛鳥井女君との恋が「慰め」の恋から自立したかに見える一方、互いに名のり合いさえもしない忍び恋であった事情は、上述のような狭衣の心情に由来していたのだといえよう。ともあれ、「あるまじきこと」と恣意的に恋を禁忌化しながら、「いろいろに重ねては着じ」と一途に恋心を捧げる源氏宮思慕の屈折したふたつの特質が、飛鳥井女君との恋に大きな影響を及ぼしている様子をとらえておく。

四　恋のジレンマ

「いろいろに重ねては着じ」の思いがせり出し、飛鳥井女君との恋は「戯れにもあさまし」と全面的に否定されたのだが、すぐに女君との恋が途絶えるわけでもない。どころか、狭衣はそう思ったその夜、女君のもとを訪れている。ではいったい、どのようにして女君との恋に回帰していくのであろうか。その点を糸口に、源氏宮思慕と緊密に連絡する飛鳥井女君との恋の相貌をとらえたいと思う。

前節で引用した源氏宮訪問の場面には、まだ続きがある。何気なく源氏宮が几帳の内に姿を隠してしまった後の部分に注目したい。

人々の物語などして候ひ給ふ御前の木立、ものに暗く暑かはしげなる中より、蝉の鳴き出でたる、暑げなるも、いとどしく御心の中は燃えまさりて、

(狭衣)声たてて鳴かぬばかりぞもの思ふ身は空蝉に劣りやはする

といひ紛らはして、「蝉黄葉に鳴きて漢宮秋なり」と忍びやかに誦《ず》し給ふ御声、……

…〈中略〉…

日も暮るるままに、色々に紐解きわたす前栽の花の色々、袖よりほかに置きわたす露もたまらぬにやと眺め入りて、とみにも立ち給はず。虫の声々草むらにすだけば、野もせの心地して、かしかましきまで乱れあひたるを、我だにももどかしう思されて、月出で夜も更けぬる気色にぞ、かのほどなき軒端に眺むらんあはれさも思し出でらるる。おぼろけならぬおぼえなるべし。

(参考　七八〜七九)

眼前から源氏宮の姿が消えると、狭衣の耳には蟬の声が聞こえてくる。暑さを搔き立てる蟬の声に、「いとどしく御心の中は燃えまさりて」狭衣の恋心も煽られる。狭衣詠「声たてて……」は蟬によそえ源氏宮への苦しい恋心を吐露している。いわく「蟬が鳴くように声をたてて泣かないだけのこと。恋心を抱いて思い悩むこの身は、鳴く蟬に劣りはしない。いや泣くより辛い」と。まず注意されるのは、声をたてて泣かない忍び泣きというところではあるまいか。つまり、源氏宮への恋心を忍ぶべきもの、憚りのあるものだととらえている狭衣が見出される。そもそもこの歌自体、狭衣の苦しい恋心を込めているにせよ、景物に「いひ紛らはして」詠んでいるし、すぐ後には秋にふさわしい漢詩句を口ずさんで、さらに真意をはぐらかしている。それを見ても明らかだろう。

源氏宮が姿を隠すと、狭衣はますます「燃えまさりて」恋心を募らせ、源氏宮のところから去れないでいる。そうこうするうちに日も暮れてしまった。狭衣は一面に咲き乱れる花々に露が結んでいるのを、「袖よりほかに……」と思いながらじっと眺めている。「袖よりほかに置きわたす露」は、明らかに「我ならぬ草葉もものは思ひけり袖よりほかに置ける白露」（『後撰集』雑四、藤原忠国）をふまえたもので、上の句「我ならぬ草葉もものは思ひけり」をたぐり寄せる。そうして、露を涙に見立て秋草にまで自身のもの思いを投影する狭衣の、苦悩に満ちた恋心を照らし出している。また狭衣はやかましく鳴く虫の声を聞き、前栽が一面の野原になったかに思う。「虫の声々」以下傍線部は「かしがまし野もせにすだく虫の音や我だにものはいはでこそ思へ」（『新撰朗詠集』、虫、読人不知）の上の句を組み替えつつ引用して、今度は下の句「我だにものはいはでこそ思へ」を透視させる。ここからは、恋心を抱えて苦悩しても、口には出すまいと思う狭衣の心情が浮かび上がってくる。恣意的であれ、狭衣にとっては禁忌の恋心なのだから、苦悩を深めさせ、かつ恋心も苦悩も口には出せないというわけだ。要するに、日暮れとともに「あるまじきこと」の思いがせりあがってくるのである。

前節になるが、恋心を抱いて源氏宮を訪れる前半の場面は、源氏宮と男女関係を結びたいと欲し、ずっと一緒にいたい結婚したいと望んで、「いろいろに重ねては着じ」の誓いに忠実たらんとする狭衣を語っていた。一方、源氏宮が姿を隠して日が暮れる後半の場面は、「あるまじきこと」ゆえ、恋心も苦悩も口には出せないと思い、憂わしげな狭衣を語っている。ここで注目されるのは、本節で引用した後半場面最後の傍線部だ。すなわち、日が暮れると、「あるまじきこと」の呪縛がよみがえり、いよいよ夜も更けてくると、飛鳥井女君のはかなげな様子が慕わしく思い出されて、女君のもとに赴く点だ。恋を幻想する昼間の時間帯から恋を実現する夜の時間帯へと時が移っていくなかで、源氏宮への恋心も「いろいろに重ねては着じ」から「あるまじきこと」へと移行して、飛鳥井女君に向ける思いも変化していく。「あるまじきこと」の自己規制こそが、狭衣を飛鳥井の女君との恋に回帰させているのであった。

こうして訪れた飛鳥井女君のところでも、狭衣はなお源氏宮が思い出されてならない。けれども、女君の様子を目にすればまた、どうにも女君がいとおしくてならず、「逢ふにはかへまほしかりけるものを」（参考八〇）といい、「とかへる山の椎柴の」（参考八一）と約束する。「逢ふには……」は「命やは何ぞは露のあだものを逢ふにしかへばをしからなくに」（『古今集』恋二、紀友則）がふまえられており、命にかえても逢いたい思いを伝えている。さらに「とかへる山の椎柴の」は「はし鷹のとかへる山の椎柴の葉がへはすとも君はかへせじ」（『拾遺集』雑恋、読人不知）からの引用で、不変の恋心を約束したことばだ。源氏宮思慕になにかと左右される飛鳥井女君との恋であるが、どうにか自立して発展していきそうな気配を見せているといえよう。

ところで、飛鳥井女君は逼迫した状況に置かれていた。というのも、女君を盗もうとした僧は、女君目当てに乳母と親交を持ち、女君たちの生計をまかなっていたのである。むろん女君救出劇以来、僧からの援助も途絶え、女君たちは生活に困窮してしまった。そんななかで、女君には乳母とともに東国に下る話まで出て、狭衣との恋も続けられない状況に至っていたのである。狭衣は女君の逼迫を知らない。ただ、乳母の態度から、女君が再びあの僧に与えられてしまうのではないかと不安には思っていた。そこで巡らされる狭衣の思案は次のごとくだ。

女君の有様の、いでや、さらばとて止むべくもおぼえねば、いかにせましとのみ。候ふ人々のつらにて、局などしてやあらせましと。人知れず思ふあたりの聞き給はんに、戯れにも心とどむる人ありとは聞かれ奉らじと思ふ心深ければ、さもえあるまじ。（参考 九〇〜九一）

さすがに狭衣も女君の処遇を考え、女房待遇で迎えようかと思う。しかし、それも「人知れず思ふあたり」つまりは源氏宮に知られまいとする一心で思い返されるのだった。そして、したことといえば、いまだに素性も明かさず、「これより変はる心はあるまじきを」（参考九一）と変わらぬ恋心を口にするばかりだった。結局この後、女君を狭衣の思い人だとは知らず、皮肉にも狭衣の乳母子が女君の乳母と語らい、女君を西海に連れ去ってしまうのである。

狭衣の思案のなかで注目すべきは、源氏宮に知られまいとの一念で、飛鳥井女君の身の上に不安を感じていながら、女君を女房待遇でさえひきとらない点だ。たとえば後の女二宮の場合、関係を維持するなら、相手は皇女であるから、きちんと降嫁を願い出る以外になく、源氏宮思慕との間で葛藤して、行動が停滞するのも当然といえば当然である。けれども飛鳥井女君の場合は、内々の思い人という存在でありうる。たしかに女君も窮状をひとことたりとも口にしていないのだから、女房待遇のいわゆる召人になりたいとは思っていないのだろう。女君の意思の如何はともあれ、女君に恋着し、かつ乳母の態度に懸念を抱いていた狭衣としては、とりあえず女房待遇の召人にするのであれ何であれ、女君を保護すべく動いてしかるべきだったのではないか。にもかかわらず、狭衣はそれさえもせず、ひたすら思い人の存在を源氏宮に知られまいとして、女君を失ってしまうのだった。

何度となく飛鳥井女君への恋着が語られるものの、結局は源氏宮思慕が大きく立ちはだかるのである。しかも、他に思いを寄せる人などいないと見せかけ、いびつに「いろいろに重ねては着じ」の誓いを守ろうとする狭衣の屈折した心情が、飛鳥井女君との恋を閉ざしてしまったのだといえよう。いびつだというのは、「いろいろに重ねては着じ」が本来、狭衣自身の心に誓われたことばであるからだ。飛鳥井女君との関係により、実質この誓いは破られている。すると、少なくとも源氏宮には思い人がいないように見せかけ、対自から対他にすり替えて、誓いをなんとか守っていると思う心情はいびつなものではないだろうか。ともあれ、いびつではあるが「いろいろに重ねては着じ」の誓いを守ろうとする心情が、飛鳥井女君との恋を閉ざしたのには相違あるまい。

以上、飛鳥井女君との恋を成立させていたのは、源氏宮との恋に対する「あるまじきこと」の呪縛であった。そして、女君との恋を否定し自立させなかったのは、だんだんと対自から対他にすり替わってはいるが、「いろいろに重ねては着じ」の束縛であった。結局、飛鳥井女君との恋は、源氏宮思慕の特質すなわち「あるまじきこと」の自己規制と「いろいろに重ねては着じ」の誓いの、いわばジレンマのなかで展開していたのだといえよう。それはまた、源氏宮思慕のジレンマゆえに、開かれては閉ざされる狭衣と女君の恋のジレンマをも映し出しているのではあるまいか。

五　恋のジレンマと物語の内面化

飛鳥井女君との恋のジレンマは、源氏宮思慕のジレンマと緊密に連絡している様子をとらえてきた。巻二における女二宮の場合も、ほぼ上述の分析を出るものではないと思われる。なお式部卿宮の姫君の場合、瓜ふたつの形代でもあり、全否定されたり破局に至ったりするわけではないが、「かばかりを慰めにてやみねと、神仏も掟て給へりけるにこそはと、片つ方の胸はなほうち騒げば」（参考四一五）と思われるようになり、「いろいろに重ねては着じ」と思い定めた狭衣にとっては「慰め」でしかなく、むしろ源氏宮思慕を煽ってさえいる。すでに源氏宮との恋は「あるまじきこと」以外の何ものでもない。それでも源氏宮思慕のジレンマが反映して、宮の姫君との関係もジレンマに陥っているのに変わりはない。拡散していく狭衣の恋はどれもジレンマに陥り、飛鳥井女君や女二宮との恋は破局を迎えてしまうのだが、そんな狭衣の恋はいずれも源氏宮思慕のジレンマと緊密に連絡しているのであった。

狭衣と女君たちとの恋はそれぞれ個別的で相互の関連がない、もしくは薄いと見られてきたけれども、狭衣のなかでは密接に関連づけられているのである。女君間の葛藤がないからといって、決して個別的なのではない。源氏宮と他の女君を繋ぐ糸が狭衣の心の襞に隠れて見えづらいだけだ。狭衣の心の襞のなかで源氏宮と他の女君たちを繋げて、拡散させながらも源氏宮思慕中心の物語を織り上げていった『狭衣物語』の方法は、いまいちど見直されてもいいのではないか。

また、源氏宮思慕から脱皮できない狭衣の恋は、よくいわれるように狭衣を退廃的な人物に映し出しもするが、狭衣自体も深く傷つき苦悩を深めているのであり、物語はそんな狭衣を前景化している。神田龍身が指摘する[12]ごとく、内面が物語の方法になるのは確実に後期物語の新たな傾向であるだろう。近代リアリズムも内面を重視したはず[13]なのに、なぜか後期物語の深い内面化傾向は評価されてこなかった。神田龍身の指摘はきわめて重要だと思われる。ともあれ、狭衣の内面の動きを方法とした狭衣の恋の物語とは、すなわち恋の苦悩に蝕まれていく狭衣の内面自体を物語にしていくような、新たな物語を形象しているのだという点を掬いとっておきたいと思う。

注

（1）私見では源氏宮が斎院に選ばれるまでととらえている。

（2）藤岡作太郎『国文学全史2平安朝篇』（平凡社東洋文庫　一九七四年刊。『国文学全史（平安朝篇）』一九〇五年東京開成館刊および一九二三年岩波書店刊の校訂版）。

（3）入江相政『狭衣物語』（岩波講座日本文学　一九三一年　岩波書店刊）。

（4）注（2）『国文学全史2平安朝篇』、五十嵐力『平安朝文学史下巻』（一九三九年　東京堂刊）、津田左右吉『文学に現はれたる我が国民思想の研究（二）』（一九八二年　岩波書店刊、一九一六年　東京洛陽堂刊の復刻版）等々。

（5）半田尚子「狭衣物語の構成」（『文芸研究』一九五五年二月→日本文学研究資料叢書『平安朝物語IV』一九八〇年有精堂刊）は「本能的羞恥心と対者を理想化しすぎた若年ゆえの躊躇」だとし、千原美沙子「源氏宮論その1—源氏宮像の形成」（『古典と現代』一九六七年四月）は「源氏宮が后がねとして育てられたから」だととらえ、久下晴康（裕利）「狭衣物語の構造—回帰する日常」（『中古文学論攷』一九八一年十一月→『平安後期物語の研究 狭衣浜松』一九八四年　新典社刊）は「（あるまじきことと）絶対化することによって、その不安定な心情の中で生きるようすがとなる柱を無意識に確立していた」という。本書II第1章で、上掲諸論をふまえつつ「あるまじきこと」をめぐる論者なりの見解を提出した。

(6) 古活字本「違へ制し聞え給ふべきにもあらず」（全書上巻一九〇頁）。このあたり、内容的には変わらないが、本文の順序が内閣文庫本や西本とはかなり異なるので、注した。

(7) 石川徹「狭衣物語の定位」（『国語と国文学』一九五九年四月↓『平安時代物語文学論』一九七九年　笠間書院刊）。

(8) 西本「なべての様にはあらず」。平出本は内閣文庫本と同じ。底本本文を尊重し、「薄色の〜思ひたる様など」は、いたって平凡な様子だ、けれども、ただひたすらかわいらしいの意だと解した。後に狭衣は飛鳥井女君について「人に優れめでたきなど、わざと思すべきにはあらねども、これやげに宿世といふものならん」（参考七四）と思っているところからして、さほど無理のある本文ではないと思われる。

(9) この部分、諸本に異同がある。「思ふ」は西本にはなく「おはするさへ」に続き「東宮つとまとはしきこそ《こえ》給へればいとかたき事なるなぐさめにとう宮の御《を》まへはまひり給へれば」（影印本古典聚英に拠ったが新全集では上巻七二頁）。古活字本には宣耀殿にかかわる部分がなく「姨捨山にのみぞ思さるる。春宮に参り給へれば」（全書上巻二二三頁）。西本であれば、宣耀殿に逢いたいところだが、東宮がぴったり寄り添っていて難しいので、その慰めに東宮本人のもとを訪れたとなる。古活字本は宣耀殿に触れていない。ただし、西本・古活字本とも、内閣文庫本同様、東宮との場面のとじめで、東宮が宣耀殿に渡っていったので西本「こよひはかひなかるへきなめりとすさましうてまかてたまふ」（新全集では上巻七四頁）とあり、古活字本「今宵はかひもあるまじきなめりとすさまじくて、まかで給ひぬ」（全書上巻二二四頁）とあって、宣耀殿に「慰め」を求めて東宮に行ったのであろう様子は窺える本文になっている。

(10) この部分、古活字本ナシ。「この世のみならぬ契りをぞ交はし給ひける」（全書上巻二三五頁）とあり、密接なふたりの関係は読みとれる。

(11) この歌は『古今六帖』四・恋に、下の句「八千夜し寝なば恋はさめなん」で収められている。

(12) 「浜松中納言物語　狭衣物語と夜の寝覚―方法としての内面―」（別冊日本の文学『日本文学研究の現状Ⅰ古典』

一九九二年　有精堂刊→『物語文学、その解体―『源氏物語』「宇治十帖」以降』所収「方法としての内面―後冷泉朝期長篇物語覚書」一九九二年　有精堂刊）。

(13)　リアリズムに根ざした近代文学あるいは近代文学理念がいかに内面を重視していたかを、きわめて明快に論じたものとして、たとえば柄谷行人『日本近代文学の起源』（一九八〇年　講談社刊→『定本　柄谷行人集Ⅰ』）がある。ただし、内面は近代において発見されたとの説には従えない。漢文を抑圧したいわゆる言文一致やキリスト教の流入が近代的内面を発見させたにしても、仮名文字で書かれ、仏教の罪障意識に縛られていた平安文学にも同様の原理で内面を発見できるからだ。

第4章　恋の物語の終焉——式部卿宮の姫君をめぐって

一　方法としての宮の姫君

『狭衣物語』は春から夏へと移りゆく晩春の情景に、子供から大人へと成長しつつある狭衣の姿を重ね合わせて物語を開いている。

狭衣は従兄妹ながら兄妹同然に育ってきた源氏宮に兄妹愛を逸脱した恋心を抱くようになったのだが、どうしてもふたりの関係を大人の男女関係に組み替えることができず、かといって子供の頃の兄妹関係にとどまっていることもできなかった。妹のようで妹でない女君への恋心は、禁忌のようで禁忌ではないからだ。そんな可能性と不可能性にひき裂かれた源氏宮思慕を中心に物語が展開するのは、源氏宮が斎院に選ばれ狭衣が粉河寺に参詣する巻二末あたりまでだといえる。粉河寺参詣は、源氏宮が斎院に選ばれたために、宮との恋をほんとうの禁忌にされてしまった狭衣が、とうとう出家まで視野に入れて行なったものであり、源氏宮思慕の決着点であった。

とはいえ、狭衣の出家は果たされない。狭衣は粉河寺で、飛鳥井女君の兄である僧にめぐり合い、巻一終盤から行方知れずになっていて、おそらく入水したろうと思われていた飛鳥井女君の生存を知ったのであり、加えてふたりの間に生れた娘の存在をも知ったのである。女君と娘への関心が出家願望に優ったようだ。(1) そして巻三に入ると、狭衣は女君の居所を突き止めるのだが、女君はすでに亡くなっており、娘も一品宮の養女になっていた。ある夜、娘見たさに一品宮邸に忍び入った狭衣の姿が見咎められ、恋仲が噂されるようになって、狭衣は不本意にも一品宮との結婚を強いられる。気に染まない一品宮との結婚により、荒涼憮然たる狭衣の心は対比的に女二宮への思慕を深めていく。それが、ほぼ巻三の物語状況であろう。

さて、源氏宮思慕が微妙に女二宮思慕にとって代わられつつあるなかで、式部卿宮の姫君（宰相中将の妹、以下宮の姫君あるいは姫君と略称する）の存在が物語に浮かび上がってくる。宮の姫君は一般に源氏宮の「形代」だととらえられている。(2) けれども、宮の姫君は最初から「形代」であったわけではない。狭衣に存在が認識されてから姿を現すまでの間は、もう少し違った様相を呈している。「形代」だと思われる以前の宮の姫君は、むしろ源氏宮には同化しえない女君として映し出されているのであり、求心力を失いつつある源氏宮思慕中心の物語をなんとか賦活しようとする存在でもあるようだ。また、「形代」だと認識されてからは、「形代」であるがゆえに、源氏宮思慕中心の物語の行方を定める存在になっていると思われる。宮の姫君の方法的存在感を掬いとりながら、源氏宮思慕を中心化して繰り広げられてきた狭衣の恋の物語が行き着いた先を見据えたいと思う。

二　源氏宮思慕の脱中心化

宮の姫君の存在が物語に浮かび上がってくる前の状況を確認しておく。

巻三後半、狭衣は久々に斎院を訪れる。その後、飛鳥井女君の法要が語られ、源氏宮が初斎院から本院に移るという事態のなかで、狭衣の源氏宮思慕もまたクローズアップされるのだった。

A　見るたびに心惑はすかざしかな名をだに今はかけじと思ふに

とて、御衣の裾を少しひき動かし給へれば、思しもかけず見返らせ給ふ御顔の、限なきところにては、いとど千歳を経てまぼるとも飽く世（「ことに」か？）にあらじとおぼえ給ふ（傍書）。もの見るとて、人々端つ方にある程なるべし。け近きも恐ろしければ、立ち給ふも飽かずわびしきに、…〈中略〉…かくてはあり果つまじうぞ思し立たれぬる。

（内閣文庫本　参考…大系三〇八頁　以下引用の『狭衣』本文も同本に拠り、参考として大系当該頁数を示す）

これは賀茂祭の日の場面からの引用である。「見るたびに……」とあるごとく、もう名前も口にすまいと思うのに、あなたを見るたび心が掻き乱されると、源氏宮に詠みかけないではいられない狭衣がいる。しかし、やはり「け近きも恐ろしければ」と人目を憚り、後ろ髪をひかれる思いで去っていく。そうして「かくてはあり果つまじう」と感じられるほど、懊悩を深めるしかなかった。

源氏宮との恋を成就する可能性を有したうえで、自己規制していた頃とは違い、ほんとうに禁忌になってしまった斎院・源氏宮への恋心は、どんよりと狭衣の心を蝕んでいるのだといえようか。ただ、巻二後半で源氏宮が斎院に選ばれ、初斎院に移居した折にも、狭衣のこうした風情は見えていた。

B「今はかうだに聞こえじとは思ひ給へれど、思ひに現し心なうなるとは、まことに侍りけり。…〈中略〉…いづちもいづちも今のほどにても隠し奉りて神にも苛まれてやみなましとぞ思ひ聞こえさせ給ぬる」とさへのたまふ。…〈中略〉…夜さりの御物参らせに、人々近う寄りぬれば、泣く泣くもさすがにつれなうもてなして立ち退き給ても、いれ[3]で過ぐししいにしへは何にもあらざりけり。いとかばかりの心地しては過ぐべきやうもなきに、……

（参考　一九八／五三四）

いうまいとは思うのだけれど、募る恋心に正気を失ったとして、「いづちもいづちも……」といい、どこへなりと源氏宮を連れ出し隠してしまいたいとさえ口にする。しかし、このときも「人々近う寄りぬれば」と、他見・他聞を憚り、泣きの涙で知らん顔を装って、源氏宮のところから去っている。立ち去ればまた、かくも辛い気持ちでは生きていけないと思われるのだった。

引用AとBをくらべてみればわかるように、巻三後半の源氏宮思慕のありようは、巻二後半のそれと、ほとんど変わりがない。源氏宮思慕は悶々として弱々しく内向するばかりで、もはや出家願望にしか結びつかず、粉河寺参詣の要因となり、竹生島参詣計画の一因になるしかないありようだ。源氏宮との恋が決して禁忌ではなかった頃を顧みると、恣意的に禁忌化され、やり場を失った源氏宮への恋心は他の女君に振り向けられていた。ただし、所詮は恣意的なものだから、そのたびに禁忌がほころび、他の女君との恋は後悔され否定されて、再び源氏宮への恋心が更新されていた。禁忌の恣意性の生み出すそんなサイクルが、源氏宮思慕中心の恋の物語を展開させていたのである。[4]けれども、源氏宮が斎院に選ばれ、宮との恋がまぎれもない禁忌になって以来、上述のサイクルは失われてしまった。すると、ほんとうの禁忌になった源氏宮への恋心は内向し、源氏宮との物語も停滞してしまう。しかも、やるせない恋心は煩悶を募らすだけで、他の女君への恋心に転位されることもなくなり、別の恋の物語をたぐり寄せる契機にもならないのだった。源氏宮が斎院に選ばれて以降、源氏宮思慕中心の物語は著しく行き詰っているのである。

なお、引用Aにおいて源氏宮思慕が語られる前に、飛鳥井女君の法要が語られているのも注目される。ざっと流れを追うと、飛鳥井女君の乳母子との語らい→久々の斎院訪問→女君の法要→再びの斎院訪問（引用A）という順で語られている。源氏宮と女君の間を行き来する狭衣のあり方は、巻一でもお馴染みだった。とはいえ、決定的な違いがある。この法要においては、女君の成仏が語られ、女君を思う狭衣の哀切きわまりない心情が語られている。女君は他界して存在せず、他界した女君は狭衣にとって、もう源氏宮と相対的な関係にはない。源氏宮と女君の間を往復する狭衣の動きは、源氏宮思慕を中心化して、恋の物語が繰り広げられていたときの構造を改めてとらえ返させ、かつそうした構造の破綻と不在をこそ明確にしている点で注目されるのである。むろん、出家した女二宮も同様で、飛鳥井女君はいうまでもなく、源氏宮とも相対的な関係にはない。狭衣は折々に三者のもとを訪れているが、かつてのごとき葛藤はないのである。換言すれば、源氏宮思慕の脱中心化現象がおきているのだといえよう。

三　「蔭の小草」の宮の姫君

源氏宮思慕が脱中心化し、物語も停滞している状況下で、宮の姫君の存在が物語に浮かび上がってくる。狭衣が宮の姫君の存在を認識してから姿を見るまでの間、姫君はどのような存在であるのかを、まずは掬いとりたいと思う。宮の姫君の兄である宰相中将が、さりげなく妹を狭衣に紹介する部分から引用する。

C　入道の宮《(女二宮)》は、院のとりわきかしづき奉り、思し召したりしを、いたづらになし聞こえ給ふに、かやうの交じらひにも、さはいふともいま少しかひがひしき御おぼえなどはおはしなましと思すにも、我ながら罪重き心地の[5]みして、…〈中略〉…なほいかで、いまひとたび心のうちを知らせ奉るばかり、みづから聞こえ明らめて、本意遂げなんと思すことよりほかになきを、なげきのもとを枯れ果てなんことの心細きに、またなほ忍ぶ捩摺《もぢずり》はかこち聞こえぬべう思ひ出でられ給ふもわりなし。

　あくがる我(狭衣)が魂もかへりなん思ふあたりに結びとどめば

など、手習ひにすさび給ふ程に、宮の中将(宰相中将)参り給ふ。…〈中略〉…人知れず思ひ扱はるる人の御こと、まづ思ひ出でられて、この御方の塵ともなさまほしくて、この御手習ひを見るままに、

　魂(宰相中将)の通ふあたりにあらずとも結びやせまししたがひのつま

と書きつけて、「人の語りしことを筆のすさびに」と紛らはし給ひて、…〈中略〉…恨むる様も人よりはをかしきをや、よそへられ給ひけん、妹の姫君もかやうにやと思ひやられて、…〈中略〉…「げに、そも、絆《ほだ》しな(衍字)などの、あながちなるがあらましかば、少しはかけとどめられんかし。……」と恨み給ふ気色も、心得たれど、……

(参考　三一三〜三一五)

狭衣は女二宮への罪障意識と執着に懊悩しながら、出家へと思いを巡らすのだが、そのそばから源氏宮が思い出され、心を乱している。「忍ぶ捩摺」は「みちのくの忍ぶ捩摺たれゆゑに乱れんと思ふ我ならなくに」(『古今集』恋四、河原左大臣(源融)) からの引用であるが、『狭衣物語』では一貫して狭衣の源氏宮思慕を表象することばになっている。前節で述べたごとく狭衣の恋心は不毛に拡散し、ひたすら苦悩を深める方向にしかないようだ。狭衣詠「あくがる……」がすさび書きであって、源氏宮に贈られる文ではないのも、源氏宮思慕の内向化と行き詰まりを如実に示しているであろう。

しかし、狭衣のすさび書きに目をとめる人物がいた。ちょうど訪れて来た宮の中将、すなわち宮の姫君の兄である宰相中将だ。源氏宮思慕を綴った手習い歌に、宰相中将が書き添え、贈答歌の体をなしたのである。返歌を番えた宰相中将の心情が注目される。人知れず行末を案じている妹が思い出され、「この御方の塵」にでもしたいと考えて書きつけたとある。「塵」のようにとるに足りない立場であっても、狭衣の思い人であればよいと、宰相中将には思われるのであった。このような発想の裏側には、姫君のはかない身の上が微妙にちらついているのではあるまいか。

　さて、宰相中将の歌を見ると、あなたが魂を結びとめてほしいと思っている人ではなくとも、私の妹が「したがひのつま」を結んで、魂結びをしましょうかと詠んでいる。狭衣詠もこの歌も、『源氏物語』葵巻で生霊になった六条御息所の歌「なげきわび空に乱るゝわが魂をむすびとゞめよしたがへのつま」（新大系一―三〇七）と同様、着物の前を合わせて内側になる部分の下の端を結ぶと、魂が戻るという俗信をふまえているとおぼしい[6]。ちなみに「したがひのつま」は「したがへのつま」ともいう。ただ、宰相中将詠は妹を「この御方の塵にもなさまほし」の思いで詠まれているのを勘案すると、「したがひのつま」の「つま」には「褄」と「妻」が掛けられていて、それは「衣の内側の下の端」のように、表立たず人目につかない思い人として、意中の人に代わり、狭衣の魂を結びとめる宮の姫君のあり方を映し出しているのではないだろうか。身代わりには相違ないが、狭衣から「形代」だと認識される前に、宮の姫君が兄から、忍び妻としてさし出されている点をとらえておきたいと思う。

　たしかに、宮の姫君には、東宮入内の話も持ち上がっており、狭衣の忍び妻になるべき境遇ではない。けれども、否だからこそ、兄の心内語や歌句が、とるにたりない忍び妻としての側面を、宮の姫君に貼りつけているのは注目されるべきではなかろうか。宮の姫君は、一元的に源氏宮の「形代」だと括りえない側面を有しているようだ。

一方、狭衣は宰相中将を「人よりはをかしき」人だと思い、「妹の姫君もかやうにや」と想像して、「少しはかけとどめられんかし」といっている。「少しは」というところから、いくぶんか「慰め」を求める心情がうごめいている様子を窺えないだろうか。案の定といおうか、二、三日して、狭衣は宰相中将に催促の文を送り、宮の姫君への積極的な姿勢を見せる。

D　二、三日ありて、この中将（宰相中将）のもとに、「うちつけなるやうにおぼえ侍れど、かの聞こえし竹取り[7]給ひてんや。野辺の小萩も、さていかが。頼み聞こえてなん。このさかしらせさせ給へ」とて、中に、

（狭衣）ひと方に思ひ乱るる野のよしを風のたよりにほのめかしきや

とある返りごとなくて、中将の、「竹取にほのめかし侍りしかど、いとありがたく。げにこそ扇も散らし侍りしか。

（宰相中将）吹きまよふ風のけしきも知らぬかな荻《ママ》の下なる蔭の小草は

と思ひたる気色も、くちをしう見えはべりし。……」などあるを、……　（参考　三一六）

狭衣詠の「ほのめかしきや」は、宰相中将には、妹の姫君にそれとなく伝えてくれたのかと催促し、姫君には、兄中将からそれとなく聞いたかと問うもので、中将への贈歌が、そのまま姫君への贈歌にもなっている。しかし、姫君からの返歌はなく、中将からの返事が届く。ここでは中将の返歌において、姫君が「蔭の小草」と表されている点に注目したい。狭衣の恋心を理解できるほど世慣れていない、いまだ幼い姫君を表す以外に、全書補註が指摘するごとく「人目につかぬささやかな憐れな存在という意味の歌語」[8]でもあった点に注目したいのである。『狭衣物語』には他に三例の「蔭の小草」があり、人知れぬはかない身の上の女君を表している。それらをふまえてみると、「蔭の小草」に表象される宮の姫君は、源氏宮ではない女君へと像を結んでいくように思われる。最も端的な

例から挙げてみる。

E　なほ、なにかものげなき様にしもありけんこそ、くちをしけれ。などいま少し、人漏り聞かんにも、ものものしきわたりになかりけん。蔭の小草にしも生ひ初めけんよなど、数ならず思し出づるも、いとど昔の秋恋しくなりぬ。（参考　二八五）

これは、一品宮邸で娘飛鳥井姫君を初めて見たときの感慨である。まず、母飛鳥井女君の出自の低さを嘆かないではいられないのだった。「人漏り聞かんにも」や「数ならず」から窺えるのは、女君が人知れずひっそりと生きていて、とるに足りない身の上であったことだ。そんな女君を象徴的にあらわしているのが、「蔭の小草」ということばである。

F　数ならぬ人には、好きずきしくあるまじからんこと好まで、さりぬべからん蔭の小草の、心のうちよりほかの知る人なからんこそよからめ。（参考　六二）

巻一に遡って、父大殿から女二宮との結婚を勧められ、なんとも不本意な狭衣が、母堀川上に語ったことばから引用した。「あるまじからんこと」は、会話のなかでは女二宮との結婚を指しているが、源氏宮に恋心を打ち明け、改めて「あるまじき心ばへ」(9)（参考五六）を確認してしまった後でもあるところから、狭衣の心中では源氏宮への恋心もふまえられているだろう。ともあれ、分不相応な人ではなく、「蔭の小草」で「心のうちよりほかの知る人なからん」人がいいといっている。「蔭の小草」は明らかに人知れぬはかない身の上の女君を表していよう。

ことばを行動に移すかのように、この夕暮、狭衣はかつて路傍で歌を詠みかけてきた「蓬が門」の女君の消息を尋ねるのだが、見つからなかった。「蓬が門」もまた、人目に立たない、はかない身の上の女君を表すにふさわしいことばであり、まさに「蔭の小草」の女君であるだろう。「蓬が門」の女君も見つからず、源氏宮には疎まれ、悶々とする狭衣はある日、宮中からの帰り道、思いがけず飛鳥井女君と出会い、その日のうちに恋に落ちたのである。飛鳥井女君との恋は、見つからなかった「蓬が門」の女君への興味が転位された側面を持ち、狭衣の「蔭の小草」願望に裏打ちされたものなのでもある。飛鳥井女君と「蔭の小草」の関係はかなり前に遡り、かつ根深いようだ。

残り一例は、すでに人物紹介の部分に見える。

G　夢ばかりもあはれをかけ給はん蔭の小草などをも、思し心に思し放つべくもなけれど、……

（参考　三三～三四）

「思し心」は源氏宮への恋心だが、並行して「蔭の小草」への思いもあったようだ。「などをも」はずいぶん源氏宮とは格の違った女君にまで、狭衣の恋心が広がっている様子を示している。やはり、人知れぬはかない身の上の女君をあらわしているのだといえるのではないか。

「蔭の小草」は、ひっそりと人目に立たず、はかない身の上にある女君を表し、しかも飛鳥井女君に通じているのである。

そうすると、兄宰相中将から「蔭の小草」といいなされた宮の姫君は、源氏宮の「形代」になる前には、人知れぬはかない身の上の女君として表象され、飛鳥井女君に繋がっているのではあるまいか。飛鳥井女君といえば、慕るばかりでやり場のない源氏宮への恋心を、常々転位されてはいたが、源氏宮に重なり合うべくもなく否定され、源氏宮への恋心を更新して、源氏宮思慕中心の物語を展開させる方法的な存在でもあった。つまり、宮の姫君は、飛鳥井女君に像を結びつつ、停滞する源氏宮思慕中心の物語を賦活する方法的存在である点に目を向けるべきではなかろうか。さらに、宮の姫君は一概に源氏宮の「形代」だと括る前に、飛鳥井女君の影をもまとっている点に注意を払うべきであろう。

四　楽の音が表象する宮の姫君

宮の姫君は源氏宮の「形代」にのみ還元できないと前節で述べたが、姫君につきまとう飛鳥井女君の影はかなり色濃い。もう少し女君の影を追いつつ、姫君がさらなる女君像にも繋がっていく様子をとらえたい。

H　同じ頃ほひの十日宵に、一品宮に例のものすさまじくて眺め臥し給へるに、日ごろ語らひ給ふことある人の参りあひて、「今宵なんど、さりぬべき」と聞こゆれば、「さらば、いかがはせん。いと、かうものむつかしき心も慰みやする」と、そなたざまへやらせ給ても、…〈中略〉…なぞや、かくよしなき歩きも数積もれば、いとあるまじきことぞかしと思し出づれば、ものすさまじうなりて、ひき返す心地し給へば、しばしおしとどめさせ給へるに、築地ところどころ崩れて、花の梢どもおもしろく見入れらるるところあり。道季召して、「いかなる人の住みかぞ」と問ひ給へば、「故式部卿宮に候ふ。宰相中将もここになんおはする」と申せば、いま少し御心とまりて、近う遣り寄せて見給へば、門は鎖してけり。…〈中略〉…近き透垣のつらに寄りて聞き給へば、琵琶はここの御簾のもとにて弾くなりけり。箏の琴は奥の方にぞ聞こゆる。「これや姫君ならん」と耳とどめ給へるに、入道の宮の御琴を類なきものに思ひ聞こゆるに、これはいま少し愛敬づき、おもしろきことは優れてやとまで聞こゆるに、いとど御心とまり給ぬれど、心とけて弾き給はで止みぬるは飽かずなかなかなるに、よろづいとゆかしくなりぬれど、少しものの気色見ゆべきやうもなければ、帰り出で給ふに、……

（参考　三六一～三六二）

巻四に入って、宮の姫君のいる式部卿宮邸を垣間見るに至るまでの状況と、垣間見の様子から引用した。一品宮との関係は相変わらず冷え切ったままで、狭衣の気持ちはなんともやるせない[10]。そんな折、かねて手はずを整えてくれていた人が、今宵あたりが良いといって、忍び歩きを促した。鬱々とした気分の狭衣も「慰みやする」と思い、出かけていくのだった。後から語られるのだが、忍び歩きの目的は、源氏宮に似ているという大納言の姫君であった。一品宮との寒々とした関係は狭衣の心をすさませ、「慰め」を求めさせる。ただ、その「慰め」とは、やはり源氏宮を髣髴とさせる女君でしかないようだ。

　ところが、こんな忍び歩きを重ねても、功を奏していないと見え、狭衣は急に興ざめて車を止めさせる。ふと目に入ったのは花の美しい邸で、聞けば宮の姫君の住む式部卿宮邸だという。さすがに心を惹かれて垣間見に至るのだった。この間の事情には、なお飛鳥井女君と宮の姫君を繋ぐ糸が見える。

Ⅰ　中将の君、ありし室の八島の後は、宮のこよなく伏し目になり給へるを、つらう心憂く、いかにせましと嘆きの数添ひ給へり。我が心も慰めわび給て、なほおのづからの慰めもや、と忍び歩きに心入れ給へれど、ほのかなりし御かひなの手当たりしに似る者なきにや、姨捨山ぞわりなかりける[11]。その際にこそあらねども、宣耀殿のをかしき様に、人にはことにおはするさへ思ふ。東宮へ参り給へば、まとはし聞こえ給ふ。…〈中略〉…（東宮が）宣耀殿の御方へ渡らせ給ひぬれば、今宵はかひなかるべきなめりと、すさまじうてまかで給ふ。たそかれ時の程に、二条大宮が程に遭ひたる女車、牛の引き替へなどして、遠き程よりかと見ゆるに、側《そば》の物見少しあきたるより円頭《まろがしら》のふと見ゆるは、この御車を見るなるべし。（参考　六三〜六五）

　巻一における飛鳥井女君との出会いが、どのような経緯をたどってなされたのかを確認すべく、右引用を掲げた。狭衣は源氏宮に「いかばかり思ひ焦がれて年経やと室の八島の煙にも問へ」（参考五六）と恋心を打ち明けたところ、かえって気まずい雰囲気になり、嘆きを深めていた。いきおい「なほおのづからの慰めもや」と、「慰め」を求めて忍び歩きを重ねるものの、「慰め」になる女君はなかなかいない。ところで、どういった経路からか、狭衣は東宮妃宣耀殿と通じていた。この日も宣耀殿目当てに、東宮を訪れる。「その際」つまりは「慰め」の身分ではないが、「さへ思ふ」は「さへ慰めに思ふ」ということだろう。狭衣にとっては宣耀殿も「慰め」であったようだ。あいにく東宮が宣耀殿に渡っていったので、索漠とした気分で退出する。その帰り道、遭遇した「女車」には、僧にさらわれてゆく飛鳥井女君が乗せられていた。行きがかり上、狭衣が女君を助ける役回りになり、そのまま恋に落ちたのである。飛鳥井女君との恋は、源氏宮へのやるせない恋心を、幾分かひき受けてくれる「慰め」を求めて求めえず、さまよう狭衣の恋心をベースにしているといえる。

引用Hに戻る。一品宮との不仲から生ずる憂愁の「慰め」は、源氏宮を髣髴とさせる人に逢うことだったが、その期待も薄い。そうした状況で、ふと式部卿宮邸に目がとまるのであった。引用HとIは、細かな違いはあるものの、源氏宮に似た「慰め」の女君を求める狭衣が、目的とは違う「慰め」の存在に、たまたま行き当たるという大筋の共通点を持っていると思われる。つまり、宮の姫君との恋の糸口である宮邸垣間見の場面にも、飛鳥井女君との出会いの状況がひき継がれており、宮の姫君にはなお飛鳥井女君の影がまつわりついているといえるのではあるまいか。

ここで、引用Hの後半部分に注目しなければならないと思う。恋の糸口になる垣間見の場面だというのに、狭衣は宮の姫君を見ていない。かわりに、楽の音を耳にしている。「箏の琴」を聞いて「これや姫君ならん」と耳を傾けているのである。そういえば、飛鳥井女君は楽器を奏でていない。狭衣は姫君が弾いているのだろうと思いながら、箏の琴の音に耳を傾け、「入道の宮」すなわち女二宮の弾く琴（箏の琴）の音色とくらべている。そして、類ないと思っていた女二宮の音色より、もう少し可愛らしく魅力的にも感じられ、心惹かれるのである。女二宮といえば、箏の琴だ。

Ｊ　そのわたりをたたずみ給ふほどに、箏の琴のいたうゆるびたるを盤渉調に調べて、わざとならず忍びやかなる、絶え絶え聞こゆ。　（参考　一二六）

これは、巻二において、狭衣と女二宮の逢瀬が語られる場面から引用したものだ。狭衣は女二宮の弾く箏の琴の音に誘われ、かつ宮の美しい姿を見て、自身でも思いがけず、女二宮と関係を結んでしまうのであった。女二宮の箏の琴の音は、突発的な逢瀬を導く重要なファクターだ。箏の琴の音を媒介に、宮の姫君は女二宮にも微妙に像を結んでいるのである。

宮の姫君は、宰相中将と狭衣とのやりとりのなかでは、飛鳥井女君の影を帯びていた。また、式部卿宮邸の垣間見に至る経緯にも、その影はひきずられていた。それら飛鳥井女君の影は、「蔭の小草」に表象される「慰め」の女君の影であった。そして、飛鳥井女君の影を帯びた宮の姫君は、源氏宮思慕を中心化した恋の物語を、なんとか賦活していく方法的な存在でもあったと思われる。けれども、宮の姫君との恋の入り口で、初めて狭衣の感覚を通してとらえられた姫君が、女二宮とひきくらべられ、狭衣の興味を掻き立てている。物語後半になると、狭衣にとっての女二宮は、源氏宮を凌ぐほどの存在感を有しているのである。女二宮の影をひきつけてくる宮の姫君の楽の音は、もはや源氏宮に回帰していく回路を持たない。宮の姫君は、源氏宮思慕中心の物語を賦活する方法的な存在に還元されるわけでもないのであった。むしろ、源氏宮思慕中心の恋の物語が回復不能の状態にあるのを際立たせているのではないだろうか。翻って、女二宮思慕の拡張を示してもいるだろう。

本節では、宮の姫君が飛鳥井女君の影を帯びつつ、女二宮像をもたぐり寄せている点を押さえておきたい。宮の姫君は源氏宮の「形代」になる前は、飛鳥井女君や女二宮にも繋がっていたのであり、失われた女君すべての相貌を重ね合わされて、物語の最後にたち現れているのである。

五　恋の物語の終焉と「形代」

式部卿宮邸を垣間見てから、狭衣は宮の姫君にいい寄り、とうとう姫君の容姿を目にする。姫君は源氏宮にそっくりだった。以後、周知のごとく、宮の姫君は源氏宮の「形代」になっていく。姫君の母が死去したのを機に、狭衣はいつにない行動力で、姫君と関係を結び、姫君を堀川殿に連れ出してしまう。しばらくは密着した日々が続くが、それもそんなに長くはなかった。

K　かばかりを慰めにてやみねと、神仏も掟て給へりけるにこそはと、片つ方の胸はなほうち騒げば、……（参考　四一五）

似ているからこそ、かえって源氏宮への恋心が呼び覚まされる。といっても、「形代」を「慰め」にして、源氏宮思慕に終止符を打つよう、神仏も定めているのだとの諦めとともにではある。いわば、絶望のうちに、なお源氏宮を追い求めているのだといえよう。

外見から求められた「形代」宮の姫君は、ついに源氏宮思慕をひき受けきれず、むなしく源氏宮への恋心を掻き立てている。宰相中将が狭衣に姫君を紹介したとき、姫君に貼りつけてしまった「慰め」の女君という側面が蘇ったかのようだ。これは、飛鳥井女君が生存していた場合の、最善の未来図であるといえるかもしれない。

結局のところ、「形代」としての宮の姫君は、源氏宮思慕を継承しえなかった。そればかりか、狭衣が即位すると藤壺に入内し、狭衣にとっては本来、源氏宮が着くはずの位置を占めることで、源氏宮思慕を呼び覚ましながら、逆に源氏宮思慕の物語を閉ざしてしまっているのではないか。そうして、源氏宮思慕を中心化した狭衣の恋の物語を、終焉に導いたのではないだろうか。

以上、宮の姫君は源氏宮の「形代」になる以前には、飛鳥井女君の影を帯びて、源氏宮思慕中心の物語を賦活する方法的存在であった。しかし、女二宮にも像を結んで、かえって源氏宮思慕中心の物語が回復不能の状態にあるのを映し出していた。そして、「形代」だと認識されると、源氏宮思慕の物語とともに、狭衣の恋の物語を終焉に導いていった。宮の姫君は、一筋縄ではいかない。存在が物語に浮かび上がったときから、失われた女君すべての相貌を重ね合わされ、その都度、違った役割を演じて、結局のところ狭衣の恋の物語を終焉に導く、あるいはすでに終焉していた事実を突きつける。いわばジョーカーだったのではなかろうか。

最後に、宮の姫君は源氏宮思慕をひき受けきれない「形代」として、源氏宮思慕とは何なのかを窺わせる。すなわち、兄妹関係から男女関係への移行を永遠に延期する願望であり、それは、子供から大人へ、春から夏へと移ろう時間の線状性を拒み、冒頭を飾った晩春の情景に未来永劫たたずまんとした狭衣の心性そのものであったのを窺わせる。源氏宮にそっくりで、狭衣と良好な男女関係を結んでいる宮の姫君が、狭衣を充足させえないところから透視されるのは、源氏宮思慕のそんなありようなのではないだろうか。宮の姫君は、「形代」になって矮小化された観があるものの、なお源氏宮思慕の浪漫主義を照らし出す方法的存在だったのではあるまいか。宮の姫君の多面的にして方法的な存在感をとらえておきたいと思う。

注

（1）森下純昭「狭衣物語の人物関係―『らうたし・らうたげ』をめぐって」（岐阜大学『国語国文学』一九七八年三月）、深沢徹「往還の構図もしくは『狭衣物語』の論理構造―陰画としての『無名草子』論（上）―」（『文芸と批評』一九七九年十二月→『狭衣物語の視界』一九九四年　新典社刊）は、飛鳥井女君母子への興味が狭衣を現実に回帰させたと見ている。そのとおりだと思う。

（2）平野孝子「狭衣物語の構成」（『言語と文芸』一九六七年十一月→日本文学研究資料叢書『平安朝物語Ⅳ』一九八〇年　有精堂刊）。その後も久下晴康（裕利）「狭衣物語の構造―回帰する日常」（『中古文学論攷』一九八一年十一月→『平安後期物語の研究 狭衣浜松』一九八四年　新典社刊）、倉田実「〈形代の恋〉の狭衣―宮の姫君の物語」（『狭衣の恋』一九九九年　翰林書房刊）等々がある。久下論文は「形代」が本体恋慕を蘇らせてしまう点を指摘し、倉田論文は〈形代の恋〉が定着するまでに〈よそふる恋〉や〈よそへ〉を見出しているが、いずれにせよ宮の姫君を「形代」の括りでとらえている。早くに藤岡作太郎『国文学全史2平安朝篇』（平凡社東洋文庫　一九七四年刊。『国文学全史（平安朝篇）』一九〇五年東京開成館刊および一九二三年岩波書店刊の校訂版）が源氏宮との類似ゆえの恋だとしているが、藤岡文学史は『源氏物語』の模倣性をいうべく、藤壺と紫上の関係を重ね合わせ、宮の姫君を源氏宮の姪で「由縁」（「ゆかり」の意であろう）だとしている。現在、そのような血縁はとらえられていないし、「ゆかり」だとはみなされていない。けれども、藤岡の時代に「ゆかり」「形代」がテクニカル・タームになっていなかっただろう点をふまえると、『源氏物語』の模倣であるといいたいにせよ、早くから宮の姫君が源氏宮にそっくりの身代わりであるととらえられていた模様を押さえるべきであろう。宮の姫君を源氏宮との類似でしかとらえていない藤岡文学史のごとき見方が常識化して、宮の姫君をかえって「形代」に閉じ込めているのではあるまいか。研究史は知らずしらず文学史を重く戴いているのではないだろうか。

（3）「いれで」意味不通。参考の大系が翻刻したように「いひいで」とも読めるが、内閣文庫本の書体の癖から見て「連」のくずしだと思われる。なおこの部分、西本「いはで」、平出本「いひて」とある。西本の「いはで」が最も意味の通じやすい本文だと思うが、この部分は諸本間の異同が大きいので改めなかった。「焦られで」（恋心にじりじりしないで）が「焦れで」になった可能性も考慮した。「いれで」でよいかどうかも、なお考慮の余地がある。ちなみに古活字本では「心に籠めて（過ししは）」（全書上巻三六八頁）である。

（4）本書II第3章で詳細を述べた。

（5）内閣文庫本「お」ナシ、「御ほえ」。西本等により「お」を補い「御おぼえ」とする大系の解釈に従ったが、「御ほえ」が「おぼえ」の誤記である可能性もないとはいえない。

（6）『伊勢物語』一一〇段の男の歌「思ひあまり出でにし魂のあるならん夜深く見えば魂むすびせよ」（新大系一八五頁）の歌に、『伊勢物語闕疑抄』（新大系付録）は魂結びの俗信を伝えたうえで、『愚見抄』にも人魂の飛ぶのを見たら「玉はみつ主は誰共しらねどもむすびぞとむるしたがへのつま」を三回誦して、衣の「したがへのつま」を結ぶという昔からのいいつたえが挙げられていると注している。

（7）「竹取り給ひてんや」は特異本文。詳細は本書I第5章の注（19）に譲る。

（8）下巻三二三頁、補註（31）。論拠として「深山木の蔭の小草は我なれや露しげけれどしる人もなき」（『新勅撰集』恋二、伊勢）を挙げている。さらに全書は群書類従本系等の『伊勢集』に見える同歌の存在をも指摘している。なお『新編国歌大観』所収の『伊勢集』では上二句「みやぎののかきのの草」。

（9）本文の異同については、本書II第1章の注（5）に譲る。

（10）古活字本には一品宮邸での場面はない。その前の源氏宮を訪れた場面からひき続き式部卿宮邸垣間見場面を語る。源氏宮と宮の姫君をより直截に繋ごうとする本文だといえようか。

（11）この部分の本文の異同については本書II第3章の注（9）に譲る。

第5章　粉河詣で——「この世」への道筋

一　「さらでもありぬべきことども」から

『狭衣物語』は、主人公狭衣が昇天するなり出家するなり、何らかの形で現世から離脱してしまう可能性を片側に置きながら展開していると思われる。それを特に強調して語るのが、『無名草子』により「さらでもありぬべきことども」(1)と批判された超常現象を含む場面、すなわち天稚御子の来訪、普賢菩薩の示現、狭衣即位に関連する神鳴り・神託等を含む場面である。

早くに、入江相政が『無名草子』の批判を「写実的な、理智的な鎌倉時代の産物」だとして、これら超常現象は「平安後期の夢幻的な生活から生まれたもの」で、「今日の我々が考へ及べない程度に、生活に密接なもの」だと、擁護する姿勢を見せている。(2)とはいえ、近代リアリズムの理智はすでに、『源氏物語』夕顔巻の「物の怪」や葵巻の「生霊」をひきあいに出して、「心の迷いか、現のわざか、彷彿として真仮の境に夢遊し、今日の読者をしても毫も非理の感を懐かしめざるに比すれば、優劣果して如何ぞや」（傍点論者）といい、リアリティの欠如を批判の材料にしていた(3)。なお、多くの文学史が平安後期を衰弱した時代だと断ったうえで、時代相を反映したあり方だと批評し、肯定的には評価していないのであった。

その後、『狭衣物語』研究が広がりと深まりを見せるなかで、これら超常現象を積極的にとらえなおし、彼岸と此岸、異界と地上との往還構造を見出して、そこに物語の基本構造や方法性を認めていく立場(4)が、さらに『狭衣物語』論の幅を広げていったといえる。けれども、三度の超常現象を「彼岸」「異界」との接触であるとして、一元化することから一歩を踏み出して考察しうるのではなかろうか。それらはどのひとつをとっても、他の単なる繰り返しではない。狭衣の超越的な資質と超常現象とが相俟って、狭衣の現世離脱の可能性を焦点化するとき、各々の超常現象は、絶えず移ろう物語状況のなかで、狭衣の立たされている位置や担うべき物語を明確に指示している。本章では上述のような視点から、とりわけ狭衣が粉河寺に参詣・参籠して普賢菩薩を示現させる旅、いわゆる〈粉河詣で〉に注目したい。そして〈粉河詣で〉とは、狭衣がこれまでとは違う物語を担っていく分岐点である様子をとらえたいと思う。

〈粉河詣で〉は巻二末から巻三初めの部分を占める。巻二までと巻三以降との、物語の色合いの違いから、このあたりはまた構想上の節目だと考えられてきた(5)。しかし、構想時点はそれとして、『狭衣物語』をひとまとまりの有機体だととらえる立場に立ち、構想論とは別の角度から、普賢菩薩が示現する〈粉河詣で〉は、物語の分水嶺になっている次第を明らかにしたい。

なお、いわゆる第一系統に分類される内閣文庫本を底本にした大系本は、本章の主たる考察部分に当たる巻二末内閣文庫本に、他系統本文が混入しているとして、第一系統最善本と認定する西本願寺旧蔵本（西本）および同系統と思われる他本に拠り、本文を改めている。けれども、本論・本書は西本最善本説をとらず、各本それぞれの価値と個性を認めているので、内閣文庫本の本文をそのまま引用する。ただし、注釈書も整い、一般的に通行している西本（新全集）、古活字本（全書、集成）(6)の本文に拠っても、同様のことがいいうる点は確認した。大系本は内閣文庫本本文を、校訂一覧の後に付録として翻刻しているので、その頁数を併記するが、明白な誤りと見解の相違がある。(7)

二　普賢菩薩と兜率天往生

狭衣の〈粉河詣で〉は、源氏宮が斎院に選ばれ、恋の対象になりえなくなったのを機に、源氏宮思慕に終止符を打って、出家するための旅であったと考えられる。飛鳥井女君や女二宮の喪失も手伝ってはいるだろうが、源氏宮が斎院に選ばれ、初斎院に移ると、「我もやがて今宵のうちに、いづちもいづちも消えや失せなまし」(8)（参考二〇〇／五三五）と思い、（初斎院移居後）「その後は、今日や明日やとのみ、山のなたあなたの家居を人知れず思し尋ねつつ」（参考二〇二／五三五）過ごし、とうとう「弘法大師のすみかも見奉らん。この世にかく思ふことしげう心憂きかはりに、また弥勒の世にだに、やすらかなる身にならばや」（参考二〇五〜二〇六／五三六）と意を決しているのを見れば、やはり源氏宮との絶対的懸隔が、出家を促す要因になったのは明らかだ。〈粉河詣で〉は、源氏宮思慕の一応の決着点になっているのである。しかし一方、狭衣は粉河寺で飛鳥井女君の兄山伏と出会い、女君の生存と子供の存在を知らされて、〈粉河詣で〉が巻三以降の、子供捜しがたぐり寄せた一品宮との物語の起点にもなっているのであった。

こうして〈粉河詣で〉は物語の蝶番《ちょうつがい》のようになっているが、粉河寺での場面も普賢菩薩が示現する場面と、飛鳥井女君の兄山伏が登場する場面とがなだらかに繋がりながら、狭衣のあり方と物語を決する分岐点になっている。

本節ではまず、普賢菩薩が示現する場面について考察していきたい。

> 「薬王汝当知如是緒人等」といふわたりをうちあげつつ誦じ給ふに、深山おろしのいとけはしきに吹き迷はされて、空澄みのぼりたる尊さは、いと所柄、心収まり、「我爾時為現」など少し細う読みなし給ふ。聞く限り皆、身にしみ入りて悲しくいみじうて、よろづに優れ給へらん身の才ども、そのままに深くたどり知らぬ人のためには、なかなかいみじやめでたやと心動きて身にしむもなくやあらん。この御声は、[a]釈迦牟尼仏の説き給けん提婆達多・外道などいふらんものだに囲繞《ゐねう》すらんとおぼゆるに、[b]まいて身につづめてある御誓ひは違ふべきならねば、御明《みあ》かしいとほのかにて、御前は暗がりたるに、[c]普賢の御光ざやかに見え給て、ほどなく失せ給ぬるに、尊くあかずかなしとも世の常なり。…〈中略〉…[d]名残もさらにうちまどろむべうもあらねば、やがて[e]「作礼而去」終はるまで通し果てて、行ひ明かし給ふに、……（参考　二〇九～二一〇／五三七～五三八）

「薬王汝当知如是緒人等」「我爾時為現」「作礼而去」は『法華経』の句である。つまり、狭衣が『法華経』を一心に読誦しているさなか、普賢菩薩は示現するのであった。

さて、傍線部aは、阿羅漢を殺害する、仏の体を傷つけ出血させる、教団を分裂させるという三逆の罪を犯して、生きながら地獄に堕ちたとされる提婆達多の説話がふまえられている。狭衣の供の者（達）か、寺の僧侶（達）か、双方か、いずれ狭衣の側にいる者（達）と語り手が同化して、そんな提婆達多でさえ、また仏教に帰依しない外道の者でさえ、『法華経』を読誦する狭衣の周りをとり囲み、耳を傾けるだろうと思われると語られている。釈迦の説法に、狭衣の読誦を番える破格の比定により、完璧ともいえる狭衣の修行者像が語りとられているのである。

傍線部bの「身につづめてある御誓ひ」は、全書補註（上巻四五四頁）が指摘するように『仏説観普賢菩薩行法経』の「促身令小」（身を促《つ》めて小ならしむ）からの引用とおぼしく、大乗の法を学ばんと欲する者には、普賢菩薩が「身量無辺」の身を縮めて示現し『法華経』を教化すると、仏が説いたのを指していよう。加えて、狭衣の読む『法華経』のなかにある「普賢菩薩勧発品」自体が、普賢菩薩は末の世の『法華経』修行者を守護すべく示現し、教えや陀羅尼呪を授けて平安な修行を促すと説いている。『法華経』からの引用がちりばめられ、普賢菩薩が示現している点を勘案すると、『仏説観普賢菩薩行法経』の句を引用しつつ、『法華経』普賢菩薩勧発品の文脈を流れ込ませる重層的な引用になっているととらえておく。

傍線部cは、狭衣の完璧なまでの修行者像と相俟って、一瞬、普賢菩薩の光り輝く姿が示現したところを語っている。傍線部dでは、『仏説観普賢菩薩行法経』や『法華経』普賢菩薩勧発品が説くごとく、普賢菩薩に励まされたのか、狭衣は居眠りもせず読誦し続け、傍線部e「作礼而去」すなわち『法華経』最終句まで読み切り、夜を明かしている。普賢菩薩の示現は、一夜にして『法華経』全二十八巻を読み通すほどの修行者へと狭衣を導き、深沢徹が指摘する「出離の確約」(9)がなされたと思われる。しかしながら、ここで注目されるべきは、出離を確約された狭衣が到達しうる場だ。出家しようが、すまいが、狭衣が修行者である限り、約束されている浄土はどこなのかが注目されるのである。

それを考えるにあたり、釈迦の説法にも比定される狭衣の『法華経』読誦が、普賢菩薩を示現させる場面は、『法華経』普賢菩薩勧発品をたぐり寄せている様子を確認しておきたい。

世尊。若後世。後五百歳。濁悪世中。比丘。比丘尼。優婆塞。優婆夷。求索者。受持者。読誦者。書写者。欲修習是法華経。於三七日中。応一心精進。満三七日已。我当乗六牙白象。与無量菩薩。而自囲遶。以一切衆生。所喜見身。現其人前。而為説法。示教利喜。亦復与其。陀羅尼呪。

〔世尊よ、若し後の世の五百歳の濁悪《じよくあく》の世の中に、比丘・比丘尼・優婆塞・優婆夷の求索《くしやく》せん者、受持せん者、読誦せん者、書写せん者ありて、この法華経を修習せんと欲せば、三七日の中において、応《まさ》に一心に精進すべし。三七日を満し已らば、われは当《まさ》に六牙の白象に乗りて、無量の菩薩のしかも自ら囲遶せるとともに、一切衆生の見んと喜《ねが》う所の身を以って、その人の前に現われて、為めに法を説きて、示し教え利し喜ばしむべし。亦復《またた》、それに陀羅尼呪を与えん。〕

（岩波文庫『法華経』下巻、三二三～三二四頁。以下の『法華経』引用も同本に拠る。なお旧漢字は新漢字に改めた）

普賢菩薩は仏にいう。聖俗いずれにせよ、さまざまな方法で『法華経』を修習すべく、二十一日間を修行で満たせば、その修行者の前に、わたしは現われると。釈迦にも比定される姿で『法華経』を読誦する狭衣は、まさに末の世の「読誦者（読誦せん者）」として、普賢菩薩の示現を得たといえるのではないか。〈粉河詣で〉の普賢菩薩示現の場面は、『法華経』の句がちりばめられている点をも勘案して、とりわけ普賢菩薩勧発品をたぐり寄せる『法華経』引用だと考えられるのである。

では、狭衣の前に普賢菩薩が現われる事態を、普賢菩薩勧発品の文脈と交錯させてみる。すると、修行者狭衣の導かれるべき場が見出されてくる。ただ、物語と経文の間には差異も生じている。普賢菩薩勧発品によれば、二十一日間の修行の後に普賢菩薩が現われ、教えと陀羅尼呪を授けるとあるが、物語では、一夜の読誦で示現しており、教えと陀羅尼呪を授けないで消滅してしまう。だから狭衣は現世に回帰するのだと結論を急いでも始まらない。ここでは、たった一夜の『法華経』読誦で普賢菩薩を示現させ、教えも陀羅尼呪も授けられる必要がない狭衣の、修行者としての優れた資質が表象されていると見ておけばよいだろう。ともあれ、普賢菩薩勧発品の文脈に、もう少し深く立ち入りながら、資質に恵まれた修行者狭衣がどんな場に、いかなる浄土に導かれうるのかをとらえていきたい。

若有人受持読誦。解其義趣。是人命終。為千仏授手。令不恐怖。不堕悪趣。即往兜率天上。弥勒菩薩所。弥勒菩薩。有三十二相。大菩薩衆。所共囲遶。有百千万億。天女眷属。而於中生。

〔若し人ありて、受持し読誦し、その義趣を解《さと》らば、この人命終するとき、千仏は手を授《みて》けて、恐怖せず悪趣に堕ちざらしめたもうことを為《え》、即ち兜率天上の弥勒菩薩の所に往き―弥勒菩薩は三十二相ありて大菩薩衆に共に囲遶せられ、百千万億の天女の眷属あり―而ち中において生れん〕（『法華経』三二八）

これは、前掲の普賢菩薩勧発品より少し後に見えるもので、普賢菩薩は仏に、『法華経』を修習する修行者が、経文を暗記し、読誦し、教義を理解したなら、その修行者は弥勒菩薩のいる兜率天に転生するといっている。『法華経』を引用し、普賢菩薩勧発品をたぐり寄せる〈粉河詣で〉の普賢菩薩示現の場面は、狭衣の修行者としての資質を保証するとともに、このまま狭衣が『法華経』修習にいそしみ、経文を暗記し読誦し、教義の理解に至るなら、兜率天という浄土に行き着く可能性を指示しているのではあるまいか。

普賢菩薩勧発品には、たしかに修行者の忉利天往生を約束している部分もあるが、[10]『狭衣物語』の論理に照らして、狭衣に約束されるべき浄土は兜率天であるはずだ。そもそも、狭衣は〈粉河詣で〉を決意するとき、先にも引用したが、以下のごとく思っていた。

弘法大師のすみかも見奉らん。この世にかく思ふことしげう心憂きかはりに、また弥勒の世にだに、やすらかなる身にならばやなんど思し立ちて、……（参考二〇五～二〇六／五三六）

「弥勒の世」は、弥勒菩薩が仏滅後の五十六億七千万年後、この世に現れるという弥勒下生信仰に基づく未来の世をいう。弘法大師は入定のとき、弥勒とともに下生するといっていた。狭衣もどうやら弥勒菩薩の住む兜率天に往生し、弘法大師同様、弥勒の世に下生するつもりらしい[11]。〈高野詣で〉は語られないのに、狭衣が父大殿に高野・粉河などに詣でるといって（参考二〇六／五三六）、弘法大師を開祖とする高野山の名を挙げているのは、狭衣のそんな願いを表しているのではないか。狭衣の〈粉河詣で〉は当初から、弥勒菩薩や弘法大師を視野に収め、兜率天往生を目指したものだと考えられる。となれば、粉河寺で普賢菩薩が示現するのは、熱心な『法華経』修習者に兜率天往生を約束する普賢菩薩勧発品の文脈と交錯しながら、狭衣が優れた修行者である限りにおいて、兜率天に到達する可能性を示しているはずだ。

ここで、物語初頭に語られた天稚御子事件の直後に立ち返って、〈粉河詣で〉で開けた兜率天への道が何を指示しているのかを掬いとりたいと思う。

端午の夜、宮中では節会の代わりに管弦の遊びが行われた。狭衣が笛を吹くと、天界の童・天稚御子が地上に舞い降り、狭衣に昇天を促すのだった。狭衣も辞世の歌まで詠んで、あわや昇天するところだったのだが、帝が必死にひきとめたので、ことなきを得たのである。とはいえ、この一件は、漠然と生への不安を抱いていた狭衣に、はっきりと現世離脱の可能性を認識させ、天界への憧憬を抱かせてしまった。さて、狭衣の憧憬する天界はというと、いささか変形されたものであった。なにせ天稚御子の来歴が不明で、伴われていくはずだった天界も鮮明な映像を結ばないからなのか[12]、狭衣はより仏教的な天界にスライドさせて憧憬を抱いている。

ありし楽の声も、天稚御子の御有様など思ひ出でられて、恋しうもの心細し。兜率の内院にと思はましかば、とまらざらましと思し出づ。「即往兜率天上」といふわたりを、ゆるらかにうち出だして、おし返し「弥勒菩薩」と読み澄まし給へる。（参考　五二〜五三）

狭衣は翌朝、天界への架け橋になるはずだった天稚御子事件を振り返り、恋しくも心細くも思いつつ、天稚御子に誘発された昇天願望を、兜率天憧憬にスライドさせて、明確な映像を結ぶ仏教的天界にまなざしを向けている。天稚御子事件により、自身の現世離脱の可能性を認識した狭衣は、「即往兜率天上」「弥勒菩薩」と普賢菩薩勧発品の句を読み澄まし、弥勒菩薩が説法をしているという「兜率の内院」に憧れを抱いて、[13] 現世離脱の願望をたぐり寄せているのである。

ところで、いささか変形されているとはいったものの、兜率天上の弥勒菩薩は、大菩薩衆に囲まれ、百千万億の天女を眷属にしていて、天女たちは楽を奏で、舞を舞っているという。天稚御子を通してイメージされる天界と、どこまで隔たっているのかわからない。さらに、天稚御子来訪の際の妙香・楽の妙音・満天の星の輝きは、さながら来迎の図であった。天稚御子のいる天界もかなり仏教色を帯びており、むしろ弥勒菩薩のいる兜率天と、さほどの隔たりはないのだろう。

ともあれ、普賢菩薩の示現は天稚御子の来訪を再現前させるような事態であったととらえられるのである。要するに〈粉河詣で〉における普賢菩薩の示現は、天稚御子事件のときに閉ざされた天界への道を再び開き、狭衣が兜率天に転生して、現世からの離脱を果たす可能性を指示しているのであった。

ただし、ここでいう現世離脱の可能性とは、修行者としての優れた資質を見せる狭衣に与えられた仏恩だ。普賢菩薩の示現が指示する兜率天への転生は、あくまで修行の後、生を終えてからで、即時に現世から離脱しうるのではない。普賢菩薩の示現は、天稚御子の来訪と異なり、昇天するまでにタイムラグを設けているのである。生きて修行する「時間」が短かろうが長かろうが、兜率天に昇天するまでの修行の「時間」は、狭衣がこれまで生きて重ねた罪を、たとえば恋の罪を、贖う「時間」であるだろう。天稚御子の来訪から普賢菩薩の示現までに、狭衣の聖性が無条件のものではなくなった点を押さえておく。

三　吉野川と飛鳥井女君

次に、飛鳥井女君の兄山伏との出会いについて考察したい。

狭衣が怠りがちに経を読んでいると、導くように『千手陀羅尼』を読む声が聞こえてきた。誦経の声の主は飛鳥井女君の兄山伏であった。声による登場は、普賢菩薩が示現した場面となだらかに続き、違和感がない。狭衣は早速、山伏に対面し、出家の意志まで告げており、山伏はにわかに道の師としての色彩を帯びる。ところが、問われるままに山伏が「帥の中納言といふ人侍りけり。その子にて侍りけれど……」と出自を明かし「あやしう侍りし乳母と、ひとり侍りし妹などのことも知らず……」(参考二二二/五三八)と自身の境涯のあらましを述べ、妹との思いがけない再会を語ったところから、狭衣は「道芝の露のゆかり」(参考二二二/五三八)だと気づく。「道芝の露」は飛鳥井女君を指すことばだ。

尋ぬべき草の原さへ霜枯れて誰に問はまし道芝の露　(参考　一一九)

これは巻二の巻頭部で、素性も知らないうちに行方知れずになってしまった飛鳥井女君を思って、狭衣が詠んだ歌だ。この歌以来、女君は何度か「道芝の露」といいなされている(参考一四二、三六八など)。

山伏が妹との再会を語ったくだりは、狭衣が巻二のなかで、すでに耳にしていた飛鳥井女君らしき女性に関する情報と一致していたので、狭衣はすぐに山伏を女君の兄だと認識するのであった。そうなると〈粉河詣で〉は、普賢菩薩を示現させ、狭衣を現世から離脱させる旅である以外に、また別の側面を持った旅であったととらえられてくる。以下その点について考えていく。

ついてはいちど、飛鳥井女君との物語を振り返ってみる。狭衣はかつて飛鳥井女君と恋仲にあった。けれども、一途な恋心を捧げる源氏宮への思慕に照らすと後ろめたい。そこで、狭衣は女君との忍び恋を続けていたのだが、乳母子道成が主狭衣の思い人とも知らず、女君を盗み出してしまう。以後、女君は行方不明になり、狭衣はというと、道成に連れられ西国に向かった女性が、どうやら飛鳥井女君とおぼしく、下向途中に入水したらしい旨を耳にした以外、明確な事実関係を把握できないでいた。つまり、女君の行方はたどれずじまいで、〈粉河詣で〉に至ったのである。しかし、女君は道成に連れ去られる直前、狭衣の夢に現れ、願いをひとつ託していた。

例の、夜深く帰り給て少しうちまどろみ給へる夢に、この女の(飛鳥井女君)、御かたわらにあると思すに、腹の例ならずふくらかなるを、「こは、いかなるぞ。…〈中略〉…」といえば、常よりもの心細げにも、

行方なく身こそなりゆけこの世をば跡なき水のそこを尋ねよ

といふほどに、殿の御方より、……　(参考　九五〜九六)

飛鳥井女君のもとから堀川殿に戻った狭衣の夢に、女君は明らかに子を宿した姿で現れている。女君の詠んだ歌「行方なく……」の「この世」は、「此の世」と「子の世」の掛詞であり、歌の内容は「わたし自身は行方知れずになってしまっても、あなたとわたしの子供の行方・行末は、きっと此の世で、形跡もない水底なりと、そこであると尋ねてください」といったほどのものだ。それまで狭衣に何を求めるでもなかった女君が、二度と会えまいと思う別れの間際に、現世での子供捜しと、子供の行末を狭衣に託していたのである。

少し後に考察するが、同歌「跡なき水のそこを尋ねよ」の「そこ」は「底」と「其処」の掛詞だが、狭衣の心中では「水」あるいは「水底」に飛鳥井女君の面影や行方を求めている。吉野川を舟で行く〈粉河詣で〉は、そもそ

も女君をたぐり寄せる契機でもありえた。そうして〈粉河詣で〉は、狭衣が女君の兄山伏と出会ったことで、女君から狭衣に託された子供の行方捜しと行末への関与を、可能にする糸口にもなったのではないか。兄山伏との出会いは、後の物語を導きつつ、女君との恋がもたらした「この世」に、狭衣を直面させる事態だったのではあるまいか。

では、〈粉河詣で〉の途次に目をむけてみる。すると、飛鳥井女君への思いは道々すでに表れていた。〈粉河詣で〉は、女君をたぐり寄せる旅でもあり、かつ兄山伏との出会いにより、狭衣に現世との新たな結びつきを持たせうる旅でもあった次第が掬いとられてくる。

岩波高く寄せかへりつつ、いたう凍り閉ぢたる浅き瀬は御舟もひきやらねば、棹差しわぶるを見給ひて、

　吉野川浅瀬白波たどりわび渡らぬなかとなりにしものを

思しよそふることやあらん、妹背山の見やらるるは、過ぎ難げなる御心を汲むにや、なほえ過ぎやらねば、

「わきかへり氷の下にむせびつつさもわびさする吉野川かな

上はつれなく」などうちすさびつつ漕ぎ行くに、[a]底の水屑になりにけん道のほど思しい出でられて涙もこぼれぬるに、…〈中略〉…[b]底深うのみ眺め入り給て…〈中略〉…

[c]「うき舟のたよりに行かんわたつ海のそこと教へよ跡の白波

あはれ」と長やかにひとりごち給て、……　（参考　二〇八～二〇九／五三七）

難渋しながら吉野川を舟で行く狭衣は、舟が先に進まない様子に、源氏宮との関係をなずらえ、「渡らぬなか」と口ずさむ。また、妹山と背山が吉野川に隔てられている「妹背山」にも、源氏宮と自身のありようを眺めている。

源氏宮との恋に絶望感を抱いているのであり、兜率天に至る出家への道をたどっているかに見える。
ところが、源氏宮を思って舟に揺られているうちに、傍線部a「底の水屑……」とも思い、自身の旅と、入水したであろう飛鳥井女君の旅を重ね合わせていく。「底の水屑」というのは、先に引用した女君の歌「行方なく身こそなりゆけこの世をば跡なき水のそこを尋ねよ」の傍線部を、明らかにふまえたことばだ。吉野川の「水」は飛鳥井女君を思い起こさせ、傍線部bに見えるごとく、狭衣の目を「水」の「底」へと導く。水底を見入る狭衣は、傍線部c「うき舟の……」を詠むわけだが、「わたつ海のそこと教へよ跡の白波」すなわち「女君の沈んでいる底を其処だと教えてくれ。跡の白波」も、「(水の)そこ」を媒介に、やはり女君の歌「跡なき水のそこを尋ねよ」と、明らかに呼応した歌だ。

現世での子捜しと、子の行末を託した飛鳥井女君の思いはうまく受けとられず、狭衣は女君その人の行方を尋ねている。とはいえ、女君を思う狭衣のことばと女君の歌のことばとの呼応は、〈粉河詣で〉が狭衣に、現世からの離脱の可能性を指示するばかりでなく、「子の世」でもある新たな現世への回帰の可能性をも指示していた次第を明らかにしているのではないか。

ここで、いわゆる「水の女」飛鳥井女君という観点とは別に、行方不明後の女君と「水」とが、狭衣のなかで深く結びついている様子を、もう少し確認しておきたい。

唐泊底の水屑となりにしを瀬々の岩間も尋ねてしがな

甲斐なくとも、かの跡の白波を見るわざもがなと思せど、都のうちだに心に任せぬ御有様なれば、いかが。光源氏の須磨の浦にしほたれわび給ひけんさへ羨ましう思さる。

あさりする海人ともがなやわたつ海の底の玉の緒かづきても見ん　（参考　一八一〜一八二）

右引用は、道成の上京により、飛鳥井女君とおぼしい女性の入水を確認した狭衣の心中を語った部分である。傍線部aでは、「底の水屑」となった女君を「瀬々の岩間」まで捜し求めたいと心のなかで詠い、傍線部bには、女君の乗せられた船の「跡の白波」を見たいと思う狭衣がいる。「跡の白波」ははかなく消えてしまう航跡だが、女君の沈む水底を示す唯一のメルクマールだ。そして傍線部cを見ると、「海人」にでもなり、海に潜って、「わたつ海の底」に沈んだ「玉の緒」（命）つまりは女君に会いたいと、歌にして思うのだった。

自身より子の行方・行末を託した女君と、女君の行方を尋ねる狭衣とで微妙なくい違いを見せているが、飛鳥井女君母子の行方は「水」や「水の底」に求められるべきものとしてあったのであり、〈粉河詣で〉の舟でたどる吉野川の「水」「水の底」にまで影を落としている。引用破線部「都のうちだに心に任せぬ御有様なれば、いかが」と語り手があやぶむごとく、西海の水屑と消えたであろう女君母子を、都のなかでさえ身動きのままならない狭衣が、追い求めるのは至難のわざだ。本来、唐泊であるべきだが、〈粉河詣で〉の難路で、「跡の白波」まで立つ吉野川は、女君母子の行方を幻視させ、問い尋ねさせてしかるべき千載一遇の場だったといえる。

吉野川を行く舟に揺られながら狭衣が詠んだ歌「うき舟のたよりに行かんわたつ海のそこと教へよ跡の白波」は、飛鳥井女君が狭衣の夢に現れ子を託した歌と呼応しつつ、狭衣のなかでは、「水」「水の底」と固く結びついたまま尋ねあぐねていた女君の行方を、ようやく吉野川という場を得て、目印とも思える「跡の白波」に問うているのである。〈粉河詣で〉は、飛鳥井女君の行方を尋ねさせ、ひいては「子の世」でもある新たな現世に狭衣を繋ぐ契機でもあったのではないか。

粉河寺の場面に戻る。狭衣は飛鳥井女君の兄山伏に出会い、女君の生存および子供の存在を知ると、「さて、その御妹の上は聞き給ひてきや」（参考二一二／五三八）と尋ねている。さらに「ちごのありしあり所などいみじうこまごまと問はまほしき」思い（参考二一三／五三八）に駆られるものの、他聞を憚り事情は語らず、「さりともいづくとは見置き給ひてん」（参考二一三／五三八）と女君母子の落ち着き先のみを聞き出そうとする。女君から託された子供の行方捜しをも含んだ女君捜しに、狭衣は急速に巻き込まれていく。〈粉河詣で〉における女君の兄山伏との出会いは、女君から託された子供の行方捜しと、子供の行末への関与を可能にする糸口にもなっているのであった。〈粉河詣で〉とは、兜率天往生に向けて狭衣を現世から離脱させる可能性を指示する一方、「子の世」でもある新たな現世に狭衣を回帰させる可能性をも指示する旅であったととらえられるのではあるまいか。

五　「この世」への道筋

最後に、〈粉河詣で〉とは、狭衣をどこに向かわせ、『狭衣物語』にどんな境地を切り開かせる旅であったのかについて考察したいと思う。

〈粉河詣で〉により狭衣に指し示された方向は、片や仏教的天界の兜率天であり、片や「子の世」でもある現世であった。巻一、二を振り返ると、狭衣は源氏宮へのかなわぬ恋の苦悩から出家志向を募らせ、現世離脱の可能性を増殖させていた。一方、そのかなわぬ恋の情動を飛鳥井女君や女二宮に転位させ、現世のしがらみを累加させてもいた。狭衣は現世から離脱するのか、現世に根づくのか、決着を見ないままに均衡を保っていたのである。そうこうするうちに、女君たちは皆、現世から退き、狭衣の出家願望が突出するのであるが、それまでの狭衣のスタンスがどっちつかずであったのは否めない。〈粉河詣で〉は改めて狭衣に二者択一を迫る旅だったといえる。

狭衣が意識的に選択した風情でもないが、狭衣の向かう方向は〈粉河詣で〉で決せられたようだ。

「あが君、また対面するまでの形見にもし給ふ。世を背きなんの心、いと深うて年ごろになりぬるを。あながちなる絆《ほだ》しなどもなきものから、そこにてと思ひ寄る所なども、おぼろけならず思ひ定むるほどに、心よりほかに長らふるも、いみじう心憂きを、おはすらん所にもやがて誘ひ給へと聞こえまほしけれど、このたびは人騒がしう心あわたたしければ、心のどかにはいかでか聞こゆべき。京にはものし給なんや」とのたまへば、……〈中略〉…（山伏が）立ちぬる名残もいみじう心もとなきを、胸もいとどふたがりて、仏もこの行方たしかに聞かせ給へと思し入りて数珠おしもみ給ふめれば、験《しるし》侍りけんや。いかがおぼつかなのことの様や。

（参考　二一三〜二一四／五三八〜五三九）

「世を背きなんの心……」と年来の出家の意志を口にし、「おはすらん所へもやがて誘ひ給へ」ともいい、山伏を道の師と慕い従う心さえのぞかせている。けれども、「このたびは……」と、狭衣にとっては〈粉河詣で〉の目的であったはずの出家を、あっさり断念してしまった様子も明らかだ。あとはもう、「仏もこの行方たしかに聞かせ給へ……」と、飛鳥井女君の行方がわかるよう仏に祈るばかりであった。

いかにも現世利益を目的にした狭衣のこの姿は、大乗一乗の法ともいわれる『法華経』を修行する者の姿とはほど遠い。換言すれば兜率天に導かれるべき者の姿とはほど遠い。ただ、「このたびは」といっているので、狭衣にしてみれば、とりあえず今回の出家は断念して延期するつもりだったのだろう。しかし、仏に祈る姿の変容ぶりからしても、飛鳥井女君の行方を求めて、出家を延期したのだと見てしかるべきだ。そして、女君の追跡は、女君とともにいるはずの子供を捜すのと限りなく同義である。となれば、すでに考察したように、女君が託した「子の世」の現世をひき受ける方向を選択したことになる。

狭衣は、さほど自覚的ではないようだが、天稚御子事件が示した昇天の可能性を、兜率天往生の形で回復する糸口を失い、飛鳥井女君との恋がもたらした現世のしがらみにからめとられて、子供の行方を捜し、子供の行末に関与する道へと、一歩を踏み出してしまったのだといえよう。(14)〈粉河詣で〉とは、まさにそうした物語上の分岐点になる旅だったと位置づけられるのではあるまいか。

ところで、父親の子供捜しがひとつの眼目になっている物語は、神田龍身が指摘するごとく、(15)いわゆる中世王朝物語に多く見られる。『浅茅が露』『石清水物語』『苔の衣』等々と挙がってくる。〈粉河詣で〉を分岐点に、「子の世」でもある現世に回帰した狭衣は、巻三では飛鳥井女君との子供を捜し当て、巻四では女二宮との子供をとり戻し、さらには飛鳥井女君が託したとおり子供たちの行末にも関与して、後半は子供捜しの物語を生きたといっても過言ではない。『狭衣物語』後半は後の物語の嚆矢になっているのではあるまいか。〈粉河詣で〉は『狭衣物語』の分岐点であるとともに、物語史上の分岐点にもなっているのではないかと思う。〈粉河詣で〉に注目するゆえんだ。

なお、狭衣が飛鳥井女君の兄山伏のいる竹生島に参詣しようとした矢先に起きた「神鳴り」は、狭衣と「異界」との三度目の接触だといわれる。(16)たしかにそのとおりなのだが、狭衣と「異界」なり「彼岸」なりを繋ぐ超常現象ではない点、掬いとっておきたい。

光失する心地こそせめ照る月の雲隠れ行く程を知らずは
めづらしき宿世目ありて思ふことなくもありなんものを。とくこそ尋ねめ。昨日の琴の音あはれなりしかば、かくも告げ知らするなり　(参考　三四一)

これは、狭衣の父大殿の夢に現われた賀茂神の託宣である。「光失する……」は狭衣が出家しようとしているのを知らせる歌だ。「めづらしき宿世目」[17]（すばらしい宿世の様子）は狭衣の即位をそれとなくほのめかしている。さらには「昨日の琴の音……」と、狭衣の琴の音が賀茂神の心を打ったから、この託宣を下すのだという。

つまり、狭衣の琴の音に感応した「神鳴り」は、狭衣を「異界」や「彼岸」に導くものではなく、むしろ狭衣の出家を阻止して帝位に導く託宣に繋がっていったのである。[18] となると「神鳴り」もやはり、狭衣の即位にかかわるこの賀茂神の託宣および後の天照神の託宣と、一連の超常現象だと位置づけうる。「神鳴り」以降の一連の超常現象は、天稚御子の来訪や普賢菩薩の示現とは位相を異にしているのであり、狭衣を「異界」「彼岸」から切り離し、帝位へと導いていくのだった。

とりわけ最後の天照神の託宣は、狭衣の即位を決定づけるのだが、そのために女二宮所生の若宮と狭衣との知られざる親子関係を明かしてしまう。すなわち、狭衣即位への道は、狭衣にわが子若宮をとり戻させる道に重なっていくのである。「神鳴り」以降の一連の超常現象は、即位を導きつつ、子供捜しの物語にも一役買って、狭衣を「此の世」であり「子の世」でもある「この世」にからめとっている。超常現象まで「この世」に資していく物語の趨勢は、〈粉河詣で〉を分岐点として決せられたのではなかったか。

以上、〈粉河詣で〉は『狭衣物語』と物語史の分岐点になる重要な旅だったのではないかとの見解を提出して、本章を閉じたいと思う。

注

（1）　新編日本古典文学全集（小学館）二二三頁。

（2）『狭衣物語』（岩波講座日本文学　一九三一年　岩波書店刊）。

（3）藤岡作太郎『国文学全史2平安朝篇』（平凡社東洋文庫　一九七四年刊。『国文学全史（平安朝篇）』一九〇五年東京開成館刊および一九二三年岩波書店刊の校訂版）。

（4）深沢徹「往還の構図もしくは『狭衣物語』の論理構造―陰画としての『無名草子』論（上下）―」（『文芸と批評』一九七九年十二月、一九八〇年五月→『狭衣物語の視界』一九九四年　新典社刊）。久下晴康（裕利）「狭衣物語の構造―回帰する日常」（『中古文学論攷』一九八一年十一月→『平安後期物語の研究 狭衣浜松』一九八四年　新典社刊）。井上眞弓「視線の呪縛―『狭衣物語』の方法にふれて―」（立教大学『日本文学』一九八二年七月→『狭衣物語の語りと引用』所収「視線の呪縛」二〇〇五年　笠間書院刊）。

（5）平野孝子「狭衣物語の構成」（『言語と文芸』一九六七年十一月→日本文学研究資料叢書『平安朝物語Ⅳ』一九八〇年　有精堂刊）。堀口悟「『狭衣物語』の構想―後半部について―」（『中央大学大学院論究（文学研究科篇）』一九八一年三月）。立場を異にするが、構想論の読解からは多くの示唆を得た。

（6）集成の底本は旧東京教育大学国語国文学研究室蔵『狭衣物語』春夏秋冬四冊本（写本）であるが、集成を見る限り、古活字本の本文とほとんど変わらない。

（7）校注（新典社刊）も、巻一、巻二までしか刊行されていないが、内閣文庫本を底本としている。

（8）古活字本ナシ。次の「山のあなた……」はほぼ同文で存在している。同趣の表現は避けられ、刈り込まれた本文になっている。

（9）注（4）深沢徹論文。同論はこの先に「忉利天」への転生を読んでいるが、〈粉河詣で〉の論理としては、兜率天ではないかと思う。以下、その点を論じていく。なお、普賢菩薩の示現について、注（4）久下晴康（裕利）論は狭衣に「嘆かわしい宿世をも感受」させ、「嘆きの日常性のなかにつき落とす働きをしていた」とする。また同井上眞弓論は「昇天する迎えではなく、出家遁世したい狭衣の意向を人々に知らせる警鐘であった」としている。なのに、が、普賢菩薩の示現そのものは深沢論の指摘するように、「出離の確約」だと押さえるしかないと思う。

狭衣が現世に立ち返ってくるのは、普賢菩薩が示現する超常現象が狭衣に宿世を感受させたり、人々に警鐘を鳴らしたりするからではなく、別の物語論理なり狭衣の思考回路なりによっているると考える。以下、論述するところである。

(10)「若但書写。是人命終。当生忉利天上。〔若し但、書写せば、この人は命終して当に忉利天の上に生まるべし〕」（三二六）。また、〈粉河詣で〉の途次、狭衣も「是人命終。当生忉利天上」（参考二〇九／五三七）と、同句をひっそりと読んでいるが、飛鳥井女君の入水した水底はどこかと尋ねる歌を詠んだ後のものであり、これはむしろ秘かに飛鳥井女君の忉利天への往生を願って口ずさんだと考えるのが相当であろう。

(11)田村良平「『狭衣物語』・脱現実の幻想―超常現象を中心に―」（『中古文学論攷』一九八八年十二月）は「弘法大師入定の誓いをそのまま自己の願いとして取り込んだことに他ならない」と指摘しており首肯される。同論はさらに、それを、現世回帰の願望だとするが、「弥勒の世」はすでに浄土と地続きで、いわゆる現世とは異質なのではなかろうか。

(12)天稚御子と天稚御子の所属する天界が多義的である点については、本書I第5章第二節およびI第6章注（7）に譲る。

(13)古活字本「兜率の内院に」以下ナシ。いわゆる第一系統本特有の本文。古活字本も「ありつる御子の御かたち俤に恋しう、口惜しう覚え給ふ」（全書上巻二〇九頁）と、昇天できなかったことを残念に思っているが、兜率天憧憬は見られない。ただ、その後「身色如金山　端厳甚微妙」（『法華経』序品の句。諸仏の美の形容）と朗詠しており、天稚御子の姿が仏の姿に転写され、天稚御子に表象された天界が仏教的天界にスライドしている様子は窺える。なお、仏教色を帯びた現世離脱の願望が兜率天往生に像を結んでいる次第は、古活字本の場合、〈粉河詣で〉を決意するときに「弘法大師の御住処見奉りて、猶、この世逃れなば、弥勒の御世にだに、少し思ふことなき身とならばや」（上巻三七六頁）と思っている部分で明らかになる。この部分、底本・西本と同内容である。第一系統本は「兜率天」および「弥勒菩薩」を媒介に、天稚御子事件と普賢菩薩示現を直截に結びつけた本文になっている。以下に論述するが、天稚御子来訪の場面自体、仏教臭を帯びているので、古活字本等は経文を朗詠する狭衣のなかで、天稚御子事件がさらに仏教的にスライドしている様子を語るにとどめ、〈粉河詣で〉にあたって「弘法大師」「弥勒の御世」に思いを馳せる狭衣を語ったうえで、第二の天界・兜率天を種明かし的に指示する語り方になっているのだといえよう。語りぶりの違いから緊密度にも落差はあるが、いずれ天稚御子来訪と普賢菩薩示現というふたつの超常現象には繋がりを見出しうると考えている。

(14) 神田龍身「鎌倉時代物語論序説—仮装、もしくは父子の物語—」(『日本文学』一九八六年十二月↓『物語文学、その解体—『源氏物語』「宇治十帖」以降』一九九二年　有精堂刊)に、『狭衣物語』が父親による子供捜しの物語であるとの重要な指摘がある。同論では、捜される子供と仮装に深い因果関係を認め、転生をも広義の仮装としてとらえているので、当然『浜松中納言物語』も子供捜しの物語の要素を持つと見るわけだが、私見では父親の子供捜しがかなりのところ物語の眼目になっていくような物語のあり方は、『狭衣物語』後半部分を嚆矢としているのではないかと考えている。

(15) 注(14)の論文。

(16) 注(4)深沢徹論文。

(17) 「宿世目」存疑。内閣文庫本では「すくせめ」とあり、同系平出本も「すくせめ」とあるが、「め」右脇に「も」と傍書がある。古活字本は「すくせも」になっている。なお大系は校訂一覧によると、近衛家一本と東大平野本によって「の」に改めている。極力、底本を尊重する立場から「め」は「目」で、「様子」の意ととったが、疑問を残す。

(18) この「神鳴り」は、注(4)井上眞弓論文が指摘するように、「出家遁世したい狭衣の意向を人々に知らせる警鐘」であったろう。にもかかわらず誰も、狭衣が出家しようとしているのに気づかないので、賀茂神の託宣という次の超常現象が起きたと見てしかるべきかと思う。

III

文学史への批評——ことばの横溢

第１章　飛鳥井物語の形象と〈ことば〉——〈ことば〉のイメージ連鎖

一　多義化する〈ことば〉と物語

「少年の春は惜しめども」と語りだされる『狭衣物語』は、冒頭から白楽天の詩句が引用され、物語の随所に多様な引用がちりばめられている。直接的な引用ではなくとも、多分に先行物語なり和歌的背景なりを意識させることば・文・文脈が見出される。『狭衣物語』本文の特質である。

一方、そこに繰り広げられる物語内容は、主人公狭衣の即位に向けていちおう栄華の物語軌跡を描いてはいるけれども、狭衣と女君たちとの関係はさまざまな形で断ち切られ、悲恋が積み重ねられている。積み重ねられた悲恋の数々は、狭衣の内面に悔恨と苦悩を堆積させ、登極の栄華も、さらには人生そのものをも相対化してしまう。俯瞰的に見れば、断ち切られた女君たちとの関係は、狭衣の内面を反映して暗澹たる相貌を帯びる物語を構造化しているのであった。

そして、女君たちとの関係が断ち切られるゆえんは、文学史的には「感性と理性の葛藤」[1]と括られ、決して芳しい評価を与えられなかった狭衣のあり方に求められてきたといえる。以後の研究史においては、それを方法的にとらえ直し、ネガティブな評価をペンディングもしくはエポケーすることによって掬いとられた「癖」といわれる狭衣のあり方、すなわち「心の癖」と「身の癖」の乖離するあり方に求められている。[2]たしかに、矛盾と葛藤に満ちた狭衣のあり方が、結果的に女君たちとの非交流や断絶を導いているのには違いない。しかし、現に進行する女君たちとの物語場面を見てみると、引用によって多義化する〈ことば〉が、狭衣のあり方とは別に、女君たちとの非交流や断絶を生み出しているように思う。しかも、狭衣の〈ことば〉の多義性は、狭衣という人物のあり方をむしろ棚上げにした格好で、交流を断絶に、断絶を交流に組み替えるような物語を形象しているのではないかと思われる。

さて本章では、巻一に語られる飛鳥井女君と狭衣の物語について考えていきたい。以下、飛鳥井女君については女君と略称し、巻一のふたりの物語は飛鳥井物語の通称に従う。飛鳥井物語はかつて、「因循姑息」[3]「利己的」[4]といった狭衣評を導く一翼を担った。また、多くの伝説・伝承の型や物語の型が読みとられてもいる。[5]なるほど、深い水脈から理念化された型のあれこれが体現されているかのごとき物語ではあるにせよ、どのような経緯をたどり、いかなる個性を獲得して、入水譚等の型を透視させる物語が形象されたのかに注目してもよいのではないか。飛鳥井物語の経緯と個性について、必ずしも狭衣のあり方を反映しない、狭衣の〈ことば〉の多義性という角度から考察していきたいと思う。

まず、飛鳥井物語において、狭衣と女君を別離させ、女君を入水(未遂)に追い込む直接の敵役は、女君の乳母である。が、ふたりの別離を画策すべく乳母を突き動かすのは、いつまでも素性を韜晦して女君の処遇を決しない狭衣の通いぶりである。これこそが悲劇的結末をたぐり寄せる動因と目されている。(6) しかし、よくよく考えてみれば、乳母と狭衣の動向や思惑もさりながら、狭衣を蔵人少将程度の人物だと思い込む乳母の誤解を解くでもなく、狭衣に窮状をほのめかすでもなく、ことばを押し殺した女君その人のあり方が、入水譚等の型を透視させる飛鳥井物語の鍵になっているのではなかろうか。「三者のからみあい(7)」とはいえ、最も多くの情報を持ち、状況を打開しうる立場にあってなお、そうしなかった女君のあり方から発問することが、飛鳥井物語を新たに読み直す端緒になるのではないか。

次に、ではなぜ女君は語らないのか。換言すれば、語らない女君を語る各場面で、そんな女君のあり方はどのように論理化されているのか。この点についてては、これまでのところ深く問われないまま、暗黙のうちに狭衣のあり方との関連で押さえられているようだ。しかし、女君が語らない、あるいは語れない場面に立ち返ってみると、素性を偽装し処遇に手をこまねきつつ恋着する狭衣のあり方が、女君の誤解や不信そして沈黙を招来し、悲劇的な結末を導くという図式からは、かなり逸脱した側面が見出される。飛鳥井物語にも、多様な引用が織り込まれていて、引用は会話内にも及んでいる。他の女君との場合よりも、はるかにきめ細かく語られるふたりの交流場面で、引用によって多義化してしまう狭衣の〈ことば〉のありようが注目されるのである。

右の観点から飛鳥井物語を考察し、過剰なほどの引用を特質とする『狭衣物語』の方法の一端を照射するとともに、引用によって多義化する〈ことば〉は、筋書上の物語の外に、また違った色合いの物語を形象している様子をもとらえたいと思う。

二　露のはかなさと別れのイメージ

飛鳥井物語の発端は、狭衣と女君を出会わせ、かつひき離す契機にもなっていた。偶然にも通り合わせた狭衣一行に、女君の連れ去りを阻まれた仁和寺の威儀師は、実は女君の乳母の隠れ夫で、女君たちの生計の頼りでもあったが、一件以来、そうした関係を打ち切ってしまう。女君側は生活のてだてを失い、乳母が陸奥の将軍なる人物を頼って東国に下向するといい出し、女君を巻き込む。狭衣と女君との出会いには、別れの契機もはらまれていたのである。かくして出会い早々の別離が予感されるさなか、事情を知らない狭衣は名のりもせず逢瀬を重ねるばかりだった。女君はといえば、いつまで続けられるのか心細く思いながらも、まったく窮状を語らないで、狭衣に応えていた。狭衣のあり方は、唯一と思い定めた源氏宮恋慕の呪縛に由来する。女君の方は、名のり合いさえしない不安定な関係から、「ほのめかさんもつつまし」（参考七五）と思う心の機微によって、まずは説明づけられている。

ところが、ある夜の逢瀬の場面では、狭衣の投げかけた〈ことば〉が、狭衣も意図せぬ形で、女君の内面に波紋を広げ、女君を沈黙に導いている。女君が自身の窮状を語らないゆえんは、狭衣が素性を明かさない、名のらない、恋のささやきに虚言を織り交ぜているなど、意図的な狭衣のあり方ひとつに、求めるわけにもいかないようなのである。

A（狭衣言）「世の人のやうなる心もなくて過ごしつるを。いかなる契りにか、はかなく見初め聞こえしより、また知らざりし有様にて、見捨てがたくおぼえ給ふこそ。世にあり果てずなりなば、いかが思ひ給ふべき。[a]そをだに後のと誰いひ置きけんな。[b]逢ふには替へまほしかりけるものを」とて、おしのごひ給へるまみ、少し濡れたる気色など、さやかに澄める月影に、これはなほ（女君心内語）、音に聞く人に似てこそおはすめれ。わが身の程を思ふにも、なほ頼むべき有様かは。c かやうに思し捨て給はざらんほどに、雁の羽風も迷ひなんこそよからめと思ひながら……

（内閣文庫本　参考…大系八〇頁　以下引用の『狭衣』本文も同本に拠り、参考として大系当該頁数を示す）

恋には疎いはずなのに、女君への執心が並々ではない旨を切々と語る狭衣の〈ことば〉に耳を傾けつつも、女君は注意深く狭衣の素性を推測し、歴然とした身分差を感じとっている。身分差の認識は傍線部c「かやうに……」といった判断に繋がっていく。つまり、このように思われているうちに、微かな風の誘い同然の東国下向話に乗って、姿をくらますのがよかろうと。身分差のある恋の頼みがたさが、恋心を語る狭衣の〈ことば〉を無効化してしまい、なだらかに途絶えを意識させ、別れを受け入れさせているかに見えるのだが、傍線部cの女君の心内語は、明確に狭衣の語った〈ことば〉と対応しているのであった。

「雁の羽風も[8]」は「白露の萩の裏葉に置ける朝は雁の羽風もゆゆしかりけり」（『好忠集』）の引用であると見てよいだろう。「雁の羽風」ということばは、いろいろな歌に見うけられるのだが、「雁の羽風」にも「迷ひ」と流離を考える女君内面の不吉さは、「ゆゆしかりけり」を伴う『好忠集』の歌を浮かび上がらせてくるのではないか。引用の源を一首に限定し、引歌を認定したいのではない。和歌的背景をふまえ、和歌の水脈をたどれば、さまざまな歌が掬い上げられる。引用の源はひとつに限定される筋合のものではなく、掬い上げられた歌のそれぞれに見出され、拡散していく場合もある。引用を想定する醍醐味は、むしろそこにあるとさえ考えている。ただ、こんな歌あんな歌からの引用だといって、注釈を充実させるのではなく、想起されてしかるべき一首からの引用に注目し、物語の〈ことば〉と交響させたとき、新たに見えてくる様相があるなら、それをとらえて〈読み〉を更新したいのである。いささかくだくだしく引用観を述べたついでに付言するが、歌からの引用に限らず、物語等々からの引用についても、同様のスタンスで臨んでいる。

では、女君の内面に『好忠集』の歌をひきつけてみると、不吉なはずの「雁の羽風」に誘われて流離するのがよかろうと考えているわけで、女君は美しいけれどもはかない「白露」の、そのはかなさにこそ自身を重ね合わせている様子がとらえられてくる。そして、流離を思う女君の、不吉な内面の〈ことば〉は、傍線部b「逢ふには替へまほしかりけるものを」と語った狭衣の〈ことば〉と響き合っている。命さえ「逢ふには替へまほし」き恋心を詠んだ歌は枚挙に暇がないものの、やはり『古今集』に収められ流布した紀友則の歌「命やはなにぞは露のあだものを逢ふにし替へば惜しからなくに」（恋二）が、まずもって想起されるのではあるまいか。『古今集』の歌からの引用に注目して、狭衣の語る〈ことば〉をとらえ直してみると、水面下で、逢瀬に供する我が身の命と、「露」のはかなさが重ね合わされている。引用を媒介にしなければ、表面には表れない「露」という〈ことば〉によって、女君の心内語は狭衣の発した〈ことば〉と紐帯を持っていたのである。

さらに、傍線部c「かやうに……」は、狭衣の語った別の〈ことば〉を、より直截に反映している。すなわち、思われているうちに姿をくらまし仲絶えしてしまおうと考えている女君の心内語は、狭衣が語った〈ことば〉の傍線部a「そをだに後の」がたぐり寄せる歌を、きれいに写しとった節がある。「そをだに後の」は「飽かでこそ思はむ仲は離れなめそをだに後の忘れ形見に」（『古今集』恋四、読人不知）からの引用で、二重傍線部「飽きないうちに思い合っているふたりは別れた方がいい」は、女君の思いに重なる。はかない我が身を感受し、身の振り方を考える女君内面の〈ことば〉は、狭衣の語った〈ことば〉を反映し、再構成したかのごとき趣なのである。

むろん、狭衣の語る〈ことば〉が織りなす文脈は、女君に流離や別離を思わせるものではない。どころか、「そをだに後の」が浮かび上がらせる「飽かでこそ思はん仲は離れなめ」を否定し、あなたに逢うためなら命だって惜しくないと、恋着を語る〈ことば〉なのである。しかし、女君は交流を意図する文脈よりも、引用の背後に広がる意味やイメージにとらわれてしまったのだといえよう。つまり、引用によって多義化する狭衣の〈ことば〉は、狭衣の意図とはまったく別に、メッセージやイメージを拡散させてしまうのであり、不安定な境遇にある女君に、葉末を離れ消えてゆく「露」をイメージさせ、同時に、眼前にある東国への流離を黙って受け入れ、狭衣とも別離すべきだとの判断を促すメッセージを送ってしまったのではあるまいか。

ひき続き、同夜のふたりを追いながら、「露」をイメージするとともに、東国への流離や狭衣との別離を具体的に思い描く女君内面の〈ことば〉が、いかに強く女君自身をからめとり、身の上を語る〈ことば〉を封じているかを確認したいと思う。

B　花《（女君）》がつみかつ見るだにもあるものを安積の沼に水や絶えなむ

…〈中略〉…

「年《（狭衣）》経れども思ふ心し深ければ安積の沼に水は絶えせじ

かく、いと浮きたる様と思ふとも、今、心の程は見給ひてん。…〈中略〉…方々につけて心よりほかなる有様などはすとも、[a]わたくしの心ざしばかりは変はらじと思ふ」など語らひ給ふままに、いと忍びがたくて、[b]なほ、かくなどやほのめかし聞こえて、気色を見ましと思へども、思立つ方とても、[c]少しはかばかしきことにてもあらず。なかなか思しやらん東路の旅の気色、[d]あさましうはづかしければ、[e]ただ行方なくて止みなんと思は《ママ》…〈中略〉…など思ひ続くる心のうちに、涙は堰きやる方なきを……　（参考　八〇～八一）

別れを思う女君がはかなげな様子で歌を口にする。陸奥の歌枕「安積の沼」に「花がつみ」をとり合わせ、「花がつみ」が「かつ」を導いて、「水（見ず）や絶えなむ」と結ぶ詠みぶりは類型に則るものの、[9] 東国流離をふまえ仲絶えを痛感する女君においては、切実な歌であり、しかも独詠歌に近い。けれども、類型に照らして聞くしかない狭衣には、恋情の深さを問う歌だと理解され、「年経とも……」の歌と、歌の内容そのままの傍線部aの〈ことば〉が返される。狭衣の歌が番えられて、二首は整った贈答歌になり、交流の空間を現出させたのである。再び狭衣にひき寄せられた女君の心には、傍線部b「なほ、かくなどやほのめかし聞こえて、気色を見まし」と、狭衣に事情を語って、様子を見ようかとの思いが兆すのだった。

しかし、女君は口をつぐみ、傍線部e「ただ行方なくて止みなん」と、やはり流離を選びとっていく。「ただ行方なくて止みなん」は、引用本文Aにおける女君の心内語「雁の羽風も迷ひなんこそよからめ」の変奏であり、繰り返しである。また、あえて流離を選ぶ理由を、女君内面の〈ことば〉に即してとらえてみると、傍線部c「少しはかばかしきことにてもあらず」と思われ、傍線部d「あさましうはづかし」と感じられる東国行きの、語るに語れない拙いイメージに由来している。東国行きのこのようなイメージは、ごく一般的な流離のイメージには違いない。ただ、女君は自身の東国流離を、もう少し鮮明な映像に結んでもいた。同じく引用Aの「雁の羽風も」がひきつける「白露」の、美しくかつはかない映像に重ね合わされた女君固有の東国流離のイメージも尾をひいているのだと思われる。だからこそ、そんなイメージのなかで、消えてゆくしかない「露」の運命を自身に重ねて、女君は流離へと促されるのではあるまいか。

狭衣の〈ことば〉に伏流する別れやはかなさのイメージを、そっくり写しとった女君の内面の〈ことば〉やイメージが、贈答歌を交わし交流の空間を現出させてなお、女君をからめとっていく。そういう側面を見落としてはならないのではないか。狭衣の態度の優柔不断や、ゆえに生ずる女君の不信感にのみ、女君の沈黙や流離の由来が求められるわけではない。引用によって多義化する狭衣の〈ことば〉の意図せぬ力と、女君内面の〈ことば〉との連繫が注目されてしかるべきではないだろうか。

狭衣の〈ことば〉と響きあいながら、女君は沈黙を選び、狭衣の無為も放置されて、乳母の画策がたぐり寄せられるといった経緯をとらえておきたいと思う。

三　周縁のイメージ

女君の乳母は、困窮する生活に何ら資するところのない狭衣と女君の恋が気にくわない。女君の不安でもあろうが、語り手は「（女君に）あるべきことをばいひながら、いかに構ふることにかあらん」（参考九〇）と、ことばとは裏腹の乳母のたくらみを暗示して、不穏な空気が流れる。具体的にはとりあえず、狭衣の来訪にも門を開けないなど、露骨な嫌がらせがなされていた。波乱含みの状況下で語られる逢瀬の場面を見てみると、女君がある種のイメージのなかで、ますます語らない女になっていく様子に加えて、女君を囲い込むイメージが、ここでも狭衣の〈ことば〉と連繫している様子をとらえることができる。

C　「（狭衣）老い人の憎むな。ことわりなりや。頼もしげなりし法の師にひき離れて、[a]かくものはかなき身の程なれば。[b]音無の里尋ね出でたらば、いざ給へ。[c]煩はしき人の、さすがなるぞ。されば、しばし人に知られじと思ふほどに、かくおぼつかなくあだなるものに思ひ給へるも、ことわりなりや。[10]我は何ごとにかは、あながちに知られじと思ひ給ふべき。[d]いひ知らぬ賤の男なりとも、これより変はる心はあるまじきを、頼む心はなきなめり」とのたまへば、さだに、まことにあらましかばと思たり。なほ、この別当の少将と思はせ給へるなめり。制する人あるが、などのたまふはと思ふにも、うち頼みて、仮初に行き方を思ひ限らんことは、あさましく思ひながら、いとかくあるまじき御有様にて、あはれに語らひ給ふを、思ひ立つ方の目安からざらんも、森の空蟬とて、涙のごひたるも、らうたげなり。（参考 九一）

すでに相手を狭衣だと確信する女君は、身分を偽り[11]（傍線部ad）、妻の存在をほのめかす（傍線部c）狭衣の〈ことば〉から不信感を募らせる。とはいえ、破線部に集約されるように、狭衣を頼って東国行きを断念するのは浅はかだと判断する反面、思いもかけない親しげな様子で、しみじみと慕わしさを語る狭衣の〈ことば〉を耳にすれば、恋心を揺すぶられて、改めて東国行きの拙さが痛感されるのであった。錯綜する内面を象る女君の心内語は、呟きとも心内語の延長とも知れない「森の空蟬」なる〈ことば〉にたどり着いて、あふれる涙を拭うばかりだ。そして、女君は東国行きにまで追い込まれている状況を、ひとことたりとも口にしなかった。〈ことば〉もなく涙する女君の姿は「らうたげなり」と語りとられるのだが、むろん、狭衣の視線に重なり合っている。不穏な空気は感じているものの、風雲急を告げる状況を知らされない狭衣は、追いつめられた女君の苦悩の内実を察知しえず、苦悩する姿のかわいらしさのみを見て、無為が続く。狭衣の状況判断が甘いのもさりながら、女君の沈黙が狭衣の無為を助長し、乳母の画策を促し、悲しい別離を招き寄せているのでもあった。

別離を呼び込む沈黙。繰り返すが、女君の内面は混乱している。頼みがたさと恋心にひき裂かれるなか、とうとう口は開かずじまいで、狭衣に頼って生きるという選択肢は、結果的にとり落とされたかのようだ。では、何ゆえの沈黙かといえば、はっきりしない。東国行きを覚悟しては、狭衣への恋心を募らせ、東国行きの拙さに涙してさえいるのである。不信感が恋心に優っての沈黙だとする根拠など、どこにも見当たらない。女君の心内語が収束する「森の空蟬」なる〈ことば〉に注目したい。「森の空蟬」は、女君が自身のありように与えた〈ことば〉だ。女君の描いた自画像を見てみると、沈黙の由来も浮かび上がってくる。

「森の空蝉」には引歌が想定されるが、現在のところ典拠は不明である。(12) ひとつの歌には還元できないまでも、和歌的な背景から大方のイメージを探ってみる。

まず、「森」と「蝉」を詠み込んだ歌を捜すと、(13)『狭衣物語』にふまえられてもおかしくないものとしては、次の三首が挙がってくる。

鳴く蝉ぞ声ふりたつる夏の日にゆるぎの森は村雨ぞする　（長久二年庚申夜祐子内親王家名所歌合）(14)
思ふことといはせの森になく蝉の声めづらしく人のきくらん　（同右）
かつ見つついはねの森に住む蝉は時を知らずやなきわたるらん(15)　（『古今和歌六帖』森、読人不知）

「鳴く蝉ぞ」の歌は、精一杯の蝉の鳴き声が、森ににわか雨を降らせるという。雨は涙のメタファーであろうし、「ゆるぎの森」といえば、ひとり寝を厭う鷺が住む。(16) 一首には、おのずとひとり寝の泣き声と涙が、しかもはなはだしい涙のイメージが浮かぶ。次の「いはせの森」に鳴く蝉は、鳴き声を滅多に人に聞かれない蝉だ。「いはせ」は「言わせ」の掛詞だが、「いはじとぞ思ふ」をひきつける。「竜田河立ちなば君が名ををしみいはせの森のいはじとぞ思ふ」（『後撰集』恋六、在原元方。『古今和歌六帖』にも所収）が知られている。平安時代につけ加わった「いはせの森」のイメージを併せ考えるなら、口に出してはいうまいと思って鳴く蝉で、その鳴き声すらほとんど人に聞かれない蝉となる。思いを胸に秘めて、人知れず泣く人の姿が重なってくる。最後の「かつ見つつ」の歌の蝉は、逢ってはいても存念を口にせず、泣いてばかりいる人の映像が立ち上がってくる。

大体に「蝉」は「鳴く」ことを特徴とするが、「ゆるぎの森」や「いはせの森」あるいは「いはねの森」など、ある背景やことばの連想を伴う「森」の「蝉」として詠まれると、ひとり寝の涙や、思いを語らず涙を流す人の姿を浮かび上がらせる。ともあれ共通するのは、胸中を語れず、もしくは語らず泣く姿である。

次に、「森の空蝉」が単なる「蝉」ではなく、「空蝉」であるところから累加されるイメージを掬いとってみる。それは、歌材の「空蝉」が蝉の短命に「現せ身」を掛けて、次第に表象していった命や人生のはかなさに概括できる。[17]が、さらに、『狭衣物語』が深く意識した『源氏物語』をふまえてみると、もう少し鮮明なラインも描けるようだ。「空蝉」を詠み込んで、空蝉巻の掉尾を飾る光源氏と空蝉の歌に注目したい。

（光源氏）空蝉の身をかへてける木《こ》のもとになを人がらのなつかしきかな　（一―九三）

（空蝉）空蝉の羽にをく露の木がくれて忍び〳〵に濡るゝ袖かな　（一―九四）

光源氏の歌に書き添えられた空蝉の歌は、はかない蝉の羽に置く、なおさらはかない露に我が身を思い、人知れず泣く姿を、『伊勢集』に見える歌に託して、巧妙に空蝉固有の歌へと転回している。さて光源氏の歌は、「空蝉」と「から（殻）」を詠み込む歌の類型[18]によりつつ、薄衣を残して光源氏の手から逃れた空蝉に、殻を残して身を変える蝉を重ね合わせている。

ところで、一般的に「空蝉の身を変へ」て「殻」を残すと詠まれる場合、しばしば死のイメージを伴う[19]のだが、光源氏の歌にはそれがない。ただし、『源氏物語』総体を見渡せば、空蝉巻の場の論理を離れ、後に出家する空蝉も射程内に入ってくるのであり、「空蝉の身をかへ」には「現せ身の身を変へ」る出家のイメージがたぐり寄せられてくるのではないか。『源氏物語』に「空蝉」のイメージを求めるなら、空蝉巻の二首はもとより、まさに空蝉という女性の境涯・生涯から求められてしかるべきだろう。すると、はかない身の上や泣く姿であるとともに、物語の進行が蝉の変身に付加していった出家のイメージも浮かび上がってくるのではないか。

以上をまとめると、「森の空蝉」とは、和歌や物語を背景に、思いを語ることもできずに泣く姿を映し出し、その姿の先には出家（さらには死）のイメージを浮かべているようだ。こういう「森の空蟬」に自身を眺めればこそ、女君は不信と恋慕の間を行きつ戻りつしながら、口をつぐんで涙するしかなく、事情を語り狭衣に頼って生きるという選択肢をとり落としていくのだと思われる。

いまいちど引用本文Cに注目したい。女君の内面に立ち現れる「森の空蟬」という〈ことば〉が、やはり狭衣の〈ことば〉と響き合っているからだ。狭衣の〈ことば〉のなかで、唯一の引用であり、「森」同様に周縁の地である「里」を含んだ傍線部b「音無の里」[20]との共鳴である。狭衣は人知れぬ所で女君との恋を継続させたいという。源氏宮を憚り、女君を隠し妻にしたいとの本心を、それとなく伝えるのであった。そこでの「音無の里」は、「音無の滝」「音無の川」「音無の山」と詠まれ続けた「音無」の共通項に、すなわち「外界と隔たる静けさ」に重きを置いている。しかし、「音無の里」には恋の煩悶を湛えた歌からの引用が想定される。

恋ひわびぬ音をだに泣かむ声たてていづこなるらん音無の里　（『拾遺集』恋二、読人不知）

「恋ひわびぬ音をだに泣かむ」と恋に悩み、せめて泣くしかない姿は、胸中を語れず、あるいは語らず鳴き暮らす「森の蟬」に重なる。また、恋の場から身を退け、人目を憚らず泣いていてもいい、世離れた「音無の里」を求める気分は、人里離れた「森」で人知れず泣く「蟬」に、しかも「空蟬／現せ身」の身を変える出家のイメージに重なりもする。「音無の里」と「森の空蟬」は、周縁の地で思いを胸に大声で泣く姿と、出家にも至りかねない厭世的気分において、響き合っているのである。

もちろん狭衣も「音無の里」に潜在する恋の煩悶を捨象しているのではない。むしろ「音無の里」を引用し、恋やつれする自身の姿を重ねて、女君に伝えたかったのだろう。実際、源氏宮を絶対視する心と、女君への耽溺とが不協和音を奏で、窮した結果のものいいでもあった。(21) だが、そんな狭衣の状況など、女君には見えない。あくまで不在の妻との板ばさみであり、仮構されたやつれでしかないのである。手を替え品を替え恋心を口にする狭衣の恋着はともかく、「音無の里」に託された恋の煩悶を受けとることはできない。虚実をないまぜにした狭衣の〈ことば〉のなかで、「音無の里」がひきつける『拾遺集』の歌「恋ひわびぬ……」の潜在文脈は、逆に女君をこそ招き寄せからめとり、「森の空蟬」という変奏された〈ことば〉を獲得させたのではないか。そうして獲得された〈ことば〉のイメージに女君は閉じ込められ、口をふさいでいったのではないだろうか。

狭衣から女君へと〈ことば〉が受け渡しされる過程で、引用により意味やイメージを拡散させる〈ことば〉は、すでに狭衣の掌中には収まりきらないひとつの力となって、女君に影響を及ぼしている側面に注意を払いたい。狭衣の語る〈ことば〉の不測の力に目を向けるとき、狭衣の虚言が女君の不信と沈黙を、果ては別離を導くといった図式なり、〈狭衣＝悪玉〉〈女君＝善玉〉という関係図は綻びを見せる。ふたりの物語は善悪対立の外で、哀れな物語になっている点を掬いとっておきたいと思う。

ところで、「森の空蟬」に自身をたぐえる女君は、そのときすでに狭衣の子を宿していた。改めて安定した関係に入る機会なのだが、「森の空蟬」のイメージが女君をとらえて、好機を逃させてしまう。

D 「(乳母言)君に、なほ聞こえさせ給て、御気色にこそ従はせ給はめ。誰なりとも、かくなり給へると聞かせ給はば、よに、あだあだしくも思ひ聞こえ給はじ」といへど、「(女君)いかなりとも、[a]頼むべき有様ならばこそあらめ。さらずとも、[b]見えぬ山路にとこそ、よからめ」といふものから、[c]げに、かくさへなりにけるを、知らせで止みなんこと、いみじくおぼゆれど、[d]かけてもまいて、いひ出づべきならねば、日を数へつつ泣き嘆くよりほかのこと

なし。（参考　九二）

懐妊をいち早く察知するのは、当然のことながら乳母である。いかにも俗物の乳母は敵役ではあるけれど、ゆえに判断は現実的だ。懐妊を告げれば、しかるべき対処をするであろうから、相手に知らせて身を委ねればよいと主張する。女君は即座に拒む。乳母に不信感を抱く女君の断固としたものいいも、いささか割り引いて受けとらざるをえないのは、傍線部c「げに、かくさへなりにけるを」以下の屈曲を見せる内面が語られているからである。にしても、女君は傍線部d「かけてもまいて……」と、口をつぐんで涙するばかりだ。それも、傍線部a「頼むべき有様ならばこそあらめ」といわれた狭衣のありようなればこそだと説明してしまえば、こと足れりの観もあるが、女君の語った〈ことば〉は、もう少し別の様相を照らし出している。

懐妊が男女に深い宿縁を確認させる事態であってみれば、乳母のいうように、狭衣に知らせていれば、事情は違ったかもしれない。なのに女君は、狭衣の頼みがたさを理由に、乳母の主張を退けていく。ことほどさように狭衣への不信感は強かったのかと思わせるところだが、そうストレートにはいかない。「さらずとも、見えぬ山路にとこそ、よからめ」という〈ことば〉まで添えられているからだ。なにも懐妊を告げ、狭衣の対処を求めなくとも、「見えぬ山路」（傍線部b）に行けばよいというのである。「見えぬ山路」もまた引用だ。

世の憂きめ見えぬ山路へ入らむには思ふ人こそほだしなりけれ　（『古今集』雑下、物部良名）

右の歌から引用された「見えぬ山路」は、さまざまな物語のなかで、隠棲や出家を指示することばになっている。ところで、後に、道成に連れ去られて西下する船中、女君は「いかで知られ奉らじと、などて思ひけん」（参考一〇七）と、当時の心の機微を測りかねてもいる。語らない姿勢は、どこか決定済みのことがらに属していた節がある。そこで、「見えぬ山路」の指示性に鑑みるなら、略奪され西下するのはよもやの事態であって、女君は隠棲や出家を睨み、前提にしてしまっていたのではないか。だから、狭衣に対処を求めるまでもない、はかない身の上で憂き世に足掻くまでもないと、口をつぐんだのではないだろうか。女君の沈黙や涙は、狭衣のありようもさることながら、女君自身が次第に鮮明にしていく意識、すなわち隠棲や出家志向を視野に入れて現実から後退していく意識において、論理化されてもいるようだ。

さて、「見えぬ山路」は、状況を一変させるかもしれない懐妊の事実が確認されたときに繰り出される〈ことば〉としては、いかにも唐突だ。隠棲や出家を指示する「見えぬ山路」という〈ことば〉を、女君が選びとるのには、積み重ねられてきた〈ことば〉との関連が見出される。前掲の引用本文Cにおいて、狭衣が口にした「音無の里」と女君の心内語ともつぶやきとも知れない「森の空蟬」が、「都」に対して周縁の地である「里」「森」を含んで連繋しているように、「見えぬ山路」も同様に「山」を有して、それらに繋がる。また「森の空蟬」に、『源氏物語』の「空蟬」から出家のイメージを読み込んでいけば、「見えぬ山路」との関係はより明確だ。そうでなくとも、人里離れた「森」で思いを抱えて泣き暮らす「蟬」に自らをたぐえた女君が、「思ふ人こそほだしなりけれ」の感慨を潜ませつつ、「世の憂きめ見えぬ山路」に入る出家遁世へと、さらにイメージを具体化していくのは、きわめてなだらかな道筋である。「音無の里」→「森の空蟬」→「見えぬ山路」という〈ことば〉の連繋は、女君を出家志向に駆り立て、懐妊を狭衣に語る選択肢をとり落とさせたのではないか。

加えて、引用本文D傍線部c「げに、かくさへなりにけるを」以下の女君の内面を見ていくと、本来は最も親しかるべき乳母とも心を隔て、狭衣にも口を閉ざし、ひとり思いを胸に泣き嘆いている。これもまた、「森の空蟬」のイメージを体現したかのごとき姿だ。女君の語らぬ姿勢は、深く「森の空蟬」のイメージに結びついている。

狭衣の〈ことば〉の思いがけないイメージが女君固有の〈ことば〉に変奏され、その変奏された〈ことば〉がまた「見えぬ山路」なる〈ことば〉を導き、出家遁世を視野に入れた沈黙に結びついている。そんな経緯が掬いとられるのである。こうして懐妊を伏せていく女君のあり方が、乳母の画策を導き、狭衣の無為を許し、悲しい別離に至ったのだといえよう。

悲しい別離をたぐり寄せる女君の沈黙のゆえんは、狭衣の自覚的なあり方にのみ求められるべきものではない。というより、女君がそのつど〈ことば〉を閉ざしていく直接の要因にはなっていないのではないか。頼みがたい狭衣のあり方は、たしかに背景にはなっているのだろうが、むしろ交流を求めて語られる〈ことば〉が、インパクトのある、しかも意味やイメージを拡散させる引用を含んで、狭衣の意図とは別に、不信と恋慕にひき裂かれる女君を突き動かしてしまったのではあるまいか。〈ことば〉の不測の力が悲劇を導き、善悪対立の外で、別離を余儀なくされる飛鳥井物語のあり方は、型では掬いきれないあり方を示しており、そこにこそ飛鳥井物語の個性を認めうるのではないだろうか。

四　交流と断絶の重層

多義化する〈ことば〉の方法性は、なにも物語の展開に資しているばかりではない。引用を含んで多義化する狭衣の〈ことば〉は、意図せざる力で、女君を語らない女に囲い込んでいく過程で、口を閉ざすべく女君の内面を象ってもいた。〈ことば〉のイメージによって象られる女君と、多義的な〈ことば〉を投げかける狭衣を番えてみると、ふたりの交流と断絶の様相は重層化されているようだ。その点について考えていきたい。

女君は恋を語る狭衣の〈ことば〉から、皮肉にも「雁の葉風も迷ひなんこそよからめ」「森の空蝉」「見えぬ山路にとこそよからめ」という〈ことば〉を獲得する。明確にイメージ化されるはかなさに我が身を眺め、流離や別離を、さらには出家を視野に入れて、意識は現実から大きく後退する。そんな女君の恋は、懐妊という事態に至っても現実感に乏しく、乳母の策略を呼び込んでしまうのであった。さて、土忌を口実に、女君を連れ出そうとする乳母に不安を抱きながら、女君は思案を巡らしている。

いづくに今は参りて。さやうの筋を思ひかくべくもあらずかしなど、山なしを思ひ続くるに、恐ろしきことのあるついでにも亡せなばや…〈中略〉…など、いひいひての果て果ては、うしろめたう心細く思ひ続くるに、(22)(23)

（参考　九九）

女君が気にとめるべくもないとする「さやうの筋」とは、出仕であり、とりわけ源氏宮のもとへの出仕だ。乳母が何を考えているのかわからない今、源氏宮の女房にでもならない限り、都にとどまり狭衣との恋を継続することはできないのだが、となれば、現実的な秩序に照らして、召人待遇での関係になる。女君には、召人になるつもりはないのだろう。いよいよ進退も窮まり、「山なし」が思われる。

世の中を憂しといひてもいづくにか身をば隠さん山なしの花

（『古今和歌六帖』山なし、読人不知）

「山なし」は進退窮まった状況を、女君が認識したときの心内語であると同時に、「森の空蝉」→「見えぬ山路」とたどられた「山」さえも失う「山無し」である。「山なし」の後の「恐ろしきことのあるついでにも亡せなばや」は、出産の折に死んでしまいたいと、ついに死を視野に収めてくる。(24)引用によって多義化する狭衣の〈ことば〉から徐々に、「雁の羽風」に迷い、「森」へ「山」へ、そして出家へと向かった女君の内面は、もっと先の微妙に死さえ透視させる不透明な先行きを見つめているのだといえよう。狭衣の〈ことば〉と女君の〈ことば〉の共鳴は、女君をこのように象ったのである。

では、女君に語った狭衣の〈ことば〉に内在する狭衣の特質に目を向けてみたい。もういちど「そをだに後の」「逢ふには替へまほしかりけるものを」「音無の里」という狭衣の〈ことば〉がひきつける歌を挙げてみる。

a　飽かでこそ思はむ仲は離れなめそをだに後の忘れ形見に

b　命やはなにぞは露のあだものを逢ふにし替へば惜しからなくに

c　恋ひわびぬ音をだに泣かむ声たてていづこなるらん音無の里

右の歌をひきつける狭衣の〈ことば〉は、狭衣の意図としては、自身の恋心を語り女君との交流を求めるものであった。しかし、これらの歌には、恋を思い出に塗り込め（a歌）、命のはかなさを観じ（b歌）、世離れた里で泣きたい（c歌）との心情が込められ、女君を突き動かしていった。こういう歌をたぐり寄せる〈ことば〉を、恋語りにちりばめるのには、女君には見えない狭衣の特質が考慮されるところだ。

物語が始まって間もない頃、狭衣の笛の妙音に興じて地上に舞い降りた天稚御子は、狭衣の超越性を露呈させたうえで、狭衣を置き去りにして天界に舞い戻ってしまった。地上にあって天界の天稚御子を恋ううちに、狭衣は兜率天という仏教的天界に目を向ける（参考五二〜五三）。生きている間に修行を積み、生を終えた後にようやく至りうる兜率天である。現世にあって現世を厭う修行者めいた狭衣の姿は、このあたりから濃度を高めていくのだが、一方では、天稚御子事件から程経ぬうちに源氏宮に恋心を告げ、あれこれの女君たちとの恋に身を焦がし始めるのでもあった。仏教的天界を眺め修行者めく風情と、恋心との共存に、とりわけ他の女君たちとの恋まで台無しにする源氏宮への一途な恋心との共存に、狭衣の特異なありようはほぼ透視できる。[25]

そもそも、源氏宮に恋心を告白するひきがねは、宮の見る「在五中将の恋の日記」（参考五五）に触発された情動によるかのように語られ、また天稚御子事件を機に持ち上がった女二宮降嫁の件が、源氏宮恋慕を煽った様子も周到に語られている（参考五五）。しかし、この告白は、天稚御子関連の場面に続く次の場面で語られていることに注目したい。天地に隔てられた天稚御子や、生死の境を越えなければ届かない兜率天（仏教的天界）への届かざる願望を重ね合わせ、転位させたがごとき告白である点を見逃してはなるまい(26)。さらに、この告白は人目をかいくぐって白昼になされている。以後も常にそうだが、恋の情動に突き動かされた人の仮面を被って、まるで実現するのを恐れるかに、昼日中に接近している(27)。

恋心と天界への憧憬にひき裂かれていたり、実現を恐れつつ恋心を養っていたりする狭衣のありようは、超越性を担わされながら地上にとどめられ、天界への憧憬を抱く反面で天地の接触を「心細し」（参考四五、五三）と不安に思って生きる狭衣の、この世でのすわりの悪さそのものを反映している。こうして、現実的人間関係における水平的な交流や断絶は、天界との垂直的な交流や断絶とないまぜにされ、恋に表象される狭衣のこの世での生は、現実感を欠いていく。他の女君たちとの関係も皆、この世の現実に定着することへの抵抗感の強さを示しているといえるだろう。狭衣はこの世の生や現実に対して、後ろ向きにしか生きていけないのである。

現実に定着できない狭衣なればこそ、女君との交流を求める〈ことば〉にも、別離やら命のはかなさやら、悲しく求められる世離れた里やらのイメージをまつわらせてしまうのではないか。そして、そんな狭衣の〈ことば〉を聞く女君もまた、別離、はかなさ、出家、死といったイメージに彩られる〈ことば〉をたぐり寄せ、それを体現するかの生き方を獲得していったのだといえよう。

狭衣が女君に交流を求める〈ことば〉は、きわめて逆説的にふたりの恋を断絶させてしまった。けれども、〈ことば〉から立ち上がるイメージの共鳴は、換言すれば、現実感の薄いふたりの、存在の類同性に根ざした〈ことば〉どうしの共鳴は、向かい合うふたりによって確認されることは決してないのだが、交流のひとつのあり方ではあるまいか。かく相互による確認が不能の交流は、名のり合わず、互いに抱え持つ現実を捨象し、一対の男女として向かい合うだけの逢瀬という形で結晶し、現実内にごくわずか、現実の波に洗われない時空間を切り開いた。現実内には、ついに定着しえない交流という点では、交流幻想といえるかもしれない。飛鳥井物語は交流しようとすれば断絶し、断絶に向かいつつ知らず知らず交流している、重層的な交流と断絶の相を見せながら、はかなくも個性的な交流の幻想を語っているのではないだろうか。

以上、引用によって多義化する〈ことば〉の方法性はもとより、さらには、多義的な〈ことば〉が断絶と交流を重層化させ、互いの存在に裏打ちされた〈ことば〉と〈ことば〉を、当人たちには確認できないまま交流させて、幻想ともいえる交流を語ったところに、飛鳥井物語の個性的な側面を見据えたい。型では掬いきれない飛鳥井物語の特質ではないか。

注

(1) 久松潜一『上代日本文学の研究』(一九二八年　至文堂刊)。
(2) 井上眞弓「狭衣の恋—『狭衣物語』の「世」をめぐって—」(立教大学『日本文学』一九八〇年七月→『狭衣物語の語りと引用』所収「『世』『世の中』と狭衣の恋」他所収諸論二〇〇五年　笠間書院刊)。
(3) 森一郎「狭衣物語の方法—狭衣物語・覚え書き—」(『国文学攷』一九五八年三月→『源氏物語の方法』一九六九年　桜楓社刊)。
(4) 岡本和子「飛鳥井姫君における愛のかたち」(立教大学『日本文学』一九七〇年三月)。
(5) たとえば、森下純昭「入水譚の系譜」(『中古文学』一九七二年十一月)は猿沢の池伝説と生田川伝説を導入した新たな入水譚であると指摘する。三角洋一「飛鳥井物語小考」(『文学・語学』一九八四年七月↓『王朝物語の展開』二〇〇〇年　若草書房刊)は入水譚に接合された三輪山伝承の型を指摘している。これら伝説・伝承の型に支えられた、さまざまな物語の型については、井上眞弓「『狭衣物語』における「飛鳥井」「常磐」について―飛鳥井女君造型とその手法―」(『物語研究』一九八〇年五月↓『狭衣物語の語りと引用』所収「飛鳥井と常磐」二〇〇五年　笠間書院刊)が詳細。なお、三角論文はさらに「ことばがことばをたぐりよせ」女君を水の女のイメージに仕立て上げ、入水(未遂)という「事実を作り出す」と指摘する。後に井上眞弓「『狭衣物語』飛鳥井女君の造型をめぐる言説―心中思惟と発話を読む―」(立教大学『日本文学』一九九五年七月↓注(2)前掲書所収「飛鳥井物語における発話の言説」)も同様の観点から論述を展開し、女君は狭衣や乳母の「虚飾や欺瞞、利己的なことばに距離をもち、あえて『語らない』態度をとった人物であろう」と考察している。本論では、物語本文に表れた諸々のことばが物語を推進するというよりは、もう少し限定的に、人物間で交わされる〈ことば〉のイメージが内面に食い入って、人物を突き動かす動的な側面を追っていく。また、虚飾であれ何であれ、意識的に繰り出されることばと女君の関係ではなく、引用により意識の制御外で多義化する狭衣の〈ことば〉と女君の関係をとらえていく。

(6)　平野孝子「狭衣物語の構成」(『言語と文芸』一九六七年十一月↓日本文学研究資料叢書『平安朝物語Ⅳ』一九八〇年　有精堂刊)、井上眞弓「狭衣物語の旅」(『日本の文学』第3号　一九八八年五月　有精堂刊↓注(5)前掲書所収「メディアとしての旅―恋のゆくたてを見る―」)。

(7)　三角洋一「飛鳥井の女君の乳母について」(『国文白百合』一九八四年三月↓注(5)前掲書)。

(8)　西本、古活字本「雁の羽風に」。平出本は内閣文庫本と同じ。平出本と内閣文庫本は明確に『好忠集』からの引用を想定させる本文かと思われる。

(9)　「陸奥の安積の沼の花かつみかつ見る人に恋ひやわたらむ」(『古今集』恋四、読人不知)以来、「安積の沼」と「花かつみ」をとり合わせた歌や、「花かつみ」が「かつ」を導く歌が多く見られる。

(10)　内閣文庫本「はれは」。西本、平出本等により改めた。

(11) 傍線部d「いひ知らぬ賎の男」の「男」の部分、古活字本「女」とあり、女君をいったことばになる。それにしても傍線部b「かくものはかなき身の程なれば」と、狭衣が自身の身分を韜晦している部分は古活字本にもあるので、本論の論理と齟齬はない。
(12) 全書補註は参考として「せめてげに杜の空蟬もろ声に鳴きてもかひのある世なりせば」(『新葉集』雑上、中務卿尊良親王)を挙げ、『狭衣』と同様の原歌を踏まえたものだろうとする。
(13)「森」と「空蟬」を詠み込む例は、時代を少し下る。たとえば「わびはつる身をうつ蟬のおのれのみあはでの森になねをや鳴くらん」(『夫木抄』蟬、藤原康光)。
(14)『平安朝歌合大成』一三〇、補八(一九七九年　同朋社刊)。次歌も同。
(15)「いはね」は『夫木抄』では「いわせ」。二首目の解釈で示したとおり、「いはせの森」も「いはじとぞ思ふ」をひきつけ「いはね(の森)」に通じる。
(16)「高島やゆるぎの森の鷺すらもひとりは寝じとあらそふものを」(『古今和歌六帖』さぎ、読人不知)。『枕草子』「鳥は」の段にも「鷺」は「ゆるぎの森にひとりは寝じとあらそふらむ、をかし」(新編日本古典文学全集、九五頁)とあり、『古今和歌六帖』からの引用が見られる。この歌が人口に膾炙して、「ゆるぎの森」といえばひとり寝を厭う鷺をイメージさせたと思われる。
(17) たとえば「空蟬のからは木ごとにとどむれど魂のゆくへを見ぬぞかなしき」(『古今集』物名、読人不知)、「今はとてこずゑにかかる空蟬のからを見むとは思はざりしを」(『後撰集』恋四、平中興女)等々。
(18) たとえば注(17)の歌。
(19) たとえば注(17)の歌。
(20) ちなみに、校本によれば蓮空本は「音無しの滝」。
(21) 源氏宮恋慕と飛鳥井女君恋慕のジレンマについては本書II第3章で論じた。
(22) 古活字本「山なしを思ひ続くるに……亡せなばや」の部分ナシ。古活字本でも本論の論旨に支障のない点については、注（24）に譲る。

（23）西本「はるばるの果て果ては」であるが、論旨を変更するものではない点、注（24）参照。

（24）古活字本には「山なし……亡せなばや」はないが、「今はまいて、いづくにもいづくにも、さやうの筋など思ひ立つべきにもあらずかしなど、いひいひの果て果ては、うしろめたうぞ思ひ続けらるるに」はある。「いひいひの果て果て」は「世の中をかくいひいひの果て果てはいかにやいかにならむとすらむ」（『拾遺集』雑上、読人不知。哀傷の部にも再収）からの引用で、進退の窮まった女君がとどのつまりどうなるのだろうと不安に駆られている様子を浮かび上がらせる。さらに、哀傷の部立てにも収められているのに鑑みて、命のはかなさを見つめている女君をとらえることができる。内閣文庫本ほど明確ではないにせよ、本論の論旨に支障をきたす本文ではないと考えている。また、西本は「いひいひての果て果て」が「はるばるのはてはて」になっているが、「山なし」「恐ろしきこと……亡せなばや」はほぼ同文であり、本論論旨に沿って読める本文である。

（25）古活字本には「兜率天」の語はないが、やはり天稚御子憧憬の仏教的転回は見せている。なお古活字本の場合、兜率天憧憬が明確になるのは粉河参詣の直前である。本書II第5章の注（13）参照。

（26）半田尚子「狭衣物語の構成」（『文芸研究』一九五五年二月→日本文学研究資料叢書『平安朝物語IV』一九八〇年有精堂刊）。この点については本書II第2章で論じた。

（27）安藤享子「狭衣物語における光―登場人物との関係の面から―」（『物語研究』一九八〇年五月）。

第2章　ことばに埋没する女二宮——ことばのメカニズム

一　ことばの力

本章では前章にひき続き、引用によって多義化することばの力が物語にどのような作用あるいは影響を及ぼしているのかという観点から、女二宮の物語を読み解いていきたい。

狭衣は女二宮降嫁の内意を受けるや、源氏宮への一途な思いを確立し、かつ女二宮に恋を仕掛けた後も、煮え切らない態度をとりつづけるのだから、その逢瀬はいかにも理不尽で、一時の情動に基づくとしか思われない。文学史上における『狭衣物語』の評価をひき下げてきた一因であるのは、本書I第3章七節およびII第2章五節で見てきたとおりだ。しかし、引用によって多義化することばに注目してみると、女二宮との逢瀬は狭衣の突発的な惑乱によるものとして処理し去るわけにもいかないようなのである。構造や主題といった長い射程で捉えられる何ものかとは別に、物語が進行している折々の場面において、多義的なことばが付与する必然性や論理性を読みとることがができる。以上の点から、多義的なことばを豊富にとり込んだ『狭衣物語』のことばのメカニズムを、一端なりとも明らかにしたいと思う。さらに、ことばに規定される物語の特質をとらえて、『源氏物語』の模倣・亜流ともいわれる『狭衣物語』が、いかに『源氏物語』と隔たっているのかについても触れたい。

二　武蔵野・紫・身の代衣

すでに本書I第3章で論じたが、狭衣が女二宮と関係を結んだとき、狭衣は女二宮の肌の感触を源氏宮の腕の感触に重ね合わせ、女二宮を源氏宮の〈身代わり〉のようにして、いわば身体の〈形代〉にしてしまった(1)。さらに血筋からいうと、女二宮は源氏宮の〈ゆかり〉でもある(2)。

ところで、『源氏物語』において、光源氏が藤壺への思いを込めて若紫を求めるとき、そして薫が浮舟をとらえて大君に結びつけるとき、もちろん両者の愛情の質はひどく異なるけれども、ある人物への思いを、他の人物に転位して実現しようとするとき、〈ゆかり〉である以外に、きわめて明快な動機づけが存在する。その動機づけとは「似ている」と見るまなざしに基づく光源氏や薫の感動である。

限りなう心をつくしきこゆる人にいとよう似たてまつれるがまもらる〔ゝ〕なりけり、と思ふにも涙ぞ落つる。

（若紫　新大系一―一五八　以下引用の『源氏』本文も新大系に拠る）

かれをもくはしくつぐとしも見給はざりし御顔なれど、これを見るにつけて、ただそれと思ひ出でらるゝに、例の涙落ちぬ。

（宿木　五―一一四）

求めえぬ人の面影を見出し認識して涙する感動が、若紫や浮舟を求める動機づけあるいは内的必然性になっている。だが、女二宮の場合、肌の感触に源氏宮との重なりを見出してはいるものの、源氏宮への思いを転位させうる同質の人物だととらえ、感動するという逢瀬に向けての内的必然性がないのである。だから、狭衣の内面に即して読むかぎり、どうしても女二宮との逢瀬は無根拠で「官能的欲求」の噴出として位置づけられてしまう。しかし、やはり物語の多義的なことばは、女二宮が源氏宮への情動を転位され形代的存在になるのを論理化し、この逢瀬を必然化しているようだ。(3)

女二宮に近づき話しかける狭衣のことばを引用する。

Ⅰ　かの夜半の身の代衣、さりとも思しかへさんやはと頼まれ侍れども、心のみ乱れまさりてなん……

（内閣文庫本　参考…大系一二九頁　以下引用の『狭衣』本文も同本に拠り、参考として大系当該頁数を示す）

宮に近づくことを正当化するように、帝の内意をほのめかすのだが、「かの夜半の身の代衣」は、天稚御子事件直後の帝と狭衣との贈答場面をたぐり寄せ、この逢瀬のありようを、さらには女二宮の物語をも必然化しているかに見える。

Ⅱ　　身の代も我脱ぎ着せんかへしつと思ひなわびそ天の羽衣

仰せらるる御気色、心ときめきせられておぼゆることあれど、いでや、武蔵野のわたりの夜の衣ならば、げにかへまさりもやおぼえましと、思ひ限なき心地すれども、いたくかしこまりて、

　　紫の身の代衣それならばをとめの袖にまさりこそせめ

と申されぬるも、何とか聞き分かせ給はん。いづれも昔の御ゆかり離れぬ御仲にもなれば、いとよかりけり。

（参考　五〇～五一）

帝の歌に詠みこまれる「身の代」とは女二宮を指し、歌意は「天の羽衣」すなわち天稚御子の〈身代わり〉に、

愛娘の女二宮を降嫁させようといった内容である。ここでも女二宮は天稚御子の「身の代」として、すでに〈身代わり〉の者という質に限定されている。

一方、狭衣の返しにある「紫の身の代衣」は、その前の「武蔵野のわたりの夜の衣」を含む内面のことばと響き合って、女二宮ゆかりの源氏宮を指す(4)。

紫のひともとゆゑに武蔵野の草はみながらあはれとぞみる　（『古今集』雑上、読人不知）

この有名な『古今集』歌をふまえる『源氏物語』若紫巻の光源氏の歌に次の二首がある。

手に摘みていつしかも見む紫の根に通ひける野辺の若草　（一―一八二）

ねは見ねどあはれとぞ思ふ武蔵野の露分けわぶる草のゆかりを　（一―一九六）

藤壺のゆかりで、まだ共寝をしていない若紫を思う歌だが、「紫」「武蔵野の露わけわぶる草」は藤壺を指す。『古今集』および『源氏物語』を重層的にふまえるならば、『狭衣物語』の「紫の身の代衣」は「武蔵野のわたりの夜の衣」と響き合い、指し示すのは、狭衣にではなく、女二宮にこそ〈ゆかり〉の源氏宮であり、それへの恋着を象る歌意をあらわにすると考えられる。もちろん、藤壺と若紫の関係を、そのまま源氏宮と女二宮に持ち込むことはできない。なによりも源氏宮恋慕に限定され、藤壺から若紫へと流れる情の回路が源氏宮と女二宮の間には開かれていないのである。しかし、女二宮降嫁をほのめかされて源氏宮を思う狭衣のことばが、『古今集』歌や若紫巻に通じるとき、それは源氏宮と女二宮とが〈ゆかり〉であることを明確に打ち出すのではあるまいか。

では、狭衣の返しを聞く帝はどうかというと、そういう狭衣の思いは「梔子（口なし）」（参考三〇頁）の恋であり、狭衣の心ひとつに納まって他者には知れないものだから、「いづれも昔の御ゆかり離れぬ御仲にもなれば、いとよかりけり」と語り手が説明するように、源氏宮同様、狭衣とはいとこ（ただし父方）の女二宮を「身の代」に頂きたいの意で受けとられるであろう。源氏宮はこの贈答歌を交わす場面には関わらないので、女二宮と狭衣との〈ゆかり〉ラインしかここにはない。つまり狭衣の歌のことば「紫の身の代衣」は、歌をやりとりするという場に規制されるときと、内面の表白であるときとで、指示する人が異なってしまうのである。

このように多義的なことばの作用により、狭衣と向い合う以前に女二宮は、源氏宮〈ゆかり〉の女性として、かつまた〈身代わり〉の「身の代衣」として、すでに人物像を象られていると見てよいのではあるまいか。

帝と狭衣が贈答歌を交わす場での「身の代衣」は天稚御子の〈身代わり〉の意ではあるが、〈ゆかり〉であり〈身代わり〉であるという位置づけは、「紫」「武蔵野」がひきつける藤壺〈ゆかり〉の若紫を超えて、むしろ〈ゆかり〉でもありかつ〈形代〉でもあった浮舟をたぐり寄せてくるのではないか。引用Iの「かの夜半の身の代衣」はこのように位置づけられてしまっていた女二宮を照らし返し、女二宮が源氏宮への情動をひき受け、形代的存在になる必然性を、『源氏物語』にある〈ゆかり〉〈形代〉の論理を透視させつつ、〈ゆかり〉であり、しかも〈身代わり〉の「身の代衣」であるからだと説明づけ論理化しているのではなかろうか。一歩進めていえば、引用IIにおいて、「身の代」から「紫の身の代衣」を引き出していく過程での、『源氏物語』を映発することばの多義化作用そのものがすでに、女二宮を源氏宮の身体的形代にした逢瀬を推し出し、さらにこの逢瀬に始まり徐々に比重を増していく女二宮物語を、ねじれた〈ゆかり〉の物語として推し出す力になっているのではあるまいか。それは、多義化することばの作用によりたぐり寄せられる『源氏物語』における〈ゆかり〉〈形代〉の論理が、人物の内的必然性を差し置いて、物語を説明づけ論理化したり、あるいは推し出したりする力をもつのではないか、ということでもある。

そこには、ことばの力をこそ糧とする物語の一面のありようが見えるのではないだろうか。『狭衣物語』のことばは、ただ『源氏物語』の雰囲気を醸し出して美的言語世界を形象するだけの、スタティックなものとは少し相貌を異にしているのだと思う。『狭衣物語』のことばの多義性は、人物の内面からは説明しがたく、一見、無根拠と思われる事態を、内面とは別に、論理化し必然化して物語を支えるメカニズムを有しているのだといえるのではないか。

しかし、人物の内面とは別に、ことばの力がひとつの事態を論理化し促していくとき、人物の内面に生じることばから掬いとられる主体的自我というようなものと、事態を必然化することばとの葛藤も生じてくる。そんな場合、主体的自我はつき崩され、物語内で孤立しているようだ。人物論的な批判をたぐり寄せる狭衣の人物像も、こうした事情によるように思う。次節では少し角度をかえて、内発的に択りとられる人物のありように、ことばがどのような力を加えてしまったかを考察し、多義的で多様なイメージをもつことばに寄りかかるこの物語が、『源氏物語』の面影を映すようでありながら、いかに『源氏物語』から隔たったかを考えてみたい。

三　女郎花

狭衣との逢瀬の後、女二宮は懐妊、出産、それを苦にした母大宮の死と、めまぐるしい体験を経て出家へと向う。ことに出家以後は、狭衣を遠ざけ、心に思うことを手習歌にしているのだが、折々の手習歌さえ狭衣の手に渡ると知るや、独詠歌を心の奥に沈めて、かつての日々を宮なりに相対化しながら仏道修行に心を寄せていく。上述のような女二宮のありようは、ことばが紡ぎだした理不尽な生を突き放し、ことばの呪縛から解放されようとする姿だといえよう。そしてその姿はただちに『源氏物語』の浮舟を映発する。

浮舟もまた「人形」「形代」「なでもの」といいなされ、その属性を纏って物語を生きた人物である。だが入水未遂の後、手習巻を通じて、浮舟は内面をことばにしている。

・亡きものに身をも人をも思つゝ捨《すて》てし世をぞさらに捨てつる　（五―三六七）

・かぎりぞと思なりにし世間《よのなか》をかへす〳〵もそむきぬるかな　（五―三六八）

浮舟のことばが、切なく過去を思い返しながらも、入水へと向わざるをえなかった生を、換言すればことばに呪縛された生を突き放そうとする意志を獲得したとき、その生は「夢」の領域にくくりだされていった。夢浮橋巻で、薫の手紙に返答をするよう迫る妹尼に「むかしのこと思ひ出づれど、さらにおぼゆることなく、あやしう、いかなりける夢にかとのみ心も得ずなむ」（五―四〇六）といい、薫とともにあった宇治の生を「夢」といいなす浮舟のことばは、薫の手紙の文言「あさましかりし世の夢語り」（五―四〇五）に対応したものではあれ、ことばに呪縛された生を払いのけようとする意志の現れに見える。一方、沈黙を持ち帰る小君を前に、薫は「人の隠し据へたるにやあらむ」（五―四〇八）と自らの経験に照らしてと思うのだと語られている。語りに溶解した薫のありようは、「人形」「形代」「なでもの」ということばのなかで、薫のとらえた浮舟がいかに遠くに行ってしまったかを、明確に表しているだろう。

女二宮はというと、母大宮の死を機に、かつての狭衣との関係を「夢にだにいかで見じ」（参考一六四）と、ことばが必然化し促した自らの生を「夢」の領域からも弾き出し、他者に、とりわけ狭衣に対してはことばを閉ざしたまま物語にあり続ける。女二宮もまた浮舟と同様に、いや浮舟以上に、ことばの呪縛を払いのけようとする生を歩んでいるのだといえよう。しかしながら、狭衣が心のなかで詠んだ歌のことばは、そんな女二宮を「女郎花」というイメージにくくってしまう。物語の掉尾を飾る歌だ。『源氏物語』終末との違いから、女二宮なる存在とことばとの関わりを考えてみたい。

物語最終、嵯峨院に行幸した狭衣は、相変わらず女二宮とはことばを交わすこともできず、思いを残して帰途につく。

たちかへり折らで過ぎ憂き女郎花なほやすらはん霧の籬[5]に　（参考　四六六）

立ち去りかねて嵯峨院の庭で、心密かに詠んだ歌である。「女郎花」は女二宮をたぐえることばであり、指摘されるように、物語冒頭の「山吹」と梔子色で首尾呼応する。[6] 冒頭の「山吹」とは「藤」とともに狭衣が源氏宮にさし出し、源氏宮に選ばれた花である。そこから狭衣は「いかにせんいはぬ色なる花なれば心の中を知る人もなし」（参考三〇）と、「梔子＝口なし」のいはぬ恋をとりあえず自認するのだが、晩春の情景に浮かぶ「山吹」にはまた、移ろいのイメージが醸し出される。

吉野川岸の山吹吹く風に底の影さへうつろひにけり　（『古今集』春下、紀貫之）

しのびかねなきて蛙の惜しむをも知らずうつろふ山吹の花　（『後撰集』春下、読人不知）

物も言はでながめてぞふる山吹の花に心ぞうつろひぬらん　（『拾遺集』春、清原元輔）

沢水にかはづ鳴くなり山吹のうつろふ影や底に見ゆらむ　（『拾遺集』春、読人不知）

源氏宮の選びとった「山吹」に、狭衣が自身の恋心を表象したとき、「いはぬ」恋の裏側に「移ろふ」恋のイメージが広がる。梔子色で結ばれ、晩春から晩秋へ、「山吹」から「女郎花」へと移ろう首尾の呼応に、源氏宮から相対的に比重を増す女二宮へと、狭衣の恋心が相対的に移っていったことも象徴的に映し出されるのであろう。[7]

では、「山吹」からの移ろいを受けとり、女二宮のたぐえられた「女郎花」のイメージをとらえてみたい。三代集時代頻繁に詠まれた和歌の伝統に照らしても、また狭衣の歌「折らで過ぎ憂き」を見ても、たしかに男性の恋心をそそる女性にたとえられる花だと押さえられる。(8)

秋来れば野辺にたはるる女郎花いづれの人か摘まで見るべき　（『古今集』俳諧、読人不知）
女郎花にほふ盛りを見る時ぞわがおいらくはくやしかりける　（『後撰集』秋中、読人不知）
狩りにとて我はきつれど女郎花見るに心ぞ思ひつきぬる　（『拾遺集』秋、紀貫之）

さらに女郎花が梔子色であることを意識して詠む例もある。

名にめでて折れるばかりぞ女郎花われおちにきと人に語るな　（『古今集』秋上、遍昭）
くちなしの色をぞたのむ女郎花はなにめでつと人に語るな　（『拾遺集』秋、小野宮実頼）
雲の立つうりふの山の女郎花くちなし色をこひぞわづらふ　（『夫木』秋二、小大君）

逢瀬から懐妊・出産の事態に見舞われても、それらについて何ひとつ語らず、以後もほとんど他者に対して口を閉ざしている風情を、「女郎花」のたとえは、女二宮の折々につけての内面とは別に、花の属性のなかで論理化し、ゆえにまた狭衣の恋心をそそる存在としてイメージ化してしまうようだ。

梔子色で繋がり、移ろいのイメージを潜める「山吹」から「女郎花」に結ばれ首尾が呼応するとき、もういちど、女二宮が源氏宮への恋心をひき継ぎ、身体あるいは情動の形代が徐々に比重を増す、ねじれた〈ゆかり〉の物語をイメージさせるであろう。また最後に「女郎花」とたとえられる女二宮は、「女郎花」の花のように、いつまでも狭衣の恋心を掻き立ててやまぬ存在であり、その沈黙さえ「女郎花」の属性として、なお狭衣をひきつけていくのだと論理化されもしよう。「女郎花」は女二宮のありようを象徴的に括ることばであるのには違いない。

しかしながら、狭衣の歌のことばであり、かつ歌の伝統にしっかりと裏打ちされた「女郎花」に象徴され論理化される女二宮の存在は、ことばに呪縛された生から抜け出そうとする女二宮自身の主体的自我に由来する営為すなわち厭世的沈黙を奇妙に韜晦してしまうのではないだろうか。夢浮橋巻が、薫による浮舟の統合を、歌語等によるある種のイメージへの包括的統合を、すでに果たしえないところにふたりを隔て、はなはだしく的をはずした薫の思い違いにそれを刻印することで、浮舟という存在は自立したといえよう。ところが、女二宮の場合、彼女のありようをあまりにうまく掬いあげてしまう「女郎花」に還元統合されることで、浮舟のような自立を曖昧にされたのではないか。最後の最後まで、狭衣の視線にとらえられ、「女郎花」に位置づけなおされる女二宮は、厭世的沈黙を選びとる主体的自我の自立に翳を投げかけられ、浮舟とはひどくかけ離れた存在になっているのではあるまいか。

四　ことばの物語

『狭衣物語』のことばはスタティックに先行文学の面影を浮かべ、「文学的情調をまとった美的な世界」の構築[9]を専らにしているのではない。ことばの力が、物語を論理化し必然化する半面、登場人物の内面に生成される内的必然性なり主体的自我なりを、激しく侵蝕あるいは解体していく運動を見とりうるのではないか。そして、人物の内面をなし崩し、置き去りにすることばの運動によって、人物の内なる世界が、物語られていく外の世界とは遠く隔てられ、主体というものをいかんともしがたく突き放し、無力化するところに、『源氏物語』をひきつける『狭衣物語』の、『源氏物語』との大きな径庭があるのだといえよう。

また、内的必然性の希薄な女二宮との逢瀬による若宮出生が大きなファクターとなって転がりこみ、内面においてさらに相対化される帝位という権威の、すさまじいほどのナンセンスを見ても、あるいは主体的自我の寄りすがる出家に象徴されるはずの宗教的権威を、たとえば『源氏物語』において、藤壺の出家が光源氏との関係を変質させ、浮舟の出家が中将との縁談の壁となりえたような、反世俗の宗教的権威を、本質的な救済云々を問う以前に、世俗的な視線が簡単に踏みにじっていくのを見ても、『狭衣物語』は『源氏物語』とは遠い物語なのではないか。『狭衣物語』はことばに対してより多くの信頼を置き、主体とひき替えに、時代の権威とおぼしいものを軽々と踏み越えていこうとするシニカルな姿勢があるのだといえよう。

『狭衣物語』のことばは、人物の主体的自我の外側から、事態を論理化し説明づけて必然化していくメカニズムを有している。そして、権威を権威たらしめるのが、まさに主体的価値観であろうが、この物語のことばのメカニズムは主体を溶解したところで、時代の権威をもだらしなくなし崩しにする。かくして『狭衣物語』は『源氏物語』とはいたく違った相貌を見せているのではないだろうか。

注

（1）森下純昭「狭衣物語と山吹」（『岐阜大学教養部研究報告』一九七七年二月）も結婚の意志のない色情面での身代わりだと指摘する。狭衣の意志とは別に、物語のことばによる必然化を本稿ではとらえたい。

（2）内閣文庫本では叔母・姪に当たるが、古活字本ではいとこになる。その点の詳細については本書Ⅰ第１章注（24）で述べている。

（3）そうした指摘は多いが、森下純昭「狭衣物語の人物関係―『らうたし・らうたげ』をめぐって」（岐阜大学『国語国文学』一九七八年三月）は、むしろ狭衣の恋の内実を「官能的欲求」に見て、各女君恋慕を一貫してとらえようとする。そのようにしか思えない部分について問い直したい。

（4）大系頭注では狭衣の〈ゆかり〉としているが、以下に述べるごとく「紫」「武蔵野」ということばから、源氏宮と女二宮の〈ゆかり〉関係だと判断した。

(5) 古活字本「紛れに」。論旨に変更を要さない。

(6) 注(1)森下純昭論文。

(7) 久下晴康「朝顔と女郎花—物語における象徴的形象の論理について—(上、中、下)」(『平安文学研究』一九七五年六月、同十一月、一九七六年六月→『平安後期物語の研究 狭衣浜松』一九八四年　新典社刊所収「『狭衣物語』終末部の考察—朝顔と女郎花をめぐって」)は、この歌が『源氏物語』夕顔巻の「咲く花にうつるてふ名はつつめども折らで過ぎ憂き今朝の朝顔」を引いていて、「朝顔」が「女郎花」に変わったことで、狭衣の関心が女二宮に移ったのはもとより、ふたりの結婚を象徴的に認証しているとする。本稿は源氏宮から二宮へと相対的に比重を増していく様子を、「山吹」から「女郎花」へと移ろう首尾の呼応がイメージ化する点について考察する。なお、女二宮と狭衣の結婚という「明るい将来」なるものは想定しえないと考えている。ふたりの将来的ありようについては本書I第6章で論じた。

(8) 時代を下ってもこの系譜の歌は散見される。たとえば「咲きにけりくちなし色の女郎花言はねどしるし秋のけしきは」(『金葉集』秋、源縁法師、二度本一六九、三度本一六三)「声たてて鳴く虫よりも女郎花言はぬ色こそ身にはしみけれ」(『夫木抄』秋二、寂蓮法師)。

(9) 池田和臣「狭衣物語の修辞機構と表現主体」(『国語と国文学』一九八六年三月→『狭衣物語の視界』一九九四年新典社刊)。なお、池田論文以前に森一郎「狭衣物語の方法—狭衣物語・覚え書き—」(『国文学攷』一九五八年三月→『源氏物語の方法』一九六九年　桜楓社刊)は、『狭衣物語』が『源氏物語』から形代物語の構想をとり上げ、全編を統一整美したといい、『狭衣物語』は『源氏物語』を積極的に模倣したのであり、模倣を批難するのは近代リアリズムからの批判に過ぎないと指摘している。いわば模倣を逆手にとって方法的にとらえ直したのだといえる。森論文の指摘を「ことば」のレベルで発展させたところに、池田論文は位置づけられると思う。『源氏物語』研究の側からのこうした発言は、文学史的理解に対する批評であり、誠実な発言だと受けとめている。けれども、模倣の方法性をいう前に、『狭衣物語』独自のあり方を掬いとっておきたいと思う。

第3章『法華経』引用のパラドックス――物語の〈業〉

一　『法華経』引用のパラドックス

『狭衣物語』の引用は多彩で、さまざまな歌や物語はもとより、経文にまで及んでいる。とりわけ『法華経』引用はあちらこちらに見受けられ、この物語の特質のひとつでもある。(1)それを読み込んでいけば、物語のかなり奥深くに分け入ることができるように思う。(2)

本章では、『法華経』引用から、〈かぐや姫〉たる狭衣が昇天する〈月の都〉について考え、さらには『狭衣物語』の物語認識や、この物語を覆う時空といったものを、やはり『法華経』引用に注目しつつ掬いとっていきたい。経文を随所に引用しているというのに、『法華経』からはかけ離れた時空に覆われるパラドックスをとらえたいと思うのである。

二　〈月の都〉の創出と『法華経』

すでに何度も触れてきたところではあるが、物語初頭、天稚御子が地上に舞い降り、あわや狭衣は天界へと連れ去られかけた。この一件を、深沢徹は『竹取物語』と関係づけ、『狭衣物語』を「翼をもがれたかぐや姫の物語」だと規定したうえで、以後の出家志向とそれに付随する超常現象に、「異界」への飛翔（と挫折）の変奏を見とっている。(3) たしかに、天稚御子事件に端を発し、この物語はいわゆる〈かぐや姫〉の〈月の都〉への帰還を繰り返し問うた物語だといえる。ただ、『狭衣物語』の〈月の都〉は出家志向の先にとらえられる仏教的異界のみにひきしぼられるのではなく、もう少し多様に創出され、かつ喪失されている。まずは、天稚御子事件の折に喪失された〈月の都〉が、拡散して再創出され、とりわけ狭衣の内面に再創出される〈月の都〉には、『法華経』の媒介がある様子を見ていく。

ところで、天稚御子事件が〈かぐや姫〉の物語を意識させるのは、単に天人が迎えに来たからというだけではない。狭衣の笛の妙音に、語り手が「げに月の都の人もいかでか聞き驚かざらん」（参考四六）(4) の評言を差し挟んだり、また事件の後、帝が「身の代も我脱ぎ着せん返しつと思ひなわびそ天の羽衣」（参考五〇）の歌を詠むなど、ことばのうえでも〈かぐや姫〉をひきつけているのだった。

さて、天稚御子は、時の帝の願いを容れ、狭衣を残して天界に戻る。つまり、狭衣は〈かぐや姫〉であることを証し立てられつつ、〈月の都〉から切り離されてしまったのである。しかし物語には、すでに事件のさなかから、新たな〈月の都〉が創出されていく。

昇天の挨拶に狭衣は「九重の雲の上まで昇りなば天つ空をや形見とは見ん」[5]（参考四六）と詠じた。「九重の雲の上」とは、狭衣にとっては天上の〈月の都〉でしかないが、これは一方で宮中を指示することばでもある。加えて、先の帝の歌の「天の羽衣」も、場の論理に従えば天稚御子を指しているが、大嘗祭や他の大祭の折の沐浴にあたって天皇がまとう衣をいうものでもあった。これらのことばは後の即位と響きあって、帝位をこそ〈月の都〉とする物語言説を形づくる楔を打ち込んだのでもある。

だが、天上の〈月の都〉から切り離された狭衣は、また別様の〈月の都〉を創出する。

兜率の内院にと思はましかば、とまらざらましと思し出づ。「即往兜率天上」といふわたりを、ゆるらかにうち出だして、おし返し「弥勒菩薩」と読み澄まし給へる。（参考　五三）

傍線部は、すでに間々指摘されるように、『法華経』普賢菩薩勧発品からの引用である。

若有人受持読誦。解其義趣。是人命終。為千仏授手。令不恐怖。不堕悪趣。即往兜率天上。弥勒菩薩所（若し人ありて、受持し読誦し、その義趣《いみ》を解《さと》らば、この人命終するとき、千仏は手《みて》を授けて、恐怖せず悪趣に堕ちざらしめたもうことを為《え》、即ち兜率天上の弥勒菩薩の所に往き」（下　三二八）[6]

地上にとり残された狭衣は、天稚御子との昇天に代えて、いやむしろそれより上位のものとして、兜率天への思いを表出する。天稚御子が地上に舞い降りる場面は、「楽の声いと近うなりて、紫の雲たなびく」（参考四六）とあるなど、来迎図を思わせるようなものでもあり、仏教的転回は容易であったのだろう。が、引用経文の傍線部直前が端的に示すように、自行の立場に立つこの普賢菩薩勧発品は、盛んに修行を勧め、ここでも『法華経』の受持、読誦、教義の理解による兜率天往生を約束している。この転回はむしろ、次はいつかわからない天界からの迎えを待つのではなく、修行により自身で往きうる兜率天という〈月の都〉が、狭衣において創出されたということを示しているのであり、そこには、時代の弥勒信仰ばやりを背景に、『法華経』普賢菩薩勧発品の文言が原動力として働いていた。そのようにいえるのではあるまいか。

ところが、狭衣において創出された〈月の都〉は、兜率天だけではないようなのである。「暑さのわりなき頃」（参考五四）と、天稚御子事件の起きた端午の夜から時間的には隔たりがあるものの、天稚御子関連の場面にひき続いて、狭衣はこれまで抑えてきた恋心を、源氏宮に打ち明けてしまう。それは、天稚御子事件を受けて、帝が女二宮の降嫁を口にしたため、むしろ狭衣の源氏宮への思いがせり上がってしまったからだと、一応は解釈できる。だがそれにしても、兜率天と地上の恋。相容れない両者のなだらかな接続には、注意を払うべきであろう。

そこで、この恋心の質をもう少し絞り込んでみたい。先に引用した帝の歌「身の代も我脱ぎ着せん返しつと思ひなわびそ天の羽衣」は、女二宮を「天の羽衣」の代わりだといい、昇天にかえて、女二宮との結婚を勧めるものだ。いわば天上の〈月の都〉にかえて、女二宮を地上における〈月の都〉として位置づけたのだといえよう。しかし女二宮は、狭衣にとって「聞くにさへぞ暑かはしき夜の衣」（参考六〇）であり、「天の羽衣」ではない。帝の歌を受けて「いでや、武蔵野のわたりの夜の衣ならば、げにかへまさりもやおぼえまし」（参考五〇）と思っているように、「天の羽衣」は源氏宮であってほしいと改めて思うのである。つまり、女二宮を「天の羽衣」とした帝の歌は、狭衣に源氏宮を地上における〈月の都〉として眺めさせる契機を与えたのであり、そこから源氏宮との恋は、地上にいながらにして、〈月の都〉に帰ることと同義になったのではないか。

とはいえ、こうも次元の違うふたつの〈月の都〉が、抵抗なく創出されていくのには、やはり『法華経』の媒介があったようだ。

弥勒菩薩。有三十二相。大菩薩衆。所共囲遶。有百千万億。天女眷属。（弥勒菩薩は三十二相ありて大菩薩衆

に共に囲遶せられ、百千万億の天女の眷属あり」（下　三二八）

先に引用した普賢菩薩勧発品の続きの部分で、弥勒のいる兜率天がどのような所かを説明した部分である。そこには「天女」の存在が示されている。ところで、帝の歌を契機に、狭衣にとっての源氏宮は、天人のまとう「天の羽衣」と結び合わされ、天上性を帯びて、天女の存在感を付与されていたのではなかったろうか。ならば、天女たちにとり巻かれるという兜率天の一面と、天女のような源氏宮が傍らにいる地上の楽土と、それらはもはや、そう遠い距離にはないだろう。(7)後に、たとえば粉河寺参詣直前に、狭衣にとっての源氏宮が「一乗の門」（参考二〇〇）、すなわち一乗の法『法華経』の尊さに比定されたり、(8)物語の終盤で、宮への恋の難しさが「浮き木にあはむよりも難きこと」（参考三五八）とされるなど、狭衣における源氏宮と仏教との等価性が示されていく。後者については、小峯和明が論証するように、『法華経』妙荘厳王本事品「仏難得値。如優曇波羅華。又如一眼亀。値浮木孔（仏に値いたてまつることを得ること難きこと、優曇波羅の華の如く、又、一眼の亀の、浮木の孔に値うが如ければなり）」（下二九八）からの引用だと見るべきであろう。これらは、源氏宮と兜率天の、少なくとも源氏宮と仏教的天界の距離の近さを傍証していよう。

帝の歌を契機に、さらに普賢菩薩勧発品の文言を媒介に、次元を異にするはずの兜率天と源氏宮とが、狭衣においてはふたつの〈月の都〉として、抵触することなく創出されることになったのではあるまいか。

狭衣における〈月の都〉の創出には、深く『法華経』が関わっているのを確認したい。

三　〈月の都〉の喪失と『法華経』

『法華経』普賢菩薩勧発品を媒介に、次元を異にするふたつの〈月の都〉が創出されたわけだが、同時にそのことが、狭衣に双方の〈月の都〉を喪失させてもいるようだ。

兜率天上の天女の図と連接するかのように、次の場面には美しい源氏宮がいる。狭衣はその宮に、積年の恋心を、なんとも不可思議な打ち明け方で打ち明けていく。折しも宮が『伊勢物語』の絵を見ているとき、狭衣は訪れた。その絵は、実の妹（異母姉妹か）に恋の歌を贈る四九段の絵であったろう。[10] だがそれは、宮とは兄妹同然に育てられた狭衣の恋心を煽りつつ、しかし兄妹の恋の禁忌を意識させるという、両義的な機能を負うものだった。つまるところ狭衣は「ありがたき心あるぞと、いとど年頃よりもあはれを添へて思し召さんぞ、身のいたづらにならん限りには、この世の思ひ出でにし侍るべきに」（参考五六）という。兄妹でもないのに兄妹の関係を維持するこの心を希有のものだと思って、今まで以上に親しんでほしい。その親しみを今生の思い出にするという次第だ。だが、実の兄妹ではないふたりが、兄妹としてありえたのは、どちらも恋心とは無縁の子供の頃でしかなかった。今、狭衣はそうした子供の頃の時間に無理矢理おしとどまって、かつ死もしくは出家に言及している。そこには、俗世の恋からようよう逃れ、仏道に背かず、あるいは出家の身になり、観念的には聖なる童のままに命を終えて、[11] 兜率天に生まれかわろうとする思惑が透かし見えはしないだろうか。兜率天という〈月の都〉は、源氏宮という〈月の都〉の創出に一役買いつつ、それを遠ざけさせてもいるのではあるまいか。

さて一方、恋の成就を回避しつつの、源氏宮への奇妙な恋心は、ますます狭衣を兜率天へと促していく。たとえば、かねてとり沙汰されていた宮の東宮入内が本格化すると、狭衣は宮との恋を成就したいと焦燥するかたわら、「浮き世離るべき門出し給ひけり」（参考一九〇）という思いを強めていく。奇妙な恋心は、悲恋→出家→兜率天の構図を定着させているようだ。

しかしながら、源氏宮への思いは、上述の構図で狭衣を兜率天へと導くばかりではない。その抑えられた恋の情動は、飛鳥井女君、女二宮、そして式部卿宮の姫君へと転位し、狭衣を恋と罪の渦巻く現世にからめとってしまうのでもあった(12)。最たる例は、巻二の終盤、粉河寺で普賢菩薩の出現を見て、まさに出家→兜率天の構図が描かれようとしたそのとき、居合わせた飛鳥井女君の兄である僧から、女君母子の話を聞き、狭衣は急速に現世へと踵を返していく。源氏宮への恋の情動は、飛鳥井女君に転位し、その結果、狭衣を兜率天から乖離させてもいるのだった。

狭衣において、次元の違うふたつの〈月の都〉が創出されたことは、同時に、それらの相互排除による相殺という結果を、導いてしまったのではあるまいか。

ところで、狭衣の源氏宮恋慕は、早くから他の女君への恋に転位していた。兜率天への思いも、粉河寺で飛鳥井女君の兄僧と会い、それを師と仰いで以来、竹生島への思いに微妙にすりかわっている。狭衣において創出された、源氏宮と兜率天というふたつの〈月の都〉は、奇妙に拡散していくのだった。それらを含め、すべての〈月の都〉が失われていくのには、拡散に伴い、さまざまの因子が乗り入れてきた事情(13)を考慮しないわけにはいかない。けれども、そうした拡散を招来したのも、兜率天と源氏宮というふたつの〈月の都〉の、相互排除の結果であったろう。

ともあれ、天稚御子事件の後、次元の違うふたつの〈月の都〉が創出され、狭衣における〈月の都〉の本質的な矛盾としてまつわりつき、その喪失を招く結果を導いたのではないか。そしてそこには、『法華経』の関与があった点を、再び確認しておきたい。また、『法華経』とのこうした接触は、信仰とは別次元の、文学的スタンスによるものであることも認めておこうと思う。[14]

四　物語の時空と『法華経』

『法華経』を媒介に、狭衣の中に創出されたふたつの〈月の都〉が、相殺され喪失された結果、帝位を〈月の都〉とする物語言説が急浮上する。天照神の託宣による帝位は、神話的聖性を付与された〈月の都〉のようにも見える。だが、「かぐや姫」が昇天する『竹取物語』において、帝位とは、地上を代表し、「月の都」とは対置されるものであり、「人」対「天人」、「帝位」対「月の都」というように、厳然と区画されるものだったはずだ。さらに『源氏物語』においても、帝位は決して〈かぐや姫〉の〈月の都〉ではなかった。物語のコードでいえば、『狭衣物語』が結局のところ、〈月の都〉は帝位でしかないとするなら、それは物語における〈月の都〉の断念に等しい。換言すれば、〈月の都〉に託された天界、あるいは異郷を断念し排除していく過程そのものが、この物語だったということになる。このように〈月の都〉、あるいは異界を断念し排除するこの物語の時空なり物語意識なりも、『法華経』引用に注目するところから読みとれるようだ。

ところで、〈かぐや姫〉の物語の公約数として、貴種流離譚というものが挙げられよう。その貴種の流離先すなわち贖罪の地こそが、物語の時空なのであった。この点から考察をもう少し深めてみたい。

さて、『狭衣物語』[15]の時空は、きわめて明確に規定されている。物語の初頭、人物紹介の部分で、「この悪世に生まれ給ひければにや」（参考三四）と、語り手によって狭衣の置かれた時空が規定されている。その後、飛鳥井女君の兄僧が「この五濁悪世」（参考二四九）、堀川大殿が「劫濁乱の時」（参考三四五）という認識を示してもいる。総じて「悪世」と概括できるが、『法華経』引用を拠り所に、この「悪世」を物語に即して、もう少し明らかにしてみたい。

なほ、げに劫濁乱の時は諸仏以方便もかひなくもありけるかな。（参考　三四五）

巻四初頭、堀川大殿は賀茂の神託で息子の狭衣が出家しようとしているのを知る。必死に狭衣の出家をひきとどめた後、大殿は『法華経』妙荘厳王本事品の浄蔵・浄眼の兄弟が、父妙荘厳王を仏の教えに導いた例を思い浮かべ、狭衣に倣って自身の出家を考えるものの、それができない（参考三四四）。そこでこうした感慨を得るのだが、ここにも方便品からの引用が含まれている。

劫濁乱時。衆生垢重。慳貪嫉妬。成就諸不善根故。諸仏以方便力。於一仏乗。分別説三〔劫《こう》の濁乱《じょくらん》の時には、衆生は垢《く》重く、慳貪《けんどん》・嫉妬にして、諸《もろもろ》の不善根を成就するが故に、諸仏は方便力をもって、一仏乗において分別して三と説きたもう〕（上　九八）

方便品では、劫濁乱の時には諸仏が方便をもって仏の教えを説くとするが、大殿には、自己の姿に照らして、それも「かひなく」感じられるのだった。方便もむなしく、仏の教えから程遠いこの大殿のありようは、同方便品で、世尊が教えを説こうとしたとき、席を退いた人々（上八六）の、遠く仏智から隔てられた姿とさほどの径庭をもたないだろう。そのような人々を世尊は「此輩罪根深重　及増上慢〔この輩《ともがら》は、罪の根深重《じんじゅう》にして、及び増上慢《ぞうじょうまん》にして〕」（方便品、上八六）と規定する。妙荘厳王本事品、方便品と『法華経』引用を重ねる大殿の内面は、仏智から遠い人々の罪深さをたぐり寄せているのではないか。

そして、仏の教えに離反する罪深き人々の射程は、大殿ひとりにとどまらず物語のさまざまな人々にまで届いているようだ。女二宮との逢瀬の翌朝、後朝の文を託すべく訪れた中納言典侍との会話の中で、狭衣の好色ぶりに話が及ぶ。すると狭衣はこう切り返す。

あやしのあだ名や。聞き違へさせ給へるにや。この御事どもいかにぞや。その人の心ならば、行末までの御かまへも尋ねで、時の間も見奉らんをこそ嬉しきには思はめ。法師などだにもかかることは難きにや[16]「若無比丘」と仏のせちに戒め給へるをこそ、思ひ至らぬ隈もありがたからめ。人も許し、我も見まくには、えこそ強からぬわざにや。　（参考　一三六）

「若無比丘」は『法華経』安楽行品の偈の句からの引用である。

莫独屛処　為女説法　若説法時　無得戯笑　入里乞食　将一比丘　若無比丘　一心念仏（独り屛所《かくれたるところ》にて女のために法を説くことなかれ。若し法を説かん時には　戯笑《けしょう》することを得ることなかれ。里に入りて乞食するときには　一《ひと》りの比丘を将《ひき》いよ。若し比丘無くんば　一心に仏を念ぜよ）　（中　二五二）

求法者が女性に対する場合の戒めを与えたところからの引用だ。狭衣は女二宮降嫁を受けていないのを楯に、逢瀬もなかったことにして、好色を否定する。さらに「若無比丘」を引き、法師ですら女性には惑うらしいのに、自分が女二宮に無関心でいるのは難しいのではないかというのだが、これは両義的だ。一方では前夜の逢瀬を自身に言い訳するものであり、一方ではにもかかわらず操の固い自身を典侍にアピールするものとなっている。この引用は、他者にはたぐい希な求道者像を提供しつつ、その実、破戒を犯す狭衣の罪深さを刻み込むものとなっていよう。

狭衣ばかりではない。

暗きより暗きに惑ふ死出の山とふにぞかかる光をも見る　（参考　二九八）

亡き飛鳥井女君が狭衣の夢枕で詠んだ歌である。これも『法華経』化城喩品の偈の句「従冥入於冥　永不聞仏名（冥《くらき》より冥に入りて　永く仏の名を聞かざりしなり）」（中二〇）をふまえた歌で、常磐での狭衣の法要によって、ようやく往生できた旨を詠じたのだと、表面上は解釈できる。しかし、それ以前にも狭衣は常磐を訪れ、懇ろに女君を弔っていた（参考二四九）。そのときにではなく、今回ようやく往生できたとするなら、それはその間に、狭衣が一品宮と結婚し、その養女で飛鳥井女君所生の姫君（父狭衣）を庇護しうる立場になったことで、「行方なく身こそなりゆけこの世をば跡なき水のそこを尋ねよ」（参考九六）と託された願い（「この世／子の世」への思い）を叶えたからでしかないのではないか。女君の魂は仏教の埒外にあって、あくまでも親子の煩悩に繋がれた罪深き魂のようだ。

飛鳥井女君の兄である僧は、狭衣に「阿私仙」（参考二二〇、三二八他）と慕われている。指摘されるように、このことばは『法華経』提婆達多品をひき寄せ、狭衣を釈迦、兄僧をその師に比定するものながら、兄僧の実際の役割は、粉河寺において示された狭衣の出家と、出家して生を終えた後に向かうはずの兜率天への道を阻むもので、仏敵提婆の罪深さとも通わざるをえないのだった。(17)

言及しえない人物もあるが、それでも大殿の感慨の射程は意外に広い。「悪世」とされる物語の時空は、一仏乗にして衆生済度を説く『法華経』を引用しつつ『法華経』を突き放すパラドキシカルな時空で、人々を深く罪に繋いでいる。『法華経』引用はそれを照射する。

五　「悪世」と貴種流離譚

「悪世」が『狭衣物語』の時空を覆い、人々を罪から放さないとすれば、この物語にはもはや贖罪の地はありえない。『狭衣物語』のなかでの聖地粉河寺も聖地たりえなかったし、竹生島はついに不在の聖地でしかなかった。(18)出家した女二宮が隠棲する嵯峨院もまた、迷妄に暮れる狭衣に侵蝕され、聖地たりえない。『狭衣物語』には聖地が存在しない。加えて、「悪世」は罪というものを一般化し遍在させて、罪の聖性を完全に解体してしまう。すなわち、『狭衣物語』の時空が「悪世」と規定されるとき、そこに生きる者たちは、たとえば光源氏や狭衣のごとく輝ける超越性を持って生まれようが、あるいは浮舟のようにあまりに暗い生い立ちと悲しい人生においてネガティブに聖別されようが[19]、この世の人としてある限り、特権的貴種たる者の罪は負えず、誰でもが負う罪との境界線をはずされた罪を負うに過ぎない。特権的な罪もなく罪にまみれていて、聖地もなく贖罪の地たりえない『狭衣物語』の時空では、貴種流離譚は挫折してしまうのである。しかもこの物語は〈月の都〉を帝位に封じ込め、狭衣の流離をさえ許さない。無限の流離を語るかの『源氏物語』に向かい合って[20]、『狭衣物語』は、物語の時空とは贖罪不能の時空であるとの認識を示し、そういう認識のもとで〈かぐや姫〉の物語の公約数たる貴種流離譚にひとつの折り目をつけているのだといえよう。模倣・亜流はいうに及ばず、『狭衣物語』は方法であれ何であれ、『源氏物語』の面影を湛えるのをこととしているわけではない。『源氏物語』がぎりぎりのところで生かしていた貴種流離譚としての〈かぐや姫〉の物語をなし崩しにして、物語史にひとつの折り目をつけたのではないだろうか。

以上、『法華経』引用を媒介に『狭衣物語』における〈月の都〉の拡散をとらえ、『法華経』を引用する物語の時空が『法華経』とはかけ離れた時空に覆われるパラドックスを見とって、〈かぐや姫〉の物語の公約数である貴種流離譚に折り目をつけている次第を論じてきた。

それにしても、『源氏物語』と向かい合って、『狭衣物語』は〈月の都〉の不在を宣言しつつ、〈月の都〉をいくつも創出して、喪失している。ようよう残った〈月の都〉は帝位だが、どうにも〈月の都〉の体をなさない。しかし、それはいわゆる中世王朝物語にひき継がれたようだ。貴種〈かぐや姫〉たる女君たちの地上的栄華を、むしろ堂々と憂いなく〈月の都〉に仕立て上げて、貴種流離譚を再生している。崩れては再生され、意匠を変えながら螺旋を描いて続いていく貴種流離譚を語る物語たち。それこそが物語であり、物語の〈業〉というものであろうか。『法華経』引用は、〈月の都〉を創ることが壊すことである『狭衣物語』のパラドックスにも一役を買い、ネガティブながら貴種流離譚にこだわったこの物語の〈業〉の深さを映し出しているのだといえよう。

注

（1）吉原シゲ子「狭衣物語の仏教思想」（『平安文学研究』一九六六年六月）、土岐武治「狭衣物語と法華経化城喩品との典拠について」（『日本文学の重層性』一九八〇年四月）他『狭衣物語の研究』（一九八二年　風間書房刊）所収の仏教関連論文。

（2）小峯和明「狭衣物語と法華経」（『国文学研究資料館紀要』一九八七年三月→『院政期文学論』二〇〇六年　笠間書院刊）、田村良平「狭衣物語の内なる法華経—飛鳥井母子の物語の基底—」（『中古文学論攷』一九九六年十二月）。

（3）「往還の構図もしくは『狭衣物語』の論理構造—陰画としての『無名草子』論（上下）—」（『文芸と批評』一九七九年十二月、一九八〇年五月→『狭衣物語の視界』一九九四年　新典社刊）。

（4）引用本文は内閣文庫本に拠り、参考として引用箇所に該当する大系の頁数を示した。

（5）古活字本他ナシ。内閣文庫本、西本、平出本（いわゆる第一系統本）の他数本に見られる本文。第一系統本間でも、助詞などに多少の異同は見られる。古活字本でも次の「天の羽衣」はあるので論理に変更はない。なお、「九重の雲の上」と「宮中」との関連については、萩野敦子「狭衣物語の発端」（『国語国文研究』一九九八年七月）に指摘がある。〈月の都〉を帝位に見定めていく物語の論理についての詳細は本書I第5章で論じた。

（6）以下の『法華経』の引用は岩波文庫に拠り、その巻数頁数を括弧内に示す。古活字本、この部分ナシ。ただ、同場面内で「身色如金山　端厳甚微妙」（『法華経』序品の句。諸仏の美の形容。上巻五六頁）と朗詠しており、天稚御子の姿が仏の姿に転写され、天稚御子に表象された天界が仏教的天界にスライドしている様子は窺える。古活字本も兜率天願望を有する本文である点については、本書II第5章の注（13）参照。

（7）古活字本の場合、源氏宮に恋心を告白する前には、兜率天憧憬が表れていない。が、注（6）の『法華経』序品からの引用部は、金色に輝き、整って威厳のある、なんともいえず美しい諸仏の姿をいったものだ。さらに続いて「如浄瑠璃中　内現真金像」とあり、諸仏は美しい瑠璃の中で、無垢な金色の姿を現すかのようだとされている。天稚御子を仏教的に転回し、諸仏の美姿を思い浮かべて、狭衣が別格に誰よりも美しいと思う源氏宮の姿に繋げてもおかしくはないと考えている。

（8）この部分は、初斎院に移る源氏宮のもとを去りがてにする狭衣の様子を語った部分で、「いみじうしほたれ給へる気色《（狭衣の）》は、一乗の門をも見捨てではえ参るまじう見え給へるをご覧《（源氏宮は）》ずるままに、御手洗川に禊せんと急がせ給へるぞ、あさましきや」となっている。諸注、「一乗の門」にたとえられるのは、語り手の視線で見た狭衣だと考えている。そしてそんな狭衣をなんとも思わず去っていく源氏宮が対比的に語られているととらえるわけである。その解釈に異論はないが、この部分は難解であり、その前には源氏宮のもとを離れ難げにしている狭衣の様子が語られているのである。源氏宮のもとを離れるのは、悟りを開く『法華経』を見捨てるも同然の思いで離れていった狭衣の内面を掬いとりながら、狭衣の姿を語ったものだと解釈しうるのである。論者としては、「一乗の門」を上からの流れで読めば、狭衣にとっての源氏宮となり、下に続いていく流れで読めば、語り手から見た狭衣になる両義性をとらえている。「一乗の門」にたとえられるのは狭衣にとっての源氏宮でもあり、語り手にとっての狭衣でもあると考えている。

（9）注（2）小峯和明論文。

（10）全書補註（上巻三九六頁）。

（11）古活字本では「余りに思ひ侘び侍りなば、通はぬ里にぞ行き隠れ侍らむかし。さやうならむ折は、さぞかしと思し召し出でさせ給へかしとてなむ」（全書上巻二一五頁）とあり、暗に出家を匂わせている。なお、狭衣が成人後もしばらくは、観念的に聖なる童であった点については、本書I第1章で考察している。

（12）本書IIの各章およびI第6章で詳細を論じた。

（13）狭衣に〈かぐや姫〉像をとらえ、〈月の都〉があれこれ創出され、無残に喪失されていった次第と、帝位のみが〈月の都〉として残された物語のありようと論理については、本書I第5章で詳細を論じた。

（14）注（2）小峯和明論文。

（15）古活字本ナシ。この少し後に内閣文庫本、西本、古活字本がそろって「一見於女人」なる経文の句をひいている。物語本文には「梵網経にや」とある。が、現存の『梵網経』巻二にはなく、失われた巻一にあるのではないかとされている。全書補註は谷崎潤一郎の『二人の稚児』がこのことばを引き、『宝積経』にあると書いているのを紹介する。出典は未詳といわざるをえないが、「女人を見れば眼の功徳が失われる」との謂いで、男女こもごも生きる現世を語っていく物語の時空を、おおよそ「悪世」とみなしている視線に変わりはないかと思う。なお、続く「五濁悪世」「劫濁乱の時」（古活字本「劫濁乱時」）はあるので、物語の時空認識に差異はないと考える。

（16）内閣文庫本「無」ナシ。「にやくびく」とあるが、文脈上、安楽行品からの引用で「む」が欠落したものと見る。同系の平出本、西本により「む」を補っている大系の理解に従う。

（17）注（2）小峯和明論文。

（18）本書I第6章で詳細を論じた。嵯峨院で恋心を掻き立てられる狭衣はいうに及ばず、出家した女二宮にとっても、狭衣の存在により、嵯峨院は聖地ではありえなくなっている。なお、出家した女二宮の出家者としての存在感すら危うくされている点については前章で論じた。

（19）神田龍身「物語文学と分身《ドッペルゲンガー》――『源氏物語』「宇治十帖」をめぐって――」（『源氏物語と平安文学』第1集　一九八八年　早稲田大学出版部刊→『物語文学、その解体――『源氏物語』「宇治十帖」以降』一九九二年　有精堂刊）は、浮舟を光源氏に対応するネガティブな中心だとする。その視点は『物語文学、その解体』の方で、よりクリアに打ち出されている。

（20）小嶋菜温子『源氏物語批評』「IIIかぐや姫引用」（一九九六年　有精堂刊）の諸論。

Ⅳ　『狭衣物語』への批評

第1章　〈禁忌〉と物語——三島由紀夫「豊饒の海」からの批評

一　〈禁忌〉の変質

〈禁忌〉という視座から『狭衣物語』を考えてみようと思う。

物語と〈禁忌〉とは馴染み深い間柄にある。『伊勢物語』における昔男と二条の后や斎宮との恋も、また『源氏物語』における光源氏と皇妃藤壺との恋も、いずれ〈禁忌〉に触れる恋であった。そして、〈禁忌〉を侵犯することは、昔男や光源氏を聖別することそのものであり、とりわけ『源氏物語』においては、〈禁忌〉の侵犯こそが光源氏の王権の物語を可能にしたのであった。〈禁忌〉はすぐれて方法的に物語に参与していたのである。

ところで『狭衣物語』を見てみると、そこでの〈禁忌〉は、『伊勢物語』や『源氏物語』とは随分と趣を異にしている。たとえば、物語が語りだされて間もない頃に、狭衣と東宮妃宣耀殿の〈禁忌〉であるはずの関係が明かされる（参考四一～四二および六三）[1]。けれども、ふたりの関係はこの二回ふと語られたきりで、以後は置き去りにされており、いわば断片的な挿話でしかない。というより、ふと語り去られたに過ぎず、挿話にすらなっていないのである。そしてそれは、何の緊張感も物語性も生み出したりはしない。狭衣の聖別についても、すでに天稚御子が狭衣の笛の妙音に興じて天界から地上に舞い降りるといったレベルで果たされており、宣耀殿との関係はあまりに断片的で緊張感を持たず、天稚御子事件とは全く比重が違う。つまり東宮妃侵犯の〈禁忌〉の恋は、狭衣を聖別する筋合のものにもなっていないのだった。宣耀殿との関係を通じて、この物語は、皇妃侵犯といった〈禁忌〉を踏み越える恋が、もはや物語性を生み出したり、主人公を聖別したりするわけではないことを、逆に表出させてしまったといえるだろう。まずはこのあたりに、『狭衣物語』の〈禁忌〉が『伊勢物語』や『源氏物語』の〈禁忌〉とは決別してしまっている様子を見てとれる。

では『狭衣物語』は〈禁忌〉とは無縁かといえば、決してそうではなく、むしろきわめて特異で、上述のような〈禁忌〉とは位相を異にする〈禁忌〉を抱えこんでいる。本稿はその、特異な〈禁忌〉のあり方を明らかにしたうえで、そこから看取される、ある種の文学のあり方について考えてみたい。

その際に、『狭衣物語』から三島由紀夫の「豊饒の海」、とりわけ第一巻の『春の雪』への転生を視野に入れたい。「豊饒の海」は『浜松中納言物語』を典拠とした旨が、三島由紀夫自身によって言明されているが、(2)『狭衣物語』と「豊饒の海」との間には、むろんそのような保証は何ひとつない。けれども、転生は本来、前世の記憶（たとえば作者の言明）など何ひとつないところで果たされるのではなかったろうか。そういった意味では、「豊饒の海」はすでに『源氏物語』からの転生が読み解かれている。(3)本稿ではさらに、〈禁忌〉という視座から、『狭衣物語』との転生関係をつきとめ、「豊饒の海」が『狭衣物語』批評になっている次第を明らかにして、『狭衣物語』に見られる、ある種の文学のあり方を見とっていきたいと思う。

二　〈禁忌〉の恣意性

さっそく、『狭衣物語』の〈禁忌〉の特異性について見ていく。ただ、以下（含三節）の論述は主に本書Ⅰ第１章から第３章の内容に加えて、これまで重ねてきた論述に重複する部分も多いが、違った角度からの考察も加えており、論の展開上、必要最低限の重複を許容した。

さて、この物語の〈禁忌〉の特異性といえば、狭衣と源氏宮の決して〈禁忌〉ではない恋が、〈禁忌〉とされているところに見てとれる。そして、その事情はすでに冒頭において、こう説明されている。すなわち、ふたりは兄妹同然に育ち、周囲もふたりを兄妹のように認識しているので、狭衣ひとりが「われは我」と、兄妹意識から逸脱して恋心を抱いても、ふたりの恋は誰からも認められない。狭衣がそうわきまえたがゆえに、ふたりの恋は「あるまじきこと」すなわち〈禁忌〉なのだというのである（参考三〇～三二）。

ところで、この〈禁忌〉化については、源氏宮が堀川家の大切な「后がね」だからだとの指摘がある。[4] 后そのものではないのだから、それとてもふたりの恋を絶対的に〈禁忌〉化するものではありえないが、たしかに、そうした自家の政治的な事情は、十分に恋を〈禁忌〉化させうるものだ。けれども、こと狭衣に関しては、そういう事情よりも、兄妹同然の関係の方が、むしろ重要なのだといえる。というのは、堀川家の政治的目論見には、源氏宮を皇妃として宮中に送り込むことと、狭衣に女二宮を降嫁させることの、ふたつがあった。その一方である女二宮降嫁に対する狭衣の態度を見る限り、それはこの物語が狭衣を脱政治的な人物とするコードを有しているせいであろうが、狭衣は堀川家の政治的論理に、さほど忠実であるとも思われないのである。現に、ようやく宮に積年の思いを打ち明けたものの、「あるまじき心ばへ」だといってひきさがる場面でも、擬似であれ、やはりふたりの兄妹関係が障害になっている。

（源氏宮が見ている）絵どもを取り寄せて見給へば、在五中将の恋の日記をいとめでたう書きたるなりけり、と見るにあぢきなく、ひとつ心なる人に向ひたる心地して目とどまる所に、忍びもあへで、「かれはいかが御覧ずる」とて、さし寄せ給ふままに

よしさらば昔の跡を尋ね見よ我のみ迷ふ恋の道かは　（参考　五五）

源氏宮が見ている「在五中将の恋の日記」の絵は、昔男が実の妹（異母姉妹か）に恋の歌を贈った『伊勢物語』四九段の絵であり、また、この場面は、同じく『伊勢物語』四九段の絵を見る実の姉に、匂宮が戯れに恋の歌を贈る『源氏物語』総角巻の場面の引用でもある。(5) ここには四九段と総角巻の場面とが重層的に引用されて、近親相姦の〈禁忌〉の磁場が形成されている。そして、そこにいる狭衣は「ひとつ心なる人」として直接には四九段の昔男に、さらに深いところでは匂宮に自身を重ね合わせて、近親相姦の〈禁忌〉に触れる恋を語っているという図なのである。狭衣と源氏宮の恋には、兄妹間の恋の〈禁忌〉が絡みつき、狭衣もまた、いかんともしがたくその〈禁忌〉にからめとられているのだった。

では、とりわけ狭衣がこだわる疑似兄妹関係だが、〈禁忌〉も社会的な約束事であってみれば、血縁上は従兄妹どうしでも、狭衣をとりまく者たちが皆、ふたりを兄妹の枠に括り込み、ふたりの恋を認めないのなら、狭衣が源氏宮に恋心を抱きつつそれを〈禁忌〉視するのも領けなくはないのである。しかし、本当にそうなのかというと、そうでもないことを物語は明かしている。

仲澄の侍従の真似するなめり。人もさぞいふなる。大殿もかかれば思ひ嘆きてつれなきなめり。（参考　六四）

心習ひ、げにさもやあらん。隔てある妹背をも持たねば。（参考　六五）

右のふたつは東宮が狭衣にぶつけたことばである。実の妹に恋心を抱いた『宇津保物語』の仲澄をひきあいに出して狭衣の源氏宮恋慕をいい当て、そのせいで堀川大殿も、半ば困却しつつ、源氏宮の東宮入内を渋っているのだろうという。東宮は恋敵として、大殿も承認するとおぼしい狭衣と源氏宮の結婚の可能性を危惧しているのである。さらに、あれこれやりとりして最後に、自分には実の妹ではない妹「隔てある妹背」というものがいないからわからないとさえいっている。ここには、恋心など抱きようもない子供の頃とは異なり、狭衣と源氏宮をやはり兄妹としてではなく、ふたりの恋が決して〈禁忌〉ではない従兄妹の関係として見ている視線の存在が示されているのである。

また両親の狭衣に対する態度はこう語られている。

いひしらずあるまじきことをしいで給ふとも、この御心には少し苦しく思されんことは、露ばかりにても違へ聞こえ給ふべくもなけれど……（参考　三三）

狭衣がとりわけ心にかける親たちにしても、狭衣が望むなら、源氏宮との恋を認めないというのではない様子が語りとられているのである。

このように、狭衣と源氏宮は必ずしも兄妹の関係に括り込まれているわけではないし、ふたりの恋を〈禁忌〉視する周囲との軋轢があったわけでもない。そのことを、東宮のことばと語りは明かしているのである。狭衣がこだわる兄妹としての枠組は決してタイトなものではなく、冒頭で、狭衣の内面に沿って説明された事情はきわめて根拠の薄いものだった次第が明かされているのである。

加えていうと、源氏宮が自家の「后がね」だという事情もまた、引用したごとき親のあり方を見れば、ふたりの恋を〈禁忌〉化する強力な力ではないだろう。いずれにせよ、『狭衣物語』の〈禁忌〉は、狭衣ひとりがこだわる恣意的なものだといえる。

三　媒介としての〈禁忌〉

では、狭衣が恣意的にはりめぐらした〈禁忌〉は、いかなる役割を担っているのかを押さえ、『狭衣物語』における〈禁忌〉の恣意性が、物語のどのような質を反映しているのかを考えていきたい。

まず、〈禁忌〉の求められる事情は、〈禁忌〉意識が表出する部分そのものから読みとれる。

・かたがたにあるまじきことと、深く思ひ知り給ひにしも、あやにくぞ心のうちは砕けまさりつつ、つゐに身をいかになし果てんと、心細う思さるべし。（参考　三一）

・あるまじきこととのみ、かへすがへす思ふにしも、明け暮れさし向かひ聞こえながら、沸き返る心の中のしるしもなくて過ぐる嘆かしさは、さらに思ひ弱るべき心地もせず。

…〈中略〉…

いろいろに重ねては着じ人知れず思ひそめてし夜半の狭衣（参考　五二）

〈禁忌〉意識（傍線部）は、かえって源氏宮への思いを深めさせてしまい（波線部）、とうとう源氏宮ただひとりへの思い「いろいろに重ねては着じ」を確認させるに至っているのである。さらに、その思いが秘されたままではありえなくなるときにも、〈禁忌〉意識の媒介が見られる。重複するが、狭衣が源氏宮に積年の思いをうち明ける部分を、範囲を広げてもういちど引用する。

ましてかばかり御心に染み給へる人は、見奉る度に、胸つぶつぶと鳴りつつ、うつし心もなきやうにおぼえ給ふを、よくぞ忍び給ひける。…〈中略〉…例の涙も落ちぬべきに、絵ども取り寄せて見給へば、在五中将の恋の日記を、いとめでたう書きたるなりけり、と見るにあぢきなく、ひとつ心なる人に向かひたる心地して目とどまる所に、忍びもあへで、「これはいかが御覧ずる」とて、さし寄せ給ふままに、

よしさらば昔の跡を尋ね見よ我のみ迷ふ恋の道かは　（参考　五五～五六）

狭衣は『伊勢物語』四九段の絵を見て、実の妹に恋歌を贈った昔男に自身を重ね合わせ、兄妹間の恋の〈禁忌〉をひきつけるわけだが、それ以前には、「よくぞ忍び給ひける」と、恋心は押し返されていた。ところが、〈禁忌〉をひきつけたときにこそ、むしろ「忍びもあへで」積年の思いを打ち明けてしまうのである。結果的に、この擬似的〈禁忌〉は犯されないのだが、明らかに〈禁忌〉意識を媒介として、狭衣の恋の情動は掻き立てられ、恋心を打ち明けるまでに至っている。

こうしてみると、〈禁忌〉は狭衣の恋の情動を掻き立てるものだととらえうる。

ところで、〈禁忌〉は狭衣によって恣意的に見出される質のものだった。恣意的な〈禁忌〉ならば、〈禁忌〉があちこちに拡散する事態も出来してくる。

源氏宮との恋を〈禁忌〉とすることは、恣意的にせよ〈禁忌〉を媒介に掻き立てられた恋の情動を転位させ、他の女君との恋の契機にもなるはずで、現に、飛鳥井女君や女二宮との恋が呼び込まれる。ところが、狭衣は源氏宮との恋以外、「いろいろに重ねては着じ」と思い定めてしまっていた。そこで、他の女君たちとの恋は、狭衣にと

っては〈禁忌〉になる

A　飛鳥井の宿りは戯れにもあさましうぞ思し続けられ給ひける。…〈中略〉…「少しも劣りたらむ人を見ては、何しに世にはあるべきぞ。このこと（源氏宮との恋）違ひはてなば、いかにもあるべき身かは」と、思ひ咎めるるに、（参考　七六）

B　候ふ人々のつらにて、局などしてやあらせましと。人知れず思ふあたり（源氏宮）の聞き給はんに、戯れにも心とどむる人ありとは聞かれ奉らじと思ふ心深ければ、さもえあるまじ。（参考　九〇～九一）

源氏宮を一途に思うと心に決めた狭衣には、源氏宮との恋の障害になるはずもない飛鳥井女君との関係すら、うしろめたいものであり、隠されなければならないらしい。女君との恋も、ひとり狭衣においては、微妙に〈禁忌〉の色彩を帯びてくるのである。

しかし、そういう思いと表裏しながら、一方では深い思いを確認していく。右引用Aを経て狭衣は以下のごとく思う。

何ごとぞとよ、見ではえながらふまじく、かうたく(7)心苦しき様ありて思ひ捨てがたきはと、我ながら危うくぞ思し知らるる。（参考　八〇）

「飛鳥井の宿りは戯れにもあさましう」（引用A）と思い返されたときに、改めて逢わないではいられない恋心を感じ、とまどうのであった。

・音無の里尋ね出でたらば、いざ給へ。…〈中略〉…これより変はる心はあるまじきを、頼む心はなきなめり（参考　九一）

・野分の立ちて、風いと荒らかに窓打つ雨もものの恐ろしきに、例の忍びておはしたり。（参考　九四）

源氏宮を憚り、召人として堀川殿に住まわせるわけにもいかないと思いながら（引用B）、飛鳥井女君には変わらぬ思いを語り、現に野分を押してまで足しげく通うのだった。女君との気ままな旅寝のはずの恋が、いつか抜き差しならない恋へと変わっていくときに顔を出すのは、微妙な〈禁忌〉意識なのである。

女二宮の場合、こうした恋と〈禁忌〉意識の絡みは、より明確であるようだ。

・（女二宮の肌の感触から）かの室の八島の煙焚き初めし折の御かひな思ひ出でられて、こはいかにしつるぞ。もし気色見る人もありて召し寄せられなば、年ごろの思ひはかたがたにいたづらにて止みぬべきか。…〈中略〉…など思すにあぢきなく涙落ちぬべくて、心強く思しのかるれど、後瀬の山も知りがたう、うつくしき御有様の近まさりにいかがおぼえなり給ひけん。（参考　一三〇〜一三一）

女二宮の肌の感触と源氏宮の手の感触が重ね合わされている。むろん、この重なりが狭衣の情動を激しく揺すったに違いないのは、容易に想像がつく。けれども、源氏宮を思い起こすことで、むしろ狭衣には自制の心が生じているのである。このようなところを誰かに見られれば、女二宮の降嫁を願い出ないわけにはいかなくなるだろう。そうなったらもはや、源氏宮との恋などおぼつかなくなる。だから、この情動は自制されなければならない。それが狭衣の論理だ。源氏宮恋慕を背景に、女二宮との恋もまた、ひとり狭衣にとっては〈禁忌〉の恋なのである。

しかし同時に、源氏宮の身体の形代として女二宮が求められるという論理は奥底に沈められたうえで、むしろ〈禁忌〉意識をこそ表出させ、〈禁忌〉との葛藤の果てにこの逢瀬がなされているところを見ると、恣意的なものながら、狭衣においては〈禁忌〉を踏み越える危機感こそが、情動を煽り立てている。そのような論理が読みとられてくるのである。(8)

彼女たちとの恋においても、〈禁忌〉は狭衣の恋の情動を掻き立てるものだといえる。恋の〈禁忌〉化を媒介させては、恋の情動を増幅させる。その際の〈禁忌〉化の恣意性はともあれ、〈禁忌〉の媒介がなければ、恋の情動が活性化しない状況を指示してはいないだろうか。『狭衣物語』には、恋の情動すなわち自然な情のエネルギーを、無媒介に活動させせないコードが見え隠れする。

四　物語のアイロニーと〈禁忌〉

このように、情動を掻き立てるものとして、きわめて恣意的に〈禁忌〉が導き入れられる『狭衣物語』の状況は、物語のいかなる質を反映するのかを考えてみたい。

さて、単に〈禁忌〉が情動を掻き立てるというだけなら、なにもこの物語に限ったことではない。たとえば、『源氏物語』の光源氏においても、それは同様であろう。賢木巻で朧月夜と密会を重ねる光源氏は、次のように語りとられている。

・ものの聞こえもあらばいかならむ、とおぼしながら、例の御癖なれば、今しも御心ざしまさるべかめり。
（新大系一—三五五　以下引用の『源氏』本文も新大系に拠る）

・后の宮も一所におはするころなれば、けはひいとおそろしけれど、かゝることしもまさる御癖なれば、
（一—三八六）

朧月夜は右大臣の六の君で、このとき、朱雀帝鍾愛の尚侍になっている。桐壺院亡きあと、右大臣勢力はそうでなくとも光源氏側を圧迫し、光源氏は宮廷に出仕するのを「うるく〱しく所せく」思い（一—三五九）、藤壺も「戚夫人」の例を出して弘徽殿大后（右大臣方）を恐れているのであった（一—三六四）。そんななかでの朧月夜との密会

は、当然、忌避されるべきこと、いわば政治的な〈禁忌〉であるにもかかわらず、だからこそかえって思いがまさるというのである。〈禁忌〉の色合が滲むからこそ、情動が掻き立てられる光源氏の性向を語りとっている。(9)

そして、賢木巻の朧月夜との密会は、藤壺への思いと並行して語られている。それはまた、藤壺への思いのありかたをも説明づけるものであろう。そもそもこの巻では、〈禁忌〉がいかに光源氏の情動を揺すぶるかを、あますところなく語りとっている。伊勢に下向する斎宮を見て「たゞならず」心動かす光源氏を、「かうやうに、例に違へるわづらはしさに、かならず心かゝる御癖にて」（一―三四九）と語り、この巻で斎院になった朝顔と贈答をかわし、その美しい成長を思いやって、またもや「たゝならず」心を動かす光源氏には、「恐ろしや」「あやしう、やうの物と、神うらめしうおぼさるゝ御癖の見ぐるしきぞかし」（一―三六九）と語り手が批評を加えるほどである。たしかに、『源氏物語』においても、〈禁忌〉は情動を掻き立てるものだった。

だがしかし、光源氏の情動を掻き立ててしまう〈禁忌〉は、決して光源氏自身が恣意的に見出した〈禁忌〉などではない。それらは時の政治権力や、帝の権威が生み出す〈禁忌〉で、光源氏を外側から締めつけていくものである。だから、その〈禁忌〉を侵犯する、あるいは侵犯することに限りなく心惹かれる光源氏からは、右大臣が誇示する政治的な権威はもとより、帝の権威をも犯す暴力的ともいえる情動の強度が窺える。

翻って『狭衣物語』の〈禁忌〉を見てみると、それは狭衣ひとりが恣意的に見出したものにすぎない。しかも犯したからといって身を危うくするわけでもない。その〈禁忌〉を媒介として、初めて思いを打ち明けたり、恋の深みに分け入ったり、また逢瀬に至ったりしているのである。そこには、リスクのない〈禁忌〉を仕掛けて、それを犯すという別の目的を作り出さなければ、恋い焦がれることもできない情動の希薄なり衰弱なりが浮かび上がっているのではあるまいか。加えていうと、恣意的に〈禁忌〉を仕掛け、恋の場面に乗り出してさえ、〈禁忌〉をいい訳にして、ひき下がっていく源氏宮との関係は、あまりにも衰弱した狭衣の情動を露わにしているといわざるをえない。

〈禁忌〉と恋の関係に視点を置くと、『源氏物語』はそこに、光源氏の情動の強度を映し出すが、『狭衣物語』は逆に狭衣の情動つまりは自然な情のエネルギーの希薄もしくは衰弱を映し出すのである。裏返していえば、『狭衣物語』には、恋の情動すなわち自然な情のエネルギーを、無媒介に活動させないコードが見え隠れするのではないか。

『狭衣物語』はたしかに、狭衣と女君たちとのさまざまな恋と、帝位にまで登りつめる狭衣を語っている。しかし、主人公たる狭衣の恋の情動はきわめて希薄であって、恣意的に〈禁忌〉を仕掛け、それを犯すという別の目的を作り出さなければ、恋ができないほどなのである。(10) ならば、向かい合う女君その人自身との恋の物語の内実は、不在ともいえるきわめて空虚なものでしかありえない。そして、それはまた王権の物語の不在を表すものでもあるだろう。帝の権威をも犯す情動の強度あるいは暴力的な性の衝動のないところに、王権の物語のダイナミズムはないのではないか。後の帝位につながる女二宮との逢瀬も、狭衣は自ら仕掛けた恣意的な〈禁忌〉に掻き立てられ、それを犯したにすぎず、帝の権威を犯し帝を相対化するといった質のものではない。狭衣の帝位は、情動の強度に由来した王権の聖性とは関わらず、偶然と神意を梃子《てこ》に、帝の権威を体現しているのにすぎないのではあるまいか。(11)

『狭衣物語』はいかにも恋と王権の物語を語っているように見えながら、その実、それらの空虚を語るアイロニーを演じたといえよう。そして、この物語の〈禁忌〉の恣意性は、そうしたアイロニックな物語の質を映し出しているのだと思われる。

五　『狭衣物語』から『春の雪』へ

ここでは、〈禁忌〉という視座から、『狭衣物語』と「豊饒の海」、とりわけ『春の雪』との転生関係をとらえ、「豊饒の海」が『狭衣物語』批評になっている次第を明らかにして、『狭衣物語』がいかなる文学としてあるのかをつきとめたいと思う。

その前に、『春の雪』に残る『狭衣物語』からの転生の痕跡を、いくつか示しておく。

『春の雪』は日露戦争後七年、明治から大正へと時代の移り変わる年に始まる。そのとき、主人公松枝清顕は十八歳。一方、『狭衣物語』も「三月の二十日あまり」、春から夏へと季節の移ろう候に始まり、狭衣は一七、八歳と語られている。どちらも、背景の時は変わり目の時である。それに照応するかのように、主人公たちも、子供から大人へと脱皮する微妙な歳だ。『春の雪』冒頭は、清顕の視線に添って、「得利寺附近の戦死者の弔祭」と題される索漠とした写真の構図を映し出し、陰鬱な光景だ。『狭衣物語』も、もの悲しい晩春の庭の情景を、鬱々とした面持ちの主人公狭衣の視点から語りとる冒頭であった。ともに、始まりの時への期待はなく、終わりゆく時の衰微を象徴する冒頭だといえよう。

また、その主人公たちの様態だ。清顕の名はしばしば「少年」（四一など随所）に置き換えられる。狭衣はといえば、親からはいまだ「児《ちご》のやうなるもの」（三三）と思われ子供扱いである。二十歳を少し前にした若者ふたりは、子供なのであった。しかもその状態は終盤まで持ち越されている。恋人聡子が清顕の子を堕ろすというその時にも、

『子供』はむしろ清顕自身だった。彼にはまだ何の力も具わっていなかった。」（三三六）とあり、子供である清顕が明示される。狭衣も、源氏宮との関係を、とうとう大人の男女関係に組み替えることができなかった。それは、兄妹のように育てられた子供の頃の時間に踏みとどまっているということだろう。いっぱし恋もし、子供も設け、青年天皇として容儀は整えているものの、軸となる源氏宮との関係において、子供の時間を抱え込んだままなのである。

しかし、ふたりは子供でありながら衰弱しきっている。[12]「そして清顕は、一方では衰え果てた死者でもあり、一方では叱られ傷ついた一人の途方に暮れた子供でもあった」（三一三）とあり、ここに清顕の様態が集約されているようだ。狭衣は、悲恋の積み重ねで「死にもせじとか。まことに身をこそ思ふたまへわびにたれ。」（四六六）などと口にする。恋の苦悩に押しひしがれているのに死にもしないと、なんとも生気のない衰えぶりである。終盤、ふたりの若者は子供でありつつ、衰弱しきった様子をさらけ出している。

さらに、清顕と聡子、狭衣と源氏宮、この二組の擬似きょうだい関係である。清顕は幼い頃、優雅を学ぶべく、中世以降公卿の家柄にある聡子の家（綾倉家）に預けられ、二歳年上の聡子が「唯一の姉弟」（二六）であった。狭衣も源氏の宮とは「ひとつ妹背」（参考三〇）のごとく育てられていた。

背景の時、年齢、子供でありつつ衰弱しきった姿、擬似きょうだい関係。これらの重なりは、『春の雪』と『狭衣物語』とのきわめて似通った雰囲気といったものを醸し出す。ここにはごく一部を掲げたが、実のところ、こうした共通項は枚挙に暇がない。たとえば、主人公の夭折を心配する父親たち（『春の雪』一三頁、『狭衣』三三頁）、過保護なまでの母親たち（『春の雪』一六三頁、『狭衣』三三頁）などなど、いくらでも挙がってくる。『春の雪』は思いの外に、『狭衣物語』の転生を思わせる痕跡を残している。

しかし、先にも述べたように、もっとも注目したいのは、双方における〈禁忌〉のあり方である。そこにおいて、『狭衣物語』から『春の雪』への転生と、『狭衣物語』批評たる『春の雪』像がたどられるように思う。そしてその彼方に、『狭衣物語』から「豊饒の海」への転生も見えてくるようだ。

では、『春の雪』の〈禁忌〉のあり方を押さえたい。『狭衣物語』については前節で見た通り、恣意的な〈禁忌〉を媒介にして、恋の情動が掻き立てられなければ、その自然なエネルギーは停滞してしまうのであった。『春の雪』にも同様なありようが窺える。

まず、姉弟のように育った聡子に対する清顕の感情もなかなか厄介だ。松枝家に滞在するシャムの王子が、清顕に恋人の写真を見せるのだが、清顕はその写真を見つつ、聡子に思いを巡らす。

『これに比べれば聡子は百倍も千倍も女だ』と清顕は知らずしらずのうちに比較していた。『僕の気持をともすると憎悪のほうへ追いやるのも、彼女が女でありすぎるからではなかろうか。又、聡子はこれに比べればずっと美しい。そして彼女は自分の美しさを知っている。彼女は何でも知っている。わるいことに、僕の幼さをまでも』
（五六、傍点は本文のまま）

清顕は聡子に「女」を感じ、その美しさを認める。しかも、王子の恋人と比べてである。これは、清顕が聡子をはしなくも恋人として、それも秀逸の恋人として、心のうちに収めてしまっている様子を映し出すものだ。その一方で清顕は、聡子が何でも知っていて、自分の幼さをも知っていると思う。聡子はいまだ、二歳下の弟にはわからないことを何でも知っていて、弟の幼さを知る姉のような存在でもあった。また清顕は、聡子に過剰な「女」を見ている。その過剰さへの意識は、清顕が男として、女である聡子に追いついていないという意識の裏返しだ。聡子に「女」を意識しつつ、そこでも姉弟の上下関係を意識せずにはいられない。そして、この姉弟の上下意識が、というよりその残滓が、清顕の聡子に対する憎悪を生んでいく。

清顕もまた、長じてなお姉弟関係を新たな段階の男女関係へと組み替えられず、そのせめぎあいによる苛立ちが八つ当たりのように憎悪を生み、その憎悪が恋の情動をたわめてしまっているのである。

しかし、こうした状況が一変する。聡子に宮家との縁談が持ち上がり、勅許が下りたとき、清顕の心に大きな変化が起きる。聡子への恋の情動を抑えることができなくなるのである。

……高い喇叭の響きのようなものが、清顕の心に湧きのぼった。

『僕は聡子に恋している』

いかなる見地からしても寸分疑わしいところのないこんな感情を、彼が持ったのは生まれてはじめてだった。

『優雅というものは禁を犯すことだ、それも至高の禁を』と彼は考えた。この観念が始めて彼に、久しい間堰き止められていた真の肉感を教えた。（一九一～一九二）

宮家の婚約者になった以上、聡子との恋はもはや〈禁忌〉だ。すると、その〈禁忌〉を犯すという考えが、清顕の「久しい間堰き止められていた真の肉感」を解き放ったというのである。事実、この後清顕は聡子と恋に落ちている。ともあれここに、清顕の恋の情動はようやく賦活されるのであった。清顕もまた、〈禁忌〉を媒介にしなければ、恋の情動を発動できないのだといえる。

しかし、この〈禁忌〉にも恣意性がある。清顕はこの縁談を阻止しようと思えば、阻止できたからだ。清顕の父はあらかじめ息子の意向を問うていた。

「実は聡子さんに又縁談があるのよ。これがかなりむずかしい縁談で、もう少し先へ行くと、おいそれとお断りすることはできなくなるの。…〈中略〉…ここは、ただお前の気持どおりに言ってくれればいいのだけれど、もし異存があるなら、その気持どおりを、お父様の前で申上げたらいいと思うのですよ」
　清顕は箸も休めず、何の表情もあらわさずに言下に言った。
「何も異存はありません。僕には何の関係もないことじゃありませんか」（一五九～一六〇）

父は、もう少し話が進むと断れなくなるが、異存はないかと問う。しかし清顕は、何も異存はないと答え、この縁談を後戻りのできないところに押しやり、聡子との恋をみずから〈禁忌〉にしてしまったのである。こんな事態を、『春の雪』は以下のように総括している。

絶対の不可能。これこそ清顕自身が、その屈折をきわめた感情にひたすら忠実であることによって、自ら招き寄せた事態だった。（一九〇）

この〈禁忌〉は明らかに清顕自身によってたぐり寄せられたものだと規定されている。『春の雪』の〈禁忌〉もまた、きわめて恣意的に設定された〈禁忌〉なのである。

しかもその恣意的な〈禁忌〉こそが、清顕の恋の情動を賦活する装置なのであった。『春の雪』も、恋の情動という自然な情のエネルギーを、無媒介には活動させない。ここには、『狭衣物語』と響き合うコードが共有されているとおぼしい。

　さて、『春の雪』はこのコードの何たるかを露わにして、『狭衣物語』を批評するスタンスを確保しているように見える。以下、その点をつきとめていきたい。

　清顕が聡子との〈禁忌〉の恋に駆り立てられたときの、彼の心が注目される。重複するが、それをもういちど引用する。

『優雅というものは禁を犯すことだ、それも至高の禁を』と彼は考えた。この観念が始めて彼に、久しい間堰き止められていた真の肉感を教えた。（一九二）

「優雅というもの」は〈禁忌〉を侵犯することだと了解されたとき、初めて清顕に恋の情動をほとばしらせたというのである。しかも、清顕が志向していたのは、「優雅」だったと明かされる部分でもある。つまりこういうことだろう。〈禁忌〉のないところで、恋の情動を活動させるとしたら、それは「優雅」ではない。だからこそ、恣意的に〈禁忌〉が設定されなければならなかった。こうした事情が見えてくる。

では、その「優雅」とはどのようなものなのか。『春の雪』では、志向される「優雅」に対して、忌避されるものが示され、「優雅」の輪郭も鮮明になる。ある雪の朝、清顕と聡子は雪見に出かけ、始めて唇を合わせる。その場面をふまえて、清顕の傾向が端的に説明されているので、それを引く。

雪見の朝のような出来事があり、二人が好き合っていることが確かならば、毎日ほんの数分間でも、逢わずにはいられぬというのが自然ではなかろうか？

しかし清顕の心は、そんな風には動かなかった。風にはためく旗のように、ただ感情のために生きるという生き方は、ふしぎにも、自然な成行を忌避させがちなものである。（一一三）

清顕が忌避するもの。それは「自然」であるという。雪の朝のくちづけは、清顕に「忘我」を知らせ、「幸福の所在」を確かめさせたはずなのである（九九）。しかし、「自然な成行を忌避」する清顕の傾向は、頭をもたげた恋の情動を停滞させてしまう。子供から大人への自然な成長のなかで、蓄えられていった自然な恋のエネルギーは、「自然」を忌避する清顕の傾向によってたわめられていたのだといえよう。姉弟関係にこだわる清顕の心の内実は、成長し恋をする「自然」への抗いであったのだろう。

清顕は、恣意的に〈禁忌〉をたぐり寄せ、それを媒介として、停滞する恋の情動を賦活するわけだが、そこでようやく見出したものが「優雅」であった。思えば、清顕は「優雅」を学ぶべく綾倉家に預けられていた。しかし、どうやらそれは、とらえどころのないものだったようだ。そういう公家の「優雅」を体現する志向と、「自然」を忌避する傾向が、聡子との禁断の恋に向かう過程で、対をなして提示されている。『春の雪』が描き出した図式は、「優雅」と「自然」の分節であった。『春の雪』において、「優雅」はおよそ「自然」の対極にあるものだ。

だとすると、恋の情動という自然な情のエネルギーを、無媒介には活動させないコードとは、すなわち「優雅」だったということになるのではないか。するとこれは、類似のありようを示す『狭衣物語』を規制するコードとしても立ち現れてくる。

考えてみれば、「優雅」は「みやび」といいかえられる。ならばそれは、まさに平安の文化コードともいえるものだ。たしかに、「みやび」は「都振り」のことで、「鄙び」「里び」と対をなす。「鄙」や「里」の自然とは対極にあるものだ。そして、しばしば都市的な「みやび」は、自然あふれる「鄙」や「里」を蔑み抑圧するのでもあった。『春の雪』は「優雅」と「自然」を対極に配置し、その「優雅」を「自然」への抑圧のコードとして露わにする。それは、多くの類似点を持ち、時まさに平安後期の物語である『狭衣物語』に、きわめて明快でわかりやすい解釈を与えたことにもなる。『狭衣物語』は「優雅」をまとい、あるいは「優雅」に侵されて、自然な恋の情動を規制された物語なのだと。『狭衣物語』を規制するコードはあからさまには見えない。頽廃、衰弱、淫猥等々の評価は、コードの見えづらさに由来するのではなかろうか。その見えない見えづらいコードを解釈するような、メタレベルの物語『春の雪』は、『狭衣物語』に対する良質な批評なのではあるまいか。

六　「豊饒の海」からの批評

『春の雪』と『狭衣物語』は、しかし、〈禁忌〉の質の違いからか、きわめて対蹠的な成り行きを示す。清顕は自ら仕掛けたものにしろ、〈禁忌〉を犯し、ともあれ天皇の権威を犯して、夭折を遂げる。[13] しかし狭衣の仕掛けたさまざまな〈禁忌〉は犯そうが犯すまいが、帝の権威とはかかわらず、狭衣はむしろ帝の権威を体現してしまう。そして、夭折を遂げるわけでもなく、かといって立派に成人できたわけでもなく、老いを抱え込んでいくのである。[14] これも『春の雪』が『狭衣物語』に転生した逆説的徴証だといえようか。

しかし、「豊饒の海」と『狭衣物語』は、その行き着く先にまた、転生の跡を見せる。

まず「豊饒の海」だが、『春の雪』は清顕が二十歳で夭折を果たし、貴種流離の物語として、きれいに完結している。ただ、その基盤である恋の情動は「優雅」にたわめられ、禁忌をたぐり寄せなければ発動しないような衰弱したものであった。抑えてもほとばしる自然な情の強度はない。にもかかわらず清顕の友で「豊饒の海」四巻の狂言回しともいえる本多は、清顕の情動に強度を見出し、その反復を欲望する。そして、本多がいつしか狂言回しの役どころから逸脱した存在になるのはさて措き、ともあれこういう本多の欲望と、〈清顕→勲→ジン・ジャン→透(?)〉と「豊饒の海」四巻各々に清顕の転生を見出す本多の認識で、「豊饒の海」は統括されていた。ところが、最終巻『天人五衰』に至って、本多の認識に綻びが生ずる。清顕の転生を認めていた透の真贋が疑われてくるのだった。最後は、『春の雪』で清顕の子を堕ろし出家してしまい、これまで転生の物語の外部にいた聡子が現れ、本多にこういう。

いいえ、本多さん、私は俗世で受けた恩愛は何一つ忘れはしません。しかし松枝清顕さんという方は、お名を聞いたこともありません。そんなお方は、もともとあらしゃらなかったのと違いますか？　何やら本多さんが、あるように思うてあらしゃって、実ははじめから、どこにもおられなんだ、ということではありませんか？

（三〇〇）

聡子は、転生の物語の発端にいる清顕を、本多が思い込んでいるだけで、初めから存在していなかったのではないかという。もはや『天人五衰』の透が清顕の転生であるかないかの真贋どころではない。清顕という存在が否定されているのである。

それにしてもまず透の真贋だが、転生とはそもそも、いかなる保証もないところでなされるのではなかったか。この点は『春の雪』の唯識論議のなかで、すでに示されていた。三つの黒子をスティグマ（聖痕）と認め、清顕、勲、ジン・ジャンを転生の糸で繋げ、透を繋げそこなっているのも、本多の認識においてである。ほんとうは勲以下、誰にも転生の客観的保証などない。スティグマを持った透の真贋が疑われるとき、転生の認定自体の危うさこそが暴かれるのであり、それは同時に、勲やジン・ジャンの真贋さえも疑わせかねない。転生であるのかどうかなど人知を超えたものだと、『天人五衰』に至って、屋台崩しがなされているのだろう。透の真贋を云々するのはナンセンスなのではないか。

しかし、「豊饒の海」『天人五衰』の屋台崩しはもっと大掛かりだ。清顕が不在化されているのである。抗う本多に対して聡子は、人の「記憶」は「幻の眼鏡のようなもの」だともいう。本多は叫ばずにはいられない。

それなら、勲もいなかったことになる。ジン・ジャンもいなかったことになる。……その上、ひょっとしたら、この私ですらも……

（三〇一〜三〇二）

転生の糸が切れかけているだけではない。本多が転生の糸で繋いできた者たちの、存在そのものが揺らいで崩れかけているのだ。そうして、本多自身の存在も、もうたしかなものではない。いやむしろ、いま音もなくそれらが崩れたのである。

この庭には何もない。記憶もなければ何もないところへ、自分は来てしまったと本多は思った。庭は夏の日ざかりの日を浴びてしんとしている。……（三〇三）

これが、よく引かれる「豊饒の海」の最後の場面だ。清顕の不在化は、清顕の物語の不在化である。そしてそれは、清顕と転生の糸で結ばれた者たちと、その者たちの物語をも不在化する。本多が欲望し、本多の認識が統括してきた「豊饒の海」は、跡形もなく崩れ落ちた。壮大な転生の物語であったはずの「豊饒の海」は、まず透によって大きく揺るがされる。さらに追い討ちをかけるように、聡子という外部が立ち現れたとき、「豊饒の海」は本多の認識のうちに構築されたものでしかないことが突きつけられ、本多のなかで自閉し、崩れ去って、何もない。「豊饒の海」は『春の雪』を発端に、壮大な転生の物語を仕組み、『天人五衰』一巻をかけて、大掛かりな屋台崩しをおこなって見せたといえるだろう。最後の空虚、これほどのものはないというほどの空虚を構築するための、大掛かりな舞台。それが「豊饒の海」だったのではあるまいか。(15)

基盤を崩すことですべてを崩す。この仕掛けの要は清顕だ。そもそも、本多が清顕に見出した情動の強度は、「優雅」を体現すべく、恣意的に〈禁忌〉をたぐり寄せ、それを媒介に燃え立たせたものに過ぎない。自然な情の強度などではなく、「優雅」にたわめられた「自然」の、むしろ衰弱した姿でしかなかった。しかし、認識者本多は最初から誤認してしまったのである。聡子がいないという清顕は、この本多によって誤認された清顕なのではないか。聡子には、清顕の心の傾きは、わかっていたはずだ。聡子こそ公家の生まれで、清顕の「優雅」の手本であったのだから。聡子にとって、本多の語る清顕は不在なのである。「豊饒の海」の大掛かりな屋台崩しの仕掛けは、清顕を誤認する本多のなかに、初めから施されていたといえよう。

そして、清顕と共犯関係を結ぶかのように「優雅」を体現し、おまけに宮家への不敬を出家で贖うという、さながら平安物語を演じてくれた聡子が、この仕掛けに手をかけ、一気に屋台崩しを完成させる。「優雅」の共犯者聡子によるこの幕引きは、「優雅」とは空虚を構築することだ、そういう認識を示しているのではあるまいか。

『狭衣物語』に戻る。そもそも『狭衣物語』は、恋と王権の物語を語るかに見え、実はその不在を語るというアイロニーを演じていたわけだが、この物語もまた終盤において、その基盤に否を唱え、さらなる物語の空虚を語っていく。巻四に至って、これまで秘してきた源氏宮恋慕が、いちど表面化する。

名を惜しみ人頼めなる扇かな手かくばかりの契りならぬに（参考　四三八）

手紙を交わすだけでなく、逢瀬を持つはずの間柄だという意味深長な歌が、源氏宮を思えば惑乱する狭衣から源氏宮に贈られ、しかもこれが父堀川院の目に触れる。が、父堀川院の反応はこうだ。

いとかばかり多くの年月を経て、思し焦がれ惑ふ御心とも知らせ給はねば、ただ大方のことをのたまはせたるとのみ御覧じて、御手をのみ珍しからん人のやうに、袖のいとまなくおし拭ひつつ、めでゐさせ給へり。（参考　四三八）

単に儀礼的なものとして受けとられ、狭衣の恋の情動は全く掬いとられていない。これは、長年、押し隠されてきた彼の恋の情動などは、ついに存在していないのも同然であることを、父堀川院の視点を借りて宣告しているのだといえよう。しかし、源氏宮への、希薄ながら恋の情動があって（つくられて）、その恋が不可能であるがゆえに、彼の恋の情動は、希薄なままに次々と転位されたのではなかったろうか。内実は空虚であれ、それが『狭衣物語』のいわゆる恋の物語なのであり、それに絡んで狭衣即位の物語も立ち上がってきたのであった。ところが、物語は終盤において、物語の基盤となるこの恋の情動を否認する視点を提示したのである。それはすなわち、そのような情動を転位させて繰り広げられた物語そのものの空虚に、物語自体が言及していく視点でもあるのではないか。『狭衣物語』も『春の雪』も、語っているのは恋や王権の物語ではなく、廃墟のように不毛な、空虚そのものだったのではあるまいか。『狭衣物語』から『春の雪』、そして「豊饒の海」への転生は、精緻に構築された空虚の転生だったといえるのではないだろうか。空虚を構築する逆説的な物語の営為に、転生の糸をとらえておきたいと思う。

ここで意識されるのは、薫に焦点を当てたときの『源氏物語』第三部であろう。薫もまた、向かい合う女君との、直接的で力強い恋とは無縁であって、恣意的な〈禁忌〉を媒介にしているわけではないが、常に媒介を、たとえば匂宮という第三項を必要としているようだ(16)。そういう薫の物語を、物語自体がとことん相対化する。もっとも痛烈なのは、夢浮橋巻で、「いかであさましかりし世の夢語りをだに」(五―四〇五)という薫の手紙に対して、浮舟が「昔のこと思ひ出づれど、さらにおぼゆることもなく、あやしう、いかなりける夢にかとのみ心も得ずなむ」(五―四〇六)といってのけるところであろうか。ここは、「豊饒の海」最終場面における聡子との重なりも注意されるのだけれども、やはり、聡子がすでに老境の、艶ではあるが肉体的存在感を捨象して、行い澄ました門跡になりおせているのに対し、浮舟がいまだ若い肉体(自然)と向かい合ったままであるという差異は大きい。聡子は物語をひっくり返す視点でしかないが、浮舟にはまだ物語が託されている。「出家の後の出家」(『春の雪』三五九)が問われ続けているのではなかろうか。たとえ、薫の愚かともいえる姿を映して物語が終わっていようと、浮舟は薫の物語をひっくり返し、自らに物語をひきつけ、そのただなかにあるのではないか。『源氏物語』は物語を完結させないことで、同時に、物語を空虚として完結させることを拒んだとはいえないか。

こういう『源氏物語』第三部を批評する形で、『狭衣物語』は『源氏物語』が拒んだ空虚そのものとしての完結をなしたのだと思われる。この空虚としての完結において、『狭衣物語』から「豊饒の海」への転生を読みとりたいと思う。

『春の雪』は『狭衣物語』を規制するコードに「優雅」という解釈を与えて批評するがごとき小説であった。さらに、「豊饒の海」は『狭衣物語』のような文学の行方を見据え、極限まで推し進めたところに位置している。これもまたひとつの批評的あり方ではあるまいか。

『狭衣物語』は「豊饒の海」に転生して、もっとも良質にして毒のある批評を受けたように思う。「自然」をたわめ衰弱させる「優雅」の甘い毒。それをコードとした物語の行き着く先は、どうしようもない不毛であり、いいようのない空虚であると。しかしむろん、不毛や空虚の構築という文学的営為が、それ自身不毛であり空虚であるのではない。この絶望的で逆説的な営為にこそ、むしろ文学の強度を認めるべきではないか。

注

（1）引用本文は内閣文庫本により、参考として引用箇所に該当する大系の頁数を示した。

（2）『春の雪』後注（新潮文庫　四〇九頁）。なお、引用本文は新潮文庫一九九三年の三六刷（旧版で最近のものとは頁数がずれる）に拠り、括弧内に頁数を示す。

（3）藤井貞和・利沢行夫「三島由紀夫をめぐって」（『解釈と鑑賞』一九七八年十月）での藤井発言が初めての言及であろう。
（4）千原美沙子「源氏宮論その1―源氏宮像の形成」（『古典と現代』一九六七年四月）。
（5）日本古典全書『狭衣物語 上』（一九六五年 朝日新聞社刊）、三九六頁参照。
（6）狭衣が大人としてみなされていくのは、儀礼としての元服の後ではなく、天稚御子事件の後だといえる。その点については本書Ⅰ第1章で詳細を論じた。
（7）「かうたく」は西本「らうたく」。「らうたく」の誤写かと思われる。
（8）身体の感触の重なりばかりでなく、垣間見から逢瀬に至る場面全体のなかで、物語のさまざまなことばが、女二宮を源氏宮の〈形代〉だと位置づけている点については。本書Ⅰ第3章およびⅢ第2章で詳述した。しかし狭衣の意識においては、〈形代〉として逢瀬がもたれたのではない。終始一貫、狭衣は女二宮を〈形代〉だと認識していない。むしろ狭衣においては、恣意的ながら〈禁忌〉意識から逢瀬へという流れが重要なのだと思われる。そしてそのような逢瀬を、物語はさらにことばのレベルで、〈形代〉との恋として位置づけているのだと思われる。
（9）朧月夜との密通が、皇妃侵犯とは一線を画すものであることは、後藤祥子「尚侍攷」（『日本女子大学国語国文学論究』一九六七年六月↓『源氏物語の史的空間』一九八六年 東京大学出版会刊）で、明らかにされている。そうでありながら、一方で物語はそれを、藤壺への犯しと照らし合わせ、光源氏の根源的な違反性、および王権の担い手としての資質を生成している（三谷邦明「源典侍物語の構造」『源氏物語の世界』二集一九八〇年 有斐閣刊↓『物語文学の方法Ⅱ』一九八九年 有精堂刊、久富木原玲「朧月夜の物語―源氏物語の〈禁忌〉と王権―」『源氏物語の探求 第一五輯』一九九〇年 風間書房刊↓『源氏物語の呪性』一九九七年 若草書房刊など）。
（10）式部卿宮の姫君の場合、〈禁忌〉意識は介在していない。しかし、宮の姫君をひきとって以後、狭衣の思いが急速に色褪せていくのは、逆に〈禁忌〉意識の必要性を裏づけている。また、そんな姫君との関係にしても、直接的な関わり方ではない。さまざまな女君を重ね合わせて求められ、最終的に源氏宮の〈形代〉として定着するが、ついに〈形代〉以外のなにものでもありえず、姫君その人自身との恋が不在化されていることに変わりはない。さらにいえば、姫君との物語がかなり若紫巻を意識させる点はすでに指摘されている（土岐武治「源氏物語若紫巻と狭衣物語との交渉」『立命館文学』一九六三年十月→『狭衣物語の研究』一九八二年　風間書房刊が詳細）が、甥にあたる東宮に宛てられた姫君の歌を見て、狭衣は「まだいと幼げなる御手なども、なかなか心安き方にても」（参考三七二）と、東宮に入内するにはまだ幼い姫君を確認して安心している。姫君には幼さが付与されているようだ。けれども、狭衣が姫君に熱心になるのは、むしろそんな幼さを確認した後である。東宮との三角関係もさることながら、また源氏宮の〈形代〉として構想されているのだから当然だといってしまえばそれまでだが、唯一〈禁忌〉を必要とされていないのが、結婚にはまだ早い（恋の相手として想定しなくてもよい）幼き少女だという点も、狭衣の情動の希薄さなり衰弱ぶりなりを表しているように思う。

(11)　帝の権威を越える王権を不在化させるとともに、同時にこの物語は帝位というものを相対化している。自閉的で他者が存在しないような人物で、他者がそれに触れれば不幸になり、当人は不可能にあえいでいるような人物こそが、神意にかない、帝位に即くに相応しいといった視点を提示して、帝位というものをきわめて皮肉に相対化しているのだといえる。

(12)　井上眞弓「『狭衣物語』における語りの方法―第一系統冒頭部より―」（『日本文学』一九九一年十二月→『狭衣物語の語りと引用』所収「語りの方法―少年の春―」二〇〇五年　笠間書院刊）は、冒頭の狭衣に老いを読んでいる。

(13)　『春の雪』には日輪の法（天皇の法）と月の法（仏教の法）があり、前者は犯せても後者は犯せない、そこに物語継続のポテンシャリティがあるという（小林康夫「無の透視法―「豊饒の海」論ノオト」『ユリイカ』一九八六年五月、浅田彰・島田雅彦『天使が通る』一九八八年　新潮社刊における浅田発言）。たとえば女二宮の場合、論じてきたごとく源氏宮への一途な恋心ゆえに〈禁忌〉なのであり、天皇の法を犯す〈禁忌〉の緊張感は排除されているが、結果的には天皇の法を犯している。また、物語最終の場面で、狭衣は視線と〈ことば〉で仏教の法の埒内にある女二宮を犯しているが、禁断の恋には走っていない（本書Ⅲ第2章）。天皇の法と仏教の法をめぐって、『春の雪』と『狭衣物語』の関係はさらに深く考察する余地を残している。加えて、「豊饒の海」と〈物語〉の関係を考える視点として注意される。が、本論では天皇の権威をめぐる対蹠的な成り行きを指摘するにとどめる。

(14) 注（12）井上眞弓論文。だが、夭折を果たした清顕にしても、衰え（老い）を抱え込んでいるのは第五節で見たとおりだ。しかしむしろ、二十歳で成人の時間だけを置き去りにしたからこそ清顕は夭折するのであろう。狭衣はその夭折が閉ざされ、子供でもなく大人にもなりきれずにとり残されているのである（本書Ⅰ第1章）。

(15) 「豊饒の海」の至りついた空虚については、注（13）前掲小林康夫論文（そこでは「無」ということばで表されている）、同じく注（13）前掲書の浅田彰発言に、詳細にして要を得た説明がある。

(16) 神田龍身「分身、差異への欲望—『源氏物語』「宇治十帖」—」（『源氏物語と平安文学　第1集』一九八八年早稲田大学出版部刊→『物語文学、その解体—『源氏物語』「宇治十帖」以降』一九九二年　有精堂刊）。また神田論はそのなかで「浮舟物語とは光源氏にかかわる中心生成の物語であったと言えなくもない」という。示唆的な発言で賛同しうると考えている。

第２章『とりかへばや』の異装と聖性——その可能性と限界をめぐって

一　『とりかへばや』と異装

『とりかへばや』（今本を指し、『今本』と略称する場合がある。散佚古本は『古本とりかへばや』『古本』と称して分ける）は、内気な若君とやんちゃな姫君の男女きょうだいが、それぞれ若君は女装を、姫君は男装をといった具合に、異装をまとったまま成長・成人し、あろうことかそのままの状態で双方が出仕に及び、物語に緊張と波乱を導き入れる。そして、双方が異装をほどき徐々に波乱も収まり、物語は概ねのところめでたいといっていい大団円を迎える。『とりかへばや』の趣向の妙は、このきょうだいの、とりわけ姫君の異装とそれからの脱却という点に求めてよいだろう。[1]

『とりかへばや』を特徴づける異装については、主体性解体などの興味深い観点から、さまざまな論議がなされているが、いま少し別の角度からの分析が可能なように思う。本稿では特に、姫君の異装に秘められた聖性とその[2]

限界を詳細に追うことから、『とりかへばや』の異装とは何であったのかを改めて問うてみたい。同時に、異装をほどき大団円に向かうこの物語のあり方についても考え直してみたい。そこから、中古・中世の境界域にあって、いわゆる鎌倉時代物語の嚆矢になっている『とりかへばや』のありようと、そこに内在するこの物語の批評的スタンスとをとらえていきたいと思う。

※なお本論では、以後、姫君を一貫して女中納言と呼称する。その他の人物ついても、原則として最初に用いた呼称で統一する。

二　女中納言の超越的主人公性

女中納言の異装には、いかような聖性が秘められているのかを見る前に、まずもって女中納言の超越的主人公性といったものがどのように打ち出されているのかを確認しておきたい。先どりしていえば、それはきわめて類型的だ。が、いかなる類型に則ったものであるのかを確認することで、女中納言の主導する物語と平安の物語との連接の一端を明らかにしておきたいのである。

では、女中納言の超越的主人公性を表していると思われる部分を、いくつか見てみる。

・御出で居にも、人々参りて文作り、笛吹き、歌うたひなどするにも走り出で給ひて、もろともに人も教え聞こえぬ琴笛の音も、いみじう吹きたて弾きならし給ふ。(一八(3))

・西の対にわたり給ふに、横笛の声すごく吹きすましたなり。空にひびきのぼりて聞こゆるに、我が心地もそぞろはしく、めづらかなり、(一一一)

・かやうの君たちは、おのづからしどけなくもあるを、かれはいといみじく、今よりはかばかしく、才かしこくて、おほやけの御後見に生ひ出で給ふ。琴笛の音も天地をひびかし給へるさま、いとめづらかなり。読経うちし、歌うたひ、詩など誦じ給へる声はさまことに、斧の柄も朽ちぬべく、ふる里忘れぬべし。何事もさらに飽かぬことなき御有様を、かくのみおぼし乱るるぞいとほしかめる。（一―二）

これらは、人物紹介といえる部分からの引用であるが、いずれにも、この世のものとは思われない音楽の才が語られている。また最後の引用部分においては、漢学に秀でた様子も語られている。なお読経の声を含め、その声のすばらしさが語られているのは、平安後期以降の特色として、いささか注目されるところである。それはともあれ、こうした楽の才・漢学の才が主人公の超越性を裏打ちするのは、もはや物語の常套手段といっていいだろう。そこで、『源氏物語』『狭衣物語』といった平安期の物語に目を転じてみたい。

『源氏物語』のスーパーヒーロー光源氏の超越性は、まず楽の才・漢学の才にその片鱗を現す。

わざとの御学問はさる物にて、琴、笛の音にも雲居を響かし、すべて言ひつづけば、ことことしううたてぞなりぬべき人の御さまなりける。（桐壺一―一九）[4]

『狭衣物語』の主人公狭衣は、仏の化身ではないかと噂される人物だが、明示的な超越性となると、それもまた楽の才・漢学の才から導き出される。

光り輝き給ふ御かたちをばさるものにて、心ばへ、まことしき御才などは、高麗・唐土にも類なき様にぞ思ひ聞こえためる。…〈中略〉…また、琴笛音《ママ》につけても雲居をひびかし、この世のほかまですみのぼりて、天地を動かし、人の心も驚かし給ふべければ、いとあまりゆゆしう親たちもおぼして、…〈中略〉…ものうち誦じ、催馬楽謡ひ、経など読み給へるは、聞かまほしう愛敬づき、……（参考　三五）[5]

漢学の才については、『宇津保物語』(俊蔭像)からの影響も考慮に入れるべきだが、それは指摘にとどめ今は措く。ここでは、女中納言の超越的主人公性が、明らかに光源氏や狭衣のそれを踏襲している点に注目したいのである。しかも、読経の声の美しさが加わるなどして、それは光源氏・狭衣の重層的な踏襲だ。

『とりかへばや』は、女中納言を軸とする「女の物語」(6)であり、かつ『竹取物語』に繋がる、聖女〈かぐや姫〉の物語(7)であると考えられている。たしかにそのとおりなのだが、女中納言の超越的主人公性が、異装に由来するにせよ、光源氏や狭衣などの、いわば男〈かぐや姫〉(8)の系譜にも繋がっているという点は重要なのではないか。つまり、『とりかへばや』は「女の物語」の系譜上にあるのみならず、『源氏物語』正編や『狭衣物語』の系譜上にもあるということなのである。本節では、まずその点を確認しておきたいと思う。

三　異装の聖性

前節では、女中納言の異装が、『とりかへばや』を『源氏』『狭衣』といった、男〈かぐや姫〉の物語に連接させている次第を押さえたわけだが、本節では、女中納言の異装には、いかような聖性が秘められているのかについて考えていきたい。

女中納言の異装の聖性といっても、そうすんなりとは現れてこない。そもそも女中納言の生物学的性(セックス)は女であるから、当然その社会的性役割(ジェンダー)も、女であるのを期待される。しかし、女中納言は期待されるジェンダーを担うことができない。そこで父親——ここでの父親は社会常識を体現する存在でもある——は女中納言に、社会的不適合とでも訳せばよいだろうか、「世づかず」という視線を向け、その存在をネガティブなものとしてみなしていく。この「世づかず」という思いは、確実に女中納言にも植えつけられ、両者の心内語を通して、異装の女中納言には「世づかず」ということばが張りめぐらされる。女中納言の異装、さらに異装の女中納言という存在自体に、「世づかず」ということばで象徴されるネガティブな質がべったりと貼りついているのである。

しかし、女中納言をネガティブな存在へと押しやるこの異装にこそ、光源氏や狭衣において見失われた、〈かぐや姫〉としての聖性の本質に通じるものが秘められているのではないか。本節ではその点をあぶりだしておきたいと思う。

表面上はきわめてネガティブなものとして語られているが、セックスとジェンダーのねじれがどのような事態をもたらしているのかをとらえ、異装に秘められた〈かぐや姫〉としての、しかもその本質ともいえる聖性をあぶりだしてみたい。

帝はこの女一宮の御事を、朝夕にうしろめたくおぼし嘆きて、この侍従（女中納言）の有様の、この世の物とも見えずなりゆくを、この宮の御後見をせさせばやと、御覧ずるたびごとに御目とどまる。……〈中略〉……かやうの御けしきをもり聞き給ふにも、殿は胸うち騒ぎて、あはれ、かからざらましかばいかに面目ありてうれしからましと、口惜しく心憂きものから、すこしほほ笑まれてぞ聞き給ふ。（一一六）

そのずば抜けた容姿・才能を見込み、帝（朱雀院）は女中納言を愛娘女一宮の婿にと考える。しかしながら、女中納言のセックスも女であるから、土台それは無理な話なのであった。胸騒ぎ、痛恨の思い、いささかの可笑し味を交錯させた父親の心情が、それを如実に語っている。

内裏わたりにも、御方々の女房などは見るごとに心化粧せられて、つゆの一言葉もいかでかけられしがなと見えしらがひけり。よからぬ身を思ひ知りながら、ありそめにける身をえもて隠しやる方なくて交らふにこそあ

れ、なにかは目のとまらん。いとまめやかにもてをさめたるを、さうざうしく口惜しく思ふ人多かり。（一一六）

宮中でも、女中納言は女房たちの人気の的であり、恋の誘いも多い。ジェンダーは男であっても、さすがに女房たちに目を向けることなく、生真面目で色好みならぬ廷臣ぶりを発揮するよりない女中納言であった。セックスとジェンダーのねじれが、社会的には男として生きている女中納言に、ジェンダーに見合った結婚の不可能を、男としての結婚の不可能を強いている。これらふたつの引用は、そうした事情を語りとったものだといえよう。

『とりかへばや』はまた、その正反対の状況をも語りとっている。

九月十五日、月いと明かきに、御遊びにさぶらひて、御宿直なる夜、梅壺の女御のまうのぼり給ふを、わざとゆかしくはあらねど、藤壺へ通る塀のわたりに立ち隠れて見れば、…〈中略〉…女御は御几丁うるはしくさして、いみじくもてなしかしづかれ給ふさまの心にくくめでたきを、あはれ、我も世の常の身をも心をももてなしたらましかば、かならずかくてぞおりのぼらまし、あないみじ、ひたおもてに、身をあらぬさまに交らひありくは、うつつの事にはあらずかし、と思ひ続くるに、かきくらさるる心地して、（一二二）

女中納言は物陰から、梅壺の女御が帝の許に参上するのを目にする。そして、自分も通常の身であれば、このように入内し、帝の許にも参上したであろうに、と思わずにはいられないのだった。傍線部の反実仮想は、女中納言がまぎれもなく男として生きていて、である限り入内などかなうべくもないと、自身で認識した瞬間であったろう。セックスとジェンダーのねじれは、女中納言にそのセックスにふさわしい結婚、女としての結婚の不可能をも強いている。ここにはそんな事情が語られているのだといえる。

異装によるセックスとジェンダーのねじれは、たとえば両性具有の状態としてとらえられたりもする。たしかに、女中納言は異装によって両性を経験・体験しているのであるが、であるがゆえに両性から疎外されている一面を見逃してはならないのではないか。女一宮との結婚話を耳にした父親。ありえぬ入内を思い描いてしまった女中納言。両者の痛恨の思いは一対をなしている。そしてそれらは、女・男双方としての結婚の不可能という事態を通して、女中納言がいかに両性から疎外されているかを明らかにしているのである。

だが、女中納言を両性からの疎外へと追い込んでいく異装は、ネガティブな側面しか持ちえないのではない。むろん『とりかへばや』がネガティブな側面を強調しているのも事実だし、ネガティブな異装からの脱却が物語の重要なモティーフであるのも事実だ。しかし、そこに話を進める前に、異装に秘められた聖性というものをとり押さえ、そのうえでそれが踏みにじられていく物語『とりかへばや』について考えていきたいと思う。

そもそも女・男双方から疎外され、そのいずれとしても結婚できないという事態がネガティブであるとすれば、それは地上の論理なり価値観なりによったものではあるまいか。そこで〈かぐや姫〉の物語の原型『竹取物語』を参照してみる。

翁、「うれしくものたまふものかな」と言ふ。「翁、年七十にあまりぬ。今日とも明日とも知らず。この世の人は、男は女にあふことをす、女は男にあふことをす。その後なむ、門ひろくもなり侍る。いかでか、さることなくてはおはせむ」。かぐや姫のいはく「なんでふ、さることかし侍らん」といへば、「変化の人といふとも、女の身持ち給へり。翁のあらむ限りは、かくてもいますかりなむかし。この人々の、年月をへて、かうのみいましつつのたまふことを、思ひ定めて、一人一人にあひたてまつり給ひね」と言へば、(9)(八)

翁が「かぐや姫」にいい聞かせている内容は、地上の論理・価値観といったものだ。この地上では、男女は結婚して家門を広げるべきものであり、たとえ「変化の人」であっても、この地上で、女の身で存在する限り、男と結婚するものなのだというのである。しかし、「かぐや姫」の「かぐや姫」たるアイデンティティは、まさにこの地上の論理・価値観から逸脱した存在感において保持されているのではなかったか。それは『竹取物語』そのものが提示していることである。さらに『源氏物語』絵合巻で左方（光源氏後見の梅壺方）が、『竹取』にはこれといって見るべきものもないようだが、「かぐや姫のこの世の濁りにもけがれず、はるかに思ひのぼれる契たかく……」（二―一七六）として、その一点において『竹取』を提出しているのを見れば、『竹取』の、そして「かぐや姫」の真骨頂が、この世の濁りに穢れぬ非婚に見出されるべきは、もはや明らかではあるまいか。

翻って考えるに、『とりかへばや』の異装とは、女中納言を非婚の聖女たらしめるシステムそのものであったといえる。翁同様、地上の論理枠に収まりきっている父親の視線、心情、その影響下にある女中納言自身を通して、異装はネガティブな側面を強調されている。けれども、女中納言の異装には、実は、『竹取』の「かぐや姫」に通じる、非婚の聖女〈かぐや姫〉としての聖性が秘められていたのではなかったか。男〈かぐや姫〉である光源氏や狭衣を見ると、光源氏についてはいうまでもなかろうが、狭衣には、源氏宮に対するかなわぬ恋へのこだわりに、一面、非婚の〈かぐや姫〉への幻想を窺いうるものの、反面、その抑圧された恋心が別の恋の原動力にもなってしまっている。結局、いずれも非婚の聖性は重要なモティーフとはなりえず、見失われていったものだった。『とりかへばや』の異装には、『源氏』『狭衣』で見失われた、非婚の〈かぐや姫〉の聖性が秘められていたことを、まずは確認しておきたいと思う。なお指摘にとどめるが、男尚侍（若君）の異装も、原理的には同じである。

四　聖性の阻害

女中納言の異装には、『源氏』『狭衣』で見失われた、非婚の聖女〈かぐや姫〉の聖性が秘められている点については、前節で論じた。それはつまり、『とりかへばや』が新たな角度から、〈かぐや姫〉の物語を再建しようとしているのだと換言できるだろう。しかし、物語はきわめて早い段階で、というよりほとんどのっけから、その再建を挫折させてしまっている。上述の点を確認したうえで、〈かぐや姫〉の物語に対する『とりかへばや』のスタンスについて、平安期の物語への批評性という観点を交えつつ、考察していきたいと思う。

異装によるセックスとジェンダーのねじれは、女中納言に非婚を余儀なくする事態であったはずなのだが、右大臣四の君との形ばかりの結婚がなされる。

右大臣殿の女御、后に居給はずなりぬるを、飽かず口惜しくおぼして、…〈中略〉…(四の君は)それ(女中納言)におぼし定めて、父大臣にも聞こえ給へば、をかしとおぼしながら、何かは、いかにいひてかあるまじき事とはものせんとおぼして、「いかなるにか、かやうに世づきたる心は、ゆめにも侍らざめるは。さりとも、まめやかなる方ばかりは、いとよく人に御覧ぜらるべきものに侍る」と、うけひき申し給ひつ。北の方にかくなんとのたまふに、「児めかしからん人のむすめの、あやしなど思ひとがめ言ふべきならず。ただうち語らひて、人目を世の常にもてなして、出で入りせよかし」と、うち笑ひて、「よき後見なり」とのたまふ。

(一一八～一一九)

娘の入内が立后につながらない現実を見た右大臣は、ならば四の君は女中納言にと思い立ち、正式に申し入れる。

となると、秘密を明かすわけにもいかず、父親は断りようがない。加えて母親は、所詮世間知らずの娘なのだから、見た目に普通の夫婦であればいい、それに右大臣という良き後見が得られる、といった具合だ。

内実はともかく、社会的には男として、女中納言は右大臣の娘との婚儀を強いられるのであった。このときの父親は左大臣であるが、その子息で宮廷の寵児ともなれば、良縁あってしかるべきであり、右大臣という後見が得られるのだから申し分がない。そうした地上の通念・価値観が、女中納言を形ばかりの制度的な結婚へと追い込み、非婚の聖女〈かぐや姫〉の聖性は、形のうえで阻害されてしまうのであった。

しかし、ことはそれだけではすまない。内実においても非婚の聖女は踏みにじられる。

いかにおぼゆるにか、あやにくにひき別るべき心地もせず、「あが君」とつととらへて、わりなう乱るるを、「こはいかに、うつし心はおはせぬか」と、あはめ言へど聞きも入れず。さはいへど、けけしくもてなし、すくよかなる見る目こそ男なれ、とりこめたてられてはせん方なく、心弱きに、こはいかにしつる事ぞと、人わろく涙さへ落つるに、さてもめづらかにあさましくとは思ひながら、あはれにかなしき事、方々の思ひひとつにかきあはせつる心地して、あやしなど思ひとがめられんも、ことのよろしき時の事なりけり。（一八三）

そもそも宮の宰相は男尚侍に思いを寄せていたのだが、男尚侍へのかなわぬ思いを、面差しの似た女中納言に振り向けてしまう。当初の男色が、驚きを含みつつ、なだらかに男女関係へとすりかわっていくわけだが、ここでは宮の宰相という男の欲望と、その男の力ずくの欲望に抗いきれない女の非力が、くっきりと語りとられている。

地上に生きる人間の根源的ともいえる恋の欲望や、男女のどうしようもない物理的な力の差が（むろんいずれにも例外はあろうけれど）、非婚の聖女〈かぐや姫〉の聖性を、内実においても踏みにじってしまったのである。

以上のように、地上の論理・価値観、地上の人間のありようは、異装の女中納言に秘められた、非婚の聖女〈かぐや姫〉としての聖性を、物語の早い段階から容赦なく踏みにじる。またもや指摘にとどめるが、男尚侍の場合、自発的に地上の男のありように身をゆだねたにせよ、基本的には同断だといえる。

ここには『とりかへばや』の、〈かぐや姫〉の物語に対する、あるスタンスが見出されるように思う。それについて考えるうえで、『とりかへばや』が結局、異装について、どのような意味づけを施したのかをとらえておきたい。

昔の世より、さるべきたがひめのありし報ひに、天狗の男は女となし、女をば男のやうになし、御心に絶えず嘆かせつるなり。（二五五）

ここは、すべてが丸く収まる直前の、謎解きともいうべき部分だが、父への夢告という形で、異装は前世の因果による天狗の仕業だとされる。仏法を妨げる天狗の仕業に帰することで、異装は聖性の表象であるどころか、邪な事態であったと結論づけられているのに等しい(10)。『とりかへばや』は、異装の聖性を透視させつつ、それを徹底的に踏みにじっているのである。

さて、そこに見えてくる『とりかへばや』の、〈かぐや姫〉の物語に対するスタンスといったものを、以下、考えていきたいと思う。

『とりかへばや』は男〈かぐや姫〉の物語である『源氏物語』『狭衣物語』の系譜にも繋がりながら、それら『源氏』『狭衣』の見失った聖性を、すなわち非婚の聖女〈かぐや姫〉の聖性を、異装というものに秘めて、新たに〈かぐや姫〉の物語の再建を図ったかに見えた。しかし、その再建を図るや否やといっていいだろう、ほとんどすぐさま、しかも徹底的にそれを打ち砕いていくのでもあった。後に再び触れるが、『源氏』『狭衣』をふりかえってみると、それらもまた、〈かぐや姫〉の物語の挫折を語ってしまっていた。光源氏も狭衣もこの世の濁りに穢れ、決して本質的な〈月の都〉への昇天を果たしてはいない。(11)『とりかへばや』は、そうした『源氏』『狭衣』を視野に収め、新たに〈かぐや姫〉の物語の可能性を提示しつつ、ほぼ同時にかつ徹底的にそれを打ち砕いていくことで、むしろ、地上にありつづけなければならない〈かぐや姫〉という存在の絶対の矛盾と、そういう〈かぐや姫〉による聖なる〈かぐや姫〉の物語——この世の濁りに穢れぬ〈かぐや姫〉の物語——そのものの無意味あるいは根源的不在をこそ宣言したのではあるまいか。地上にありつづけなければならない〈かぐや姫〉が、この世の濁りに穢れながら、あらぬ〈月の都〉を幻視する『源氏』『狭衣』のような平安の〈かぐや姫〉の物語を、十二分に理解した物語であることを示したうえで、しかしそれら『源氏』『狭衣』のような〈かぐや姫〉の物語の限界を見とり、それをもはやアナクロニズムとみなして、痛烈に批評してみせるスタンスが『とりかへばや』にはあった。異装の聖性とその阻害(限界)をたどり見れば、そのような批評性を掬いとれるのであり、異装とはすなわち批評の重要なエレメントであったといえよう。

少し先走るが、こうした批評性は、『とりかへばや』が成立年代のいかんではなく、物語の質として、鎌倉時代物語の嚆矢になっている事実を示しているはずだ。この点に目を配りながら、以下もう少し考察を続けていきたいと思う。

五　女の栄華の物語

女中納言は、その異装に秘められた聖性を、つまり非婚の聖女〈かぐや姫〉としての聖性を踏みにじられ、そういう聖女〈かぐや姫〉の物語からも疎外される。そしてとうとう異装をほどくことになるわけだが、その後、宮の宰相との関係に傷つき、彼を振り捨て、中宮・国母への道を歩む。『とりかへばや』は「女の栄華の物語」への道筋をつけているといえるだろう。

先にも触れたがこの点に関しては、『とりかへばや』を〈「宇治十帖（大君・浮舟）」→『寝覚』→『とりかへばや』→『我身にたどる姫君』〉という「女の物語」の系譜上でとらえるとともに、その淵源に『竹取物語』の「かぐや姫」を透視して、女中納言の宮中入りを〈かぐや姫〉の昇天であるとする指摘がなされている。(12)まず、「女の物語」の系譜上にあるという点は、たしかにそのとおりなのだが、『とりかへばや』は、それ以前の「女の物語」から大きく分岐しつつ、「女の栄華の物語」への道筋をつけている。その点を確認したうえで、「宮中入り＝昇天」の構図をも視野に入れ、『とりかへばや』における「女の栄華の物語」というものについて、少し違った角度からの考察を加えてみたい。

たとえば『無名草子』を参照すると、『とりかへばや』は「今の世」の物語として挙げられ、「古きもの」とされる平安後期以前の物語とは一線を画されている。『無名草子』の批評を絶対視するわけにはいかないが、この区分には十分な根拠が読みとれるように思う。ここで、『無名草子』ではやはり「古きもの」の範疇に入るであろう『古本とりかへばや』と、「今の世」の物語とされる『とりかへばや』を比較してみると、女中納言の行末に大きな違いが見られる。すなわち、『古本』においては宮の宰相の妻に納まっていたものが、『今本』になると中宮・国母にまでなっていくという違いだ。しかしこれは、単に『古本』と『今本』の違いとして片づけるわけにもいかない。『無名草子』が「古きもの」とした平安後期以前の「女の物語」における大君、浮舟、そして寝覚の上も、中宮・国母になる栄華を極めてはいないのだった。『無名草子』の区分にも理ありとするゆえんである。『とりかへばや』がたどる「女の栄華の物語」は、平安後期以前の「女の物語」から大きく分岐し、それ以前とは異質なものを抱えているといえるのではあるまいか。ところで、ならば女中納言の栄華は、平安期の物語にもよく見られる女の入内・栄華を前景化したものに過ぎないのかといえば、むろんそう簡単には割り切れない。そこには、平安の物語から鎌倉の物語への分岐、およびほぼ同時代の『無名草子』と軌を一にする批評意識があるのではないかと考えている。

そこで注目されるのは、すでに述べたごとく女中納言が異装であるがゆえに、『源氏』『狭衣』という男〈かぐや姫〉の物語にも連繋していたことであり、またその宮中入りが〈かぐや姫〉の昇天だと指摘されている点である。(13)『とりかへばや』の「女の栄華の物語」を、〈かぐや姫〉の昇天に絡めつつ、「男の栄華の物語」と関連づけながら、今いちどとらえなおしてみる。

そもそも、「宮中入り＝昇天」つまり「宮中＝〈月の都〉」という構図を、露骨に打ち出したのは『狭衣物語』であったはずだ。狭衣の笛の妙音に天稚御子が地上に舞い降り、狭衣の〈かぐや姫〉としての質を端的に示した、いわゆる天稚御子事件の折の、狭衣と帝の歌で注目される歌がある。(14)

(狭衣)九重の雲の上までのぼりなば天つ空をや形見とは見ん　（参考　四六）

(帝)身の代も我脱ぎ着せんかへしつと思ひなわびそ天の羽衣　（参考　五〇）

当該場面のコンテクストでは、「九重の雲の上」は天稚御子と行く天界を指し、「天の羽衣」は天界への導き手である天稚御子を指している。そして「天の羽衣」に代わる「身の代」とは帝の愛娘女二宮を暗示することばであった。しかし、「九重の雲の上」には「宮中」の意もあり、「天の羽衣」には「大嘗祭の沐浴時に帝がまとう衣」の意もある。(15)〈かぐや姫〉狭衣の即位を実現してしまう物語全体から見れば、「九重の雲の上」は「宮中（帝位）」へと変換され、「天の羽衣」に代わる「身の代」はまさに即位した帝のまとう「天の羽衣」へと変換されていったのだと解釈できる。天稚御子事件の折に繰りだされたこれらのことばは、『狭衣物語』が「宮中入り＝昇天」「宮中＝〈月の都〉」の構図を描いている次第を、明確に示しているのである。

『とりかへばや』に見られる「宮中入り＝昇天」という構図の先蹤には、『狭衣』の存在があったことを確認しておきたい。むろん『狭衣』の先蹤には『源氏』がある。たしかに光源氏の六条院（准太上天皇位）は、「宮中入り＝昇天」の構図そのものではない。しかし、『源氏』の六条院にしろ『狭衣』の宮中にしろ、結局のところ本家「かぐや姫」の昇っていった「月の都」を、地上において擬装したものに過ぎず、概括的にいってしまえば、天上界を地上の栄華で代替したものだといえるのである。『とりかへばや』の「女の栄華の物語」に、〈かぐや姫〉の昇天を読みとり、「宮中入り＝昇天」の構図を読みとるとき、その階梯には男〈かぐや姫〉の物語の系譜があり、それをこそ批評する形で『とりかへばや』は鎌倉物語の嚆矢になっているのだ、という視点があっていいのではあるまいか。

では、『源氏』『狭衣』で擬装された天上界すなわち六条院（准太上天皇位）と宮中（帝位）について、少し振り返ってみたい。『源氏』については、「宮中入り＝昇天」の構図そのものではないがゆえに、〈六条院（擬装の天）〉対〈宮中（地）〉の力学が生じ、六条院の優越が象られたかに見えたが、第二部以降、とりわけ女三宮の六条院入りの後、冷泉帝から今上帝への交替がなされ、力学が反転してしまう(16)。そんななかで、女三宮の密通、紫上の病・死などの事態は、光源氏を苦悩の淵へと追い込んでいく。かくのごとき『源氏』のありようこそが、『狭衣』に「宮中入り（帝位）＝昇天」の構図を描かせたのであろうが、狭衣帝は失われた女君たちを思い、その内面には悔恨と絶望が渦を巻いている。

ここで『竹取物語』を参照してみたい。

・衣着《きぬ》せつる人は、心異になるなりといふ。（七三）

・この衣着《きぬ》つる人は、もの思ひなくなりにければ（七五）

『竹取』にも天上界（「月の都」）の情報はほとんどないのだが、「衣」（天の羽衣）を着て天上界に昇っていく人、および天人には、この世の人とは違って、「もの思ひ」というものがないとある。伝承の〈かぐや姫〉を視野に入れなければならないのも事実だが、〈かぐや姫〉をいえば、否応なく『竹取』の言説に向かい合わなければならないのもまた事実だろう。とすれば、もの思いの限りを尽くす光源氏や狭衣は、『竹取』言説を媒介として、その昇天に「否」が突きつけられてしまうのである。つまり、六条院（准太上天皇位）も宮中（帝位）も〈かぐや姫〉の昇天する〈月の都〉として擬装されながら、そんな構図自体が裏切られているのでもある。(17)『源氏』『狭衣』は、地上の栄華によって天上界を代替しつつ、それの不可能を語ってしまったのだといえよう。

翻って『とりかへばや』はどうなのかをとらえてみたい。女中納言は、宇治における宮の宰相とのもの思わしき生活において、さらには宮の宰相との子を捨て中宮・国母への道を歩みながらも我が子への思いを捨てきれない様子等々において、内面の成長を遂げ、女の身であるがゆえの「罪」に直面したと指摘されている。(18)こうしたもの思いや罪の意識は、『源氏』『狭衣』の延長線上にあるとも見え、〈かぐや姫〉女中納言の「宮中入り＝昇天」の構図を揺るがしかねなくも見える。しかしながら、女中納言はもの思いや罪の意識によって、自らの栄華を台無しにしたりはしていない。六条院の解体といわれるような有形・無形のカタストロフにせよ、狭衣帝の内面を蝕み登極の栄華を内実において空洞化するようなカタストロフにせよ、女中納言の栄華には無関係だといっていい。それに、捨ててきた我が子とも微妙に親子関係を修復し、苦悩や罪の意識を、『源氏』『狭衣』のように、物語の前景に押し出したりはしないのである。(19)とりわけ、大団円といわれる部分では、女中納言は国母になり、一族は繁栄する一方、むしろ宮の宰相こそ相変わらず女中納言を失った嘆きに沈んだままで、それが物語の語り収めになっている。『とりかへばや』は「宮中＝昇天」の構図のいかがわしさを漂わせつつ、しかしそれを決して前景化したりはせず、かえって隠蔽してしまっているといえる。

このような『とりかへばや』のあり方は、地上にありつづけなければならない〈かぐや姫〉の矛盾と、そういう〈かぐや姫〉による聖なる〈かぐや姫〉の物語――この世の濁りに穢れぬ〈かぐや姫〉の物語――の無意味なり不在なりを知るがゆえであったろう。また何よりも、地上にありつづけなければならず、不可避的にこの世の濁りに穢れざるをえないのにもかかわらず、〈天〉と〈地〉あるいは〈天人〉と〈人間〉の区分線を払いきれず、苦悩という形での流離を肥大化させ、〈天〉と〈地〉の間で、〈天人〉と〈人間〉の間で逡巡する『源氏』『狭衣』のような、平安の男〈かぐや姫〉の物語を突き放し、所詮この世にありつづけなければならない〈かぐや姫〉の昇天の場は、この世の栄華でしかありえないではないか、といった厳しい認識と批評を表明しているのではあるまいか。

なお、苦悩や罪を隠蔽した女中納言の栄華と、絶えざる宮の宰相の嘆きという対比は、それぞれのモティーフはそれとして、〈女の栄華〉と〈男の嘆き（延長線上の遁世）〉を対にして語る鎌倉物語の趨勢を先どりし、その嚆矢になっているといえよう。『無名草子』と軌を一にする批評性を探る課題を残しているが、それについては次節で考える。

六　『とりかへばや』の批評性と時代

『とりかへばや』が男〈かぐや姫〉の物語である『源氏』『狭衣』に対して、いかに批評的なスタンスで臨んでいるのかを見てきた。しかしそれにしても、ではなぜ「女の栄華の物語」であるのか、つまり、なぜ男〈かぐや姫〉の物語から、女〈かぐや姫〉の物語へのスイッチがなされたのかについては、いまだ考察を伸ばしていない。以下、この点について、ほぼ同時代の『無名草子』の批評との連携を視野に入れながら考えていきたいと思う。

『無名草子』は、鎌倉時代最初期に、物語、歌集、女性、その他諸々の対象に向けて、批評を試みた。とりわけ物語批評においては、『源氏物語』に重心を置いているとはいえ、様々な物語をその視野に収めている。ちなみに『とりかへばや』も「何事もいとよくこそあれ」(二四三)と、なかなかの評価だ。が、それはさておき、その物語批評のなかで、『狭衣物語』に向けられた批評は、上述の点を考えるうえで、きわめて示唆的な部分を含んでいる。いわゆる「さらでもありぬべきこと」では、あれこれの超常現象が挙げられたあとに、『源氏』をも巻き込みながら、以下のような批評が展開される。

何事よりも何事よりも、大将の帝になられたること、かへすがへす見苦しくあさましきことなり。めでたき才、才覚すぐれたる人、世にあれど、大地六反震動することやはあるべき。いと恐ろしく、まことしからぬことどもなり。源氏の院になりたるだに、さらでもありぬべきことぞかし。されども、それは正しき皇子にておはする上に、冷泉院の位の御時、我が身のありさまを聞きあらはして、ところ置きたてまつり給ふにてあれば、さまでの咎にはあるべきにもあらず。(二二三〜二二四)[20]

『無名草子』は、二世源氏の狭衣が即位する離れ技をめぐって、「見苦しくあさまし」「恐ろしく、まことしからぬ」と厳しく批判するのであるが、その際、光源氏が院(准太上天皇)になったことにも批判を及ぼしている。『狭衣』にくらべればまだしも根拠があるとしながらも、『無名草子』にとっては、やはり看過しえない不自然な事態だったに違いない。『源氏』については概して好意的な批評を展開する『無名草子』が、『狭衣』評のなかに織り込む形をとってでも、その不自然さに論及しているのは、光源氏が院になることに、『無名草子』がいかに強い違和感を覚えていたかを、むしろ如実に示しているだろう。まして二世源氏の狭衣となれば、なおさらだ。

この『無名草子』の批判は、皇子・皇孫にして皇系から疎外された源氏という特異な氏において、摂関はもとより、皇系をも凌ぎ、幻想的とさえいえる男の栄華を構築する物語に、不可避的に孕まれてしまった事態に対する批判なのだといえる。不可避の事態とは、男の稀有な栄華が物語によって相対化されているか否かは別として、氏を持つ臣下が皇系を侵蝕する事態である。すなわち、たとえ源氏という特異な氏であれ、氏を持つ臣下と皇系との切断線へのこだわりが、『無名草子』には強く表れているということだ。そしてそのこだわりは、平安から鎌倉への時代の推移に裏打ちされているのではあるまいか。この時期、いわゆる後期王朝国家体制もじわじわと腐蝕の度を増し、とうとう限界にいたる(21)。台頭する武家の権力に皇系の存在感も歪められてしまっていた。『無名草子』の批判は、皇系というものの権威と求心力を高めることで、王朝貴族社会を政治的に、そして文化的に賦活していかなければならないような、そんな時代の言説として、とらえられるべきではないか。それは、源氏という特異な氏であれ、氏を持つ臣下が皇系を凌ぎ、皇系にくい込むなどという幻想が、もはや不自然で批判に値する時代の言説だといいかえてもよい。

となると、氏を持つ臣下の制約を超えて皇系にくい込む事態が可能にして正当なのは、男ではなく、まさに女においてではなかったか。『無名草子』とほぼ同時代、わずかに先行する院政期末で鎌倉幕府成立過程に成立したとおぼしい『とりかへばや』が「女の栄華の物語」であるのは、中古の物語にも見られる女の栄華を前景化したものだと、単純に割り切ることはできない。むしろ、このような『無名草子』の批評と軌を一にしたものなのだと見るべきではあるまいか。栄華の物語が男から女へとひき継がれ、男〈かぐや姫〉の物語が女〈かぐや姫〉の物語へとスイッチしていくのは、『とりかへばや』が時代のパラダイムに裏打ちされた物語批評を、まさに『とりかへばや』という物語において体現しているからではないだろうか。

七　境界域の物語

『とりかへばや』の成立年代は平安末とするのが穏当だろうが、物語のありようは、平安の物語への批評性に満ちていて、むしろ鎌倉時代物語のそれであると考えられる。まさに平安・鎌倉の境界域にある物語なのだといえよう。

本論では、女中納言の異装を媒介に、『とりかへばや』が「女の物語」の系譜上にあるばかりでなく、『源氏物語』や『狭衣物語』の系譜にも連なっていることを押さえた。しかしまた、〈かぐや姫〉の物語という観点から、男〈かぐや姫〉の物語に限界・アナクロニズムを見る視線を掬いとり、この物語が『源氏』『狭衣』に対して、どれほど批評的なスタンスで臨んでいるのかを考察してきた。そして、『とりかへばや』が「女の栄華の物語」として、大団円を迎えることについては、〈かぐや姫〉の物語にペシミズムを注ぎ込む『源氏』『狭衣』に対する批評をとらえるとともに、鎌倉時代物語の趨勢を先どりし、かつ『無名草子』の批評とも軌を一にするかのように、時代のパラダイムに裏打ちされた物語批評を体現する物語のありようをとらえてみた。

『とりかへばや』は、『源氏』『狭衣』といった平安の物語に、手厳しいほどの批評的スタンスを確保しながら、鎌倉時代物語の嚆矢になっているのだといえよう。それは、『とりかへばや』が平安・鎌倉の境界域にあって、前の物語を十分に批評しつつ、新たな物語の方向を切り拓いている姿なのではあるまいか。

注

（1）『とりかへばや』が『古本とりかへばや』から改作される際、この姫君を主人公として、その統一が図られたことについては、西本寮子「『とりかへばや物語』の主人公―女性としての成長を軸として―」（『国文学攷』一九八三年六月）に指摘がある。現在の趨勢はこの姫君を一貫した主人公として見ていく方向にあり、本稿も同様の見解に立っている。ただしこれについては中島昭二「『とりかへばや』のきょうだいとその周辺」（『野鶴群芳』二〇〇二年十月）が見直しを促している。若君の主人公性にも十分な注意を払うべきだが、物語が姫君を主人公として強烈に打ち出しているのもまた事実であり、本稿は、以下論述するが、この姫君の特異なありように焦点を当てることから、『とりかへばや』をとらえなおしてみたい。

（2）神田龍身「物語文学と分身《ドッペルゲンガー》―『木幡の時雨』から『とりかへばや』―」（『史層を掘る　方法としての境界』一九九一年十二月　新曜社刊↓『物語文学、その解体―『源氏物語』「宇治十帖」以降』一九九二年　有精堂刊）。菊池仁「『とりかへばや物語』試論―異装・視線・演技―」（『日本文芸思潮論』一九九一年　桜楓社刊）など。その他、本稿と直接関わるものはそのつど注で提示する。

（3）本文の引用は新日本古典文学大系に拠り、その頁数を括弧内に示した。ただし表記については私に改めた部分がある。なお傍書は論者（鈴木）の注である。

（4）本文は新日本古典文学大系に拠り、巻名の他、巻数・頁数を括弧内に示した。若干、表記を改めた。

（5）本文は内閣文庫本。なお、参考として引用箇所に該当する大系の頁数を括弧内に示した。「琴笛音」の部分、西本では「琴笛の音」。西本の本文の方が妥当と思われる。

（6）注（1）西本寮子論文。これをふまえたものとして辛島正雄①「『今とりかへばや』序説―古本からの飛翔―」（『徳島大学教養部紀要』一九八八年三月）、辛島正雄②「物語史（源氏以降）・断章―『夜の寝覚』『今とりかへばや』から『我身にたどる姫君』へ―」（『源氏物語とその周縁』一九八九年六月　和泉書院刊）①②ともに『中世王朝物語史論上巻』（二〇〇一年　笠間書院刊）所収。②辛島論文では、『とりかへばや』を「宇治十帖」↓『夜の寝覚』→『とりかへばや』→『我身にたどる姫君』という「女の物語の系譜」上に位置づけている。

(7) 辛島正雄「『今とりかへばや』の人物と構造―《竹取物語》の影―」(『論集源氏物語とその前後1』一九九〇年新典社刊→注(7)前掲書)。大倉比呂志「『とりかへばや』論」(『学苑』一九九九・二)など。

(8) 光源氏と〈かぐや姫〉については小嶋菜温子「光源氏とかぐや姫」(『季刊文学』一九九四年一月→『源氏物語批評』一九九五年　有精堂刊)。狭衣と〈かぐや姫〉については深沢徹「往還の構図もしくは『狭衣物語』の論理構造(上、下)―陰画《ネガ》としての『無名草子』論―」(『文芸と批評』一九七九年十二月、一九八〇年五月→『狭衣物語の視界』一九九四年　新典社刊)、本書I第5章。小島論文、深沢論文に導かれつつ、〈かぐや姫〉について私に定義しておく。すなわち、『竹取物語』の「かぐや姫」を原像とし、そこから様々に変奏されたとおぼしい人物たちをいう。いま少し具体的にいうと、本来は天上界を在所とするものの、この世を流離い、これまた様々に変奏された昇天を目指す人物群で、その際には男女の区分をはずす。ただし、本稿では〈かぐや姫〉は女であるという通念に対し、誤解のないよう「男〈かぐや姫〉」という表現を用いた。

(9) 本文の引用は新日本古典文学大系(岩波書店)に拠り、その頁数を括弧内に示した。ただし表記については私に改めた部分がある。

(10) 異装の聖性とネガティブな側面については、本論とは論旨を異にするが以下の諸論によって指摘されている。西本寮子「演じ続ける女君―『今とりかへばや』における罪の問題―」(『物語〈女と男〉』新物語研究3　一九九五年十一月　有精堂刊)は、〈かぐや姫〉の物語を透視しつつ、異装を罪に由来する流離の変奏の一形態だと指摘する。本稿は罪と表裏する聖性に目を向けつつ、それを罪のみに帰していく物語のあり方をとらえ直したい。安田真一「『とりかへばや』女君の〈流離〉について―『源氏』須磨・明石巻の貴種流離譚の変奏―」(物語研究会『会報』一九九九)は異装が罪であるがゆえに聖痕であるという視点を提示して示唆的。聖なるものすなわち罪であるとこというのは、物語のテーゼであるが、本稿は『とりかへばや』がそのネガティブな側面を強調して特異であるところに注目したい。立石和弘「『とりかへばや』の性愛と性自認―セクシュアリティの物語―」(『女と男のことばと文学』一九九九年三月　森話社刊）は、女中納言の両性具有性は光源氏的集権制ではなく周縁性と自己疎外に根拠を置くと指摘。本稿はその周縁性の強調に考察を伸ばしたい。

(11) 注（8）小嶋菜温子論文。注（8）深沢徹論文。本書Ⅰ第5章および第6章。〈月の都〉は『竹取』の「月の都」を変奏したものを指すが、論者としては「不思」の境域（『竹取』にいう「心異になる」「もの思ひなくなりにければ」とされる境域）を指す。

(12) 注（6）辛島正雄②論文、注（7）辛島正雄論文。

(13) 注（7）辛島正雄論文。

(14) 底本の内閣文庫本、深川本、平出本他、数本にしかない特異本文。いわゆる第一系統本は「宮中入り＝昇天」の構図を強く打ち出した本文であるといえよう。

(15) 「九重の雲の上」については萩野敦子「『狭衣物語』の発端」（『国語国文研究』一九九三・七）。「天の羽衣」については『西宮記』巻十一（大嘗会事）に「天皇着天羽衣、浴之如常」（故実叢書、一九三一　吉川弘文館刊）とあり、三谷榮一「大嘗祭と文学誕生の場」（『國學院雜誌』一九九〇年七月）も他例をもって指摘している。これらをふまえ、狭衣の「即位＝昇天」については、本書Ⅰ第5章および第7章で詳細を論じている。

(16) 河添房江「女三の宮」（『国文学』一九九一年四月↓『源氏物語表現史』一九九八年　翰林書房刊）。

(17) 注（8）小嶋菜温子論文。『源氏』と『狭衣』の差異については注（15）拙論。

(18) 注（1）および注（10）西本寮子論文。

(19) 神田龍身「物語史への一視角―『(古)とりかへばや』『在明の別』『今とりかへばや』―」（『文学・語学』一九八四・四）。

(20) 本文の引用は新編日本古典文学全集（小学館）に拠り、その頁数を括弧内に示した。ただし表記については私に改めた部分がある。

(21) たとえば、坂本賞三『藤原頼通の時代』（平凡社　一九九一・五）など。

第3章『夜の寝覚』における救済といやし——貴種の「物語」へのまなざし

一　物語における救済

平安期にジャンルとして成立した「物語」を見てみると、概ねその主人公は、この世のものならぬ貴種であり、(1)「物語」はその主人公たちの、この世での流離の諸相・顚末を語りとっている。現存最古の「物語」である『竹取物語』は、「月の都」の天人「かぐや姫」が竹の中に宿ってこの世に生を受け、三ヶ月で成人に至るというその奇異な出生と成長を語り、早くもこの世のものならぬ主人公を定立する。そして、「かぐや姫」がその麗質をもってこの世の男性たちの関心をひきつつ、いかなる男性からの求婚をも拒み、「月の都」に帰還すべく昇天していく様を語っていた。しかし、『竹取物語』より後、「物語」の主人公たちは帰還すべき天界へと、具体的に昇天することがない。もっぱらこの世での流離が語られるのである。

では、貴種たる主人公たちの昇天は、完全に断念されるべきものになっているのかというと、そうでもない。

「かぐや姫」のように「飛ぶ車」に乗り、天界に昇っていくという具体的な昇天ではないにせよ、それに等価なものが見出される。貴種を顕彰するがごとき、この世での繁栄というのもそのひとつであるだろう。またとりわけ、『源氏物語』から後期物語にかけては、出家による救済といやしというのが、末法の世を背景に、『竹取物語』的昇天を転位させたものとして、確実に見出されてくる。

『竹取物語』に鑑みれば、天上界とはもの思いなき〈不思〉界であるという。ならば、地上の天人である主人公たちを、この世およびこの世の苦悩から解き放つという点では、出家による救済やいやしは、まことに昇天と等価なのである。

たとえば平安後期物語のひとつ、『狭衣物語』はそうした様相をあからさまに示している。(2) この世のものとも思われない主人公狭衣が、宮中で笛を吹いた折、天界より天稚御子が舞い降り、狭衣を伴い昇天しようとする。けれども、時の帝のひき止めに遇い、御子は狭衣との昇天をひとまず断念したといい、ひとり天界に戻っていってしまう。地上にとり残された狭衣はというと、当時流行の弥勒信仰に裏打ちされたものか、御子および天界への思いを、兜率天憧憬へと転位させている。加えて、物語の進行とともに、この世での苦悩が積み重なるにつれ、輝かしい天界とオーバーラップしていたであろう兜率天憧憬は微妙に鳴りを潜めるが、苦悩に満ちたこの世から逃れるすべとして、出家への思いを強めていく。この世での流離に終止符を打つ昇天が、出家による救済やいやしに転位した様相を、『狭衣物語』は鮮明に表している。(3)

「物語」と出家の関係は、各々の「物語」が仏教的救済やいやしに、どのようなスタンスをとっているのかを示すと同時に、それが昇天の転位であることによって、貴種の流離を語るその「物語」自体のありようをも映し出すのだといえる。

本章では、やはり後期物語のひとつである『夜の寝覚』について、この物語が昇天を転位させた出家による救済・いやしに、どのような態度を示しているのかを見とりたい。また、その点から貴種の「物語」史における『夜の寝覚』の特異なありようを掬いとっていきたいと思う。

二　貴種の解体と救済・いやしへのまなざし

『夜の寝覚』は女性主人公・中の君を通じて、貴種というものにひとつの認識を示している。そのあたりから、この物語の昇天が出家による救済やいやしに転位していく契機が読みとられるようだ。以下その点について考えていきたい。

ではまず、『夜の寝覚』の女性主人公・中の君の貴種性を、しかも「かぐや姫」の変奏としてのそれを確認しておきたい。すでに少なからぬ指摘(4)のなされているところだが、やはりその端的な徴証は、中の君の夢に天人が現れる場面であろう。実は、天人の夢中出現は二度あるのだが、今は初度のそれを対象化し、上述の点を確認することから始めたい。物語が始まって間もなくの、中の君十三歳の時であった。

いとめでたくきよらに、髪上げうるはしき、唐絵の様したる人、琵琶を持て来て、「今宵の御箏の琴の音、雲の上まであはれに響き聞こえつるを、訪ね参で来つるなり。おのが琵琶の音弾き伝ふべき人、天の下には君一人なむものしたまひける。これもさるべき昔の世の契りなり。これ弾きとどめたまひて、国王まで伝へたてまつりたまふばかり」とて、教ふるを、いとうれしと思ひて、あまたの手を、片時の間に弾きとりつ。

（一七～一八）(5)

天人のことばによれば、中の君の箏の琴の妙音は天上にまで響き上り、それに感応した天人が夢の中に招き寄せられたのだという。もはや「琴笛の音にも雲居をひびか」す光源氏の例を挙げるまでもなく、「物語」において、天上界を感応させる楽才は、貴種を表象する記号ですらある。加えて天人は、地上において、天人の奏でる琵琶の音を伝授できるのは、中の君ひとりだともいっている。中の君が他の人間から卓越した貴種であることは、紛れもない事実であると、念を押すかのように示されるのだった。「国王まで……」云々は、後に触れるので、今は措く。

天人が夢に現れるこの場面は、物語早々に中の君の貴種性を、露わなまでに打ち出しているのである。

ただこれは、夢の中のできごとである。では、中の君の貴種性は夢の中に浮遊し、中の君だけが嚙みしめる内面的なものなのかというと、そうでもないようだ。

琵琶は殿も習はしたまはぬものなれば、わざと弾かむとも思はぬに、習ふと見つる手どものいとよくおぼゆるを、あやしきに、琵琶を取り寄せて弾きたまふに、大臣聞きたまひて、「こは、いかに弾きすぐれたまひしぞ。めづらかなるわざかな」と、あさみおどろきたまひつれど、（一八）

習ってもいない琵琶を奏で、父大臣の「めづらかなるわざかな」という感慨を呼び起こしているところを見ると、天上の楽の伝授は実際になされたこととして語られており、中の君の貴種性はその内面を超えて、物語に生成されていると見ていいだろう。(6)

さて、この中の君の貴種性であるが、それは『竹取物語』の「かぐや姫」の変奏としてとらえられそうだ。

先の、天上の楽の音が伝授された夜が注目される。

八月十五夜、つねよりも明しといふなかにもくまなきに、（一六）

「八月十五夜」といえば、「月の都」から迎えが来て、「かぐや姫」が昇天していった夜であり、そのときも月の明るさは異様なほどであった。皓々と月の輝く「八月十五夜」とは、「月の都」とこの世の回路が開かれる時空なのである。『夜の寝覚』のこの日付と情景は、『竹取物語』をたぐり寄せ、「月の都」からの迎えの天人を中の君の夢に現れた天人に、「かぐや姫」を貴種・中の君に重ね合わせていくものだ。

なお一年後、再び天人が中の君の夢に現れ、残りの楽曲を伝授する。それもやはり「八月十五夜」の月の明るい夜であった。中の君はさらに翌年の「八月十五夜」も天人を心待ちにするが、天人は夢に現れない。その明け方、中の君は無念の思いを歌にする。

天の原雲の通ひ路とぢてけり月の都のひとも問ひ来ず　（二〇）

中の君は夢の中の天人を「月の都のひと」と表している。重ねられる「八月十五夜」と「月の都のひと」ということばは、いやがうえにも『竹取物語』をひき寄せ、「月の都」からの迎えを待つ「かぐや姫」に、中の君を重ね合わせていくべく作用しているといえよう。むろん、重なり合うといっても、丸々重なるわけではない。[7] ゆえに、「かぐや姫」の変奏といいなしてきたわけだが、以下それを〈かぐや姫〉と表記し、『竹取物語』の「かぐや姫」と区別する。

以上、『夜の寝覚』の女性主人公・中の君は、貴種〈かぐや姫〉として生成され物語に送り出されていることをざっと確認してきた。

しかし、中の君の〈かぐや姫〉としての存在感は、生成されるとほぼ同時に、打ち砕かれている。〈かぐや姫〉の生成と解体がほぼ同時になされるところから、『夜の寝覚』が貴種〈かぐや姫〉に対して示す認識のありようを浮かび上がらせたいと思う。

天人の夢を語った後、物語は足早に姉大君の婚約と、中の君の大厄を並行させて語る。婚礼の準備に忙しい自邸内での物忌は難しいというので、中の君は母方のいとこ法性寺の僧都が領ずる九条の邸に移ることになった。折しも、姉の婚約者である男君が、その東隣に住む乳母を見舞っていた。男君は、婚約者の妹とは知らず、中の君を垣間見て、強引に契りを結んでしまう。これが、中の君の苦難の生涯と、男君との一筋縄ではいかない関係の幕開けとなる。

しかし、このあやにくな逢瀬の波紋はそれだけにとどまらない。中の君の〈かぐや姫〉性を毀損する事態だととらえられる。『竹取物語』に範を取るなら、〈かぐや姫〉は、たとえ相手が帝であれ、この世の男性とは関わることのない聖女でなければならない。永井和子がいみじくも「五人の貴公子のうちの一人と、いやおうなしに契りを結んでしまった」(8)と評したように、あってはならないできごとだったのである。すなわち、中の君の〈かぐや姫〉性を踏みにじる事態だったととらえてしかるべきだ。

それはまた、男君の垣間見の場面からも読みとられる。中の君を但馬守の三女だと誤認する男君は、垣間見のさなか、こんな感慨を抱いていた。

かたちは、やむごとなきにもよらぬわざぞかし。竹取の翁の家にこそかぐや姫はありけれ。（二九〜三〇）

美しさと身分は別ものだったと、いまさらながら感慨を新たにしつつ、それを納得する事例として「竹取の翁の家」に育った「かぐや姫」を探り当てる。こうして男君は、垣間見る女性を「かぐや姫」に重ね合わせ、まんまと「かぐや姫」を手に入れるようなつもりで、一夜の関係に及んだ。そんな様子が浮かび上がってくる。しかもこの男君は、「かたちは、やむごとなきにもよらぬわざぞかし」に表出するごとく、身分を価値基準とするような人物だ。男君にしてみれば、「かぐや姫」とて「竹取の翁」の娘にすぎず、中の君はたかだか但馬守の娘だと誤認しているのだから、「かぐや姫」やそれに連なる〈かぐや姫〉への尊敬や畏怖など微塵もない。

この逢瀬は〈かぐや姫〉が、あまりにもやすやすと踏みにじられている図なのであった。

かくのごとく、『夜の寝覚』はきびすを接して、〈かぐや姫〉の生成と毀損を連接するわけだが、そこにはこの物語の、貴種〈かぐや姫〉に対するひとつの認識が示されているように思う。いまいちど垣間見場面の男君に照準を合わせてみる。すると、以下のような事情が読みとられてくる。すなわち、地上の価値観に基づく身分意識と、美しい女性を求める人間の男の心性を介在させれば、但馬守の娘は「竹取の翁」の娘「かぐや姫」に、また中の君の美貌は「かぐや姫」の美しさに容易に重なり合う。さらに、乳母子のことばから生じた人間の予断を介在させれば、中の君は但馬守の三女だと簡単に誤認されてしまう。つまり、但馬守の三女も「かぐや姫」も、そして〈かぐや姫〉中の君も、交換可能の存在であるということだ。男君という人間を通して、『夜の寝覚』は地上にある「かぐや姫」あるいは〈かぐや姫〉と、人間の女との交換可能な存在感なり、弁別不能の存在感なりをあぶり出したのではあるまいか。

考えてみれば、たとえ貴種であれ、地上にあっては誰かの子として、人の形をして生きているよりない。ならば、貴種〈かぐや姫〉の天人としてのプライオリティはどこにあるのか。それは幻想でしかないのではないか。『夜の寝覚』には、そういった認識の存在が透視されてくるのではないか。

こうなると、二度目に天人が夢に現れたときの、不吉な予言の重みが想起される。

あはれ、あたら、人のいたくものを思ひ、心を乱したまふべき宿世のおはするかな。（二〇）

天人は中の君を「人」といいなしている。しかも、有無を含め、昇天の期限も知らせないまま、もの思いに心乱れる運命だと告げる。またも『竹取物語』に鑑みれば、「天の羽衣」をまとい、人間の感情を拭い去った〈不思〉

の存在こそが天人であった。それと対照させてみると、天人の予言は中の君を〈思〉にまみれる「人」として限定したことになる。(9) この予言にはそのような重みがあったのである。

『夜の寝覚』は、ほとんど冒頭から、たとえ貴種〈かぐや姫〉であれ、この地上にある限り、「人」でしかありえないという認識を示したのだといえる。

〈かぐや姫〉の天上性を疎外し、「人」として限定する。物語序盤における、これほどに厳しい〈かぐや姫〉認識、換言すれば貴種解体の宣言は、おそらく前例がないのではないか。そして、こうした認識や宣言による〈かぐや姫〉の地上化という事態のもとに、昇天へのまなざしが出家による救済やいやしへのまなざしに転位する契機があるのだといえよう。

三　昇天と出家の行方

〈かぐや姫〉中の君の地上化に、この物語の昇天が出家へと転位する契機を探ってみた。では次に、以後の物語展開に即して、中の君の状況をたどりながら、『夜の寝覚』における昇天と出家の行方をつきとめ、それによってこの物語が語ったこと、示した態度をとらえていきたい。

男君との思いもかけない逢瀬の後、双方の素性認知、中の君の懐胎・出産、生まれた子の男君へのひき渡しと、事態はめまぐるしく推移する。これで一段落かと思われた頃、ふたりの関係が姉大君に知られ、中の君は、姉はもとより、そのとり巻きの女房たちや長兄らから、厳しい目を向けられる。そんな状況を憂慮する父入道は、仏道修行のため隠棲している広沢に、中の君を迎えることにした。この中の君の広沢移居には、〈かぐや姫〉の昇天を、出家による救済やいやしに転位させていく方向性が認められる。

まずは、中の君が出家による救済やいやしに向かっていく様子をとらえたい。

残りなく飽き果てられぬる世なれば、いよいよ山より山にこそ入りまさらめ。またしも帰り見じかし、とおぼすに、……　（一九七）

広沢に向かう折の中の君の心情である。姉に疎まれてしまった今は、広沢よりさらに深い山に入ってしまおう。もうここに戻ることはあるまい。中の君はそう思い入る。歌の世界を参照してみても、平安以降の顕著な傾向として、「山」は憂き世を逃れ隠棲する場というイメージを強く持っている。歌との関わりが深い「物語」においてもそれは同様で、たとえば「世のうきめ見えぬ山路へ入らむには思ふ人こそほだしなりけれ」（『古今集』雑下、物部良名）を引く「見えぬ山路」も、しばしば「物語」に登場することばだ。この中の君の心情には、厭世的な色彩がにじみ出ているのであった。

また、中の君を迎え入れた父入道は、次のようなことばを投げかける。

たち後れたまひなば、ただこの庵にて世をつくさむと、おぼし離れよ。この世の栄えめでたけれど、仮のことなり。　（一九八）

自分が先立った後は、ここに骨を埋めるつもりで、この世は思い限れ。この世の栄華もすばらしいけれど、仮初のことだ。こういった内容である。傍線を付した部分は、出家を促すことばに限りなく近い。この世は仮初と思い、それを振り切る行為こそが、出家なのではなかったか。

厭世的な感情の中にあって、父のこのことばを聴く中の君と、出家との間に、さほどの径庭はないだろう。事実、勤行のまねごとをしている中の君の様子も語りとられている。

萌黄だちたる帯を、はかなげにうち掛けて、行ひしたまひけるなめりと見ゆるを、恥づかしとおぼして、数珠などひき隠して、（二一八）

掛け帯めいたことをし、数珠を手にしているのであった。中の君の出家への志向が表れている。『夜の寝覚』は、憂き世を離れ、憂き世に生ずる辛い〈思〉を離れるすべとして、出家による救済やいやしを視野に収めているといえよう。

しかし、広沢での出家の可能性には、また別の要素も浮かび上がっている。広沢に移った中の君は、月を眺め、辛い〈思〉を歌によみ、箏の琴を奏でる。その箏の琴の音を耳にした父入道が、勤行も中断して中の君のところにやってきて、以下のようにいう。

念仏しはべるに、極楽の迎へ近きかと、心ときめきせられて、訪ね参で来つるぞや。（二〇六）

父入道は、中の君の箏の琴の音を、浄土の楽の音と聞きまがうというのであった。また、広沢を訪れた次兄の見る中の君はこうだ。

数珠などひき隠して、もて紛らはしたまへるさまの、なほめづらかなる光添ひたまへる心地して、あさましきまで美しげなるを見るに、（二一八〜二一九）

次兄が目にした中の君の美しさは、光を帯びているのではないかと思われるほどだった。この世のものとは思われない楽の音色は、それを奏でるものの〈かぐや姫〉性を象徴し、「光」は「かぐや姫」および後裔の〈かぐや姫〉たちの属性そのものであった。それが「物語」の定石なのである。

中の君は広沢の地で、憂き世を離れ、憂き世での辛い〈思〉を離れるべく、出家による救済やいやしを志向しつつあった。しかし一方、その中の君には、父や次兄の目を通して、〈かぐや姫〉の映像がいまだ結ばれている。そうなると、憂き世と呼びなされるこの世を離れ、そこでの〈思〉を捨てるという点では、同一構造を有しているのだから、中の君の出家は、すなわち〈かぐや姫〉の昇天だともとらえられるのである。

『夜の寝覚』は、「人」として願われる仏教的救済やいやしと、〈かぐや姫〉の昇天を重ね合わせようとしている。そこには、「天人」と「人」の厳然たる境目もなく、どうしようもなく地上化してしまった〈かぐや姫〉の昇天を、出家による救済・いやしへと転位させていく方向性が示されているといえるのではないか。

しかしながら、この広沢における中の君の出家は実現しない。その経緯は中間の欠巻部にあることなので詳細は不明である。が、諸資料・これまでの研究成果に照らしてみると、親子ほど歳は違うものの、権門ではある男性との縁談が持ち上がり、長兄の強い勧めで、不本意ながら、その話がまとめられてしまったからであるらしい。

この物語は、出家による救済やいやしを、またそこに転位する方向にあった昇天を、とりあえず閉ざすのであった。

さて、さらに明確に、かつ深刻に、中の君と出家とが向かい合わされるのは、十年余の歳月を経た後である。その間の中の君と男君の関係を概括すれば、離反と接近をくり返し、抜き差しならぬ関係になっていったというところだ。切れそうで切れないふたりのありようは、男君の執着や諸般の事情によるのが大半で、中の君が心底男君を受け入れた瞬間は、なかなか明示的には表れてこない。そんな状況が続くなかで、いわゆる生霊《いきすだま》事件が起きる。中の君の結婚を受けて、男君も女一の宮を妻としていたが、その女一の宮に中の君の生霊が憑いているという噂が広まる。男君の中の君に対する恋着を危惧して、女一の宮の母大皇の宮およびその周辺が仕掛けた事態で、男君も信じてはいないのだが、中の君は深く傷ついてしまう。むろん外聞も悪い。けれども、この噂を否定すべく心の内をなぞってみると、男君を受け入れらない自分の傍らに、男君を受け入れてしまっている自分を見出さざるをえない。むしろそのことに傷つくのであった。中の君は深刻な自己分裂に陥り、憂き世に生きる自身を全否定せずにはいられない。これが中の君を再び出家へと向かわせる要因である。今回の出家に中の君が求めたものは、「人」としてのあまりに深い闇から立ち上がる苦悩の〈思〉や、そのような〈思〉にまみれたこの世からの離脱であり、また仏教による救済といやしであったろう。

ところが、このたびもまた中の君には〈かぐや姫〉の姿が揺曳する。そういう姿を浮かび上がらせる文脈はさまざまに配置されている。その中でもきわめて明瞭な一例を挙げれば、中の君の出家を許した直後の、父入道のこんな思いであろう。

　幼くより、この世の人とはおぼえず、仮に生まれ出でたる変化の人にやとのみ、ゆゆしうおぼえしを、あまりいとかくすぐれたまへる、……　（四四一）

幼少時から今日に至る中の君の〈かぐや姫〉性を、父入道の目を通して確認するものだ。

中の君の切実な願いである出家も、いまだに浮かび上がる〈かぐや姫〉性に番えてみると、前回同様、〈かぐや姫〉の昇天という側面が貼りついてくる。『夜の寝覚』はあくまでも、出家による救済やいやしを、〈かぐや姫〉の昇天の転位として位置づけようとする姿勢を崩さない。

ところが、今回もまた、中の君の出家は実現しない。中の君の決意を知った男君が広沢を訪れ、入道にこれまでの経緯をすべて話し、出家を許した入道の翻意を促したこと、加えて中の君自身が男君の子を宿していたことによる。この物語は、どうしようもなく地上化した〈かぐや姫〉の昇天を、出家による救済・いやしへと転位させ、それを閉ざしてしまう。すなわち、地上的に転位された〈かぐや姫〉昇天の物語を閉ざし、同時にかつ必然的に、

「人」における仏教的救済といやしの物語をも閉ざしているのだといえよう。

『夜の寝覚』は巧妙に〈かぐや姫〉の物語を、救済なき「人」の物語へとすり替え、「天人」と「人」の境界を外している。そして、そのすり替えや境界外しこそが、この物語の語るべきコトなのであり、それは、貴種〈かぐや姫〉の物語としてあったこれまでの「物語」史に、ひとつの鮮明な折り目をつけ、それに対する批評的な態度を表明しているものなのだといえるのではないか。

四　貴種の消失といやしの不在

貴種〈かぐや姫〉としての昇天を閉ざされ、「人」としての仏教的救済といやしも奪われた中の君の物語の行方をもう少し追ってみたい。そこには〈かぐや姫〉像の微妙な消失と、「人」としての救済やいやしの不在が見とられる。そのあたりから『夜の寝覚』という物語のあり方をとらえていこうと思う。

まず〈かぐや姫〉像の消失についてであるが、年月を経ても衰えることのない中の君の容色は折々確認され、そこには不老の天人を思わせる〈かぐや姫〉の残像がなおゆらめいている。微妙な消失と表現したゆえんである。けれども、中の君の心模様は、およそそれを裏切るものだ。二度目の出家未遂の後、中の君は晴れて男君の妻となり、子供たちの世話を焼き、一見いかにも幸福に見える。こうした平穏な日々の中での、中の君のこんな〈思〉は注目されるのではないか。

(男君が)尽きせず飽かずのみおぼして渡り(女一の宮方に)たまふほどの気色の、はるかなる別れめきてあるを、おろかならず見知られて、「人の御心はかばかりこそはあらめ。恨めしき筋やは、つゆもまじる。やむごとなき片つかたの立ち並び、

やすげなきは、我が身の契りの憂きがおこたりにこそあれ」など、日ごろ立ち去りせず扱はれつるならひ、心細くつれづれなるに、

（五三〇〜五三一）

男君が後ろ髪をひかれる思いで女一の宮のもとに行く際、中の君はその心情を痛いほどに理解している。そして心の中で、男君の心の深さを確認し、自分には恨めしさなど全くないとも思う。ただ、身分の高いもう一人の妻・女一の宮がいて、不安な思いが消せないのは、ひとえに自身の宿運が拙いからだと、自分にいい聞かせるかのように思う。そうは思うものの、ここのところ、そばを離れず世話をしてくれた男君の外出は心細く寂しい。これが、引用部分の概略だ。男君への情愛もさることながら、とりわけ注目されるのは、傍線部に見られるような対女一の宮意識である。

今や中の君は、まさしく地上の論理、地上の身分秩序の枠内で、自分より優位の妻・女一の宮の存在に、無関心ではいられないのだった。こうした中の君の心模様は、もはや〈かぐや姫〉とは無縁の、この世の「人」、この世の〈女〉の〈思〉そのものなのではないか。〈かぐや姫〉中の君は、その残像をたゆたわせつつ、フェイドアウトしているといえるだろう。

次に、「人」としての救済やいやしの、どうしようもない不在を見とっていきたいと思う。これは、かなり大きな末尾欠巻部に属する内容なので、軽々には断じられないことも多いのだが、残された諸資料やこれまでの研究史からたどりうるところでとらえておく。

そこには、中の君偽死事件なるものの存在が確認される。中間欠巻部に端を発し、中の君を悩ませ続けた帝（現冷泉院）の横恋慕は物語終末まで続いており、それが原因で、中の君は死の縁にまで追いつめられたようだ。偽装

であったのか真実であったのかは不明だが、中の君はいちど息をひきとり、その後にまた息を吹き返す。この偽死がきっかけとなり、中の君は帝（院）の手を逃れたらしい。これがいわゆる偽死事件である。

そして蘇生後も、世間には生存の事実を伏せ、身を潜め、ようやく出家に至ったと考えられている。(10)

おそらく偽死事件後のできごとだと思われるが、男君との間に生まれた長男に、思わぬ災難が降りかかる。長男はかの帝（院）の勘当を受け、苦しい立場に陥ってしまう。いわゆるまさこ君勘当事件（「まさこ君」は長男の呼称）といわれるものだ。中の君はすでに出家の身であったが、それを看過することができない。そこで、自身の生存を最も知られたくないかの帝（院）に、長男の許しを請うべく文を送るのであった。

暗からぬ道にたづねて入りしかどこの世の闇はえこそはるけね
（『寝覚物語絵巻』詞書・第三段）

『絵巻』詞書によれば、これは中の君の歌で、かの帝への文にしたためられた歌である。内容は、出家してもなおこの世に、すなわち「子の世」に惑う心の闇から抜けられないでいるというものだ。(11)かの帝の自身への執着心に訴え、子を思う自身の苦悩を詠ずることで、長男への勘気を解いてもらおうという思惑が窺える。けれども、長男のためにと、かの帝に生存を知られてしまうのも辞さず、文を送っている行為に照らして、中の君の歌の内容は、真率な心情の吐露でもあったと見られる。ここには、出家してなお、〈母〉として、子への愛に惑う〈思〉を消せずにいる中の君が示されている。

中の君はついに出家を果たしても、「此の世／子の世」を離れきれず、「此の世／子の世」に生ずる〈思〉を断ちきれずにいる。中の君が微妙に〈かぐや姫〉性を消失させつつ、むしろ「人」として、出家というものに救済やいやしを求めても、物語はそれさえも許さないのであった。

ここで物語を少し遡りつつ、もうひとつのいやしにも注意を払っておく。一度目の出家断念は、老夫との不本意な結婚を強いられたためであったが、意外にもその夫は中の君を優しく包み込み、少しずつ中の君の心を解いていった。夫亡き後、中の君は亡夫先妻の子供たちや、すでに亡き姉の子、そして自身の子供たちの〈母〉としてある生に、生きるすべやいやしを見出していた。子供たちをいやしとして前景化するのは、『夜の寝覚』の新たな発見であったといえる(12)。

むろん、それだけでは収まりがつかないから、つまり〈女〉という存在でもあるから、中の君の苦悩は続くのだし、また裏返せば、子供たちへのそうした思いは絆《ほだ》しともなる。現に、女一の宮の恋敵たる〈女〉と目されて生霊事件が起き、自身の〈女〉に向かい合ったがゆえに、中の君は痛切に出家を求めたのだった。そして、おそらく〈女〉中の君に対するかの帝の執着で偽死事件が起きて、中の君は出家へと駆り立てられたのだろう。中の君は〈母〉として、子供といういやしに安住しえないのである。しかも、生霊事件で出家を望んだ折、男君との間に生まれた最初の娘への断ちがたい思いも入念に語りとられていた。出家が未遂に終わったために、絆しとしての子供が前景化されるには至らなかった。しかし物語終末、その絆しとしての子供に焦点が当てられたようだ。かの帝の勘当を受けた長男の存在は、中の君にとって子供がいやしであるばかりでなく、絆しとなり、子ゆえに惑う〈思〉の種でもある様子を示したといえよう。

『夜の寝覚』は子供という新たないやしを見出しつつ、その新たないやしに中の君を安住させはしない。またいやしであったはずの子供を、子ゆえに惑う〈思〉の種へと反転させさえするのだった。

この物語は、貴種〈かぐや姫〉の物語を終焉へと導きながら、その過程で〈母〉として見出された子供といういやしを容認しない。かつ、出家してなお子ゆえに惑う〈母〉の〈思〉を立ち上がらせ、「人」として求められた仏教的救済やいやしも容認しないのである。それは、『夜の寝覚』という物語が、「物語」とはいかんともしがたく救はあるまいか。

済されざる「人」たちを、いやされざる「人」たちを語るものだという「物語」観を有していることの表れなので

五　いやしなき「物語」観からの光景

とりわけ『源氏物語』以降の「物語」では、貴種〈かぐや姫〉の地上化が顕著な事態として浮かび上がっている。そこでの〈かぐや姫〉たちは、もはや無疵では昇天しえず、人の世にまみれ、そこに生ずる苦悩の〈思〉からの解放を求めて、出家による救済やいやしを目指す。それがまた地上の論理にからめとられた天人たちの昇天でもあったと概観しうる。

ざっと見渡してみると、『源氏物語』の光源氏や浮舟、ことによると薫、それから『狭衣物語』の狭衣などが挙がってこよう。浮舟はいささか趣を異にして、やや複雑な読みの手続を要するが、(13)他の三人はあからさまに超越的な資質を備え、〈かぐや姫〉の面貌を有している。けれども、これら〈かぐや姫〉たちは皆、流離の地、贖罪の地であるこの世で、多く恋の罪を犯し、苦悩の〈思〉を脱すべく出家という昇天を求めたものたちであった。やはりというべきか、それが果たされるにせよ果たされないにせよ、これらのものたちが、昇天を転位させた出家により救済されいやされるのは、きわめて難しかった。『夜の寝覚』もこうした状況を共有しているとまずはいえる。

しかし、『夜の寝覚』という「物語」は、その中でも特異なありようを見せている。光源氏や狭衣が、それにいかほどの意義なり価値なりがあるのかは別として、仏教的な救済やいやしの代わりに、もうひとつの昇天の転位であろう「物語」的栄華、すなわち准太上天皇や帝といった破格の虚構的栄華の道を歩んだのに対し、中の君にはそ

れがない。たしかに准后の位を与えられたようだが、それは当時、すでに地上的身分秩序の枠内にあったものにすぎない。彼女の立場・身分でそれを得たからといって、破格の「物語」的できごとではないのである。すでに多くの指摘があるように、初度の天人の予言で、「これ（天上の琵琶の音）弾きとどめたまひて、国王まで伝へたてまつりたまふばかり」（二八）と、音楽伝承譚の栄華を、つまり「物語」的栄華を想起させる道が示されつつ、それは閉ざされている。むしろそちらの方が注目される。〈かぐや姫〉生成時に予言されたこの栄華への道は、『源氏』『狭衣』同様、それが昇天への道のひとつであることを示したものだろう。けれども、帝の求愛が横恋慕のレベルに矮小化されているのを見てもわかるように、『夜の寝覚』はそういう昇天を認めない。「物語」的栄華を昇天の転位として示しつつ閉ざす。そのあり方は、『源氏』『狭衣』のようなあり方に対する痛烈な批評にさえなっている。

もちろんこの物語は、『源氏』以前の継子物語のごとく、この世での繁栄と幸福に安住したりなどしない。[14]また、いまだ若き浮舟なればこその、救済の可能性を秘めた出家も許さないし、薫に見られる開き直った地上化に流れることもないのだった。

すでに見てきたところだが、『夜の寝覚』は、「天人」と「人」の境界を外し、〈かぐや姫〉昇天の物語を終焉へと導きつつ、その過程で〈母〉として見出された子供といういやしも、さらに「人」として求められた仏教的救済やいやしも、いずれも容認しない。そして中の君を、おそらくその死に至るまで、惑う〈思〉の中に置く。それは、この物語が「人」としてこの世に生きることの救われ難さやいやされ難さをひき受け、そういう苦悩の生を受け入れた「物語」だったからではあるまいか。かつまた、その救われざる「人」たちを、いやされざる「人」たちを語る／書く行為にこそ、「物語」を見据えた「物語」だったからではあるまいか。

『夜の寝覚』における救済やいやしの不在は、こうした「物語」観の表象であり、そこにおいてこの物語は、貴種〈かぐや姫〉幻想を貼りつけてきた「物語」史をつき離し、特異にして新たな「物語」としての面目を施しているのではないだろうか。

注

（1）関根賢司「かぐや姫とその裔」（『日本文学』一九七四年六月→『物語文学論―源氏物語前後』一九八〇年　桜楓社刊）では、その貴種たちを「かぐや姫の裔」としてとらえる。本稿でもそのような視点を確保している。したがって、「かぐや姫の裔」は男女を問わない。

（2）深沢徹「往還の構図もしくは『狭衣物語』の論理構造―陰画としての『無名草子』論（上下）」（『文芸と批評』一九七九年十二月、一九八〇年五月→『狭衣物語の視界』一九九四年　新典社刊）。

（3）この物語の場合、もう少し事情は複雑で、昇天すべき「月の都」はさまざまに変奏されており、ひとつではない。その点については本書Ⅲ第3章で考察した。なお本書では、『狭衣物語』については内閣文庫本を底本として引用し、底本を同じくしつつ他本によりかなり本文を改めている大系の当該頁数を参考として掲げてきたが、大系はもとより注釈書も整い一般に流布している西本（新全集）、古活字本（全書、集成）とも論理を共有できる範囲で論じた。兜率天憧憬については古活字本の場合、天稚御子事件直後には見られず、巻二末の粉河寺参詣を前に見られる。ただ、天稚御子事件直後に経文を読み上げ、仏教的な転回は見せている。その点については本書Ⅱ第5章注(13)参照。

（4）河添房江「〈動態〉としての寝覚・序章―第一部の世界から」（『平安後期　物語と歴史物語』（論集中古文学4　一九八二・二　笠間書院）、同「『夜の寝覚』と話型―貴種流離の行方―」（『日本文学』一九八六年五月→『源氏物語時空論』二〇〇五年　東京大学出版会刊）、永井和子「寝覚物語―かぐや姫と中の君と」（『国文学』一九八六年十一月→『続寝覚物語の研究』一九九〇年九月　笠間書院刊）、佐藤えりこ「『夜の寝覚』におけるかぐや姫の影響

―天人降下事件を中心に」（『日本文学（東京女子大学）』一九九四年九月）、長南有子「夜の寝覚の帝」（『中古文学』一九九六年十一月）、大倉比呂志「『夜の寝覚』論―〈ズレ〉の意味性」（『平安文学論究18』二〇〇四年　風間書房刊）。

（５）引用本文は、新編日本古典文学全集に拠り、括弧内にその頁数を示した。なお、傍書は論者（鈴木）の注である。

（６）注（４）永井和子論文は中の君の内面に注目し、この一件から中の君が「かぐや姫感覚」を得たと指摘する。たしかに首肯される指摘だと思う。本稿では物語に生成される貴種（かぐや姫）という側面から論じていきたい。なお、注（４）長南有子論文は、中の君の異質性（かぐや姫性）が周囲の人間により何度も確認されていることを指摘する。

（７）注（４）大倉比呂志論文は、『竹取物語』との差異を丹念に検証し、そこにこの物語の方法を見る。本稿では、その差異を支えるこの物語独自の（あるいは後期物語の）認識といったものを掬いとっていきたい。

（８）注（４）永井和子論文。注（６）長南有子論文は、男君のあり方に注目して、中の君の非天人性を読み解く。本論では、中の君の非天人性から『夜の寝覚』のあり方をとらえていく。

（９）注（４）河添房江「〈動態〉としての寝覚・序章―第一部の世界から」は、天人の予言（感慨）の中に、「月の都の天人」と「人」としての中の君の対照を見とり、この予言を物語の基脈―中の君の〈人〉としての生に焦点化される物語のあり方―に関わらせつつ位置づけている。

（10）家人がいつ蘇生を知ったかについては論議の余地が残されているようだ。近年、新出資料が紹介され、それを含めての末尾欠巻部解釈には、なお揺れが大きい。田淵福子「『夜の寝覚』末尾欠巻部の再検討」（『平安文学論究18』二〇〇四年五月　風間書房刊）は新見を示しつつ、諸説を要約紹介している。

（11）注（10）田淵論文は、この時点では未出家だった可能性を示す。上三句は寺院参籠というより、やはり出家した状態を表していると解釈し、本文を引用した新全集本の鈴木一雄の復元に従う。なお、『伝慈円寝覚物語切』には、出家後という点では概ね見解の一致する場面で、中の君が長男を思い「われながら夢かうつつかとだにこそ覚めても覚めぬ夜にまどひけれ」と詠じた歌が見える。中の君が出家してなお子への愛に惑う〈思〉のなかにあったことは動かないと思われる。

(12) 永井和子「寝覚物語の『中の君』—男主人公から女主人公へ」（松尾聰教授古希記念『源氏物語を中心とした論攷』一九七七年　笠間書院刊→注（4）前掲書所収）は、中の君の「母」「主婦」（「家刀自」とも表現）の側面に、『夜の寝覚』の新しさを読みつつ、物語主人公としてのあやうさをも見とる。本稿では〈母〉ということばの中に「主婦」の意も含み込んで使用している。

(13) 小嶋菜温子「源氏物語の構造」（『解釈と鑑賞』一九九一年十一月→『源氏物語批評』「浮舟と〈女の罪〉—ジェンダーの解体」一九九五・七　有精堂）。なお小島論に先行論文が紹介されている。

(14) 中世に改作された『夜の寝覚』（通称中村本）は、継子譚的色彩を強め、子供たちの栄達を喜ぶ男君・中の君夫妻を語りとり、大団円を迎えている。原作と改作各々の継子譚との関係については、河添房江「中村本夜の寝覚」（『体系「物語」文学史　第三巻』一九八三・七　有精堂注（4）前掲書）、同「『夜の寝覚』と話型—貴種流離の行方」（『日本文学』一九八六年五月→注（4）前掲書）、足立繭子「『夜の寝覚』発端部と継子物語—《母》物語としての位相」（『中古文学論攷』一九九一・十二）に論じられている。河添論は音楽伝承譚についても考察している。なお、いわゆる中世王朝物語といわれるものには、〈女〉の栄華、その繁栄と幸福を語る物語がしばしば見られる。その折り返しの必然性については、本書Ⅳ第2章で論じている。

V

物語／批評

第1章『浜松中納言物語』の境域と夢——唐后転生の夢を中心に

一　夢への視点

物語の結末がいかなるものであるのか、いいかえれば物語の行き着いた境域がいかなるところであるのかという観点から、もういちどとらえなおす余地のある物語があると思う。

夢と転生を正面にひき据える『浜松中納言物語』（略称は『浜松』とする）は、中納言の心をとらえてやまない唐后の人間界への再転生（以下、唐后の転生という場合これを指す）を夢告《ゆめつげ》するが、その転生した子とおぼしい吉野姫腹の子の出生は見ぬままに閉じられている。この点について、二十歳前に妊娠すると命を落とすという聖の予言と絡めて、後続巻を想定する見解(1)も提出されたが、それを証する外部資料のないことと夢告の確実性を根拠に、松尾聰は以下のようにいう。すなわち、「この女子が遠い未来に於いて、中納言の恋の対象となるの日、即ち中納言の后に対する悲恋をやがて喜ばしい恋となし得るかゞやかしい日を暗示して締めくくったのだと考えたい(2)」（傍点引用者）という。基本的にはこうした理解つまり唐后はともあれ転生するという理解が通説化されてきたようだ。そして、唐后転生をあるべきことと確実視したうえで、さまざまな論議がなされている。

これに対して、神田龍身は、後に改めて触れるけれども、物語が示す夢への不信を指摘し「それは飽くまで夢告によるものなのであって、吉野姫君の妊娠というタイムリーな事実があるとはいえ、その腹の子が后であると誰が断言できようか」と、「贋の可能性」すなわち夢告のはずれる可能性を指摘する。加えて、本物の場合でも、「世代上のズレ」を生じ、ふたりの恋を想定させる夢告はやはり不確実である点に言及し、それらのことから「后の再来を待ち続けるというその熱き時間のうちにしか、物語のハッピーエンドはあり得ない」という(3)。唐后転生の〈未来〉を確実視する諸論に対し、何の保証もない転生を、「期待と不安」のうちに待ちこがれる〈現在〉にこそ、転生をモティーフとした物語のあやういハッピーエンドを見るのである。

両論の分岐点は、夢告の確実性に向けるまなざしである。その差異が、唐后の転生を夢に収めたまま閉じられる物語の読み解きを異ならせている。

そもそも夢を介してなされるこの物語への問いかけは、いずれにせよ夢実現の確実性・不確実性を、概括的に認定することと不可分になっているようだ。しかし、『浜松』に納まる数々の夢は、もう少し個別的に、夢を見る人との関係を勘案しつつ、その確実・不確実という概括的二者択一の呪縛を解いて読みうるのではないか。そして、夢と連動する唐后転生についても、転生であるのかないのか、また転生であるにして、何が不都合かをいう前に、中納言なる人物の〈夢〉である／〈夢〉でしかないというレベルにおいて、考えるべき点があるのではないか。

以上のような角度から、夢と転生を特色とする『浜松』を改めてとらえ直し、その行き着いたところを、物語の結末となる唐后転生の夢に見定め、何らかのハッピーエンドを期待しうる結末といえるのかという点を含めて、考察したいと思う。

二　夢を問う物語

　唐后の転生は夢告にとどまって実現しないのだから、それについて考えれば当然、夢をどうとらえるのかが論点になる。そこで、夢が実現するかどうかを見定めながら、転生の成否を予見し、論議するスタイルが研究史の早い時点から現れてくる。さて、その夢告によると、中納言の心にひかれて、唐后は再び女の身で吉野姫の腹に宿るという（岩波古典文学大系四〇二。以下、本文を引用する場合も同大系本文に拠り、その頁数を示す）。吉野姫については聖の予言もあり、夢と転生にしぼって論ずるのでは不十分だが、その点は後に詳述するので今は措き、まずは夢をとらえる視点から整理していきたいと思う。先行論文に導かれながら、どのように夢に迫っていくのかを考えたい。

『浜松』の登場人物達は夢告を信じ、その夢告は必ず実現すると了解されてきた。(4) 夢告についてのこうした、いわば研究史的理解に対し、異義が提出されている。唐后の死と昇天を空中の声が三度告げる、いわゆる空中唱声事件における中納言の思い「夢のうちならばこそ思ひもなぐさめめ、空の告げにきこえつる声は、いかになど思ひまがふべくもあらず」（三八〇）に注目した論である。前述の神田龍身は「夢はそれ程あてにならない」「夢告は空中唱声ほどには信用できないと物語が序列化を試みたという事実、更に夢告が一方で皮肉な機能をも果したという事実をも我々は忘れるべきではない」(5)（傍点引用者）という。「皮肉な機能」とは、夢枕に立った大君の歌を中納言が誤解した件である。(6)

　神田龍身は中納言の夢意識や夢告の誤解をそのまま、物語における夢一般が不確実である表象だと転回していく。

その転回はいかがかと思うが、示唆的ではある。いかがかと思うといったのは以下の理由による。すなわち、中納言が夢告より上位に空中唱声を位置づけようと、また夢告の内容を読み誤ろうと、客観的には、夢告はきわめて正確に実現され、また確認もされているのだし、他者においては、なんのためらいも誤解もなく信じられ、実現されるか否かをいえば実現される場合が多い。だから、それだけをもって概括的に『浜松』の夢は「あてにならない」、したがって夢の実現としてある唐后の転生も、贋かもしれない（実現するとはいえない）客観的不確実性を伴うものだとは依然としていい切れないからである。しかし示唆的なのは、夢とそれを見る人との関係に視点を移すと、ある場合、夢はそれを見る人にとって絶対の信頼対象ではないとの視点を提示したことだ。それまで、実現するか否かという視座から、換言すれば夢を一元的に見わたす客観的な視座から、アプローチされ確実視されてきた夢（夢告）を、それを見る人との主観的な関係において、考え直しうる可能性を示したといえるのである。夢と夢を見る人の主観的な関係から、また夢が実現するか否か以外の視点から、『浜松中納言物語』をとらえ直す必要があるように思う。

中納言と夢とのかかわりを見る前に、中納言とは対照的な他の人々と夢との関係を見とりながら、『浜松』の夢にいささか考察を加えたい。

まず、『浜松』にはその実現を語られないふたつの夢がある。中納言と唐后の間に生まれた若君が「日本のかため」になるという夢告、そしてもうひとつは中納言が吉野姫の「たづき」になるという夢告である。前者については、実現より若君を処置するにあたっての〈機能〉を重視して疑問を解消している。(7) また、後者については、「たづき」を生活上の頼りと解して合理化し、構想に一貫性を見る立場、(8) あるいは作者精神を反映した構想の揺れを見る立場[9]、さらには中納言と唐后の愛欲の激しさを印象づける作者の意図と見る立場[10]がある。夢が実現しないことを念頭に置きながら、いずれも夢自体を考えていく立場ではない。だが、これらふたつの夢は、とりわけ後者は、むしろ『浜松』の夢見に見られる特性の一端を窺わせている。夢はほぼ当人にしか影響を及ぼさない[11]といわれるように、それを見る人との主観的なかかわり方を見逃してはならない。そのうえで、実現を見ないこととの噛み合わせが何を表出しているのかをとり押さえたい。

A　后（若君を日本に渡すことを）はいとあはれに悲しくおぼされて、いかなるべき事にかと泣く泣く寝入り給へる夢に、
　　「これはこの世の人にてあるべからず。日本のかためなり。ただ疾くわたし給へ」

　と人のいふと見て、「さらば」と思ふもいとあはれなり。　（巻一―二〇八）

手放さなければいけないとは思うものの、決心のつきかねる后を踏み切らせるのがこの夢告である。若君が唐にあるべき人ではなく、日本の枢要な地位につく人だという夢告に、后は一点の疑念もさし挟まず「さらば」と若君の渡日を決意する。この決意を促す瞬間、夢は后にとって絶対なのであり、あえていえば、すでに実現したも同然の価値を持っているのである。類似例が吉野姫の「たづき」の夢である。

B　唐の后の…〈中略〉…明暮れなげき仏を念じ給ふ孝の心いみじくあはれなれど、…〈中略〉…この思ひかなふべうもあらねば、この世の人に縁を結びて、深き心をしめさせて、物思ひの切なるゆゑに、あつかはせんとは[a]うべんし給へるに、ここに又このむすめのたづきを見おきて、心やすく後生いのらんとおもひたまふ心の一つにゆきあひて、[b]この姫君のたづきも、この人なるべきぞ。　（巻三―二八三）

C　「[c]夢に見しやうに、仏の御方便限りなう、もろこしの后のまことのかたみにこそものし給ひけれ」と、あはれにかなしくおぼし知られて、念仏のひまひまには、近う入れたてまつりて、

「とまり侍る人の上は、きこえおき侍りにしかば、うしろやすく思う給へて、年ごろの本意のごとく、ひとへに今は仏を念じ申すがうれしきこと」

といとよわげによろこび給も、いとあはれに、（巻四―三三一）

引用Bは吉野尼君の得た夢告である。仏らしき存在が唐后の孝行心に感じて、吉野尼君・姫君母子の身を立たせるべく方便する一方、また尼君の道心をも知り、中納言を吉野姫の「たづき」にするという。引用Cは往生間近の尼君の様子である。引用Bの夢にひき続いて現れる中納言を仏の化身に重ね合わせ、夢見直後、すでに「仏の方便あはれに、わがのちの世のうたがひなく」(巻三―二八四)思っていたのであるが、傍線部c「夢に見しやうに、仏の御方便限りなう」という思いはさらに引用Bの傍線部a「はうべん」と呼応し、尼君がこれまでの中納言の心づかいを、夢の実現だととらえ返した様子を明らかにする。そのうえで、尼君は一心に念仏を唱える現在の喜びをいう（引用Cの波線部）が、引用Bの夢告の中にあるように、安心して仏道に専心できる前提には吉野姫の「たづき」が求められている（引用Bの波線部）。したがって、尼君の喜びはすでに「たづき」を確信した状態を示す。そして、心痛の種であった吉野姫（「とまり侍る人」）の行末について、「きこえおき侍りしにかば、うしろやすく」（傍線部d）と、中納言に語っているのを見ると、夢の実現を確信する尼君は引用Bの夢告どおり、中納言を吉野姫の「たづき」と見なしているのだと見てよい。

この「たづき」については、やはり夫を表すと理解するのが自然だ。[12] 引用Bは折しも、唐后への恋心をひきずる中納言が初めて吉野を訪れるところであり、唐后〈ゆかり〉の吉野姫を身代わりの〈形代〉とする物語の始動を濃厚に想定させる箇所なのである。とすると、たしかに後の展開はこの夢に矛盾する。しかし、夢告の客観的な限界は「たづき」を生活上の保護者と解釈することで合理化されるべきではない。夢告で透視させた〈形代〉物語の挫折こそが、転生をモティーフとする物語を強力に推し出していくという点に、この夢の方法性を見いだすべきだろう。構想は窺い知るべくもないが、「たづき」解釈の合理化は、『源氏物語』発祥の〈ゆかり〉に〈形代〉を求める物語を対象化した『浜松中納言物語』の、批評的ダイナミズムを見落とすことになるのではないか。

一方、尼君においてこの夢は、実現を見る地点ではなく、実現を信じて俗念を離れ、往生を遂げるまでに、その役割を果たし終えている。仮に、夢を見てもなお吉野姫を案じながら死去したならば、その後に姫君と中納言が結ばれたとしても、尼君と夢との主観的なかかわりのなかで、実現の価値はほとんど失われているだろう。夢は客観的な実現の成否だけが重要なのではない。むしろ、夢見によって行為が生まれるときの、夢と人との最も緊張した関係において、重要な役割なり価値なりを担う場合がある。ことに吉野尼の、明確に挫折した夢をめぐって、そんな側面が掬いとられるのではないか。

さらに、別の一例を挙げる。娘唐后を伴う唐国への帰国渡海に心を砕く父親王の夢枕に海龍王が現れ、「はやくゐてわたれ。これはかの国の后なれば、たひらかに渡りなん」(巻一―一六二)という。物語最初の夢である。出自、生い立ちを語る唐后紹介の部分に組み込まれ、この夢告が完璧に実現した次第もまた、同部分から窺い知られる仕組みになっている。けれども、夢見の本人である父が、その実現を確認するところはどこにも語られていない。夢を信じる人においては、夢見が行動へと接続するその関係時に、夢が最も重い役割や価値を担うのであり、実現するか否かに重心はないかのごとくだ。その点をまずは押さえておきたい。

これら三例の夢はどれも、夢を見る人の願いそのものであるがゆえに、夢見の主体に絶対の影響力を及ぼし、主観的には実現の成否など問われるべくもない。しかし客観的にどうかというと、吉野尼の夢は物語のうねりのなかで、つまり現実の時間の流れのなかで「たづき」の解釈を拡大しなければ合理化できないほどにゆがめられて現実化していく。実現しなかったといったほうが早い。そして唐后の父の夢は、実現はしたけれども、「后」であるために、父娘ともに宮廷内ではきわめて厳しい立場に置かれ、十全のめでたさに結びつかない様子が即座に語られていく（巻一―一六二〜一六四）。若君の「日本のかため」にしても実現するかどうか、またどのような状況をもたらす実現であるのかは、語られていないのだからわからない。それなりの地位につくのかもしれないが、出生に不透明さを抱える若き貴公子の内面が現実に安住できないで、あやにくな人生を歩む可能性を、たとえば『源氏物語』の薫を典型とする以後の物語のなかに予見する余地さえある。

これらの夢をめぐって、夢を信じるということ、またそれが実現するということ、それ自体がすでに問われている。夢告は限定的・断片的なことばや映像でしかない。だから夢を見た人にとっていかほど信頼に足るものであっても、それが現実に乗り入れるときどのような状況を随伴するのかはわからないのである。吉野尼の夢のように、客観的には実現したとはいいがたい場合に至ることもある。またたとえ、唐后の父の夢のように、夢告の内容が現実に移され夢の実現を指し示したとしても、そのとき夢の実現は〈現実〉の一部を構成するにすぎず、夢見が人を動かして発した輝きは日常性の中に解体されてしまう。夢への信頼も夢の実現も、夢見の後の物語状況においては、ともに相対化されているのである。すなわち『浜松』の夢は実現するか否かではなく、夢が実現すれば、ただの現実でしかなくなる夢の実現そのものが問われてしまっているのである。そして夢への信頼も、客観的にはきわめて危なっかしいという視線に貫かれている。しかしだからこそ、実現するか否かだとか、実現後のありようだとかを度外視して信じられる夢と人との主観的な結びつきなり関係性なりにおいてしか夢の存在感はない。物語のそのような夢認識を垣間見ることができるのではないか。かつまた、この夢認識が『浜松中納言物語』の夢見の特質でもあるのではないだろうか。

たくさんの夢を収める『浜松』は、夢が実現するか否かや、夢への信・不信を二者択一式に認定するところから読み解かれる物語ではなく、信・不信、実現・非実現の組合せを重層させて、多様に夢を問い正していく過程そのものであり、それを読み解いていくべき物語のように思えてならない。では改めて中納言と夢の関係を確認し、唯一、実現を見ないままに終る唐后転生の夢をめぐって、『浜松中納言物語』のたどりついた境域を次節以降で考えてみたい。

三　中納言と夢―夢のアポリア

中納言以外の登場人物達は夢をバネに自身の行動を決する。その夢は人々の願いを映し出し、夢とそれを信じる人との主観的な安定関係を構築していた。そのなかで、『浜松中納言物語』の主人公・中納言の場合は、吉凶さまざまな夢を見ているせいでもあろうけれど、やはり異色である。

大君の現れる夢は誤解され、尼になった事実が伝わらず、恋しく思っているのだろうとしか読みとれない[13]。また、空中唱声が唐后死去を伝える前にも、たびたび病臥の姿を夢に見るのだが「いかなれば、かからんと思ひ乱るる」(巻四―三七九)ばかりで、危篤を認識しない。大君の夢を見たその頃、中納言は唐后という新たな恋慕の対象を得て、望郷の念も薄らぎ「おのづから紛るる心地する」(巻一―一六七)のであった。夢に見れば後ろめたくもあるのか「かう遥かに思ひやるとならば大淀にてもあらず[14]」「われを恋ふらし夢に見えつれ」(巻一―一六八)と、その内容ではなく夢を見た事実で、大君の心を都合よく推し量っているようだ。また、吉野姫を手許にひきとっても一途に唐后の恋しい中納言(巻四―三七八)であってみれば、度重なる唐后病臥の夢を積極的に危篤(死去)と解釈することから一歩さがって、「いかなれば」（どういうわけで）と、多様な解釈の可能性に繋ぎ止めておくのだといえよう。あるいは、在唐中、慕わしい唐后との再会を予告する喜ばしい夢にしても、「思ひあはすべき方もなき心ちする」（巻一―一七五）と、現実的蓋然性の低さが「いかにみえつるならん」（巻一―一七五）の反応に押しとどめ、事の次第を聞くまでは逢瀬を遂げてさえ、夢が現実になっている次第を理解しない。(15)

全ての例を引くことは差し控えるが、これらの例が端的に示すように、中納言において夢は、それ自身いかがわしいのではなく、夢以外の何らかの徴証を得るまで、告げんとする内容をストレートに受けとられないで、中納言の置かれている現実に照らして斟酌される相対的な位相にしかないのである。夢見が絶対的・一義的に働きかけていく他者の場合とは異なり、中納言は夢を解釈し、時に誤解し、あるいは多様な解釈の可能性に委ねて放置する。だから夢はいつも、現実の事態ないしは何か別の徴証に照らし合わせて、律儀にその指示内容が確認されなければならない。またそこから遡及して夢の存在感もようよう裏づけられていくのである。しかし、夢＝現実、あるいは限りなくそれに近い図式が確認されるまで、夢告の内容が限定されないのなら、夢見と同時に割り込んできて、現実日常の時空間を逸脱する夢の、自立的存在感はどうしようもなく希薄になり、夢を見るとはどういうことなのかが問われてしまう。中納言と夢との関係においては、このように夢見自体が問われ続けているように思う。そして、唐后転生の夢は永遠に確認されないがために、かえって斟酌の過程で中納言が夢に対してどのようなスタンスをとるのか、つまり夢への信頼を獲得するのか、あるいはどのようにとりこぼすのかに焦点を絞って、夢見そのものへの問いかけを煮詰めていくようだ。

では唐后転生の夢と中納言との関係をたどってみたい。

D　身をかへても一つ世にあらん事ゝのり思す心にひかれて、今しばしありぬべかりし命つきて、天にしばしありつれど、我もふかくあはれと思ひ聞えしかば、かうおぼし嘆くめる人の御はらになんやどりぬる也。薬王品をいみじうたもちたりしかども、我も人も浅からぬあいなき思ひにひかれて、なほの身となん生まるべき。

（巻五―四〇二）

E　「なほ夢まぼろしかともうたがふこころもありつるを、[a]まことに、さは、世に亡くなり給ひにけるにこそは」と思ふに、「[b]我こそ身をかへて御あたりにあらんと思ひねがはれつれ、さばかりめでたく照りかがやき、世の光とおはせし御身をかへさせんとは思ひよらざりしを」など、あかずかなしう思ふままに、明ぬれば、所々に誦経せさせ、つねよりも行ひ祈りつつも、「[c]または此世にいつかは」と思ひつづくるに、「[d]この心我こころみだし給ふ人も、異様の契りのおはしけるよ」と方々胸いたう、

（巻五―四〇二〜四〇三）

引用Dは唐后転生の夢告であり、引用Eはそれを得た直後の中納言のありようである。引用Dの夢告では、中納言の恋慕に応え、天界を捨ててまた女の身に生まれ変わるという唐后の激しい思いを伝えている。ところが引用Eを見ると、中納言はまず、唐后の死去を再確認し（傍線部a）、この世での唐后との逢瀬がもう二度とないことを夢から読みとっていく（傍線部c）[16]。というのも傍線部bに見るように、中納言の心はありし日のあの美しい后の姿に占められ、その姿を変えてしまう転生など思うべくもなかったからである。さらにこの夢によって、吉野姫との通わざる恋路も改めてかみしめ（傍線部d）、転生への期待感など微塵もないかのようだ。

未来に希望をつなげる転生の夢に対し、中納言はあくまでふたりの女性を喪失した現実にこだわる。しかも唐后の死亡はすでに空中唱声によって確認し、千日の精進と法華万部経の読誦を思い立って（巻四―三八一）、供養らしきことさえ行なっていた。吉野姫についても、失踪直後から「さるべき人々のもとにこそさそはれおはしにけめ」

（巻五—三九三）と予測を立て、この夢の直前には「人にしたがへば、さぞもてなしてあらんかし」（巻五—四〇二）と、別の男性に扱われているであろうと考えている。夢は中納言の現状認識を裏打ちするばかりで、唐后転生への期待感はとりこぼされているのである。どうしても中納言は抱えもつ現実を外して、夢と繋がることができない。その点を確認しておく。

ところが例のごとく、手許に戻った吉野姫に妊娠という徴証を得ると、初めて未来に向かう希望を開き、夢告との屈折した関係を修復していく。

F　このごろいちじるく見たてまつり知りて、中納言にも聞こえければ、まことの契りとほかりけるくちをしさは、胸ふたがれど、見し夢を思ひ合はするに、うれしくもかなしくも、まづ涙ぞとまらざりける。（巻五—四三二）

夢を見た瞬間の、悲しみに彩られた心情をひきずりながらも、吉野姫の懐妊と夢とを照らし合わせてみれば「うれし」という感情が介在してくる。これはとり落としていた転生への期待感、すなわち姿こそ異なれ、とにかく唐后に再会できる近未来への期待感であろう。しかし、物語終幕間近、豊かな恋の時空間から排除され続けた中納言がこのように、唐后転生の夢に未来への期待を繋いだからといって、にわかに物語は曙光の内に閉じられていくとは読みえない。その理由は転生以後の「贋の可能性」や「世代上のズレ」をいう以前に、さらに続く中納言の斟酌のありようから窺える。

ところで、転生が本物であるという確認はたしかに難しい。けれども『浜松中納言物語』では、中納言が父の転生を、父の前生の記憶によって確認してしまっている。転生をモティーフにする物語のあやうさが噴出するのは、むしろ『浜松』を典拠にしたと三島由紀夫自身が表明している「豊饒の海」最終巻の『天人五衰』においてであろう。ちなみに、『天人五衰』では、清顕の生まれ変わりだと確信された透の真贋がはっきりせず、かつその終局に至って、聡子が清顕自身の存在を「そんなお方は、もともとあらしゃらなかったのと違いますか？」というとき、「清顕」たちとかかわりつづけてきたはずの本多の主観的な転生の確信が相対化される。そして何よりも、唯識論的には、生まれ変わる変容が本体を不在化（解消）させてしまう転生によって、本体を幻視するモティーフの矛盾そのものが自己言及的に問われざるをえなかった。

翻って、『浜松中納言物語』では唯識とは別の角度から、転生による本体奪還という概念に疑問符が打たれかけ、打たれそこなっている。すなわち、あくまで形にこだわり、形を変えてしまう転生に一度は否定的視線を向けていた（引用Ｅ・傍線部ｂ）。にもかかわらずその感覚を置き去りにして吉野姫懐妊を喜ぶ中納言を語りとって（引用Ｆ）、『浜松』では不可視にしてあいまいな本体への希求、すなわち抽象的な心の同一性への希求に向けられた疑問――それが何になるのかという意識――がなし崩しにされてしまったのである。かつまた、本体つまりは心の同一性の確認が、転生した本人の前生の記憶によりなされてしまっていて、前世の記憶なるもの自体のいかがわしさが疑われる視点は全く欠落している。転生の難問であり、それをモティーフとする物語を最も危険な境域に導いてしまう、本体であることの立証不能性も見事に隠蔽されているのであった。

まずもって、求める本体とは何か。次に、仮に本体を心と置き換えて幻想するにせよ、どのように確認するのか。そうした疑問がなし崩しにされない限りにおいて浮上する「贋の可能性」は、『浜松』では不問に付されているといわざるをえない。ならば、「贋の可能性」は唐后転生にまつわる不安材料になっていないと見るべきではないか。蛇足ながら、「豊饒の海」は『浜松中納言物語』を典拠にしたというより、きわめて批評的なスタンスで『浜松』と向かい合っっているというべきだろう。

さて一方、「世代上のズレ」については、夢が現実になり転生を果たした後に、たしかに問われるべき点ではあろう。前節でも見たように、夢告のことばは未来の全てを保証するものではない。唐后が再び女の身でこの世に生を受けるところまでが夢告の範疇で、それがいかに中納言との恋の再開を匂わせようと、そこに至るまでの長大な時間や、その間に起こるかもしれないアクシデントについては何ら言及せず、こうした現実的な厄介がふたりの恋を阻む可能性は否定されないのである。しかし、実現以降のたとえば「世代上のズレ」といった困難が早手回しに隠蔽されて、唐后転生の夢は実現を回避されたという以前に、この夢は夢であるうちになお大きな困難を抱えている。

吉野姫について、中納言に与えられた聖の予言に注目したい。

G 返す返す見給ふに、またならびなくかしこくおはしぬべきを、廿がうちに世を知らせ給はば、わが身破られ給ふべき宿世のおはするなん、いとおそろしう侍るべき。このごろも、この事とざまかうざまに見給ふるに、廿がうちににんじ給はば、すぐしとほしがたうおはします人と見え給ふこそ、いとたいだいしけれ。今年十七歳にやならせ給ふらん、今三年はなほつつしみ給ふらんや、善からん。（巻四―三五八）

中納言が吉野姫を京に移居させようとする際に、聖の語ったことばの一部が右のような予言的内容を含んだのである。ここではふたりの結びつきを牽制する要素が強いのだけれど、皮肉にもこの「三年」を経ぬうちに、中納言ではない式部卿宮に掠奪されて懐妊し、吉野姫は死の可能性を担ってしまう。しかも、懐妊中に母が死ねば同時に消失するその子供が、唐后の転生として生まれることを夢告されるのだった。ために、転生の夢告を確実視する立場から、予言の呪縛を解消すべく(17)、また夢の実現と予言の折り合う解釈の可能性を求めて(18)、見解が提出されてきた。しかし、物語は結局、吉野姫の出産なり死なりを語らずに終わっている。つまり、予言は無効になったわけでもなければ、現実になったわけでもなく閉じられているのである。

吉野姫の命にかかわる予言は、唐后の転生にかかわる夢告と明らかに連動している。となれば、予言の当否が語られず仕舞いなのと、夢の実現が語られないままであるのとは密接にかかわりながら、結末を宙吊りにした終わり方において、『浜松中納言物語』のある境域を浮かび上がらせていると見るべきではないか。予言と夢告のどちらが優先するのか、あるいはどのように折れ合うのかといった、物語以後に目を向けるのではなく、予言が現に物語に及ぼしている影響に、すなわち唐后転生の夢を斟酌する中納言の、その斟酌の材料となって及ぼしている影響に注目したい。

中納言は、吉野姫懐妊と夢告とを照らし合わせ、唐后再来の期待に喜びを感じる反面、姫君病臥の姿を見てはまた聖の予言を思い出さずにはいられないのだった。

H　をさをさおきあがりもし給はず、かよわう心くるしげなるは、いとゆゆしういかならんと思ふに心しづかならず、吉野山のひじりの相を思ひ出づるもいみじうおそろしきままに、思ひ残すことなう御いのりどもはじめさせ給ふ。（巻五—四三八〜四三九）

吉野姫病臥の姿は明確に聖の予言に重ね合わされている。予言の呪縛を解くかどうかは窺い知れないけれど、修法は人が人の死を払いのけんとするときの、唯一にして最大の手段である。少なくとも、病臥の姿を目前にして、あらん限りの修法を始めさせた中納言は、聖のことばを聞いたときよりもはるかに緊張感を持って予言を受け止め、恐れを抱いて、吉野姫死亡の事態を危惧している。そのことだけは確かだ。

『浜松中納言物語』の夢の多くが予言的性質を強く示し、そういう夢を中納言は現実の状況において斟酌する。聖の予言も吉野姫懐妊と唐后転生の夢告がリンクするまでは、さほどの波紋を広げていたとは思われない。たしかにふたりの逢瀬を妨げる内容ではあるが、中納言が吉野姫との関係を積極的に形成しえないのは、むしろ唐后や大君への思いによって説明づけられ、付加的に予言の制約が働いているといったところだ。そして、夢同様、予言が中納言においてより大きく意識されるのは、このように懐妊・病臥する吉野姫という、眼前の事実が突きつけられたときなのである。しかも、この予言は多くの夢がそうであるように、中納言にしか与えられず中納言ひとりが影響を蒙る形になっている。となれば、中納言が強く予言を意識するこのときの、予言の影響を考えてみるべきではないか。

繰り返すが、予言は無効になったわけでも現実になったわけでもない。けれども、吉野姫死亡の恐れを抱いて思い返されることによって、中納言の斟酌に二律背反を設定し、唐后転生への一途な期待感を阻害する。つまり、〈唐后転生の夢→吉野姫懐妊→期待感〉という筋道と平行して、〈予言→吉野姫懐妊・病臥→不安感〉という筋道を立ててしまう。人と人とを厳然と分け隔てる生と死の論理を覆し、とり返せない過去の時間をとり戻そうとする転生の夢への期待感と、懐妊中にもし母が死ねば子も死ぬという現実的な制約により転生の夢が実現しない不安感とが均衡するのである。夢も予言も未来を予告していまだ現実ではなく、吉野姫の懐妊と、いずれの理由にせよその病臥する姿は、双方の確からしさを等分に証する。また、この転生は父のそれとは異なり[19]、夢だけを根拠とし、予言に優先する何ものも持ち合わせてはいない。だからこの場合、微妙なニュアンスの違いはあるものの、夢と予言とは同質等価なふたつの事象であり、一方を確信すればするだけ、他方の確率も高く思われる次第だ。中納言は吉野姫が懐妊して不調である現状を徴証として、唐后転生の夢に期待を抱くその分だけ、聖の予言が指示する吉野姫死亡と、それによる転生の不成立に不安を抱かなければならない。懐妊と不調とのとり合わせは、よくある一般的な様子だと片づけられない。無条件に夢を信じることのできない心性は、秤にかけて同じ重さの予言に脅かされて、いわばアポリアを抱え込んだのである。唐后が必ず転生する保証などない。また、転生以後が不安なのでもない。

吉野姫を眺めながら、夢と予言によって相反するふたつの可能性をあぶり出し、転生への期待感に安住できない中納言のありようこそが注目されてしかるべきではないか。

　夢が実現するか否かはついに語られなかった。たとえば最後に、吉野姫が子供を出産したとさえ、語られないこの物語にあっては、夢と予言の成り行きについて、なにものも想定しえないのである。物語最終、唐の宰相からもたらされた手紙が、唐后の死亡とそれに伴う諸々の情勢を伝える。宰相といえば相応の身分であるし、かつて中納言を日本まで送った具体的な人物でもあるから、その手紙は風聞の域をこえて信憑性がある。手紙を見た中納言は「見し夢は、かうにこそとおぼし合はするにも、いとどかきくらし、たましひ消ゆる心ちして、涙にうきしづみ給ひけり」（巻五―四四〇）と、最終的に后の死亡(20)を確認して深い悲しみに沈むばかりだ。そして、そういう中納言の姿に物語は閉じられる。しかし、后の死を伝える悲しい知らせを、いささかでも慰めるはずの転生の夢への期待感は、まったく語られないのである。結局確認できるのは后の死だけで、后が確実に生まれ来る実感を、中納言はつかみかねているということだ。物語には、最後まで夢と予言のアポリアを抱えて、唐后転生への期待感に安住できない中納言がいるだけなのである。

　こうした中納言の姿から読みとれるのは、現象している事実あるいは現実以外に、何ものかを確信することの不可能であり、現実から仰望する夢に期待を繋ぐことへの深い懐疑なのだと思われる。どんなに危なっかしくとも信じればこそ、夢はそれを見るものにとって救済たりうるけれど、無条件の信頼を置けず、なにがしかの証を求める心性には、夢が夢でなくならない限り、どこまでも不確実な可能性でしかなく、もはや救済たりえない。様々な夢見を語り続けた『浜松』が、唐后転生の夢とそれを見る中納言との関係において浮かび上がらせたのは、夢を無条件に信じられない心性が覗いた夢の限界、あるいは夢の陥穽ではあるまいか。『浜松中納言物語』は夢と転生の物語だといわれるけれど、夢や転生が無条件に信じられる物語ではなく、夢や転生を突き詰めて、とうてい無条件には信じえない境域に至った物語なのではないだろうか。

四　『浜松中納言物語』の境域——求めえぬ救済

現在たどられる散佚首巻の内容によると、父亡き後、母の再婚をめぐって主人公中納言はおもしろからぬ現実を生き、出家まで考えていたが、父が唐の皇子に転生したことを聞き、また夢にも見て、渡唐の決意をしたらしい。現存巻一初頭部は、その夢が現実となっている唐に渡り着いて、中納言と父が再会するところを語る。(21)

だが、人と人との間に置かれた生と死の隔てが、転生によってとりのけられれば、『源氏物語』が追いつめ『狭衣物語』や『夜の寝覚』にも色濃い翳を落とす出家・救済へのこだわりなり、〈ゆかり〉や〈形代〉のモティーフなりは放棄されてもいいだろう。たとえば『源氏』幻巻は、最愛の紫上が死亡して永遠に喪失されるからこそ、物語そのものを喪失するほど空虚な時間を此岸に流し込み、そこを彷徨する光源氏において、出家・救済が焦点化されたのであろう。さらに、亡き大君とは二度と再会できない薫に代わり、〈形代〉の苦悩をも担った浮舟をめぐって、出家・救済はより絶望的に遠いところに退きつつ求められたのではなかろうか。もちろん死は象徴的なできごとである。現実を構成する要素のひとつが、とり返しがたくひき抜かれ、いびつな形になった現実で、感じられる空白感や、演じられるドラマから改めて照らし返される現実の救いがたい諸相が、たとえば転生という概念をたぐり寄せて、失われた人や時がとり返せるなら、ネガティブな質をも負う〈ゆかり〉や〈形代〉は捨象され、〈浮き世／憂き世〉を捨てる出家と出家による救済も無用となって、いずれも切に求められる必然を欠いてしまうだろう。

伝聞が夢を裏打ちしたにしても、ともあれ転生を告げる夢に賭け、父との再会を果たす中納言の物語は、むしろ夢や転生の超現実性に、救済を模索する物語を開いたとまずはいえよう。ただ、転生は伝聞によるばかりでなく、さらに夢告により、夢越しに間接化されて、転生の成立が夢の実現に重ね合わされているので、より多く夢に救済が模索されたと見とられる。しかし、夢に賭け、日本での不毛な現実を乗り越えようとした中納言は、ひき替えにそこにあった現実的実りの可能性を、たとえば大君との恋の実りの可能性をとりこぼしてしまう。帰国後の巻二における中納言はそんな夢の外部にあった現実に直面していく。つまり、夢による現実の超克をめざした物語の可能性が開かれる一方で、それ自身が相対化されるように、夢に期待を託すことや、その夢が実現することを「夢」と「現実」のなかで厳しく問うてもいる。

にもかかわらず『浜松中納言物語』には、なお多くの夢が語られていくが、語られつつ「夢」と「現実」の相互侵蝕といった事態が招かれずにはすまなかった。先に見たように、無条件に夢を信じる人々は、夢に突き動かされて現実での行動を決していく。このとき、夢は現実を侵蝕するといえるわけだが、しかし夢告の内容が現実に移されたと同時に、それは現実の一部に組み込まれ、いかに夢の実現を指し示したとしても、総合的な現実のなかで夢見の瞬間の輝きを失っていた。あるいは、現実に移されていく過程で、すなわち日常的な時間の流れのなかで、実現したとはいいがたいほどに、夢告の内容がゆがめられて現実化されることさえあった。唐后の父の夢、吉野尼の夢はそうした運命をたどっていた。夢を信じること、そしてそれが実現することにも、はかなさが滲み出ているのである。それでも、夢を信じる心性そのものにおいて、夢は夢の存在証明を得ていた。

ところが、夢の大半を占める中納言の夢は、確実に現実に移され、夢が現実を領導する側面を見せるけれども、中納言と夢とのつながり具合は決してストレートではない。夢は常に中納言の置かれる現実に照らし合わされて斟酌され、現実内に何らかの徴証を見て初めてその内容を理解された。父転生の情報も、夢告のみによらず伝聞をも得て渡唐するのであった。しかしそうなると、現実日常の論理を超えた夢の自立的存在感が曖昧にされ、夢やその実現の意味も矮小化されてしまう。このように『浜松中納言物語』では「夢」が対概念である「現実」に噛み合わされ、夢への信頼や夢の実現、そして夢の存在そのものが厳しく問われてしまっているのである。

さて、物語終盤に位置する唐后転生の夢においては、夢と予言という同質等価の事象が向かい合わされ、生死の隔てを転覆する転生への期待と、それを妨げる死の不安とが均衡し、ついに中納言は夢への期待感に安住できない。これまでは現実との相関で、夢は問われてきたのだが、「神来のもの」(22)といわれるような不可思議な夢を、無条件に信じられない心性が、それでも夢に期待を抱こうとするとき、予言(さらには別の夢という可能性もありえたはずだが)が割り込み、今度は、夢がそれ自体の不確かさを露呈して遠のいてしまう。もはや夢がストレートに受け入れられていないこの物語は、古代から脈々と続き中世では説話文学や宗教の場でいやましに増す夢信仰を突き放し、夢が超現実の領域内ですでに相対的である境域までにじり寄り、夢への決定的な懐疑にたどり着いたといえるだろう。『源氏物語』から中世文学への狭間にあるスポット平安後期文学は、何かひとつ屈折を持っている。『浜松中納言物語』は、古代から『源氏』にもひき継がれ中世へと続く夢信仰に、懐疑の穴をあけて、平安後期物語のアイデンティティを示しているのだと思われる。

ただ、『浜松中納言物語』には、「夢」も「現実」もなく空虚が構築されているのではない。転生の夢告を宙吊りにした末尾は、「豊饒の海」と紙一重で、空虚の構築から逃れ出ている。(23)逆にいえば、『浜松中納言物語』を批評しつつ受けとり、一歩を進めたもしくは進めてしまったところに「豊饒の海」はあるのだと思われる。

注

(1) 柿本奨「更級・浜松・寝覚とその浪曼的精神」(『国語国文』一九三八年八月)。

(2) 「みつの浜松の物語」(『文芸文化』一九三九年五月〜八月→『平安時代物語の研究』一九五五年　東宝書房刊→日本文学研究資料叢書『平安朝物語Ⅳ』一九八〇年　有精堂刊所収)。

(3) 「『浜松中納言物語』転生物語論」(『文芸と批評』一九八七年九月)。

(4) 松尾聰『浜松中納言物語』(日本古典文学大系所収)解説、石川徹「『浜松中納言物語』の登場人物とこの物語の主題」(『帝京大学文学部紀要　国語国文学』一九八三年十月)等。

(5) 注(3)神田龍身論文。なお、この部分を論拠に伊藤守幸「『浜松中納言物語』における夢と現実」(『文芸研究』一九七九年六月)は夢に対する作者の醒めた目を見とる。同「輪廻の縺れた糸——『浜松中納言物語』の構想論をめぐって——」(『仙台電波高等専門学校研究紀要』一九八一年十二月)はこの箇所に夢告の曖昧さを読みとっている。が、後論において、吉野尼君の受けた夢告は機能的必然を欠き、物語の古代性を表出しているとする点については疑問が残る。本稿を通して、どのように位置づけうるのか、見解を明らかにしたい。

(6) 「誰により涙の海に身を沈めしほるるあまとなりぬとか知る」(巻一—一六七)が示す「尼」になったことを読みとれず、「日の本のみつの浜松こよひこそ我を恋ふらし夢に見えつれ」(巻一—一六八)の読みとりにとどまっている(傍線引用者)。引用本文は日本古典文学大系(旧)に拠り、巻数を示し、大系の頁数を表示した。

(7) たとえば注(2)松尾聰論文、伊井春樹「浜松中納言物語の方法—唐后から吉野の姫君へ—」(『国文学研究資料館紀要』一九七八年三月)等。

(8) 日本古典文学大系頭注、伊井春樹「吉野の姫君の運命—浜松中納言物語の構想に関連して—」(『愛媛国文と教育』一九七一年六月)。

(9) 森岡常夫「浜松中納言物語の研究」(『平安朝物語の研究』一九六七年　風間書房刊→日本文学研究資料叢書『平安朝物語Ⅳ』一九八〇年　有精堂刊所収)。

（10）戸叶信枝「浜松中納言物語に関する考察—夢と主題—」（『国文』一九七三年六月）。
（11）池田利夫「浜松中納言物語の夢（下）—その特質と構想上の役割について—」（『芸文研究』一九六五年一月→『更級日記浜松中納言物語攷』一九八九年　武蔵野書院刊）。
（12）注（9）森岡常夫論文、（10）戸叶信枝論文は、後に聖の語ることば（三五八）から、尼君は姫君の「夫」を求めていたと見る。
（13）神田龍身「浜松中納言物語」（『体系物語文学史』第三巻、一九八三年　有精堂刊所収）。
（14）野口元大「浜松中納言論—女性遍歴と憧憬の間—」（上智大学『国文学科紀要』一九八九年一月）は「おおよそにてもあらず」について、『伊勢物語』七二段の「大淀の松はつらくもあらなくにうらみてのみもかへる波かな」からの引用であることを指摘する。それに従い「恨み」をひそめた引用だと理解する。
（15）神田龍身「『浜松中納言物語』幻視行—憧憬のゆくえ—」（『文芸と批評』一九八〇年十二月）。
（16）この部分「この日本でもう一度逢えるのか、いつの日に、待ち遠しいことだ」の意とする解釈（野口元大「浜松中納言論（承前）—女性遍歴と憧憬の間—」上智大学『国文学科紀要』一九九〇年一月）があるが、死を確認し寺々での誦経を行ない、吉野姫喪失と合わせて「方々胸いたう」思っているのを見ると、喪失感が先にあり転生への期待感はまだないのではないか。
（17）注（2）松尾聰論文はふたりの仲を隔てる機能を重視し、中納言や春宮の行なう修法が予言の呪縛を解くだろうと予見する。注（7）伊井春樹論文も同機能を指摘し、さらに姫君の病は中納言恋しさのものだとし、中納言の世話で快方に向かう様子に予言のはずれを見る。姫君の心情がどうであれ、戒めが破られて懐妊病臥している事実は動かないし、また快方に向かう様子があるにせよ、小康を得たのちに死を迎えるというのは物語によくあるパターンであるから、可能性としての死は払拭できない。予言がはずれたとはいいえないであろう。
（18）注（4）石川徹論文は、聖の予言が当たって吉野姫は難産で死ぬが、唐后は生まれると推論する。
（19）本文中にも「中納言も『かくなん侍る』と伝へききて」（巻一—一六五）とあり、『無名草子』に「式部卿宮唐土のみこに生れ給へるを伝へ聞き夢にも見て中納言唐へ渡るまではめでたし」とあるように、父の転生については伝え聞いていたと思われる。この点については注（２）松尾聰論文、石川徹「『浜松中納言物語』闕巻の構想に就いて」（『国語と国文学』一九三九年九月↓『古代小説史稿』一九五八年　刀江書院刊↓日本文学研究資料叢書『平安朝物語Ⅳ』一九八〇年　有精堂刊所収）に詳述されている。

(20)　内山智子「『浜松中納言物語』と夢」（『日本文芸論叢』一九八五年三月）は唐でのできごとすべてと、唐そのものを「見し夢」と捉える。首肯しうる解釈だと思う。ただ、論理の流れに沿って見ると、内山論はこの過去としての唐への思いに、不安はあるものの、唐后転生の未来への思いが投影されていると見るようだが、本論中に述べるように、その点については見解を異にする。中納言の視線がいつも過去に向かっているのは確かだが、それを投影して未来を眺める視線はまたいつも挫折しているのではないか。

(21)　↓注（19）

(22)　西郷信綱『古代人と夢』（平凡社選書　一九七三年）。

(23)　「豊饒の海」における空虚の構築については、本書Ⅳ第１章五節および六節で考察した。

第2章『風に紅葉』と『今鏡』——歴史物語の射程

一　歴史物語への視線

中世において王朝物語的な物語を語る、いわゆる中世王朝物語史の最末期に『風に紅葉』という物語が登場してくる。この物語はどちらかといえば小ぶりな物語であるが、平安後期以降の物語や、いわゆる鎌倉時代物語一般の傾向と軌を一にして、小編のわりには先行文学の甚大な影響、もしくは貪欲ともいえるその摂取の跡が随所に認められる。

すでに和歌との関連について(1)、また『宇津保』『源氏』『狭衣』等の物語との関連については(2)、一定の研究成果が提出されている。ところが、物語のなかでも歴史物語との関係となると、いささか等閑に付されている観を免れない。そこで、『今鏡』という歴史物語を繙いてみると、それとの意外に深い関わりを見出すことができるように思われる。

本論では、『今鏡』からの影響、また『今鏡』との奇妙な繋がりを掬いとるところから、『風に紅葉』にいささかなりとも新たな読みをつけ加え、歴史物語の有する意外な射程をとらえることができればと思う。

二　『風に紅葉』冒頭と『今鏡』「作り物語の行方」

では早速、『今鏡』からの影響を、かなり明示的に浮かび上がらせているとおぼしい『風に紅葉』冒頭部をとらえ、考察の端緒にしたい。

風に紅葉の散るときは、さらでもものがなしきならひといひをけるを、まいて老いの涙の袖の時雨は晴れ間なく、苔の下の出で立ちよりほかは、なにのいとなみあるまじき身に、せめての輪廻の業にや、昔、見聞きしこと、人の語りしこと、そぞろに思ひつづけられて、問はず語りせまほしき心のみぞ出でくる。その中に、なべて物語などにいひつづけたる人には変はりて、艶にいみじうもあらず、波の騒ぎに風静かならぬ世のことわりを思ひ知るかとすれど、それも立ち返りがちに、よろづにつけて心えぬ人の上をぞ、案じ出だしたる。あまり聞き所なきは、昔にはあらぬなんめり。（四四三）[3]

もはや冥土への旅支度をする以外ない身の上でありながら、どうしようもなく「輪廻の業」から逃れられないのか、かつて見聞したことや人から聞いたことを、問わず語りに語りたくてならないという。そんななかで、よくある物語の人物とは異なり、「艶にいみじうもあらず」という一風変わった人物の物語を語っていくというのである。

現実的にありえぬ年齢の人物かどうかはわからないにせよ、死出の旅路の準備をするほどの老者を語り手として明確に定位し、しかもその老者が昔見聞したことを語りたがっているあたり、すでに歴史物語の語りの前提とも微妙に接触する。しかし、傍線部に着目してみると、これまでにも示唆的な指摘[4]はなされているが、より具体的に『今鏡』「作り物語の行方」との関連が注目されてくる。『今鏡』当該部分を引用してみたい。

またありし人の、「まことや、昔の作り給へる源氏の物語に、さのみかたもなき事の、なよび艶なるを、もしほ草書き集め給へるによりて、後の世の煙とのみ聞こえ給ふこそ、艶にえならぬつまなれども、あぢきなく、とぶらひきこえまほしく」など言へば、返りごとには、「まことに世の中にはかくのみ申し侍れば、ことわり知りたる人の侍りしは、大和にも唐土にも、文作りて人の心をゆかし暗き心を導くは常のことなり。妄語など言ふべきにはあらず。…〈中略〉…人の心をつけむことは、功徳とこそなるべけれ。情をかけ、艶ならむによりては、輪廻の業とはなるとも、奈落に沈むほどにやは侍らむ。……」（下—五一九）[5]

前にも語り手の嫗に質問をした人がまた、いわゆる紫式部堕地獄説を持ち出し、その真偽を問いつつ、供養をしてやりたいというのであるが、それに対して嫗は、文によって人の心を導くのはよくあることで、妄語であるどころか、かえって功徳となるものなのだから、たとえ『源氏物語』が情を含んだことばを用い、「艶」なる書物であるがゆえに、「輪廻の業」にはなったとしても、地獄に堕ちるほどの罪には当たらないといい、紫式部堕地獄説を否定する。

　右のやりとりのなかで、三度も登場するのが「艶」ということばである。これは、少し後に成立する『無名草子』の『源氏物語』評においても、「紅葉賀」「花宴」「賢木」「蓬生」各巻にいわれたことばであるが、『今鏡』のこの部分では、『源氏物語』全体の特質をほぼ「艶」ということばでとらえているといっていいだろう。しかし、このように概括的に「艶」の語でとらえてしまうならば、それはもはや『源氏物語』を超えて、男女の恋をモティーフとするような物語の多くに、換言すれば作り物語の多くに、その「艶」なる特質が当てはまってしまうのではあるまいか。むろん、『今鏡』（嫗）はこの後、仏教的見地から、すなわち仏教帰依を促す物語という見地から、『源氏物語』がとりわけすぐれた物語である次第を語っていくわけだが、その間に、いみじくも供の童が「これは男女の艶なることを、げにげにと書き集めて、人の心に染めさせ、情をのみ尽くさむことは、いかがは尊き御法とも思ふべき」（下五二四）と疑問を発した傍線部からも窺えるように、男女の恋は勢い「艶」なるもので、それを語る物語は「艶」の範疇に収まるだろう。

したがって、嫗が、『源氏物語』は情を含んだことばを使い、まさに「艶」なる物語であるがゆえに、「輪廻の業」にはなるとの見解を示したとき、それは、男女の恋を語るような物語にも、つまり作り物語にも投網を打ったことになるのではなかろうか。

『今鏡』「作り物語の行方」は、紫式部堕地獄説に端を発し、『源氏物語』論を展開しているように見えるが、「艶」の語を概括的に用いた結果、意外な広がりをもち、『源氏』を代表格に据えつつ、実のところ男女の恋を語るような物語全般を、すなわち作り物語全般を「艶」なるものに帰趨させ、それを語る＝書く行為は、「輪廻の業」を免れないという視点を確保しているといえるのではあるまいか。「作り物語の行方」なる題名の象徴するところであるだろう。

さて、『風に紅葉』冒頭に今いちど戻り、『今鏡』「作り物語の行方」との関連について、考察を加えていきたいと思う。

『風に紅葉』冒頭、老者が「昔、見聞きしこと」を語りたがっている点、歴史物語の語りの前提とも微妙に接触するのは先にも述べた。が、「人の語りしこと」を語る、すなわち人の語ったことを語り伝えていくというのは、物語（作り物語）の語りの常套的あり方だといえる。つまりここには、あるいは歴史物語的なものであれ、また作り物語であれ、『風に紅葉』の語り手の老者は物語を語る行為に心を掻きたてられている様子が詳らかにされているということだ。とはいえ引用後半部を見れば、「なべて物語などにいひ続けたる人には変はりて、艶にいみじうもあらず……」と、これからの物語を予告しており、作り物語への意欲を含んだものいいであるのは察せられる。そしてそれは、どうしようもなく「輪廻の業」から逃れられない我が身のせいなのだろう、と推測しているのである。歴史物語の語りの前提とも微妙に接触しつつ、物語（作り物語）を語る行為と、「輪廻の業」とを結びつける『風に紅葉』冒頭のこの部分には、『今鏡』「作り物語の行方」の反映を見てもいいのではあるまいか。

次に、「なべて物語などにいひ続けたる人には変はりて、艶にいみじうもあらず、…〈中略〉…よろづにつけて心えぬ人の上をぞ、案じ出だしたる」と、これからの物語を予告している部分であるが、これは、おおむね物語（作り物語）に語られるのは「艶にいみじ」を特質とする内容だと規定しておいて、『風に紅葉』はそういったよくある物語とは違うと宣言し、これまでにない物語への意欲を示したものだといえる。ただこの部分にしても、『今鏡』「作り物語の行方」が『源氏』論の結構を保ちつつ、その『源氏』をきわめて概括的に「艶」と規定することで、「艶」なる特質は男女の恋をモティーフとするような物語一般をも覆っていく可能性を考慮するならば、『風に紅葉』が「なべての物語」を「艶にいみじ」と規定している点もまた、『今鏡』「作り物語の行方」を反映したものだと考えられるのではあるまいか。もう少し踏み込んでいえば、むしろ『風に紅葉』冒頭のこの規定は、『今鏡』「作り物語の行方」を、物語（作り物語）全般に敷衍して解釈したうえでのものいいであったということではなかったろうか。

平安末から鎌倉時代にかけて、狂言綺語の罪に照らして、紫式部堕地獄説が盛んに流されていく。(6) 以来、物語（作り物語）は仏教的な罪と、それまでにも増して、常に背中合わせにあったといえるだろう。『風に紅葉』冒頭もそんな状況を背景にしているとおぼしいが、「輪廻の業」「艶」といった語の重なりや、それをめぐって展開される内容的な重なりは、この物語冒頭が、漠然とした思想的風潮にもっぱら解体され吸収される質のものである以前に、『今鏡』「物語の行方」との影響関係を有していることを示しているといえるのではないだろうか。

三　『風に紅葉』における闘争の排除

前節では、特定の語を媒介に『風に紅葉』と『今鏡』との、かなり明示的であるとおぼしい影響関係をとらえてみた。けれども、物語のありよう・あり方といったレベルから、『風に紅葉』が『今鏡』を、歴史物語と作り物語という区分をはずし、ひとつの物語として享受していた可能性を問いうるのではないだろうか。そこで、本節では『風に紅葉』の、特異ともいえる物語のありよう・あり方を追ってみたいと思う。

『風に紅葉』はその冒頭において「なべて物語などにいひ続けたる人には変はりて、艶にいみじうもあらず……」と宣言していたように、いささか風変わりな物語である。主人公二位中将は将来を嘱望される摂関家の息男であるが、それこそ「艶にいみじ」といった男女の恋の物語を、当初から不在化されてしまっているようだ。たとえば皇女略奪の物語は、すでに物語前史で父大殿がやってのけてしまっており、それを教訓に時の帝は、二位中将元服の翌年、后腹で春宮と同腹の一品宮を降嫁させている。二位中将が奪うべき人物はあらかじめ与えられてしまっているのだった。しかも、二位中将にとって一品宮は申し分のない妻であり、宮の母后の宮に対する淡い恋慕も不発のまま終わってしまうし、他の女性との間のあれこれの関係も一品宮との関係に波風を立てたりはしない。不発の母后恋慕はもとより、梅壺女御や承香殿女御との関係も、命がけで帝の妻を過つ物語として形象されていくわけでもないし、また他の女性とののっぴきならない恋がもとで帝（院）の勘当を蒙り、一品宮は宮中へ、中将は嘆きの淵に沈むといった、『いはでしのぶ』のような物語にもなっていないのである。王朝懐古的な皇妃侵犯の物語をなし崩しているのはいうに及ばず、そこから派生する悲恋遁世の物語であったり、さまざまな事情・行き違いにより仲を裂かれて悲恋遁世あるいは死に至る物語であったりと、いわゆる中世王朝物語によく見られるパターンからも、この『風に紅葉』という物語ははずれているということだ。それもこれも、一品宮という申し分のない最高の女性が、二位中将にあらかじめ与えられてしまっていたがゆえであろう。つまり、『風に紅葉』は「艶にいみじ」というべき物語を、その宣言どおり、初めから不在化させているのであった。

そんななかで目を惹くのは、二位中将と異母兄の忘れ形見である若君との男色関係である。しかしそれは、「艶にいみじ」とは対極にあって、時の風俗を反映した奇怪なものだとして済ませられるものではない。たしかに「艶にいみじ」とはいいがたいにしろ、すでに指摘されているように(8)、物語における男色とは、主人公の世代交代から暴力を排除する方法としてとらえうる。『風に紅葉』もまた、二位中将と若君との男色関係を持続的に語り、いわば摂関家内部における異母系への、闘争なき世代交代を実現した物語という側面を有している(9)。このあたりから『今鏡』との関連をとらえていきたいと思う。

良好な男色関係によって粉飾されているものの、二位中将と若君との間柄は、実はきわめて微妙だ。先にも触れたとおり、若君は中将の異母兄の忘れ形見である。そして、その異母兄の母と二位中将の母との間にはいささかの因縁があるのだった。中将の母はかつて父大殿が略奪したくだんの皇女なのだが、父大殿にはそれまでおよそ八年も連れ添い、大殿の男子さえ設けた北の方が存在していた。ところが中将の母を得ると、北の方はその存在を忘れ去られ立場を失ってしまう。つまり、中将の母が北の方の立場を奪ったようなものだといえる。そんな元北の方のたったひとつの支えはひとり息子の成長であった。しかし、その息子が急死し、元北の方も跡を追うようにこの世を去る。この悲運の元北の方こそが異母兄の母であり若君の祖母なのであった。中将の母と異母兄の母とにいささかの因縁があり、中将と若君との間柄が微妙だというのは、以上のような関係をふまえての謂である。

　さて、この若君はしばらくその存在を知られていなかった。ところが、二位中将の妹で春宮妃の宣耀殿が体調を崩し、中将が住吉にいる聖に上京を請いに行ったところ、この若君との邂逅を遂げたのであった。当初は女装の若君に心を奪われ、その素性とともに少年であることを知ると、少年愛の嗜好をもち合せていた中将は、若君を連れて都に戻る。しかしその際も、中将は父大殿以外の者には、若君のほんとうの素性を明かさず、結局、若君は大殿の落胤を装って披露される。その事情は表面上、以下のような中将の心情によって説明されている。

　「などはらからなどのなかりけん」と、ことの折節には口惜しうおぼゆるを、いみじううれしと思す。「中納言（異母兄）のといへばなほ隔たりたるに、ただ殿の御子となん披露すべき。さ心えて」とて、かき撫でつつうつくしと思したるを、いみじううれしと（若君の叔父は）見ゐたり。　（四六一）

兄弟のいない中将は、心惹かれる若君を弟という親しい関係に置きたいというのである。が、そこにはもう少し複雑な事情の介在している様子が窺われる。若君の叔父で「社のそうくわん」なる人物が中将に語ったことばで、注目されるものを拾ってみたいと思う。

　これは、殿下の御嫡子、中納言殿と聞こえさせ給ひし、御あとにとどめおき奉らせ給へる若君になんおはします。…〈中略〉…ただなにがしが身ひとつにもて扱ひ奉りてなん。ことのさまもと思ひ給へて、ただ女房の御さまにてなんあらせ奉る。　（四六〇～四六一）

若君の素性を明かすうえで、二位中将の異母兄を「殿下の御嫡男」と表現し、若君には「おはします」と尊敬語を用いて、若君こそが摂関家の嫡流であることを強調しているかのような語りぶりだ。加えて、事情を考え、女装させているとも語っている。この事情というのは、若君が摂関家の嫡流であるがゆえに、家督相続にも関わる厄介な存在でもあるという認識を示したものだといえよう[10]。若君を大殿の子として披露するという中将のことばをひき出した後の、この叔父の心内語も微妙だ。

「この御母宮の御心せばくて、中納言殿も母上も、その嘆きに耐へず失せ給ひにけり。あな恐ろし。聞こえてよきことあらじ」と人の威しけるゆゑに、申し出でんことをためらひけるに、この御気色を見聞こゆるには、「例の、世の人の思ひつけことをいひけるこそ」(「と」脱カ)うれしう思ひをりける。（四六一）

二位中将のきわめて好意的な態度に、若君の叔父はすっかり懸念を解いたようだが、実際のところ、中将の母と異母兄の母との間に確執があったのかなかったのか、物語はそれを明確には語っていない。けれども、こうした世人の思いなしがあり、叔父もそれを受けて不安を募らせ、若君に女装をさせていること、また中将自体、おそらく父大殿との相談ずくで、若君に大殿の落胤を装わせていることを語るこの物語は、系譜の違う母たちに確執のあった過去を決して否定してはいないのだといえよう。

こうした事情を勘案してみると、嫡流意識をもちつつ押し退けられた異母系の若君と二位中将とは、鋭く対立する存在どうしであっておかしくない。ところが、若君への少年愛・同性愛は、ふたりのそんな対立関係を奇妙に磨滅させているのであった。この摂関家の家督相続のありように目を向けてみたい。

二位中将が住吉から招請した聖は、妹宣耀殿の病を癒すとともに、中将が四、五年のうちに重い慎みに当たると予言する。その慎みの年の直前、中将は二条京極に移居し勤行生活に入るのだが、ひとり住みの妻一品宮に若君を近づけ、宮に若君の子を設けさせてしまう。中将にとっては我が身に代わる若君であれ、一品宮は夫の心を測りかね、苦悩に打ちひしがれ、出産後に落命する。事態がここまでにいたるとは思いも寄らなかった中将も、もはや生きる力を失い、官職を返上して隠遁生活に入ってしまう。時に、中将の官職は内大臣兼左大将であり、若君は宰相中将であった。そこで、大将の職は中納言へと昇進させた若君にひき継がれたのだった。この頃、父大殿は関白職を中将にと考えていたのだが、ことがこうなるとそれもできず、摂関家の家督もいずれ若君にひき継がれるのは、もはや目に見えた事態となったのである。ちなみに、中将が一品宮との間に設けたのは姫君であり、男子はいない。一品宮の忘れ形見は男子であるが、その父は若君なのである。中将の血筋は絶え、そのかわりに嫡流意識をもちつつ押しのけられた異母系に、摂関家の家督がとり戻されたのだといえるだろう。

『風に紅葉』には、たしかに虐げられた異母系の報復譚という側面がある。しかしこれは、いわば二位中将の自滅によってもたらされた事態であり、家督をめぐる闘争といったものは一切語られていないのである。

大将（若君）、朝拝に参らんと出で立ちて、まづこれへ参り給へり。「御供をのみこそしならひて侍るに、ひとりはいかに侍らんとすらん。春の光も甲斐なうこそ」とて、こぼれ落ちぬべき涙を言忌して、「大殿の御供にこそ。とくとく」との給ふほどに、大殿ぞ出で立ち給ひけるままに、まづこれへおはしたる。（五〇五）

新年の朝拝を前に、若君はきちんと中将のもとを訪れ、その隠遁を惜しんで涙もこぼさんばかりだ。ほぼ家督を手中に収めた若君と、それを手放した二位中将とは、それまでの男色関係によるのであろうが、相変わらず良好な間柄を保っている。摂関家内部における因縁ある異母系への世代交代を語りつつ、この物語はそこから闘争というものを排除しているのだといえよう。

ところで、この物語は父大殿の代でも、摂関家の家督相続に問題があった様子を匂わせている。巻二冒頭部、二位中将は父大殿に、大殿の兄太政大臣にいちど関白職を譲ってはどうかと提案する。その折の中将のことばに、そうした問題の存在が浮かんでいる。

かの太政大臣の、すでに六そぢに及び給ひぬるが、なほおほやけの御後見なん心にかかること、けに侍る。故大殿のこなたへ譲り聞こえ給へりけることは、おそれながら御僻事にこそ侍りけれ。（四六九）

中将の父大殿が関白職を継いだのは「僻事」であったという。その間の事情はまったく語られていないが、何がしか確執があったことはたしかだろう。このことばを受けて、父大殿は関白職をいったん兄太政大臣に譲り、御世代わりによって春宮の即位、娘宣耀殿の立后がなされると、関白に返り咲き、太政大臣との件はこれ以上に語られない。息子に諭された父大殿の配慮によって、とりあえず事態は収拾されたということであろう。

それにしても、二代にわたって摂関家の家督相続をめぐる因縁を語りながら、事態は実にスムーズに収拾され、出来していたかもしれない闘争も、出来したとしてしかるべき闘争も、この物語は語らない。闘争なき世代交代を語る摂関家の物語というのが、この物語のひとつのありよう・あり方を示しているといえるのではあるまいか。

四　『今鏡』における闘争の排除

前節では『風に紅葉』という物語のありよう・あり方を追ってみた。本節では『今鏡』のそれをとらえ、両物語が不思議に共鳴している様子を跡づけつつ、『風に紅葉』が『今鏡』に、物語のひとつのありよう・あり方を見ていた可能性について考えていきたいと思う。

『今鏡』はまさに『大鏡』を継ぐかのごとく、「すべらぎ」「藤波」「村上の源氏」「みこたち」「昔語」「打聞」を語っていく。「村上の源氏」「みこたち」は『大鏡』にはないもので、すでに形の上で『今鏡』を特徴づけているのだが、『大鏡』を継いだと思われる部分でも、そうでありながら、質を全く異にしている点は、すでにさまざま指摘[11]されているところだ。本論では、『今鏡』が「藤波」において、御堂流摂関家の嫡流・傍流、加えてそれに関わった〈能〉ある人々を語り続けるあり方・ありように注目し、先の問題に連接させていきたい。とりわけ摂関家の家督相続に関わる部分の特質をとらえていくことから、それを試みたいと思う。

少し歴史を振り返ってみると、道長以降、御堂流の嫡流が摂関（内覧）、およびそれと一体化した藤氏長者の地位を独占継承し、外戚関係の有無に関わりなく、摂関家という高い家柄を形成していった。五摂家分立後もそれは、公家の家格において最高の、摂家にひき継がれていくのであった。大枠はそんなふうに規定できるであろうし、『今鏡』の範囲内でも、そうした史実に沿って、摂関家の家督相続は語られている。しかし、その嫡流相続の間に全く問題がなかったわけではない。たとえば道長の後、摂関をひき継いだのは頼通であるが、頼通の後はいったん弟の教通に継承される。頼通から教通に家督が譲られる際にも、頼通は我が子師実にそれを譲りたかったようだが、結局は教通に継承され、さらに教通から師実に家督が戻されるにあたっては、教通の子である信長と師実との間に確執が生じたらしい。教通も頼通同様、関白職を我が子に譲りたいと思い、その意思を信長に告げていたのであろう。関白教通の死後、次の関白は師実に決まっていたにもかかわらず、信長は父関白死去の正式報告をせず、関白と藤氏長者の地位を渡そうとしなかったため、とりあえず師実には内覧の宣旨が下され、教通の死後十九日も経ってから、ようやく氏の長者の地位がひき渡され、関白の宣旨も下されたという史実が指摘[12]されている。

しかし『今鏡』では、頼通から教通に関白が譲られた際の微妙な軋轢はむろんのこと、師実と信長の確執についても、全く何も語られないのである。

鷹司殿の御腹の第二の御子にては、大二条殿とておはしましし。関白太政大臣教通の大臣（と）《ママ》申しき。御堂

> の君達の御中には、第五郎にやおはしけむかし。さはあれども、宇治殿の次に関白もせさせ給ひ、第二の御子にてぞおはしましし。大臣位にて五十五年おはしましき。治暦四年四月十七日、後冷泉院の御時、兄の宇治殿の御譲りによりて、関白にならせ給ひき。（「白河のわたり」上―四一三～四一四）

成立は『今鏡』に少し遅れるものの、『古事談』では、我が子師実に関白職を譲ろうとする頼通に対し、道長の遺志を受けた上東門院彰子がそれを阻止する話も語られているのだが、『今鏡』はそうした経緯を全く語らない。同じく『古事談』にある話にしても、むしろ後見の但馬守能通がいかに有職故実に通じた才覚者であったかなどについては詳細に語っている。

信長と師実の件も同様だ。教通の長男信家が頼通の猶子になっていた事実も明確には語らず、次男信基（二十数歳で早世、それも語られず）に次いで三男信長についても、以下のように語られているだけである。

> 二条殿の次（「の」脱カ）御子《ママ》は、三位の侍従信基とておはしき。三郎にては、九条の太政の大臣信長とておはせし。それもはかばかしき末もおはせぬなるべし。（「はちすの露」上―四二四）

そして何事もなかったかのように、師実の関白就任が語られていく。

> 昔は世も上がりて、うち続きすぐれ給へるは申すべきならず。またとりわき御能などは別のことにて、近き世の関白には、大殿とて、叔父の大二条殿の次に一の人におはしまししこそ、御みめも心ばへも、末栄えさせ給ふことも、すぐれておはしましか。その御名は師実とぞ聞こえさせ給ひし。（「薄花桜」上―四三八）

やはりこれも『古事談』（巻二―一三）の話であるが、教通は師実にではなく、三男信長に関白職を譲ろうとしたが、時の白河帝中宮賢子（師実養女）の働きがあって、師実に関白の宣旨が下されたと語られている。また、先に述べた教通死後の信長の動きについては『水左記』（源俊房の日記）に記されている。けれども『今鏡』は、摂関家家督相続をめぐるこれらの綱引きを語ることはないのであった。

しかし、摂関家の家督争いといったものを、『今鏡』が一切語っていないかというと、そうでもない。忠実・忠通父子の不仲、忠通・頼長兄弟の争いについては、何ヶ所かでそれに触れている。「殿の兄弟御仲よくもおはしまさねば」（「男山」上―二八五）、「殿の弟にこめられさせ給ひて、藤氏の長者などものかせ給ひたる」（「虫の音」上―二八八）、「藤氏の長者妨げられさせ給へりしも、左の大臣のことにあひ給ひにしかば、保元元年七月にさらにかへりならせ給ひにき」（「御笠の松」上―四八八）といった具合に、折々この問題には触れられているのである。「飾太刀」にはさらに詳しい内容が語られている。

この御童名はあや君と申しけるに、富家殿の、法性寺殿、後にこそ違はせ給へりしか、はじめは左の大臣御子にせさせ奉り給ひける頃、飾太刀持たせて奉らせ給ひけるに、

世々を経て伝へて持たる飾太刀のいしづきもせずあや思し召せ

と詠ませ給へりける程に、末には御心ども違ひて、この弟の左の大臣を院とともにひき給ひて、藤氏の長者をも取りてこれになし奉り給ふ。賀茂詣などは一の人こそ多くし給ふを、兄の殿を置きて、この左の大臣殿の賀茂詣とて世の営みなるに、東三条などをも取り返して、鍵などのなかりけるにや、御倉の戸割りなどぞ聞こえ侍りし。二人並びて内覧の宣旨など蒙り給ひ、随身賜はりなどし給ふ。かかる程に鳥羽院失せ給ひて、讃岐院と左の大臣と御心あはせて、この院の位におはしまし時、白河の大炊の御門殿にていくさし給ひしに、帝の御守り強くて、左の大臣も馬に乗りて出で給ひけるほどに、誰が射奉りたりけるにか、矢に当たり給へりけるが、奈良に逃げておはして、程なく失せ給ひにき。（「飾太刀」上―五四五～五四六）

ここには、忠実・忠通父子の不和により、忠実が忠通から藤氏長者の地位を取り上げ、それを頼長に譲ったこと、

および当主伝領の東三條殿まで取り返したこと、そして忠通・頼長両者に内覧の宣旨が下るという異常な事態に発展したものの、保元の乱により当の頼長が落命してしまった経緯が、より鮮明に語られている。皇位をめぐる崇徳・後白河の争いが、折しも摂関家で演じられていた家督争いと結びつき、都を舞台として合戦が行われたうえ、頼長戦死という衝撃的な結末にいたった以上、『今鏡』としても口を閉ざして語らないわけにはいかなかったのだといえようか。

それにしても、これは頼長という人物をトータルに語るうえでの、最低限といっていい語り口ではなかろうか。頼長の日記『台記』には、父忠実の言行として、摂政は天子が授けるものだが、藤氏長者は自分が譲るもので、勅宣を要さないといい、忠通への不満や忠通を義絶する旨を述べ、上述の東三条殿のほか藤氏長者に帰属するさまざまなものを取り返し、頼長に譲るべく行動した旨が詳細に記されている。『今鏡』は摂関家内部での、そうした激しい争いの具体相を詳しく語ろうとする姿勢を見せていないように思う。むしろ、忠通が諸芸に通じ、仏教にも造詣の深かった教養の程を伝える逸話のさまざまに、また頼長にしても、いささか変わった人となりではあるものの、きわめて学識豊かで、公事を行うにも古事に照らし、綱紀粛正に意を注いでいた様子に、『今鏡』はより多く言を費やしている。「藤波のあと」をたどり、保元の乱で戦死を遂げた頼長という人物を語るには、その背後にあった摂関家の家督相続争いを、『今鏡』は最低限のところで語らざるをえなかったということではなかったろうか。

以上、頼通・教通の軋轢が師実・信長の確執につながり、忠実・忠通の不仲から忠通・頼長の争いが生じていくのだが、『今鏡』はこれら摂関家の家督争いを、あるいは語らず、あるいはことば少なにしか語らない。歴史的に見て、師実・信長の確執および忠通・頼長の争いは、白河・後白河両院それぞれが、摂関家の政治的権力を封じ込めていく絶好の機会になっているのであり、(13)政治史的に摂関を語るのであれば、より多くが語られてよいはずなのだが、『今鏡』はそれをしない。そこには、『今鏡』のあり方・ありようが深く関わっているといえるだろう。

『今鏡』は忠通のエピソードをさまざまに語った後、その子息であり、忠通に次いで摂関家の家督を継承していった基実・基房兄弟について語っている。基房は『今鏡』現在の摂政であるから、その間には語られざる紆余曲折や、忠通・頼長の対立によるイレギュラーもあったにせよ、ほぼ一筋に続いてきた「摂関家当主」すなわち「摂関にして藤氏長者」たちの物語は、ここに語り納められるのである。そのなかに、『今鏡』が「藤波」において摂関家当主たちを、どういう視点から語ってきたのかを示している部分がある。そこから『今鏡』のあり方・ありようといったものをとらえてみたいと思う。

この次の一の人には、今の摂政大臣（基房）おはします。御母これも国信の中納言の三の君にぞおはすなる。御名は国子と聞こえ給ふ。三位し給へりとぞ。一の人藤氏の御母の多くは源氏におはします。しかるべき事にぞ侍めれ。…〈中略〉…この殿二所（基実・基房）、源中納言の姫君二所におはしませば、藤氏は一の人にて、源氏は御母方やむごとなし。御流れ方々あらまほしくも侍るかな。…〈中略〉…（基房は）閑院ほどなく作りい出させ給ひて、上達部、殿上人など、詩作り歌奉りなどして、昔の一の人の御有様にいつしかおはします。心ある人、いかばかりかは誉め奉らるらむ。帝（高倉帝）に貸し奉らせ給ひて、内裏になりなどし侍らむも、世のためにいとはえばえしき事にこそ侍なれ。行末思ひやられさせ給ひて、しかるべきことと、世のためも頼しくこそ承れ。この二人の摂政殿たち（基実・基房）、皆御子おはしますなれば、藤波の跡絶えず、佐保川の流れ久しかるべき御有様なるべし。

（「藤の初花」上―五一六～五一八）

ここにはまず、藤氏長者の母方に源氏の多いこと、そして摂関の家柄である藤氏と高貴な血筋である源氏は、ともに理想的な系統であることが語られている。そうした双方の系統を引く藤氏長者が、永きにわたる貴族文化とそれに根ざした宮廷公事を支え続けている歴史を、ここでは基房の閑院新造をめぐって語りとり、それを頼もしく思う『今鏡』の視点を示しているのである。加えて、こうした藤氏長者を輩出し続ける摂関家の末永い未来を、『今鏡』は予見せずにはいられないのであった。

御堂流の祖たる道長が摂関家の家柄を賜姓源氏の家柄にまで高めようとして、親王家や賜姓源氏と血を交えていった模様はすでに指摘されているところだ。[14]藤氏長者の母方に源氏が多いのも、そんな道長の思惑が継承されていったものであろうし、事実、『今鏡』「藤の初花」からの前掲引用部に見えるように、摂関家藤氏は源氏とともに「方々あらまほし」とされるまでになったのであろう。

これはなにも『今鏡』だけの見方ではないようだ。というのも、『源氏物語』『狭衣物語』『夜の寝覚』などの主人公が、源氏であるのに対し、平安最末期か鎌倉最初期の『今とりかへばや』やいわゆる中世王朝物語のいくつかは、摂関家の子女を主人公とする物語である。これらは、摂関家が政治的権力を手中に収めた家柄である以上に、源氏に代替しうる高貴な家柄として認識され、物語主人公の家柄にふさわしいものとして認知されてきた次第を示しているのではあるまいか。

このように高貴な家柄となった摂関家の、家督相続をめぐる争いを、『今鏡』はあるいは語らず、またあるいはことば少なにしか語らない。それが摂関家の政治的権力に深く関わる事態であったとしても、『今鏡』が語るべきは、貴族文化とそれに根ざした宮廷公事を支え続ける摂関家の高貴な姿なのであり、高貴とは程遠い闘争劇などではないということなのではあるまいか。たとえば保元の乱を語るにしても、そこに危機感や血生臭さといったものはない。語りつつ、そのことばは少なく、その語り方はスタティックだ。しかし『今鏡』は危機感や血生臭さを感知していなかったのではなく、感知しつつそれに背を向け、極力ことばを抑えたのではなかったろうか。もはや貴族社会の内外に闘争ははびこっている。そんな状況だからこそ、あえて闘争に背を向け、あるいは語らず、あるいはことば少なにしか語らない。それが、源氏にも比肩する高貴な摂関家の姿を語るときの、『今鏡』のあり方・ありようであり、貴族文化の一翼を担う『今鏡』という物語の文学的なスタンスだったのではないだろうか。

翻って『風に紅葉』はといえば、親子二代の因縁ある家督相続を語りつつ、それをめぐる闘争といったものは一切語らない。とりわけ主人公二位中将から若君への、すなわち虐げられた異母系への家督の譲渡は、中将と若君による男色という恋愛関係によって、なんともなだらかに行われていくのであった。

さてそこで、『風に紅葉』がどういう時代の物語であったのかを考えてみたいのだが、多くの物語同様、成立年代を明確にするのは難しい。幅を広くとれば、鎌倉後期以降で室町にまで下るかもしれない、というところで考えられているが、内部徴証から南北朝期の成立ではないかとの説[15]が提出されている。南北朝説に魅力を感じつつも、成立の幅を広い範囲でとったとして、いずれにせよ朝廷はもはや、武家の力を無視しえない状態にあった事実だけは確かであろう。鎌倉時代、承久の乱以降、天皇・上皇を決める権限は鎌倉幕府の手に握られ、両統迭立の状態になると、皇位継承のたびに両統が幕府に働きかけるといった具合で、建武の新政・南北朝期ともなれば、武家社会・足利氏内部の対立に乗じて、公武相乱れての動乱状態が続いていた。南北朝の統一が図られても、室町幕府の擁立する北朝が南朝を吸収したのも同然で、皇位への道を絶たれた南朝の子孫・遺臣の反乱は、応仁の乱の頃まで繰り返されたのだった。とはいえ、承久の乱以後も鎌倉幕府滅亡まで、朝廷では院政が行われ、幕府と良好な関係を保ちつつ、有能な廷臣による合議制が採用されていたし、鎌倉時代を通じて貴族文化は変容しながらも健在であり、それは室町時代にもひき継がれていったといえよう。

『風に紅葉』の時代も、それを既説のいつとするにせよ、朝廷・貴族社会はその存在と高い文化を維持すべく努力するものの、武家の力を無視できない状態に置かれ、その内側においても、あるいはその外側との関連においても、対立・闘争にまみれていたと概括できるだろう。そんななかで『風に紅葉』は、貴族社会において高貴な家柄として確立されている摂関家の、因縁ある家督相続を語りつつ、それをめぐる闘争は一切語らない。そして、通常の物語基準では「艶にいみじ」とはいいがたいと、みずから規定する一因でもあろうが、男色という愛情関係によって、闘争は回避され、虐げられた異母系への家督相続が実に穏便に遂行されるのである。それは、日常化する対立・闘争に背を向け、むしろ男色関係によって対立だの闘争だのを回避してみせる無頼派にして耽美主義的なこの物語のあり方・ありようを示すものであり、同時に貴族文化の一翼を担う物語文学としてのスタンスだったといえるのではないか。

対立・闘争を尻目に、それらから極力遠いところにある高貴な摂関家の姿を語る『今鏡』と、それらを回避する摂関家の無頼派にして耽美主義的な物語を語る『風に紅葉』とは、文学的スタンスにおいて軌を一にしているといえるのではあるまいか。もう一歩踏みこんでいえば、対立や闘争からは遠いところにおかれた摂関家の物語を語ることで、貴族文化の一翼を担う物語として、その文学的スタンスを示すあり方・ありようは、『今鏡』から『風に紅葉』へと受け継がれていったものである可能性はないだろうか。換言すれば、『風に紅葉』が歴史物語と作り物語という区分をはずし、『今鏡』からひとつの物語のあり方・ありようを享受していた可能性は考えられないだろうか。

五　歴史物語の射程

本論ではまず、「輪廻の業」「艶」といった語の重なりや、それをめぐって展開される内容的な重なりから、『風に紅葉』冒頭と『今鏡』「作り物語の行方」とに影響関係があるのではないかということを考えてみた。次に、対立・闘争が日常化する現実には背を向け、極力それらから切り離して摂関家の物語を語ることは、高貴な貴族文化の一翼を担い、現実を相対化せんとする物語のあり方・ありようを示すもので、『今鏡』と『風に紅葉』とは、そのような文学的スタンスにおいて軌を一にしている様子をとらえてみた。そしてそれは、『風に紅葉』が『今鏡』をひとつの物語として、享受していた可能性を示しているのではないかという点について考察をめぐらしてきた。

ここでは『風に紅葉』と『今鏡』との関係をたぐり、架橋を試みるのに終始したが、貴族社会および貴族文化が変容を余儀なくされる状況下で、作り物語に一定の評価を与え、あくまでも貴族文化に根ざした物語を語る『今鏡』は、歴史物語というジャンルの枠組みを超えて、物語というもののひとつのあり方・ありようを示し、意外な射程を有している可能性があるのではなかろうか。そうして、『風に紅葉』のごとき無頼派的で耽美主義的な物語が、いわゆる中世王朝物語文学史の夕映えを見せたのではあるまいか。

注

（1）樋口芳麻呂「かぜに紅葉の典拠について」（『愛知大学国文学』一九六六年十二月）。

（2）辛島正雄「中世物語史私注―『いはでしのぶ』『恋路ゆかしき大将』『風に紅葉』をめぐって―」（『徳島大学教養

部紀要』一九八六年三月↓『中世王朝物語史論下巻』二〇〇一年　笠間書院刊)、河野千穂「『風に紅葉』における『狭衣物語』の影響—対極する男主人公—」(『甲南国文』一九九八年三月)など。

(3)　本文は『鎌倉時代物語集成』第二巻(一九八九　笠間書院刊)所収の『風に紅葉』に拠ったが、私に表記を改めた所がある。なお辛島正雄「校注『風に紅葉』—巻一、巻二—」(『九州大学教養部文学論輯』一九九〇年十二月、一九九二年三月)に多大な恩恵を蒙った。なお、本文中の丸括弧内は論者(鈴木)の注である。

(4)　注(3)辛島正雄「校注」の頭注。

(5)　本文は、海野泰男『今鏡全釈　上下』(一九八二年、一九八三年　福武書店)に拠り、カッコ内に巻名と、『全釈』での上下巻の別、その頁数を示した。表記については私に改めたところがある。なお、本文中の丸括弧内は論者(鈴木)の注である。

(6)　その具体的な様相は、注(5)海野泰男前掲書(下)注釈で詳細に紹介されている。

(7)　初出の官位であるが、以下この呼称で統一する。ただし「中将」と略称する場合がある。他の人物についても最初に用いた呼称で統一することを原則とする。

(8)　神田龍身「方法としての「男色」—『岩清水物語』『いはでしのぶ物語』『風に紅葉物語』—」(『日本文学』一九九〇年十二月↓『物語文学、その解体—『源氏物語』「宇治十帖」以降』所収「男色、暴力排除の世代交代—『岩清水』『いはでしのぶ』『風に紅葉』—」一九九二年　有精堂刊)。

(9)　神田龍身「『かぜに紅葉』考—少年愛の陥穽—」(『今井卓爾博士喜寿記念　源氏物語とその前後』(一九八六年桜楓社刊)、および注(8)前掲論文。ただ、神田氏は『風に紅葉』の場合、若君の無垢なるがゆえの毒は、暴力以上に過激でグロテスクな世代交代を領導していると指摘し、物語表層には現れてこない葛藤・対立を見事に炙り出している点、きわめて重要であると思われる。

(10)　注(3)辛島正雄「校注」の頭注。

(11)　板橋倫行校註『今鏡』(日本古典全書　一九五四年　朝日新聞社刊)の解説、海野泰男『今鏡全釈　上』(一九八

二年　福武書店刊）解説など。その評価については差があり、海野泰男は諸論を踏まえつつ、より積極的な評価を見出している。この点についての研究史は海野『今鏡全釈　上』の解説（およびその「注釈・研究」の項）が参考になる。

（12）坂本賞三『藤原頼通の時代』（平凡社選書　一九九一年）。

（13）注（12）前掲書、保立道久『平安王朝』（岩波新書　一九九六年）。

（14）阿部秋生『源氏物語研究序説』（一九五九年　東京大学出版会刊）。

（15）注（1）樋口芳麻呂論文。

第3章『風に紅葉』冒頭の仕掛け——体現から傀儡《くぐつ》へ

一　冒頭へのまなざし

『風に紅葉』は王朝物語的な物語を語る物語史の最末期に位置する。[1] いささか小ぶりの物語ではあるが、さまざまな物語によって織りなされてきた王朝的物語史の掉尾を飾るにふさわしい質を備えていると思われる。まず、その冒頭が注目される。そこには「苔の下の出で立ちよりほかは、なにのいとなみあるまじき身」[2]（四四三）であると自認する語り手が登場する。そして語り手は人生終末の寂寥感を吐露しつつ、そんななかで他の物語一般とは異なる物語を語るのだという意欲を示しているのである。[3]

しかし、その物語内容に男色や乱脈な男女関係がふんだんに含まれ、かつ男女の物語が拡散的であることなどによって、語り手の示した意欲は必ずしもうまく汲みとられてこなかった経緯がある。すなわち、この物語は頽廃的だ、つまらないというネガティブなレッテルが貼りつけられ、あるがままの物語を受け入れ、物語に深く立ち入った考察がなかなかなされてこなかったのである。

とはいえ、そうした状況も徐々に改善されてきており、多角的な読み直しが図られるなかで、この物語の新機軸・新境地、あるいは先駆性といったものが論じられている。(4)これら先学の研究に導かれつつ、本論では少し違った角度から、この物語がいかなる点で他の物語一般とは異なった物語たりえているのかを考察していきたい。具体的には、語り手自身の終末感とともに、新たな物語への意欲が開陳されるという冒頭の語りの仕掛けを対象化し、語り手の終末感と照らし合う形で、最末期の王朝的物語として示してしまったなにものかを探り当てていくことから、この『風に紅葉』という物語をとらえ直してみたいと思う。

二　冒頭の語り

では、冒頭部分の分析から始める。終末感に浸された語り手の語ろうとする物語が、いったいいかなるものであるのかを確認しておく。

風に紅葉の散るときは、さらでもものがなしきならひといひおけるを、まいて老いの涙の袖の時雨は晴れ間なく、苔の下の出で立ちよりほかは、なにのいとなみあるまじき身に、せめての輪廻の業にや、昔、見聞きしこと、人の語りしこと、そぞろに思ひつづけられて、問はず語りせまほしき心のみぞ出でくる。その中に、なべて物語などにいひつづけたる人には変はりて、艶にいみじうもあらず、波の騒ぎに風静かならぬ世のことわりを思ひ知るかとすれど、それも立ち返りがちに、よろづにつけて心えぬ人の上をぞ、案じ出だしたる。あまり聞き所なきは、昔にはあらぬなんめり。（四四三）

まず語り手は、自身が老者であり、死出の旅路の準備をする以外ない存在だと語る。それでも、どうしようもなく語る欲求が湧き上がってくるのだといい、そんな欲求のなかから立ち上がってくるのが、傍線部「なべて物語などにいひつづけたる人には変はりて……よろづにつけて心えぬ人」とされる人物の身の上を語ることなのだというのである。

ここには、死を間近に感じる老いた語り手ながら、物語への並々ならぬ意欲を示す語り手がいる。「なべて物語などにいひつづけたる人には変はりて」という部分に、それが端的に示されているだろう。語り手は、よくある物語一般に語られる人物とは違う人物について語っていくという。語りの焦点となる人物が異色であるならば、その人物が織りなす物語もまた異色の物語となるであろうから、この部分には、これまでの物語とは違う新たな物語を語ろうとする語り手の意欲が、如実に示されているといえる。

では、これまでの物語とは違う新たな物語を切り拓く人物とはどのような人物なのかというと、傍線部の「艶にいみじうもあらず」以下に概括的に示されている。すなわち「艶にいみじ」というわけでもなく、また「(無常の)世のことわり」をわきまえ俗世を離れるというわけでもなく、何ごとにつけわけのわからない人物だという。要するに、平安以来の恋の物語を担う人物でもなければ、鎌倉時代物語によくある出家遁世の物語を担う人物でもないといったところだろう。このような概括的人物規定は、この人物を焦点とする物語全体を射程に収め、フレームを嵌めたものだと理解される。

そこで、注目されるのは「艶にいみじうもあらず」の部分だ。というのも、この人物が成人し二位中将(以下呼称は中将で統一)となり、そこに語りの焦点が絞られて間もない頃、以下のような中将のありようと、それに対する語り手の見解が示されているからである。

かくすぐれぬる人は、かならず心づくしをもととしてこそ、艶にあはれにおもしろうもあるを、さこそあれ、さやうの乱れも御心の底よりなし。なにかは、さしもあだなる世に、あながち心づくしなることもあるべき。（四四五）

これは、万端整った中将の昇進、至高の皇女・一品宮との結婚、円満な夫婦仲などを足早に語った後のものだ。ここでは、中将のような人物なら、決まって「心づくし」の恋に落ち、その姿が「艶にあはれにおもしろう」見えもするものを、中将にはそういうところがないという。しかし、こんな世の中では、そうそう「心づくし」の恋もなかろうと、早速に中将を擁護していく。

注目したいのは、冒頭の「艶にいみじうもあらず」に続いて、「艶にあはれにおもしろう」ない中将が語りとられていることだ。冒頭の語りと重ね合わせると、中将における「艶」の不在が浮かび上がってくるのではないか。時勢によるのかはともかく、「心づくし」の恋の困難により、「艶」なる姿を体現できない中将の物語というフレームがひとつ見えてくる。

このような中将の物語が、恋の物語はもとより出家遁世の物語にも向かわず、どのような物語を切り拓いたのかについて、終末観に浸る無為な老者の語りが仕掛けた物語という視点を確保しつつ、改めて考察していきたいと思う。

三　中将の限界

「心づくし」の恋ができず、「艶」なる姿を体現しえない中将の物語というフレームをひとつ見出したわけだが、中将の物語はまことに「心づくし」の恋とは縁遠い。そこで、中将が「心づくし」の恋から、なにゆえに、またどれほどに疎外されているかを跡づけておきたい。それが、「艶」ならざる中将の不可思議な物語に深く関わっていると思われるので、その点を明らかにしておくこととする。

人物紹介を見る限り、中将は典型的な物語主人公である。

御かたちこそあらめ、心ばせ世にありがたう、才のかしこさ、詩賦・管弦をはじめ、紀伝・明経・日記の方《はう》、すべて暗きことなく、今より公の御後見し給はんに、あかぬことなし。（四四四）

関白家の跡とり息子である中将は、このとき元服したばかりの十三歳なのだが、その美貌はいうにおよばず、気だても良く、諸々の才能にもすぐれていて、もうすでに輔弼の任にあたりうるほどだというのである。恋の物語にせよ、出家遁世の物語にせよ、よくある物語の主人公像とそう大きく異なったところはない。

しかし『風に紅葉』では、このように非の打ち所のないありようが、中将を「心づくし」の恋から疎外していく要素となる。右の引用文に続いて、以下のような事態になるのだった。

帝もめでさせ給ひて、「父大殿の雲居を分けて、この母宮ゆゑ、世の騒ぎなりしもむつかし。これをば我と召し寄せむ」とて、元服の次の年、中納言にて右近の大将かけさせ給ひて、春宮の一つ后腹の一品宮の御具になり給ふほどの儀式、世の常ならんや。（四四四）

「父大殿の雲居を分けて」云々というのは、中将の父・関白左大臣がかつて、帝と同腹で后腹の女一宮（中将の母）を盗み出し、世間を騒がせた事件（四四三）を持ち出し、帝はそういう事態を好ましくないとして、中将が同じような過ちを起こす前に、中将を婿にしようといい出したのである。そして中将は、東宮と同腹で后腹の、至高の皇女・一品宮と結婚する。まさに、帝や関白左大臣たちの次世代における恋の過ちの可能性は未然に防がれたのであった。

さて、その一品宮と中将の夫婦仲はきわめて円満である。むろん中将も、さまざま仮初の逢瀬を重ねてはいる。伯父太政大臣の北の方、同太政大臣の娘・梅壺女御、承香殿女御などとの関係である。前節でも引用したが、一品宮と結婚した中将は「さやうの乱れも御心の底よりなし」（四四五）とあるように、宮に忍んで他の女性に心を移すようなことはなかった。が、上記のいささか年の行った女性たちは、かなり積極的で、中将もそれを無下に拒むほどの堅物ではなかったようだ。ただ、それはそれまでの関係でしかない。

大将は、とかくめづらしき隈々につけて、かつ見る人の御さまにまさるはなく、契り深くあはれにのみ思ひ聞こえ給へれば、（四五七）

「めづらしき隈々」とは太政大臣の北の方などとの関係を指し、「かつ見る人」は妻一品宮である。かなり年嵩の女性たちとの一風変わった関係は、一品宮との夫婦関係に何ら影響しない。どころか、宮への思いを深めさせる結果にしかなっていないのである。ちなみに、宮も中将からこれらの関係を聞くが、中将の思いがそれら女性たちにはないゆえであろう、全く意に介しない。中将と一品宮との夫婦仲はまことに円満なのであった。

理想的な貴公子であることによって、一品宮という最高の女性を与えられ充足する中将には、「心づくし」の恋が生じる契機はないようだ。

夫婦仲に支障をきたすわけではないが、やや例外なのは、物語中盤を過ぎた頃の、承香殿女御の異母妹との関係であろう。女御の里邸を訪れた折、中将はふと、いかにもかわいらしいその異母妹の存在に気づき、密かに逢瀬を重ね、これまでにない深い恋着を示す。

さしも宵の間のうた寝にてのみ出で給ふに、鐘の音うちしきるまで立ち出づべき御心地もせぬままに

暁の心づくしもならはぬにいかがはすべき暮れを待つ間も　（四四七）

少し年の行った女性たちとの風変わりな逢瀬は、夜明けを待たず早々に帰ってしまう素っ気ないものであったが、このたびは名残を惜しみ、歌のなかで別れ際の「心づくし」を吐露してさえいる。中将もようやく「心づくし」の恋を経験するに至ったのだといえよう。

ところが、それを知った承香殿女御は異母妹を邸から追い払い、そのまま異母妹は行方知れずになってしまう。中将にとってはなんとも「心づくし」の恋となるわけだが、中将はこの異母妹の行方を知ろうとする意志を全く見せず、そこで「心づくし」の恋の物語としての発展性は閉ざされてしまう。これを中将独特の気質であり、その帰結だといってしまえばそれまでだが、ここには、中将なりの事情があった。

常に夢に見ゆるが、それも今は世になき人のさまなるは、いかなるにか。まさる御もの嘆きにまぎれ過ごし給ひしかど、つくづくかきつらね思し出づることの数にはいとあはれなり。　（五四五）

物語も終わりに近い頃、中将は承香殿女御の異母妹に思いを致す。常々の夢でその死は感知していたらしいが、その後の「まさる御もの嘆き」すなわち一品宮死去の悲しみに心を奪われ、異母妹の行方捜しは脇に置かれる形となった。それにしてもやはり、異母妹はしみじみ思い起こす人としてとらえられている。

承香殿女御の異母妹が珍しく中将の心をつかんだ女性であるのはたしかなのだが、注目されるのは、その異母妹失踪（死亡）への懸念よりも、一品宮死去による悲しみの方が優っていたという点だ。これはつまり、異母妹がいかに中将の心を惹きつけたとしても、決して一品宮に優先あるいは比肩する存在ではありえないことを如実に示す。中将が意外にあっさり異母妹を諦めているのは、こうした序列意識の反映なのではあるまいか。異母妹失踪時、最愛にして至高の皇女である一品宮を手もとに置き満足していた中将は、深く他の女性との恋にのめり込む必然を欠いていたといえるのではないだろうか。

このように、至高の皇女で最愛の妻となる一品宮をあらかじめ与えられて物語に乗り出した中将は、父大殿がやってのけた皇女略奪のごとき「心づくし」の恋からも、また宮にはない魅力を他の女性に求めて落ちる「心づくし」の恋からも疎外されているのである。中将と「心づくし」の恋を隔てているものは、中将自身の理想的ありようと、それゆえあらかじめ授けられた一品宮という存在であるといえよう。

ところで、これも不発に終わるのだが、中将と「心づくし」の恋を繋ぎうるもうひとつの糸がある。その糸というのは、中将の后の宮（一品宮の母）思慕である。中将は一品宮との語らいで、しばしば宮の母・后の宮を話題にしている。そもそもは、中将が七、八歳で童殿上していた頃、后の宮の姿をじっと見つめていたところ、帝がそれを見咎めて、中将を后の宮の側には近づけなくした（四五七）。そんな経緯があってのことなのだろうが、中将は后の宮への憧憬を抱きつづけているようなのである。

一品宮のもとで、后の宮を話題にした一齣のなかに、以下のような様子が語られている。

「（一品宮付按察使の乳母言）……后の宮の若うおはしますことは、この御前・春宮などの御母后とは、すべて思ひよらぬことになん」と聞こゆれば、女御だに、かかるたぐひのまた世にあらばと、見聞こゆるたびには案ぜらるるを。げにわが心の中は知りがたしとは思ふものから、いかなればと、ゆかしからずしもなし。御年はまた、承香殿はなほ御このかみなりかしと、思し出づる例もありけり。（四五八）

妹宣耀殿女御のもとにも、また后の宮のもとにも出入りのある女房・一品宮付按察使の乳母から、后の宮のいかにも若々しい様子を聞き、中将は微妙に興味をそそられている。

さらに、娘の袴着が院（先帝・一品宮の父が住む御所）で行われた際にも、中将は后の宮から隔てられている状況に、不満を感じずにはいられず、ふとこんなことばを漏らす。

皇太后宮の御あたり、例の雲居はるかにもてなさるるを、いとものしと思しつつ、女宮に「かやうになれば、さもありぬべきことからと、心も尽きておぼゆる。同じくは、さらばこのほどに導かせ給へかし。御鏡の影に似聞こえさせ給へりや」などの給ひゐたれば、（四七一）

相変わらず后の宮（皇太后宮）に近づけてもらえないことに、中将はかなりの不満を感じている様子で、半ば冗談でもあろうが、いささかの本音を交えて一品宮に手びきを頼んだりしているのである。

こうした折々の場面から見て、中将が后の宮に憧憬と思慕を抱いているらしき様子は容易に見てとれる。しかし、中将は后の宮への思いを煮詰め、許されざる恋に走ったりはしない。ここでも中将と「心づくし」の恋を繋ぐ糸は断ち切られているのである。

右の引用部分でも「御鏡の影に似聞こえさせ給へりや」と尋ねているが、以前に住吉から帰京し、一品宮と贈答歌を交わした折にも、宮の風情を「中宮（后の宮）の御けはひに、ひとつもののやうなり」（四六二）ととらえていた。幼い頃にいちど見ただけの后の宮について、中将は「御ほどのめでたかりしとはほのかにおぼゆれど、いかなりし御面影とだにおぼえ聞こえぬこと」（四五七）と語っている。明確な輪郭を描けないがために、中将はいつしか后の宮と一品宮を重ね合わせていったのだろう。両者の風情を似ているととらえ、またふたりはそっくりなのかと妻一品宮に尋ねる中将からは、そんな事情が窺える。

しかし、だとしたら、中将が后の宮への思いを煮詰めていく必然は欠けてしまう。后の宮を奪わずとも、同等の存在感を持って何ひとつ文句のない一品宮を、すでに中将は手中に収めてしまっているからだ。后の宮との「心づくし」の恋の糸が断ち切られてしまう要因もまた、一品宮という存在に求められるであろう。

以上、中将がいかに「心づくし」の恋から疎外されているかという点、またその要因が中将自身の理想的ありようと、それゆえにあらかじめ与えられた妻一品宮の存在にある点を確認したいと思う。そして、このように「心づくし」の恋から疎外される中将には、もはや「心づくし」の恋ゆえの「艶」なる姿は体現しえないという限界が見えてくる。

四　中将の自己外在化

「心づくし」の恋から疎外されている以上、中将はそれによる「艶」なる姿を体現することができない。そんな中将がどんな物語を切り拓いたのかを見ていくにあたって、本節では、やはり「心づくし」とはいいがたいが、中将におけるもうひとつの恋の形としてある男色関係の内実をとらえておきたいと思う。

中将が深い思いを寄せるのは一品宮ひとりではない。異母兄の遺児である若君（以下呼称は若君で統一）との男色関係が、この物語では大きなウエイトを占めている。しかも、中将と若君の関係は、単純に男色といって片づけられない部分を含んでいるとおぼしい。[5]そこでまず注目されるのは、中将と若君とが瓜ふたつであるという点だ。

さるは、わが御鏡の影・女御などにぞおぼえ聞こえたる。（四六〇）

これは、住吉を訪れた中将が、まだ誰とも知れぬ若君を、初めて見たときの印象である。中将は若君を自身の「御鏡の影」である妹・宣耀殿女御にそっくりだと思う。すなわち自身に瓜ふたつだととらえているのである。また、若君が長じて順調に出世を遂げていく過程でのことであるが、こうも語られている。

御年まさり給ふにつけて、異人といふべくもあらず、「内の大臣の御はらからはかくこそは」と見え給ふ。御丈立ちも同じほどに、振舞・用意・有様は、とりも違へ聞こえぬばかりまねび似せ給へるを、内裏わたりの若き人々めで聞こゆ。（四八八）

あながち中将の主観に拠ったものではなく、傍目にもふたりは似ていたようだ。背格好も似ていたのだろうが、「異人といふべくもあらず」というほどに似て見えたのは、無条件にふたりがそっくりだったというよりも、「振舞・用意……まねび似せ給へるを」とあるように、立居振舞・心づかいのあり方・見た目の様子などを、何から何までまねて、似せようとする若君の努力も大きくあずかっていたに違いない。似ていると認識する中将がいて、それに応えるように中将をまねる若君がいて、瓜ふたつの存在ができあがった経緯を見てとれる。中将の認識とそれに呼応する若君の共犯関係によって、もうひとりの中将が若君という形で外在化されたのだといえよう。

中将と若君は単なる男色関係にあるのではなく、それを媒介に深く結びつき共謀し、若君という形で中将を外在化させて、いわば分身関係を構築しているのである(6)。

若君という形で、中将がもうひとり外在化することによって、「心づくし」の恋をしえず、ゆえに「艶」なる姿を体現しえない中将の物語は、たしかに恋の物語や出家遁世の物語とは著しく異なる方向に向かっていく。その行方を見定めるべく、分身関係を呼び込んだ中将と若君の男色関係の内実をさらに追っていきたいと思う。

さて中将は、もうひとりの中将となる若君を、あるビジョンのもとに育てあげようとする。

いで鉄漿《かね》つけたる口見ん。いま少しをかしげにこそ見ゆれ。いづくにても久しうなれば、待ちやすらんなど心に離れぬこそ、これぞ絆しなるべき。なにごとを振舞ひたらんに心づきなしと思ひてん。色好み立てて思ひよらぬ隈なく振舞へよ。（四六七）

若君を伴い、妹宣耀殿女御を訪れた折に、中将が放ったことばである。中将は若君に歯黒めを勧め、憚りもなく甘いことばをかけつつ、色好みたれとそそのかす。中将が、もうひとりの中将を導こうとする方向は、自身とは違う色好みの道であるようだ。もうひとりの中将のなかに、中将はありえなかった自己を回復しようとしているといえるのではないか。

そしてとうとう中将は、成人して分身ともいえる風情の若君に、なんとも奇抜な恋の手引きをするに至る。最愛の妻一品宮と若君を結びつけるのであった。「よろづにつけて心えぬ人」（四四三）とされるゆえんでもあろうが、よくよく考えてみると、それもまた、中将には閉ざされた欲望や可能性を、若君に代替させるべき行為であったと考えられる。

きわめて図式的だが、ひとつの読みを試みたい。まず中将と若君が瓜ふたつの分身関係であるのは見てきたとおりだ。加えて、若君を一品宮に結びつける中将が、一品宮とその母后の宮を重ね合わせていた点に注目したい。実際はともあれ、中将のなかでは一品宮とその母后の宮は奇妙に重なり合う存在であった。一品宮の風情を「中宮（后の宮）の御けはひに、ひとつもののやうなり」（四六二）ととらえ、一品宮にも后の宮とは「御鏡の影に似聞こえさせ給へりや」（四七二）と尋ねていて、見ることを禁じられた后の宮の輪郭をさだかに描けない中将は、ふたりを重ね合わせてしまったらしき様子も、前節で見てきたところだ。中将と若君の共犯的分身関係に加えて、中将においては一品宮とその母后の宮が重なり合っている点を勘案してみると、中将が若君と一品宮を関係づけた次第は、自身と后の宮との幻の関係をそこに投影したものとして見えてくる。(7)

中将のなかでは、一品宮と后の宮が重なり合っていて、一品宮を妻とする中将が后の宮を奪うまでの必然は欠けていたわけだが、后の宮憧憬といったものは維持されていた。それもすでに前節で述べたところだ。つまり、若君と妻一品宮を結びつけるという中将の奇抜な発想は、閉ざされ挫折させられた中将の欲望を、分身に代替させようとしたところに生じたものだったといえるのではなかろうか。

しかしそれだけではなく、一品宮との関係において、若君は、中将にはどうしようもなく閉ざされていた可能性をも代替し体現しているようだ。

共犯関係を結んで分身化する中将および若君はともかくとして、一品宮は中将と若君を代替可能であると見なしてなどいない。宮にとって、若君との関係を強いられたことは、驚くべきことであり、とうてい受け入れられるべき事態ではない。

女宮はましてあさましういみじともおろかなり。ただ一筋に厭ひのけんの御はからひにこそはと思す恨めしさも、ねたう心憂くて、起きも出でさせ給はず、涙にひちて臥し給へるに、（四八八）

若君との一夜を過ごした一品宮の様子である。宮は中将に対する不信感を募らせ思い嘆き、若君との関係をひたすら「憂し」ととらえるのだった。

かたがたの契りぞつらき一筋に憂きを憂しとて忘られぬばこそ（四九一）

これは、恨みがましい歌やことばを口にする若君に、一品宮が返した歌だ。

憂きせまじらずは、先立たんにつけて、思ふやうならまし。（四九三）

また、若君の子を宿したと知った一品宮は、中将に右のようなことばを吐く。

このように、中将のはからいを受け入れがたく思う一品宮は、若君との関係を「憂し」ととらえ、断じて若君を受け入れようとはしない。

では若君はというと、一品宮に並々ならぬ思いを寄せるのだが、宮に受け入れてもらえないがために、恋のもの思いともいうべきものをもたらされてしまったようだ。

・宰相の中将は、一方ならぬ心まよひに、いづくへもあくがれ給はず、わが御方にながめおはしけるを、（四八九）
・男の御気色も、このことになりぬれば、にがりて、ながめうちし給ふも、（四九〇）
・「かの御心ゆかず、あまり憎ませ給へば、かたはらいたうはべり」とて、例の伏し目になり給ひぬ。（四九一）

これらには、恋のもの思いに沈む若君の姿が映し出されている。一品宮との関係によって、若君はまさに「心づくし」の恋というべきものに繋がれてしまったのだといえよう。

そして、こんな状態が続くなかで、次のような若君が語りとられていく。

末とほき松に吹きよる秋風は雲居に近きしらべなりけり
口ずさみて高欄に寄りゐ給へる月影の用意・もてなし、いみじう艶なり。（四九三）

これは、中将の籠もる二条京極邸で、管弦の遊びが行われた際の、若君を語りとった部分である。歌は、中将夫妻の姫君を詠んだ若君の歌だが、それを口ずさむ若君は「いみじう艶なり」と語りとられているのであった。

さて、若君に見られるこの「艶」なる姿こそ、中将にはなんとしても閉ざされていた姿ではなかったか。中将の奇抜な行為によって、分身である若君は、中将の閉ざされた可能性を代替し体現したのだといえる。一見、理解しかねる中将の行為は、「心づくし」の恋により「艶」なる姿を体現するという、中将には閉ざされた可能性を、分身たる若君において、代償的に開いていくべき行為であったのではあるまいか。

「心づくし」の恋の不可能により、「艶」なる姿を体現しえない中将は、男色を媒介に分身をつくりあげ、自己を外在化させ、その外在化した自己である分身において、中将の閉ざされた欲望や可能性を開いているという側面を押さえておきたいと思う。

五　体現者から傀儡へ

中将と若君の男色関係の内実について考えてきたわけだが、そこでのふたりの関係は、若君がもうひとりの中将として、中将の閉ざされた欲望や可能性を開くというだけでは収まらない関係をもつくりあげているように思う。その点を考察したうえで、冒頭の語りの仕掛けを読み解き、『風に紅葉』という物語をとらえ返していくことにしたい。

まず注目すべきは、若君と一品宮との関係が、まぎれもなく中将によって仕掛けられたものだという点である。(8)中将の認識が、それをきわめて明快にとらえ返している。

これも、さるべき前世のことにこそはあらめ、我許さずは、かたみにあるべきことならねばと、あはれにおぼえ給ふ。（四九〇）

一品宮と若君がそれぞれ嘆きに沈む様子を目の当たりにしての、中将の感懐である。自分が許さなければ、ふたりの関係および関係に由来するふたりの苦悩はなかったろうという認識を示している。この件に関する主導権は、あくまでも中将にあったのである。

たしかに、中将が仕掛けた若君と一品宮の関係は、中将に大打撃を与える。若君の子を身籠もり出産した一品宮は、心労が祟ったのか、出産後に命を落とす。そして、一品宮を失った中将は、深い嘆きに沈み、若君に譲る形で官職も返上して、二条京極邸での加行を再開する。中将は衰弱した無為の老者のような風情で、主人公の座も若君に譲り渡してしまったかのようだ。しかし、中将は物語の遠景に退いたわけではない。若君と一品宮との関係において、その主導権が中将にあったごとく、官職を返上し二条京極邸にひき籠もった後も、中将は若君に影響力を及ぼし、物語の主導権を維持しているのであった。

若君と宮の君（故帥の宮の姫君）との関係から、その辺の事情が汲みとられる。宮の君は、父関白が妻を亡くした中将にとりもとうとした女君である。中将自身は宮の君との関係を回避するが、若君には以下のようにいい、宮の君との関係をけしかける。

「いかにも思ふ心ありげに、優にあしからざりつるぞ。いひ寄り給へよ」と、例の聞こえつけ給ふ。（四三九）

若君を宮の君へと導いているのは、やはり中将なのであった。また、「例の……」とあるところからすると、中将は何かと若君に影響力を及ぼしている状況が窺える。

さて、この宮の君は若君の子を身籠もるのだが、太政大臣息・按察大納言に盗まれてしまう。諦めきれない若君は中将に相談をもちかける。すると、中将は以下のようにいうのである。

大将（若君）は聞き給ひて、ただなるよりはいかにぞやおぼえ給ひて、内の大臣（中将）に聞こえ給へば、「身にかふばかりはよも思さじ。かの大納言、ことにふれて心よからず思ひたりしかど、思ひも入れで過ぎにしことなり。知らぬことにもあらじを、さやうにおしたちふるまはんを、忍びてことかよはし給はんこと、便なうおぼゆ」との給ひける後は、こそこそと思し絶えにけり。（五〇七）

ここで中将は、大納言が中将を快からず思っていたという経緯に言及し、大納言も若君と宮の君との関係を承知の上で盗んだのであろうから、今後、宮の君と密かに通じるような事態になるのは良くないと諭す。若君はこの中将のことばを受けて、宮の君への思いを断つのだった。

大納言の中将へのひっかかりとは、大納言の思慕していた継母・太政大臣北の方と、中将が関係を持っていた過去に由来するのではないかと思われる。が、たとえそうでなくとも、ともあれ中将は自身の買った恨みによって、宮の君の略奪がなされたという見解に立ち、若君には自重を促している。つまり中将は、分身として中将の妻を与えられ、またいまや中将の継ぐべき家督までひき継いだ若君に、中将のこれまでの人生をもひき継いで行動せよといっているのである。そして、若君はそんな中将のことばに背けないでいる。中将に代わって物語前面に踊り出たかのごとき若君であるが、中将はその若君に強い影響力を及ぼし、物語の表舞台で行動することはないにせよ、物語の主導権を維持しているのだった。

このような中将と若君の関係は、糸を引く者とその糸に操られる人形の関係であろう。「心づくし」の恋から疎外され、「艶」なる姿を体現しえない中将は、分身という形で自己を外在化させ、外在化したもうひとり中将にその体現を仮託したわけだが、それは同時に、中将が体現者たる面目を放棄して、傀儡《くぐつ》となっていく姿だったのではなかろうか。男色は傀儡と人形を繋げる細い糸であり、その糸で若君と繋がった中将は、妻も家督も蕩尽し、体現することをやめ、自身が体現しえなかった「艶」なる姿を体現させるべく、人形の若君を操る傀儡として、その相貌を露わにしているといえるのではあるまいか。

六　冒頭の語りの仕掛け

冒頭において語り手は、よくある物語一般に語られる人物とは違う人物について語るといい、これまでの物語とは違う新たな物語を語ろうという意欲を示していた。その人物は、「艶にいみじ」というわけでもなく、また「(無常の) 世のことわり」をわきまえ俗世を離れるというわけでもなく、「よろづにつけて心えぬ人」だとされていた。

そして、語り手が語りの焦点を絞った中将は、「艶」なる姿を体現しえず、物語の表舞台で行動することをやめ、体現者である面目を放棄して、二条京極邸に籠もり加行は行うものの、若君という人形を操る傀儡として、物語の主導権をしっかりと握っている人物なのであった。

異色の人物を語り、これまでにない物語を語っていく意欲を示した冒頭の語りは、物語の表舞台で行動する体現者の物語から、体現者を操り体現者の行動を生成していく傀儡の物語へという、物語のありようを大きく変質させる転回を読み解かせる仕掛けだったのではあるまいか。

これは、「心づくし」の恋に駆り立てられ行動し、その苦悩により「艶」なる姿を体現する人物の恋の物語や、そうした恋の物語を生きた末に、俗世を捨てる人物の出家遁世の物語といった、よくある物語に対する痛烈な批評を含んだものであるだろう。ただ、行動し体現することをやめ、無為の老者のような風情で人形を操る傀儡の中将の姿は、冒頭において、死出の旅路の準備をする以外ない無為の老者を自認し、終末感を吐露した語り手の姿と、奇妙に見合っているのではないだろうか。中将の姿は、語り手の姿と照応しつつ、この語り手が語ったこの中将の物語の無為や終末感に満ちたありようをこそ、むしろ体現してしまったのではないか。

『風に紅葉』冒頭の語りは、まずもって、体現者の物語から傀儡の物語へという、質的転換を遂げた新たな物語のありようを読み解かせる仕掛けであったろう。翻って、その新たな物語は同時に、行動し体現する主人公の不可能を語り、無為の老者のごとき主人公の姿を通して、そういう主人公を擁するよりなかった最末期の王朝的物語の終末に瀕した姿を映し出してもいるのではないか。冒頭の語りは、『風に紅葉』という物語の批評性に基づく新機軸を読みとらせる仕掛けであり、かつそこにくっきりと浮かぶ王朝的物語ジャンルの終末を読みとらせる仕掛けにもなっているといえるのではないだろうか。

とはいえ、衰弱した老者の姿に重なり合う『風に紅葉』という物語は、ときに老者が煌かせる無為のエロスを窺わせはしないだろうか。体現者たる面目を放棄して想念だけに徹した谷崎潤一郎『瘋癲老人日記』や川端康成『眠れる美女』のような小説から滲み出るエロスと、体現せず操るだけの傀儡の物語『風に紅葉』から醸し出されるエロスとはそう遠くないのではないか。体現者の物語から傀儡の物語へと転回していった『風に紅葉』は、最末期の王朝的物語が放ち現代にも届く一閃であったのではないだろうか。

注

(1) 市古貞次「『かぜに紅葉』について」(『史学文学』一九五九年五月→『中世小説とその周辺』一九八一年　東京大学出版会刊)、小木喬「風に紅葉物語(春日山)」(『鎌倉時代物語の研究』一九六一年　東宝書房刊→一九八四年有精堂)、樋口芳麻呂「かぜに紅葉の典拠について」(『愛知大学国文学』一九六六年十二月)。

(2) 本文は『鎌倉時代物語集成　第二巻』一九八九年　笠間書院刊所収の『かぜに紅葉』に拠り、適宜表記を改め、括弧内にその頁数を示した。なお、本文中の丸括弧内は論者(鈴木)の注であり、適宜、傍注およびルビを付した。また、辛島正雄「校注『風に紅葉』―巻一、巻二―」(『文学論輯』一九九〇年十二月、一九九二年三月)、『風に紅葉』(中世王朝物語全集15　二〇〇一年　笠間書院刊)に多大な恩恵を蒙った。

(3) 冒頭についての研究は層が厚い。注(1)市古貞次論文、小木喬論文、辛島正雄「『風に紅葉』物語覚書(二)」(『文献探究』一九八一年十二月→『中世王朝物語史論下巻』二〇〇一年　笠間書院刊)、河野千穂「『風に紅葉』冒頭文の独自性」(『熊本県立大学国文研究』一九九五年三月)など。本論では冒頭と物語全体の関係を今いちどとらえ直していきたい。

(4) 神田龍身「『風に紅葉』考―少年愛の陥穽―」(『今井卓爾博士喜寿記念　源氏物語とその前後』一九八六年　桜楓社刊)、「方法としての『男色』―『石清水物語』『いはでしのぶ物語』『風に紅葉』―」(『日本文学』一九九〇年十二月↓『物語文学、その解体―『源氏物語』「宇治十帖」以降』一九九二年　有精堂刊）。神田論文は乱脈な男女関係に王朝的恋物語への決別を読み、同時にそれを男色への媒介項として位置づける。また男色は暴力なき世代交代の方法だととらえ、これまでのネガティブな評価を覆し、『風に紅葉』を「家の物語」として読み直す新たな視点を提示している。なお男色については『石清水物語』『いはでしのぶ物語』との偏差も測っている。河野千穂「物語『風に紅葉』主題論」（『日本文芸学』一九九五年十二月）。河野論文は一途に主題を追う物語のあり方を跡づけ、御伽草子的なあり方への移行を読みとる。

（5）　注（4）神田龍身論文がこの点については斬新な視点を提供している。基本的に異論はないが、神田論がいささか若君サイドで論じているのに対し、中将サイドからとらえ直すことで見えてくるものを押さえておきたいと思う。

（6）　池田節子「風に紅葉」（『研究資料日本古典文学①　物語文学』一九八三年　明治書院刊）は、両者の分身関係を指摘し、そこに中将の変身願望を読みとる。中将が今置かれている状況にさほどの違和感を覚えていない点で、変身願望とはまた少し違う側面も有しているのではないかということを考えていきたい。

（7）　大倉比呂志「『風に紅葉』論―男主人公大将を取り巻く人間たち―」（『講座　平安文学論究』二〇〇二年　風間書房刊）も、中宮（本論では后の宮）と一品宮、大将（本論では中将）と若君という二組の分身関係、および大将（中将）が分身どうしの一品宮と若君の関係を仕掛けた点を指摘する。本論では、中将がこのような仕掛けを施したことを含め、若君との関係のなかで切り拓いた物語を改めてとらえなおしてみたい。

（8）　この点、注（4）河野千穂論文、注（7）大倉比呂志論文でも強調されている。

あとがき

『狭衣物語』とこんなに長くつき合おうとは思いも寄らなかった。大学に入学した頃は、あたりまえのように近・現代の小説に興味を抱き読みあさっていた。ところが、好物の小説を学の俎上に載せるのには、なんとなく抵抗があった。そこで、近・現代の小説にも多大な影響を及ぼしている『源氏物語』を読み始めたのだが、これが難行苦行で、ともかく読み終えたものの、物語内容すらおぼつかない。

やれやれと思いながら、他に何かないかと思いを巡らし、三島由紀夫が「豊饒の海」の典拠にしたと表明する『浜松中納言物語』を読み始めると、なかなかおもしろい。古典もいいなと感じつつ、今ではぶつぶつ文句をつけている文学史に当たり、平安後期物語と出会った。なかで、『狭衣物語』には冒頭から躓いた。何をいっているのかさっぱりわからない。そうなると、こちらも意地になり、注釈を見ながら辞書を引きながら、ときには文法書をひっくり返して、なんとか読み終えたら、とりつかれていた。

さて思い返すと、どうにも文学史のものいいが気に入らない。『源氏物語』の模倣だの、亜流だの。そんなはずはない。読んだ感触がまったく違っていた。ろくに古文も読めない頃の、いかにも危なっかしい感触だけを頼りに、わたくしの『狭衣物語』研究は始まり、いまだ終わりが見えない。ときには浮気もしたけれど、概ね一緒にいたように思う。これからも多分、一緒にいるだろう。長いつき合いになりそうだ。そんな感慨を抱いたとき、これから先のつき合いに備えて、ひとつの区切りをつけておきたくなった。そのひとつの区切りがこの本である。

改めて若書きの論文から最近の論文までを読み返し、手を入れていると、正直、何でこんなに同じことを繰り返しいっているのだろうと、我ながらあきれてしまう。堂々巡りということばが頭に浮かぶ。しかし、堂々巡りがわたくしと『狭衣物語』のつき合い方なのだと思い、そんなつき合い方を変えたくてひと区切りをつけたかったのかとも思い、いささか憚りはあるのだが、堂々巡りを本にしてしまった。『狭衣物語』以外を論じているときも、いつも『狭衣物語』が視野に入っていた。それらも堂々巡りの一環だったと感じ、仲間に入れた。

なんだか面映い本になってしまったけれど、これだけ長い間ともかく『狭衣物語』とつき合ってこられたのも、わたくしひとりの力ではない。「物語の爛熟期は平安後期だと思う」という、後々までわたくしを支えてくれたことばをくださったのは、恩師中野幸一先生である。学部時代、『更級日記』の演習で、平安後期文学の豊かさを教えてくださり、常々温かいことばをかけてくださるのは、津本信博先生だ。三谷榮一先生から井上眞弓氏に引き継がれた狭衣物語研究会の三谷榮一先生、井上眞弓氏、皆様方は、『狭衣物語』研究を続けるうえで、かけがえのない学恩をくださった。また物語研究会の皆様方は、「顔を洗って出直して来い」といいつつ、新たな研究の趨勢を教えてくださり続けた。先生方、皆様方に、この場をかりて、心より感謝と御礼を申し上げたい。

この本の出版に当たり、出版社を紹介してくださったのは三谷邦明氏、三田村雅子氏である。両氏には狭衣物語研究会にも導いていただき、また常々お世話もおかけしている。ここに改めて謝意を表したい。

最後になったが、この難しい時期に出版を快く承諾してくださり、編集に当たって温かいご助言とご配慮をくださった翰林書房の今井肇氏、今井静江氏に心より御礼申し上げる。

初出一覧

I 『源氏物語』批評

第1章 狭衣物語の時間と天稚御子事件—時間の二重化と源氏物語の異化をめぐって—
『源氏物語と平安文学』第3集 早稲田大学出版部刊 一九九三年五月

第2章 狭衣物語の基幹—〈紫のゆかり〉の物語の行方— 『武蔵野女子大学紀要』一九九四年三月

第3章 狭衣物語と〈形代〉—身体感覚をめぐって— 『武蔵野女子大学紀要』一九九五年三月

第4章 狭衣物語と〈声〉—王権への視線をめぐって— 『日本文学』一九九五年五月

第5章 狭衣物語と〈かぐや姫〉—貴種流離譚の切断と終焉をめぐって— 『武蔵野女子大学紀要』一九九七年三月

第6章 浮舟から狭衣へ—乗り物という視点より— 『駒沢女子大学紀要』二〇〇〇年三月

第7章 飛鳥井女君と乗り物—浮舟との対照から—
『〈平安文化〉のエクリチュール』(叢書「想像する平安文学」第2巻) 勉誠出版刊 二〇〇一年十月

II 文学史への批評—狭衣の恋

第1章 狭衣の恋について—源氏宮思慕を中心に— 『中古文学論攷』一九八四年十月

第2章 狭衣物語思慕転換の構図—狭衣とその女二宮思慕を中心に— 『中古文学論攷』一九八五年十月

第3章 飛鳥井物語の位相—源氏宮思慕中心の物語との関わりにおいて— 『中古文学論攷』一九八六年十月

第4章 狭衣物語後半の方法—宰相中将妹君導入をめぐって— 『国文学研究』一九八七年十月

第5章 狭衣物語粉河詣について—「この世」への道筋— 『中古文学』一九八八年五月

III　文学史への批評――ことばの横溢

第1章　飛鳥井物語の形象と〈ことば〉――〈ことば〉のイメージ連鎖をめぐって――　『中古文学論攷』一九八九年十二月
第2章　狭衣物語の表現機構――女二宮の物語をめぐって――　『国文学研究』一九九一年三月
第3章　『狭衣物語』と『法華経』――〈かぐや姫〉の〈月の都〉をめぐって――　『解釈と鑑賞』一九九六年十二月

IV　『狭衣物語』への批評

第1章　『狭衣物語』と〈禁忌〉――『豊饒の海』への転生を視野に入れて――　『物語――その転生と再生』（新物語研究2）有精堂刊　一九九四年十月
第2章　『とりかへばや』の異装と聖性――その可能性と限界をめぐって――　『古代中世文学論考　第6集』新典社刊　二〇〇一年十月
第3章　『夜の寝覚』における救済といやし――貴種の「物語」へのまなざしをめぐって――　駒沢女子大学日本文化研究所『日本文化研究』二〇〇五年七月

V　物語／批評

第1章　『浜松中納言物語』の境域と夢――唐后転生の夢を中心に――　『源氏物語と平安文学』第2集　早稲田大学出版部刊　一九九一年五月
第2章　『風に紅葉』と『今鏡』――歴史物語の射程をめぐって――　『歴史物語論集』新典社刊　二〇〇一年十月
第3章　『風に紅葉』冒頭の仕掛け――体現から傀儡へ――　『平安文学の風貌』武蔵野書院刊　二〇〇三年三月

索引

ア行

カ行

サ行

タ行

ナ行

ハ行

マ行

ヤ行

ラ行

ワ行

【著者略歴】
鈴木泰恵（すずき　やすえ）
1959年　東京生まれ
1983年　早稲田大学教育学部卒業
1993年　早稲田大学大学院文学研究科日本文学専攻
博士課程満期退学
現　在　早稲田大学他非常勤講師

狭衣物語／批評

発行日	**2007年 5 月 18 日**　初版第一刷
著　者	**鈴木泰恵**
発行人	**今井 肇**
発行所	**翰林書房**
	〒101-0051 東京都千代田区神田神保町 1-14
	電　話　(03) 3294-0588
	FAX　(03) 3294-0278
	http://www.kanrin.co.jp
	Eメール● Kanrin@mb.infoweb.ne.jp
印刷・製本	シ ナ ノ

落丁・乱丁本はお取替えいたします

ISBN978-4-87737-250-7